Thomas Einfeldt
Die Tochter des französischen Gesandten

SERIE PIPER

Zu diesem Buch

Hamburg droht der wirtschaftliche Niedergang – die napoleonischen Truppen besetzen die Hansestadt, und Napoleon ruft gegen England die Kontinentalsperre aus. Viele Hamburger werden zu gefährlichen Schmuggelgeschäften gezwungen, um zu überleben, so auch der Kaufmannssohn Clemens Maiboom. Der Widerstand gegen die Besatzung wächst, Clemens schließt sich einer Gruppe von Hamburger Patrioten an. Doch als er die blondgelockte, kluge Clothilde, Tochter eines französischen Gesandten und Besatzungsbeamten, kennen und lieben lernt, gerät er in einen Zwiespalt: Sie wirbt für die Ideale der Französischen Revolution, den neuen modernen Staat und eine Einigung Europas ... Clemens muss sich in der militärisch zugespitzten Lage zwischen Vaterlandsliebe und seinen Gefühlen für Clothilde entscheiden. Ein faszinierender historischer Roman über die Hansestadt im 19. Jahrhundert und eine unmögliche Liebe.

Thomas Einfeldt, geboren 1958 in Hamburg, ist im Hauptberuf Zahnarzt, und seine Leidenschaft gilt der Geschichte Norddeutschlands und der nordischen Länder. 1997 erschien sein erster Roman »Störtebekers Gold«.

Thomas Einfeldt

Die Tochter des französischen Gesandten

Ein Roman aus der Zeit Napoleons

Piper München Zürich

Von Thomas Einfeldt liegen in der Serie Piper vor:
Die Tochter des französischen Gesandten (4202)
Störtebekers Gold (6022)

Originalausgabe
August 2004

Umschlag/Bildredaktion: Büro Hamburg
Isabel Bünermann, Friederike Franz,
Charlotte Wippermann, Katharina Oesten
Umschlagabbildung: Caspar David Friedrich
(»Auf dem Segler«, 1819; Artothek)
Gesamtherstellung: Clausen & Bosse, Leck
Printed in Germany ISBN 3-492-24202-2

www.piper.de

August 1807

Clothildes Flucht aus Paris

Clothilde hatte den Nachmittag gewählt, weil ihre Mutter dann für gewöhnlich schlief und Corinne, die Köchin, und Marie, das Mädchen, bereits mit dem Abendessen beschäftigt waren. Ihr Bruder Robert war mit seinen Kameraden unterwegs an der Seine. Unten im Hof fegte der Hausmeister die Steinplatten.

»Oh, Mademoiselle, kann ich Ihnen helfen? Sie tragen so schwer bei dieser Hitze.«

»Non merci, Monsieur Dupont. Ich muss nur ein paar Kleider zum Schneider bringen.«

»Kann Marie das nicht erledigen?«

»Sie hat zu tun. Ich mache das gern.«

»Soll ich meine Töchter fragen?«

»Nein danke, wirklich nicht. Hier, Monsieur, das soll ich Ihnen von Mama geben.«

Clothilde drückte dem Mann ein paar Centimes in die Hand. Endlich ließ er sie in Ruhe.

Warum musste dieser Wächter nur immer alles wissen? Er, seine Frau und die beiden Töchter lauerten abwechselnd in der Nähe des Tores und niemand konnte ungesehen in das große Haus gelangen. Aber Clothilde konnte es auch nicht ungesehen verlassen.

Sie drängte sich mit ihrem Bündel an dem rundlichen Dupont vorbei, der nach Schweiß und Wein roch und neugierig in ihre große Tasche zu spähen versuchte. Heiße, trockene Sommerluft schlug ihr von der belebten Avenue entgegen. Aber Clothilde nahm die Hitze, die über Paris lag, kaum wahr. Sie musste nicht weit gehen und dachte nur an ihr Ziel, die Befreiung aus der Gefangenschaft. Die Mutter verbot ihr alles, was Clothilde Freude bereitete: moderne Bücher und Zeitungen, Sprach-, Mathematik- und Geschichts-Unterricht, die Studenten-Zirkel ihres Bruders, selbst das Schwimmen, obwohl es doch ein reines Damenbad gab, und den Wunsch, sie einmal in einen Debattierclub zu begleiten, erfüllte ihr die Mutter nicht. Stattdessen wollte sie Clothilde zu einem langweiligen Leben zwingen: »Schon dich, Clothilde, das Kinderkriegen wird anstrengend genug.« Und sie wies Clothilde an, das Schreiten in den neuen Schuhen zu üben und wie man das Teetässchen graziös zum Mund führt. Clothilde hasste die steten Ermahnungen ihrer Mutter, die sie zudem offenbar bald zu verheiraten gedachte. Die Besuche und die Gespräche des eitlen und wohlhabenden jungen Monsieur Garotte galten anscheinend gar nicht der Mutter, sondern ihr selbst. Dabei hätte sie diesen Galan von sich aus nie beachtet, diesen Mann, der sich mit ihrer Mutter stets über die neuesten Gerüchte der Gesellschaft zu unterhalten pflegte. Häufig brachte er einen seiner Windhunde mit, um dann fortwährend alle Anwesenden auf das elegante Aussehen des Tieres hinzuweisen. Wenn Clothilde das Gespräch auf die Politik zu lenken versuchte und nach den Plänen des Kaisers bezüglich eines Bündnisses mit den einst feindlich gesonnenen Preußen fragte, oder wenn sie wissen wollte, ob die Deutschen des Rheinbundes nun nicht aufatmen würden, da sie endlich von dem Fortschritt des französischen Staatswesens profitieren könnten, statt ihren antiquierten Fürsten weiterhin zu dienen, dann wurde sie sowohl von der Mutter als auch von Monsieur Garotte wie ein kleines Kind behandelt. »Clothilde, überlassen Sie dieses Metier doch den Männern«, hatte Garotte leichthin geantwortet. »Seien Sie versichert, dass der Kaiser, seine Soldaten und seine Beamten alles zum Wohle Frankreichs und natürlich speziell zu unserem richten werden. Sie brauchen sich wirklich nicht zu sorgen. Jedoch ist es von großer Wichtigkeit für Frankreich, dass die Nation für alle anderen ein Vorbild sein kann. Dazu gehört es, dass die französischen Frauen ihre Schönheit und Anmut ins rechte Licht zu rücken verstehen, dass die gesellschaftlichen Ereignisse, die Bälle, die Opernaufführungen und Theaterschauspiele, zu denen hier in Paris stets Gesandte und Kaufleute aus aller Herren Länder zu Gast sind, geziert werden von der weiblichen Schönheit unseres Landes, kurzum, dass die Welt bemerkt: Es lohnt sich, der französischen Gesellschaft anzugehören.«

Zierrat für diesen Laffen sollte sie also sein, eine neue Figur in seiner Menagerie. Und die Mutter erhoffte sich durch diese Verbindung anscheinend neue Einladungen und Abwechslung. Oh, wie beneidete Clothilde ihren Bruder Robert, der an der Ecole Polytechnique Brücken- und Straßenbau studieren durfte und zudem mit seinen Lehrern und Kommilitonen über die politischen Zustände stritt. Jene Studenten trugen aktiv zum Wohle Frankreichs bei, setzten ihre Kraft für die Moderne ein, würden ganz Europa von den alten Herrschern und ihren antiquierten Staatsgefügen befreien. Ach, wäre sie doch auch als Mann geboren, dann wäre sie nicht ständig beaufsichtigt – und nicht so einsam. Denn Freundinnen hatte sie nicht. Die Mädchen aus der Tanzstunde und dem Galanterie-Unterricht waren eher Feindinnen, lachten hämisch über Clothildes vermeintliche Ungeschicklichkeiten und sprachen während der Pausen keinen Ton mit ihr. Das Mädchen fühlte sich einsam und vertraute sich nur ihrem Tagebuch und der Großmutter väterlicherseits an. Dem Bruder Robert war sie herzlich zugetan, zu ihrem Vater schaute sie auf, aber wirklich verstehen, so glaubte sie, würden die beiden sie nicht. »Ich muss mich damit abfinden, als Frau geboren zu sein. Und ich will mein Leben dennoch selbst bestimmen. Das Leben kann schließlich so schön sein!«

Clothilde nahm sich vor, ihrer Großmutter Mireille nachzueifern, die ihr Leben nach ihren eigenen Vorstellungen eingerichtet hatte und dabei so manche Konvention gebrochen hatte – sehr zum Missfallen ihrer Schwiegertochter. »Es wird auch für die Frauen eine Zeit kommen, in der sie die gleichen Rechte wie die Männer haben werden. Unter Robespierre sah es eine kurze Zeit fast so aus«, pflegte die Großmutter manchmal zu sagen. »Doch vorerst musst du diplomatisch sein, wenn du als

Frau deine Ziele erreichen willst. Clothilde, sei klug, verkaufe dich und deine Seele nie. Genieße dein Leben gleichwohl, aber wahre trotzdem Prinzipien. Mein Testament ist bereits gemacht und wenn etwas übrig bleibt, so sollst du es haben. Es ist gut, wenn eine Frau ihr eigenes Geld besitzt. Doch das Erbe soll an eine Auflage gebunden sein: Du darfst das Verwalten nie einem Ehemann überlassen, sollst immer selbst über das Geld verfügen, sonst werde ich es lieber einem Waisenhaus stiften.«

Oh, wie aufregend konnte die Großmutter von ihrer Jugendzeit erzählen. Sie hatte es mit angesehen, als die Welt in ihren Grundfesten erschüttert wurde. Freiheit, Gleichheit, Brüderlichkeit waren nicht nur pathetische Worte gewesen. Frauen hatten an den Seiten der Männer auf den Barrikaden gekämpft. Nun, diese Phase gehörte der Vergangenheit an und gottlob auch die Gefahr, einem Revolutionstribunal zum Opfer zu fallen. Doch um die Freiheit der Frauen, so empfand es die junge Französin, war es nicht gut bestellt.

Clothilde erreichte den Mietstall, in dem die Familienkutsche und Roberts Pferd untergestellt waren. Eigene Kutschpferde besaß die Familie Gauthier schon länger nicht mehr. Die französische Armee brauchte ständig neue Pferde und auf dem Pferdemarkt gab es kaum noch welche. Darüber hinaus war es sehr teuer geworden, eigene Pferde zu unterhalten. Zu ihrem Sommerhaus in der Normandie, wo die Familie Land besaß, das an Bauern verpachtet war, waren die Gauthiers schon seit zwei Jahren nicht mehr gefahren. Zwei Jahre war Monsieur Gauthier bereits in den deutschen Ländern unterwegs. Als er noch in Köln zu tun hatte, war er öfter nach Paris gereist. Seit einem Jahr aber musste er für den Kaiser in Hamburg dienen und war noch nicht beurlaubt worden; so lautete wenigstens die Begründung in den Briefen, die der Vater an die Familie sandte. Clothilde schien es kaum glaubhaft, dass ihr Vater jemanden um Urlaub bitten müsste. Er war doch freiwillig im Staatsdienst, man hatte ihn gebeten, da er erfahren war im Handel mit den Deutschen. Die Gauthiers hatten doch Vermögen, Beteiligungen an

Manufakturen, eigenes Land, besaßen Anteile an einem Handelshaus, das Eisenwaren an die Armee und in die Provinzen lieferte und südfranzösischen Wein in Bordeaux kaufte und im Norden vertrieb. Gewiss, alle Erwachsenen klagten über die Steuerlasten und Militärabgaben, doch ihrer Familie musste es doch gut gehen. Die Mutter sparte nicht an Köstlichem für die Küche und neuen Kleidern. Nein, es musste etwas anderes sein, das den Vater davon abhielt, nach Hause zu kommen. War es Pflichtgefühl, Ruhmsucht oder gar eine Flucht vor den Szenen, die ihm seine Gattin häufig machte?

Clothilde nahm eine Droschke bis zur nördlichen zentralen Poststation der Ministerien in der Vorstadt. Es war ein großes, von einer Mauer umgebenes Areal, auf dem es Stallgebäude und eine kleine Kaserne gab. Gegenüber dem Eingang lag eine Weide, auf der Kutsch- und Reitpferde grasten. Ein Wachsoldat wollte sie zunächst nicht zum Stationsvorsteher vorlassen, doch als sie ihre Papiere vorwies, salutierte er sogar. Clothilde erblasste, denn alles hing davon ab, ob der Stationsvorsteher ihre Papiere nicht beanstanden und ihr einen Platz in der Kurierkutsche zuweisen würde. Sie zweifelte, ob es ratsam wäre, dem Stationsvorsteher ein Bestechungsgeld anzubieten. Ihre Großmutter Mireille hatte sie mit Geld ausgestattet. Sie war die Einzige, die vielleicht ahnen konnte, was ihre Enkelin vorhatte.

Der Stationsvorsteher bat Clothilde persönlich in sein Bureau.

»Mademoiselle Gauthier, Ihren Papieren entnehme ich, dass Sie vom Außenministerium beauftragt wurden, zu Ihrem Vater nach Hamburg zu reisen, um Briefe und Schriftstücke zu überbringen?«

»Ja, Monsieur, das ist richtig.«

»Mir scheint das ungewöhnlich.«

Clothilde zwang sich, kühl zu antworten: »Es mag Ihnen ungewöhnlich erscheinen, aber es sind einerseits persönliche Papiere meines Vaters, die von äußerster Wichtigkeit sind, und andererseits versiegelte Briefe des Ministers. Mein Vater leistet seine Dienste für Frankreich und ist in Hamburg unabkömmlich. Sie wissen, Frankreichs Größe beruht auf seinen treuen Staatsdienern. Sie sind selbst einer. Ich muss meinem Vater die Briefe nach Hamburg bringen.«

»Und warum vertraut man die Papiere keinem Kurier an? Ich glaube, ich muss erst Rücksprache –«

»Das ist unmöglich. Die Sache duldet keinen Aufschub. Sehen Sie hier, ich habe einen Brief von einem Notar, auf dem besiegelt ist, dass der Brief bis zum 20. August zum Adressaten gelangen muss.« Diesen Trick hatte ihr ihre Großmutter verraten und ihr auch ein Siegel aus einer alten Urkunde mit einem Federmesser herausgetrennt. Dann hatte sie ein paar leere Blätter in einen Umschlag geschoben, in ihrer gestochenen Handschrift die dringlich klingende Aufforderung notiert und das alte Siegel kichernd daraufgeklebt.

»Clothilde, ich weiß nicht ganz genau, was du vorhast, aber es erinnert mich an die wilde Zeit vor 1789. Ach, ich könnte dir Dinge verraten –«, und dann erzählte sie, wie sie mit den Revolutionären zusammengesessen hatte, deren flammenden Aufrufe niedergeschrieben und dann in ihrem Unterrock versteckt zum Drucker gebracht hatte. Die alte Witwe erinnerte sich gern an diese Zeit und Clothilde hatte schon als kleines Kind ihrer Großmutter begeistert zugehört, die ansonsten in der Familie nicht sonderlich gelitten war. »Die Frau ist launisch«, meinte Clothildes Mutter nur über ihre Schwiegermutter. »Sie hat schlechte Manieren und eine zweifelhafte Vergangenheit. Ich empfinde sie in jeder Hinsicht als peinlich.«

Der Stationsvorsteher betrachtete den versiegelten Brief skeptisch. Doch als er einen zweiten Umschlag von Clothilde erhielt, der mit dem Wappen des Außenministeriums geprägt war und auf dem der Stempel »geheime Angelegenheit« prangte, schwand sein Widerstand. Clothilde hatte diesen Briefumschlag aus dem Schreibtisch ihres Vaters entwendet. Jetzt nahm sie dem Stationsvorsteher die Umschläge wieder aus der Hand und schob sie sich ins Dekolleté. Der Mann war es nicht gewohnt, dass junge selbstbewusste Damen in seinem

Büro auftauchten. Er hatte es seit Jahren mit Kurieren, Ministerialbeamten und Offizieren zu tun, zuerst mit den königlichen, dann mit jähzornigen und wankelmütigen jakobinischen und jetzt mit elitären napoleonischen Vorgesetzten. Es wehte ein anderer Wind, seitdem Kaiser Napoleon die Zügel in der Hand hatte. Doch seinen Posten hatte der alte Mann über alle Zeiten behalten. Jetzt war er nicht sicher, ob dieser weibliche Kurier eine Gefahr für ihn darstellen konnte. Er wandte noch schwach ein: »Es ist aber kein Platz frei in der Kurierkutsche; auch wird es für Sie viel zu beschwerlich sein.«

»Monsieur. Ich bin ausgesucht worden, weil ich noch jung und belastbar bin. Ich bin die Vertraute meines Vaters, spreche die deutsche Sprache und kenne den Weg. Die Postkuriere des Ministeriums gelten zudem als verlässlich, die Wachen garantieren Sicherheit, und als junge Frauenperson bin ich unauffällig, falls die Kutsche tatsächlich beobachtet oder überfallen werden sollte. Bei mir würde man keine wichtigen Papiere vermuten. Und dann ist es der Wunsch meines Vaters, eines wichtigen französischen Beamten, dass ich auf dem schnellsten Wege zu ihm komme.« Der gute Mann seufzte, wandte sich geschlagen zu seinem Pult um und stellte die nötigen Formulare aus. Clothilde jubilierte innerlich. Mit einer normalen Postkutsche wäre es nie so schnell gegangen.

So begann Clothildes aufregende und beschwerliche Reise über St. Quentin, Liège, Aix-la-Chapelle (Aachen), Köln, Münster und Hannover nach Hamburg. Berittene Schnell-Kuriere beförderten im Sommer die geheime leichte Extra-Post auf dieser Strecke in vier Tagen. Der Kutschtransport für normale Dienstpapiere und umfangreichere Akten dauerte mindestens doppelt so lange, und dies auch nur deswegen, weil die Straßen sich im Sommer in gutem Zustand befanden und von eigens für das Militär zuständigen Baumeistern und Ingenieuren ausgebaut wurden. Clothilde sah zahlreiche Bautrupps bei der Arbeit: Gräben wurden gezogen, um die Straßen im Herbst entwässern zu können, Alleebäume wurden gepflanzt, Brücken verstärkt, Teilstücke sogar gepflastert. Diese Arbeiten würden eines Tages auch von ihrem Bruder geplant und überwacht. An der Strecke entstanden Stationen, an denen die Pferde gewechselt und die Kuriere, Kutscher und Begleitsoldaten sich erfrischen konnten. Dennoch war die Fahrt in den schwankenden Kutschen beschwerlich. Nach einiger Zeit hatte Clothilde immerhin herausgefunden, wie sie die Säcke mit den Briefen stauen musste, um eine halbwegs bequeme Unterlage zu erhalten, auf der sie sogar schlafen konnte. Die Fuhrwerke fuhren bis nach Einbruch der Dunkelheit und brachen bereits im Morgengrauen wieder auf; aufgrund des sternenklaren Himmels fuhr die Kutsche sogar zwei Nächte durch.

Die Kutscher und die begleitenden Soldaten zu Pferde wechselten täglich; der erste Kurier, der die Sendungen seit Paris begleitete, fuhr immerhin bis Köln, der zweite bis Hannover und der letzte von Hannover bis nach Hamburg. Die Kuriere saßen neben dem Kutscher auf dem Kutschbock. Clothilde kam mit den Männern nur während der Pausen an den Pferdetränken oder während der Mahlzeiten an den Stationen ins Gespräch. Die Kuriere waren jung und höflich und sprachen voller Ehrgeiz davon, die wichtige behördliche Post schneller zu befördern als ihre Kameraden. Jeder trug seine Abzeichen und Orden für besonders schnelle Beförderung mit großem Stolz.

Alle paar Meilen gab es Straßenkontrollen, Zollstellen und Mauteinnehmer für Brücken, Abkürzungen, Begradigungen oder durch Erdaushub beseitigte Steigungen an Hügeln. Aber die privilegierten Postkutschen mit dem kaiserlichen Zeichen wurden durchgewunken, durften überholen oder wurden an Fähren vorgezogen, ohne dass die Kutscher Papiere vorzeigen oder gar bezahlen mussten. Selbst an den Landesgrenzen des Rheinbundes oder im Hannoverischen hatten die Kutschen unkontrollierte freie Fahrt. Napoleon legte Wert darauf, dass die Hauptstadtdirektiven schnell in die Provinzen gelangten und umgekehrt Nachrichten vom Rande seines Machtgebietes zügig zurückkamen.

Schon ein ganzes Stück vor Aix-la-Chapelle hörte Clothilde deutsche Worte und Sätze von den Pferdeburschen und Wirtsleuten an den Stationen. Nur gut, dass ihr Vater sie und ihren Bruder von einer deutschen Kinderfrau hatte betreuen lassen. Sie hatte ihnen Deutsch beigebracht, auch wenn die Mutter dies bei Clothilde zunächst für unnötig gehalten hatte.

Für längere Gespräche boten sich auf dieser hektischen Reise keine Gelegenheiten. Die französischen Kuriere erklärten den neugierigen Stationsbediensteten meist kurz und knapp, dass sie ausnahmsweise einen Fahrgast hätten, eine wichtige Verwandte eines französischen Beamten im besetzen Gebiet. Das reichte. Man hielt sich von Clothilde zurück.

September 1807

Konterbande auf der Elbe

»Es riecht geradezu nach Parlewuhs.« Jacob Kinau, ein kräftiger junger Mann, stand aufrecht an der Pinne des kleinen Pfahlewers und reckte den Hals, um besser über die Nebelschwaden, die über der träge fließenden Elbe hingen, hinweggucken zu können. Seine Stimme klang heiser: »Diese Ruhe, dieser verdammte Nebel, diese Franzosen! Wenn wir doch bloß schon näher an Hamburg wären.«

Clemens Maiboom kniete auf dem Deck vor ihm und nestelte schon wieder an dem Beutel mit Entenschrot herum, neben ihm eine alte Flinte. Seinen Händen konnte man die Aufregung ansehen, doch seine Stimme klang ruhig, fast heiter: »Wem sagst du das. Aber sei beruhigt. Die Froschfresser kennen sich nicht aus auf dem Gewässer, während du der Sohn eines Elblotsen und erfahrenen Fischers bist. Schau, was ich riskiere, Ladung und Schiff. Wenn es zu brenzlig wird, dann müssen wir eben über Bord springen und ans Ufer schwimmen. Ohne unsere Fahrt wäre das Schiff sowieso verloren. Im Hamburger Hafen dümpeln etliche abgetakelte Schiffe, und in diesen Zeiten will sie keiner haben. Da könnten wir uns notfalls sogar ein neues und größeres besorgen. Denk jetzt lieber an den Gewinn dieser Reise, denn böse Gedanken ziehen das Böse auch an.« Clemens' letzter Satz zeigte Wirkung, denn in Jacobs Familie war neben Gottvertrauen auch der Aberglaube seit Generationen von Fischern und Seeleuten verwurzelt. Jacob beschloss, fest an das Gelingen zu denken, malte sich aus, was er mit seinem Lohn als Steuermann anfangen wollte. Richtige Seestiefel würde es geben und einen neuen Ölmantel; und dann wollte er sich einen feinen Anzug schneidern lassen, einen, mit dem sich die hübschen Finkenwerder Deerns zum Erntedankfest beeindrucken ließen. Er dachte an Meta, die zweitjüngste Tochter des Bauern Peter Breckwoldt. Wie sehnsüchtig hatte er ihr erst vergangenen Sonntag nachgeguckt, sodass sein Bruder Hinrich ihn gewiss eine Stunde lang geneckt hatte. Dabei hatte Meta Jacob nur mit dem Kopf zugenickt, als ihr Vater die Familienkutsche nach dem Kirchgang an den Leuten vorbeilenkte. Meta und er hatten gemeinsam die Schule des Pastorats besucht, bis Jacob bei seinem Vater in die Lehre als Fischer und Seemann gehen musste. Zwar hatte damals Pastor Ehlenbröker, der den Dorfschullehrer Ekkehardt beaufsichtigte, den Vater beschworen, seinen aufgeweckten Sohn nach Hamburg in eine weiterführende Schule zu schicken, vielleicht sogar auf das Johanneum des Rektors Gurlitt. Aber Jacobs Vater hatte nur barsch geantwortet, dass er seinen Sohn nicht mit Juden zusammen auf eine Schule schicken würde, wie es seit der Übernahme der Leitung des Johanneums durch den Rektor Gurlitt erlaubt war. Außerdem sollte der Sohn nicht etwa an dem Gedanken Gefallen finden, später auch noch in einer fremden Stadt studieren zu wollen. »Die Fischerei hat mir Glück und Wohlstand gebracht, drei Schiffe, Haus und Hof nenne ich mein Eigen. Unter den Ältesten zählt mein Wort, die Hamburger Kaufleute haben mich zum Lotsen bestellt. Da brauche ich verlässliche Stützen im Alter. Lesen, schreiben und etwas rechnen kann mein Junge. Warum soll er sich den Kopf mit neumodischem Zeug verdrehen lassen? Was braucht er Latein, wozu dienen diese schwärmerischen Gedichte? Bei mir lernt er, sich zu ernähren. Fischer zu sein, ist ein redlicher Beruf zu allen Zeiten, aber gerade jetzt, wo dieser Napoleon alle Welt bedroht, zeigt sich doch, dass die Hamburger Kaufleute in ihrem Rathaus ganz ratlos sind.« Und schon am nächsten Tag wurde Jacob auf seine erste große Fahrt zum Walfang vor den Färöern geschickt. Das war nun schon drei Jahre her und längst war der Sohn dem Vater eine gute Hilfe. Jacob fühlte sich ziemlich erwachsen, doch empfand Meta das auch so? Sie würde sicher zum Erntedankfest kommen, und er malte sich aus, wie er sie in dem neuen Anzug zum Tanz auffordern würde.

»Da sind sie«, erklang es nun ängstlich aus dem Masttopp. Nils Banthien, ein etwa fünfzehn Jahre alter, schmächtiger Lehrling aus dem Maiboom'schen Kaufmannshaus, hing in einem aus doppelten Pahlstek geknoteten Bootsmannsstuhl, am zweiten Fall hochgezogen von seinen Mitstreitern, damit er über die Nebelfelder hinwegspähen sollte. Nils wies schräg nach achtern auf die Mitte des Stromes. »Sie segeln raumschots von uns weg auf das andere Ufer zu, doch halt, jetzt scheinen sie halsen zu wollen, richtig, rund achtern und sie legen den Kurs auf uns an. Oh Gott, lasst mich runter! Halt, nun hat der Nebel sie wieder verschluckt, aber vielleicht noch eine Viertelstunde, dann haben sie uns.«

Clemens ließ den bleichen Nils langsam herab. »Jacob, sollen wir wenden?«, fragte Clemens. »Nein, bloß das nicht«, kam die Antwort. »Was meinst du, warum ich so dicht am falschen Ufer entlangschramme?« Normalerweise hielten sich die elbaufwärts fahrenden Schiffe bei Nebel streng am südlichen Ufer, um Kollisionen mit stromabwärts gehenden Fahrzeugen zu vermeiden. Sie waren aber die letzten zwei Stunden am Nordufer entlanggesegelt. »Da endlich, die Einfahrt zur doven Krückau. Wahrschau, hart backbord.« Jacob legte sofort das Ruder und der Kahn geriet ins Schlingern, wurde dann von Kraut und Schilf im Wasser gebremst und lief danach träge in einen Altarm der Krückau, die sich nach einer hohen Springflut einen neuen

Abfluss in die Elbe gesucht hatte. Das Segeltuch knatterte in der leichten Brise.

»Nun runter mit dem Laken«, gab Jacob das Kommando, und das Schiff glitt weiter in den gebogenen Arm hinein, hinter eine Halbinsel, die mit niedrigen Weiden und Erlen bewachsen war. »Jetzt den Mast legen, schnell, der Nebel scheint sich zu lichten. Bei ablaufendem Wasser können wir zwar auch nicht mehr hier heraus, aber hineinfahren kann auch keiner.«

Ohne Widerrede löste Clemens die Hilfswanten, und gemeinsam fierten die drei vorsichtig das Vorstag mit der Winde, bis der schwere Mast mit seinem Gelenk im Mastfuß achtern fast waagerecht hing. Zwei Spieren mit gabelförmigen Enden wurden als Stützen unter den Mast gesetzt, damit er nicht wie ein riesiger Hebel zur Seite schlagen konnte. Der Baum wurde festgelascht, und nun zeigte auch ein Knirschen des Rumpfes an, dass das Schiff auf das Ufer gerutscht war.

Die Sonne war höhergestiegen, der Nebel würde sich in der Wärme langsam auflösen.

»Ich muss sehen, wo die Parlewuhs stecken«, entschied Clemens noch atemlos. Er schwenkte eine Planke über die Reling auf die Insel und balancierte hinüber auf den Sandstreifen des Inselufers. Durch wucherndes Pflanzengestrüpp, dichte Erlen und knorrige Weiden wand sich Clemens, bis er auf der anderen Seite des Inselrückens wieder auf die Elbe sehen konnte. Da, er warf sich flach auf den Bauch und faulig stinkender Schlamm quoll zwischen den fleischigen, tauperlenbesetzten Blättern der Sumpfdottergewächse empor: Kaum einhundertfünfzig Fuß entfernt legte sich das französische Zollboot gerade auf den anderen Bug und entfernte sich langsam wieder gegen den Ebbstrom auf das südliche Ufer zu. Im Ausguckkorb standen zwei französische Soldaten mit Fernrohren.

Clemens wagte kaum, sich wieder zu erheben. Auf allen Vieren robbte er wieder zurück in den Schutz der dichteren Weiden und Erlen. Das Zollboot verschwand für ein paar Minuten im gleißenden Dunst. Es würde nicht mehr lange dauern, bis der Nebel sich ganz aufgelöst hätte. Die Wasseroberfläche glitzerte blendend und im Osten ließ sich kein Unterschied zwischen Himmel und Wasser ausmachen, als die Franzosen scheinbar im hellen Gegenlicht schwebend wieder auf ihrem Zickzackkurs auftauchten, mit dem sie die gesamte Breite der Elbe kontrollierten. Viel Höhe hatten sie gegen den immer stärker einsetzenden Ebbstrom nicht gewonnen, denn der Wind entfaltete zu dieser Morgenstunde nicht genug Kraft, um die schöne schlanke Schaluppe elbaufwärts zu treiben. Ein Glück, dass Jacob das Schlupfloch noch rechtzeitig entdeckt hatte. Stumm beobachtete Clemens die Weiterfahrt des Zollbootes.

Der junge Kaufmannssohn erschrak heftig, als ein dürrer Ast krachend hinter ihm zerbrach. Aber es war nur Jacob.

»Wo sind sie?«, fragte er flüsternd.

»Zwei Kabellängen flussaufwärts fast am Nordufer, etwas oberhalb unserer Einfahrt. Ob sie ahnen, dass wir uns in dieses Loch gerettet haben? Sie könnten ein Beiboot bemannen und uns hier suchen.«

»Ach was, die Einfahrt läuft jetzt mit der Ebbe leer. Wahrscheinlicher ist, dass die Franzmänner in die Krückau einlaufen. Und weil sie dort nichts finden, geben sie die Suche auf und kehren um, weil sie mit dem ablaufenden Wasser wieder Glückstadt oder Wischhafen erreichen wollen. Der Offizier will sicher in sein Quartier zurück.«

Das war eine erleichternde Vorstellung, doch Sekunden später schraken sie auf. Sie hörten dumpfe Schläge, splitterndes Holz aus der Richtung ihres Landungsplatzes. Sie spähten durch das Buschwerk. Was war mit Nils geschehen? Da drang ein Ächzen und Stöhnen an ihre Ohren. Jacob griff zu seinem Messer und Clemens fluchte, weil die Vogelflinte noch auf dem Deck lag. Wie erleichtert waren sie, als sie Nils bis zu den Knien im Schlick stehen sahen. Der Lehrjunge bemühte sich, den Rumpf des Ewers mit Buschwerk zu tarnen. Er rammte gerade junge Erlen in den Grund, die er mit dem Beil am Ufer abgeschlagen hatte.

»Helft mir«, rief Nils ihnen zu. Es war zwar unwahrscheinlich, dass die Besatzung des Zollbootes sie hier noch suchen würde. Doch wäre es ebenso unangenehm, die Aufmerksamkeit von Bauern oder Landarbeitern zu erregen, denn die Strandräuberei war von alters her ein Nebenerwerb, wenn die Gelegenheit sich bot.

Clemens Maiboom und seine Gefährten zogen sich auf den Ewer zurück und richteten sich dort ein, um den Gezeitenwechsel abzuwarten und eine Mütze voll Schlaf nachzuholen, denn die letzten zwei Tage, seit sie den Tönninger Hafen verlassen hatten, waren kräftezehrend gewesen.

Clemens Maiboom hatte vor nunmehr einer Woche auf eigene Faust den Maiboom'schen Pfahlewer von seinem Liegeplatz am kleinen Grasbrook losgeworfen, nachdem er sowohl seinen Freund Jacob und den Lehrling Nils in seinen Plan eingeweiht und sie mit hohen Gewinnanteilen gelockt hatte. Sie hatten sich beide nach kurzem Zögern einverstanden erklärt, ihn auf der gefährlichen Fahrt zu begleiten.

Seit dem 19. November 1806 war Hamburg von mehr als zweitausendfünfhundert napoleonischen Soldaten besetzt. Die wenigsten dieser Soldaten waren Franzosen, es waren überwiegend Holländer, Italiener und eine große Zahl Süddeutsche, Bayern und Österreicher. Schlimmer als die Anwesenheit dieser Soldaten war jedoch die Kontinentalsperre gegen England, die der neue Herrscher der Stadt, Kaiser Napoleon, hatte verkünden lassen. Kein Land des europäischen Kontinents, das unter dem Einfluss Napoleons stand, sollte länger Handel mit England treiben dürfen. Das war ein schwerer Schlag für die Hamburger Kaufleute, denn Hamburg war ein Knotenpunkt des Handels. Vom Oberlauf der Elbe gelangten Waren aus dem Osten in den Hafen, viel Getreide für das sonnenarme Britannien und Holz zum Bau der englischen Handels- und Kriegsflotte, während aus den englischen Kolonien der begehrte Zucker, Baumwolle, Farbstoffe, Gewürze, Kaffee und aus England Steinkohle für Trankocher und Zuckersieder sowie Metalle nach Hamburg gelangten. Nun sollten die Hamburger Kaufleute nur noch über die nahe Küstenfahrt mit den kontinentalen Häfen in Holland, Frankreich und Spanien Handel treiben und auf offener See höchstens noch den englischen Kaperfahrern trotzen.

Einige Jahre zuvor hatte Hamburg noch auf seine Politik der Neutralität gebaut. Das unruhige Frankreich lag fern, die Wallanlagen der Stadt waren als Zeichen der Neutralität geschleift in einen Park umgewandelt worden, es gab sogar einige Feste zum Jahrestag der Erstürmung der Bastille in Paris, und ein so reicher Bürger wie der Ratsherr Sieveking musste sich schließlich wegen seiner Begeisterung für die französischen Ideale nachsagen lassen, er sei ein Jakobiner geworden.

Etliche französische Aristokraten und reiche Kaufleute waren vor den Unruhen in Frankreich mit ihren Geldkisten und Juwelen in das freie Hamburg geflohen. Schon öfter hatte Hamburg von diesem Zustrom aus anderen Ländern profitiert, waren es nun portugiesische Juden, französische Hugenotten oder niederländische Reformierte gewesen. Sie alle hatten etwas zu verlieren, sie alle waren so wohlhabend, dass sie sich eine Flucht leisten konnten. »Wenn zwei sich streiten, freut sich der Dritte«, meinte auch Caspar Maiboom, Familienoberhaupt und ehrbarer Kaufmann eines traditionsreichen, wenn auch kleineren Handelshauses, als England und Frankreich 1797 im Seekrieg miteinander lagen, als England, Preußen und Österreich 1798 eine Koalition gegen Frankreich bildeten. Der »Hamburgische Correspondent« berichtete freimütig in 30000 Exemplaren über die politische Entwicklung im Ausland. Als der General Napoleon Bonaparte dann an Einfluss in Frankreich gewann, erster Konsul der Republik wurde, was kümmerte dies die Geschäfte der Hamburger? Hamburg war eine freie, bürgerliche und neutrale Stadt, und hamburgische neutrale Schiffe fuhren sowohl nach England als auch in französische Häfen.

Als Napoleons Truppen das Rheinland und die süddeutschen Herzogtümer besetzten, als der Rheinbund deutscher Staaten entstand und sich dann Napoleon als Protektor unterwarf, da gab es auch kritische Stimmen. »Schwärmer«, schimpfte Vater Maiboom, »Napoleon räumt mit diesen Potentaten in ihren Kleinstaaten auf. Mag Klopstock mit seinen Gedichten und Oden einen nationalen Geist der Deutschen beflügeln. Was der Handel braucht, sind verlässliche Gesetze, vernünftige Grenzen, niedrige Zölle. Je weniger Grenzen, desto weniger Zölle, Steuern und Beamte.«

Als 1803 der Seekrieg zwischen England und Frankreich fortgesetzt wurde, napoleonische Truppen die ostfriesische Küste, das linke Elbufer bis Lüneburg, Lauenburg, Lübeck und auch das mit England durch verwandtschaftliche Bindungen parteiliche Kurfürstentum Hannover besetzten, da schwieg Vater Maiboom betroffen. Clemens' älterer Bruder Thomas, der bereits einen Teil der Maiboom'schen Geschäfte eigenverantwortlich abwickelte, führte das Wort am Tisch gegen den Vater: »Als Schwärmer haben Sie die deutschen Patrioten abgetan, die gegen die Besetzung deutscher Länder aufbegehrten, die Hauptsache für Sie war der profitable Handel. Jetzt schweigen Sie betroffen, seitdem der welsche Usurpator seine Fänge auch auf die Elbe ausdehnt, die Besetzung des kurfürstlichen Hannovers dazu führt, dass England eine strenge Blockade der Ems, Weser und Elbe beschlossen hat. Es wird nicht mehr lange dauern mit Hamburgs Souveränität. Repetieren Sie nur Ihr Französisch, Vater!«

»Was bildest du dir ein, so mit mir zu disputieren«, donnerte Caspar Maiboom. »Du wirfst mir vor, an profitablen Handel zu denken, ausgerechnet du, der mit dir anvertrautem Geld aus deinem Geschäftsbereich, aber aus meinem Vermögen, an der Börse spekuliert?« Der Vater war aufgebracht. »Der Reichsdeputationshauptbeschluss hat gerade dieses Jahr in Regensburg Hamburg als Freie Reichsstadt bestätigt. Daran kann auch ein Napoleon nicht rütteln, wenn so viele Deputierte den Willen vieler repräsentieren.« Doch Thomas Maiboom lachte ironisch: »Ha, das deutsche Reich, das gibt es doch gar nicht mehr. Vielleicht muss Preußen uns mit seinen Soldaten schützen, wenn Napoleon sich über uns hinweg auch Dänemark einverleiben will, um England die Einfahrt in die Ostsee zu verlegen.«

»Schweig«, brüllte der Vater, »solange du etwas aus dem Hause Maiboom erben willst, halte keine verächtlichen Reden wider deinen Vater. Weder Preußen noch Österreich oder Russland kehren sich um das Schicksal Hamburger Bürger. Ein Bürger muss seinen Unterhalt durch den Handel oder vielleicht durch sein Handwerk bestreiten. Ein Kaufmann muss sich an die Verhältnisse anpassen und seinen Gewinn suchen. Das ist schon immer hamburgische Tugend gewesen und wird uns Maibooms auch in Zukunft gelingen, denn finanzielle Reserven habe ich von unseren Vorfahren ererbt und selbst redlich erworben. Der finanzielle Überschuss, den alle Kaufleute erwirtschaften, der macht es ihnen gemeinsam und damit unserer Stadt vielleicht möglich, den stets geldverschlingenden Herrschern einen Vorteil abzukaufen, denn Geld regiert die Welt. So ist es auch in der hamburgischen Geschichte stets gewesen. Gott verhüte, dass Hamburg sich Preußen oder Dänemark ausliefern muss. Und dass die Engländer keine Gewalt mehr über Hannover haben, hat zumindest ein Gutes: Der Hamburger Dom und die Liegenschaften des einst katholischen Domkapitels sind dem hannoverschen Kurfürsten entzogen, säkularisiert und endlich in städtischem Besitz. Nun kann Hamburg die baufällige Substanz als Steinbruch nutzen, und die Ruine macht sinnvoll Hanseatischem Platz. Schluss jetzt.«

Den Seekrieg hatte Nelson in der Schlacht bei Trafalgar für England entschieden. Frankreich hatte seine großen Kriegsschiffe verloren und besaß nur noch unbedeutende Küstenschiffe. In der Tat hatte sich die Lage für Hamburg durch die Kontinentalsperre gegen England beziehungsweise die englische Blockade der Flussmündungen von Ems, Weser und Elbe sehr verschlechtert. In den Jahren 1806 und 1807 lief fast der gesamte hamburgische Englandhandel über den kleinen dänischen Hafen Tönning und von dort über Land oder mittels kleiner Küsten- und Flussschiffe. Ein paar verschwiegene und waghalsige Kapitäne leichterten die größeren Handelssegler im

Tönninger Hafen und brachten mit ihren kleinen Seglern und Wattenrutschern Waren dicht unter der dänischen Küstenlinie und an dem dänischen Nordufer der Elbe entlang bis nach Altona, der dänischen Nachbarstadt neben Hamburg. Offiziell wollte Dänemark sich weder mit Napoleon noch mit England Krieg leisten. Dänischen Schutz für die Segler gab es jedoch nicht, im Gegenteil, die dänischen Offiziere der Zollboote nahmen gerne Prisen, machten gemeinsame Sache mit den Franzosen. Wehe denen, die französischen Zöllnern auf der Elbe oder an der Küste oder auch englischen Ausliegerschiffen vor der norddeutschen Küste in die Hände fielen.

Auch Caspar Maiboom hatte seine Geschäfte über Tönning lenken wollen. Doch der Tönninger Hafen war überfüllt, kein Speicherplatz war in der Stadt an der Eider mehr zu haben. Der Tönninger Kaufmann Kai Schmetzer hatte einen berittenen Boten nach Hamburg geschickt, der das Bedauern übermittelte, keine Ware mehr sicher lagern zu können, da kein Speicherraum mehr zur Verfügung stände. Selbst Küstenfahrer seien nicht zu haben, da alle verfügbaren Schiffe und Kapitäne noch über Wochen mit Aufträgen versorgt seien. Die englische Galiote »Mary« mit der Maiboom'schen Fracht läge zudem in Quarantäne wegen der Erkrankung dreier Matrosen. Der Kapitän verlangte nun eine Entscheidung, was mit dem Maiboom'schen Handelsgut, bestehend aus 60 Kisten Rohzucker, 20 Säcken Kaffee, einer Kiste Safran, einer Kiste Indigo und 30 Kisten verdorrender Zitronen geschehen solle. Er habe von seinem Reeder die Anweisung erhalten, die Waren notfalls auf einer Wiese unter Zeltbahnen abzuladen, gegebenenfalls mit einem Mann zur Bewachung. Schweren Herzens hatte Maiboom dem Boten sein Einverständnis dazu gegeben, und Schmetzer wollte sich um die Regelung kümmern. Abends hatte der Vater geklagt, dass die Waren wohl verloren seien.

Clemens Maiboom hatte sich angeboten, die Waren in Tönning mit einem Hamburger Schiff abzuholen, denn es lagen ja viele Schiffe untätig im Hafen. »Nein, du bist zu jung«, hatte der Vater reagiert. »Die Fahrt ist von den hamburgischen Behörden untersagt, denn Hamburg muss sich jetzt an die französische Kontinentalsperre halten«, fügte er hinzu. »Alle Schmuggler setzen sich drakonischen Strafen aus, falls sie geschnappt werden.« Leise fügte er hinzu: »Mein Sohn, du bist so viel mehr wert als Zucker, Kaffee, Gewürze und Zitronen. Ich kann verstehen, wenn du dich bewähren willst. Doch diese Fahrt ist nicht kalkulierbar, und ein Kaufmann sollte kein Hasardeur sein. Ich brauche dich noch ein ganzes Leben lang, mein Sohn. Kümmere du dich um deine Aufgaben im Kontor.«

Doch für das Kontor, das Ordnen von Frachtpapieren, das Prüfen von Quittungen der Quartiersmeister in den Maiboom'schen Speichern, die Vermittlung von Ware an Zwischenhändler und Kleinhändler, die Einzahlung von Geldern auf die Commerzbank, die Auszahlung der Löhne für Fracht und Transport zu Wasser und zu Lande, für dererlei Aufgaben konnte sich Clemens schon länger nicht mehr begeistern.

Clemens ließ die Schmuggelfahrt trotz der väterlichen Ablehnung keine Ruhe. In den Maiboom'schen Speichern befand sich kaum ein Rest Rohzucker. Napoleon hatte durch die Behörden bekannt machen lassen, die Zuckerbäcker sollten sich auf die Zuckerrübe umstellen. Aber in Hamburg war weder das eine noch das andere verfügbar, zumal die Rübenernte noch ausstand und nur wenige Bauern die neue Sorte anbauten. Im Brandenburgischen sollte es bereits größere Anbauflächen geben, aber die dazugehörigen Manufakturen zur Zuckergewinnung waren dort ebenfalls bereits errichtet. »Früher habe ich meinen Zucker bis nach Petersburg geliefert, die hamburgische Qualität wird noch immer gerühmt«, klagte der Zuckersieder Georg Bockmann, ein dünner großer Mann, der in die Zuckerbäckerfamilie der van der Veens eingeheiratet hatte. Die van der Veens waren nach der spanischen Besetzung aus Antwerpen nach Hamburg eingewandert. »Was soll ich nur tun? Wenn es so weitergeht, muss ich mein Haus am Bäckerbreitergang verpfänden. Clemens, Sie würden mich doch gewiss benachrichtigen, wenn eine Ladung eintrifft? Mein Schwager macht mir schon Vorhaltungen, was ich für schlechte Verbindungen hätte, denn über das Millerntor wird doch so viel Sirup geschmuggelt. Selbst in Stiefeln von Grenzgängern soll der Sirup durch den Zoll gelangen.« Clemens hatte nicht schlecht gestaunt, welchen Preis Bockmann für eine Ladung Rohzucker geboten hatte. Es war auch nicht zu leugnen, dass sich der Mangel an raffiniertem Zucker bereits in den Kaffeehäusern bemerkbar machte.

Zupass kam Clemens, dass sein Vater ihn nur einen Tag nach der Unterredung über die Tönningfahrt beauftragte, den Maiboom'schen Pfahlewer nach Finkenwerder oder in das Alte Land zu verpachten. »Bald steht die Apfelernte an«, meinte Clemens' Vater. »Sieh zu, dass der Ewer vor Ort bereitliegt und den Bauern als Transportmittel zur Verfügung ist. Oder schließ einen Vertrag mit einem Fischer. Hier in Hamburg liegt er derzeit nur herum. Lade vielleicht auch von unserem Tran ein paar Fässchen und verhökere sie an die Großbauern.«

Da wegen der Auftragslage auch der aus Wandsbek stammende Lehrling Nils Banthien im Kontor unterbeschäftigt war, sollte jener sich mit dem Frachtverkehr zu Wasser besser bekannt machen und Clemens begleiten. Am Hafen traf Clemens den Finkenwerder Fischer und Lotsen Heinrich Kinau mit seinem Sohn Jacob. Die beiden wollten Leinen, Tauwerk, Netze und Leinwand für die drei Kinau'schen Schiffe einkaufen. Clemens und Jacob kannten sich von der Winterakademie, einer Einrichtung für Lehrlinge und Gesellen aus Kaufmannshäusern und Handwerksbetrieben, die im auftragsärmeren Winterhalbjahr Unterricht in Rechnungswesen, Korrespondenz, Kunst, Gesellschaftsform und fremden Sprachen erhielten. Jacobs Vater hatte dem Drängen seiner Frau und des Pastors Ehlenbröker nach Jacobs erster Walfangfahrt nachgegeben und die Erlaubnis und das Schulgeld gegeben, damit Jacob zumindest im Winter noch weiteren Unterricht erhalten konnte. Da die Akademie im Gebäude der Patriotischen Gesellschaft eingerichtet war, musste Jacob an den Schultagen in Hamburg wohnen, und es ergab sich, dass er bei den Maibooms unterkommen konnte. Die beiden Jungen hatten schnell miteinander Freundschaft geschlossen.

Als Clemens die beiden Kinaus nun im Hafen am Johannisbollwerk traf, packte er die Gelegenheit beim Schopf und fragte, ob Jacob bei ihm für zwei Wochen Elbfahrt ins alte Land auf dem Pfahlewer anheuern würde. Und kaum hatte der alte Kinau seine Erlaubnis gegeben, weihte Clemens Jacob in seinen Plan ein, die Tönninger Ware auf eigene Faust abzuholen und sowohl durch die englische Blockade als auch durch die französische Sperre zu schmuggeln. Es versprach ein guter Heuerlohn für Jacob zu werden. Ein paar Tage später zogen sie los.

Die Sonne hatte den Nebel vertrieben. Mit der Wärme begannen auch die Mücken aus den Binsen aufzusteigen, und ein fauliger Geruch dunstete aus dem fetten Schlickboden. Clemens drückte eine Zitrone in den Zinnbecher aus, um dem lauwarmen Wasser aus dem Vorratsfässchen einen frischeren Geschmack zu geben.

Die Schmuggler teilten Wachen ein; jeweils einer sollte die Elbe beobachten. Die anderen verzogen sich in die kleine Kriechkajüte im Heck.

Die Fahrt von Hamburg nach Tönning war ohne Probleme verlaufen. Ein Zollboot vor Stade hatte sie kontrolliert, aber sie hatten sich als ausfahrende Fischer getarnt, sodass sie nicht weiter behelligt wurden. In Tönning war die Quarantäne der »Mary« aufgehoben worden, denn die betroffenen Matrosen waren vom Arzt wieder für gesund erklärt worden. Die Jungen waren längsseits der Galeote gegangen, und Clemens hatte die Verhandlungen mit dem Kapitän geführt, der einem selbst geschriebenen Brief von Clemens aufsaß und schlicht erleichtert war, einen Teil der Waren so schnell loszuwerden. Noch auf der Reede wurde der Ewer so voll wie möglich geladen; für den Rest der Ladung würde sich vielleicht doch noch ein wetterfester Lagerort finden lassen, denn in Tönning wuchs auf Stelzen ein Dorf außerhalb der Tönninger Deiche und Warften auf den nassen Grund hinaus. Der Kapitän versprach, sich dort nach Speicherplatz umzuschauen.

Kapitän und Mannschaft schüttelten die Köpfe, als die drei

jungen Leute wieder ablegten, da der Ewer nicht einmal behelfsmäßig mit Netzen und Fischen getarnt war, sondern jeglicher Platz mit Zucker, Kaffee, Gewürzen und Zitrusfrüchten besetzt war. Doch wünschten sie ihnen Glück und lobten ihren Mut.

Der erste Tag war ohne Kontrollen überstanden, als sie sich im Abendlicht der Elbmündung durch das Watt, dicht an der Dithmarscher Küste, näherten. Das Wasser war kabbelig, der Wind blies mäßig, als sie das schwer bewaffnete, englische Kriegsschiff vor Cuxhaven kreuzen sahen. Französische Schiffe ließen sich nicht blicken, wichen einem Kampf mit den Engländern aus. Der Engländer nahm Kurs auf den Ewer und setzte schließlich ein Beiboot aus, als der Tiefgang des Kriegsschiffes nicht mehr ausreichte. Die Ruderer strengten sich mächtig an, der leitende Offizier signalisierte dem Ewer immer wieder beizudrehen. Doch die Ebbe setzte dem Ruderboot zu, Strömungen aus großen Prielen warfen das Soldatenboot aus der Richtung, und der mit dem Watt vertraute Jacob konnte den Ewer immer außer Reichweite der Gewehre halten. In der Dämmerung gaben die Engländer schließlich auf.

Am nächsten Morgen begegneten dem Ewer kleine stromabwärts gehende Elbfischerkähne, deren Besatzungen ihnen den letzten Standort der französischen Zollboote bei Glückstadt angaben. Bei Freiburg versteckten sie sich hinter einer baumbestandenen Elbinsel, als ein Zollboot die Elbe abwärts patrouillierte. Glückstadt passierten sie bei dunstigem Mondschein in der folgenden Nacht, doch dann hörten sie den ausgelösten Alarm, und im dichter werdenden Morgennebel sahen sie, wie das bei Glückstadt ankernde Zollboot Segel setzte und die Verfolgung aufnahm.

Aus dem Versteck beobachteten die Verschworenen, wie die französische Schaluppe am Vormittag tatsächlich umkehrte, genau wie Jacob es prophezeit hatte. Nils weckte Clemens und Jacob, und die drei beobachteten, wie das Zollboot an ihnen elbabwärts vorüberglitt.

Sobald die Flut den Ewer wieder aufschwimmen ließ, takelten die drei das Schiff auf und stakten es in den Strom, um den Weg nach Hamburg fortzusetzen. So dicht wie nur möglich am dänischen Nordufer der Elbe entlang, schrammten sie bei höchster Flut über die Untiefen vor der Haseldorfer Marsch. Vielleicht kam ihnen zugute, dass die Zollboote, die am Südufer vor der Schwingemündung lagen, gerade mehrere für Stade bestimmte Kähne durchsuchten. Unbehelligt setzte der Ewer seinen Weg fort. Mitten in der Nacht bei steigendem Nebel und fast vollständiger Flaute erreichten sie endlich Neumühlen.

Neumühlen, zum dänischen Altona gehörig, hatte einen flachen Strand. Kleine Elbkähne und Lotsenboote lagen zwischen Korbweiden und Strandhafer. Niemand kümmerte sich um ihre Ankunft. Das Gebiet oberhalb des Strandes gehörte dem Großkaufmann Lawätz, der dort eine Leinen- und Segeltuchspinnerei, eine Strumpfwirkerei, eine Tuchweberei, eine Bleiche und eine Färberei errichtet hatte. Lawätz war ein umtriebiger Unternehmer, der gerade jetzt, als es Hamburg durch die Besetzung schlechter ging, auch aus den Hamburger Armenhäusern seine über 800 Arbeiter rekrutierte. Er hatte zur Unterbringung dieser Arbeiter und ihrer Familien schlichte, aber sehr ordentliche Reihenhäuser oberhalb des Strandes am Höhenzug des Elbufers errichten lassen. Lawätz wollte eine vorbildliche Arbeiterkolonie hervorbringen und sorgte auch für die Ausbildung und moralische Unterweisung der Koloniebewohner.

Nachdem der Ewer vor Neumühlen dicht am Ufer vor Anker gegangen war, watete Clemens an Land und machte sich auf den Weg zu der Familie Sprengel. Clemens hatte die Sprengels vor seiner Schmuggelfahrt aufgesucht. Der Zuckersieder Bockmann hatte diesen Namen einmal erwähnt, als er von all den Männern erzählte, die er nicht länger beschäftigen konnte. Clemens hatte ihnen seinen Plan eröffnet und die Hoffnung gemacht, dass Bockmann zumindest ein paar Leute wieder einstellen würde, wenn er erneut Rohstoffe hätte. Die Sprengels hatten sich inzwischen bei Lawätz verdingen müssen und das Eckhaus der ersten Reihenhauszeile bezogen.

Clemens pochte an ihre Tür.

»Wer ist da?«

»Clemens Maiboom. Wie verabredet bringe ich Euch etwas, das Ihr in Eurem leeren Hühnerstall unterbringen wollt. Weckt Eure Söhne und lasst uns die Ladung schnell vom Schiff bringen.«

Die Sprengler'schen Männer kleideten sich an, wobei sie eine Art Uniform überzogen, die ihr Arbeitgeber ihnen zur Pflicht gemacht hatte. So leise wie möglich luden die Männer zehn Kisten Zucker und zehn Sack Kaffee auf den Strand.

»Ich werde in den nächsten Tagen jeweils abends jemanden schicken oder selbst vorbeikommen, um einen Teil abzuholen oder mit Euch zu vereinbaren, wohin die Ware geliefert werden muss. Ihr wisst ja, was von der Sache abhängt, ein guter Lohn und vielleicht sogar die Rückkehr nach Hamburg«, raunte Clemens dem Familienoberhaupt der Sprengels zu, bevor er sich mit seinen Freunden eilig auf den Weg machte.

Die feuchte Nacht ließ Clemens und seine beiden Helfer frösteln. Unendlich langsam schob der Nachtwind sie durch den dichterwerdenden Nebel dem Hamburger Stadtgebiet zu. Nahe am Ufer entlang, damit sie nicht unversehens in die Pfahlreihen des alten Baumwalls gerieten, steuerte Jacob den Ewer bis kurz vor den Niederhafen. Dort, am Strand des Hamburger Bergs vor dem Holstentor, standen die Schuppen und Häuser der Trankochereien. Vorbei an den Duckdalben, an denen sonst die großen Walfangschiffe anlegten, legte Jacob den Ewer direkt mit dem Bug auf den Strand. Es stank dort immer ein wenig – besonders im Sommer – nach den Wochen alten Walspeckstücken, die in Fässern vor den Kochereien gelagert wurden. In den Öfen unter den Speckpfannen waren noch glühende Kohlen, die ebenfalls rußige Rauchfahnen aussandten.

Wieder suchte Clemens nach einem Verschworenen. Ja, Carl Reepen hatte in dieser Nacht seinen Sohn Dieter als Feuerwächter beim Ofen der Reepen'schen Trankocherei zurückgelassen. Von der Familie Reepen bezogen die Maibooms den Tran für ihren privaten und geschäftlichen Bedarf.

Auch die Trankocher litten unter der Handelssperre, denn es kam keine englische Steinkohle mehr, und die noch vorhandenen Vorräte waren mit einer hohen Steuer belegt worden, sodass der Brennstoff sich arg verteuert hatte. Mit Holz und Torf aber ließ sich nun einmal ein Trankocherofen nicht ausreichend befeuern. Da kam es Reepens gerade recht, wenn der Zuckerschmuggel einen zusätzlichen Verdienst versprach. Zwischen den stinkenden Speckfässern mochte kein Zollbeamter oder Gendarm lange suchen, und in einer Ladung Tranfässer ließ sich sicher auch Rohzucker durch das Tor schmuggeln.

Dieter zeigte Jacob und Clemens ein vorbereitetes Versteck, und dann schleppten sie im Schutz der Dunkelheit die restlichen Kisten von Bord. Zum Glück hatte die anderen Feuerwächter der Schlaf übermannt oder sie hielten sich bei dem nebligen Wetter in den Schuppen auf. Gendarmen und Zöllner waren hier vor der Toröffnung nicht zu erwarten.

Jetzt waren nur noch die Gewürzkisten, eine Kiste Zucker, der Indigo und die Kaffeesäcke übrig.

»Was machen wir mit dem Rest?«, fragte Jacob.

»Wir lassen ihn im Ewer. Den Ewer legen wir erst einmal auf den Grasbrook, die paar Säcke und Kisten können wir mit den Persenningen abdecken. Und dann hole ich alles nach und nach durch den Zoll«, meinte Clemens.

»Dann versenke die Säcke in der Segelkammer und die Kisten in der Kriechkajüte, damit der Laderaum für jeden als leer zu erkennen ist.«

Während Nils und Clemens die Stücke verstauten, hatte Jacob den Ewer weiter elbaufwärts gesteuert. Im nebligen Morgengrauen lag backbords das Johannisbollwerk mit den hölzernen Begrenzungspfählen der ständigen Hafensperre im Elbwasser. Dahinter ankerten viele Schiffe, lagen an Duckdalben oder waren an den Vorsetzen vertäut. Die Einfahrt zum Hafen war mit der schwimmenden Baumsperre verschlossen, dem so genannten Niederbaum. Davor stauten sich um diese Zeit die Fischerkähne, die morgens als Erste in den Hafen einfahren wollten, denn vom Frühsommer bis zum Herbst war der Fischverkauf nur bis halb zehn am Vormittag gestattet. Gedämpft klangen die Flüche der Steuerleute aus dem Gedränge herüber, mit Bootshaken versuchte jede Mannschaft einen Vorteil für die frühe Einfahrt in den Hafen zu erhaschen.

»Ist eigentlich euer Liegeplatz vor dem Speicher im Alsterfleet belegt?«, fragte Jacob.

»Nein, der ist frei«, gab Nils Auskunft. »Im Speicher liegt noch Getreide aus der letzten Ernte, welches nicht mehr nach England ausgeliefert werden konnte, außerdem Leder und Rauchwaren.«

»Clemens, hast du Mut?«, wollte Jacob jetzt wissen.

»Was hast du vor?«

»Schau, was dort für ein Gewimmel vor dem Niederbaum herrscht. Die Zöllner haben alle Hände voll zu tun. Wir könnten die Gunst der Stunde nutzen und uns dort durchmogeln. Wir sagen ihnen einfach, wir sollten etwas abholen.«

»Und wenn doch ein Zöllner an Bord kommt?«, fragte Nils beklommen.

»Diejenigen, denen man etwas anbieten kann, was sie gnädig stimmt, die kenne ich. Und wenn zu viele Neue dabei sind, dann können wir immer noch umkehren. Überlass das nur mir.« Ohne eine weitere Beratung abzuwarten, reihte Jacob den Ewer in die wartende Flottille ein, während Nils und Clemens nach Bootshaken griffen, um die anderen Schiffe und Boote auf Abstand zu halten. Die Segel killten und die Bäume schlugen, bis die Boote des Zolls endlich den Niederbaum öffneten. Nach und nach drängten die Boote durch die Lücke. Jeweils ein Zöllner ging allein oder mit Gehilfen an Bord und untersuchte die Ladung, um danach am Blockhaus an der Kehrwiederspitze wieder abgesetzt zu werden. Wenn es Unstimmigkeiten gab, mussten die Schiffer dort noch einmal anlegen, ansonsten reichte es aus, wenn der Zoll oder die Akzise sofort in bar beglichen wurde.

Über die langsam durch den Durchlass drängenden Schiffe stiegen und kletterten heute die Zöllner von Bord zu Bord.

»Was ist mit euch, habt ihr was geladen?«, wurde der Ewer angerufen.

»Moin, moin, Herr Dalhoff, schöne Grüße von meinem Vater. Nein, es ist nur eine Leerfahrt, um etwas abzuholen«, gab Jacob an.

»Oh, Jacob, du bist es, steuere nur durch. Und grüß auch deinen Vater.« Der Zöllner hatte nur kurz von der Reling des steuerbords langsam durchgleitenden Fischerbootes in den leeren Rumpf des Pfahlewers geschaut und wollte sich bereits einem holländischen Prahm zuwenden, als neben ihm ein Mann in französischer Uniform auftauchte: »Arrete. Volio inspiziere.« Mit einer Hand hielt er sich an der Backbordwant des Seglers fest, in der anderen Hand trug er einen Degen. Er stieg mit seinen Stiefeln auf die Reling, um auf den Ewer überzuspringen. Doch gerade, als der Soldat sich abstoßen wollte, sorgte die Heckwelle einer bereits auf der anderen Seite des Ewers durchgefahrenen Schaluppe für ein heftiges Schaukeln. Der Franzose oder Italiener verlor das Gleichgewicht und wäre in die Elbe gestürzt, wenn er sich nicht mit beiden Händen an die Want geklammert hätte. Der Zöllner und ein Fischer halfen dem Soldaten an Bord, während sich andrängende Schiffe in das Sichtfeld zum Ewer schoben.

»Na, hab ich die Welle nicht gut ausgenutzt?«, meinte Jacob spitzbübisch, während sie sich immer weiter entfernten. Clemens und Nils nickten mit schlotternden Knien. Die Fahrt hatte bald ihr glückliches Ende am Liegeplatz im Alsterfleet gefunden. Der Quartiersmeister und ein Gehilfe halfen beim Entladen der Säcke und Kisten, die auf Clemens' Anweisung im obersten leeren Stockwerk des Speichers gelagert wurden. Unter vier Augen gab Clemens dem Quartiersmeister zu verstehen, dass diese Waren nicht im Quartiersbuch aufgeführt werden sollten. Danach gingen Clemens, Jacob und Nils zum Maiboom'schen Stammhaus am Rödingsmarkt. Während Nils und Jacob sich schlafen legten, trat Clemens den Weg ins Kontor an, das sich wie ein verglaster Balkon in die hohe Diele vorwölbte, wo Vater Maiboom schon an seinem Schreibtisch saß.

»Guten Morgen, Vater.«

»Guten Morgen, mein Sohn. Konntest du den Ewer gut verpachten?«

»Nein, Vater. Der Ewer liegt jetzt am Liegeplatz im Alsterfleet vor unserem Speicher. Ich musste dort Ware löschen.« Clemens zögerte.

»Was für Ware? Du hattest weder einen Auftrag, Ware einzukaufen, noch Geld, um Ware zu bezahlen.«

»Gestattet mir zuerst eine Frage, Vater, bitte. Wenn eine Anordnung oder ein Gesetz nach menschlichem Ermessen zu Unrecht von einem Machthaber erlassen wurde, ist es dann nicht zu vertreten, dass man sich nicht daran hält?«

»In einer Gemeinschaft muss es Regeln und Gesetze geben, ansonsten herrscht das Chaos. In Hamburg regeln der Senat und die Bürgerschaft einvernehmlich mit den Deputationen, Innungen und Ämtern die Gesetze, und solange sich diese Institutionen einig sind, müssen alle Bürger diesem Regelwerk folgen. Einzelne Personen können nicht für sich in Anspruch nehmen, diese Regeln ungeschoren zu missachten. Und jetzt berichte, was du angerichtet hast? Bitte keine Umschweife mehr!«

»Vater, ist Ihre Gesetzestreue so streng, dass Sie mich anzeigen würden, wenn ich mich einer Übertretung schuldig gemacht hätte?«

»Um Gottes Willen!« Caspar Maiboom erhob sich und schloss die Tür des Kontors zur Diele. Er senkte die Stimme: »Du weißt es noch nicht, wir haben eine Einquartierung bekommen. Ein französischer Feldwebel ist seit ein paar Tagen unser Logiergast. Er hat seine Kammer hier auf diesem Zwischenstockwerk, und er versteht recht gut Deutsch, denn er stammt aus dem Elsass.« Der Vater sprach noch leiser: »Hast du jemanden verletzt oder gar getötet?«

»Nein.«

»Gut. Dann brauchst du keine Sorge zu haben, ich werde

dich nicht verraten, ich werde dir beistehen. Aber du musst den Schaden wieder gutmachen.«

»Vater, Sie verstehen mich nicht.« Leise gestand Clemens, dass er die Maiboom'sche Ware aus Tönning nach Altona und Hamburg geschmuggelt hatte. Caspar Maiboom war wütend, dass sein Sohn sich nicht an die väterliche Anordnung gehalten hatte. »Clemens, du gefährdest unser Kaufmannshaus! Wenn der Schmuggel bekannt wird, werden unsere Handelspartner es meiden, mit uns Geschäfte zu tätigen. Der Senat wird unsere Abgaben neu festsetzen müssen. Mach das nie wieder, verstanden? Sieh jetzt zu, dass wir die Konterbande zügig loswerden.«

Zerknirscht stimmte Clemens den Argumenten seines Vater zu. In den nächsten Tagen und Nächten holten er und Nils mit einem kleinen unauffälligen Ruderboot etliche Kisten und Säcke aus Neumühlen. Doch es waren zu viele Kisten. Es bestand die Gefahr, dass das stete Hin und Her auffallen würde. So brachten sie die Kisten in einem Wagen vorbei an den wenigen dänischen Zöllnern nach dem zu Hamburg gehörenden Eppendorf, wo sie einen Milchbauern dafür bezahlten, dass er Kiste für Kiste Rohzucker in eigens präparierte Milchkannen umlud und morgens früh über die Alster in seinem Milchkahn durch die Sperre bis zum Jungfernstieg transportierte. Drei Kannen hatte Clemens bei einem jüdischen Kesselflicker in Altona mit einem doppelten Boden versehen lassen. Von unten ließ sich der Boden dieser Kannen mittels einer Feder lösen und mit Rohzucker füllen. Hob man den Deckel oben an der normalen Kannenöffnung, so sah man auf ungefähr zwei Pint Milch. Der Bauer war allen Torwächtern seit langem bekannt. Zudem rechnete kein Zöllner damit, dass englische Ware aus Eppendorf käme.

Jacob besorgte einen Kahn voller Torf und Obstbaumreisig aus dem Alten Land, bestimmt als Brennmaterial für die Brotbäckereien. In dieser Ladung versteckten sie die Kisten, die am Hamburger Berg zwischengelagert waren. Die Zöllner waren mit dünnen Stangen ausgerüstet, die sie durch Torfsoden und Reisigbündel stießen. Die Kisten standen jedoch dicht an dicht auf dem Boden der Schute, und so meinten die Zöllner auf den Grund des Kahns zu stoßen.

Nur eines ließ sich nicht so bewerkstelligen, wie der alte Maiboom es gewünscht hatte: Die Konterbande musste in dem Maiboom'schen Speicher zwischengelagert werden. Sie konnte erst nach und nach unauffällig ausgeliefert werden. Das hatte jedoch auch ein Gutes, denn so stieg der Preis für die immer rarer werdende Ware.

Caspar Maiboom musste bei Beratungen mit seinen Söhnen zugeben, dass die ordentlichen Geschäfte des Hauses Maiboom seit der Handelssperre mit England sehr schleppend liefen. Wie man munkelte, ließen sich gegen gewisse Summen bei gewissen Zöllnern und ihren Vorgesetzten die nötigen Papiere zum Transport von Waren beschaffen. Den Gewinn aus der Schmuggelei hatten sie bitter nötig.

Winter 1807/1808

Einquartierung

Caspar Maiboom saß mit seinen Söhnen am Kontortisch in der Galerie oberhalb der Diele. Ihm lag die Einquartierung des Sergeanten Paul Maurice auf dem Magen. Zum ersten Mal, seitdem er die Geschäfte des Kaufmannshauses Maiboom von seinem Vater übernommen hatte, verfügte er nicht mehr uneingeschränkt über sein Haus. Ängstlich wachte er darüber, dass die Schmuggelei im Gespräch mit seinen Söhnen mit keinem Wort erwähnt wurde, denn der Sergeant verstand sehr gut Deutsch.

»Die Stadt ist voller Spione«, flüsterte der alte Maiboom. »Wir müssen vorsichtig sein. Es soll bei den französischen Soldaten und ihrem General schon eine Geheimpolizei geben, die gutes Geld für Nachrichten ausgeben kann. Widerlich, dass sich Hamburger andienen und Gerüchte verschachern. Den wichtigeren Informanten soll sogar versprochen werden, sie würden später einmal einträgliche Ämter in einer neuen Stadtverwaltung nach napoleonischem Muster bekleiden. Der französische Gesandte hat dem Rat zwar zugesichert, dass er und alle damit verbundenen Ämter bestehen bleiben. Und trotzdem wird damit begonnen, die Stadtverwaltung neu zu strukturieren. Der Vorsitzende der Commerz-Deputation hat gestern zugegeben, dass der Rat plant, das französische Gesetzeswerk Code Napoléon einzuführen, damit eine einheitliche Gesetzgebung auch den Handel begünstigen könnte. Dabei soll die Umstellung noch so lange wie möglich hinausgezögert werden. Die Klugen unter den Kaufleuten stellen sich aber anscheinend schon jetzt darauf ein, dass Napoleon unsere Stadt insgeheim regiert.

Die Schmuggelei kann auf Dauer keine Aufgabe für uns sein, auch wenn sie, zugegeben, hübsche Gewinne einfährt. Aber leider gibt es so viele Mitwisser dabei, dass einige darauf kommen könnten, ihr Wissen zu unserem Schaden an die Geheimpolizei zu verkaufen. Ich habe nicht die Absicht, wegen bewiesener Schmuggelei unter der Guillotine zu landen.«

»Es muss doch möglich sein, Boote so umzubauen, dass wir ohne Mitwisser –«, doch Clemens wurde von seinem Vater unterbrochen.

»Davon will ich nichts hören.«

»Vater, dann müssen wir eben wie die anderen Großkaufleute damit anfangen, die Torwachen oder Zolleinnehmer zu bestechen«, meinte nun auch Thomas.

»Still, da war ein Geräusch auf der Treppe«, Caspar Maiboom lauschte zur Tür hinaus, bevor er das Gespräch fortsetzte: »Nein, nein, nein. Von krummen Geschäften will ich nichts hören. Ich habe einen anderen Plan. Ich habe mit dem alten de Castro, dem Familienvorstand der Weinhändlerfamilie, gesprochen. Die de Castros haben Verbindungen nach Spanien. Wir sollten mit ihm zusammen spanischen Rotwein kaufen und die Fässer selbst holen. Französischer Rotwein darf neuerdings nur mit französischen Schiffen transportiert werden, aber für spanischen Wein gibt es diese Vorschriften nicht.«

»Sie reden, als sei eine Fahrt nach Spanien weniger gefährlich als eine Schmuggelfahrt nach Helgoland und zurück. Glauben Sie, die Engländer würden uns durch den Ärmelkanal lassen? Gibt es nicht immer noch Kaperfahrer und Barbaresken?«, wandte Thomas ein. »Auf eigene Faust, ohne den Schutz der Admiralität erscheint mir eine Spanienfahrt in diesen Zeiten zu gefährlich. Vater, sollten wir nicht lieber dem Beispiel anderer Hamburger Kaufleute folgen und einen Großteil unserer Geschäfte für eine Zeit nach London verlegen. Ich habe in Altona bereits einen Brief nach London aufgegeben, an unseren alten Partner Thomas Murphy, der sogar Verbindungen nach Amerika geknüpft hat. Die Unabhängigkeit des neuen amerikanischen Staatsgebildes und die freundschaftlichen Beziehungen der Amerikaner zu Frankreich lassen hoffen, dass Hamburger Schiffe nach Amerika geschickt werden können.«

Caspar Maiboom schwieg überrascht. Amerika, was für ein fernes, wildes Land. Aber es würde Zukunft haben. Der Großkaufmann Caspar Voght hatte sein Vermögen auch damit verdient, dass er aus Baltimore Tabak einführte. Der alte Kaufmann stöhnte: »Was waren das früher für Zeiten, noch vor zehn Jahren blühte die Wirtschaft, als –«

Sein Sohn Thomas unterbrach ihn: »Denken Sie jetzt nicht an vergangene Zeiten. Was halten Sie nun von meinem Vorschlag, dass ich nach London zu Murphy gehe?«

In diesem Moment klopfte es an der Tür. Es war Minna, die alte Magd und Haushaltshilfe. »Ihre Frau empfängt soeben unten im Salon den Zolleinnehmer Rauchenberg, der um eine Unterredung mit Ihnen bittet.«

»Gut, ich komme gleich«, dann wandte er sich blass an seine Söhne, »Gott weiß, was der will. Zunächst verschieben wir weitere Gespräche. Thomas, du machst mir einmal eine Aufstellung aller Geschäfte mit London und mit Murphy aus den letzten fünf Jahren. Und Clemens, schlag dir deine Flausen aus dem Kopf. Der Winter ist noch lang, die Elbe vereist. Sieh zu, dass du wenigstens etwas aus der Winterakademie ziehst, ich zahle genug Schulgeld dafür. Lerne deine spanischen Vokabeln, vielleicht wirst du doch mit de Castro nach Spanien fahren müssen.«

Der alte Maiboom verließ das geheizte Kontor. Ihn fröstelte bei dem Gedanken an Rauchenberg, dem die Hausherrin Rita Maiboom Kaffee servierte.

Als Caspar Maiboom in den Salon trat, machte sich Minna am Kachelofen zu schaffen, während seine Frau Konversation betrieb: »Das heiße Getränk wird Ihnen gut tun, bei diesem Wetter.«

»Merci, Madame Maiboom«, brummte Rauchenberg, »ein kostbares Geschirr nennen Sie Ihr Eigen. Und wie ich sehe, ist Ihnen weder Kaffee noch Zucker zu teuer für mich.«

»Guten Tag, Herr Rauchenberg«, begrüßte der Kaufmann den Zollbeamten.

»Bon jour, Monsieur Maiboom«, antwortete Rauchenberg, erhob sich und verneigte sich übertrieben höflich.

»Sie sprechen nach französischer Manier? Nun gut, wie es Ihnen beliebt. Doch erlauben Sie mir, der hanseatischen Tradition zu folgen. Was führt Sie zu mir?«

»Ihr Kaffee schmeckt vorzüglich, der Zucker ist die reinste Raffinade, stammt er von dem Zuckerbäcker Bockmann?«

»Kaffee und Zucker stammen aus unserem Vorrat, aus einer Zeit, als Hamburg noch selbst bestimmen konnte, was ein- und auszuführen war und zu welchen Konditionen.« Maiboom ließ sich seine Unruhe nicht anmerken, die ihn bei der Nennung des Namens Bockmann ergriffen hatte. »Warum fragen Sie gerade nach Bockmann, lieferte er nicht früher seine Ware bis nach Petersburg?«

»Gewiss, gewiss, Bockmann war ein tüchtiger Mann. Nur schade, dass er sich anscheinend nicht an die Gesetze halten wollte. Soviel ich weiß, haben Sie ihm früher auch Rohware geliefert, nicht wahr? Ich habe ihn persönlich vernommen, denn unsere Inspektoren haben bei ihm unverzollte Rohware entdeckt, nachdem ein Konkurrent ihn angezeigt hatte. Können Sie sich vorstellen, woher er diese Ware erhielt?«

Maiboom stockte der Atem, er schüttelte den Kopf. Rauchenberg senkte die Stimme: »Bürger Maiboom, Sie sind ein unbescholtener Kaufmann, woher sollten Sie ahnen, wer die *contrebande* geliefert haben könnte?« Rauchenberg beobachtete sein Gegenüber einen Augenblick. »Es klärte sich gottlob auch alles auf. Bockmann hatte die Ware gar nicht angefordert, ein unbekannter Lieferant hatte sie ihm auf den Hof gestellt. Er versprach, denjenigen sofort anzugeben, sobald dieser eine Rechnung für die Lieferung stellt. Ich habe derweil die Ware konfisziert und an den französischen Gesandten Bourienne überstellen lassen. Es sieht nicht gut aus mit der Moral in dieser Stadt.« Rauchenberg schüttelte bedächtig den Kopf und fixierte Maiboom. »Im Ernst, Kaiser Napoleon ist tief besorgt. Gerade Hamburg war stets tugendhaft und strebsam. Doch nun sind etliche Bürger wie von einer Krankheit befallen. Die alte Verwaltung ist anscheinend nicht in der Lage, der Sache Herr zu werden. Der Gesandte Monsieur Bourienne berät sich mit seinen Untergebenen, um eine Reform der Verwaltung vorzuschlagen. Bedenken Sie, Bourienne war Mitschüler des Kaisers an der Militärakademie. Er hat die Feldzüge des Kaisers begleitet und die Staatsreform entscheidend mitgestaltet. Wir können uns glücklich schätzen, diesen Mann hier in Hamburg zu beherbergen.«

Maiboom hatte sich inzwischen gefangen: »Herr Rauchenberg, erlauben Sie mir, Sie nach dem Anlass zu fragen, der Sie eigentlich in mein Haus geführt hat?«

»Ich schätze Sie, Bürger Maiboom, denn wie Sie wissen, bin ich mit den Verhältnissen Ihres Handelshauses schon länger bekannt. Jetzt ehrt man mich mit einer Beförderung zum Sekretär, weil mir die französischen Behörden vertrauen. Dies wollte ich Ihnen mitteilen. Wenden Sie sich jederzeit vertrauensvoll an mich.« Rauchenberg machte eine bedeutungsvolle Pause und setzte dann hinzu: »Guter Rat ist nicht immer billig, doch seien Sie versichert, dass Sie sich auf mich verlassen können.«

Rauchenberg erhob sich schwerfällig und wandte sich zur Tür: »Oh, und grüßen Sie Ihre Frau Gemahlin. Ich hätte mich gern verabschiedet, aber ich bin in das Bureau des Gesandten Bourienne bestellt.«

»Bonjour, Messieurs«, schaltete Sergeant Maurice sich in der Diele ein. »Dann grüßen Sie den Gesandten aber von mir. Ich bin verantwortlich für die Sicherheit von Mademoiselle Clothilde Gauthier und ihrem Vater, einem wichtigen Mann der französischen Verwaltung, der häufig bei dem Gesandten vorstellig wird. Meine Empfehlung.« Sergeant Paul Maurice ging an dem überraschten Rauchenberg vorbei die Treppe hinauf in den ersten Stock.

»Sehr lobenswert, Herr Maiboom, dass Sie einen Unteroffizier der großen Armee bei sich aufgenommen haben, und welche Ehre. Dann mutet der Rat Ihnen ja auch zu, Tafelgeld zu bezahlen, obwohl ein Unteroffizier natürlich nicht so viel verlangen darf wie höhere Dienstgrade. Tja, wie ich schon sagte, alles hat seinen Preis. Die französische Armee schützt uns vor den Engländern, die sich als Herren der Meere aufzuspielen beginnen und den offenen Handel behindern.« Erneut senkte der unangenehme Zeitgenosse seine Stimme: »Und im Vertrauen, ich schütze hamburgische Kaufleute vor mancherlei Missgeschick, wenn Sie verstehen, was ich meine. Meine Empfehlung.«

Der alte Maiboom sah Rauchenberg ratlos nach. Dieser Wichtigtuer hatte ihm soeben angeboten, Einfuhrpapiere gegen Bestechung zu besorgen. Von Bourienne, dem französischen Gesandten, munkelte man längst, dass er sich die Taschen auf diesem Wege üppig füllen ließ.

Maiboom schloss die Tür und sperrte die feuchten Nebel aus. Noch verfügte das Haus Maiboom über ausreichende Reserven, um nicht auf zwielichtige Angebote angewiesen zu sein. Doch der Handel lag brach, nicht nur, weil Winter war. Wie sollte es nur weitergehen?

Unruhig blieb der alte Maiboom auch angesichts des einquartierten Sergeanten Paul Maurice. Während sich seine Söhne deswegen nicht sorgten, beunruhigte es den Hausherrn, wenn der Sergeant zwangsläufig zur Kenntnis nahm, wer zu Besuch kam und was in seinem Haus geschah, besonders, wenn es sich um andere Kaufleute und die Schau von Warenmustern in der Diele handelte. »Stockfische sind keine Waffen, Bier ist kein Gift, geröstete Zichorienwurzel ein erlaubter Kaffee-Ersatz. Du bist ein redlicher Kaufmann und tust nichts Unrechtes«, stellte Rita Maiboom fest. »Im Gegenteil, der große französische Kaiser wird sich wünschen, dass der Warenumschlag rege bleibt, damit er Steuern und Abgaben erheben kann. Auch habe ich bislang nicht den Eindruck, dass Monsieur Maurice Anstoß an dem nimmt, was in diesem Hause vorgeht.«

»Ach, du bist gutgläubig, weil dieser Spion mit seinem französischen Akzent deine Sinne verzaubert. Ich sehe doch, wie du lächelst, wenn er dir Komplimente macht.«

»Oh, Caspar, du bist doch nicht etwa eifersüchtig?«

»Unsinn. Ich möchte nur mal wissen, warum dieser Sergeant ständig über die Diele und das Treppenhaus streicht, wenn Besuch kommt. Und dann nachts, warum kommt er so spät nach Haus?«

»Nun, so sind Soldaten, er hat hier keine Familie. Er wird sich mit Landsleuten treffen.«

»Ich möchte aber doch gern wissen, was für Aufgaben dieser Sergeant eigentlich hat.«

»Mir hat er erzählt, dass er zu den Wachsoldaten gehört, einer Garde zum Schutz der höheren Offiziere und der zivilen Verwaltungsbeamten.«

»Zum Schutz? Warum sind sie hier, wenn sie Schutz brauchen? Sollen sie doch nach Frankreich zurückgehen. Ich möchte genauer wissen, was dieser Herr so täglich treibt. Vielleicht sollte ich Clemens bitten, sich einmal an seine Fersen zu heften, um das auszuforschen. Ich wäre zumindest ruhiger, wenn dieser Sergeant nicht schnurstracks von uns in das Haus der französischen Geheimpolizei läuft.«

So kam es, dass Clemens eines Morgens früh den Besatzungsoffizier beschattete. Tatsächlich führte der Weg des Sergeanten zunächst zum Alten Steinweg Ecke Düsternstraße, wo sich im ehemaligen Hofgebäude des Elfenbeinhändlers und Elfenbeinschnitzers Geo Poulson ein Teil der französischen Garde befand. Geo Poulson hatte mit den Zähnen von Walen, Walrössern und Elefanten ein kleines Vermögen gemacht. In seiner Manufaktur wurde daraus Schmuck hergestellt, Schirm- und Stockgriffe und eine ganz besondere Spezialität: künstliche Zähne, täuschend echte Brücken, partielle Prothesen oder auch vollständige Gebisse. So manchem lübschen, bremischen oder hamburgischen Ratsherren verliehen die Poulson'schen Zähne neuen, jugendlichen Charme, und auch schon einige der französischen Besatzer waren der Empfehlung gefolgt. Geschäftstüchtig hatte der alte Poulson den neuen Herren das alte Gebäude verpachtet und ein größeres, neues erworben.

Clemens sah den Sergeanten durch den Haupteingang im Gebäude verschwinden, durch ein Portal, das wie ein riesiges Walrossmaul gestaltet war.

Clemens kauerte sich auf eine Treppe zum Herrengrabenfleet und behielt den Hauseingang und den Torbogen der Wageneinfahrt, der mit Walkieferknochen umrahmt war, im Auge. Eine Gruppe von vier Soldaten verließ den Hof durch den Torweg, ein uniformierter Reiter mit Depeschentasche kam an und ritt durch das Tor in den Hof. Dann geschah eine Weile nichts.

Krämer und Marktfrauen bewegten sich Richtung Großneumarkt, der stadtbekannte Milchgroßhändler Männe Lau lenkte sein Fuhrwerk mit scheppernden Milchkannen nach Hause in die Brüderstraße. Sein Tagewerk war schon fast vollbracht. Noch halb in der Nacht hatte er an der Lombardsbrücke die Milchkannen von den Bauern übernommen, die mit Kähnen Milch und Sahne aus Eppendorf, Winterhude, Uhlenhorst und Hohenfelde über die Außenalster zum Anleger neben der Bastion David geliefert hatten. Die Milchhändler verteilten danach die Ware an Meiereien, Gasthäuser, Garküchen und Milchhöker.

Ein Bäckerbursche schleppte einen riesigen Korb mit Broten in das Haus der Gardesoldaten.

Nach etwa einer halben Stunde zog das Klappern von Hufeisen und die Radgeräusche einer leichten Kutsche Clemens' Aufmerksamkeit auf sich. Tatsächlich, neben dem kutschierenden Soldaten saß der Sergeant Paul Maurice auf dem Bock. Zum Glück schonte dieser Kutscher die Pferde, sodass Clemens dem Gefährt gut folgen konnte. Über den Neuen Wall ging es zum Jungfernstieg, dann am Armen- und Zuchthaus vorbei, und schließlich bog die Kutsche in die Straße Raboisen ein. Vor einem hübschen, vierstöckigen Bürgerhaus hielt die Kutsche, und der Sergeant meldete die Ankunft. Ein französischer Wimpel flatterte über dem Eingangsportal.

Clemens, der ein wenig Abstand gehalten hatte, fragte ein vorbeieilendes Hausmädchen, wer dort wohnen würde. »Der vornehme Herr Monsieur Gauthier mit seiner Tochter. Er stammt aus Paris und gehört zur Gesandtschaft, hat womöglich etwas mit Steuern und Zöllen zu tun hat, denn er bekommt auch Besuch von den Ratsherren der Finanzdeputation. Sehen Sie, da kommen er und seine Tochter. Ist sie nicht schön angezogen?«

Ein vielleicht siebzehnjähriges Mädchen in einem dunkelgrünen Wollmantel nahm in der Kutsche Platz, eine Wagendecke wurde ihr schützend umgelegt. Unter der dicken, schwarzen Samthaube lugte eine kaum gebändigte, blonde Lockenflut hervor. Ihr Vater hielt eine Mappe unter dem Arm, stieg zu seiner Tochter in den Wagen. Die Kutsche fuhr los, bog schon an der nächsten Ecke nach links zur Alster ab und nahm dann den Weg zurück zum Jungfernstieg. Clemens hielt sich verdeckt, dass der Sergeant ihn nicht bemerkte. Die Tochter aber schaute interessiert in die Umgebung, und als sie Clemens bemerkte, blieb ihr Blick an ihm haften, ja, sie drehte sich sogar noch einmal ein bisschen, wie zufällig, um, ehe sie ihren Vater anscheinend auf den Alsterpavillon aufmerksam machte. Das Mädchen war wirklich sehr schön.

»Nun, gefällt dir die Stadt, Clothilde?« Es hatte fast acht Wochen gedauert, bis Monsieur Gauthier sich von dem Schreck erholt hatte, den seine Tochter mit ihrem unerwarteten Erscheinen ausgelöst hatte. Gauthier hatte sich über ihre Unvorsicht und den Ungehorsam geärgert, aber er verspürte auch Stolz: Aus seiner Tochter war eine selbstsichere, mutige und schöne junge Frau geworden.

Mit privater Post hatte er seiner Frau erklärt, dass er sich nun neben seinen dienstlichen Aufgaben auch der Erziehung seiner Tochter würde widmen müssen. Seine Frau war erleichtert, weil ihre Tochter nun doch nicht, wie vermutet, mit einem Mann durchgebrannt war und sie sich nun nicht mehr um sie kümmern musste. Monsieur Gauthier riet seiner Frau schriftlich, den Bekannten in Paris von einer Studienreise ihrer Tochter zu erzählen; sie könne verlauten lassen, dass Clothilde überraschend einen freien Reiseplatz angeboten bekommen hätte. Die Tochter solle sich auf Wunsch des Vaters in der deutschen Sprache bilden und den wichtigen Handelsplatz Hamburg kennen lernen.

»Gewiss, Papa. Hamburg ist kleiner als Paris, doch mir gefällt das viele Wasser, die Kanäle, der Stausee, der Blick auf den Hafen mit den mächtigen Schiffen. Ich habe schon die Anlagen gesehen, die früher zum Verteidigungswall gehörten. Lustig ist es, dass diese Stadt noch Tore hat und sie abends geschlossen werden. Das macht sie mir eng. Auch fehlen mir die breiten Boulevards und großen Palais mit ihren weiten Gärten. Aber was nützt die Schönheit einer Stadt, wenn man unglücklich lebt. Mama verbot mir so vieles, selbst das Lesen der Zeitungen. Ich langweilte mich schrecklich und dann wollte sie mich mit einem fürchterlichen Galan verloben. Ich bin so froh, bei Ihnen zu sein. Ich habe Sie sehr lieb, mein Vater.«

»Clothilde, ich freue mich, wenn du mir deine Liebe als Tochter gestehst. Jedoch kann ich es nicht dulden, wenn du ungehörig von deiner Mutter sprichst!« Monsieur Gauthier sah seine Tochter freundlich an. »Da ich viel zu arbeiten habe, werde ich dir eine Dame von Anstand suchen, die du magst und mit der du Hamburg kennen lernen kannst.« Er schwieg eine Weile. »Was Hamburg betrifft, muss ich dich bitten, dein

Urteil nicht zu früh zu fällen: Hamburg ist keine Provinz. Zwar gibt es hier keine Paläste, aber das hat damit zu tun, dass diese Stadt nie eine Residenzstadt eines Königs war, sondern immer schon eine freie Stadt, eine Art bürgerliche Republik. Die Bürger sind sehr geschäftstüchtig, nur protzt man hier nicht mit seinem Reichtum. Hamburg gehört zu den reichsten Städten neben Paris und London. Unser Kaiser hätte mich nicht hierher gesandt, wenn es sich um eine unwichtige Provinzstadt handelte. Frankreich braucht Geld, und hier gibt es viel davon. Ich werde die alte Verwaltung studieren, um sie zu modernisieren und sie den Zwecken eines großen, modernen und kontinentalen Staates anzupassen. Die Stadt braucht neue Gesetze und Verordnungen, und die Bürger werden es merken und begreifen.«

»Oh Papa, ich verstehe. Aber erzählen Sie mir davon, wie es hier im vergangenen Sommer war. Gab es Gesellschaften? Landpartien? Worüber sprechen die Leute? Gibt es hier eine Universität, an der junge Leute sich bilden?«

»Nein, eine Universität gibt es nicht. Aber die Hamburger verstehen es, sich zu amüsieren. Und sie nehmen üppige Mahlzeiten zu sich. Im Sommer fährt man mit dem Wagen in die Gärten der Umgebung vor die Tore der Stadt, nach Klein Flottbek, Ottensen, Harvestehude oder Hamm. Dort haben die vermögenden Bürger Sommerhäuser angelegt und entfliehen der Hitze der Stadt und ihren üblen Gerüchen. Denn die Straßenreinigung, die Beseitigung von Abfällen und Unrat funktioniert noch nicht gut. Viele Bewohner kippen sämtliche Abfälle in die Fleete, so heißen hier die Kanäle, und bei Ebbe stinkt der Dreck vom Fleetboden, und es zieht durch die Straßenzüge. Insofern kann ich es nur zu gut verstehen, wenn im Sommer alles über die Stadtgrenzen flüchtet.« Monsieur Gauthier strich seiner Tochter eine Locke aus der Stirn. »Auch eine Alsterpartie mit einem Ruderboot ist eine vergnügliche Sache. Irgendwo am Oberlauf der Alster kann man anlegen und im Schatten der Bäume plaudern. So lassen sich die Tage gut verleben, wenn man denn die Zeit dafür hat.«

»Sind die Leute froh, dass das moderne Frankreich nun direkter Nachbar dieser Stadt ist? Beflügelt dies die Wirtschaft? Ich habe den Eindruck, als wenn nicht alle sehr begeistert von Ihrer Arbeit sind, Papa. Viele Menschen scheinen nicht erfreut über die französischen Uniformen.«

»Nu ja, wir mussten Hamburg besetzen, bevor dies die Dänen oder andere Mächte taten. Sicher sind die bisherigen Herren der Stadt darüber nicht erfreut und opponieren noch dagegen. Die Juden und Katholiken Hamburgs freuen sich jedenfalls schon heute über ihre neuen Rechte. Es wird sich die Erkenntnis durchsetzen, dass der Kaiser Napoleon Europa einigen und modernisieren wird. Gerade eine Handelsstadt wie Hamburg wird schnell begreifen, dass es gut ist, wenn die alten Zollgrenzen fallen und die elende Kleinstaaterei zum Rhein hin ein Ende hat. Die vielen alten Herzöge und Grafen mit ihren Bürokraten und Räten und Zöllen und Steuern und Vorrechten müssen verschwinden. Die neuen Gesetzeswerke geben allen Bürgern Sicherheit und Gleichheit. Das beflügelt den Einsatz der Erfinder, Ingenieure, Fabrikanten, Händler und Handwerker. Große Manufakturen und Fabriken werden entstehen, die Dampfmaschinen und die Eisenbahn werden allen Menschen das Leben erleichtern. Napoleon will den Fortschritt. Nur ist es schwer, dies dem einfachen und ungebildeten Volk klar zu machen. Hier in Hamburg ist es durch den Krieg gegen Frankreich zu einem Stillstand gekommen. Viele Seeleute und Hafenarbeiter haben keine Arbeit. Nur daran hat Frankreich keine Schuld, es ist England und sein Hegemoniestreben auf dem Meer, dort liegt die Verantwortung!«

»Ach Papa, ich will gern eine Botschafterin Frankreichs sein ich freue mich, mit Hamburgern ins Gespräch zu kommen. England verursacht doch die Misere mit seinen Kriegsschiffen, nicht wahr? Das muss man den Bürgern klarmachen! England will den Welthandel auf den Meeren beherrschen. Das müssen gerade doch die Hamburger merken!«

»Nun, die Hamburger haben bislang mit den Briten gute Geschäfte gemacht und sich mit der britischen Vorherrschaft auf den Weltmeeren abgefunden. Ich fürchte, dass du keine begeisterten Zuhörer findest.«

»Ich will den Hamburgern Mut machen, dass sie einen Ersatz finden. Die Zuckerbäcker können doch den Sirup von den neuen Zuckerrüben verarbeiten. Die Hafenarbeiter sollen bei den nötigen Kanalarbeiten helfen, damit die Binnenschifffahrt vorankommt. Ich habe von Robert gehört, dass sie an der Ecole Polytechnique die größten Pläne für ein dichtes Kanalnetz über den ganzen Kontinent entwickeln. Die Schiffsbauer müssen dann Binnenschiffe und Schuten bauen. Ach, es gibt doch genug Arbeit, Arbeit, wo man nur hinsieht.«

»Wer aber soll diese Arbeiten bezahlen? Wie willst du die Zeit überbrücken, bis all die Zuckerrüben gesät und geerntet, all die Kanäle gegraben sind?«

»Papa, Sie sagen doch selbst, dass die Hamburger so reich sind. Was machen Sie und die anderen Beamten denn mit den Kontributionen? Allerorten hört man dieses Wort. Wo bleibt das Geld? Der Kaiser ist ja kein Sonnenkönig, er verbraucht es doch kaum für sich selbst.«

»Clothilde, der Kaiser führt Kriege. Auch wenn seine Soldaten zurzeit nicht schießen, der Krieg kann jederzeit wieder losbrechen. Die Soldaten und das Kriegsgerät verschlingen immenses Geld. Und außerdem kommen die Kontributionen nicht alle in Paris an –« Später ärgerte sich Gauthier über diese unvorsichtige Äußerung gegenüber seiner Tochter.

»Was meinen Sie damit, Papa?«

»Nun, bedenke, dass nicht alle Generäle, Gouverneure und Beamte gern so weit ab von ihrer französischen Heimat eingesetzt werden. Sie erhalten teilweise üppige Belohnungen für ihre Arbeit. Und die stammen aus den Kontributionen.«

»Das billigt der Kaiser?«

»Der Kaiser kann nicht alles wissen und kontrollieren. Hauptsache, es kommt genug in Paris an –«

Monsieur Gauthier war froh, dass seine Tochter nun schwieg und nachdenklich hinaussah. So konnte er sich auf den Besuch in der Finanzdeputation vorbereiten. Die anwesenden hanseatischen Beamten und Ratsherren waren zusammengerufen worden, um über die Zahlungsmodalitäten der Kontributionen zu beraten. Gauthier war gespannt, welche Unterlagen man präsentieren würde, denn die Franzosen und die Hamburger waren sich zuletzt über die Zahl der Steuerzahler in Hamburg uneinig gewesen.

Man hatte während der Debatte im Ratsweinkeller einen besonderen Rotwein getrunken, den so genannten Rotspon. Über diesen Wein hatte er zu fortgeschrittener Stunde mit zwei Kaufleuten gesprochen, mit einem Herrn de Castro und einem in Bergedorf ansässigen Herrn Pfeffer, offenbar Kennern des Rotweins und seiner Herkunft und Lagerung.

Frühjahr 1808

Kein Zuckerschlecken

Das Frühjahr begann, wie es immer in Hamburg beginnt. Plötzlich war der Himmel hell. Der Matsch in den Straßen roch noch nach Winter, aber die Luft ließ sich anders atmen, ein warmer Südwind fegte von der Elbe durch die Fleete und Häuserschluchten und fuhr den Menschen in die Glieder, dass sie sich reckten und aufwachten, wie aus dem Winterschlaf.

Clemens Maiboom hatte den Winter tatsächlich genutzt, um an der Winterakademie seine Spanisch- und Französischkenntnisse zu verbessern. Dabei hatte er sich mit dem Sergeanten Paul Maurice angefreundet; der Sergeant schien ein feiner Kerl zu sein, war stets gern zu einem Gespräch bereit, erzählte von seiner Heimat und wusste auch seinerseits kluge Fragen über Hamburg zu stellen. Caspar Maiboom hatte sich beruhigen lassen, nachdem Clemens dem Sergeanten mehrfach gefolgt war und es sich als zutreffend erwies, dass der Sergeant zu der

Garde gehörte, die hauptsächlich zum Schutz und zur Repräsentation der höher gestellten Besatzungsbeamten und Militärs diente. Einmal hatte Clemens den Sergeanten und die Kutsche mit Monsieur Gauthier sogar per Pferd verfolgt, wobei der Ausflug schließlich ganz harmlos in Flottbeck beim Landhaus des Baron Voght endete.

Im Kontor hatte Clemens die Winterzeit damit zubringen müssen, die alten Ablagen und Archive zu ordnen und Überflüssiges zu vernichten. Dabei war er zwischen uralten Verträgen, Rechnungen und Quittungen auf ein verwittertes, handgeschriebenes Dokument gestoßen, eine Art Tagebuch oder Lebensbeichte eines Vorfahren, in schweres Leder gebunden, in dessen Anhang sich einzelne, noch ältere Seiten anderer persönlicher Aufzeichnungen befanden, sowie Pläne und Land- oder Seekarten. Er hatte dieses Buch seinem Bruder und seinem Vater gezeigt, doch war er bei ihnen nur auf dürftiges Interesse gestoßen. Sein Bruder Thomas war viel zu sehr mit seinen Plänen, nach London umzusiedeln, beschäftigt; es zog Thomas häufig nach Altona, um Briefe aufzugeben oder in den Cafés englische Zeitungen zu lesen. Denn dort gab es sie noch, während in Hamburg sogar der Briefverkehr mit England verboten war und alle Poststellen durch französische Besatzer kontrolliert wurden.

Der Vater hielt es für Zeitverschwendung, den alten Plunder entziffern zu wollen, und mahnte Clemens, sich um das Hier und Jetzt zu kümmern. Den Maiboom'schen Speicher am Holländischen Brook hatte der Vater im Dezember an den Immobilienhändler und Bauunternehmer Greve verkauft, der diesen wiederum an die französische Armee vermietet hatte. Überhaupt war Greve ein schlauer Fuchs, handelte den in Schwierigkeiten steckenden Kaufleuten die Sommerhäuser vor den Stadttoren ab und verschacherte sie dann an diejenigen, die im Gefolge der Franzosen in die Stadt gekommen waren und gut mit und von ihnen lebten. Den Maibooms hatte jedenfalls der Speicher zu nichts mehr gedient und die wenigen Waren und Vorräte konnten auf die anderen Speicher am Grimm und beim Steckelhörn verteilt werden.

Irgendetwas hatte Clemens davon abgehalten, den merkwürdigen Lederband fortzuwerfen. Stattdessen hatte er ihn mit auf seine Kammer genommen, und abends vor dem Einschlafen versuchte er die Handschrift zu entziffern. Dreihundert Jahre alt schien sie nach den eingetragenen Daten zu sein, die Einzelseiten und Planskizzen sogar noch älter, und es war mühselig, aus dem altertümlichen Deutsch schlau zu werden. Es ging um finanzielle Schwierigkeiten und Steuerlast, gerade so als sei es die Gegenwart.

Ab und zu ließ sich Jacob Kinau bei den Maibooms sehen. In diesem Winter besuchte er die Akademie nicht mehr. »Weißt du, es war zwar sehr schön, bei euch zu wohnen und mit dir zu lernen«, führte er gegenüber Clemens aus, »aber ich merke doch, dass ich so recht damit nichts anfangen kann. Dabei ist zu Hause genug Arbeit zu tun, und den Vater mag ich in dieser Zeit nicht mehr um das Schulgeld bitten. Die Franzmänner haben bei uns in Finkenwerder einen Amtmann eingesetzt, der uns die Daumenschrauben anlegen will. Alles und jedes muss erst beantragt und erlaubt werden und der Erlaubnisschein kostet Geld. Liegegeld muss gezahlt werden, wenn du nicht draußen bist und wenn du zum Fang losfährst, musst du die Erlaubnis einholen und Routengeld geben. Ja, und wegen all dem will ich lieber helfen, Geld zu verdienen.«

»Gut, ich kann das verstehen«, entgegnete Clemens, »aber wir reden nicht mehr nur von Literatur, Kunst, Moral und Religion. Die Zeiten haben sich geändert, es gibt nicht nur Schöngeister unter den Lehrern und den anderen Schülern. Du kennst doch noch Pit Lindemann aus der Brauerfamilie. Er ist ja etwas älter als wir und pflegte sich an der Akademie besonders für die wirtschaftlichen Kurse zu interessieren, von Moral und Gerechtigkeit wollte er nichts hören. Du würdest ihn kaum wieder erkennen. Seit dem letzten Winter ist er viel schwärmerischer und wütender geworden, hat vor kurzem zu einer abendlichen Wallfahrt zu Klopstocks Grab aufgerufen, zitiert die Oden auf die

Freundschaft und rühmt Klopstock als Dichter der Deutschen. Er scheint zum Patrioten zu werden, ist spürbar gegen die Franzosen eingestellt und bringt sogar verbotene Schriften mit zur Akademie, das sich der Akademieleiter eingeschaltet und dergleichen ausdrücklich verboten hat. Der Unmut wächst, und die Akademie ist ein Ort, wo sich jüngere Gleichgesinnte ohne Anwesenheit zwielichtiger Gestalten treffen. Es wäre mir lieb, wenn du als mein Freund dabei sein könntest.«

»Clemens, du weißt, du kannst auf mich zählen, wenn es eine Unternehmung gibt, doch ich muss im Vertrauen an eine Zukunft denken, in der ich nicht allein für mich handeln werde.«

»Wer ist sie? Oh, sag's mir, ist es so ernst? Du bist doch viel zu jung, um dich schon jetzt binden zu können.«

»Nein, Clemens, es ist zu früh, um darüber zu sprechen, nur so viel: Ich bin sicher, dass sie mir gewogen ist.«

»Ach, sei nicht so, ich bin verschwiegen, kenne ich sie?«

»Nein, Schluss jetzt, ich erzähle davon später einmal. Verrate mir lieber, welche Pläne du hast. Was ist mit einer neuen Fahrt nach Tönning oder gar nach Helgoland? Helgoland wäre ein lohnendes Ziel, das meinen viele in Finkenwerder.«

»Ja, es wäre nicht schlecht, unser Getreide nach Helgoland zu schaffen und an Engländer zu verkaufen. Auch wenn das Getreide trocken lagert, es wird nicht besser, und vielleicht wird es sogar eines Tages einfach beschlagnahmt, um den französischen Armeepferden als Futter zu dienen. Nur, wie sollen die Säcke ohne Aufsehen verladen werden? Neidische Nachbarn gibt es schon genug, Spitzel, die gegen ein paar Münzen den Zöllnern Nachricht geben, Nachtwächter, die sich von beiden Seiten bezahlen lassen, fürs Schweigen wie fürs Melden.«

»Du müsstest Papiere beschaffen. In Finkenwerder wird gemunkelt, dass es genug Franzmänner gibt, die gegen Geld bereit sind, Begleitbriefe auszustellen.«

»Ich weiß, ein Zöllner hat sich meinem Vater bereits angeboten. Mein Vater hat jedoch Angst, dass es am Ende nur eine Falle ist.«

»Und was hältst du von dem Plan, ordentliche Papiere für

eine Frachtfahrt nach Bremen zu beantragen, ohne jedoch in Bremen anzukommen? Der Gedanke ist mir heute gekommen, als ich einen Walfänger aus Bremen auf der Elbe sah. Bremen gehört zum Kontinent, wer sollte es verbieten, Waren dorthin zu verschiffen?«

»Die Idee ist nicht schlecht, ich werde mich informieren, welche Auflagen es für eine Frachtfahrt nach Bremen gibt.«

Während Thomas Maiboom sich mühte, den Vater von den Vorteilen einer Niederlassung in London zu überzeugen, der alte Maiboom sich mit den befreundeten Kaufleuten über die Lage austauschte und nach legalen Betätigungen forschte, untersuchte Clemens die Möglichkeiten, die eine Getreidefahrt mit dem Ziel Bremen oder irgendwelchen holländischen Häfen böte. Tatsächlich würde es erlaubt sein, dorthin Getreide zu verschiffen. Allerdings gab es die Vorschrift, in einem Konvoi zu fahren, der von Schiffen der französischen Marine begleitet sein würde.

Clemens bereitete einen Handelsvertrag vor und es gelang ihm, seinen Vater davon zu überzeugen, dass er dem Verkauf des Getreides nach Utrecht zustimmte, obwohl die Gewinnspanne äußerst schlecht erschien. Doch wer würde wissen, ob der Preis für Weizen nicht noch tiefer fallen, das Getreide schimmeln oder beschlagnahmt werden würde. Mit Thomas schloss er ein geheimes Abkommen. Clemens würde ihn in seinem Bestreben, nach London zu kommen, unterstützen, wenn er seinen Geheimplan mittrug. Clemens wollte aus dem Geleitzug ausscheren und die Kornladung nach Helgoland bringen. Dafür wären aber ebenfalls Papiere nötig, um nicht alles an englische Kaperer zu verlieren. Beide Brüder überzeugten den Vater, Getreide nach Utrecht zu verkaufen. Von dem Plan, nach Helgoland zu segeln, sagten sie nichts.

Im April legte der Konvoi in Hamburg ab, der Maiboom'sche Pfahlewer voll beladen mit Getreide, an Bord Clemens als Vertreter des Handelshauses und Eigners, Jacob Kinau als Steuermann, Nils Banthien als Deckshand und dessen kleiner, gerade einmal elfjähriger Bruder Jesko als Schiffsjunge. Ja, die Besatzung war genau richtig, Jacob war in den Plan eingeweiht, Nils musste als Lehrling der Maibooms mitmachen, hatte sich auf der letzten Fahrt nach Tönning bewährt, sein ahnungsloser kleiner Bruder wusste nichts von den Gefahren und seine Eltern in Wandsbek waren froh, dass ihre Söhne beschäftigt waren und Geld verdienten; denn die Druckerei, die Vater Banthien in Wandsbek betrieb, litt ebenfalls unter den Auswirkungen der französischen Besatzung.

Alles lief nach Plan. Schon während der Elbfahrt bildete der Pfahlewer wegen langsamer Fahrt das Schlusslicht. In der Elbmündung hinter Neuwerk steuerte Jacob Kinau dann mit Absicht auf eine Sandbank. Der Offizier des französischen Geleitschiffes tobte, doch der weit auseinander gezogene Konvoi war schon nicht mehr zu bremsen. Um die wichtigeren und wertvolleren Schiffe nicht zu verlieren, musste das Geleitschiff die Fahrt fortsetzen. Der Offizier befahl Clemens Maiboom noch, Cuxhaven beim Amt Ritzebüttel anzulaufen und sich dort beim Amtmann zu melden. Dann setzte der schnelle Segler seinen Weg fort.

Die Flut hob den Ewer schließlich wieder von der Sandbank. Doch anstatt wie befohlen nach Cuxhaven zu segeln, nahmen sie im Schutze der Dunkelheit Kurs auf Helgoland. Im Morgengrauen stoppte sie ein englisches Marineschiff in der Nähe der Nordseeinsel. Der Kommandant kontrollierte die Papiere, die Clemens von seinem Bruder erhalten hatte und die den Vertrag mit Murphy enthielten. Er lobte Clemens' Wagemut, denn er hatte klar erkannt, dass es ein Schmuggelschiff aus Hamburg war.

Ein Mittelsmann von Murphy nahm die Ladung auf Helgoland in Empfang und zahlte sogleich in Silber. Dann nahmen sie noch einige englische Zeitungen und Schriften an Bord, die Murphy an eine Adresse in Hamburg schicken wollte, vernagelten alles unter Deck, kauften ein paar Körbe frischen Fisch und machten sich auf den Heimweg.

Das Zollboot bei Stade kontrollierte sie. Dem Zöllner machte Clemens weis, sie seien auf einer Sandbank leckgeschlagen, hätten die nasse, verdorbene Ladung über Bord werfen, das Leck notdürftig richten und zurückfahren müssen. Einem Stader Elbfischer hätten sie die Körbe abgekauft, um überhaupt eine Fracht zurückzubringen. Eile sei geboten, damit der Fisch nicht verderbe und das Schiff nicht wegen des Lecks sinke. Zum Beweis deutete er auf den Wasserstand im Schiff und auf ein paar Planken, die sie außenbords kreuz und quer auf den Rumpf genagelt hatten. Der Zöllner ließ sie ziehen.

»Ihr habt mehr Glück als Verstand«, schalt der Vater die Brüder, als sie ihm die Unternehmung beichteten. Doch der Gewinn war erklecklich, zoll- und abgabenfrei. Die Zeitungen und Schriften brachte Clemens wie vom Auftraggeber gewünscht in die am Rödingsmarkt gelegene Wohnung des Malers Philipp Otto Runge. Der war selbst an dem Schriftmaterial nicht interessiert, aber er war mit dem Buchhändler Perthes verbunden, denn ein Bruder betrieb mit Perthes zusammen die Buchhandlung. Perthes wiederum hatte Kontakte mit dem ehemals in Hamburg ansässigen Murphy und über ihn die Schriften in London bestellt. Das Material sollte jedoch nicht direkt in die Buchhandlung geliefert werden, denn es war sehr wahrscheinlich, dass der Laden von der französischen Geheimpolizei überwacht wurde.

Clemens wollte sich nur kurz in der Wohnung des Malers aufhalten, aber er half ihm, die Schriften im Arbeitszimmer zu verbergen. Dabei fiel Clemens' Blick unwillkürlich auf den Tisch.

Ein Brief lag auf der Platte, dicht beschrieben und mit bogenförmig angeordneten, kubischen und vieleckigen Feldern versehen, die wiederum mit Aquarellfarbmischungen aufgefüllt waren. Pfeile deuteten vom Text auf die farbigen Felder, erläuterten anscheinend den Zusammenhang. Der Briefumschlag lag daneben, unübersehbar groß, und stolz prangte der Absender auf dem Papier: Johann Wolfgang von Goethe, Weimar. Dieser Maler korrespondierte mit dem bekannten Geheimrat, Schriftsteller und Denker? Dann musste auch er ein wichtiger Mensch sein. Über dem Tisch hing eine Holzkugel, auf der mit Metallstiften kleine, mit Aquarellfarben bemalte Papierzettel festgesteckt waren. In der Mitte des Tisches befand sich ein Zeichenbrett, Bleistifte und kleine Schnitzmesser lagen bereit, und auf Ständern lehnten Arbeitsvorbilder und Studien. Doch den stärksten Eindruck auf Clemens hinterließ die Zeichnung einer lichten Mädchengestalt, die auf den Betrachter zuschritt. Ihr Haar schlang sich zum Teil um ihren nackten Körper, doch ihr hübscher Busen blieb unbedeckt. Unbefangen und ohne Scheu schien sich dieses Wesen dem Betrachter zu nähern. Ihr Gesicht kam Clemens irgendwie bekannt vor, als hätte er es schon einmal gesehen.

»Oh, ist sie schön«, konnte Clemens nur flüstern.

Runge lächelte. »Es ist eine Figur, eine Allegorie, kein Abbild eines Menschen.«

»Ich verstehe nicht viel von Kunst, aber dieses Bild ist ganz besonders schön.«

Frau Runge betrat das Arbeitszimmer mit einem Kind auf dem Arm, das jauchzend mit dem Haar der Mutter spielte. Verstohlen verglich Clemens die Mädchengestalt mit Runges Frau, doch konnte er keine Ähnlichkeit feststellen. Auch andere Skizzen und Zeichnungen zeigten nackte Mädchengestalten, oder war es stets dasselbe Modell? Im Beisein einer Frau schämte sich Clemens jedoch, weiter auf die Blätter zu starren. Errötend fragte er Runge: »Darf ich noch einmal wiederkommen, falls Sie einmal Zeit erübrigen können? Aber verzeihen Sie, Sie kennen mich ja gar nicht. Mein Name ist Clemens Maiboom, ich bin der jüngere Sohn des Kaufmanns Maiboom vom Rödingsmarkt. Ich habe die Pakete für Herrn Perthes von Helgoland geholt, die jetzt hier bei Ihnen in der Wohnung lagern.«

»Dann sind Sie ein mutiger junger Mann«, lobte Frau Runge Clemens.

»Die Zeiten sind nicht einfach«, ergänzte Runge. »Vielleicht sind sie es nie ... Sie sehen, ich muss meinem Bruder und Herrn Perthes zur Seite stehen und helfe gern aus, wenn meine Wohnung sonst auch kein Warenlager sein soll.«

»Gibt es denn noch genug Aufträge in unserer Stadt für Sie?«, wollte Clemens wissen.

»Herr Maiboom, Sie fragen recht ungestüm.« Runge lächelte zurückhaltend. »Nehmen Sie es hin, dass ich als Künstler die Verpflichtung mir selbst gegenüber empfinde, etwas zu schaffen, dass ich meinem Bruder für seine Unterstützung dankbar bin und zum Glück derzeit für mich und meine Familie ausreichend gesorgt wird. Schauen Sie gelegentlich wieder vorbei, doch gestatten Sie mir jetzt, mich wieder an meine Arbeit zu begeben.«

»Vielen Dank, ich werde auf Ihr Angebot zurückkommen Herr Runge.«

»Auf Wiedersehen.«

Wie benommen stieg Clemens die Treppe hinunter. Ihm ging die Mädchengestalt nicht aus dem Kopf. Wo hatte er sie bloß schon einmal gesehen? Oder war ihm die Figur im Traum erschienen, eine klassische Gestalt aus griechischen Göttersagen?

Clemens wurde aus seiner Versunkenheit gerissen, als er an der Ecke Steintwiete/Rödingsmarkt mit Georg Bockmann zusammenstieß, der um die Ecke gestürmt kam. Unruhig sah Bockmann sich um und raunte Clemens zu: »Schnell, ich glaube, ich habe alle abgehängt. Irgendwelche Spitzel folgen mir. Lassen Sie mich schnell in Ihr Haus.«

Die beiden Männer strebten schnellen Schritts den Rödingsmarkt entlang und traten durch das Tor auf die Maiboom'sche Diele.

»Oh Gott, Bockmann, wie sehen Sie denn aus?« Erst jetzt bemerkte Clemens, dass Bockmanns linke Gesichtshälfte übel verquollen war. Das linke Auge war fast vollständig zugeschwollen. »Wer hat Sie so zugerichtet?«

»Ach, das tut jetzt nichts zur Sache. Ich muss mit Ihrem Vater sprechen.«

Der alte Maiboom saß an seinem Schreibtisch im Kontor. Der Zuckerbäcker begann sogleich zu sprechen: »Maiboom, mir geht es schlecht. Rauchenberg, Sie kennen ihn, er setzt mir mächtig zu. Und auch andere Gläubiger, die Wasserträger und der Kohlenhändler. Unser kleines Geschäft aus dem letzten Herbst, die Rohzuckerlieferung, sie ruiniert mich, doch keine Angst, ich habe Ihren Namen nicht verraten. Aber Rauchenbergs Zöllner haben einen großen Teil der Lieferung beschlagnahmt, ich soll mich von allen Verdächtigungen freikaufen. Maiboom, Sie wissen, ich habe prompt Ihre Ware beglichen, einen guten Preis gezahlt. Zum Glück hatte ich ja auch schon einen Teil der Lieferung verarbeitet und verkauft. Aber nun habe ich kein Bargeld mehr und keinen Kredit. Maiboom, leihen Sie mir Geld. Ich muss die beschlagnahmte Ware von Rauchenberg respektive von seinem Herrn Bourienne zurückkaufen, sonst kann ich nicht weiterarbeiten, kein Geld verdienen, muss meine Siederei verschleudern. Dabei zahlt mir natürlich niemand einen angemessenen Preis für die Formen, Kannen, Instrumente. Bedenken Sie, eine Hand wäscht die andere. Ich habe Sie und Ihren Sohn nicht verraten. Wir müssen zusammenhalten, die Zeiten überstehen. Ahhh.« Bockmann stöhnte und hielt sich die Wange.

»Gut Bockmann, ich will Ihnen reinen Wein einschenken. Einen Speicher haben wir schon verkauft, natürlich zu keinem günstigen Preis. Uns geht es allen schlecht, der Handel liegt am Boden. Bargeld kann ich Ihnen nicht leihen. Ich könnte Ihnen eine Empfehlung geben, für einen Juden, Mendelsohn, der in Altona seine Bank betreibt, der mit unserem Haus zusammenarbeitet. Oder ich gebe Ihnen meinen Rest Rohzucker, den ich noch gestapelt habe, sowie einen Rest Kohlenvorrat. Zahlen müssen Sie später in weißem, raffiniertem Zucker, den Rest können Sie dann selbst vermarkten.«

»Da schlag ich ein, das ist ja besser als ein Kredit in Altona. Ich weiß nicht, wie ich Ihnen danken soll.«

»Halt, halt. Wir werden einen Vertrag machen müssen. Sie werden mir unterschreiben, dass Sie nie, wirklich nie auch nur ein Gran geschmuggelter Ware von mir oder aus meinem Kaufmannshaus erhalten haben. Einverstanden?«

»Ja, ja, selbstverständlich. Verzeihen Sie mir, ich wollte Sie nicht unter Druck setzen, aber mir steht das Wasser bis zum Hals.«

»Reden wir nicht mehr davon. Sagen Sie lieber, was mit Ihrer Wange passiert ist. Haben Sie einen schlimmen Zahn oder hat man Sie verprügelt?«

»Oh, ja, mir ist schon länger ein oberer Backenzahn zerbrochen. Doch hat er nie Schmerzen verursacht. Seit gestern aber, als Rauchenberg, der Hund, da war, schmerzt der Zahn, und über Nacht ist die Backe dick geschwollen.«

»Kennen Sie die Adresse von dem Zahnkünstler Bücking? Der bei dem berühmten Pfaff in Berlin gelernt hat?«

»Nein, nein, ich bin bislang nur einmal mit einem Weisheitszahn zum Barbier am Pferdemarkt gegangen. Von diesem Zahnreißen hatte ich noch tagelang Albträume! Was für Schmerzen während der Prozedur und fast noch schlimmer hinterher, tagelang der faule Geschmack aus der Wunde, als würde ich bei lebendigem Leibe verwesen. Die Angst ist geblieben, schreckliche Angst.«

»Nun, dann will ich Sie zu Bücking schicken. Der Mann praktiziert am Valentinskamp. Mir hat er einmal meinen Backenzahn gerettet, eine faule Stelle ausgebohrt und dann das Loch mit Goldfolie ausgestopft. Gewiss, das hat gedauert. Aber wie fortschrittlich, der Mann arbeitet nicht mit Hammer und Meißel, sondern mit einer Bohrmaschine, die mit dem Fußpedal und Schwungrad eines Spinnrades angetrieben wird. Und auch seine chirurgischen Künste entsprechen den neuesten Erkenntnissen. Er beherrscht sogar die Betäubung, wobei er sich des Haschischrauchs und Opiums bedient. Nicht billig, aber was ist schon billig, wenn es große Kunst ist?«

»Und wirkt die Betäubung wirklich?«

»Das Leben ist kein Zuckerschlecken, Bockmann, das wissen Sie selbst. Hier, ich gebe Ihnen etwas Bargeld für das Honorar. Mein Sohn wird Sie begleiten.«

»Ich, Maiboom, schwöre Ihnen, wenn wieder bessere Zeiten einkehren, ich werde es Ihnen vergelten, dass Sie mir und meiner Familie so helfen. Oh, dieser Napoleon, ich hasse ihn.«

Als sie das Haus verließen, spähte Bockmann zunächst um die Ecke. »Dieser Rauchenberg, der Widerling, wenn ich ihn bloß nicht treffen muss. Ihm scheint es Freude zu machen, mich leiden zu sehen. Er weiß ganz genau, dass ich kein Geld mehr besitze. Der Standort meiner Siederei ist eigentlich gut gewählt, im Gängeviertel, ab von der Straße, denn Sie wissen, der Zucker muss in Ruhe auskristallisieren. Doch was nutzt der gute Standort, wenn ich keinen Rohzucker, kein Kalkwasser, keine Butter, kein Ochsenblut und kein Heizmaterial bekomme, gerade einmal das gute blaue und weiße Papier aus der Fuhlsbüttler Mühle habe ich noch ausreichend, aber die letzten Zuckerhüte sind ja längst eingewickelt. Ahh.« Bockmann stöhnte, hielt sich ein Tuch an die geschwollene Wange. Das Sprechen fiel ihm schwer, aber offenbar sprudelte er gerade jetzt über, weil er sich auf diese Weise von seiner Angst vor der Zahnbehandlung abzulenken suchte. »Schwer ist die Arbeit, oben auf dem Speicher lagert der Rohzucker wie Sand, früh um zwei Uhr schaufelt der Knecht diesen Sand in die Schütten, dass er in den Kessel nach unten rinnt. Das Feuer ist schon angefacht, Kalkwasser, Ochsenblut, Butter und Eier werden nach meiner genauen Rezeptur mit dem Rohzucker aufgekocht, dann wird umgefüllt, gefiltert, wieder gekocht, und es ist ein Dampf in der gesamten Siederei, und schwappte etwas beim Kessel über, dann riecht es brennig. Oh, Clemens, wie klebrig sind die Filter aus Wolltuch, selbst die Seile der Winde zum Speicher, wie mühselig ist es, sie auszuwaschen! Dann endlich ist genug geklärt und die Masse wird in die Potten gefüllt, zum Abkühlen, und zum Setzen. Sind sie dann kühl, müssen die schweren Tonformen mit den Zuckerhüten in den Trockenraum. Alles weiß ich, die feinste Raffinade hab ich bis St. Petersburg verkauft, mein Kandis ist berühmt, mein Sirup wird von den besten Konditoren verlangt. Das soll nun alles vorbei sein, weil's dem Herrn Napoleon so gefällt, weil er zusätzliche Abgaben und Zölle für seine Soldatenzüge braucht, weil er sich mit den Engländern bekriegt. Dieser Lump –« Bockmann blieb stehen, spuckte etwas aus und murmelte anscheinend erfreut: »Es ist aufgegangen.«

»Was ist aufgegangen?«

»Das Ei, das sich neben meinen abgebrochenen Zähnen gebildet hatte, da läuft jetzt Eiter heraus.« Bockmann spuckte aus. »Ob ich jetzt auf den Besuch beim Zahnbrecher verzichten kann? Der Schmerz lässt nach, die Schwellung nimmt ab.«

»Wir sind doch schon fast da. Herr Bockmann, lassen Sie sich doch wenigstens untersuchen.«

Bücking wohnte in einem kleinen, zweistöckigen Haus am Valentinskamp. Im Hochparterre befanden sich ein kleiner schlichter Wartesalon und das Behandlungszimmer.

Sie läuteten und eine Dienstmagd führte sie in den Wartesalon. Sie fragte noch nach dem Namen und der Wohnung des Patienten, erinnerte sich auch an Clemens und an seinen Vater und ließ die beiden Männer allein. An den Wänden des Warteraumes waren Glasvitrinen aufgestellt, in denen sich überlebensgroße Zahnmodelle aus Gips befanden, auch Zahnpräparate, an denen sich das fortgeschrittene Stadium der Zahnfäule studieren ließ.

Auf Regalen lagen Prothesen aus Ochsenknochen, Walzähnen oder Elfenbein. Eine Oberkieferprothese wies Aussparungen für noch im Kiefer vorhandene Zähne auf, Golddrahtklammern sollten die Prothese an den noch vorhandenen Zähnen festhalten. Wie zu lesen war, stammte diese raffinierte Arbeit von dem Schnitzmeister Böger aus der Poulson'schen Zahnmanufaktur und Elfenbeinhandlung.

Eine aus Pappelholz geschnitzte Unterkieferprothese war mit echten, farblich aber nicht gut zueinander passenden Menschenzähnen versehen. Mit kleinen Messingstiften waren diese Zähne im Holz vernietet.

In einem aus Holz geschnitzten, lebensgroßen Kopfmodell waren zwei Prothesen eingesetzt. Ober- und Unterkieferprothese waren dabei über zwei Federn miteinander verbunden. Clemens gruselte bei dem Gedanken, ein derartiges Gebilde im Mund tragen zu müssen. Die fortwährend wirkende Spannkraft der Federn und das harte Elfenbein mussten sehr unangenehm sein. Auch Bockmann sah bleicher aus als vorher.

Hinter Glas war ein Buch von dem königlich preußischen Hofzahnarzt und praktizierenden Chirurgicus Philipp Pfaff aus dem Jahr 1756 ausgestellt. An den Wänden hingen anatomische Zeichnungen der Zähne, Kaumuskeln und Kieferknochen. Darunter war eine von dem Zwischenkieferknochen im Oberkiefer, den Johann Wolfgang Goethe 1784 entdeckt hatte.

In einem Vitrinentisch lagen endlich auch eine Reihe von Instrumenten zur Zahnbehandlung und -entfernung sowie zur Zahnreinigung.

»Guten Tag die Herren«, grüßte mit einem Mal Chirurgicus Bücking. »Sie sind der Zuckerbäcker Bockmann? Ich habe schon von Ihnen gehört, ich behandle auch andere Zuckerbäcker, wie Sie sich denken können. Die Zahnfäule ist bei Ihrem Beruf wohl eine zwangsläufige Begleiterscheinung, nicht wahr. Wissen Sie, ich interessiere mich sehr dafür, woher die Zahnfäule rührt. Ich habe nämlich bereits herausgefunden, dass Zucker allein den Zähnen gar nicht schadet. Zusammen mit dem Speichel allerdings entfaltet der Zucker zerstörerische Kräfte. Doch Sie sind nicht hier, um sich meine Ausführungen anzuhören, Herr Bockmann. Kommen Sie bitte einmal hier in mein Behandlungszimmer, ich möchte mir die Sache ansehen, und dann müssen wir uns über das Honorar einig werden.« Bücking mochte ungefähr sechzig Jahre alt sein. Er nahm Bockmann beherzt beim Ellbogen und schob ihn in einen mit rotem Leder bezogenen Stuhl mit Nackenstütze, nach hinten geneigter Rückenlehne und breiten Armlehnen. Neben dem Stuhl stand ein Tischchen, in dessen Platte eine tiefe Speischale eingelassen war. Karaffe und Glas zum Ausspülen standen daneben. Große Hohlspiegel gegenüber dem großen Fenster ließen sich so einstellen, dass das Sonnenlicht gebündelt auf das Gesicht des Patienten fiel. Von der Decke herab hing auch eine Öllampe, die ebenfalls mit Linsen und Spiegeln ausgerüstet war, um an trüben Tagen die Lichtverhältnisse zu verbessern. Ganz im Gegensatz zu dem Wartezimmer mit den Vitrinen, den Wandbildern und Sitzmöbeln war dieser Raum spartanisch eingerichtet, die Wände gekalkt, ohne jede Ablenkung für das Auge.

Bücking begann mit der Untersuchung. Er hielt die schmerzende Wange des Patienten mit einem Löffel ab. »Sieht gar nicht übel aus, einen Weisheitszahn haben Sie ja schon bei einem Kollegen gelassen, nicht wahr. Den einen zerstörten Backenzahn muss ich wohl entfernen, er hat bestimmt den Eiter verursacht, und bei dem anderen kleinen unten links, da sehe ich ein wenig Lochfraß. Wenn Sie wollen, probiere ich gern meine Kunst, ich meißele mir die harte Außenschale ein wenig zurecht, und mit meinem Bohrer, hier, diesem Prachtstück«, Bücking rückte ein Holzgestell aus Eichenholz heran mit einem Mechanismus wie ein Spinnrad, »mit diesem Prachtstück entfernte ich die faule Stelle aus dem Zahnbein wie eine braune Stelle aus einem angestoßenem Apfel.« Der Zahnkünstler setzte mit ein paar Tritten auf das Pedal das Schwungrad in Bewegung. Über Treibriemen wurde die Bewegung auf eine starre Spindel übertragen, die in einer handlangen, biegsamen Welle mündete. Am Ende dieser Welle war eine zierliche, metallene Bohrspitze eingespannt, eine Spitze, die sich jetzt Schwindel erregend schnell drehte. »Meine Herren, dieses mechanische Wunderwerk einer biegsamen Welle stammt von englischen Ingenieuren, hat mich ein Vermögen gekostet. Gutes hat seinen Preis. Der Antrieb ist bewährte hanseatische Tischler- und Stellmacherkunst. Ja, und wenn das Loch von allem Faulen gereinigt ist, dann muss die Sache noch verschlossen werden. Dazu können Goldschwämmchen wie diese dienen«, er hielt eine Glasschale mit Glasdeckel hoch, in der sich federleichte Blattgoldschwämmchen bewegten, »oder wir machen es wie die Alchimisten. Silber-, Kupfer- und Zinnspäne, mühsam von kleinen Barren abgefeilt«, Bücking wies auf kleine Glasfläschchen, in denen das graue, grobe Pulver aufbewahrt wurde, »werden in diesem chinesischen Porzellanmörser mittels Pistel mit dem Geist des Gottes Merkur zusammengeknetet, mit Quecksilber aus diesem Spender«, er öffnete eine Art Pulverhorn aus Keramik, drehte an einer breiten Holzschraube, die am anderen Ende des kleine Gefäßes, gegenüber der haarfeinen Öffnung gelegen, Druck auf den Inhalt ausübte und eine silbrige Kugel aus der Spitze quellen ließ. »Amalgam«, hauchte Bücking, als wenn es sich um ein großes Geheimnis handelte. »Was für eine Erfindung, was für eine köstliche Metallpaste. Sie wird einen Siegeszug durch die Münder der Welt antreten, da bin ich sicher. Ein Fernhandelskaufmann aus der ostasiatischen Kaufmannsvereinigung hat mir davon berichtet, ich will bescheiden sein. Es ist nicht meine Idee, das Zeug im Mund als Kitt für löcherige Zähne zu verwenden. In China lassen sich die Adligen damit die Zähne flicken. Und auch das Opium kommt aus der Gegend fern im Osten. Sie wünschen doch eine Betäubung, Herr Bockmann, nicht wahr?«

Der Zuckerbäcker war sprachlos. Von allen diesen Dingen hatte er noch nie etwas vernommen. Er nickte nur.

»Gut, das ist sehr gut.« Bücking sammelte einige Instrumente zusammen. »Ich rede nicht gern über das Geld, das ich für meine Kunst verlangen muss. Ich schreibe Ihnen die Summe auf dieses Stück Papier, und Sie nicken einfach nur mit dem Kopf, wenn Sie einverstanden sind.« Bockmann blinzelte und nickte. Bücking nahm nun eine kleine, langstielige Pfeife mit ungewöhnlich kleinem Kopf, presste eine schwarze Paste mit einem feinen Löffelchen in den Pfeifenkopf, erwärmte das Ganze über einer Kerzenflamme und zog und schmauchte an dem Pfeifenrohr, bis sich dünner Rauch aus dem Mundstück und aus dem Kopf kräuselte.

»Sie legen jetzt die Summe auf dieses Tischchen, bevor ich Sie in den Schlaf versetze. Eine Sänfte wird Sie später nach Hause tragen, nachdem ich Sie befreit und das Loch in Ihrem Zahn verschlossen habe.«

Bockmann zog seine Börse hervor und legte Münzen auf den Rand neben das Speibecken. Dann zog er einen Ring vom Finger und legte ihn neben das Geld: »Es tut mir Leid, ich habe in diesen Zeiten so wenig Bares zur Verfügung, nehmen Sie bitte diesen Ring, er stammt aus St. Petersburg aus besseren Zeiten.«

Bücking drückte seinen Patienten sanft an die Rückenlehne und begann mit einem eigenartigen Singsang: »Alles wird gut, mein Bester, Sie ziehen schön an dieser Pfeife, gut so, tief einatmen. Denken Sie daran, wie schön es sich ohne Zahnschmerzen schlafen lässt. Die Schmerzen verschwinden langsam, ganz langsam, sie lösen sich in dem Rauch auf. Sie machen es gut, richtig, tief einatmen, ruhig einatmen, an nichts mehr denken, einfach einschlafen und weiteratmen, einschlafen und weiteratmen.«

»Herr Maiboom, aufwachen, Herr Maiboom, wachen Sie jetzt bitte auf.« Clemens schaute sich verwirrt um. Anni, die Dienstmagd, und der Zahnkünstler standen neben ihm, beugten sich zu ihm hinunter.

Bockmann lehnte mit fahlem Gesicht und geschlossenen Augen in dem Behandlungsstuhl.

Es roch nach Rauch, Gewürznelke und Blut. Auf dem Beistelltisch lagen ein blutiger, dreiwurzeliger Zahn in verschiedenen Fragmenten, diverse Meißel, Hämmerchen, Löffelchen, Stopfer, Spatel, Pinzetten, eine Kolbenspritze in einer wassergefüllten Schale und blutgetränkte Mulltupfer.

»Anni, du kannst die Sänftenträger hereinrufen.« Bückings Stimme klang jetzt alltäglich und nüchtern.

»Ich begleite Herrn Bockmann noch nach Hause«, stöhnte Clemens.

»Gut. Meine Empfehlung an Ihren Herrn Vater und an Herrn Bockmann, wenn er in ein paar Stunden aufwacht. Falls es eine Nachblutung geben sollte, lassen Sie nach mir schicken. Auf Wiedersehen meine Herren.«

Mai 1808

Wie betäubt verließ Caspar Maiboom die Hamburger Bank. Schon morgens in aller Frühe zur Öffnung der Schreibstuben hatte er sich in das ehrwürdige Gebäude begeben, in die traditionsreiche, 1619 als erste Girobank in deutschen Landen gegründete Institution. Erst kürzlich hatte es in einer offiziellen Verlautbarung der Commerzdeputation zum Finanzwesen in Hamburg geheißen: »Die Hamburger Bank kann jederzeit ihre Obligationen realisieren, weil alles, was in der Bank belegt wird, ein geheiligtes Depot bleibt, nach welchem kein Machthaber seine Hand unter keinem Namen und Vorwande ausstrecken darf.«

Maiboom war sich mit de Castro, dem Weinhändler, einig geworden. Sie wollten das Spaniengeschäft so bald wie möglich in die Wege leiten. Erste Genehmigungen und Zollpapiere hatten die beiden jeder bereits erwirkt, was lange gedauert hatte, zumal die Kompetenzen seit der Besetzung durch die napoleonischen Truppen unklar waren.

Auch wollten sich einige stille Teilhaber in dieses Spaniengeschäft einkaufen. Für die gemeinsame Unternehmung einigten sich die Kaufleute, einen Kapitalstock in Mark Banco zu hinterlegen. Die Mark Courant war ja nur ein Umlaufzahlungsmittel und konnte zu rasch im Wert schwanken, während die Mark Banco mit ihrem in Silberbarren festgelegten Depot Sicherheit für die Geschäftspartner bot.

»Ich bedauere, die Angestellten dürfen heute nicht eine Mark verrechnen«, hatte Winfried Zink, ein im Bankbeirat tätiger Kaufmann, der sein Geld im Handel mit den Bauern und Krämern aus dem Alten Land und Buxtehude verdiente, Maiboom mit fahler, wichtiger Miene erklärt. Unter dem Siegel der Verschwiegenheit fuhr er fort: »Der Beirat hat die ganze Nacht zusammen mit dem Bürgermeister, einigen Senatoren und einer Abordnung Tönninger Kaufleute getagt. Die Lage ist ernst. Nicht nur, dass uns alle die napoleonische Kontinentalsperre schon genug lähmt, dass die Staatskasse durch die Forderungen der Besatzungstruppen und die Bürger privat durch Einquartierungen und Tischgelder für die Herren Offiziere belastet sind. Jetzt hat England sogar eine totale Eidersperre erlassen, und die dänischen Behörden haben im Gegenzug alle englischen Waren, die noch in Tönning lagern, konfisziert. Sie wissen selbst, was das bedeutet. Das ist das endgültige Aus für den Kattundruck.

Über Tönning kam wenigstens noch etwas Farbstoff und die letzte Baumwolle. Maiboom, ich verdanke Ihnen und Ihrer Stimme bei den Deputierten sicher meine Position im Beirat, das sei unvergessen. Doch ich bin trotz wirtschaftlichen Erfolges nicht gesichert genug, um mich über Entscheidungen des Beirates hinwegzusetzen. Ich bin froh, dass die traditionsbewussten Großkaufleute mir überhaupt diesen Posten anvertraut haben, wo doch mein Vater noch selbst zur See fahren musste. Sie verstehen mich, ich habe die Aufsicht über alle Buchhalter und Kassa-Angestellten zu führen und darf heute keine Ausnahme gelten lassen. Haben Sie Geduld, vielleicht klärt sich alles in wenigen Tagen. Im Übrigen noch eine Information«, Zink senkte seine Stimme und zog Maiboom hinter eine Säule. »Die Aufforderung des Senats an alle Bürger mit einem Kopfgeld größer 15 Mark Courant, freiwillige Anleihen zu zahlen, die auf 30 Jahre laufen und mit sechs Prozent verzinst werden, sie ist im Oktober letzten Jahres verhallt, wie Sie wissen. Die Zwangsanleihe vom Februar diesen Jahres hat ebenfalls nicht ausgereicht, um die Kontributionsforderungen der Franzosen zu befriedigen. Jetzt hat der Senat sich entschlossen, auch den Mittelstand einzubeziehen, die Branntweinsteuer zu erhöhen, eine Komsumptionssteuer zu erlassen, ja sogar Erbschaften sollen besteuert werden. Die Einquartierung muss noch weiter ausgedehnt werden, denn die Zahl der fremden Soldaten wächst stetig. Obwohl die Dänen, seitdem die Engländer im September letzten Jahres Kopenhagen belagert und die dänische Flotte in Klump geschossen hatten, sich den Franzosen sehr angenähert haben, ist es nicht auszuschließen, dass Napoleon Hunger auf Dänemark verspürt. Vielleicht sind deshalb so viele Soldaten in der Stadt. Einen weiteren Hinweis kann ich Ihnen geben, wenn Sie Ihr Geldgeschäft nicht aufschieben können. Wenden Sie sich an die Darlehensanstalt der Bürger Wortmann, Poppe, Severin, Pehmöller und Droop.«

Maiboom bedankte sich für die Informationen. Er verließ die Börse und strebte dem Kaffeehaus neben der Börse zu, wo er mit de Castro verabredet war.

De Castro saß bereits bei einer Tasse gesüßten Kaffees und einem kleinen Glas französischen Branntweins.

Natürlich wusste de Castro bereits über die Schließung der Girobank Bescheid, denn es waren schon andere Kaufleute und Bankiers in das Kaffeehaus gekommen. Überall an den Tischen wurde leise geschimpft, sei es über die neuen Einquartierungen, die hohen Preise, die Aufforderungen, alle Waren und Vorräte genauestens anzugeben, oder über die zweisprachigen Zeitungen, die auch noch Lobhudeleien zugunsten der Besatzer abdrucken mussten.

»Zum Glück gibt es zu viele Speicher, Lagerräume und Keller in dieser Stadt, als dass man sie alle innerhalb kürzester Zeit untersuchen könnte. Und noch gibt es einige aufrechte hamburgische Zollbedienstete, die sich nicht auf die napoleonische Seite geschlagen haben, sondern wissen, dass es allen Bürgern dieser Stadt nur dann wohl ergeht, wenn wir Kaufleute handeln können.«

»Lieber de Castro, Sie wirken recht vergnügt. Sind Sie nicht besorgt, dass die Hamburger Bank keine Geschäfte tätigt?«

»Ach, Maiboom, die Bank muss ja so handeln, aber ich bin ein unverbesserlicher Optimist, es wird schon weitergehen. Zudem habe ich nach langem Warten, und wahrscheinlich als letzter Leser nach vielen Briefgeheimnisbrechern vor mir gestern endlich Nachricht aus Spanien von einem entfernten Cousin erhalten. Zwischen den Zeilen konnte ich lesen, dass die Zustände dort wegen vielerorts stattfindender oder drohender Volksaufstände gegen die französischen Besatzer ebenfalls sehr schwierig sind. Doch herrscht Bedarf an unserem Leinen, Getreide, an gesalzener Butter, an Leder- und an Kupferschmiedewaren. Letzteres trifft sich sehr gut, denn aufgrund des Niedergangs in der hamburgischen Zuckerbäckerei sind viele Kupferschmiede und Kesselflicker ohne Arbeit. Ich habe schon einige sehr günstige Angebote an Fertigwaren angenommen.«

»Doch wie wollen wir die Lieferung versichern, wenn wir keine Grundlage in Mark Banco stellen?«

»Kommt Zeit, kommt Rat. Ist das Risiko größer, so ist es

auch der Gewinn. Darum schlage ich vor, einfach auf die Versicherung zu verzichten. Wichtiger ist, dass wir einen guten Kapitän und eine mutige Mannschaft finden, und Sorge machen mir die Engländer. Ich hörte gerade von dem Kaufmann Pfeffer drüben am Fenstertisch«, de Castro wies mit einer Kopfbewegung auf einen großen, schlanken Mann mit Schnurrbart, der mit zwei anderen die Köpfe zusammensteckte, »dass er eine Ladung Lauenburger Leinsamen und Flachs, für Frankreich bestimmt, an einen englischen Auflieger im Ärmelkanal verloren hat. Der Kapitän wurde gefangen gesetzt, das Schiff als Prise beschlagnahmt, und nur drei Hamburger Matrosen wurden vor der südholländischen Küste in einer Jolle ausgesetzt. Sie erstatteten Bericht. Hornblower hieß der englische Offizier, der die Prise aufbrachte.«

»Mit wem sitzt denn dieser Pfeffer da zusammen?«

»Die kennen Sie nicht? Das sind Beneke und Mettlerkamp, zwei Männer, die anscheinend gegen die französische Besatzung opponieren wollen. Hamburg soll Hamburg bleiben, das ist ihre Rede. Die sollten aufpassen wegen der Geheimpolizei ... Doch zurück zu den Engländern. Was machen wir, damit wir unser Schiff nicht an die Engländer verlieren?«

»Mein lieber de Castro, lassen Sie das meine Sorge sein. Mein älterer Sohn hat in Altona Beziehungen geknüpft, die nach London reichen. Ich werde über Altona Papiere beschaffen, die unser Schiff schützen können, wenn es von englischen Prisenjägern aufgebracht wird. Kennen Sie übrigens den Kapitän Peter Sonntag?«

»Aber ja, doch. Das ist der, der als erster Hamburger nach Philadelphia gesegelt ist und Tabak für den verstorbenen Sieveking geholt hat. Auch für die Admiralität hat er schon Geleitschiffe kommandiert. Ein mutiger Mann. Wollen Sie den für unsere Sache gewinnen?«

»Ich könnte mir vorstellen, dass er die Fahrt wagen will.«

»Gut, sprechen Sie mit ihm. Es ist an der Zeit, für die Fahrt zu rüsten.«

Auf dem Heimweg staunte Maiboom, wie viele Bürgerinnen

der Stadt es sich leisten konnten, bei Putzmachern, Feintäschnern und Schneidern einzukaufen. Es gab schon seit mehreren Jahren viele französischen Geschäfte und Gasthäuser. Durch die jakobinischen Revolutionsunruhen waren etliche Emigranten nach Hamburg gekommen und hatten ihren Geschmack mitgebracht. Zuerst hatte das mitgeführte Geld und Gut gereicht, doch nach einigen Jahren waren auch diese Franzosen gezwungen zu arbeiten. Enteignete Grafen betrieben französische Restaurants mit ihren Köchen zusammen, Gräfinnen schneiderten Kostüme. Sogar ein französisches Theater gab es. Doch wer es sich leisten konnte, kehrte nach den Wirren der Revolution in das napoleonische Frankreich zurück.

Der gute alte Maiboom wusste nicht, dass die junge Frau vor ihm mit der Haube über ihrer blonden Lockenpracht Clothilde Gauthier war, aber die ältere Dame an ihrer Seite erkannte er auch von ihrer Rückseite. Es war die Witwe Johanna Margaretha Sieveking, eine kluge Frau, die die Geschäfte ihres 1799 verstorbenen Mannes Georg Heinrich Sieveking auch in dieser schweren Zeit erfolgreich fortzuführen verstand. ›Dem guten Georg‹, dachte Maiboom, ›hatte man ja Jakobinertum nachgesagt, Freimaurer sollte er gewesen sein, ein Freund von Klopstock, in der Patriotischen Gesellschaft ein gewichtiges Wort gesprochen haben, ein intelligenter Kaufmann. Und dennoch musste er sich und seine aufklärerischen Gedanken mit einer Denkschrift öffentlich verteidigen, als die französischen Revolutionäre mit ihrer Guillotine zu regieren anfingen. Doch dass Sieveking die Hinrichtung des französischen Königs ehrlich verurteilte, das habe ich ihm abgenommen.‹

Gerade wollten die beiden Frauen die Ladentür öffnen, da sah die ältere Maiboom: »Herr Maiboom, wie schön, Sie zu sehen. Darf ich Ihnen Mademoiselle Gauthier vorstellen? Sie ist Französin, eine interessante Person und charmante Gesprächspartnerin. Sie möchte Hamburg von allen Seiten kennen lernen. Sie kennt sich zudem gut aus mit den französischen Besitzungen auf dem amerikanischen Kontinent. Sie wissen, das Haus Sieveking hat ja bereits Erfahrungen mit dem amerikanischen Überseehandel. Übrigens, mein lieber Maiboom, wenn Sie im Sommer Zeit haben, so besuchen Sie uns doch einmal in unserem Sommerhaus in Neumühlen.«

»Frau Sieveking, ich hoffe, dass ich einmal mit meinem Sohn werde kommen können.«

Maiboom fand es interessant, dass die Sievekings offenbar noch immer eine Affinität zu dem Französischen hatten. Und für die Geschäfte des Hauses Sieveking in Hamburg war es sicherlich sehr nützlich, Franzosen zu kennen, besonders, wenn man amerikanische Waren beziehen wollte. Und der Name Gauthier, gehörte der nicht dem französischen Finanzbeamten, den der Sergeant Maurice zu begleiten und zu kutschieren hatte?

Sein Weg führte Maiboom am Haus des Kapitäns Sonntag vorbei. Es lag am Alsterfleet mit Blick auf das alte Rathaus.

Maiboom entschloss sich, den Kapitän sogleich aufzusuchen und ihn zu fragen, ob er die Fahrt wagen wolle. Frau Sonntag führte Maiboom in das »Kapitänszimmer« im ersten Stock. Ecken und Kanten der Vertäfelung waren mit Zierknoten und Hanfleinen gepolstert, eine kardanisch aufgehängte Öllampe blitzte mit geputztem Messing, und aus zwei Seekisten unter dem einen Fenster roch es nach Teer und Kalfaterung. In Regalen lagen Bücher, Seekarten, nautische Instrumente, ein Chronometer, ein getrocknetes Schwertfischmaul, Haizähne, Walrossbein-Schnitzereien und Tabakpfeifen. Ein großes Schiffsmodell stand auf dem Tisch, und der Kapitän betrachtete soeben einen winzigen Block mit eingeschorener Schot durch ein Vergrößerungsglas.

»Peter, sieh, wen ich dir heraufgebracht habe, den Kaufmann Caspar Maiboom.«

Peter Sonntag stand auf: »Willkommen, Herr Maiboom, das ist eine angenehme Überraschung. Sie sehen, womit sich ein alter Fahrensmann die Zeit vertreibt, wenn er an Land ist. Ich baue Modelle und überlege dabei, was man noch verbessern könnte an diesen Schiffen. Man muss Vertrauen haben, auch in Gott, aber noch besser ist es, wenn man die Schiffe noch sicherer bedienen könnte. Die See verzeiht keine Fehler.«

»Herr Sonntag, das gefällt mir, was Sie sagen. Einen guten und wachsamen Kapitän suchen meine Geschäftsfreunde und ich für eine Unternehmung.«

Maiboom zog sich den Stuhl heran, während Eva Sonntag den beiden Männern ein Glas Portwein einschenkte.

»Was ist das für eine Unternehmung?«

»Es ist eine Reise nach Castro Urdiales, in Spanien, an der nördlichen Biskaya gelegen. Der Kaufmann de Castro und ich wollen spanischen Wein aus der Gegend holen. De Castros Familie stammt aus Castro Urdiales, und seine dortigen Verwandten haben gute Vorräte bereitgestellt. Papiere und Genehmigungen der französischen Behörden liegen bereits vor.«

»Und die Engländer, was sagen die zu dieser Fahrt?«

»Gewiss, das ist der Haken an der Geschichte. Zwischen England und Frankreich herrscht Krieg. Aber ein guter hanseatischer Kaufmann aus Hamburg hat auch traditionell gute Beziehungen nach London. Sie sind doch verschwiegen, Herr Sonntag?«

Der Kapitän nickte nur und zwinkerte mit den Augen unter den buschigen Brauen.

»Über Altona gibt es noch Wege nach England. Ich erwarte per Post entsprechende Schutzbriefe, die insgeheim an Bord des Schiffes gebracht werden könnten, um im Falle des Aufbringens durch die englische Kriegsmarine die Beschlagnahmung zu verhindern.«

»Nun gut, das verspricht eine gewisse Sicherheit, zumindest wenn es echte Engländer sind, und keine von der englischen Krone gedungene Abenteurer mit Kaperbriefen. Trotzdem hätte ich auf einer derartigen Reise natürlich auch gern ein schnelles Schiff. Auf welchem Schiff soll ich denn das Kommando übernehmen?«

»Nun, da haben wir uns noch nicht festgelegt. Sie als Kapitän mit Amerikaerfahrung, Sie werden uns doch bei der Auswahl zur Seite stehen. Es liegen derzeit wegen der Kontinentalsperre viele Schiffe fest. Da werden wir uns schon eines aussuchen können.«

»Philadelphia, ja, das war eine beeindruckende Reise, ja, es erhebt einen, wenn man den Atlantik bezwungen hat. Das Herz geht einem bei gutem Wind auf, wenn das Schiff tagelang auf dem gleichen Bug liegt, die Segel bis zum Optimum getrimmt werden, es nicht schneller laufen kann. Aber wie klein fühlen Sie sich im Sturm, wie elend, wenn Sie Ihren Leuten keine Ruhe an den Pumpen gönnen können, wenn die Planken sich winden und das Meer durch die Kalfaterung leckt. Das Schlimmste an der Küstenfahrt aber sind die menschlichen Riffe, die sich in den Weg legen, Barbaresken, Piraten, Kaperer. Und glauben Sie nur nicht, die englischen Kriegsschiffe seien zivilisiert. Ich habe die zweifelhafte Ehre gehabt, an Bord englischer Kriegsschiffe um freie Weiterfahrt zu bitten. Wissen Sie eigentlich, warum die englischen Kriegsschiffe rot gestrichene Decks haben? Damit die Matrosen und Seesoldaten an die Farbe des Blutes gewöhnt sind, damit verspritztes Blut keine Fluchtgedanken und Panik auslöst. Ich habe die englischen Mannschaften gesehen, Galgenvögel in Uniform, ausgehoben aus den Gefängnissen des Landes, nur gebändigt durch die Peitsche der Aufseher, geführt von den strengsten Offizieren.« Sonntag unterbrach seine Rede, um einen Schluck Portwein zu trinken. »Ich weiß nicht, was besser ist: Über den unendlich wirkenden Atlantik gegen die Natur zu segeln oder an Europas Küsten mit ihren machtlüsternen Napoleons und raubgierigen Piraten entlang. Aber, Maiboom, Sie haben sich einen guten Zeitpunkt ausgesucht, um mich zu fragen. Ich bin schon zu lange an Land, mir fehlt der freie Himmel, mir wird Hamburg zu eng, besonders in diesen französischen Zeiten. Ich will gern Ihr Kapitän werden. Über das Schiff, die Mannschaft und meinen Verdienst werden wir uns schon einig werden.«

Während Caspar Maiboom mit dem Kapitän verhandelt hatte, vermochte sich die Französin Clothilde nicht gegen die Überredungsversuche ihrer Gastgeberin Johanna Sieveking zu wehren und probierte ein Modellkleid an, das der umtriebige Modeschneider Magerfeld auf einer Ausstellungspuppe drapiert hatte. »Bitte Clothilde, seien Sie so nett, tun Sie es mir zuliebe!« Clothilde hatte durchaus Bedarf an Kleidern, denn auf ihre Flucht hatte sie nur die zweckdienlichsten Dinge mitgenommen. Ein paar Kleidungsstücke, Toilettenartikel und persönliche Dinge hatte ihre Mutter ihr nun nachgeschickt, anklagende Briefe hinzugefügt, die von den unnötigen Kosten und der gesellschaftlichen Blamage handelten, doch Clothilde hatte bereits mit den Auslagen der Geschäfte geliebäugelt, wenn sie sonntags am Arm des Vaters durch die vornehmeren Straßen der Stadt promenierte.

»Mademoiselle, es ist ein Modell, wie es in dieser Stadt kein zweites gibt«, näselte der Schneider, der ganz entgegen der Herrenmode der Zeit seine Mähne mit einem Zopfband gezähmt hatte, anstatt die Haare napoleonisch kurz zu tragen. Immer wieder warf er manieriert seinen Kopf in den Nacken und freute sich anscheinend an dem Rascheln seiner Haare. »Ich habe den Schnitt und die Auswahl des Stoffes einer Berliner Zeitschrift entnommen, die mir gute Bekannte zugesandt haben. So etwas trägt die preußische Königin Luise.« So gab Clothilde schließlich nach und zog das Kleid an. ›Ich tue es nur Frau Sieveking zuliebe‹, dachte die Französin bei sich und gab zu bedenken: »Ist das Kleid nicht zu gewagt, zu durchsichtig?« Die Sieveking kannte Clothilde bereits so gut, dass sie um den Trumpf wusste, der den Widerstand der jungen Französin brach: »Ist es nicht ganz gleich, was andere für Modegesetze aufstellen, wenn einem selbst das Kleid gefällt? Kann eine junge, aufgeschlossene Frau nicht selbst entscheiden, was sie trägt? In Zeiten bürgerlicher Freiheit muss diese Freiheit Mann und Frau gleichermaßen eingeräumt werden. Nein, dieses Kleid ist nicht unschicklich, unschicklich sind allenfalls zu dreiste Männerblicke in die Dekolletés der Damen, nicht wahr?« Clothilde sah wirklich hinreißend aus in dem hellbeigen Kleid. Gleich unter der Brust raffte ein breites, silbernes Seidenband den Batist und ließ den dünnen Stoff in Falten bis zum Boden fließen.

Die Sieveking plante schon weiter. Sie machte der jungen

Französin das Kleid gegen allen Widerstand zum Geschenk, ließ es unter dem Vorwand, noch kleine Änderungen durchführen lassen zu müssen, im Geschäft und wollte es demnächst abholen lassen. Dann verabredete sie, dass Clothilde am Tag des Sommerfestes schon vormittags von einer Kutsche abgeholt werden sollte. Die junge Dame könne sich dann in Neumühlen frisch machen, und sie selbst würde ihr bei der Toilette helfen. »Das Fest wird traditionell im Juli gegeben. Das sind noch zwei Monate hin, und wir wollen Ihren Papa mit dem Kleid überraschen. Verraten Sie nichts davon.« Der Vater könne dann am Nachmittag mit den anderen Gästen kommen. Ja, die Sieveking hatte Recht mit ihrem Plan. Der Vater Gauthier brauchte von diesem Kleid nichts zu ahnen.

Die Unternehmung der Kaufleute Maiboom und de Castro würde eine gute, ertragreiche Fahrt und Clemens' erste größere Reise werden, dazu in der Verantwortung eines Kaufmanns. Gleich nachdem Kapitän Sonntag zugesagt hatte, entschieden die Kaufleute sich für ein Schiff, an dem Peter Sonntag Anteile hielt. Schnelligkeit war gefragt, auch weil die ganze Unternehmung unversichert war. Das Schiff »Seute Deern« hatte zudem die richtige Größe, maß 125 Fuß Länge, nur 16 Fuß Breite und besaß einen Tiefgang von 7 Fuß. Es war als Yacht der Hamburger Admiralität gebaut und eine Zeit lang als Konvoibegleiter eingesetzt gewesen, hatte daher leider weniger Laderaum, dafür aber imposante Geschützpforten, und wirkte wehrhaft, obwohl die napoleonischen Behörden nur ein kleines Vier-Pfund-Stück und fünf Holz-Attrappen zur Abschreckung gegen Piraten und englische Kaperfahrer erlaubt hatten. Das stehende Gut war durchweg auf dem neuesten Stand, und auch die Besegelung erwies sich als hervorragend. Ein lustiger Nordostwind von gut 5 bis 6 Windstärken und ein stetig nachfolgendes Schönwettergebiet machte die Fahrt nach Spanien ganz ungewöhnlich zu einem Vergnügen. Das Schiff segelte unter Vollzeug, sogar der Jager konnte gesetzt werden, ein Segel, das Clemens nur vom Hörensagen kannte und noch nie vom Masttop zur Klüverbaumnock ausgespannt gesehen hatte. Die schnelle Fahrt beanspruchte das Schiff, was sich an der Geschwindigkeit ablesen ließ, mit der sich die Bilge füllte. Auch Clemens ließ sich zum Dienst an den Pumpen einteilen, denn die Mannschaft bestand nur aus acht Mann und einem Koch. Die Straße von Dover passierten sie bei Nacht ohne Zwischenfälle. Dann blieben sie in weitem Abstand von den englischen Kanalinseln relativ dicht an der englischen Küste. Das war zwar gewagt und dreist, aber gerade deswegen erfolgreich. Sie sichteten zwar mehrfach andere Segler, meist Fischerboote, und von fern Patrouillen der französischen Küstenwache sowie mehrere englische Kriegsschiffe, doch blieb ihnen das Glück treu und niemand behelligte sie. Da sie Tag und Nacht segelten, erreichte die »Seute Deern« schon am Abend des sechzehnten Tages das Ziel der Reise. Castro Urdiales lag verschlafen zwischen den Häfen Santander und Bilbao an der nördlichen Biskayaküste. Haupteinkommensquelle der Bürger der Stadt Castro Urdiales war der Walfang und der Handel mit Walprodukten.

Anders als in Bilbao war von der französischen Besetzung Nordspaniens in Castro Urdiales kaum etwas zu spüren. Nur im Rathaus residierte ein von den Franzosen eingesetzter Bürgermeister. Er fungierte gleichzeitig als oberster Zolleinnehmer, ließ sich die Listen und Papiere zeigen, vertagte die Entscheidung über die Höhe der Hafengebühren und des Zolls jedoch und vertröstete Clemens wortreich auf den nächsten Tag. Clemens wurde sehr freundlich von den ortsansässigen de Castros empfangen und wohnte bei ihnen in einem schon vierhundert Jahre alten Haus. Im Hof befanden sich die Weinfässer, die nun auf die Reise nach Hamburg gehen sollten. Die de Castros waren seit langem überwiegend im Weinhandel tätig. Der Briefwechsel mit dem Hamburger Verwandten hatte die Weinhändler angespornt, und sie hatten im Landesinneren und in Portugal gut eingekauft, denn man wollte das abgeflaute Geschäft mit den Hamburgern erneut beleben. Die napoleonischen Gesetze hatten lange genug dämpfend gewirkt.

Clemens ließ sich die Stadt zeigen, während die Waren entladen und die Weinfässer zum Hafen ins Schiff transportiert wurden. Die kleine, ehemalige Römersiedlung war auf einen felsigen Küstengrund gebaut, der durch die stetige Gewalt der Biskaya unterhöhlt und mit unterirdischen Kanälen versehen zu sein schien, denn mitten zwischen den Häusern der Stadt stiegen bei Flut ab und zu Fontänen Meerwassers aus Höhlungen zwischen den Steinen und Felsen hoch hinauf. Vor den Kirchen lagerten Bettler und es war für Clemens sehr deutlich, dass es den Spaniern in Castro Urdiales schlechter ging als den Hamburgern.

Am Sonntag nahmen die de Castros Clemens und Kapitän Sonntag mit zur Heiligen Messe in ihre Kirche. Hier wurde der Unterschied zwischen Arm und Reich noch deutlicher. Kostbar gekleidete Edelleute, Großkaufleute und Großbürger ließen sich von ihren Dienern einen Weg von ihren Kaleschen durch die Bettler bahnen, indem Kupfermünzen ausgestreut wurden. Auch das Innere der katholischen Kirche übertraf die kühnsten Vorstellungen des protestantischen Clemens. Pomp, Brokat, Gold und Silber beherrschten den Raum, verschwenderisch waren die Altäre mit Kerzen geschmückt, es roch atemberaubend nach Weihrauch. Der Kapitän indes zeigte sich unberührt: »Ich bin Gott überall im Gebet nahe, sei es nun auf hoher See oder zwischen katholischen Mauern, ich hoffe, dass der Herr mein Gebet erhört.« Clemens musste unwillkürlich an seine Großmutter denken, die ihn in seiner Kindheit vor »den Katholischen« gewarnt hatte. »Sie sind falsch, sie lügen dich an, weil du ein Ketzer in ihren Augen bist. Und wenn sie lügen und dich betrügen, dann beichten sie danach, und die Sünde wird gegen das Ableiern eines Gebetes vergeben. Die Priester aber sind die Schlimmsten, sie horchen die Menschen beim Beichten aus und ziehen ihre Vorteile daraus, tun schön mit den Mächtigen. Die Kaste der Priester verträgt sich gut mit den Adligen, und zusammen ziehen sie dem Volk das Geld aus der Tasche. Nein, ein Hamburger Bürger kann nicht katholisch sein.«

Die Gesänge und Litaneien, die lateinischen Gebete, die

fremden Gesichter und Festtagsanzüge der Gemeinde wirkten auf Clemens märchenhaft. Er versank in Gedanken, bis ein Gesang angestimmt wurde und die französischen Soldaten, die irgendwo in den vorderen Reihen gesessen hatten, mit lautem Stiefelgetrampel die Messe verließen. Etwas hilflos folgte ihnen der Bürgermeister, während die Gemeinde und der Priester lauthals und mit Inbrunst sangen. Es war die Hymne des spanischen Königshauses, wie Clemens später erfuhr.

Nach dem Gottesdienst erhob sich vor der Kirche ein wildes Gestikulieren und aufgeregtes Reden. Clemens verstand nicht sehr viel von den Gesprächen, doch immer wieder hörte er den Namen *Oviedo*. Die männlichen Mitglieder der Familie de Castro waren in dem Gemenge verschwunden, und so schlossen sich der Kapitän und Clemens der Hausherrin und ihren Töchtern an.

Die Stille im Hof des Hauses de Castro wurde nur unterbrochen von den vielen Vögeln, die im Geäst von blühendem Oleander, Zitronenbäumen und einer großen Palme zwitscherten.

Während die Frauen im Hof für das Mittagessen aufdeckten, saßen Clemens und der Kapitän im Schatten der Palme auf Steinbänken. Frau de Castro begab sich zu den Herren und brachte ihnen einen Krug Wein, Gläser, Oliven und Weißbrot.

»Verzeihen Sie, Frau de Castro, was bedeutet der Name Oviedo?«

»Ich verstehe nicht viel von Politik, aber heute haben wir in der Kirche erfahren, dass sich das spanische Volk in Oviedo erhoben hat gegen Napoleons Bruder Joseph, der unser neuer König sein soll, nachdem Napoleon unseren rechtmäßigen König Ferdinand zur Abdankung gezwungen hat. Was nun genau in Oviedo passiert, weiß ich nicht. Vielleicht erfahren meine Söhne und mein Mann mehr. Verzeihen Sie, ich muss zurück in die Küche.«

Erst gegen halb drei kehrten die männlichen de Castros nach Hause zurück. Phillip, der älteste Sohn der Familie erklärte mit leuchtenden Augen, dass sich die Spanier in ganz Asturien erheben wollten, um Widerstand gegen einen König von Napoleons Gnaden zu leisten. Gott der Gerechte sei mit Spanien, der britische General Arthur Wellesley sei mit seinen Truppen im französisch besetzten Portugal gelandet und wolle sich gen Asturien wenden. »Als Spanier kämpfen wir für einen spanischen König, aber als Bürger werden wir auch für uns kämpfen. Der echte spanische König wird uns für unsere Treue belohnen!«

Phillip plante, sich später mit anderen jungen Männern am Hafen zu versammeln, um weitere Schritte zu beraten und nach Oviedo zu ziehen.

Juan de Castro, das Familienoberhaupt, blieb blass und ruhig zurück, als seine beiden jüngeren Söhne Phillip mit geschultertem Gewehr zum Hafen begleiteten. Er seufzte: »Ich kann sie nicht zurückhalten. Aber ich habe Angst. Immer leiden im Krieg die einfachen Leute. Die Feldherren verdienen sogar noch an dem Sterben. Napoleons Murat hat nach der Einnahme Madrids das Königreich Neapel bekommen und wird sich dort die Taschen füllen lassen.«

»Ist das jetzt Krieg?«, fragte Clemens unsicher.

»Wer weiß das schon. Der Krieg zwischen England und Frankreich wird jetzt auf portugiesischem und spanischem Boden fortgeführt. Phillip hat Recht, es ist gut, wenn sich das Volk erhebt. Doch ob diese jungen Männer klug genug sind, sich nicht in aussichtslose Kämpfe hineinziehen zu lassen, das weiß ich nicht. Auf spanischer Seite stehen wütende, junge Männer, auf französischer Seite aber erfahrene Offiziere und kampferprobte Soldaten. Es wird Blut kosten und Geld. Verlassen Sie nur lieber recht bald unseren Hafen.«

»Dann werde ich jetzt an Bord gehen und überprüfen, ob alles verstaut ist«, meinte Sonntag.

»Und die Frachtpapiere? Die Listen für die Ausfuhr liegen noch beim Bürgermeister«, stellte Clemens fest. De Castro versprach, sich sofort darum zu kümmern.

Mit ein wenig Wehmut trennte sich Clemens von diesem schönen Land. Die Töchter der Familie de Castro hatten es ihm auch angetan; ihre ausdrucksvollen, dunklen Gesichter, umrahmt von schwarzen Locken, erschienen ihm noch beim Einschlafen vor Augen. Doch diese Eindrücke verwoben sich im Traum auch mit dem lichten Bildnis der blonden Mädchengestalt, die er auf dem Gemälde des Malers Runge betrachtet hatte.

Juan de Castro hatte ein Siegel beschafft, Ausfuhrpapiere angefertigt und Quittungen für Steuern, Zoll und Hafengebühren hergestellt, ohne jedoch die Gebühren dafür zu zahlen. Das Durcheinander der politischen Situation ließ sich gut ausnutzen. Für beide Parteien erwies sich dieses Geschäft deswegen bislang als äußerst gewinnträchtig. Doch für die Hamburger begann nun der gefahrvolle Rückweg. Kapitän Sonntag legte einen Kurs dicht unter Land an, um englischen Schiffen aus dem Weg zu gehen. Die Wetterlage hatte sich geändert. Der böige, frische Nordwestwind zwang zu häufigen Manövern. Vom Mastkorb aus konnte man gut die Riffe vor der felsigen Küste erkennen. Nachts segelten sie in respektvollem Abstand, und zum Glück bescherte ihnen der Vollmond gute Sicht. Am zweiten Tag segelten sie vor der Gascogne gegen einen starken Meeresstrom. Vor der Girondemündung wurden sie von der französischen Marine kontrolliert. Der Offizier wollte auch wissen, wie die Bevölkerung es aufgenommen hätte, dass französische Truppen jetzt Hamburg besetzten. Kapitän Sonntag bewies diplomatisches Geschick, indem er auswich, den Code civil lobte, die Rechtssicherheit, die Disziplin und Unbestechlichkeit der französischen Offiziere. Damit nicht genug, schimpfte er auf die Engländer, die den freien Seehandel behinderten. Der Franzose wirkte zufrieden. Sie konnten weiterziehen.

Am vierten Tag lag das Schiff erst auf Höhe der Loire-Mündung. Die Mannschaft war vom stetigen Kreuzen gegen den Wind erschöpft, und so entschloss sich der Kapitän, den Sturm im Windschatten der Insel Belle-Ile vor Anker abzuwarten. Aber hohe Brecher schlugen ständig über dem Vorschiff zusammen und die Männer, die sich nur angeleint an Deck bewegen konnten, erschauderten vor Nässe und Kälte.

Am Nachmittag wurde deutlich, dass Belle-Ile zu sehr im Wind lag und nicht erreicht werden konnte. Entweder hieß dies, in die offene See zu kreuzen oder an die Küste zu steuern und in einer Bucht Schutz zu suchen. Der Kapitän beriet sich mit dem Steuermann und Clemens.

Sonntag brüllte, damit Clemens ihn verstehen konnte: »Herr Maiboom, entern Sie mit dem Fernrohr in die Wanten und suchen Sie den Horizont ab. Ich habe das ungute Gefühl, als lauerten da draußen ein paar Engländer. Bei diesem Wetter werden die nicht lange unsere Papiere und Neutralität prüfen, sondern eher ein paar Kanonenkugeln rübersenden. Dann heißt es, wir seien im Sturm gesunken.«

Clemens hängte sich das Fernrohr am Lederriemen um den Hals und stieg mit flauen Beinen auf der Luvseite in die Wanten des Großmastes. Sie waren vom Winddruck gespannt wie aus Eisen. Clemens schwankte wie in einer riesigen Schaukel, wenn das Schiff eine der gewaltigen Wogen erklomm und danach in das Wellental sauste, und es dauerte lange, bis er die Saling erreicht hatte Er laschte seinen Brustgurt an einem Belegnagel auf der kleinen Plattform am Mast fest, stemmte sich mit den Beinen rückwärts gegen den Mast und suchte dann den Horizont in Luv. Clemens keuchte vor Anstrengung und Aufregung, als an der Kimm kleine Segel auftauchten, wieder verschwanden und erneut auftauchten. Endlich gelang es ihm, sie mit dem Fernrohr zu erfassen. Wie Peter Sonntag vermutet hatte, kreuzten dort draußen fünf englische Großsegler mit vielen verschlossenen Geschützpforten und Sturmbesegelung und warteten auf Beute.

Clemens hatte genug gesehen, er machte kehrt, um dem Kapitän Bericht zu erstatten. Kapitän Sonntag kannte dieses Gebiet, hatte früher Salz und Wein aus St. Nazaire an der Loiremündung geholt. Er entschied sich für die Mündungsbucht des Flüsschens Vilaine und hoffte, dort auf weniger Schiffsverkehr zu stoßen als in der Loiremündung. Denn es war klar, dass sowohl die Engländer als auch die französischen Küstenwachboote sich dort für die wenigen Handelssegler interessieren würden. Deren Aufmerksamkeit wollte Sonntag nicht auf sich lenken.

Mit dem letzten Tageslicht bogen die Hamburger in den Mündungsarm der Vilaine. Fjord-ähnlich schnitt er in die Küste, und ein Höhenzug im Landesinneren milderte den Sturm.

Im Windschatten eines höheren, buschbestandenen Ufers ließen sie den Anker fallen. Ein paar Fischerboote hatten dort ebenfalls Schutz gefunden. Clemens kaufte ihnen etwas vom frischen Fang für die erschöpfte Mannschaft ab.

Die Nacht verlief ruhig, nur der Wind heulte im Masttopp. Am nächsten Morgen kamen ein Offizier und drei Soldaten an Bord, die mit einem Ruderboot die Vilaine herab von ihrem Posten in La Roche Bernard gekommen waren. Das Schiff und die Papiere wurden untersucht, Ankergebühren erhoben, doch gab es keine weiteren Schwierigkeiten.

Clemens ging an Land und stieg eine Anhöhe hinauf. Von dort konnte er die hügelige Landschaft nach Süden überblicken. Windgepeitschte, verkrüppelte Weiden und Pappeln, Büsche und Ginster so weit das Auge reichte, kleine Felder und Weiden, und in weiter Ferne ein Dorf aus hellgrauen Feldsteinhäuschen mit Kaminen an beiden Giebelseiten, im Zentrum eine trutzige Kirche mit kleinem Turm.

Der Kapitän hatte Clemens am Morgen erzählt, dass in dieser Gegend von alters her Meersalz, das berühmte Baiensalz, gewonnen würde. Schon in den frühen Tagen der Hanse hatten Koggen das Salz von hier an den südlichen Zipfel von Schweden, nach Schonen, gebracht, weil es dort für das Einsalzen der Heringe benötigt wurde.

Kunstvoll sei dieses System zur Salzgewinnung, hatte der Kapitän erklärt. Bei höchster Flut liefe über viele Kanäle und Staustufen immer wieder Meerwasser in dic landeinwärts gelegenen Becken, gerade so viel Meerwasser, wie bis zur nächsten Flut verdunsten würde. Dadurch konzentriere sich das Salz in diesem Becken und setze sich am Boden ab. Werde der Zufluss geschlossen, verdunste das Wasser und das Salz ließe sich zusammenharken.

Clemens reizte es, dieses Wunderwerk der Salzgewinnung genauer zu betrachten. Er machte sich auf den Weg hügelabwärts. Kein Mensch war zu sehen. Clemens empfand in diesem Moment ein tiefes Glück, das sich noch verstärkte, als ihm bewusst wurde, dass er gestern einem lebensgefährlichen Sturm mit Gottes Hilfe entronnen war.

Schließlich erreichte Clemens die Becken, in denen kleine Fische hin und her schossen und Reiher, die auf der Jagd nach diesen Fischen durch die flachen Becken stakten. Dann fand er ein trockengefallenes Becken. Der lehmige Grund war steinhart und rissig. In der Mitte des Beckens befand sich ein Salzhaufen, der mit einer Plane abgedeckt war. Clemens war beeindruckt, wie gut das System offenbar funktionierte.

Die Sonne und sein Durst zeigten ihm, dass es bereits nachmittags sein musste, und er machte sich auf den Rückweg. In der Nähe des Dorfes bemerkte er einen Schäfer, der seine Schafe auf den Wällen und Deichen weiden ließ. Als er den Hügel fast erklommen hatte, begegnete ihm ein Priester in Begleitung von zwei schwarz gekleideten Frauen, die hohe, weiße Spitzenhauben auf ihrem Haupthaar festgesteckt hatten. Sie wirkten schüchtern, aber der Priester war neugierig und sprach Clemens an. Er zeigte sich überrascht, einen Hamburger in dieser Gegend zu treffen, und lud ihn herzlich ein, seinen Cidre in der Dorfpfarrei zu probieren.

Der Kapitän hatte sich bereits Sorgen gemacht und wies Clemens darauf hin, dass er keine Aufenthaltsgenehmigung für das Land besäße. Die Mannschaft dürfe sich nicht außer Sichtweite vom Schiff entfernen.

Am nächsten Tag brauten sich am Horizont neue, dunkle Wolkenfelder zusammen. So entschied der Kapitän, seiner Mannschaft noch einen Ruhetag zu gönnen. Er wusste, dass die nächsten Tage wieder gefährlich und arbeitsreich sein würden; es galt, die Bretagne zu umrunden und Abstand von den britisch besetzten Kanalinseln zu gewinnen. Dann würden sie die Straße von Dover durchfahren, wo überall Kriegsschiffe lauerten. Mit einem Mal kam das Boot des in La Roche Bernard stationierten Hauptmannes erneut längsseits, und der Offizier ließ es sich nicht nehmen, die »Seute Deern« ein zweites Mal zu inspizieren. Es würde an der Küste geschmuggelt, den bretonischen Fischern sollte die Wachsamkeit der französischen Küstenwache demonstriert werden, und es gelte, englische Spione aufzuspüren, war die Begründung.

Clemens nutzte die Gelegenheit, den Hauptmann um einen Passierschein für einen Landgang zu bitten; er wolle die Dorfkirche aufsuchen, um dort zu beten. Der Hauptmann gestattete ihm sechs Stunden, und Clemens bezahlte mit einer hamburgischen Silbermark, die der Franzose hocherfreut in seine Hosentasche gleiten ließ.

Kapitän Sonntag zeigte kein Interesse an einem Landgang, begründete dies mit seiner Aufsichtspflicht über das beladene Schiff und fügte augenzwinkernd hinzu: »Ein Kapitän geht nicht zu Fuß. Wenn Sie eine Kutsche vorfahren ließen, Maiboom, dann hätte ich es mir überlegt. Doch gehen Sie nur, Maiboom, als ich jünger war, hab ich mir auch die Häfen mit den schönsten Mädchen angeschaut –«

Kurz nach Mittag erreichte Clemens die Kirche. Doch auf seine auf Französisch gestellte Frage nach dem Herrn Pfarrer erntete er nur Kichern und Achselzucken.

»Bonjour Monsieur, die Kinder verstehen Sie nicht. Sie sprechen fast nur Bretonisch hier in diesem kleinen Weiler.« Der Pfarrer war hinter Clemens aufgetaucht, nahm ihn am Arm und zog ihn in einen kleinen Hof neben der Kirche. Der Boden war mit weißen Kieseln gestreut, aus Beeten an der Hausmauer ragten üppige Hortensien in den bewölkten Himmel. Dicht neben dem Haus standen ein kleiner Feigenbaum und eine mächtige Esskastanie. »Kommen Sie herein, ich hatte Sie früher erwartet.« Der Pfarrer dirigierte ihn in eine Küche. Ein frisches, rotwangiges Mädchen von etwa 17 Jahren arbeitete am Herd, legte Torf nach und schwenkte dann eine Pfanne auf das Feuer. »Marie wird ihnen Galettes bereiten, und ich habe Ihnen meinen Cidre versprochen.«

Clemens nahm an dem schlichten Holztisch Platz, während

der Kirchenmann mit einem Krug aus einer Speisekammer neben der Küche zurückkehrte. Er schenkte den Apfelwein in zwei verzierte Steingut-Trinkschalen. Der Geruch von Speck und Lauch zog durch die Küche, aber zuerst wurde ihm eine Suppe von Sardinen mit Sauerampfer aufgefüllt. Dann kostete Clemens von den Buchweizen-Küchlein, Galettes genannt, die mit Speck und Lauch gefüllt waren. Der Apfelwein perlte herb und erfrischte, er schmeckte vorzüglich. »Ich verwende nur ausgesuchte Äpfel für den Cidre, nicht etwa faules Fallobst. Sie müssen wissen, zur Kirche gehören die schönsten Apfelbäume des Dorfes. Mit diesem Cidre habe ich mir Achtung unter den Leuten verschafft. Ach, wissen Sie, mein Herr, dies ist schon ein verlassener Ort. Die Leute sprechen am liebsten nur Bretonisch. Ich freue mich wirklich, einen Mann aus der großen Welt zu Gast zu haben.« Danach tischte der Pfarrer noch Schafs- und Ziegenkäse auf und schenkte aus einer Steingutflasche Fine bretonne in kleine Zinnbecher. »Ein Schnaps, er wird aus dem Muscadetwein hier an der Loiremündung gewonnen«, erklärte der Pfarrer. Der Pfarrer zählte fünfunddreißig Jahre, war als sechster Sohn eines Tuchhändlers in Orléans geboren und in der Klosterschule als begabter Schüler aufgefallen. Die Klosterbrüder hatten seine Eltern davon überzeugt, dass diese Begabung gefördert werden müsse, und so war er schon in jungen Jahren an das Priesterseminar weitergegeben worden. Die Wirren der jakobinischen Revolution, als viele kirchliche Güter enteignet und kirchliche Würdenträger hingerichtet wurden, hatte ihm große Sorge gemacht. »Ich kannte nur die kirchliche Welt. Was hätte ich anfangen sollen, wenn ich nicht hätte Priester sein dürfen. Nun sitze ich hier schon seit fast acht Jahren. Am Anfang war ich nicht gelitten von der Dorfbevölkerung, weil ich ihnen zu jung erschien. Ich musste einen Kampf mit einer weisen Frau ausfechten, die alten Aberglauben verbreitete. Ich musste mich gegen die Dorfältesten durchsetzen, die mir keine Feuerung liefern wollten und mir viele Steine in den Weg legten. Mit dem Cidre habe ich mir Respekt verschafft. Denn er ist der beste der Gegend, und ich gebe allen im Dorf etwas ab, wenn sie fromm sind!«

»Was hat sich für Sie geändert, seit Napoleon Kaiser von Frankreich ist?«

»Oh, ich habe schon viel erlebt, mein Herr, angefangen mit meiner Zeit in dem Priesterseminar. In Paris wurde 1794 von Robespierre das Christentum durch einen Kult der Vernunft ersetzt, alle Kirchenbesitzungen enteignet, Kirchen entweiht. Ich wurde von meinem Bischof von Orléans nach Nantes geschickt, um Botschaften zu den Royalisten zu bringen, die sich dort gesammelt hatten. Knapp konnte ich den Kommissaren des Wohlfahrtsausschusses entrinnen. Die ganze Zeit gab es Unruhen, viele Bauern und Landadelige wussten gar nicht, was in Paris los war, wer nun etwas zu befehlen hatte, was Recht und was Unrecht war. Engländer kamen in die Bretagne und schürten die Aufstände, keiner wusste, was werden würde. Glauben Sie mir, alle Menschen in Frankreich waren froh, als sich 1799 die Zustände wieder ordneten und eine stabile Verfassung bekannt gegeben wurde. 1801 gab es dann das Konkordat, die neuen Bischöfe wurden ernannt, und in dieser Zeit wurde ich diesem Kirchspiel zugeteilt, nachdem ich auf die Verfassung eingeschworen wurde. Sicher, es dauert alles länger hier, bis sich Neuerungen in der Provinz herumgesprochen haben. Doch nehmen Sie nur unser neues Gesetzeswerk, den Code civil. Ich lese über ihn alles, was ich den bischöflichen Briefen entnehmen kann und was in den Zeitschriften und Zeitungen zu finden ist. Er garantiert persönliche Freiheit, Rechtsgleichheit, sichert das Privateigentum, alles Dinge, die auch meine ungebildeten Bauern, Fischer und Handwerker unterschreiben, wenn sie denn überhaupt schreiben können. Nur mit den zivilen Eheschließungen und der Scheidung und den vollen Bürgerrechten für Juden kann ich mich nicht einverstanden erklären. Ich muss zugeben, dass ich diese Teile des neuen Rechts auch nicht an meine Pfarrgemeinde weitergebe. Die Leute hier sind sowieso den alten Traditionen verbunden, eher muss ich aufpassen, dass sich nicht wieder der Aberglaube uralter Zeiten breit macht. Es gibt hier Menhire in dieser Gegend, große Steine, die in alten Zeiten von der heidnischen Bevölkerung aufgerichtet wurden. Gelegentlich sollen in den entlegeneren Gebieten und Mooren noch heute heidnische Feste gefeiert werden.

Verzeihen Sie, Monsieur, dass es so aus mir heraussprudelt, ich bin nur froh, einmal mit einem Mann von Welt zu sprechen. Wissen Sie, die Bauern und Fischer hier, die wissen gar nicht, wie eine Europakarte aussieht. Und trotzdem, ich lebe gern hier. Doch noch ein Wort zur Politik: Für meinen Teil kann ich Ihnen sagen, dass ich mit dem neuen Staat zufrieden bin. Napoleon taugt zum Kaiser, denn er ist ein Genie. Ich hoffe nur, dass das französische Vorbild sich ausbreitet, andere Völker sich gleiche Verfassungen geben, damit endlich Frieden in Europa herrscht. Die Engländer werden schon zur Vernunft kommen, wenn wir uns auf dem Kontinent einigen. Wie sieht es bei Ihnen in Hamburg aus? Ihre Stadt ist doch schon lange frei, gehört den Bürgern? Schließen Sie sich dem Rheinbund an? Oder gleichen Sie Ihre Verfassung der französischen an?«

»Herr Pfarrer, die Freiheit, die Sie als Errungenschaft Ihrer Verfassung nannten, die haben wir in Hamburg schon lange. Insofern haben Sie uns nicht befreit. Und es ist bedrückend, wenn fremde Soldaten ungerufen in eine Stadt eindringen. Hinzu kommt, dass der traditionelle Handel mit England unterbunden wird und somit die Arbeitsgrundlage von vielen Hamburgern bedroht ist.«

»So hoffe ich, dass die Engländer bald zur Vernunft kommen und einlenken, denn das ist doch die eigentliche Ursache: Die Engländer wollen den Welthandel für sich allein. Es kann doch nicht sein, dass ein Volk die Seeherrschaft für sich beansprucht. Napoleon war durch die Engländer gezwungen, bei Ihnen und in das hannoverische Land einzumarschieren. Bedenken Sie, dass Frankreich auch Verbündete in Amerika hat, dass die englischen Kolonien sich von England befreiten. Ich sehe eine glorreiche Zukunft für Europa. Napoleon wird Europa einigen, die Bürgerrechte werden uns zu Brüdern machen, und dann können wir zusammen mit den anderen Völkern der Erde handeln und ihnen die Errungenschaften unserer europäischen Zivilisation bringen. Das wünsche ich mir als Christ und Mann der Kirche.«

»So gesehen haben Sie natürlich Recht. Ich sehe nun einmal hauptsächlich die Not und leider auch das Unrecht, welches sich aus Bestechlichkeit manch neuer Herren in der Stadt Hamburg ergibt.«

»Missbrauch geht mit der Macht einher. Machen Sie sich in Ihrer Vaterstadt für unsere gemeinsamen Ideale stark, und es wird nicht mehr nötig sein, dass fremde Herren Macht ausüben. Werden Sie wie wir, seien wir Brüder, dann gibt es Frieden, und auch die Engländer werden einlenken.«

»Ach, wenn es nur so einfach wäre.«

»Das Leben ist einfach, wir erleben es doch gerade. Wir können Freunde sein. Seien Sie so freundlich, und hinterlassen Sie mir Ihre Adresse. Ich werde Ihnen schreiben.«

Marie hatte während des Gesprächs schweigend den Tisch abgeräumt und war dann in den Hof getreten. Clemens konnte sie durch das Fenster sehen. Der Pfarrer war Clemens' Blicken gefolgt: »Das Dorf hat mir diese Waise einquartiert, die so für ihren Unterhalt selbst sorgen konnte. Doch wie lange wird sie noch bei mir bleiben?« Der Pfarrer seufzte. »Sie ist sehr hübsch, und die Burschen der Umgebung interessieren sich für sie.«

Clemens schrieb seinen Namen und die Anschrift des Maiboom'schen Handelshauses auf das Papier des Pfarrers, und der Pfarrer gab ihm seine Adresse ebenfalls. Dann musste Clemens sich auf den Rückweg machen, und der Pfarrer begleitete ihn noch ein Stück des Weges. Zum Abschied schenkte er ihm noch ein Säcklein mit bretonischem Meersalz und einen Tiegel mit gesalzener Butter. »Leben Sie wohl, ich hoffe, von Ihnen zu hören«, waren seine Abschiedsworte.

Am nächsten Tag ließ Kapitän Sonntag die Anker lichten, und die Reise wurde fortgesetzt. Doch nicht weit, denn französische Marine legte sich den Hamburgern in den Weg und zwang sie, Brest anzulaufen. Was für eine nüchterne und stolze Stadt. Nach zahlreichen Behördengängen musste Kapitän Sonntag sich in einen von der Marine begleiteten Konvoi einreihen, der St. Malo anlaufen und dicht an der Küste weiter nach Le Havre fahren sollte.

Bei den Kanalinseln griffen die Engländer den fetten Konvoi an. Zum Glück für das hamburgische Schiff hatten die Engländer es auf die schweren Atlantikfahrer abgesehen. Die schlankere »Seute Deern« lief im Vergleich zu den anderen Konvoischiffen sehr schnell, gab zudem durch geschickten Schlingerkurs ein schlechtes Ziel für die Kanonen ab. Im Getümmel des Gefechts gewann sie Abstand vom Konvoi und segelte sich frei.

Kapitän Sonntag entschied sich, Le Havre nicht anzulaufen, sondern durchzusegeln. Zwei kleineren britischen Kaperern konnte die »Seute Deern« in der Straße von Dover davonlaufen. Doch dann begann die Ungewissheit, auf welche Schiffe sie in der Nordsee vor Helgoland stoßen würden. Tatsächlich liefen die Hamburger in der Elbmündung englischen Blockadeschiffen in die Arme. Die »Seute Deern« wurde gezwungen, Helgoland anzulaufen. Clemens hatte dabei das zweifelhafte Vergnügen, die Fahrt als Geisel an Bord eines englischen Schiffes zu erleben. Doch die Papiere des dem Hause Maiboom verbundenen Londoner Kaufmannes Thomas Murphy erwiesen sich als Goldwert. Offenbar kannte der auf Helgoland residierende Kommandeur der Blockadeschiffe den einflussreichen Murphy. Es schien beinahe, als sei Murphy als zukünftiger Waffenlieferant für eine Widerstandsarmee zur Rückeroberung des Hannoverischen im Norden Deutschlands auserkoren. Andeutungen des Kommandanten konnte Clemens entnehmen, dass Murphy besondere Freiheiten besaß. Clemens kam wieder frei, und die »Seute Deern« setzte ihren Weg ohne weitere Abgaben fort. Bei Cuxhaven kontrollierte ein holländischer Offizier des napoleonischen Wachschiffes in der Elbmündung die Papiere erneut. Er hatte nichts zu beanstanden. Am 30. Juni 1808 erreichte die »Seute Deern« Hamburg. Clemens und Kapitän Sonntag hatten im Auftrag der beteiligten Kaufleute eine außerordentlich erfolgreiche Fahrt absolviert.

Juli 1808

Im Juli 1808 gab es im Hamburger Hafen fast keine Schiffsbewegungen. Schiffsausrüster, Reepschläger, Schiffszimmerer und Segelmacher hatten kaum Aufgaben, und die Beschäftigten waren gezwungen, sich bei der Armenkasse zu melden. Matrosen wanderten zu Fuß nach Glückstadt, Husum, List, Tönning oder zu dänischen Ostseehäfen, um sich dort anzubieten. In der Tat legten dort noch einige Amerikafahrer an, und ehemals hamburgische Schiffe fuhren jetzt unter amerikanischer oder schwedischer Flagge. Aber immer wieder stockten die Handelsbeziehungen, denn die Franzosen drohten indirekt mit der Besetzung Dänemarks, damit keine englischen Waren über Dänemark auf den Kontinent gelangen konnten. Die dänische Regierung fürchtete die napoleonische Besetzung, und seit der Zerschlagung der dänischen Kriegsmarine durch englische Kriegsschiffe vor Kopenhagen galt auch England als Feind. Die Engländer kaperten jedes Schiff, das keinen englischen Bestimmungshafen angeben konnte. Der Küstenhandel von Hamburg nach Frankreich war ebenso zum Erliegen gekommen wie der Handel zwischen Hamburg und England.

Die hanseatischen Großkaufleute lenkten die Ware, die es noch gab, jetzt auch über Ostseehäfen wie Göteborg und alte baltische Häfen. Dort kamen die überseeischen Waren aus England und Amerika an und wurden auf kleinere Segler umgeladen und dann nach Kiel, Heiligenhafen und Neustadt gebracht. Oder die Kaufleute sorgten dafür, dass ihre Güter gleich auf Schleichwegen nach Mecklenburg oder über preußische Häfen oder gar nach Russland ihre Bestimmung fanden. Die meisten Waren der Hamburger Kaufleute sickerten über den Landweg von Holstein nach Hamburg, und viele tausend Kleinschmuggler traten am Dammtor und Millerntor über die Grenze. Es gab viele Wege, sich bei dänischen Behörden Herkunftszeugnisse ausstellen zu lassen, und es war erstaunlich, wie rasch aus englischer Steinkohle eine norwegische Steinkohle werden konnte, obwohl jeder Zöllner die eindeutigen Qualitätsunterschiede kannte.

Clemens Maiboom war in die väterlichen Geschäftsräume zurückgekehrt, um sich erneut lustlos dem Geschäftsarchiv zu widmen. Das Spaniengeschäft hatte den Maibooms wieder etwas Luft verschafft.

Immer wieder kamen neue napoleonische Soldaten in langen Reihen in die Stadt oder auf Hamburger Landgebiet. Manche dieser Soldaten waren noch halbe Kinder. Sie wurden in der Stadt neu eingekleidet, bevor sie von Napoleon an die ostfriesische Nordseeküste oder nach Preußen und das Herzogtum Warschau geschickt wurden. Eine Übersicht, wie viele Soldaten sich wie lange in Hamburg aufhielten, gab es für die hamburgischen Behörden nicht. Wohl aber wurden immer wieder neue Forderungen nach Quartieren, Uniformen und Verpflegung von den Militärs gestellt.

Vielerorts herrschten chaotische Zustände. Auch die vielen Militärpferde in der Stadt bereiteten Probleme. Der Pferdemist konnte kaum abgeräumt werden, und es gab nicht genug Ställe für die Tiere.

»Clemens, wir haben einen neuen Erwerbszweig«, meinte der alte Maiboom spöttisch zu seinem Sohn. »Weil wir unsere Fuhrwerke derzeit nicht ausnutzen, vermiete ich Pferd und Wagen an den neuen dänischen Gesandten. Er wohnt nicht weit von uns in der Neuen Burg. Ein Bote kam und fragte, ob wir dem Gesandten heute Nachmittag eine Kutsche überlassen könnten. Er muss nach Klein Flottbek. Bitte sei so gut, spann ihm die Pferde an und kutschiere ihn, denn er kennt sich hier noch nicht aus. Außerdem kann es für uns von Vorteil sein, wenn der dänische Gesandte mit uns bekannt ist. Also sei höflich und mach dich beliebt. Denke auch an die Torsperren, damit ihr nicht in Altona übernachten müsst.«

»Vater, ich bin doch kein Pferdeknecht. Muss das sein?«

»Gib dich nicht so vornehm. Der Mann hat Einfluss, vielleicht kannst du von seinen Kontakten profitieren. Europa verändert sich unter Napoleon. Vielleicht kannst du über den Gesandten an wichtige Informationen gelangen. Ich werde alt, aber du willst einmal die Geschicke des Handelshauses Maiboom lenken. Dein Bruder hat schon eine Entscheidung getroffen und richtet sich nach London aus. Vielleicht musst du dich nach Kopenhagen ausrichten?«

»Nun gut, ich will mich darum kümmern. Wann soll ich den Gesandten abholen und wie heißt er eigentlich?«

»Sei um drei Uhr bei ihm. Er heißt Rist.«

Clemens fuhr pünktlich bei dem Gesandten Rist in der Neuen Burg vor. Johann Georg Rist war ein großer schlanker Mann von Anfang dreißig. Sein volles dunkelblondes Haar war kurz geschnitten, im Nacken hatte er jedoch einen kleinen Zopf. Er bewohnte eine Drei-Zimmer-Wohnung im ersten Stock mit Ausblick auf das Fleet.

»Sie haben einen schöne, helle Wohnung gewählt, Herr Rist«, schmeichelte Clemens, als Rist ihm selbst öffnete.

»Ja, ich bin zufrieden. Nur die Wasserversorgung ist nicht nach meinem Geschmack. Ich habe auf meiner Etage zwar Zutritt zu dem Sootstuhl, der mir die Wasserentnahme aus dem Fleet ermöglicht, aber mir widerstrebt es doch, das Wasser zu trinken, wenn ich sehe, was aus den Häusern ins Fleet fällt und tropft. Und aus dem Hasenmoor sickert eine Brühe, bei Regenwetter wird Pferdemist und Schweinekot von der Straße ins Fleet geschwemmt und die Färber kippen noch ihr Vitriol dazu.«

»Aber bedenken Sie, dass beständig frisches Wasser aus der Alster nachfließt und dass das Hamburgische Bier berühmt ist. Viele Brauer entnehmen das Brauwasser aus den Fleeten. Doch wenn Sie Bedenken haben, dann lassen Sie sich Ihr Trinkwasser durch den Wasserverkäufer besorgen. Eine Dracht vom Brunnen der Rödingsmarkt-Interessentschaft kostet einen Shilling. Das Wasser dieser Interessentschaft wird gerühmt für Wohlgeschmack und Reinheit. Stellen Sie ein gutgemaltes Fässchen in der Küche auf, kühlen Sie es mit einem nassen Leintuch, Sie werden sehen, das stellt Sie zufrieden.«

»Probiert habe ich das bereits. Doch schon nach einem Tag war die Innenseite des Fasses mit einer schleimigen Algenschicht bedeckt.«

»Dann war das Wasser nicht von der Rödingsmarkt-Brunnen-Interessentschaft. Achten Sie darauf, von wem Sie das Wasser tragen lassen. Fragen Sie bei den Nachbarn nach, auf welche Wasserträgerinnen Sie sich verlassen können. Lassen Sie Ihr Fässchen wöchentlich heiß auswaschen und bürsten.«

»Vielen Dank für Ihren Rat, Herr Maiboom. Woher beziehen Sie denn Ihr Wasser?«

»Nun, wir haben einen Brunnenanschluss von der Interessentschaft. Unsere Nachbarn sind die Lindemanns, eine alte Brauerfamilie. Bei Ihnen liegt der Hauptanschluss und wir haben einen Nebenanschluss.«

»Wäre es möglich, auch meine Wohnung anzuschließen?«

»Nun, ich weiß nicht, ob eine Leitung hier vor dem Haus liegt und ob der Leitungsdruck ausreichen würde. Fragen Sie doch bei dem Brunnenmeister der Interessentschaft einmal nach. Das ist Herr Konrad Leonhardt.«

»Ich werde sicher darauf zurückkommen. Doch nun müssen wir uns beeilen. Ich habe eine Verabredung mit dem Prinzen von Ponte Corvo, dem Marschall Bernadotte. Kennen Sie den Weg zum Landhaus des Herrn Baron von Voght?«

»Natürlich. Das Anwesen und seine Gärten sind berühmt!«

Die beiden Männer stiegen in den kleinen, eleganten Zweispänner mit seinen blitzenden Messingbeschlägen. Clemens hatte mit Absicht eine Kutsche ausgewählt, auf der sie nebeneinander sitzen konnten.

Sie verließen die Stadt durch das Millerntor. Clemens lenkte die kleine Kutsche durch die vor den Toren Hamburgs und Altonas stehenden Buden, Schaustellerzelte, Zigeunerwagen und kleinen Holzhäuser. Hier zwischen den Städten hatten sich neben den Reepschlägern und ihren Reeperbahnen auch allerlei fliegende Händler, Wahrsager, Quacksalber, Zirkusleute und Amüsierbetriebe mit kleinen Bühnen festgesetzt. Als Hamburg noch befestigt war, musste dieses Gebiet als Schussfeld freigehalten werden; Baugenehmigungen wurden hier nicht erteilt, aber dies Volk vor den Toren hatte sich die Freiheit selbst genommen und zunächst auf dem so genannten Spielbudenplatz mit diesem zweifelhaften Gewerbetreiben begonnen. Am Nobistor entrichtete Clemens eine Straßenabgabe, dann rollte das Gefährt durch die Straßen Altonas auf die Elbchaussee.

»Ihr Vater hat mir erzählt, dass Sie im Mai in Spanien gewesen sind. Das war sicher eine interessante Reise?«

»In der Tat. Sehr beeindruckend. Als wir die Ladung im nordspanischen Hafen Castro Urdiales übernahmen, wurde gerade der Aufstand von Oviedo bekannt.«

»Kaiser Napoleon wird sich noch wundern, welchem Volk er seine Regierungsform und seine Gesetze aufzwingen will.«

»Sie kennen Spanien auch?«

»Ich war eine ganze Zeit dänischer Gesandter in Madrid.«

»Was ist nun Ihre Auffassung, wie werden sich die Spanier gegenüber Frankreich verhalten?«

»Nun, ich denke, man muss noch abwarten, bevor sich eine Beurteilung der Lage aussprechen lässt. Auf jeden Fall sind die Spanier sehr stolz, und die katholische Kirche ist in dem Land sehr mächtig. Die Behandlung der katholischen Kirche im republikanischen Frankreich und die des Papstes im Vatikan gefällt den spanischen Kirchenfürsten nicht. So zieht Napoleon derzeit Soldaten nicht umsonst aus Norddeutschland wieder ab. Einerseits braucht er die Abschottung seiner Wirtschaftssperre gegen England hier oben an der langen ostfriesischen Küste und den Flussmündungen, andererseits benötigt er für seinen spanischen Feldzug gegen die Rebellen erfahrene Soldaten. Ich möchte nicht in seiner Haut stecken. Für Dänemark scheint sich die Lage derzeit zu entspannen. Noch nie konnte ich so viele Einfuhrpapiere von Holstein zum kontinentalen Zollsystem ausstellen. Der französische Staat braucht die Zölle, um die Kriegskosten erträglich zu gestalten. Die Zölle sind gerade so hoch, dass es sich noch lohnt, nicht das Risiko des Schmuggelns einzugehen. Und die napoleonische Armee braucht genauso Waren, Leder, Stoffe, Nahrung wie die Bevölkerung des Kontinents.«

Das Landhaus des Barons von Voght wurde hinter den Anpflanzungen sichtbar. Auf der Veranda und den Balkonen des prächtigen Hauses sah man Offiziere in französischen Uniformen in Gruppen im Schatten miteinander diskutieren.

»Sehen Sie Maiboom, welche Ironie des Schicksals, hier lässt sich der südfranzösische Marschall Bernadotte von spanischen Grenadieren der Pyrenäen-Truppe bewachen, und in Spanien selbst erhebt sich das Volk gegen die Franzosen. Warten Sie bitte auf mich, mein Besuch beim General wird nicht allzu lange dauern.«

Rist wurde in das Haus gebeten. Clemens lenkte die Pferde zu einer Tränke, dann führte er sie in den Schatten der Wirtschaftsgebäude und belegte dann die Wagenbremse. Eine Küchenmagd gab ihm einen Becher Buttermilch und ein Stück Kuchen.

Während Clemens aß, fuhr eine neue Kutsche am Haupteingang vor. »Das ist Paul Maurice, der Sergeant«, stellte Clemens fest. Der Franzose öffnete den Schlag, und dem Wagen entstieg der französische Finanzbeamte. »Gauthier«, der Name des Mannes fiel Clemens wieder ein. Gauthier drehte sich um, und half seiner hübschen Tochter hinaus. Als sie vor der Karosse stand und ihr Kleid glättete, blickte sie sich um, und Clemens und ihre Blicke trafen sich. Ihre Augen verharrten kurz auf ihm, dann hakte sie sich bei ihrem Vater ein, und die beiden schritten die Treppenstufen zum Haus empor. Der Sergeant schwang sich wieder auf den Kutschbock, lenkte die Pferde auf den Hof, wendete das Gefährt und ließ sie an der Tränke saufen.

»Guten Tag, Herr Sergeant!«, grüßte Clemens.

»Oh, Herr Maiboom, guten Tag, welche Überraschung!«

»Ich habe den dänischen Gesandten Rist, hierher gefahren. Er macht seinen Antrittsbesuch bei Marschall Bernadotte«, erklärte Clemens.

»Aha«, antwortete der Sergeant kurz angebunden. Clemens ärgerte sich. Er hätte zu gern erfahren, warum das hübsche Töchterlein des Herrn Gauthier ihren Vater begleitete, aber dieser Sergeant gab sich maulfaul. »Sie müssen Herrn Gauthier häufiger begleiten?«, fragte Clemens jetzt beiläufig. Maurice blickte ihn überrascht an.

»Sie kennen Monsieur Gauthier?«, fragte er den Kaufmannssohn. »Sie wissen, Herr Maiboom, ich bin dem Wachbataillon zugeteilt, das die Diplomaten und Beamten begleiten soll. Insofern muss ich Monsieur Gauthier häufiger fahren, denn als Gesandter muss er eine Übersicht über Einnahmen und Ausgaben der Stadt und über die Wirtschaft erhalten.«

»Und seine Tochter, welche Aufgaben hat sie?«

»Oh, sie begleitet ihren Vater nur. Aber sie langweilt sich in der Stadt. Sie interessiert sich natürlich auch für wichtige Persönlichkeiten und hat ihren Vater wahrscheinlich gedrängt, sie heute mitzunehmen, damit sie Marschall Bernadotte kennen lernen kann.« Der Sergeant machte eine Pause, fuhr dann fort: »Ihre Mutter ist in Frankreich zurückgeblieben. Schon das zeigt, wie ich finde, dass dieses junge Frauenzimmer einige Durchsetzungskraft besitzt. Welcher Vater würde seine Tochter schon in ein fremdes Land mitnehmen?« Der Franzose nahm eine Pfeife aus seiner Tasche. »Ich habe Sie noch nicht wieder gesehen, seitdem Sie aus Spanien zurückkehrten. Waren Sie mit den Geschäften zufrieden?«

»Ja, es war eine aufregende Reise für mich«, gab Clemens ohne Umschweife zu.

»Ich weiß, die Spanier erheben sich in einigen Landstrichen gegen die Regierung, gerade auch da, wo Ihr Reiseziel lag. Ich verstehe nichts von der Politik, der Kaiser wird wissen, warum er seinen Bruder Joseph zum König von Spanien empfohlen hat. Ich hoffe nur, dass das Blutvergießen bald beendet ist. Ich bin zwar Soldat, aber Sie wissen, dass ich nicht gerne Waffen auf andere richte.«

Clemens nickte. Im vergangenen Winter waren sich die beiden näher gekommen, und der Sergeant hatte Clemens an dunklen Abenden in der Maiboom'schen Küche am Herdfeuer aus seinem Leben berichtet. Der Soldat war ein aufrechter Republikaner, kein Jakobiner, aber ein ehemaliger Girondist. Er kannte die Wirren der Revolutions-Tribunale, die Verdächtigungen, die Hinrichtungen mit der Guillotine aus eigener Anschauung. Und er hatte in einer schwachen, fast wehmütigen Stimmung angedeutet, dass er selbst seine Familie durch Unrecht in dieser Zeit verloren hatte und seine eigene Rettung nur durch den unverzüglichen Eintritt in die Armee gelungen war. Clemens hatte das Bedürfnis, das Thema zu wechseln. »Ihre Französisch-Lektionen im vergangenen Winter haben mir auch sehr genützt. Unser Schiff musste in der Bretagne Schutz vor einem Sturm suchen. Dabei hatte ich Gelegenheit, an Land zu gehen und einen Pfarrer in seiner Kirche zu besuchen. Ich konnte mich gut unterhalten.«

»Herr Maiboom!« Der dänische Gesandte stand vor dem Haupteingang der Villa. Clemens winkte ihm zu, versprach dem Sergeanten Maurice demnächst mehr zu berichten, rief »au revoir« und fuhr dann mit der Kutsche vor, um Herrn Rist den Weg durch den matschigen Hof zu ersparen.

»Ich möchte nicht indiskret sein, aber hatten Sie auch Gelegenheit, Herrn Gauthier kennen zu lernen?«, fragte Clemens und genoss die Überraschung, die diese Frage auslöste.

»Sie kennen Gauthier?«, fragte Rist mit gerunzelter Stirn zurück.

»Zufällig, weil der Sergeant, der ihn öfter begleiten muss, bei uns im Haus einquartiert ist.«

»Nun, ja, ich habe ihn und seine bezaubernde Tochter Clothilde kurz begrüßt. Er ist ein Mitarbeiter des zivilen Verwaltungsstabes. Er arbeitet beispielsweise mit Herrn Eudel, dem obersten französischen Zöllner, in den neu besetzten, norddeutschen Gebieten zusammen, und er interessiert sich für Rechtsfragen, die sich im Zusammenhang mit den wirtschaftlichen Beziehungen verschiedener Länder ergeben. Offenbar ist er auch ein glühender Befürworter des Code civil und der anderen neuen Gesetzeswerke. Er schlug gleich vor, dass wir uns einmal zu einem Gedankenaustausch treffen, denn das dänische Staatsgebiet würde ja nun an die französische Einflusszone stoßen. Je mehr Gemeinsamkeiten sich auf wirtschaftlichem Gebiet ergäben, desto weniger Reibungspunkte könnten störend wirken.

Wie viel Einfluss dieser Mann besitzt, ist für mich schwer abzuschätzen. Wissen Sie, mit wem er noch verkehrt?«

»Soviel ich weiß, hat er auch Unterredungen mit Senatoren, Ratsherren und Commerzdeputierten.«

»Sie scheinen ja Ihre Augen offen zu halten, junger Mann. Das gefällt mir. Ich werde mich wohl mit Herrn Gauthier auseinander setzen; vielleicht gelingt es mir, herauszubekommen, was für Zukunftspläne die Franzosen haben.« Damit lenkte Rist auf andere Gesprächsthemen, fragte Clemens, ob man noch gern im Baumhaus am Baumwall feiere, welchen Spielplan das Hamburger Theater am Gänsemarkt hätte und wo man hübsche Tapeten kaufen könne.

Clothilde langweilte sich. Der General Bernadotte war zwar sehr charmant gewesen, aber da er mit ihrem Vater und zwei anderen Offizieren ungestört reden wollte, hatte man Mademoiselle Gauthier in die im ersten Stock gelegene Bibliothek geführt, von wo sie den schönen Ausblick auf die Parkanlage genießen sollte. Da saß sie nun bei einem Tässchen Schokolade und blickte sich um. Wenn man ihr wenigstens einen der jüngeren Offiziere als Gesprächspartner zugeteilt hätte. Sie musste zugeben, dass ihr die jungen Männer in den Uniformen gut gefielen.

Schon mehr als ein halbes Jahr wohnte sie nun bei ihrem Vater, doch der hatte leider weniger Zeit, als sie sich in Paris ausgemalt hatte. Clothilde vermisste ihren Bruder Robert sehr. Anfangs hatte sie ihm häufig geschrieben:

»Lieber Robert, verzeih mir, dass ich dich nicht in meinen Plan eingeweiht habe, aber als treuer Sohn hättest du vielleicht Mama beigestanden und mich von meiner Absicht abzubringen versucht. Ich bin der festen Überzeugung, dass sie mich gegen meinen Willen mit dem Galan Garotte verheiraten wollte. Papas Einverständnis hätte sie auf dem Postweg eingeholt, und der Arme hätte die Angelegenheit aus der Entfernung nicht einzuschätzen vermocht. Gewiss wäre es in finanzieller Hinsicht

eine gute Partie gewesen, aber ich liebe diesen Mann nicht, seine Attitüde stößt mich ab. Wie gern dagegen bin ich mit dir und deinen Kommilitonen zusammengewesen! Ihr seid so frischen Mutes, redet so freimütig und stolz von der Zukunft Frankreichs, Europas und plant für die Menschen. Oh, Robert, ich beneide euch Studenten. Gewiss werdet ihr ein interessantes Leben führen!
Ich vermisse dich sehr, Robert, doch andererseits ist das Leben so für mich recht abwechslungsreich. Schon die Reise hierher war sehr aufregend. Hier lerne ich jede Woche neue Personen kennen; viele davon sind Franzosen oder stammen aus Hugenottenfamilien, die vor langen Jahren hierher gezogen sind. Und viele der vornehmen Hamburger Bürger, mit denen Papa zu tun hat, sind sehr gebildet, sprechen Französisch und benehmen sich mir gegenüber sehr höflich. An die beengten Wohnverhältnisse und die Witterung habe ich mich schon gewöhnt, doch das Personal hier ist ziemlich unmöglich. Das Hausmädchen ist unordentlich und spricht nur Plattdeutsch, und die Köchin kocht zu fett. Ich habe schon bemerkt, dass man hier von uns Franzosen und von Kaiser Napoleon nicht begeistert ist. Und doch bin ich gern hier, verbessere mein Deutsch und tue so auf meine Art etwas für Frankreich, denn so kann ich mit den Hamburgern reden und ihnen die Vorteile unseres Staatswesens erklären. Ich habe gut aufgepasst bei den Diskussionen deiner Freunde und dir. Das hilft mir jetzt. Kaiser Napoleon tritt für die Modernisierung Europas ein, das werden die Hamburger bestimmt langsam begreifen. Besonderen Kontakt habe ich zu einer älteren Dame bekommen, Madame Sieveking. Sie hat Papa und mich zu einem Sommerfest in ihr Sommerhaus in Neumühlen eingeladen. Ich werde dir davon berichten.
Grüße Mama und ganz besonders Großmama, deine Clothilde.«

Clothildes Tage in Hamburg verliefen weit weniger aufregend, als sie es sich gewünscht hätte. Sie schlief lang, las die Zeitungen und lieh sich Bücher aus. Aber sie kam seltener in Kontakt mit angesehenen Bürgern, als sie es sich gewünscht hätte. Ihr Vater saß viel in den städtischen Archiven, studierte die Steuerunterlagen und schimpfte auf die hamburgische Buchführung und die unterschiedlichen Kompetenzen der Ämter und Behörden. Die ganze Konstruktion der öffentlichen Verwaltung erschien ihm unübersichtlich und altmodisch. »Was ist das nur für ein zäher Brei, wie konnte dieser Apparat nur funktionieren«, Gauthier raufte sich die Haare.

Abends, wenn er mit seiner Tochter nach dem Abendessen zusammensaß, zog er sie ins Vertrauen und beklagte sich, dass die parallel zur alten Amtsführung eingesetzten neuen Institutionen auch nicht hilfreich seien. »Eudel und seine Zollinspektoren, die neue Polizeibehörde, die Armee mit ihrer Hierarchie, ja selbst der Marschall Bernadotte lassen sich nicht in ihre Karten schauen, haben offenbar neben der offiziellen noch eine zweite Buchführung. Beweisen kann ich es nicht, aber wenn Kaiser Napoleon mir mehr Kompetenzen geben würde ... Es ist doch schrecklich, wenn man Europa moderner gestalten will, wenn die Bürger zurecht Aufklärung und rationale Staatsführung verlangen und es trotzdem immer wieder Personen an entscheidenden Stellen gelingt, im Verborgenen nur ihren eigenen Interessen zu dienen.«

»Sehen Sie, Herr Rist, jetzt kommen wir an dem berühmten Gartenrestaurant von Monsieur Rainville vorbei.« Clemens zeigte Rist auf der Rückfahrt das klassizistische Gebäude und die hübschen Gartenanlagen.

»Ah, ja, hier werde ich demnächst die Gräfin Schimmelmann treffen, wenn sie auf der Durchreise nach Baden-Baden ist.«

Clemens trieb die Pferde an, denn die Sonne neigte sich dem Horizont zu, und er wollte keineswegs in einen Wagenstau vor dem Millerntor geraten.

»Liegt hier nicht rechter Hand Neumühlen?«, fragte Rist, als sie Ottensen erreichten.

»Ja, es gibt einige Hamburger, die in Strandnähe Sommerhäuser unterhalten. Man kann sogar mit dem Boot bei Ebbe bequem von Hamburg zu dem Anleger Neumühlen gelangen und bei Flut wieder zurück. Das ist ein netter Sonntagsausflug, wenn das Wetter passt. Ich biete Ihnen gern eine geräumige Jolle für einen Ausflug an, Herr Rist, und wenn Sie es wünschen, können wir auch noch Bekannte von Ihnen mitnehmen.«

»Das ist eine nette Idee, wenn Sie das Boot so vorzüglich führen, wie Sie den Wagen zu lenken verstehen. Gibt es ein Gasthaus am Strand?«

»Nun, die Betreiber des Anlegers verkaufen zwar gelegentlich Getränke und einfache Speisen, aber es wäre besser, wenn man Körbe mit Proviant für einen Ausflug mitnehmen würde«, meinte Clemens.

Die Hecke längs der Chaussee wurde nun wieder lichter und gab den Blick frei vom hohen Geestrücken über die Elbe und das Alte Land bis auf die Harburger Berge. Das beginnende Abendrot färbte die Landschaft kräftig, die Elbe wirkte ungewöhnlich blau. Clemens zügelte die Pferde und zeigte gen Südosten: »Ist das nicht schön? Ich liebe das nordische Licht, den weiten Himmel, meine Heimat, Hamburg. Selbst Altona ist mir lieb, obwohl es ja eine dänische Stadt ist und die Dänen, die Sie in Ihrem Amt vertreten, meiner Heimatstadt schon so manche Beschwernis verursacht haben. Doch, ich weiß, das haben die Regierenden in Kopenhagen zu verantworten. Die Altonaer unterscheiden sich doch kaum von den Hamburgern.«

»Ja, Herr Maiboom, ich kann Sie gut verstehen. Ich habe hier ja selbst Jugendjahre mit meinen Eltern verlebt, Hamburg ist meine zweite Heimat geworden.«

Mit einem gewissen Stolz über seine Ortskenntnisse, wählte Clemens in Gedanken für seine Weiterfahrt nicht die Königstraße, sondern die Palmaille. Doch zunächst passierten sie die Christianskirche.

»Wissen Sie, dass Klopstock hier begraben liegt? Dort unter der jungen Linde ist er beerdigt, neben seiner ersten Frau, die so früh starb.«

»Nein, dass er hier an dieser Stelle begraben liegt, das wusste ich nicht«, antwortete Rist. »Klopstock ist mir wohl bekannt, er hat sich ja auch am dänischen Hof aufgehalten. Ein kraftvoller Dichter, voller Gefühl und mit viel Verständnis für unsere nordische Mythologie. Er hat sich um die deutsche Sprache verdient gemacht.«

»Das Grabmal wird dieser Tage häufig besucht. Viele Hamburger pilgern hierher und legen Blumen nieder. Gerade die Jungen, die ein deutsches Gefühl verspüren, versammeln sich hier.«

»Was meinen Sie mit deutschem Gefühl?«

»Nun, es sind Menschen, die unter der französischen Besetzung leiden, nicht nur wirtschaftlich, nicht körperlich, sondern die sich durch die willkürliche Art, durch die Inkraftsetzung französischer Vorschriften, Regeln und Gesetze gezwungen fühlen. Sie fühlen eine Zusammengehörigkeit mit anderen Deutschen im Rheinland, die in den französisch dominierten Rheinbund gezwungen wurden, im Hannoverschen, ja auch in Preußen. Sie leiden, weil sie sich nicht gegen das aufgezwungene Los wehren können, weil es gegen ein so großes Frankreich keinen gemeinsamen Widerstand der Deutschen gibt.«

»Ja, aber wer sind denn eigentlich die Deutschen?«

»Herr Rist, ich glaube, Sie wissen sehr wohl, was ich meine.«

»Bewohner des Heiligen Römischen Reichs deutscher Nation werden Sie damit nicht meinen.«

»Nein«, Clemens wurde etwas ungehalten, »Deutsche sind Menschen, die Deutsch sprechen, die die deutsche Sprache als ihre Muttersprache empfinden. Die Sprache bahnt das Denken, und Gedanken sind mit dem Gefühl verwoben.«

»Halt, Herr Maiboom, mit dieser Definition machen Sie die dänischen Altonaer, die Holsteiner und Schleswiger zu Deutschen. Sie verstehen, dass ich als dänischer Gesandter in diesem Fall Einspruch erheben muss. Ich gehe noch weiter; ganz uneigennützig erhebe ich auch Einspruch im Namen Österreichs und der helvetischen Republik: Auch dort leben keine Deutschen, es sind Österreicher, Schweizer. Sie können wohl kaum alle Menschen mit deutscher Muttersprache zu Deutschen machen. Was würde daraus für ein Land, ein Staat entstehen?«

»Das habe ich mir mit meinen Freunden und Konsemestern von der Winterakademie schon ausgemalt. Von Königsberg über Schlesien bis nach Siebenbürgen würde es im Osten reichen, bis an den Rhein im Westen, bis Tirol und Serbien im Süden. Die Schweizer bilden wohl tatsächlich eine Ausnahme, aber das Schweizerdeutsch ist ja auch kaum ein echtes Deutsch.«

Jetzt fing Rist an zu lachen, aber er bezähmte sich sogleich.

»Herr Maiboom, Sie schwärmen, Sie träumen. Sie machen Ihre Rechnung ohne die reale Macht der Fürsten, ohne das Recht des Stärkeren. Wer sollte sich zu einem solchen Land bekennen? Wollen Sie die Landeskinder befragen, wählen lassen? Das wäre sicher ganz im Sinne der Französischen Revolution. Aber der preußische König wird davon nichts wissen wollen, die Habsburger noch weniger. Es ehrt Sie, dass Sie als Hamburger und Staatsbürger mit langer, freier Bürgertradition so denken. Lassen Sie uns den Disput demnächst mit Ruhe fortsetzen. Doch verzeihen Sie mir, wenn ich das Thema so abrupt wechsele. Ist das die Palmaille?« Rist wies auf die baumbestandene Mittelreihe.

Clemens schwieg einen Moment, er war selbst überrascht, wie ihn dieses Gespräch zuletzt erregt hatte, denn eigentlich empfand er selbst gar nicht dieses deutsche Gefühl. Er war mehr ein Advocatus Diaboli gegenüber dem dänischen Gesandten und wollte ihm auch zeigen, wie er sich im Streitgespräch zu behaupten wusste, wünschte, den Dänen zu beeindrucken. Dann hatte er sich beruhigt und setzte seine Erklärungen über die Besonderheiten Altonas und der Landschaft fort: »Vielleicht haben Sie schon bemerkt, dass in den Straßen Altonas keine Bäume stehen. Vor wenigen Jahren hat der Oberpräsident verfügt, dass alle Straßenbäume vor den Grundstücksgrenzen abgeholzt werden müssten. So sollte mehr Licht auf die Straßen gelangen, gerade weil es in Altona noch keine öffentliche Straßenbeleuchtung gibt. Auch fällt so weniger Laub an, das die Straßen verschmutzen könnte und es gibt mehr Platz für den

Verkehr von Fußgängern und Fuhrwerken. Nur hier in der Palmaille, die Sie richtig erkannt haben, ist dieser breite Mittelstreifen mit den Alleebäumen erhalten geblieben. Es ist die schönste Straße Altonas.«

»Ja, ich teile Ihre Ansicht. Welch prächtige Bauten auf der Elbseite.«

»Oh, hier wohnen wichtige Persönlichkeiten, der Oberpräsident, Mitglieder des Magistrats und andere königlich-dänische Beamte, Kaufleute und Rentiers. Dort, das hübsche Palais lässt sich der Kaufmann Baur seit einigen Jahren errichten. Die Mauern sind äußerst solide ausgeführt und müssen noch lange trocknen. Er hat in die fertig gestellten Räumlichkeiten schon Bedienstete einziehen lassen, die die Zimmer trocken wohnen sollen.«

»Der Mann beweist Geschmack. Er muss sehr vermögend sein.«

»Sohn reicher Eltern, Absolvent des königlichen Christianeums, Juraexamen in Göttingen, ein erfolgreicher Kaufmann. Die Maibooms lieferten ihm besondere Seidentapeten aus London, daher kenne ich die Umstände«, erklärte Clemens. Sie passierten Baulücken und Einmündungen von Querstraßen, die hinab zur Großen Elbstraße und zum Strand führen, der von der Smissen Allee und dem Quäkerberg. Durch diese freien Stellen konnte man auf die schönen Parks am Elbhang und das Elbpanorama blicken. Dann ließen sie das Frank'sche Kaffeehaus und das Schauspielhaus liegen.

Clemens suchte sich für die Weiterfahrt die Breite Straße aus. Sie machte zunächst ihrem Namen alle Ehre, verengte sich aber schließlich, und die Bebauung wurde niedriger, die Häuser schlichter.

»Hier scheinen viele Juden zu wohnen«, bemerkte Rist, als er die Fußgänger am Straßenrand betrachtete.

»Sie haben Recht, dort drüben, das massive Gebäude in dem Hof, ist die große Synagoge. Die Juden fühlen sich hier anscheinend wohler als in Hamburg. In Wandsbek ist es übrigens ähnlich.«

»Sehen Sie, da sind die Hamburger so stolz auf ihre Weltläufigkeit und ihre Freiheit. Aber es ist eine sehr lutherische Freiheit, nicht wahr?«

»Von den Juden weiß ich nicht viel. Mich wundert nur, dass sie sich in dem torlosen Altona niederlassen, denn ich habe von einem jüdischen Gesetz gehört, das den mosaischen Gläubigen verbietet, in einer Stadt ohne Mauern und Stadttore zu leben. Daher glaube ich auch, dass die meisten Juden nur aus Tradition ihre Namen und Gebräuche führen, ansonsten aber aufgeklärt denken.«

»Herr Maiboom, lenken Sie nicht ab, wenn ich von der Freiheit in Hamburg spreche. Hier auf dänischem Gebiet herrscht so viel Toleranz, dass es Synagogen, französisch-reformierte, deutsch-reformierte, holländisch-reformierte Kirchen, die Mennoniten-Kirche und die Herrnhuther Gemeinde gibt. Was sagen Sie dazu?«

Wieder hatte Clemens das ungute Gefühl, dass ihm nicht ausreichend Argumente zur Verfügung standen. Aber es reizte ihn, Rist Widerstand zu bieten. Angriffslustig entgegnete er: »Von Freiheit sprechen Sie? Ich glaube, der dänische König erlaubt den Juden hier die Niederlassung, weil sie auf diese Weise mit ihren Zinsgeschäften und Krämerwuchereien vom reichen Hamburg profitieren, hamburgisches Geld mit ihren Verlockungen aus der Stadt ziehen und so dem dänischen König Steuern verschaffen, falls sie die Steuern tatsächlich zahlen. Genauso ist es mit den anderen Sektierern, die sich aus religiösem Dünkel für etwas Besseres halten und das mit ihren Geschäften beweisen müssen. Hamburg ist frei, Andersgläubige dürfen in Hamburg wohnen. Nur Ämter dürfen sie nicht führen, keine Kirchen errichten.«

»Das nennen Sie Freiheit, wenn ein Jude einen hamburgischen Strohmann kaufen muss, um Grundbesitz erwerben zu können? Gar so fest scheinen die Bürger Hamburgs in ihren Überzeugungen auch nicht zu sein, wenn sie so leicht über die Grenze wechseln und ihr rechtschaffenes Geld bei moralisch zweifelhaften Menschen lassen.«

Statt zu antworten, ergriff Clemens die Gerte, um die müden Pferde anzutreiben. Sie waren nahe des Pepermühlenbaches nach Norden in die Bachstraße abgebogen, die nun hügelan über die Finkenstraße zum Nobistor führte.

»Herr Maiboom, Sie gefallen mir. Ich habe selten einen so jungen Mann getroffen, der sich schon so vielseitig zu unterhalten weiß. Von Ihrem Vater habe ich gehört, dass er Sie für mutig, klug und geschickt hält, er schien durchaus ein stolzer Vater zu sein.« Clemens errötete.

Rist setzte seine Rede fort: »Es würde mir eine Freude sein, wenn Sie mich am Wochenende zu einer privaten Einladung, einer Sommergesellschaft mit Übernachtung, nach Neumühlen fahren und begleiten könnten. Hätten Sie Zeit?«

Clemens freute sich, er fühlte sich geehrt, und er willigte ein, vorausgesetzt, sein Vater könnte das Gespann und ihn entbehren. Die Sonne war blutrot untergegangen. In einer Stunde würde das Millerntor geschlossen werden. Ein Strom heimkehrender Hamburger bewegte sich über die Reeperbahnen, aber die Torwachen und Zöllner, verstärkt durch französische Posten, wickelten ihre Prüfungen zügig ab.

Fortgang Juli 1808

Der Abend hatte keine Abkühlung gebracht. Ein schwacher Ostwind trieb schwülen fauligen Geruch von den bei Ebbe trockengefallenen Fleeten durch die Fenster. Clemens hatte sich müde auf sein Bett ausgestreckt. Er schwitzte. Wäre es nicht wunderbar, so reich zu sein, dass einem die Bediensteten stets ein eigens eingerichtetes Badezimmer vorbereiten könnten? Sogar mit fließendem Wasser? Seufzend machte sich Clemens auf, nahm sein Handtuch und die Seifenschale, stieg die Treppe hinunter und tastete sich durch die dunkle Diele zu dem kleinen Flur neben der Küche, der durch eine Seitentür des Hauses direkt zu dem gemeinsam mit dem Nachbarhaus genutzten Torweg zwischen den Häusern führte. Der Torweg war zur Straße hin mit kräftigen Torflügeln verschlossen; er diente den Maibooms wie den Lindemanns als Weg zu den hinter den Häusern gelegenen Gärten und Hinterhöfen, auf denen Holz und allerlei Sperriges gelagert wurde. Zum Garten hin standen die Torflügel offen und der schwache Lichtschein von Halbmond und Sternen fiel in den Torweg. In stetem dünnen Strahl lief Wasser aus dem Brunnenspundrohr in einen Steintrog, und von dort über eine Holzrinne in den Garten und schließlich in das Abwasserfleet hinter den Häusern. Durch den fortwährenden Wasserfluss war es jetzt im Torweg angenehm feucht-kühl, während es im Herbst und Frühjahr eher schaudernd kalt war. Im Winter wurde die Holzrinne für das ablaufende Wasser mit Brettern abgedeckt und darauf bei starkem Frost Mist geschichtet, um ein Zufrieren zu verhindern.

Gerade wollte Clemens sich zum Waschen ausziehen, da ließ ihn ein Geräusch zusammenfahren. Jemand räusperte sich. »Pardon, Herr Maiboom, ich wollte Sie nicht erschrecken. Ich konnte nicht schlafen, verstehen Sie, meine Kammer ist noch so warm. So habe ich mich hierher begeben und es mir in der Schubkarre bequem gemacht, denn hier ist es so schön kühl.«

»Ach, Monsieur Maurice, mir geht es ähnlich wie Ihnen, ich bin verschwitzt und finde noch keine Ruhe. Ich wollte mich mit kaltem Wasser waschen.«

»Lassen Sie sich durch mich nicht stören.«

Clemens begann sich abzuseifen. Das Wasser war wirklich angenehm kühl. Schade, dass der Steintrog zu klein war, um ganz darin zu baden. Da kam Clemens ein Gedanke:

»Monsieur Maurice, können Sie schwimmen?«

»Als Junge bin ich viel geschwommen, auch in der Zeit, als ich in Bordeaux lebte, aber ich hatte jetzt seit Jahren keine Gelegenheit.«

»Was halten Sie davon, wenn wir uns noch aufmachten und in der Binnenalster ein Bad nähmen?«

»Nun, das ist ein vorzüglicher Gedanke, schlafen kann ich sowieso noch nicht.«

Es dauerte nicht lange, und die beiden waren auf dem Weg.

Es waren nur noch wenige Menschen unterwegs, aber am Jungfernstieg war einiger Betrieb; Clemens Maiboom und Paul Maurice waren nicht die Einzigen, die auf die Idee eines nächtlichen Bades gekommen waren.

Im Schutze der Dunkelheit erlaubten die Stadtoberen dererlei Vergnügungen stillschweigend, ansonsten mussten Badende und insbesondere natürlich weibliche Personen sich mit dem Badeschiff begnügen, das nicht weit vom Ufer in der Binnenalster verankert war.

»Kommen Sie, wir schwimmen zu den Damenkabinen. Vielleicht ist dort noch Betrieb?«, meinte Clemens.

»Oh nein, Mademoiselle Gauthier hat mir erzählt, dass das Schiff schon am frühen Abend geschlossen wird. Wir sprachen gerade heute von ihren Erfahrungen mit dem Schiff, als ich sie und ihren Vater von Marschall Bernadotte zurück nach Hause kutschierte und wir vom Jungfernstieg aus das Schiff in der Abendsonne liegen sahen.«

»Benutzt sie das Badeschiff?«

»Gewiss, ich habe Ihnen doch schon erzählt, dass sie ein, nun, ein Wildfang ist. Sie ist öfter in Begleitung einer Bekannten hierher gekommen, einer Schauspielerin und Sängerin, Madame Brigitte Bogé, die zu einem Gastspiel hier am französischen Theater weilt. Der Gesandte Bourienne hat sie eingeladen, um der französischen Gemeinde und sich einen Gefallen zum Nationalfeiertag zu tun.«

»Na und Sie, Maurice, haben Sie auch Heimweh? Ich mag Sie, doch ich hätte nichts dagegen, wenn die französischen Besatzer Hamburg wieder verlassen oder nur noch als Gäste hier blieben!«

»Ach, Herr Maiboom, sprechen wir an einem so schönen Abend nicht von der Politik. Natürlich, ich habe Sehnsucht nach Frankreich, aber ich habe auch traurige Erinnerungen an die letzte Zeit in meiner Heimat. Meine Familie lebt nicht mehr, wer weiß, wer von meinen alten Freunden mich noch wieder erkennen würde. So bin auch ich ein wenig entwurzelt und füge mich in meine Aufgabe, hier in Hamburg Franzosen und französische Interessen zu schützen. Und was sind schon Grenzen und Begriffe wie französisch, deutsch und dänisch? Wir Menschen sind doch alle gleich, wir mögen gutes Essen und Trinken und die Liebe. Ach ja, lassen Sie uns doch über die Liebe reden! Und lassen Sie uns umkehren, ich habe genug geschwommen!«

Maurice wandte sich mit kräftigen Zügen dem Ufer zu. Clemens umrundete noch das Badeschiff und kehrte dann auch zum Ufer zurück. Noch immer schimmerte der Nachthimmel im Norden hell, grünlich, und die Mühlengebäude am Alsterstaudamm zeichneten sich dagegen als schwarze Silhouetten ab.

Sergeant Paul Maurice saß angezogen auf einem Begrenzungspfosten des Straßendammes neben der Landestelle und rauchte seine kurze Pfeife. Als Clemens sich abtrocknete, führte Maurice das im Wasser abgebrochene Gespräch fort: »Wie sieht es nun aus mit der Liebe, Herr Maiboom? Wie wäre es, wenn eine junge Französin Ihr Herz besetzen würde, wollten Sie dann auch noch den Abzug?«

»In diesen Sachen ist mir nicht nach Scherzen zumute. Die Freiheit der Bürger meiner Stadt liegt mir am Herzen, und auch die Liebe ist für mich nichts Lächerliches!«

»Ach, Ihr Deutschen, Ihr nehmt das Leben zu ernst. Die Liebe ist etwas Leichtes, wie Luft, daraus kann man keine Mauern bauen, keine Ketten schmieden. In der Liebe wird gescherzt und fröhlich gelacht. Ich bin schon eine Weile bei Ihnen im Haus zu Gast, aber ich habe Sie noch nie galant gesehen. Vielleicht wäre es gar nicht so schlecht, wenn die französische Lebensart die hanseatische befruchten könnte? Ich kenne jedenfalls genügend französische Soldaten, die ihre Herzen gern an junge Hamburgerinnen verschenken würden. Die Liebe kennt keine Grenzen.«

Auf dem Heimweg sagte Clemens: »Ich für meinen Teil unterscheide hier die Liebe, von der Sie sprechen, das ist mehr die Lust, während ich von der wahren Liebe spreche, die auch die Treue zu einer Frau umfasst. Gewiss, ich wirke auf Sie gewiss zurückhaltend. Doch seien Sie sicher, dass auch ich etwas von der Lust weiß, denn die jungen, einsamen Mägde und die jungen Burschen in Hamburg probieren davon, doch zu passender Gelegenheit und keineswegs hemmungslos. Ihre Kameraden verschenken womöglich allzu freigiebig ihre Herzen nach französischer Lebensart. Schon jetzt ist das *visite ma tente* der ersten Besatzungssoldaten, die in den Wallanlagen kampierten, zu einer Mahnung wohlmeinender Hamburger Mütter ohne französische Sprachkenntnisse geworden: ›Mach bloß keine Fisimatenten!‹, raten sie ihren Töchtern, denn es ist gar zu deutlich, dass die Soldaten die fleischliche Liebe meinen. Nein, ich will es ernst meinen mit der Liebe, doch ich suche noch keine Bindung.«

»Dann halten Sie es mit der käuflichen Liebe, oder wollen Sie mir erzählen, dass Sie und Ihre jungen Hamburger Freunde stets keusch bleiben, bis Sie die Damen für die wahre und eheliche Liebe gefunden haben?«

»Ach wissen Sie, Monsieur Maurice, das Thema ist mir zu pikant. Es gibt in diesen Zeiten so viel zu tun und zu bedenken. Was wird die Zukunft bringen? In sicheren Zeiten, in denen alles gleichförmig dahinfließt, die Geschäfte wie von selbst erledigt sind, da mag sich die Phantasie mehr um Gott Eros ranken, da wird mehr gespielt. Doch ich komme auf die Ernsthaftigkeit zurück. In diesen Zeiten muss man sich ganz andere Gedanken machen und vielleicht auch mit Ideen spielen, die der neuen Obrigkeit nicht gefallen. Sie wissen, es gibt die Zensur. Doch sind die Gedanken nicht frei? Fliegen die Ideen nicht genauso leicht wie die Liebe, wie die Luft, von der Sie vorhin sprachen? Ich habe Vertrauen zu Ihnen, darum erzähle ich dies, was aber auch den französischen Zensoren und Polizeibeamten längst bekannt sein dürfte: Trotz aller Verbote wird gedacht in dieser Stadt, diskutiert, was rechtens ist. Damit verbringe auch ich viel Zeit. Die Lust kenne ich zwar, ich schiele vielleicht auch nach hübschen Frauenzimmern, aber ich finde nicht die Ruhe, auf Liebespfaden zu wandeln. So, und jetzt sind wir zu Hause angelangt. Monsieur, ich freue mich darauf, das Gespräch fortzusetzen, aber nicht heute Nacht. Schlafen Sie gut!«

»*Bonne nuit, Monsieur.* Es macht mir Freude, mit Ihnen zu

reden. Träumen Sie von einer reinen und zugleich lustvollen Liebe. Das wird auch einem Lutheraner nicht schaden.«

Clemens lachte und stieg die Treppe zu seinem Zimmer hinauf.

Und noch jemand hatte nicht recht schlafen können in dieser heißen Sommernacht. Clothilde Gauthier hatte sich auf ihrem Bett unter dünnem Laken gewälzt. Sie dachte an die jungen Offiziere des Marschalls Bernadotte, schneidige Burschen in gutgeschnittenen Uniformen, die sie formvollendet um ihren Arm baten, um sie auf einen Ball zu führen. Clothilde fand keinen Schlaf, und so warf sie sich einen Hausmantel ihres Vaters über und stieg auf das Dach des Hauses, wo ihr Vater den Nachthimmel und ein Glas Wein genoss.

Das Dach des Hauses war mit Kupfer gedeckt. Durch eine große Luke im Dachstuhl konnte man vom steilen Endstück des Treppenhauses auf einen Teil des Daches steigen, der nur schwach geneigt und mit einem Geländer umgrenzt zu einer Terrasse gestaltet war.

»Clothilde, du bist noch wach?«

»Die Nacht ist so heiß.«

Der Vater wirkte melancholisch: »Ich kann auch nicht schlafen. Ich musste an deine Mutter denken. Clothilde, du weißt, dass deine Mutter und ich derzeit Schwierigkeiten haben, dicht beieinander zu leben. Wir streiten leicht. Es ist besser, dass ich hier bin und sie in Paris. Ich glaube, sie kann es schwer ertragen, dass sie älter wird. Es mag auch damit zu tun haben, dass sie ein wenig eifersüchtig auf dich ist, meine schöne Tochter. Du bist so schön, wie sie es einst war.« Gauthier betrachtete seine Tochter mit dem Ausdruck der Bewunderung. Der Vater seufzte, hob dann sein Glas und trank. »Bestimmt ist es ganz gut, wenn wir beide etwas Abstand von Mama haben. Glaube mir, ich achte sie noch immer, ich wandle nicht auf Freiersfüßen. Ich muss nur an die schönen Tage am Anfang zurückdenken, als ich deine Mutter kennen lernte.« Gauthier seufzte. »Nun gut, reden wir von etwas anderem. Du hast dich doch so auf den Sommer in

Hamburg gefreut. Nun ist er da. Schön, dass du mich auf das Sommerfest der Familie Sieveking begleitest. Es ist eine Ehre für uns, dass wir mit Freunden der Familie zusammen eingeladen wurden. Freust du dich?«

»Oh ja, es wird sicher interessant sein. Frau Sieveking hat sich ganz reizend um mich gekümmert. Glaubst du, dass hinter dieser Einladung mehr steckt als eine höfliche Geste?«

»Nun, die Familie schmückt sich damit, die verschiedensten interessanten Persönlichkeiten zusammenzuführen. Dadurch unterstreichen sie, dass sie zu den Wichtigen dieser Stadt gehören. Mich können sie einladen, ohne unangenehme Angelegenheiten heraufzubeschwören, denn ich habe mit keinem Kaufmann direkt zu tun, habe noch niemandem irgendwelche Zölle oder Steuern oder Abgaben abverlangt. Ich bin nur ein Beobachter, ich analysiere die Verwaltung dieser Stadt. Somit reizt es die Leute, sich mit mir zu unterhalten. Vielleicht erhofft sich Frau Sieveking auch durch mich Verbindungen, die ihrem Handelshaus die Geschäfte erleichtern. Ach, einerlei, nun ist es vernünftiger, nicht länger aufzubleiben. Morgen früh habe ich eine wichtige Verabredung.«

Gauthier umarmte seine Tochter. »Papa, lass mich noch ein wenig hier bleiben. Ich verspreche, die Luke gut zu verschließen.« Herr Gauthier lächelte und wandte sich zum Gehen. Clothilde aber trat an das Geländer und schaute auf den Alstersee. Das Wasser spiegelte den westlichen helleren Nachthimmel, und als Schattenriss konnte sie das Badeboot erkennen. Der leichte Wind trug Stimmen herüber, und mit ein wenig Zusammenkneifen der Augen konnte man einzelne Figuren am Wasser und sogar Schwimmer erkennen. Es war eine herrliche Nacht.

Am nächsten Morgen beschäftigte sich Clemens auf Geheiß seines Vaters erneut mit dem Geschäftsarchiv, er sortierte alte Unterlagen aus, aktualisierte Adresskarteien und schaffte Platz. Mittags überbrachte ein Botenjunge aus Altona eine Nachricht von Clemens' Bruder Thomas Maiboom. Er wollte sich mit seinem Bruder und seinem Vater treffen und schlug als Treffpunkt das Frank'sche Kaffeehaus vor. Doch dem Vater kam das Treffen ungelegen, er hatte sich schon mit einigen wichtigen Kaufleuten aus der Commerzdeputation verabredet. So traf Clemens seinen Bruder bei bester Laune auf der Terrasse bei einem Bier.

»Bruderherz, wie schön, dich zu sehen. Seit wann bist du aus London zurück?«, begrüßte Clemens seinen Bruder.

»Seit gestern. Mit einem Frachtsegler kam ich bis Helgoland, und von dort aus weiter mit einem Fischerboot bis Glückstadt. Dann nahm ich die Postkutsche. Ich bringe gute Nachrichten. Wo ist Vater, warum ist er nicht gekommen?«

»Er hat leider eine Verabredung mit Männern der Commerzdeputation.«

»Schade. Nun gut, berichte ihm einstweilen. Ich weiß nicht, ob ich direkt nach Hamburg gehen sollte, denn ich möchte nicht als englischer Kaufmann gelten und festgesetzt werden. Der Wind weht schärfer seit dem letzten November, denn die Engländer haben auf ihre Weise auf Napoleons Blockade reagiert. Alle Schiffe auf See unterliegen britischem Handelsrecht, auch die Schiffe aus neutralen Staaten. Insofern muss ich mich als Händler mit englischen Lizenzen vorsehen. Die Geschäfte mit Murphy laufen vorzüglich. Er hat mich zu seinem Vertrauten für das Geschäft mit dem nördlichen Kontinent gemacht, nachdem wir für ihn seine Papiere und Waren vor der Beschlagnahmung durch die Franzosen gesichert haben. Murphy ist ein gerissener Kerl. Er macht sogar mit Boneys Leuten Geschäfte!«

»Wer ist Boney?«

»Na, so nennen die Engländer Bonaparte, Napoleon Bonaparte. Stell dir vor, Murphy handelt mit Ersatzteilen für englische Dampfmaschinen. Die Franzosen können offenbar die Ventile nicht nachbauen, und sie benötigen die Dampfmaschinen zum Antreiben der Pumpen bei ihren Erz- und Kohlebergwerken. Boneys Kriegsmaschinerie braucht Metall! Kanonen, Läufe für Pistolen und Gewehre, Seitengewehre, Säbel, Messer, Metallschienen auf allen Rädern, die Nachschub und Kanonen transportieren sollen. Selbst die Kochtöpfe der Armee sind aus

Metall! Napoleon mag ein guter Militärführer sein, vielleicht sogar ein gutes Händchen in der Diplomatie und der Verwaltung haben, aber von der Wirtschaft scheint er nichts zu verstehen. Durch die Kontinentalsperre für englische Waren behindert er seinen eigenen Nachschub. Aber vielleicht weiß der große Imperator von eigenen Gnaden gar nichts davon, denn er selbst kauft den Plunder ja nicht. Jedenfalls liefert Murphy gegen horrende Summen Ersatzteile für die besagten Pumpen. Das läuft über Holland, wo einer von Boneys Brüdern das Sagen hat. Doch nun zu unserem Geschäft. Murphy hat englischen Stahl gewissermaßen amerikanisiert und nach Dänemark eingeführt. Und diesen Stahl, Stahlbänder und Stahlstäbe, halb fertige Produkte für Waffenschmiede, soll ich an die Franzosen in Hamburg verkaufen, denn du kannst dir denken, dass die englische Regierung von diesen Geschäften nichts erfahren soll. Offiziell handelt Murphy nur mit den Russen, auch denen liefert er Stahl, denn der Zar rüstet ja auch auf. So, das ist die grobe Skizzierung des Geschäfts. Der Stahl liegt zurzeit schon in Ribe, in Murphys dänischen Speichern, die er kurzfristig angemietet hat. Meine Aufgabe ist es, zügig das Geschäft abzuwickeln. Ich bekomme eine gute Provision, aber nur, wenn das Geschäft geheim bleibt, und mir werden die Lagerkosten in Ribe von der Provision abgezogen. Zeit ist daher Geld.«

»Ja, Thomas, weißt du nicht, was du da tust? Du willst tatsächlich Waffen liefern, Waffen, die die Kontinentalsperre sichern, Waffen, die Hamburgs Handel behindern, Waffen, die unsere Landsleute landauf landab unter Napoleons Herrschaft zwingen.«

»Brüderchen, komm mir nicht mit der Moral. Denk lieber an unser Erbe, unser Handelshaus. Haben wir etwas zu tun, treiben Vater und du Handel? Oder leben wir von der Substanz? Wer zahlt die Kontributionen, die Einquartierung? Berechne allein, was der Sergeant uns kostet, was wir wegen der Franzosen für Zölle zu zahlen haben, wenn wir nur mit Altona handeln. Denke an dich selbst, Junge, du willst dein Auskommen auch in der Zukunft haben, eine Familie gründen, Nachkommen zeugen, die dich im Alter stützen sollen. Da ist es nur recht und billig, wenn wir an Boney auch etwas verdienen. Wenn die Franzmänner ordentlich überteuerte Preise zahlen, dann ist das auch eine Attacke, ein Schlachtfeld des Handels, so musst du das sehen. Boney richtet sich wirtschaftlich selbst zugrunde, glaub mir, das ist meine und Murphys Überzeugung. Ein Staat, der dauernd überteuert einkauft, ist irgendwann bankrott.«

»Ich weiß nicht, das kommt alles etwas überraschend. Schmuggel, gut, das akzeptiere ich, aber du weißt, was Vater schon gegen mein Tönninger Unternehmen gehabt hat. Und jetzt Waffenhandel mit Hamburgs Feinden! Wenn Napoleon überteuert einkaufen muss, dann legt er den Hamburgern doch die Daumenschrauben an.«

»Du machst mich verrückt mit deinen kleingeistigen Einwänden. Überzeuge Vater. Das ist kein illegales Geschäft, die Franzosen wollen den Stahl, sie brauchen ihn. Legale Papier werden wir bekommen. Es sind Kriegszeiten, vergiss das nicht. Und der Handel wird sonst von anderen getätigt. Denk an den Sklavenhandel. Graf Schimmelmann aus Wandsbek hat damit ein Vermögen gemacht, jetzt ist er Finanzminister der dänischen Krone, und keiner fragt nach den Ursprüngen seiner persönlichen Geldmittel. Ich könnte mir vorstellen, dass wir ein Maiboom'sches Schiff mit der Verfrachtung beauftragen und so endlich unsere Schiffsanteile wieder bewegen, bevor sie verfaulen. Soweit ich informiert bin, ist in den letzten Monaten kaum ein hamburgisches Schiff mit Waren beladen worden. Allerdings müssen wir wissen, was die Franzosen wollen, wohin die Ware gehen soll, wer sie weiterverarbeiten soll.« Thomas nahm einen großen Schluck. »Das ist ein Teil der guten Nachrichten. Für dich, mein lieber Schmugglerbruder, habe ich noch als Leckerbissen einen Koffer voller Ausgaben der ›Times‹. Den überlasse ich dir, du brauchst Vater davon nichts zu sagen. Aber lass mir eine Nachricht zukommen, wann du die Zeitungen abholst und wann ich mich mit Vater treffen kann, um über die Einfädelung des Stahlgeschäfts zu sprechen.«

»Gut, Thomas, ich werde mit Vater sprechen. Aber beim Einfädeln kann ich dir vielleicht auch helfen. Ich bin erst vor einiger Zeit beim Oberbefehlshaber der französischen Truppen, Bernadotte, gewesen.«

»Was, wie bist du dahin gekommen, was hast du bei ihm gemacht?«

»Nun ja, ich habe bloß den dänischen Gesandten dorthin kutschiert. Selbst bin ich nicht vorgelassen worden.«

»Immerhin. Vielleicht kann dir der Gesandte ja die Tür öffnen. Kannst du mit dem Gesandten reden, würde er dich anhören? Lass mich nachdenken. Erzähl ihm von deinem Bruder, der amerikanischen Stahl von dänischem Boden an die Franzosen verkaufen will. Du brauchst ja nichts von der militärischen Bedeutung zu sagen, rede mehr von den Einfuhr- und Verkaufssteuern, die Dänemark bei dem Geschäft erhält, Dänemark hat so etwas nötig. Es geht um viel Geld, für alle Beteiligten.«

»Oh, Thomas, mir brummt der Schädel. Ich hätte nie gedacht, in derartige Geschäfte verwickelt zu werden. Wein aus Spanien zu holen, Getreide aus dem Osten über Helgoland zu verkaufen, das alles schien mir schon aufregend genug. Aber Waffengeschäfte an der Grenze des legalen und ehrhaften Handels … Ich bin froh, dass ich nicht sofort entscheiden muss.«

»Aber lass dir und Vater auch nicht zu viel Zeit. Wer weiß, wer von Murphys Konkurrenten ebensolche Geschäfte plant und ob die kriegerischen Handlungen das Geschäft vereiteln. Vielleicht marschieren die Franzosen doch noch nach Dänemark, damit sie den Sund besser blockieren können. Die Russen handeln schließlich noch über die Ostsee mit den Engländern, die Kontinentalsperre funktioniert dort noch nicht, und der Zar ist nicht eben ein Freund Napoleons. Falls ich das Geschäft nicht glücklich für Murphy abschließe, bekomme ich keine Provision, und meine weitere Zusammenarbeit ist dann auch gefährdet.«

»Gut, du erhältst so schnell wie möglich Nachricht.«

Auf dem Weg dachte Clemens über die Situation noch einmal nach. Es stimmte, das Maiboom'sche Kaufmannshaus lebte von der Substanz. Sie verkauften so nach und nach alle Warenvorräte, ohne neue zu erwerben. Der Vater hatte schon fast alle Wagenlader, Dielenträger, Kornmesser und Weinschröder entlassen. Nur die ältesten Angestellten in den eigenen Lagerhäusern und der alte Bönninghaus im Kontor taten noch einen eingeschränkten Dienst. Genauso sah es bei den Maiboom'schen Schiffen aus. Die größeren lagen abgetakelt an den Duckdalben. Ein alter Reepschläger und ein Schiffsbauergeselle verrichteten gelegentlich Wartungsarbeiten.

Seit dem Oktober 1807 hatte kaum ein Handelsschiff den Hafen verlassen, denn Napoleon hatte sich dem Vernehmen nach selbst um die Bilanzen des Hamburger Handels und die Zolleinnahmen gekümmert und war den Beschwerden des Zolldirektors Eudel gefolgt, der sich in einem Bericht über die französischen Konsuln und das Gebaren des französischen Gesandten Bourienne ausließ. Diese würden immer wieder Herkunftszertifikate für eingeschmuggelte Waren ausstellen oder besondere Ausfuhrgenehmigungen erlassen. Der Zoll hatte nun erweiterte Kontrollmöglichkeiten, konnte Militär einsetzen, und es war für alle Waren nötig, von französischen Handelskommissaren oder Konsuln Herkunftsbescheinigungen einzuholen, damit sie nicht englischen Ursprungs angesehen und somit als konfiszierbar galten. Der Syndikus Doormann hatte sich in einer Bittschrift an die französische Regierung gewandt, denn durch die Dekrete waren auch Stahlwaren aus Solingen, sächsische Stoffe und Tücher, Haushaltswaren aus Nürnberg, Felle und Wolle aus der Lausitz und Glaswaren aus Böhmen bedroht und galten als »englisch«, denn sie hatten ja keine französischen Papiere. Doch das Schreiben blieb erfolglos, wurde eher von weiteren Dekreten überholt, die sogar den Walfangschiffen das Auslaufen verboten, um so dem Schmuggeln Einhalt zu gebieten. Die gesamte Tranherstellung am Stintfang geriet endgültig ins Stocken, ganze Familien wurden arbeitslos. Je länger Clemens über die Lage Hamburgs nachdachte, desto aussichtsloser erschien sie ihm. Der Schleichhandel jedoch blühte und verschaffte vielen armen Familien eine gewisse Beschäftigung, aber die Zahl der Bettler hatte sich in den Straßen deutlich erhöht, und das, obwohl das Betteln bei schweren körperlichen Strafen verboten war. War es da nicht sinnvoll, Geschäfte zu machen, wie sie sich boten? So zermarterte sich Clemens sein Hirn, um eine Einstellung zum Vorhaben seines Bruders zu finden.

»Perthes Sortiments-Buchhandlung« stand in schönen Lettern auf einem Schild über der Tür am Jungfernstieg. Bücher und Journale zu verkaufen, lohnte sich, denn es gab trotz der wirtschaftlichen Belastungen genügend reiche Bürger, die diese Güter kauften. Ja, sogar (oder gerade) in Zeiten der Not boten die Schriften Trost oder sollten Leitfäden für eine Verbesserung der Lebenslage liefern, gar modernere Methoden für die berufliche oder allgemeine Lebensführung veranschaulichen. Darüber hinaus verkaufte Perthes ausgezeichnete Landkarten, und diese auch an französische oder dänische Militärs.

Perthes und sein Kompagnon, der studierte Literaturkenner Besser, besaßen ein ausgezeichnetes Fachwissen, und ihre Warenkunde war rar in Hamburg. Sie wussten, ob es aktuelle Bücher zu bestimmten Themen gab und wo sie zu beschaffen waren. Insbesondere Perthes kannte die Vorlieben seiner Kunden für bestimmte Dichter und empfahl dann ähnliche noch unbekannte Autoren.

Perthes war eine besondere Persönlichkeit; er verstand es, seine Kunden richtig einzuschätzen und sie gegebenenfalls mit verbotenen Schriften zu versorgen – gegen gute Bezahlung, versteht sich, denn die Informationen waren Perthes' Kunden einiges wert; nur so konnten sie die Preisentwicklung für ihre Waren ordentlich einschätzen. Eine Monatsausgabe der »Times« brachte Perthes immerhin hundert Louisdor. Schließlich verschaffte sie ihrem Leser wertvolle Börseninformationen aus aller Welt und eine Übersicht über die aktuelle Preisentwicklung aller möglichen Handelsgüter. Eine Buchführung sowie Steuern oder Abgaben entfielen für Perthes beim Verkauf dieser verbotenen Schriften. Die Polizei hatte Perthes' Buchhandlung und seine Privaträume einige Male durchsucht, ohne jedoch das geheime Material zu finden. Perthes wusste, wo er solches lagern musste.

Als Clemens die Buchhandlung betrat, befand sich Perthes gerade mit einigen Herren in einer Besprechung bei Kaffee und Tabak in einem Salon in den hinteren Geschäftsräumen. Ein Angestellter informierte Perthes über den Besuch des jungen Mannes und seinen Wunsch, den Buchhändler sofort persönlich zu sprechen. Perthes unterbrach seine Unterredung und zog sich mit Clemens in das kleine Büro zurück. Hocherfreut zeigte er sich über die Ankündigung, dass eine Lieferung »Times« bevorstand. Das erste Exemplar nahm er entgegen und faltete es zusammen, um es dann in eine Mappe zu legen. Er vereinbarte mit Clemens, dass die Zeitungen wieder bei Philipp Otto Runge zwischengelagert und dort auch bezahlt würden. Dann fragte er Clemens, ob er ihn einigen interessanten Patrioten vorstellen dürfe. Clemens fühlte sich geschmeichelt und willigte ein. Der Buchhändler führte ihn in den Salon: »Meine Herren, ich habe die Freude, Ihnen einen tatkräftigen jungen Hamburger vorstellen zu dürfen. Es handelt sich um Herrn Clemens Maiboom, den jüngeren Sohn des braven Caspar Maiboom, dessen Familie ein Handelshaus seit Störtebekers Zeiten am Rödingsmarkt besitzt. Und erneut haben wir Hamburger es mit einem Piraten zu tun, einem Piraten der Weltgeschichte, Napoleon Bonaparte. Es ist erforderlich, dass sich entschlossene Männer diesem Anführer und seinen Räubern entgegenstellen. Hier, mein lieber Maiboom, sehen Sie hamburgische Patrioten, die sich nicht vorschreiben lassen wollen, was sie lesen dürfen, die Englisch verstehen und früher stets die ›Times‹ gelesen haben. Ich darf Ihnen der Reihe nach vorstellen: den Bleideckermeister Herrn David Christoffer Mettlerkamp, den Advokaten Herrn Dr. Ferdinand Beneke, den praktizierenden Arzt und Schriftsteller Herrn Dr. Georg Kerner, den Arzt und Schriftsteller Herrn Dr. Jonas Ludwig von Hess und den akademischen Schriftgelehrten und Kompagnon dieser Buchhandlung, Herrn Joachim Heinrich Besser.

Meine Herren, dieser junge Mann sorgt dafür, dass Sie Stoff zum Lesen bekommen und Ihr Englisch nicht vergessen, wenn Sie verstehen, was ich meine. Soviel ich weiß, besucht er die Winterakademie. Sie wissen, dort gibt es einen Kreis junger Hamburger, der unseren guten vor fünf Jahren verstorbenen Klopstock verehrt und der unsere patriotischen Gefühle teilt. Es wird Zeit, dass sich Gleichgesinnte in Hamburg kennen lernen, damit die gemeinsamen Ziele zusammen verfolgt werden können. Ich habe im Gefühl, dass dieser junge Mann uns gute Dienste leisten könnte. Beziehungen nach England sind offenbar vorhanden. Geschäftsbeziehungen nach Preußen bestehen meines Wissens auch. Und er hat Mut und Geschick bewiesen, denn unter seiner Führung ist eines der wenigen Hamburger Schiffe dieser Tage unversehrt nach Spanien und zurück gesegelt. Das Handelshaus Maiboom bewies Mut, denn die Ladung war gegen Kriegsschäden nicht versichert, und Geschick, denn die Papiere und Fahrgenehmigungen waren nicht einfach zu erwirken. Sie alle profitieren von dem Wagemut, denn der Portwein, der im Börsenklub derzeit ausgeschenkt wird, stammt aus dieser Fracht, das hat mir der Küchenchef verraten. Mein lieber Maiboom, wie schätzen Sie die Lage ein, was sagt man im Kreis der Winterakademie, was denken die jungen Leute? Sie können offen sprechen, ich lege die Hand für diese Herren hier ins Feuer, es sind alles echte Hanseaten und Republikaner.«

Clemens Wangen glühten. Unversehens war er in eine ungewohnte Lage gekommen. Noch nie hatte er über die politische Situation referieren müssen, dazu aus dem Stand heraus, ohne sich seine Worte vorher überlegen zu können. Dies war kein Stammtisch, kein Debattierklub der Akademieschüler oder Rede-Kursus der Patriotischen Gesellschaft. Er stotterte erst. Wollte er sich überhaupt vor diesen Leuten preisgeben? Doch dann fasste er sich ein Herz: »Vielen Dank, Herr Perthes, äh, dass Sie mich mit dieser Runde … äh … gestandener Männer bekannt machen. Vielen Dank auch für die … äh … einführenden Worte. Erlauben Sie mir jedoch, einige Korrekturen anzubringen. Es war nicht mein Verdienst, das Schiff sicher zu führen, wir hatten den bekannten Kapitän Peter Sonntag an Bord, er führte das Schiff. Genauso wenig habe ich das Spaniengeschäft eingefädelt, das haben mein Vater und der Kaufmann de Castro besorgt.

Gestatten Sie mir trotzdem, ein paar Worte zur Situation Hamburgs zu sagen. Wir sind von den Franzosen gegen unseren Willen besetzt worden. Den Spaniern ist es genauso ergangen. Ich kann Ihnen aus eigener Anschauung berichten, dass sich in Spanien Widerstand regt, Widerstand aus dem Volk heraus, aus einem Volk, das sich als spanische Nation begreift. In den Kirchen wird gegen die Franzosen gepredigt, und die einfachen Menschen nehmen sich das zu Herzen. Und was passiert hier? Es gibt immer mehr Arbeitslose, Menschen, die ihre Wohnung verlieren, überall Spendenaufrufe für die Armenkasse. Aber lehnt man sich auf? Nein, stattdessen gibt es auch Fürsprecher für die Franzosen. Die Französische Revolution, der Sturz der Monarchie wurde von einigen Hamburgern sehr gefeiert. Jetzt werden die Übernahme der französischen Gesetzgebung, die Gewaltenteilung und Reformen positiv genannt. Uneingeschränkte Bürgerrechte für Juden und alle Nichtlutheraner werden natürlich von den jüdischen, reformierten und katholischen Bewohnern Hamburgs begrüßt. Die Auflösung der Kleinmonarchien mit ihren handelsfeindlichen Zöllen wird von echten Republikanern nicht beweint. Doch Hamburg ist immer schon eine Republik gewesen, hätte eigene Reformen zustandegebracht, dazu hätte es nicht einer französischen Besetzung bedurft. Ich kann nicht für alle meine Mitschüler an der Akademie sprechen, aber ich glaube, dass die jungen Hamburger Kaufleute erschüttert sind, wie hilflos und wehrlos wir den Franzosen ausgeliefert sind. Im Dreißigjährigen Krieg war Hamburg wehrhaft, jetzt ist die Wehrfähigkeit total verkommen. Allein können wir nichts machen, wir brauchen Gleichgesinnte aus allen deutschen Ländern. Wir jungen Hamburger in der Akademie denken darüber nach: Was ist eigentlich Deutschland? Welche Deutschen könnten uns beistehen? Insbesondere, nachdem das Deutsche Reich durch die Abdankung des Kaisers in Wien aufgehört hat zu bestehen und wir ein napoleonisches Protektorat im Süden haben, das sich Rheinbund schimpft. Es ist für uns empörend, dass unsere Zeitungen jetzt zweisprachig erscheinen.

Wenn ich nun aus franzosenfreundlichen Kreisen der Hamburger Bürgerschaft höre, Hamburg soll einem norddeutschen Staatenbund nach dem Muster des Rheinbundes beitreten, dann frage ich mich: Ist das Deutschland? Sind das die Deutschen? Abhängige eines französischen Kaisers von eigenen Gnaden? Schutzbefohlene, die den ›Moniteur‹ lesen müssen?« Clemens hatte sich in Rage geredet. Er nahm die Personen in der Runde nur noch schemenhaft war, ihm war fast ein wenig schwindelig. Wie redete er denn eigentlich? Er kannte hier niemanden näher, und eigentlich hatte ihm sein Vater stets eine gewisse Zurückhaltung beigebracht.

Die Männer neben Perthes nickten mit dem Kopf, murmelten beifällig. Clemens trank einen Schluck Wasser. Es kam ihm der Gedanke, dass er alle Seiten beleuchten sollte, anstatt nur gegen die französischen Besetzer zu schimpfen, und so fuhr er fort: »Ich kenne allerdings auch Franzosen, die mir sympathisch sind. Der Sergeant in unserem Haus, der seinen Dienst tut, weil er es muss, der seinen Kaiser auch durchaus kritisch sieht, neben allem Stolz auf die französische Verfassung mit ihren Bürgerrechten. Ein französischer Pfarrer, den ich in der Bretagne kennen lernte, hat mir imponiert, weil er davon sprach, dass alle Menschen in Europa sich näher kommen würden, wenn die Grenzen verschwänden oder die Verfassungen der Staaten sich anglichen. Er schimpfte auf die Engländer, die die Vorherrschaft auf den Meeren anstrebten und auch uns Hamburger bevormunden. Das muss ich zugeben, die englische Elbblockade und die englische Kaperei finde ich genauso empörend wie die französische Besatzung. Der französische Pfarrer hat mir gefallen. Manchmal bin ich noch wankelmütig, weiß noch nicht so recht alle Argumente, kenne nicht das gesamte Für und Wider.« Clemens hielt einen Moment inne. »Meine Herren, jetzt habe ich aber genug geredet. Nun frage ich Sie, wie bewerten Sie die französische Besetzung Hamburgs, wenn ich fragen darf?«

Als Erstes ergriff der Älteste der Runde das Wort: von Hess, Jahrgang 1756. Er war Arzt geworden, hatte es in der schwedischen Armee zum Fähnrich gebracht, bis er den Dienst quittierte und nach Hamburg zog, wo er als Schriftsteller lebte. 1782 wurde eine von ihm veröffentlichte Kritik an der hamburgischen Verwaltung und Justiz vom Senat verboten und die verbreiteten Schriften öffentlich verbrannt. Er sprach etwas gepresst, mit starrem Gesichtsausdruck: »Mein lieber Herr Maiboom, ich freue mich, dass Sie uns so freimütig Auskunft gegeben haben. Sie wissen, die Herren Perthes und Besser fokussieren hier in ihrer Handlung die Getreuen Hamburgs, ja der Deutschen Landen, bilden in der Stadt quasi eine universale Akademie. Gäste der Stadt lassen es sich nicht nehmen, hier vorzusprechen, und Informationen aus allen deutschen Landen treffen hier ein. Aus Preußen erreichen uns Botschaften von Patrioten, die von Königin Luise Unterstützung erhalten. Der gute Herr von Stein sorgt in Preußen für Reformen, die uns Republikaner hoffen lassen, denn so werden breitere Teile der Bevölkerung, des Bürgertums erkennen, dass sie zu einem deutschen Staat gehören, für den es sich lohnt einzutreten, für den es sich lohnt zu kämpfen. Auch aus Hessen kommen ermutigende Nachrichten. Überall beginnen Deutsche mit dem Herz auf dem rechten Fleck sich zu regen. Da kann die alte Hansestadt nicht abseits stehen. Wir müssen die trägen Geister hier erwecken. Sie haben ganz Recht, wenn Sie beschreiben, dass es durchaus positiv zu bewertende Anstöße für die Verwaltung oder etwa die Rechtsgebung durch die französische Besetzung gegeben hat. Ich selbst musste in der Vergangenheit schmerzliche Erfahrungen mit den retardierten Vorstellungen einiger Ratsherren machen. Doch die Servilität der derzeitig mit den Geschäften betrauten hamburgischen Amtsträger verhindert, dass sich die Bürger dieser alten Städterepublik über ihre eigenen Kräfte klar werden. Hasenfüße regieren hier. Ich plädiere für den Aufbau einer Bürgergarde! Hamburg muss wieder wehrfähig werden. Die alte Bürgerwache war nur noch eine Karikatur. Ich vertraue darauf, dass es gelingt, junge Patrioten an den Waffen auszubilden, damit wir gerüstet sind für den Fall einer Erhebung gegen die französischen Besatzer. Zunächst wird dies im Geheimen geschehen müssen. Ich selbst bin bereit, meine Erfahrungen zur Verfügung zu stellen!«

Dann ergriff Mettlerkamp, ein kräftiger Mann von ungefähr Mitte dreißig, das Wort: »Ich schließe mich meinem Vorredner an. Ich könnte mich als Meister meines Gewerkes darauf beschränken, von den Früchten meiner Arbeit und von meinem Erbe zu leben. Gewiss, die Aufträge gehen in diesen Zeiten zurück, und doch, es gibt genug zu tun, und auch im Holsteinischen könnte ich Fuß fassen. Jedoch kann ich mich nicht damit begnügen und sehenden Auges diese Zustände ertragen. Ich kenne genügend junge Leute, Handwerker, die ebenso denken und unter diesen Zeiten leiden. Herr Maiboom, ich hoffe, dass Sie mit Ihrer Tatkraft junge Kaufleute für unsere Sache einnehmen können. Was sagen Sie zu einem, zunächst geheimen, gemeinsamen Fecht- und Schießunterricht?« Doch ehe Clemens auf diese Frage seine Meinung äußern konnte, schaltete sich Beneke ein. »Als von ganzem Herzen überzeugter Jurist fällt es mir schwer, den Waffen Prioritäten einzuräumen. Der Rechtsbruch ging allerdings von den Franzosen aus, und alle diplomatischen Bestrebungen, die Unabhängigkeit Hamburgs wiederzuerlangen, scheinen derzeit aussichtslos. In meiner Studentenzeit habe ich Erfahrungen auf den Fechtböden erlangt, an Mut soll es nicht fehlen, und meine familiären Verbindungen will ich ebenfalls in die Waagschale legen. Herr Maiboom, auch wenn es für Sie überraschend kommen mag, knüpfen Sie mit an diesem Netz. Allein zu Klopstocks Grab zu ziehen und dort dem wackeren Dichter der Deutschen zu gedenken, macht Hamburg nicht wieder frei. Wenn ich jetzt höre, dass Sie Einfluss auf den Kreis junger Kaufleute in der Winterakademie nehmen könnten, dann bitte ich Sie um Unterstützung! Mir deucht es wie ein Wunder, träumte ich doch jüngst davon, mit einem Kreis junger, mir unbekannter Männer gemeinsam auszuziehen in die Natur, zur Jagd gerüstet. Jetzt will es mir erscheinen, als ob Ihr Gesicht unter meinen Traumgestalten zu finden war.«

»Oh, Beneke, Sie und Ihre Träume«, fiel Perthes ein, »als Schwiegersohn von Claudius bin ich mit dem Mystizismus wohl bekannt. Doch verwirren Sie diesen tatkräftigen jungen Mann nicht mit göttlicher Vorhersehung. Da wollen wir ihm lieber die Gedichte Kerners empfehlen, nicht wahr, hier«, Perthes wies auf Kerner, »steht ein Revolutionsfreund, ein Jakobiner und Demokrat, ein leidenschaftlicher Arzt und Anatom, ein Freund der Armen, auch ein Feind Napoleons und deutscher Patriot auf hamburgischem Boden. Wie es um seine Seele bestellt ist, entnehmen Sie diesem Bändchen. Doch lassen Sie es nicht den Franzosen in die Hände fallen, nehmen Sie es als konspiratives Zeichen. Wir hoffen auf Sie, junger Mann.« Perthes hatte aus einem verborgenen Fach unter dem Salontisch ein schmales Büchlein mit dem Titel »Das blaue Fieber« gezogen und überreichte es Clemens. Als Letzter ergriff Besser das Wort: »Soviel ich verstanden habe, bekommen wir von Ihnen englische Zeitungen geliefert. Spielen wir also mit offenen Karten. Sind Sie bereit, uns auch weiterhin englische Zeitungen zu liefern und würden Sie unsere Absichten unterstützen? Seien Sie bitte ehrlich, und wenn Sie Bedenken haben sollten, so können Sie dieses Gespräch als nicht geführt betrachten. Doch dann sollten Sie es sofort bekennen und nicht lange fackeln.«

Clemens war verwirrt und beflügelt zugleich. Das Schmuggelabenteuer des letzten Jahres und seine Spanienfahrt hatten ihn innerlich gestärkt. Ohne lange nachzudenken, antwortete Clemens: »Meine Herren, ich fühle mich durch Ihr Vertrauen geehrt. Ich verspreche, dem gemeinsamen Ziel eines unabhängigen, selbstständigen Hamburgs dienen zu wollen. Ich werde meine Beziehungen einsetzen, damit wir alle von den Nachrichten profitieren können, und ich bin bereit, die jungen Kaufleute und Hamburger, die ich kenne, behutsam auf ein gemeinsames Handeln einzuschwören.«

Von Heß ergriff erneut das Wort: »Lassen Sie uns durch Handschlag zunächst Stillschweigen über unsere Zusammenkunft vereinbaren, und niemand soll die Namen dieses Kreises ohne Einwilligung der Betroffenen preisgeben. Clemens Maiboom, Sie werden über weitere Zusammenkünfte von Perthes informiert. Über ihn halten Sie Kontakt zu uns. Wirken Sie einstweilen im Verborgenen.« Clemens schlug ein, und der Reihe nach gaben sie einander die Hand. Dann fasste Perthes ihn am Ellbogen, schob ihn sanft aus dem Salon und verabschiedete ihn in den vorderen Geschäftsräumen.

Auf dem Nachhauseweg kamen Clemens Zweifel, ob diese Verabschiedung doch ein Zeichen mangelnder Gleichwertigkeit der Beziehungen war. Doch wischte er diesen inneren Einwand sogleich damit weg, dass es durchaus legitim sei, wenn die Älteren über seine Aufnahme ohne ihn disputierten. Er dachte an die Aufgaben der nächsten Zeit: Den Koffer voller »Times«, das Geschäft seines Bruders und den Kontakt zu den anderen Schülern der Winterakademie.

In Gesellschaft

Caspar Maiboom fühlte sich geschmeichelt. Er saß in Gesellschaft ausgesuchter Hamburger Kaufleute auf der Terrasse des Baumhauses und genoss den Ausblick auf den Hafen und das Elbufer; aber am meisten genoss er die Höflichkeiten und Freundlichkeiten, mit denen er von seinen Gesellschaftern bedacht wurde. Als die Einladung zu einem gemeinsamen Essen mit einigen ausgewählten Kaufleuten von Jean de Chapeaurouge im Kaffeehaus nach der Börse ausgesprochen wurde, da war Caspar Maiboom zunächst misstrauisch gewesen. Was wollten so kapitalkräftige Kaufleute wie die Chapeaurouges, die es sich anscheinend einfach leisten konnten, durch ihre Beteiligungen an Versicherungsgesellschaften 200 000 Mark Verlust in den letzten zwei Jahren zu verkraften, von ihm? »Wer gehört denn noch zu diesem Kreis?«, hatte er sich vorsichtig erkundigt. Da nannte de Chapeaurouge den Tabak-Importeur Justus, der auch die französische Armee belieferte, die Witwe von Sieveking, die die Amerikageschäfte ihres Mannes fortführte, und John Parish, der Gerüchten zufolge an ausgedehnten Schmuggelgeschäften beteiligt war. Ferner wurde Maibooms Nachbar Lindemann genannt, der neben seinem Brauereigeschäft, das hauptsächlich von dem ältesten Sohn geführt wurde, jetzt auch in das Baugeschäft eingestiegen war und sowohl vom Senat als auch von den Franzosen Aufträge erhielt, der Tuch- und Leinwandhändler Stephan C. Franz und auch der junge aus dem Mecklenburgischen stammende Konstantin von Laffert, der, wie man in Börsenkreisen munkelte, eine Gruppe von mecklenburgischen, böhmischen und sächsischen Kaufleuten vertrat und mit optischen Instrumenten, Fernrohren und speziell geschliffenen Gläsern für Leuchten und Schiffslaternen gerade ein Vermögen verdiente. Weiter vertreten waren noch der Kaufmann Helmut Pfeffer aus Bergedorf, der im Lauenburgischen Leinsamen, Flachs und Zuckerrübensirup aufkaufte und an die Franzosen verkaufte und im Gegenzug französischen Rotwein nach Hamburg und Lübeck importierte. Zudem ein zurückhaltender und konzentriert wirkender Büchsenmacher und Erfinder namens Andreas Hartleb, der sich mit der Herstellung von allerlei neumodischen Schrauben, Bolzen und Radnarben befasste und diese für Schießgeräte, moderne Maschinen und Gefährte nutzen wollte.

Maiboom konnte sich keinen Reim auf die Zusammensetzung dieses Kreises machen, und so wollte er der Versicherung de Chapeaurouges bis zum Beweis des Gegenteils Glauben schenken, es sei eine rein private Veranstaltung, er habe bei dem Ausrichten der Tafel darauf geachtet, sympathische, ehrbare und interessante Persönlichkeiten zusammenzuführen. Ein gedeihlicher Verlauf des sommerlichen Vergnügens sei natürlich weiteren Verbindungen nicht abträglich, setzte er hinzu, worauf Maiboom sich aus Neugier entschloss, an diesem Treffen teilzunehmen.

»Herr Maiboom, Sie haben mit Ihrer Familientradition, Handelsbeziehungen nicht an spezielle Güter zu knüpfen, Weitsicht bewiesen«, meinte sein Nachbar Lindemann, neben den Maiboom von Jean de Chapeaurouge platziert worden war. »Sehen Sie, das Brauereigeschäft zum Beispiel ist doch sehr anfällig. Unser Absatzmarkt in England und Holland ist durch die Handelsbeschränkungen und die Behinderungen im Schiffsverkehr stark beschnitten worden. Hinzu kommt der französische Geschmack, der den Wein dem Bier vorzieht. Sie hingegen können jedoch Ihre traditionellen Verbindungen pflegen, sogar auf die modische Vorliebe des Weintrinkens eingehen und das Spaniengeschäft wieder aufleben lassen.«

Konstantin von Laffert, ein junger, gut aussehender Mann im tadellosen Anzug nach französischer Mode und mit blütenweißer Krawatte lächelte und zeigte seine makellosen Zähne. Er wirkte in seiner Attitüde durchaus bescheiden, doch er zeigte mit seinen Beiträgen eine gewisse Ironie: »Herr Lindemann, Ihre Brauereigeschäfte scheinen tatsächlich nicht zu florieren. Wie ich hörte, hat allerdings der Senat soeben eine neue Verordnung erlassen, die den Lokalen und Kneipen den Ausschank nach elf Uhr abends verbietet, weil sich zu viele Hamburger dem Trunke hingeben. Nach Ihren Äußerungen scheinen diese armen Seelen jedoch nur Wasser zu trinken. Zum Glück haben Sie ja einen Ausgleich gefunden. Wie ich hörte, importieren Sie jetzt Steine und investieren in Straßenbaugerätschaften.«

Der gute Lindemann verschluckte sich an seinem Aalragout mit Trüffeln. Der ihm zur Rechten sitzende Tuch- und Leinwandhändler Franz schlug ihm kräftig mehrmals auf den Rücken, worauf von Laffert sagte: »Schlagen Sie den armen Lindemann nicht so, vielleicht verkeilt sich die Gräte so noch mehr.«

Als Lindemann wieder zu Atem kam, wurde das Geschirr abgetragen und der nächste Gang von dem Tischherrn der Tafelrunde de Chapeaurouge angekündigt: »Junge Hühner mit Vierländer ersten Wurzeln.«

»Mein guter Herr von Laffert, Sie haben eine scharfe Zunge«, meinte Lindemann, mit gerötetem Gesicht. »Hoffentlich kann man durch Ihre Fernrohre genauso scharf sehen.«

»Na, was sind das für Wünsche?«, warf Franz jetzt ein. »Wollen wir doch hoffen, dass das französische Militär nicht ganz so scharf sehen kann wie die russischen oder preußischen Kunden des Herrn von Laffert, nicht wahr?«

Jetzt beteiligte sich der Tabakhändler Justus, vielleicht, weil er sich wegen seiner Tabakverkäufe an die Franzosen angesprochen fühlte: »Es sollte für einen ehrbaren Kaufmann möglich sein, die Politik vom Geschäft zu trennen. Mögen Sie vielleicht die Gegner der Franzosen bevorzugen, ich für meinen Teil halte es mit der neutralen Stellung nach altem hanseatischem Rezept, ich liefere Qualität an meine Geschäftspartner, Hauptsache, der Preis stimmt. Hamburgs Ruf, ein guter zentraler Handelsplatz auf dem Kontinent zu sein, darf nicht unter der Politik leiden.«

Die Witwe Sieveking warf ein: »Vielleicht ist meine weibliche Sicht Ihnen ein Anlass, Ihre Einstellung zu ändern, meine Herren. Wir Frauen sorgen uns am meisten um unsere Familien. Was nützt der Familie am meisten, das ist meine Maxime. Dabei ist meine Familie nicht auf Hamburger Boden beschränkt. Wie Sie wissen, stammt die Familie meines Mannes aus Westfalen und ist weit verzweigt auf deutschem Boden. Unsere Muttersprache ist Deutsch. Ohne also einer politischen Richtung nachzuhängen, bekenne ich mich zur Unterstützung der Familie. Von den Franzosen erwarte ich da keine Hilfe. Dennoch wird mich dies natürlich nicht davon abhalten, Geschäfte mit den Franzosen zu machen, aber nur, wenn dies den deutschen Familien nicht schadet.«

»Das scheint mir zu rührselig, Frau Sieveking, und ein wenig undeutlich. Was nützt denn nun unseren Familien? Und was schadet ihnen? Und was sind überhaupt deutsche Familien?«, fragte nun Franz weiter und langte nach einem Hühnerbein aus der großen Schüssel, die von Bediensteten des Baumhauses angeboten wurden. »Wenn ich Leinwand an die Franzosen verkaufe, sie daraus Zelte, Planen und Uniformen für ihre Armee schneidern, dann nützt dies meiner Familie, wenn ich Gewinn erziele, als auch den Franzosen und ihren Eroberungsplänen. Doch hängt das Weltgeschehen nicht von mir und meinem Handel ab. Wenn die anderen Staaten nicht so widerstandsfähig sind wie die Franzosen, dann nutzt es ihnen auch nichts, wenn ich auf das Leinwandgeschäft verzichte. Das Geschäft macht dann eben nicht ein Hamburger, sondern vielleicht ein Däne. Ich glaube, dass ich auf diese Weise sogar patriotisch etwas für Hamburg tue. Ich stärke unseren Finanzplatz, unsere Hamburger Börse. Bedenken Sie, meine Dame und meine Herren, dass man neben London und Paris nur hier in Hamburg so viel Kapitalkraft findet. Nur leider weiß dies der Kaiser Napoleon eben auch.«

»Sie haben Recht, Herr Franz, wenn Sie den Finanzplatz Hamburg wieder stärken wollen und nicht dänische Kaufleute ein Geschäft machen lassen. Doch die Bedingungen, unter denen wir derzeit Geschäfte machen, die stören doch sehr. Erst kürzlich habe ich wegen der kriegerischen Auseinandersetzungen zwischen Frankreich und Dänemark zu leiden gehabt«, meinte nun auch der Kaufmann Pfeffer. »Wissen Sie, ich liebe es, Geschäfte mit Franzosen zu machen. Ich habe sogar persönliche Freunde in Frankreich, reise selbst gelegentlich in den Süden, um Weine auszusuchen und nach Hamburg und Lübeck einzuführen, aber Napoleon und seine Idee von einem großen Staat ist dem Handel über Grenzen hinweg offenbar nicht förderlich. Es wäre nötig, ihm aufzuzeigen, dass es auch andere als französische Patrioten gibt. Er hält sich für den klügsten Kopf Europas.«

»Nun, kluge Ingenieure haben die Franzosen«, wandte Franz ein, »die Straßen haben sich verbessert, seitdem die Franzosen Süddeutschland beherrschen.«

»Ach, gute Ingenieure gibt es auch in deutschen Landen«, meldete sich nun der Büchsenmacher und Erfinder Hartleb zu Wort. »Ich stehe in Briefkontakt mit einem Herrn Karl Friedrich Drais von Sauerbronn im Badischen. Ein sehr interessanter Mann, der sich mit der Verbesserung unserer Fortbewegungsmöglichkeiten beschäftigt. Er experimentiert mit Laufrädern und prophezeit, dass die Menschen sich bald mittels Laufrädern, an denen Sitze befestigt sind, rollend über die Straßen bewegen. Die Trägheit des menschlichen Gewichtes wird so überwunden. Ich plane, mir ein solches Rad demnächst selbst zuzulegen und es auf den Straßen Hamburgs auszuprobieren. Lassen Sie sich nicht zu sehr von Napoleon und seinen Soldaten beeindrucken. Wir müssen uns nur mit Mut und Entschlusskraft den Herausforderungen der neuen Zeit stellen. In Hamburg gibt es genügend kluge Köpfe. Aber eine Universität, eine forschende Gesellschaft, findet hier leider noch keine Unterstützung. Ich wünschte, dass die Kaufleute mehr in moderne Technologien investieren würden. Ich frage Sie, warum haben wir noch keine Dampfschifffahrt auf der Elbe?« So debattierten die Kaufleute, prosteten sich zu und genossen das reichhaltige Mahl aus Hechtklößen in Brühe, Kalbfleisch mit Sardellenpaste, Sauerampferbrühe mit Korinthen, Pudding mit Ochsenmark, Bickbeeren in Bier und Erdbeeren mit Griesklößchen und Vanillesahne.

Es wurde vom Theater am Gänsemarkt gesprochen und von den neuesten Sujets der bildenden Kunst. Das Gespräch kam auf den Abbruch des alten Doms gegenüber St. Petri, auf die Bälle des französischen Marschalls Bernadotte, wobei allgemein missbilligt wurde, dass diese zu pompös angelegt seien. Man erregte sich über die Praxis der aufdringlichen französischen Offiziere, die jungen Hamburger Töchter mit sanfter Gewalt zu diesen Bällen zu zwingen.

Der gereichte Kümmel entfaltete nach dem Essen und zu dieser Schilderung seine Wirkung. Lindemann erhob sich, er schwankte leicht, als er mit heiserer Stimme rief: »Meine Dame, meine Herren, unsere geliebte Hansestadt ist schon häufiger starken Pressionen ausgesetzt gewesen, man denke nur an die stetigen Bedrohungen aus Dänemark. Aber nie sind wir dermaßen gedemütigt worden, indem die Töchter der Stadt schutzlos dem Begehren fremder Soldaten preisgegeben wurden. Ich schäme mich, dass es so weit kommen konnte. Vielleicht bin ich schon zu alt, um an vorderster Front gegen diese Okkupation anzukämpfen. Aber ich bekenne an dieser Stelle vor Ihnen, dass ich erhebliche Mittel einsetzen werde, um die jungen, kräftigen Männer dieser Stadt auszurüsten, sie in die Lage zu versetzen, die Ehre unserer Stadt wiederherzustellen.« Lindemann hob sein Glas und stürzte den Schnaps mit grimmiger Miene herunter. Die anderen Männer standen ebenfalls auf und riefen »Bravo«. Doch de Chapeaurouge klopfte an sein Glas und ergriff das Wort: »Meine Dame, meine Herren, seien wir besonnen, genießen wir diesen Tag. Es hat derzeit keinen Sinn offenen Widerstand gegen Napoleon zu leisten, es zeigt sich doch, dass falscher Widerstand nur stärkere Pressionen hervorruft, Österreich und Preußen, weit größere Staaten als unser geliebtes Hamburg, mussten dies schon schmerzlich erkennen. Erst vorhin wurde die Ansicht geäußert, wir sollten uns der Stärke Hamburgs bewusst sein, einer der größten und reichsten Handelsplätze Europas zu sein. Das müssen wir auch bleiben, ein Knotenpunkt von Nord nach Süd und von West nach Ost. Klugheit und hanseatische Tradition, hat uns zu unserer Stellung gebracht. Jedoch müssen wir jetzt dafür sorgen, dass unsere Beziehungen nicht einschlafen, dass unsere Kontore, unsere Angestellten und Arbeiter etwas zu tun haben. Nur unser noch vorhandenes Geld sollte meiner Ansicht nach nicht in Hamburg bleiben. Napoleons Begierde könnte durch volle Kassen größer werden. Schon die bisherigen Kontributionen und Strafzölle sind erheblich. Die Hamburger Kaufleute sollten ihre Finanzen lieber im Ausland lagern und arbeiten lassen. In Schweden wie in Russland ergeben sich nach meinen Erkenntnissen ausgezeichnete Gelegenheiten … Ich erhebe mein Glas daher auf den Handel und die Kaufmannschaft. Prost.« Chapeaurouge hatte auf diese Weise unaufdringlich und geschickt die Neugierde der Versammelten geweckt. Maiboom hörte, wie Herr Franz dem Kaufmann Lindemann die Frage zuraunte: »Um was für Möglichkeiten handelt es sich denn bei dem Schweden- oder Russlandgeschäft?«

»Soviel ich weiß, geht es um Stahl, Pulver, Kriegsgerät, welches nach Russland geschafft werden soll, und um Getreide, Hanf und Holz, welches aus Russland und Schweden stammt. Die Engländer benötigen beides für ihr Volk und für ihre Schiffe. In Göteborg scheinen sich derzeit eine Menge Kontore damit zu beschäftigen, diesen Warenfluss zu kanalisieren. Die

Angelegenheit ist heikel, die Dänen sind gegen die Engländer, aber nur aus Angst vor den Franzosen. Verdienen müssen die Dänen auch, und so eine Fahrt durch dänische Gewässer kann für alle lukrativ sein. Ein englisches Schiff wird samt Ladung in Göteborg an einen Dänen verkauft, geht als dänisches Schiff durch den Sund, um dann bei Bornholm an Russen verkauft zu werden.«

»Ich verstehe. Die Versicherungen und Beteiligungen an diesem Handel müssen gut gestrickt sein, hohes Risiko und hoher Gewinn, wer will da den Überblick behalten, vielleicht der gute Chapeaurouge? Aber besser sein Geld im Handel verlieren als an die Kontributionen, nicht wahr?«

»Ja, das muss man sich leisten können. Ich habe mir einen Landsitz im östlichen Holsteinischen zugelegt, nahe dem Meer zwischen Travemünde und Neustadt, einen kleinen Hof nur, aber zur Not könnte er mein Altenteil werden. Sie haben sich in Berlin etwas zugelegt, wie man hört.«

Franz war überrascht: »Ach, woher haben Sie das?«

»Nun, ein Kontorgehilfe ist mit einem Boten Ihres Kontors offenbar befreundet; über diese Quelle ist etwas geflossen, denn ich hörte, wie die beiden sich über ihre Brotgeber unterhielten und es ihnen neideten, mehrere Wohnungen besitzen zu können. Warum zieht es Sie nach Berlin?«

»Da gibt es mehrere Gründe, erstens habe ich Kunden in Berlin, liefere auch Tuch an die Magazine der Armee. Zweitens ist Berlin die preußische Metropole, die sich ihre Unabhängigkeit gegenüber den Aristokraten zu bewahren weiß und jetzt durch die bevorstehenden Reformen der Herren Stein und von Harenberg, Gewerbefreiheit, Ständeordnung, Aufhebung der Binnenzölle, Papiergeld, allgemeine Wehrpflicht und so weiter, an Zukunft für einen Kaufmann gewinnen wird. Der König scheint äußerst bürgerfreundlich zu agieren. Und drittens: Das Leben in Berlin kann sehr anregend sein; durch meine Kontakte hatte ich Gelegenheit, in den Salon der Rachel Varnhagen eingeladen zu sein und konnte dort ausnehmend kultivierte Menschen treffen; Iffland inszeniert prächtiges Theater, und überhaupt das

Nachtleben, es gibt da einen Unterschied zu dem gediegenen hanseatischen Treiben, das werden Sie nicht bestreiten können. Reisen Sie nur einmal nach Berlin, mein lieber Lindemann, gehen Sie unter den Linden spazieren, vielleicht sehen Sie den König mit seiner bezaubernden Gemahlin Luise dort promenieren, falls er endlich mal aus Königsberg in die Hauptstadt zurückkehrt, und in den Nebenstraßen, olala –«

Der alte Maiboom begab sich später sehr beschwingt und doch auch nachdenklich auf den Heimweg.

Sommerfrische

»Clemens, jej moet upstan! De Clock har seven slan.« Minna rüttelte sanft an Clemens' Schulter. Der Geruch eines Milchkaffees breitete sich angenehm im Zimmer aus, und ganz langsam kam Clemens aus dem Reich der Träume in die Wirklichkeit zurück. Minna öffnete das Fenster und ließ einen Schwall frischer Luft in die Schlafkammer. Clemens richtete sich auf. »Danke, Minna, ich bin wach.«

»Goet, ick gaa wedder nar de Keuken«, murmelte Minna in dem ihr eigenen Gemisch aus Hamburger Platt und ostfriesischem Mutterdialekt.

Clemens hatte einen wunderbaren Traum von einer blondlockigen Schönen im Badeschiff gehabt, und jetzt kam ihm langsam die Wirklichkeit wieder ins Bewusstsein. Er musste seinem Vater von Thomas' Plänen berichten; seine Begegnung mit den Patrioten in Perthes' Buchhandlung würde er zunächst verschweigen, um unnötigen Unfrieden zu vermeiden, und auch deswegen, weil Clemens sich selbst noch nicht im Klaren darüber war, wie er diese Gruppe einschätzen sollte. Doch wenn er über die letzten Monate nachdachte, dann erfüllte ihn ein bisher nicht gekanntes Gefühl von Wichtigkeit. Er hatte etwas vollbracht, abenteuerliche Schmuggelfahrten, die sich barer Münze auszahlten und der Familie und dem Kaufmannshaus Entlastung brachten, er hatte eine wichtige Handelsfahrt nach

Spanien bestanden, und gestandene Männer akzeptierten ihn als vollwertigen Gesprächspartner. Doch es beschlichen ihn auch Zweifel. Was würde die Zukunft bringen? Mochte es ein Fehler sein, sich mit Leuten einzulassen, die gegen die herrschende französische Obrigkeit aufbegehrten?

Gern hätte Clemens sich jetzt mit seiner Mutter beraten, aber die war der Hitze schon vor Tagen in das Gartenhaus an der Eilbek nahe der Kuhmühle vor die Tore der Stadt entflohen.

Zahlreiche wohlhabende Bürger unterhielten Landhäuser in der Nähe der umliegenden Dörfer und Gartengebiete. Während der letzten Jahren gab es vermehrt den Zug nach Westen, an den Elbhang. Besonders Voght hatte sich mit seiner im englischen Stil angelegten *ornamental farm* in Flottbek hervorgetan, und sein berühmtes Anwesen hatte ja auch der Marshall Bernadotte als Residenz gewählt. In vielen Landhäusern wurden im Sommer kleine Gesellschaften abgehalten.

Clemens liebte seine Mutter. Stets hatte sie die Wogen im Hause geglättet, wenn der Vater sich erregte. Sie hörte immer aufmerksam zu und gab diplomatische Ratschläge. Allerdings hatte sie sich in letzter Zeit ein paar Mal beklagt, dass Clemens keine Zeit mehr fand, das Gespräch mit ihr zu suchen. So nahm sich Clemens vor, sie bald im Sommerhaus zu besuchen.

Da fiel Clemens wieder die Einladung ein, die der dänische Gesandte Rist ausgesprochen hatte. Also ging Clemens nach dem Frühstück nur kurz in das Kontor, um Bönninghaus, der dort in den Geschäftsbüchern schrieb, darüber zu informieren, dass er jetzt eine wichtige Verabredung mit dem dänischen Gesandten habe. Der Vater würde schon verstehen, um was es sich handelte.

Der Gesandte Rist war gerade dabei, in seinen Akten und Briefen zu arbeiten. Ihm zur Seite stand ein Bürogehilfe, der schon für den Vorgänger im Amt gesorgt hatte. Rist empfing Clemens sichtlich erfreut und bat ihn in den kleinen Salon.

Clemens fühlte sich durch diese Geste einerseits geehrt, andererseits wunderte es ihn, so privat mit einem Gesandten der dänischen Regierung zu verkehren, und er fragte sich, was dieser Mann eigentlich von ihm wollte.

Rist betonte immer wieder gern, dass er das wichtigste Bindeglied zwischen der französischen und der dänischen Regierung war. Immer wieder sprach er von der verantwortungsvollen Aufgabe, eine Basis für die dänische Außenpolitik zu schaffen. Zudem sei er für die gesamte diplomatische Post von den südlichen Gesandtschaften wie Wien, Rom, Mailand und Madrid zuständig. Er sei dazu verpflichtet, die Spreu vom Weizen zu trennen, wichtige Auszüge der Berichte zusammenzufassen und dann auf schnellstem Wege weiterzuschicken, wobei gerade diese Berichte chiffriert werden müssten, um zu verhindern, dass englischen Kreuzern, die zeitweise im Fehmarnbelt auftauchten, diese Geheimnachrichten in die Hände fielen. Ja, Clemens hatte fast den Eindruck, dieser Mann flüstere dem dänischen König persönlich ins Ohr, ob Krieg oder Frieden zwischen Dänemark und Napoleons gesamter Streitmacht zu herrschen habe.

Immerhin hatte Clemens ja mit eigenen Augen gesehen, dass Rist tatsächlich längere Unterredungen mit dem Marschall Bernadotte, dem derzeitigen französischen Gesandten Bourienne, mit dem französischen Oberzollinspektor Eudel und mit den vielen anderen Gesandten führte. Erst durch die Kutschierdienste für Rist hatte Clemens überhaupt wahrgenommen, dass Hamburg eine so wichtige Drehscheibe für Nachrichten und Botschaften war. Es gab ein ganzes Corps diplomatique, dem Rist seit seiner Ankunft im Mai 1808 seine Aufwartung gemacht hatte. Einige der Herren suchte Rist in regelmäßigen Abständen auf, so den holländischen Gesandten Reinhold oder auch den preußischen Gesandten Grote. Auch am vergangenen Abend hatte Rist diese Leute noch getroffen, und nun machte Rist allerlei kryptische Bemerkungen über die allgemeinpolitische Situation: »Mein lieber Clemens, ich freue mich sehr auf das Wochenende und die Ausfahrt nach Neumühlen. Hamburg scheint derzeit voll von Geheimbotschaftern zu sein, Spionen, die den

Engländern, Schweden und Russen dienen und ihnen über die Truppenstärke, die Bewaffnung und Nachschubverhältnisse der französischen Streitkräfte berichten. Europa steht vor der Frage, ob Napoleon Dänemark und Schweden angreift, um den Sund und damit die Ostsee zu beherrschen. Ist Napoleon stark genug für diese Aufgabe oder muss er erst Russland angreifen und von der Ostseeküste abschneiden, um danach Dänemark zu überrennen? Wie werden die preußischen und mecklenburgischen Küstenabschnitte abgesichert? Bricht in so einem Krieg die kontinentale Wirtschaft zusammen und wird es infolgedessen Hungersnöte geben? Clemens, wir stehen an einem Abgrund! Gesicherte Informationen über die militärische Stärke möglicher Kriegsteilnehmer, aber auch über die Gemütsverfassung der Bevölkerung sind das A und O für jede zu entwickelnde Strategie. Ich glaube, Hamburg ist derzeit ein wichtigerer Platz als Wien oder Madrid! Sie glauben ja nicht, in welcher Anspannung ich lebe. Die Pflicht verlangt von mir, dass ich Augen und Ohren offen halte und allerorts in Gesprächen die friedlichen Absichten der dänischen Regierung betone und andererseits dabei klarstelle, dass die Geduld Dänemarks Grenzen hat. Eine Einmischung in die Souveränität Dänemarks kann von keiner Seite geduldet werden. Niemand hat der dänischen Krone vorzuschreiben, wer mit welcher Ladung dänische Gewässer passieren darf. Clemens, glauben Sie mir, ich sende genaue Berichte! Aber ob die dänische Regierung daraus die richtigen Schlüsse zieht, das steht in den Sternen, denn am Hof gibt es natürlich Tauben und Falken, da gibt es Gerüchtestreuer, Einflüsterer, die verdeckt im Dienste fremder Mächte stehen oder eigene Vorteile aus künftigen Entwicklungen ziehen wollen.« In einer dramatischen Pose legte Rist die Hand an die Stirn, als würde ihm die Last der Verantwortung Kopfschmerzen bereiten.

»Wissen Sie, auch wenn ich dänischer Staatsbürger bin, Hamburg ist meine zweite Heimat, denn hier habe ich glückliche Jugendjahre verbracht. Deutsch beherrsche ich fast besser als Dänisch. Hamburg liegt mir wirklich am Herzen, und ich bin froh, in dieser schweren Zeit gerade hier für meinen Staat als auch für Hamburg wirken zu können. Ich verkenne nicht, dass Hamburg vor seiner Besetzung immer bemüht war, eine neutrale Politik zu betreiben. Es ist umso verwerflicher, ein neutrales Staatswesen wie Ihre Stadt einfach zu besetzen. Ich gestehe, dass manche meiner Landsleute, die sich schändlich dem napoleonischen Staatsgefüge andienen, mich schier zur Verzweiflung treiben. Aber ach, was rede und rede ich eigentlich. Ich will mich nun beherrschen und Ihnen zuhören. Was treibt Sie zu mir, was kann ich für Sie tun?«

»Oh Herr Rist, ich wollte nur bescheiden anfragen, wann ich Sie morgen zu dem Ausflug nach Neumühlen abholen darf. Gestatten Sie mir auch die Frage, wie ich mich bekleiden soll. Ist es opportun, ein Geschenk mitzubringen? Wo und wie werde ich die Nacht verbringen?«

»Ach ja, die Einladung der Witwe Sieveking. Welch freudige Unterbrechung, obgleich selbst diese gesellschaftlichen Zusammenkünfte stets verquickt sind mit meinen amtlichen Aufgaben. Doch gewiss wird es eine angenehme Gesellschaft sein. Die Einladung ist für sechs Uhr abends ausgesprochen. Bestimmen Sie den Zeitpunkt der Abfahrt. Was die Bekleidungsfrage anbetrifft, so erlauben Sie mir, Ihnen einen Anzug anzubieten, der mir nicht mehr passt. Ich habe ihn noch letztes Jahr in Madrid anfertigen lassen. Aber hier in Hamburg gibt es ja die Unsitte, jedes Treffen mit einem üppigen Mahl zu verbinden. Probieren Sie doch einmal den Rock.« Clemens wurde genötigt, den schwarzen, mit hellbeiger Seide gefütterten und mit einigen dezenten Stickereien aus schwarzer Seide versehenen Anzug anzuziehen, dazu eine dünne Weste und schließlich die schmalen Hosen mit Seidenband an der Außennaht. Tatsächlich passten die Sachen vortrefflich und Clemens gab ein wenig unwohl zu, dass er dergleichen nicht besäße. Schließlich hatte er noch nie Gelegenheit gehabt, an einer derartigen Gesellschaft teilzunehmen. »Was die Übernachtung anbetrifft«, erläuterte Rist, »so kann ich zwar auf ein Lager im Hause der Sievekings rechnen, es werden aber nicht genügend Betten zur Verfügung stehen, und ich weiß, dass auch andere Herrschaften sich selbst mit

Kissen und Decken versorgen. Vielleicht suchen Sie eine Kutsche aus, lieber Maiboom, in der Sie notfalls auch vor einem nächtlichen Gewitterguss geschützt schlafen können.« Rist lächelte zufrieden. »Es wird ein volles Haus geben! Ach, ich freue mich, natürlich auch auf die Damen –«

Clemens wurde beruhigt, dass er keine artigen Geschenke abzuliefern hätte und er als Begleitung von Rist auch keine gesonderte Einladung nötig habe. Dann vereinbarten die beiden die Uhrzeit, zu der Clemens den Gesandten abholen würde.

Es war Mittag, als Clemens seinem Vater von den Plänen berichtete, die Thomas Maiboom im Auftrag von Murphy zu verwirklichen gedachte. Der Vater zeigte sich erstaunlich offen für dieses Geschäft, obwohl Clemens darauf hinwies, dass man damit die Franzosen ja mit kriegswichtigen Gütern versorge. »Ach Clemens, helfen wir nicht bei diesem Geschäft, werden andere daran verdienen. Unser Handelshaus muss liquide bleiben, und vielleicht können wir deine Dienstverpflichtung so verhindern. Ich ahne schon, dass Napoleon die jungen Männer ausgehen und er auch Hamburger zu Soldaten pressen wird, insbesondere wenn er die dänische Halbinsel bis Skagen hoch, in Jütland besetzen will. Wir Maibooms müssen Geld verdienen und Einfluss behalten, ohne dass wir uns irgendwo Feinde machen. Und ich ahne auch, dass es kein gutes Ende mit diesem Kaiser nehmen wird, denn er hat sich zu viele Feinde gemacht, setzt jetzt auch noch die Russen unter Druck. Ich werde beim französischen Gesandten vorsprechen, ob und unter welchen Bedingungen dieses Geschäft mit amerikanischem Stahl aus Ribe abgewickelt werden kann. Und du kannst dann hoffentlich bei dem Gesandten Rist die nötigen Papiere schnell erwirken. Am Nachmittag gehe ich nach Altona und spreche mit deinem Bruder. Er muss mir Muster des Stahls aushändigen. Vorerst lass uns Stillschweigen bewahren. Möglichst wenige sollen von dem Geschäft erfahren.«

Clemens hatte seinem Vater nichts von der Lieferung der »Times« erzählt. Der Ausflug nach Neumühlen ließ sich wahrscheinlich gut mit dem Schmuggelgeschäft verbinden, denn auf der Rückfahrt würde die Wache den dänischen Gesandten wohl kaum durchsuchen. So notierte Clemens die Sachlage in einem versiegelten Brief an seinen Bruder und sandte sie dann mit einem Laufburschen nach Altona. »Lieber Thomas, ich habe Vater von dem Ribe-Geschäft erzählt, die Unterlagen weitergegeben, und er ist einverstanden. Bitte erzähle ihm nichts von den *Papieren,* die du mir geben willst und von denen ich bereits ein Exemplar bekommen habe. Ich werde sie voraussichtlich am Sonntagmorgen abholen. Es wäre sehr hilfreich, wenn du sie in einem kleinen Koffer unter Schmutzwäsche lagern könntest. Koffer und Wäsche erhältst du umgehend zurück. Wenn du mit der Übergabe und dem Termin einverstanden bist, schicke mir eine Nachricht mit dem Boten zurück.«

Der Ausflug nach Neumühlen

Samstagmittag bereitete Clemens den Wagen vor, am Nachmittag fuhren sie bereits vor dem Landhaus vor. Clemens hielt in einer von Flieder begrenzten Bucht und zog die Bremsen an. »Kann ich Ihnen noch helfen«, fragte Rist, aber Clemens schüttelte nur lächelnd den Kopf. »Ich möchte Sie lediglich darum bitten, mich als Ihre Begleitung anzukündigen und mir ein wenig zur Seite stehen, bis ich mich in die Gesellschaft eingefunden habe.« Rist versicherte ihm dies und ging dann zum Haus, während Clemens noch die Pferde ausschirrte. Anschließend machte er sich ein wenig frisch und trat dann in die Reihe derer, die von der Hausherrin begrüßt werden sollten.

Das Sommerhaus hatte zur Landstraße hin einen halbkreisartigen Treppenvorbau mit vier Stufen und vier Säulen, die einen ebenfalls halbkreisartigen Balkon trugen und so ein gutes Vordach bildeten. Derartige griechisch anmutende Bauten sollten deutlich die aufgeklärte demokratische Gesinnung der Bürger demonstrieren. Schließlich hatten die Griechen die Städterepubliken erfunden, dienten als Vorbild in Philosophie und Politik!

Der Eingangsflur mündete in eine kleine Halle, die auf der

anderen Seite des Gebäudes den Blick durch die großzügigen Fenstertüren auf den Garten und die weiter unten liegende Elbe freigab. Nach links und rechts gingen von der Halle das Herren- und Damenzimmer ab sowie eine kleine Treppe in den ersten Stock, wo hinter der Empore wahrscheinlich die Schlafzimmer der Familie abzweigten. Der Boden in Eingangsflur und Halle bestand aus Marmorplatten mit hübschen Granitintarsien, während in Herren- und Damenzimmer Parkett verlegt worden war. Während Clemens sich umsah, genoss er es, dass es im Haus kühler als draußen war.

Endlich kam Clemens an die Reihe, der Hausherrin die Aufwartung zu machen: »Wie angenehm, Herr Maiboom junior, dass Sie den Gesandten Rist begleiten. Erst kürzlich traf ich Ihren Vater und lud ihn ein, uns hier einmal zu besuchen. Grüßen Sie ihn recht herzlich. Ich habe vernommen, dass Sie einen Frachtsegler so erfolgreich nach Spanien und zurück begleiteten. Ich gratuliere Ihnen dazu. Halten Sie als entschlossener Kaufmann Hamburgs Traditionen auch weiterhin in diesen schweren Zeiten hoch! Und übrigens: der Anzug steht Ihnen ausnehmend gut. Er ist sicher aus Spanien, eine gute Wahl.« Clemens nickte stumm. »Herr Rist lässt Ihnen ausrichten, dass Sie Ihm auf die Terrasse folgen mögen!« Dann wandte sich die alte Dame den nachfolgenden Gästen zu.

Clemens trat nun durch eine Flügeltür auf die dem Elbstrom zugewandte Terrasse. Dort standen schon ein paar modisch gekleidete Herren in kleinen Gruppen, und die Damen in bunten Sommerkleidern hatten auf Stühlen an zierlichen Tischchen Platz genommen. Rist bemerkte seinen Begleiter sogleich: »Ah, Herr Maiboom, kommen Sie bitte. Ich darf Ihnen Herrn Philipp Otto Runge vorstellen, den ich einst in Kopenhagen kennen lernte, als er dort an der Akademie studierte. Er ist gelernter Kaufmann, besitzt als Sohn eines Kornhändlers hervorragende Kenntnisse von bäuerlichen Produkten, aber sein vornehmstes Talent ist die bildende Kunst. Ich kann Ihnen nur raten, einmal seine Zeichnungen und Gemälde zu betrachten. Sie begeistern mich ungemein.«

»Lieber Herr Rist«, antwortete Runge, »vielen Dank für Ihre schmeichelhaften Worte. Sie konnten es nicht ahnen, aber Herr Maiboom hat mich bereits besucht, als er für die Buchhandlung Perthes und Besser etwas lieferte. Guten Tag, Herr Maiboom, schön, Sie wieder zu sehen.«

»Herr Runge, die Freude ist ganz auf meiner Seite. Das Gemälde von der Allegorie des Morgens, an dem Sie kürzlich arbeiteten, hat mich sehr beeindruckt. Ich hoffe, dass ich es bald noch einmal betrachten darf.« Rist stellte Clemens auch schon die nächsten in der kleinen Runde vor: »Hier sehen Sie Monsieur Gauthier, ein Finanz- und Verwaltungsexperte der französischen Gesandtschaft. Ich hatte das Vergnügen, ihn bei dem Herrn Gesandten Bourienne kennen zu lernen, und auch bei Marschall Bernadotte begegneten wir einander.« Maiboom und Gauthier gaben sich die Hand. Rist fuhr fort: »Begleitet wird er von seiner reizenden Tochter Clothilde. Mademoiselle, dies ist der junge Kaufmann Clemens Maiboom, der kürzlich eine mutige Handelsfahrt durch die englischen Linien im Kanal bis nach Spanien und zurück mit großem Erfolg absolvierte.«

»Oh, wir hatten einen guten Kapitän und ein sehr schnelles Schiff, das den dicken englischen Kriegschiffen davonfahren konnte«, relativierte Clemens die Ausführungen. »In normalen Zeiten wäre der Gewinn bei diesem Handel geringer ausgefallen, da das Schiff nur wenig Laderaum besitzt. Durch den Mangel an gutem Südwein hierzulande hat sich der Aufwand dennoch gelohnt.«

Die tief stehende Sonne hatte Clemens zunächst geblendet, und er hatte Clothilde nicht erkannt. Doch als er sie sah, stockte ihm der Atem. Sie war so schön wie Runges Bild von der Allegorie des Morgens. Und sie hatte ein atemberaubendes Kleid an. Während die anderen Damen über ihren Korsetts die steifen hüftbetonten aufgebauschten Taftkleider mit Zierschürzen, breiter Taille und darüber liegenden gerafften und gerüschten leinenen Blusendekolletees trugen, floss bei Clothilde ein duftiger, fast transparenter Stoff von der Schulter, schmiegte sich Brust, Hüften und Beinen an und reichte bis zu den Fesseln, ließ nur die zierlichen Sandalen hervortreten. Keine einengenden Abnäher an der Taille, nur ein zierlicher Gürtel kurz unterhalb der Brust unterteilte dieses griechisch wirkende Gewand. Und dann die Haare: eine kaum durch einen Kamm gebändigte blonde Lockenpracht. Wie sittsam und streng wirkten da die unter Hauben und Hütchen versteckten Frisuren der anderen Damen.

Wie durch einen Nebel gedämpft, hörte er die Worte von Herrn Rist und Monsieur Gauthier, die erklärten, dass Clothilde sich der speziellen Obhut von Frau Sieveking erfreute. Sie hatte ihn angelächelt, er hatte ihre hübschen ebenmäßigen Zähne zwischen ihren rosigen, vollen Lippen blitzen sehen, und sie hatte auch noch irgendetwas zu ihm gesagt. Aber er war durch seine eigenen Gedanken so abgelenkt und nicht in der Lage gewesen, zu antworten, worauf ihr Lächeln erstarb und der freundliche Gesichtsausdruck einer kühlen Zurückhaltung wich. Einen Augenblick später hatte sie sich abgewendet.

Clemens errötete, kam sich vor wie ein tumber Bauernjunge, begriff nur, dass er sich in diese junge Frau verlieben könnte, dass dies wohl das Gefühl war, das sonst nur in Sonetten oder Romanen beschrieben wurde. Noch nie hatte er ähnlich empfunden. Nun schüttelte er mechanisch die Hand des Buchhändlers Perthes, und auch Kerner, der Schriftsteller und Arzt, begrüßte ihn. Doch Clemens dachte nur an Clothilde. War sie ein Modell des Malers Runge? Ein Gefühl der Eifersucht stieg in Clemens auf. Er zwang sich, ruhiger zu werden.

Die Gäste waren nun wohl alle eingetroffen, denn Karl Sieveking, der studierte Sohn des Hauses, hielt jetzt eine Ansprache, rühmte seine Mutter, gedachte des verstorbenen Vaters und lobte den glücklichen Augenblick, das schöne Sommerwetter und die angenehmen Gäste. Dann gab er bekannt, dass der Künstler Runge sich bereit erklärt habe, noch vor der Abendmahlzeit zur Erbauung beizutragen, indem er das Märchen vortrage, an dem er derzeit arbeite. Die Gesellschaft solle sich der hohen Ehre bewusst sein, an dem Entstehungsprozess beteiligt zu sein.

Während die Mägde der Familie aufwändig geschliffene Gläser verteilten und Wein, Wasser und Limonade in edlen Kristallkaraffen ausschenkten, zog Runge sein Manuskript hervor. Da stand er und sammelte sich, bis die Zuhörer Ruhe gaben. Dann las er das Märchen »Von dem Fischer und syner Fru« vor. Das Märchen handelte von einem Fischer, der einen verwunschenen Butt fängt und ihm die Freiheit schenkt. Der Butt verspricht ihm, sich dankbar zu erweisen. Des Fischers Frau treibt nun ihren Mann dazu, immer größere Wünsche auszusprechen, die auch erfüllt werden, bis sie schließlich verlangt, Gott zu werden. Da erlischt der Zauber, und die Frau findet sich in ihrer armseligen Fischerhütte vom Anfang wieder.

Die letzten Worte waren kaum verklungen, da begann ein ehrlicher Beifall, und der Künstler freute sich sichtlich. Karl Sieveking lobte Runge für seinen Beitrag zur deutschen Kultur und scherzte dann: »Meine Damen und Herren, wir hoffen, dass unsere Tafel Ihren Hunger wird stillen können und sich hier keine Fischers Fru über unsere Küche beklagt. Innen ist jetzt eine lange Tafel gedeckt, an der Sie bitte zwanglos Platz nehmen.«

Es war eine große Gesellschaft, die Frau Sieveking und ihr Sohn Karl eingeladen hatten. Neben Familie Poel, mit denen die Sievekings sich das Sommerhaus teilten, Clemens Maiboom, dem dänischen Gesandten Rist, dem Maler Runge und seiner Ehefrau, dem Buchhändler Perthes, dem Franzosen Gauthier und seiner Tochter, dem Arzt und Schriftsteller Kerner nebst Gemahlin, dem Kaufmann Pfeffer, dem Rektor des Johanneums Gurlitt und Gattin, dem Professor für Naturlehre am akademischen Gymnasium Reimarius und Gattin, dem englisch-hamburgischen Schiffsmakler John Fontenay und Gattin, dem schottischstämmigen und überaus erfolgreichen Hamburger Getreidehändler Parish und Gattin, dem Advokaten Ferdinand Beneke, dem Kaufmann Franz, dem jungen Buchhändler Julius Campe waren noch ungefähr sechs weitere Paare anwesend, die Clemens jedoch nicht kannte und deren Namen er sich auch nicht hatte merken können. All diese Menschen strömten nun von der Terrasse wieder in das Haus, wo die lange Tafel vom Damenzimmer über die Halle bis ins Herrenzimmer reichte. Clemens hielt sich an Rist, und dem schien daran gelegen, in der Nähe des Franzosen zu sitzen, der wiederum von seiner Tochter begleitet war. So fügte es sich, dass Clemens rechts neben Rist und gegenüber von Clothilde Gauthier Platz nehmen konnte. Links von Clemens fand der Kaufmann Pfeffer Platz.

›Meine Güte, reiß dich zusammen und stammle keinen Unsinn‹, dachte Clemens, während Rist dem Franzosen Gauthier sein Wissen von den verschiedenen Rechtssystemen in Spanien, Frankreich und Dänemark darlegte.

Clemens überlegte derweil fieberhaft, worüber er mit der schönen Französin sprechen könnte, auch um dem gewandten Kaufmann Pfeffer zuvorzukommen, dessen Augen mit sichtlichem Wohlgefallen auf dem Mädchen ruhten. Während die Mägde nun eine geklärte Ochsenschwanzsuppe mit Gemüseeinlage auftrugen, fragte Clemens sein Gegenüber: »Wie hat Ihnen denn das Märchen des Herrn Runge gefallen?«

»Es war nicht einfach, dieser nördlichen Mundart zu folgen. Ich habe die deutsche Sprache in Paris von einer Hausdame gelernt, die aus Köln stammte.« Clothilde hatte mit Absicht *Hausdame* und nicht *Kinderfrau* gesagt, weil sie das älter wirken ließ, wie sie fand. »Soweit ich verstanden habe, hat Herr Runge ein hässliches, selbstsüchtiges Frauenzimmer skizziert. Nun, ich hoffe, dass der Herr Runge nicht zu den Männern gehört, die gerne den Frauen haltloses, unmoralisches und egoistisches Verhalten andichten, den männlichen, strahlenden und mutigen Helden aber immer ein Leiden unter den Frauen vorbestimmen. Wissen Sie, ich mag auch nicht diese Märchen von den bösen Stiefmüttern, eitlen bösen Feen und Hexen. Die Frauen kommen zu schlecht weg in diesen Geschichten.«

Clemens war überrascht. Er hatte irgendein artiges Kompliment an den Dichter erwartet. Stattdessen kam hier eine heftige Kritik an den Dichtern im Allgemeinen, wenn auch nicht direkt an Herrn Runge. »Nun, ich habe nicht den Eindruck, dass er grundsätzlich den Frauen negative Charaktereigenschaften unterstellt. Ich glaube sogar, dass er die Frauen verehrt, denn ich habe kürzlich eines seiner Gemälde gesehen, das ein wunderschönes Frauenbildnis zeigte.«

Vielleicht war Clothilde an diesem Abend streitsüchtig gestimmt, denn sie entgegnete: »Das sieht ihm ähnlich, erst eine böse alte Ehefrau erfinden und dann ein Schönheitsideal malen. Doch Frauen können nicht nur nackt und dekorativ sein, sie können auch klug und weise handeln.« Offenbar hatte der schnurrbärtige Kaufmann Helmut Pfeffer das Gespräch zwischen Clemens und Clothilde verfolgt, denn er schaltete sich nun mit einer gewissen Nonchalance ein: »Mademoiselle, seien Sie nicht so streng. Herr Runge prangert mit seinem Märchen doch nur die Maßlosigkeit der Wünsche an, es ist eher ein Zufall, dass diese Rolle von einer Frau verkörpert wird. Und dass er als Mann nun einmal gerne Frauen malt, das kann man ihm doch nicht verübeln, genauso wenig, wie man es Herrn Maiboom untersagen kann, die weiblichen Reize, sei es auf Bildern oder in der Natur, als solche wahrzunehmen. Und nebenbei bemerkt, möchte ich sagen, dass Sie ein ganz reizendes Gewand tragen, Mademoiselle.« Nun wurde Clothilde ein wenig rot, und das laute Klappern der Mägde beim Abräumen des Geschirrs machte ihr – zum Glück – eine Entgegnung unmöglich.

Da erhob sich Herr Gurlitt, um eine kleine Ansprache zu halten. Er lobte die vorzüglichen Speisen sowie den Anstand und die Weltoffenheit der Sievekings. »Sie haben sich der Aufklärung verschrieben, stets die Wohltätigkeit ernst genommen und nach Freiheit und Gerechtigkeit gestrebt. Dabei haben sie das Feiern nie vergessen. Die Zeiten sind nicht einfach auf unserem Kontinent und in der Welt, doch wir müssen davon beseelt sein, dass die Gerechtigkeit und das Gute siegen. Zur Verständigung tragen solche Feste bei. Lassen Sie uns feiern und lassen Sie uns die Gastgeber loben! Prosit und ein langes Leben!« Die Gäste erhoben ihre Gläser und prosteten einander zu. Nun wurde ein zweiter Gang serviert, Vierländer Salat mit Stubenküken und Brot.

Herr Pfeffer versuchte ein zweites Mal, ein Gespräch mit Clothilde anzuknüpfen: »Ihre Meinung zu Märchen, Romanen und Gemälden haben Sie uns nun gesagt, Mademoiselle. Was sagen Sie aber zu unserer Hamburger Küche? Hatten Sie bereits Gelegenheit, sich auf den Märkten umzusehen?«

Clothilde hatte beschlossen, sich nun weniger angriffslustig zu zeigen. Außerdem gestand sie sich ein, dass ihr der schüchterne junge Mann von gegenüber gefiel. Sie hatte genau zugehört, als von seiner erfolgreichen Schifffahrt durch den Kanal berichtet worden war und fand es erstaunlich, dass dieser junge Mann den Auftrag überhaupt erhalten hatte. Er schien sich etwas zuzutrauen. Im Reden war er offenbar weniger gewandt. Er bewies Geschmack mit dem spanischen Anzug, aber Clothilde mahnte sich, auf solche Äußerlichkeiten nichts zu geben. Und sie antwortete auf Pfeffers Frage: »Nun, Sie wissen vielleicht, dass wir Franzosen Wert auf frische Waren und feine Speisen legen, besonders in Paris. Aber halten Sie mich bitte nicht für verwöhnt! Den Hamburgern muss ich im Übrigen ein Kompliment machen. Das Angebot an frischem Fisch, Fleisch und Geflügel hier ist vorzüglich. Obst und Gemüse und Gewürze findet man reichlich, und die Rezepte sind sehr schmackhaft.« Clothilde überwandt sich sogar, die Hamburger Aalsuppe zu loben, obwohl sie das süß-saure Gericht mit dem geräucherten Speck als viel zu schwer empfunden hatte. Und dass sie die verschiedenen Käsesorten, Früchte und Gemüse aus dem Süden Frankreichs vermisste, das verschwieg sie.

Clemens hatte aus lauter Verzweiflung, weil ihm kein weiteres Gesprächsthema einfiel, schon kräftig dem Wein zugesprochen. So sprudelte ihm die Frage nach den Froschgerichten ganz leicht über die Lippen: »Stimmt es, dass die Franzosen Frösche essen?« Dabei grinste er und schüttelte sich dann ein bisschen. Ehe Clothilde antworten konnte, sprang ihr der Kaufmann Pfeffer gewandt bei: »Ja, bei meinen Besuchen im Süden Frankreichs durfte ich in der Tat einmal Froschschenkel genießen. Dabei darf man allerdings nicht an possierliche Laubfrösche oder fette Kröten denken; nebenbei bemerkt ist die Vorstellung, eine Scholle oder einen Butt zu verzehren, ebenfalls wenig angenehm, wenn man an die schuppige Hülle dieser Fische denkt. Es sind eben Kaltblüter, keine Säugetiere. Die Froschschenkel haben mir mit der würzigen Soße jedenfalls gemundet und von Ihnen als einem seefahrenden, hamburgischen Kaufmann, Herr Maiboom, kann ich mir vorstellen, dass Sie Austern, Muscheln, Matjes und anderes Seegetier schätzen, von dem sich manche Binnenländer mit gerümpfter Nase abwenden.« Clothilde ärgerte sich über Clemens und machte sich Luft, nachdem sie Pfeffers Eingabe mit einem dankbaren Lächeln quittierte hatte: »Herr Maiboom, ich wundere mich, dass Sie in dieser Art und Weise von der französischen Esskultur sprechen. Ich glaube, Sie übernehmen die Verunglimpfungen, die die Engländer über uns verbreiten. Es ist ja bekannt, dass sie uns nennen Froschfresser. Ha! Und dabei gibt es 'ier in Amburg eine Gericht, die 'eißt grüne Ering! Was glauben Sie, was andere Menschen denken, wenn ich erzählte, die Amburger essen grüne Eringe?« Clemens war betroffen über ihre heftige Reaktion. Die Herren Pfeffer und Fontenay aber amüsierten sich, weil die Französin so temperamentvoll für ihre Landsleute eintrat und so schnell sprach, dass ihr die bislang einwandfreie Grammatik und Aussprache nicht mehr gelang. Das fröhliche Grinsen der beiden Herren regte Clothilde nur noch mehr auf. Darauf bemühte sich Fontenay, die Wogen zu glätten: »Ich möchte trotz oder wegen der kriegerischen Auseinandersetzungen zwischen England und Frankreich dafür eintreten, dass hier anlässlich des Sieveking'schen Festes wieder mehr freundschaftliche Gefühle Oberhand gewinnen. Von Geburt bin ich Engländer, und Engländer stehen aus Tradition im Gegensatz zu den Franzosen; doch ich stamme aus einer englischen Kolonie in Pennsylvania auf dem amerikanischen Kontinent. Nun kam es dazu, dass England die Unabhängigkeit der amerikanischen Kolonien zehn Jahre nach meiner Geburt anerkannte, und somit habe ich auch amerikanische Papiere, die mich zu einem Freund Frankreichs stempeln, denn Frankreich unterstützte den Unabhängigkeitskampf. Als Amerikaner muss ich Napoleon besonders dankbar sein, denn er verkaufte uns Amerikanern Louisiana, und nun können sich die Gründungsstaaten der USA ungehindert nach Westen ausdehnen, das wilde Land erobern und urbar machen. Viele neue freiheitsliebende Siedler strömen aus von europäischen Monarchen unterdrückten Gebieten in meine amerikanische Heimat. Das Schicksal machte mich gottlob aber auch zu einem verbrieften Bürger Hamburgs und zu einem Schiffsmakler, und in dieser Rolle bin ich gar nicht glücklich über die Kontinentalsperre und die kriegerische Behinderung des Handels. Sie sehen, das Schicksal – oder Gottes Vorsehung – halten sich nicht an menschliche Politik, an nationale Grenzen und an Pässe. Wir Menschen sind immer auch Spielbälle höherer Mächte, und das sollte uns dazu bringen, Gemeinsamkeiten zu pflegen und nicht Gegensätze aufzubauen. In diesem Sinne und als erprobter Genießer von Speisen beiderseits des Atlantiks postuliere ich hier die Gewissheit: Egal ob Opossum, Frosch, Schnecke oder grüner ›Ering‹, Hauptsache, die Köchin hat gut gewürzt und es schmeckt. Auf unser aller Gesundheit und eine gute Küche!« Die Zuhörer dieser kleinen Auseinandersetzung schmunzelten und hoben ihre Gläser. Auch Clothilde entspannte sich wieder und Clemens bemühte sich, ihr besonders freundlich zuzulächeln.

Der nächste Gang sollte Ochsenbraten mit jungem Gemüse sein, aber zuerst wurde der Rotwein aufgetragen, den der Kaufmann Pfeffer seiner Gastgeberin verehrt hatte. Der Wein des Jahrgangs 1799 stammte aus Margaux, aus dem Château Dauzac. Erstaunt wendete sich Monsieur Gauthier an den Bergedorfer Kaufmann, denn er kannte das Weinbaugebiet, und ein Zweig des Gauthier'schen Handelshauses hatte sich darauf spezialisiert, südfranzösischen Rotwein nach Paris, in die nordfranzösischen Provinzen und bis nach Köln zu liefern. Gauthier und Pfeffer tauschten sich über ihre Erfahrungen aus, kannten dieselben *viticulteurs, maîtres de chai und négociants-éleveurs* und stellten fest, dass sie beide gut mit Comte Jean Baptist Lynch bekannt waren. Gauthier unterhielt mit ihm einen Briefwechsel und verriet Pfeffer nun, dass Lynch sich im nächsten

Jahr für das Bürgermeisteramt von Bordeaux bewerben wolle. Pfeffer nahm diesen Hinweis dankend auf und nahm sich sogleich vor, bald einen Brief mit höflichen Worten und reellen Kaufangeboten an den Mann zu senden. Es konnte nur von Vorteil sein, die Erinnerung an einen hamburgischen Kaufmann aufzufrischen und schon vorab für die nächste Ernte ein günstiges Einkaufsklima zu erzeugen. Dann unterhielten sich die beiden Weinkenner über die Qualität von Eichenholzfässern, die Vorzüge der verschiedenen Rebsorten und mokierten sich beide über die Sitte englischer Weinhändler, den Bordeaux-Wein mit spanischem Brandy oder Benicarlo zu verschneiden. Doch seit der Kontinentalsperre war diese Unsitte den Engländern ja weitgehend verwehrt.

Pfeffer erklärte ferner, dass er den besonderen Geschmack seines Weins darauf zurückführe, dass er ihn für den Transport in frische Eichenfässer von besonderer Wandstärke und Größe abfüllen lasse. Zudem würde sich die Meeresbrise auf dem Schiffstransport positiv auswirken. »Ich habe mir in Bergedorf außerdem einen besonderen Weinkeller bauen lassen. Die Hamburger Weinhändler des Stadtkerns haben in ihren traditionellen Kontorhäusern weder den Platz noch den geeigneten Untergrund. Leider haben es auch Diebe auf meinen Wein abgesehen, zumal durch die Beschränkungen des Handels der Wein ja immer seltener und damit wertvoller wird.« Der Weinhändler beschrieb auch den Eiskeller, der im Winter mit Billeeis bestückt wurde, welches in heißen Sommern zur zusätzlichen Kühlung eingesetzt werden konnte. So blieben die Temperatur und die Luftfeuchtigkeit stets konstant, Voraussetzung für die gute Nachreifung des Pfeffer'schen Weins. »Besuchen Sie mich doch einmal in Bergedorf und lassen Sie sich von Ihrer überaus reizenden Tochter begleiten. Das würde mich besonders freuen«, lud Pfeffer Gauthier ein. Dies vernahm Clemens mit Unruhe und einer gewissen Verärgerung, denn er hatte sich gegenüber der hübschen Clothilde noch immer nicht in ein positives Licht setzen können. Nun waren endlich von den Dienstboten die frischen Weingläser mit dem roten Rebensaft gefüllt und der Braten mit dem Gemüse aufgetragen. Die Gespräche wurden lauter, man lachte, scherzte, genoss Essen und Trinken. Nach dem Braten folgte nach kurzer Pause eine Blätterteigpastete mit kalter Taubenbrust-Füllung, in Madeira gegarte kalte Ochsenzunge und Hammelfilet-Stückchen in Sardellenbrühe. Dann wurde Käse und an frischen Früchten die letzten Erdbeeren und die ersten Kirschen und Stachelbeeren gereicht. »Verehrte Gäste, ich möchte Sie nun bitten, die laue Sommernacht auf unserer Terrasse bei Kaffee, Portwein, Kuchen und Süßspeisen zwanglos zu genießen. Flanieren Sie gern im Garten, die Wege sind beleuchtet«, so hob Frau Sieveking die Tafel auf.

Der Abend war wunderschön, die Elbe spiegelte den hellen Abendhimmel und das dunkelgrüne Marschland auf der südlichen Elbseite und bildete einen scharfen Kontrast. Sanft wölbten sich die Hügel des Harburger Höhenzuges im Dunst des südlichen Horizontes. Einzelne Sterne leuchteten über der Festgesellschaft, und am östlichen Himmel ging riesig und rot der Vollmond auf. Fackeln flackerten an den Kieswegen im Garten und beleuchteten ein paar original italienische Marmorstatuen, Satyre, Nymphen und Amor mit Amoretten, die von den Gästen sehr bewundert wurden.

Der dänische Gesandte Rist war auf der Terrasse zurückgeblieben und wurde nach seiner Auffassung der Lage Hamburgs befragt. Während der Franzose Gauthier und seine Tochter zusammen mit dem Kaufmann Pfeffer in den Garten gewandelt waren, wurden frankreichkritische Ansichten laut, von denen Rist sich aber nicht anstecken ließ. Er sprach ganz im Sinne seines Staates ein Für und Wider aus, gab die hegemonialen Bestrebungen der Briten zu bedenken und beteuerte dann jedoch strikt, dass es ein Unrecht sei, einen neutralen und friedliebenden Staat wie Hamburg zu besetzen: »Seitdem Kaiser Franz der Zweite im August 1806 abdankte, ist Hamburg nach meiner Ansicht auch keine Reichsstadt mehr, sondern besitzt die Souveränität eines eigenen Staates genau wie Dänemark. Jedoch die Macht der Waffen hat andere Fakten geschaffen, und ich hoffe sehr, dass es den Bürgern Hamburgs auf diplomatischem

Wege gelingt, sich aus dieser Lage wieder zu befreien.« Perthes, Kerner und Beneke gaben deutlich zu verstehen, dass man sich notfalls nicht nur mit Worten, Bittschriften und Zahlungen wehren solle.

So gern Clemens den aufrechten Streitern für die hamburgische Sache zugehört hätte, bewog ihn dennoch eine magische Kraft, Pfeffer, Gauthier und seiner Tochter zu folgen. Schnell hatte er sie eingeholt und gesellte sich zu ihnen. Der Bergedorfer Kaufmann wirkte aufgeräumt und bezog die Französin ins Gespräch mit ein. Als sie das Ende des Hanggrundstückes erreicht hatten, bot sich an der balustradenartig geschnittenen Ligusterhecke ein wunderschöner Blick auf den Elbstrom. Unterhalb des nun steiler abfallenden Hangs flossen Norderelbe und Süderelbe zusammen. Unwillkürlich schwiegen die vier Personen bei diesem Anblick.

Schließlich zog der Franzose den Bergedorfer Kaufmann wieder in ein Gespräch über Rotwein und seine Behandlung. Clothilde hatte nur wenige Schritte weiter eine Bank entdeckt und sich dort niedergelassen. Clemens wagte zwar nicht, sich zu ihr zu setzen, aber er begann der Französin das Panorama zu erklären, wie weit das hamburgische Staatsgebiet reiche, wie tief der Fluss sei und wie man ihn zu befahren habe. »Ich würde gern einmal mit einem Segler auf der Elbe kreuzen«, gestand Clothilde.

»Oh, diesen Wunsch würde ich Ihnen gerne erfüllen. Unser Handelshaus besitzt Anteile an diversen Seglern und eigene Ewer. Sagen Sie mir nur, wann Sie und Ihr Vater Zeit haben, dann will ich eine derartige Ausfahrt gern arrangieren.«

Fieberhaft überlegte Clemens, wie er Clothilde schicklich von der väterlichen Begleitung befreien könnte. Da fiel ihm seine wenig beachtete Cousine Auguste ein, ein duldsames sanftes Wesen, das ein wenig älter als Clemens noch immer ohne Verlobten auf eine gute Partie hoffte. »Wenn es Ihnen angenehm wäre, würde ich Sie gerne mit meiner Cousine Auguste bekannt machen; sie könnte ihnen behilflich sein, wenn wir an Bord gingen, denn auf den kleinen Schiffen mangelt es an Komfort und

Einrichtungen, um Damen ... nun, ein Frischmachen zu ermöglichen. Auguste aber hat ihren Vater, einen unserer Kapitäne, früher hin und wieder auf Schiffsfahrten begleitet und kennt sich somit aus.«

»Das hört sich verlockend an. Besuchen Sie uns mit Ihrer Cousine doch einmal zum Kaffee an einem Sonntagnachmittag, dann können wir den Ausflug zusammen planen.«

Plötzlich schoss ein kleiner dunkler Schatten an ihnen vorbei ins Gebüsch. Mit einem spitzen Schrei war Clothilde aufgesprungen und klammerte sich an Clemens Arm. Knurrend und bellend folgte nun ein Hund der Sievekings und versuchte, in die Hecke einzudringen. Erleichtert, weil es sich um keinen Geist, sondern nur um ein Kaninchen oder eine Katze gehandelt hatte, lachte Clothilde auf. Der Vater neckte seine schreckhafte Tochter und wandte sich dann mit dem Kaufmann Pfeffer zum Gehen. Clothilde und Clemens folgten, wobei Clothilde Clemens' Arm nicht losließ und er sie galant über den Kiesweg führte.

Als sie sich der kerzenerleuchteten Terrasse näherten, ließ Clothilde jedoch Clemens' Arm los.

Auf der Terrasse beherrschte nun die Theaterwelt das Gespräch. Man lobte Herrn Schröder, den Direktor des Stadttheaters am Gänsemarkt, und die Stücke Shakespeares und Schillers, die er inszenierte, kam dann auf Lessings Versuche zu sprechen, in Hamburg ein Deutsches Nationaltheater ins Leben zu rufen, und war beim Thema Deutsche Nation. Angeregt vom Genuss des Alkohols, hielten sich die Herren nun auch vor Gauthier nicht mehr zurück, wobei man jedoch die Französische Revolution und die Bildung der Republik lobte. Gauthier wies auf den Rheinbund hin und beschwor die aufgeklärten, hamburgischen Staatsbürger, doch ähnlich dem Rheinbund einen norddeutschen Staatenbund einzugehen. Doch stieß er damit bei den Hamburgern nicht auf Gegenliebe. Wichtiger sei es, fanden sie, das Wohl der Stadt im Auge zu behalten, den Handel wieder zu fördern und die Jugend rechtschaffend auszubilden. Das sei viel wichtiger, als sich mit Geheimräten, Fürsten und Ministern über Staatenbünde zu unterhalten. Ein Streit brach gottlob niemand vom Zaun, und nach einiger Zeit beruhigten sich die nationalen Gemüter. Es wurde wieder gescherzt, gelacht und verstohlen gegähnt.

Die ersten Gäste suchten ihre Nachtlager auf und Clemens ging zu seinem Wagen. So richtig gemütlich war es auf den harten Polstern allerdings nicht. Und doch fühlte Clemens sich ausgesprochen wohl, denn Clothilde hatte ihren Vater befragt, ob es nicht möglich sei, eine Schiffsreise nach Stade zu unternehmen, wobei Clemens Maiboom der Führer der Unternehmung und seine Cousine Auguste eine Begleitung sein würden. Herr Gauthier hatte seine Erlaubnis gegeben. »Herr Maiboom, Ihr Angebot nehmen meine Tochter und ich gern an. Ich habe sowieso vor, mich über diese wichtige Stadt an der Elbe zu informieren. Soweit ich weiß, war es ja einmal eine schwedische Garnisonsstadt und besitzt noch heute ausgedehnte Befestigungen. Meine Herren«, Gauthier blickte die Umstehenden freundlich und harmlos an, »Sie wissen, dass das hannoverische Gebiet daran leidet, erst von Engländern, dann von Preußen, dann von uns Franzosen und dann wieder von Preußen verwaltet zu werden. Dieses Hin und Her verhindert eine Reform des alten Steuersystems und eine effiziente Verwaltung, beides Voraussetzungen für eine bessere wirtschaftliche Entwicklung. Wie sollen Handwerker und Kaufleute planen, wenn nicht sicher ist, welche Abgaben im nächsten Jahr gelten? Seit dem Sieg Seiner Majestät des Kaisers bei Jena und Auerstedt gilt nun wieder die französische Verwaltung, und noch ist nicht sicher, ob das Gebiet nicht dem Königreich Westfalen zugeschlagen werden soll. Doch das wäre ja nur eine graduelle Veränderung, denn der König von Westfalen ist ja ein Bruder seiner kaiserlichen Majestät und, wie man hört, bei der Bevölkerung von Kassel schon sehr beliebt. Nun denn, auf jeden Fall ist Stade eine interessante Stadt, und ich werde mich freuen, sie in Augenschein zu nehmen.« Keiner der anderen Gäste gab dazu einen Kommentar ab. Wenn die Hamburger Stade auch nicht liebten, so war es doch beschämend, von Herrn Gauthier vor Augen geführt zu bekommen, dass die Franzosen in den nördlichen deutschen Landen das Sagen hatten.

Clemens freute sich über die Zusage, wenn er sich auch gewünscht hatte, allein mit Clothilde und seiner Cousine als Anstandsdame zu segeln. Da lag er nun und träumte mit offenen Augen von der schönen Clothilde. Er musste zugeben, dass er zunächst keinen sprühenden Unterhalter abgegeben, sondern sich im Gespräch eher ungeschickt angestellt hatte. Und doch hatte er Clothilde am Arm geführt, hatte sie sich an ihn gedrängt und er hatte ihr Parfüm genossen. Sie musste doch etwas für ihn empfinden! Mit diesen selig machenden Gedanken schlief er ein.

Am frühen Morgen hörte Clemens im Halbschlaf ein leises Geräusch. Wie schön wäre es, wenn Clothilde ihn zum Frühstück bitten würde! Es war aber nur sein gutmütiger Wallach, der neben der Kutsche gewacht hatte und nun auf einen Eimer Wasser und eine Hand voll Haferkörner hoffte. Clemens lachte, stand auf und versorgte die beiden Braunen und kleidete sich dann an, um die Küche zu inspizieren. Tatsächlich hatte die Magd schon Feuer gemacht, brühte Kaffee und buk frische Wecken. Einige Gäste waren aufgestanden und besuchten den Abtritt im Seitenflügel, andere standen auf der Terrasse und reckten sich. Die Gäste bekamen ein Frühstück, und nach und nach verabschiedeten sie sich, um nach Hause aufzubrechen.

Der Gesandte Rist wollte als einer der Ersten losfahren, und so bekam Clemens Clothilde nicht noch einmal zu Gesicht, denn offenbar schlief das Mädchen noch. Auf der Landstraße kam ihnen der Sergeant Paul Maurice mit seinem Gespann entgegen, wohl um Herrn Gauthier und das Töchterlein abzuholen. Sie grüßten einander. Dann verwickelte Rist Clemens in ein Gespräch.

Clemens lenkte den Wagen vor den Gasthof, in dem sein Bruder in Altona abgestiegen war. »Lieber Herr Rist, bitte warten Sie kurz, ich muss hier etwas abholen.« Sein Bruder saß im Gastraum beim Frühstück. Doch als er hörte, dass der Gesandte draußen wartete, ließ er es sich nicht nehmen, mit zum

Wagen zu gehen. Clemens stellte seinen Bruder vor, und der nutzte die Gelegenheit, seine Beziehungen und sich selbst darzustellen. »Es ist eine schlechte Zeit für hamburgische Kaufleute. Zum Glück bin ich in London bei einem Kaufmann untergekommen, der Beziehungen zu den neuen amerikanischen Staaten unterhält. Stellen Sie sich vor, dass die Amerikaner Stahl nach Ribe lieferten. Mit der Abwicklung des Geschäftes bin ich vertraut, und soviel ich von meinem Vater weiß, interessieren sich die Franzosen für das Metall. Was für ein Glück, dass ich Sie treffe, denn mein Bruder hat mir erzählt, dass Sie so ein vertrauenswürdiger und sympathischer Mann sind.« Clemens ärgerte sich still über diese Vertraulichkeit seines Bruders, doch der fuhr ungerührt fort: »Wenn mein Vater mit den Franzosen handelseinig wird, kann die Ware nach Hamburg geliefert werden, und dann möchte ich Sie bitten, die dänischen Einfuhrpapiere förderlich zu übersetzen, damit die Sache schnell und ohne Aufsehen erledigt wird. Sie müssen wissen, dass ich einem Engländer kurz vor und während der Besetzung Hamburgs beim Auflösen seines Warenlagers behilflich war. Das hat die Beschlagnahmung durch napoleonische Truppen verhindert, doch leider hat man mir später fälschlicherweise unterstellt, ich hätte die Papiere nicht ordnungsgemäß ausgefüllt. Das ist auch der Grund, weshalb ich es nicht wage, nach Hamburg einzureisen.«

Rist nickte verständnisvoll mit dem Kopf: »Ja, die Beschlagnahme von vermeintlicher englischer Konterbande ist eine sehr lästige Begleiterscheinung dieser Besetzung Hamburgs und der hannoverischen Gebiete. Ich habe leider auch viel mit Klagen dänischer Kaufleute zu tun, die Waren nach Hamburg liefern, um dort ein Festhalten oder gar eine Vernichtung ihrer angeblich englischen Waren zu erleben. Leider gibt es immer wieder Denunziationen, die sich als falsch erweisen. Schlimm ist das. Wenn ich Ihnen behilflich sein kann, dann lassen Sie es mich wissen.«

»Oh, vielen Dank, Herr Gesandter. Falls ich einmal Gelegenheit haben sollte, Ihnen aus London etwas zu schicken, dann will ich dies gerne tun. Es tut mir so Leid, dass die Engländer Ihre Hauptstadt angegriffen und die dänische Flotte nahezu vernichtet haben. Als Hamburger kann ich diese Feindseligkeiten nur verurteilen. Hamburg hat zwar Geld, aber gegenüber Frankreich und England keine Macht. Nun, Sie und ich wissen, dass die Zeiten sich auch wieder ändern werden. Bis dahin müssen wir uns der Realität beugen. Ich muss meinen Platz in London bewahren und Sie dem dänischen Staat dienen.«

»So ist es. Es hat mich gefreut, Sie kennen zu lernen.«

Als der Wagen weiterrollte, erklärte Clemens, dass sich alte Wäsche in dem Koffer befände, die sein Bruder gegen frische getauscht wissen wollte. Rist schien jedoch in Gedanken versunken und antwortete nicht. Clemens war ein wenig unruhig, als sie sich dem Millerntor näherten. Zum Glück war wegen des Sonntags kein Warenverkehr zu erwarten, und tatsächlich standen an der Grenze nur wenige Droschken und einige größere Wagen mit Familien holländischer Refomierter, die von ihrem Gottesdienst an der Großen Freiheit zurück in die Stadt fahren wollten. Clemens lenkte den Wagen an der Warteschlange vorbei und Rist winkte lässig mit seinem Passierschein, doch der französische Wachmann stoppte sie. Er wollte mit der Inspektion des Wagens beginnen und befahl Rist und Clemens abzusteigen. Der Koffer mit den Ausgaben der »Times« war dem Franzosen sogleich aufgefallen, er sollte geöffnet werden. Rist zuckte mit den Schultern und meinte zu Clemens: »Gut, soll der Kerl doch in der alten Wäsche wühlen.« Worauf es Clemens heiß und kalt überlief. Der uniformierte Franzose nestelte an dem Koffergurt und dem Verschluss herum, ohne das Patent zu durchschauen. Endlich riss Rist der Geduldsfaden. In schneidendem Ton und bestem Französisch protestierte der Gesandte gegen diese Behandlung, wies auf seinen diplomatischen Status hin und drohte mit seinen guten Beziehungen zu dem französischen Leiter der Zollbehörde, Herrn Eudel, zu dem französischen Gesandten Bourienne und zu General Bernadotte. Das verunsicherte den Franzosen. Er ließ sich noch einmal den Pass zeigen und lächelte blöde dazu. Dann winkte er sie durch. Clemens war ungemein erleichtert, während Rist seufzte: »Wann diese Prozeduren wohl einmal abgeschafft werden können? Wissen Sie, Clemens, manchmal träume ich auch von einem grenzenlosen Europa. Napoleon hat gar nicht so Unrecht, wenn er die Kleinstaaterei anklagt. Doch so etwas kann nur funktionieren, wenn der Zustand freiwillig und durch die große Mehrheit gewählt wird. Ein Despot wie Napoleon mit seinem Polizei- und Militärapparat kann so einen Zustand nicht erzwingen. Und die Aristokraten, seien sie auch noch so aufgeklärt, werden sich nur schwer von ihren Vorrechten trennen.«

Bei Runge

Nachdem Clemens den Gesandten an der Adresse Neue Burg abgesetzt, sich für den Besuch bei den Sievekings und auch den Anzug bedankt hatte, brachte er den Wagen ein paar Straßen weiter in den Hof und versorgte die Pferde. Dann griff er den Koffer und schleppte ihn zu Runges Haus. Das Ehepaar war zum Glück bereits zu Hause angelangt.

Runge führte Clemens hinein und fragte: »Hat Ihnen das Fest gefallen?«

»Ja, sehr. Das Essen war vorzüglich, Ihre Märchenlesung hat mich angerührt und die Gespräche waren interessant. Und wie haben Sie sich amüsiert?«

»Ach, zugegeben, mich ermüden derartige Veranstaltungen, wenn es gewiss auch anregende Gespräche gibt.«

»Verzeihen Sie, Herr Runge. Ich bin nicht aus reiner Höflichkeit hier. Ich habe etwas für Herrn Perthes, mit dem Sie ja auch geschäftlich verbunden sind. Es sind die englischen Zeitungen, gefährliches, aber begehrtes Gut. Ich habe aufgepasst, dass mich niemand damit sieht. Wo soll ich sie ablegen?«

Runge führte ihn in das Atelierzimmer und schloss die Tür, damit die Kinder sie nicht störten. Clemens öffnete den Koffer und holte die Zeitungen hervor. Runge nahm sie ihm ab und legte sie unter einen Stapel von Mappen mit Aquarellen, Scherenschnitten und Zeichnungen. Auf der Staffelei neben dem Fenster stand wieder das Bild, das Clemens so anzog: War es nun Clothilde, die da als Allegorie des Morgens in den Himmel stieg? Aber neben dem noch nicht ganz vollendeten Ölbild stand nun ein zweiter etwas größerer Keilrahmen, auf dem ein ganz ähnliches Motiv auf der Grundierung vorgezeichnet war, und auf einem kleinen Tischchen neben der Staffelei lagen Zeichnungen, auf die der Name Aurora geschrieben war. Also doch nicht Clothilde? Die Akte sahen ihr jedoch sehr ähnlich. Doch noch interessanter war ja das neue Gemälde. Wieder schwebte im Zentrum des Bildes eine feenhafte Frauengestalt, allerdings mit einer üppigeren Figur.

»Nanu, Herr Runge, sind Sie mit dem ersten Gemälde nicht zufrieden? Ich bin fasziniert von ihm. Die Engelsgestalten, die Tulpenpflanzen, das frühlingshafte, morgendliche Erwachen ist wunderbar getroffen. Und die Gestalt in der Mitte, haben Sie sie aus Ihrer Phantasie gemalt? Oder gibt es einen Menschen als Vorbild?«

»Sie lassen nicht locker, Herr Maiboom, schon letztes Mal fragten Sie mich Ähnliches. Ich versichere Ihnen, ich will keinen bestimmten Menschen darstellen, aber Gott schuf den Menschen, und somit ist die Gestalt etwas Göttliches. Es fällt mir schwer, meine Empfindungen in Worte zu fassen. Darum bin ich ja wohl auch Maler geworden und nicht Schriftsteller. Ich male, was ich empfinde, und bin glücklich, dass ich so unabhängig schaffen kann, mich nicht nach einer Mode oder fremdem Geschmack richten muss. Insofern begrüße ich allerdings den kleinen Zusatzverdienst durch die gefährliche Lagerung der Zeitung. Wie geht es weiter? Weiß Herr Perthes schon, dass die Zeitungen hier eingetroffen sind?«

»Nein, ich werde ihn benachrichtigen.«

»Oh, das ist gut, es drängt mich nämlich an meine Arbeit und ich will die Zeit nicht verpassen, in der die Farbe auf der Leinwand noch mischbar und nicht trocken ist. Ich bin noch immer mit der Lasur unzufrieden. Ich ... besuchen Sie mich gern ein anderes Mal, Herr Maiboom, wenn ich ruhiger bin.«

»Gewiss, ich will nicht länger stören.«

Clemens trat aus dem Atelierzimmer und Frau Runge geleitete ihn zur Tür. »Neben Sie es ihm nicht übel. Er ist ein guter Mann und liebevoller Vater, doch manchmal scheint er mir nicht von dieser Welt. Dann ist er ganz gefangen in seinen Empfindungen. Doch an anderen Tagen berichtet er frei über seine Kunst. Kommen Sie wieder, seien Sie herzlich eingeladen!«

Der Brief an den Bruder

Mein lieber Bruder Robert!
Hoffentlich geht es dir gut. Deine Studien machen Fortschritte? Grüße Mama von mir und richte ganz bestimmt Großmama aus, dass ich sehr an sie denke. Wie ich schon berichtet habe, ist Hamburg eine interessante Stadt. Papa hat viel zu tun und ist manchmal sehr aufgebracht, weil diese Verwaltung so unübersichtlich ist. Insbesondere scheint es keinen gemeinsamen Haushalts-Plan der verschiedenen Behörden und Ämter zu geben. Ich verstehe nicht alles, dennoch habe ich begriffen, dass Hamburg von immenser strategischer und finanzieller Bedeutung für die gesamte nördliche Region ist. Also findet sich hier auch viel Sachverstand und Reichtum. Offenbar können die reichen Hamburger jedoch ihr Vermögen gut verstecken, denn unsere Finanzexperten und die Stadtkämmerer geben ganz verschiedene Schätzungen ab. Dass die Bürger ihr Vermögen verstecken können, scheint mir auch deshalb einfach, weil Hamburg wie eine Spinne im Netz hockt und umgeben von anderen Staatsgebieten ist, die man schnell erreichen kann. Da sind dänische Provinzen im Norden und Westen, das Kurfürstentum Hannover im Süden und im Osten liegen Lauenburg, Mecklenburg und Brandenburg. Die wirklich reichen Hamburger besitzen in Hamburg und im umgebenden Grenzgebiet Liegenschaften. Da lässt sich doch leicht etwas von hier nach dort schaffen!

In Hamburg gibt es auch reichlich Gesandte und Diplomaten, die offenbar beobachten, wie unsere Armee sich im Norden verhält. Nachrichten und Gerüchte laufen hier zusammen und wieder auseinander. Es heißt, der Kaiser wolle Dänemark einnehmen. Dänemark zeigt sich willig, ein Bundesgenosse zu werden, aber es ist eben noch keiner. Und es wird an der dänisch-hamburgischen Grenze heftig geschmuggelt.
Vor kurzem waren Papa und ich bei einer vermögenden Familie zu einem Sommerfest in Neumühlen eingeladen.
Ich bin sehr von dem Sieveking'schen Bauwerk beeindruckt gewesen, wenn man bedenkt, dass es lediglich in der Sommerzeit oder an Sonntagen benutzt wird. Es liegt außerhalb des Hamburger Stadtgebietes und man muss also die Grenze nach Dänemark übertreten, um dorthin zu gelangen.
Hatte ich bereits erwähnt, dass ich vielleicht bald auf der Elbe segeln werde? Auf dem Sommerfest in Neumühlen habe ich nämlich einen jungen Kaufmann kennen gelernt, dessen Familie Schiffsanteile an großen Segelschiffen besitzt, an Schiffen, die sogar bis Spanien oder bis Amerika segeln. Hamburg hat einen Hafen, in dem diese Schiffe liegen. Allerdings beklagen sich die Hamburger, dass unser Kaiser Napoleon eine Handelssperre gegen England verhängt hat, wegen der die Engländer nun den Kontinent blockieren. So liegen die Schiffe untätig fest. Aber gerade das verschafft mir vielleicht diesen Ausflug, denn der junge Mann hat dadurch die Muße, eine Segeltour zu arrangieren. Papa und ich sind eingeladen und Papa hat vorgeschlagen, nach Stade zu segeln.
Der junge Kaufmann namens Clemens Maiboom hat selbst vor kurzem eine Schiffsreise nach Spanien unternommen. Er scheint recht mutig und geschickt zu sein, nur ist er leider nicht sehr charmant und redegewandt. Doch über seine Heimat kann er kenntnisreich berichten.
So, jetzt hast du erst einmal einen Überblick. Demnächst schreibe ich dir einmal, wie sich die Hamburger zu verhalten pflegen und welche Sitten hier herrschen. Ein Badeboot schwimmt in dem Alstersee, von dem habe ich auch schon

Gebrauch gemacht. Und jetzt mache ich mich auch dahin auf, denn es ist heiß.

Alles Gute wünscht dir deine Schwester Clothilde

Maibooms Stahlgeschäft

Caspar Maiboom war sehr zufrieden. Er hatte den Gesandten Bourienne aufgesucht und ihm den amerikanischen Stahl angeboten. Nut gut, dass Thomas den Unterlagen jeweils ein Muster des gewalzten Blattstahls und der Gewehrlaufrohlinge beigefügt hatte. Daran ließ sich erkennen, dass der Stahl gut geeignet war für das Schmieden von Seitengewehren, Säbeln, Messern, und man konnte damit Lafetten- und Wagenräder stabil bebändern. Aus den Rohlingen würde man gute Gewehrläufe bohren können, denn auf einer Seite war der Muster-Rohling schon mit einer Probebohrung versehen: lunkerfreier Gussstahl.

So entschloss der Gesandte sich, die Ware als handelsfähig zu bewilligen und gleich auch einen Kontakt zum Einkäufer der Armee herzustellen. Es erschien Monsieur Bertram, zuständig für die Versorgung der nördlichen Besatzungsgebiete. Er handelte zäh, bevor er endlich den Preis akzeptierte, den Maiboom forderte. Der dringende Bedarf war dem Einkäufer der Franzosen anzumerken. Der Stahl sollte in Hamburg auf kleinere Flussschiffe umgeladen und nach Magdeburg verschifft werden. Von dort sollte die Ladung weiterverteilt werden. Bertram erwähnte, dass man die Gewehre in Suhl fertigen würde. Offenbar hatten die Manufakturen in und um Magdeburg schon mit dem Schmieden begonnen, besaßen genügend Kohle und warteten nun auf Nachschub von Metall. In Lothringen aber kam man weder mit der Förderung von Kohle noch von Eisenerzen nach. Die Pumpen und Förderanlagen und die Schmelzöfen hatten Probleme. Unverblümt fragten Bertram und Bourienne auch danach, ob Maiboom vielleicht bestimmte Ersatzteile für Pumpen und Dampfmaschinen beschaffen könne.

Aber der alte Maiboom schüttelte nur den Kopf. Er sorgte sich mehr darum, wen er nach Ribe schicken sollte, um den Stahl zu holen.

Ein Vertragsentwurf wurde aufgesetzt und erste Zahlungsmodalitäten vereinbart. Dann wurde Maiboom noch zu Rauchenberg in die Zollbehörde des Monsieur Eudel geschickt. Da der Gesandte Bourienne und der Militäreinkäufer Bertram die Einfuhr des Stahls im Namen des Kaisers als militärisch überaus wichtig und äußerst dringlich bezeichnet hatten und um eine Zollfreiheitsbestätigung nachsuchten, musste Rauchenberg die nötigen Unterlagen unverzüglich anfertigen und seinem Dienstherrn Eudel zur Unterschrift vorlegen. Widerwillig händigte Rauchenberg Maiboom die Zollfreiheitsurkunde aus: »Monsieur Maiboom, ich hoffe, dass Sie verlässliche Männer beschäftigen. Ich könnte mir vorstellen, dass Ihr Schiff sehr genau untersucht werden wird, ob sich neben dem Stahl auch Konterbande an Bord befindet. Sie wissen ja, dass ich nichts gegen Sie persönlich habe. Doch habe ich Akten zu jedem Handelshaus anlegen müssen und darin alle Informationen über die Manierlichkeit der Kaufleute festgehalten. Leider muss ich Ihnen mitteilen, dass man nicht gut über Sie spricht, weil sich Ihr Sohn nach London abgesetzt hat. Wie kann er da nur dem Feind und dessen Wirtschaft dienen? Selbst unser Nachbar Dänemark hat unter den Briten zu leiden. Jetzt haben die Briten sogar die Schweden gegen Dänemark aufgestachelt; die spanischen Jäger des Marschalls Bernadotte ziehen ab nach Seeland und Fünen, um den dänischen Soldaten gegen die Engländer und Schweden zu helfen. Maiboom, sprechen Sie einmal mit Ihrem Sohn, dass er zurückkommt!

Erstaunlich ist ja, wie Sie an das Ribe-Geschäft gekommen sind. Aber ich bin nicht neugierig und für die prompte Bedienung werde ich auch nichts annehmen, denn ich bin ein ehrenhafter Staatsangestellter.«

Maiboom schwieg, doch er nahm sich vor, Clemens vor zusätzlichen Schmuggelabenteuern zu warnen. Die ganze »Amerikanisierung« des Stahls durch Murphy war schon bedenklich genug und Maiboom wollte lieber gar nicht wissen, auf welchem Weg die Papiere und die Ware zusammengekommen waren. Rauchenberg würde gewiss den Transport des Stahls besonders genau unter die Lupe nehmen. Offenbar stimmte es, dass Zoll und Polizei Dossiers anlegten und sich nicht scheuten, auch Verleumdungen, Gerüchte und Verdächtigungen darin aufzunehmen. Mit unbewegtem Gesicht nahm Maiboom die Papiere entgegen und verabschiedete sich mit einem »Guten Tag, Herr Rauchenberg«. Dann brachte er die Papiere zurück in das Büro des Gesandten. Doch der ließ ihn nicht noch einmal vor, es wurde ausgerichtet, dass die Warenmuster und der Vertragsentwurf zum Marschall Bernadotte gehen würden. Außerdem müsste man mit den zuständigen Stellen in der Festung Magdeburg Rücksprache halten. Erst danach könne unterzeichnet werden. Herr Maiboom möge sich keine Sorgen machen, alles wäre eine Formsache, das Geschäft wäre so gut wie vereinbart.

In Perthes Buchhandlung

Erst am Montag nach der Börse traf Clemens Perthes in seiner Buchhandlung an. Dort hielt sich auch der Advokat Beneke auf. »Ah, Herr Maiboom, schön, Sie zu sehen. Na, haben Sie schon gehört, die spanischen Truppen, die Napoleon von Hamburg nach Dänemark geschickt hat, wollen zu den Engländern überlaufen. Es hat sich bezahlt gemacht, die Nachricht vom Aufstand im asturischen Oviedo hartnäckig in den Soldatenkneipen zu verbreiten. Wir müssen dem Drucker Banthien in Wandsbek dringend für die Unterstützung danken. Auch Ihr Bericht von Ihrem Spanienaufenthalt in Castro Urdiales, Maiboom, hat dazu beigetragen, dass wir auf diese Karte gesetzt haben. Die spanischen Truppen hier in Hamburg und Klein Flottbek beim Marschall Bernadotte haben patriotische Gefühle bekommen. Das hat Bernadotte falsch eingeschätzt, als er sie nach Dänemark zur Einnahme von Nyeborg schickte: Die wollten nicht mehr für Napoleon kämpfen. Jetzt fliehen sie mit englischen Schiffen. Bernadotte hat nun noch mehr Truppen aus Hamburg losgeschickt, auch Holländer, um die Ausreißer einzufangen. Aber ich sage Ihnen, das spanische Corps ist für Napoleon verloren. Gebe Gott, dass die Engländer genügend Platz auf ihren Schiffen haben. Und hören Sie, was unser Freund Beneke zu berichten weiß.«

»Ich habe aus sicherer Quelle die Nachricht, dass der britische General Wellesley im Juli 23 000 Franzosen in Bailén in Südspanien zur Kapitulation gezwungen hat. Wir werden es bald merken, dass Napoleon für seinen Spanienfeldzug Leute aus dem Norden abzieht. Ade Soldaten! Was sagen Sie dazu, Maiboom?«

»Nun, ich finde es natürlich gut, dass der Despot und seine Militärmaschinerie geschwächt werden. Doch befürchte ich, dass unsere Stadt umso mehr Kontributionen zu zahlen hat. Bislang hat man unsere Bank und auch die privaten Vermögen noch geschont.«

Beneke erregte sich: »Wenn es so kommt, dann dürfen wir uns das nicht gefallen lassen. Wir müssen die Bürger in Hamburg zu Patrioten machen, Verbündete suchen. Vielleicht können wir in Preußen Partner finden. Ich traf den Kaufmann Stephan C. Franz erst kürzlich und er berichtete mir von seinen Geschäften und Verbindungen mit Berliner Händlern. Im Vertrauen hatte er davon erfahren, dass die preußischen Minister Stein und der Militär Scharnhorst unter allerlei Vorwänden ganz in der Stille Waffenübungen für einfache Bürger durchführen. Der preußische König ist gegen Napoleon machtlos, Preußen ist besetzt, ausgezehrt, übrigens auch von den ehemaligen russischen Alliierten. Und doch regt sich das Land gegen die Besatzer. Das muss doch auch in Hamburg möglich sein. Ach, wenn doch wenigstens kein aufrechter Hamburger mit den Franzosen Geschäfte machte.«

Der letzte Satz brannte wie Feuer in Clemens' Gewissen. Erst kurz zuvor hatte sein Vater ihm zu seiner Freude mitgeteilt, dass er den Stahl aus Ribe abholen solle. Sie waren sich einig, möglichst wenig Aufsehen von dem Geschäft zu machen. Clemens schwieg betroffen und dachte bei sich, dass es womöglich sogar besser wäre, den Stahl, der sowieso elbaufwärts gehen soll, schon in Stade auf Binnenschiffe umzuladen.

Perthes erging sich in Schmähungen der hamburgischen Zeitungen. »Ein Jammer ist es, dass die Zeitungen so stark zensiert sind. Der ›Hamburgische Korrespondent‹ ist ein wahres Franzosenblatt geworden. Nur Flugblätter, im Geheimen in Wandsbek bei Banthien gedruckt, die kosten Geld und lassen sich nicht unbeschwert auf der Straße verkaufen, sondern müssen anonym verschenkt werden.«

Nun schaltete sich Clemens wieder ein: »Apropos, Herr Perthes. Ich habe da wieder eine Ladung in bewährter Art untergebracht. Es sind drei Wochenausgaben, kaum zwei Wochen alt und wirklich interessant zu lesen, besonders der Börsenteil, wenn man wissen möchte, wie der englische Markt sich entwickelt.«

»Mensch Maiboom, Sie sind ein Pfundskerl. Was bekommen Sie dafür?«

»Ich möchte Ihnen einen guten Preis machen, Herr Perthes, denn ich habe die Zeitungen aus günstiger Quelle. Sehen Sie zu, wie Sie sie absetzen können. Einen Teil des Gewinns möchte ich für unsere nationale Sache spenden. Ob man dafür dann Flugblätter drucken kann?« Clemens hatte wirklich ein schlechtes Gewissen wegen des Stahlgeschäftes, und er fluchte innerlich auf seinen Bruder. Nie wieder würde er zustimmen, dass die Maibooms mit der französischen Armee Geschäfte machten.

Perthes lud Clemens zu einem konspirativen Treffen ein, zu dem Mettlerkamp, Beneke, Karl Sieveking, von Hess und Kerner zugesagt hatten. Clemens konnte noch nicht versprechen, dass er käme, weil er ja vielleicht nach Ribe unterwegs wäre, doch er brachte zum Ausdruck, dass er sich geehrt fühle und für weitere Taten bereit sei.

Als Clemens die Perthes'sche Buchhandlung verließ, schwirrte ihm der Kopf. Noch nie hatte er gleichzeitig so vieles Interessantes erlebt, sich so vielen Menschen verbunden gefühlt. Da waren sein Vater und sein Bruder, die von ihm Loyalität verlangten, der Gesandte Rist, der ihn in wichtige gesellschaftliche Kreise einführte, der Künstler, wie ihn sein Vater oder Bruder sicher nicht kannten, da waren die Patrioten, die sich von den anderen Geschäftsleuten in Hamburg durch schwärmerische Ideen unterschieden, die ihn als Erwachsenen zu akzeptieren schienen und sogar einiges von ihm erwarteten. Am aufwühlendsten war jedoch der Gedanke an Clothilde.

Der Ausflug nach Stade wird geplant

Clemens traf seinen Vater gut gelaunt im Kontor. Der Einkäufer Bertram hatte gerade das Maiboom'sche Handelshaus gebeten, die gesamte Lieferung Stahl bis nach Magdeburg zu übernehmen, weil die Armee sich aus logistischen Gründen nicht in der Lage sah, den Transport ab Hamburg selbst durchzuführen. Offenbar zog Napoleon tatsächlich Truppen aus Hamburg und dem Norden ab, um sie im Spanienfeldzug einzusetzen. »Vater, ich glaube, dass es günstig wäre, den Stahl im Schwingehafen von Stade auf Flussschiffe umzuladen. Da gibt es Kräne, die man benutzen könnte, und es würde weniger Aufsehen als in Hamburg geben. Und wenn es herauskommt, dass wir Geschäfte mit der französischen Armee treiben, könnte man uns das einmal negativ auslegen, als seien wir Kollaborateure. Napoleon hat Schwierigkeiten in Spanien. Ein britischer General hat den Franzosen eine empfindliche Niederlage beigebracht. Vielleicht sinkt der Stern des Kaisers bereits.«

»Machbar wäre es. Ich habe bereits Flussschiffer angesprochen, die schon häufig schwere Lasten nach Magdeburg transportiert haben. Ich weiß bloß nicht, wie vertrauenswürdig die Leute sind.«

»Ach, es ist doch kein Gold, das man gut verstecken und überall in Geld umtauschen kann«, beschwichtigte Clemens. »Vater, lass mich nach Stade segeln und das Gelände erkunden. Vielleicht ist es sogar besser, wenn wir Flussschiffer aus Stade nehmen. Hier in Hamburg scheint mir die ganze Angelegenheit brenzliger zu sein. Außerdem erledigen die Stader die Sache vielleicht billiger. Hatten wir nicht früher Kontakte zu einer Stader Familie Hilken?«

»Ja, ich glaube, mein Vater hat mit einem Stader namens Ole Hilken Geschäfte gemacht. Es kann nicht schaden, wenn du dich umhörst. Doch eines ist mir noch wichtig: Die Sicherheit des Transportes. Du hast doch den französischen Finanzexperten Gauthier auf dem Sieveking'schen Sommerfest kennen gelernt, und wir haben festgestellt, dass Sergeant Maurice ihm für seine Sicherheit zugeteilt ist, weil er gut Französisch und Deutsch spricht. Kannst du den Franzosen Gauthier nicht fragen, ob Maurice eine Eskorte anführen könnte? Die Ware ist doch genauso wichtig für uns wie für die Franzosen. Wir könnten sogar andeuten, dass wir uns vor Sabotage fürchten. Es muss doch dem Herrn Gauthier einleuchten, dass es besser für die französische Armee ist, wenn ihre zukünftige Ausrüstung gut bewacht wird. Und damit wirst auch du bewacht, mein Sohn. Bedenke, du musst mit Empfangsbescheinigungen aus Magdeburg zurückkehren, sonst bekommen wir hier keinen Wechsel von Bertram ausgehändigt.«

»Das trifft sich gut, Vater. Sie müssen wissen, dass ich Gauthier und seiner Tochter eine Segeltour auf der Elbe in Aussicht gestellt habe. Nun werde ich Ihnen anbieten, nach Stade mitzukommen, und auf der Fahrt selbst kann ich das Geschäft und die Eskortierung zur Sprache bringen. Vielleicht hebt der Ausflug die Stimmung und macht uns den Franzosen geneigt.«

»Ich hoffe nur, dass die Elbe sich von ihrer sanften Seite zeigt. Welches Schiff willst du für die Tour aussuchen? Bedenke, eine junge französische Dame verlangt bestimmt Komfort.«

»Lassen Sie mich nur planen, Vater. Ich dachte daran, den gutmütigen Pfahlewer zu nehmen. Ich kenne das Schiff und ich will Jacob Kinau fragen, ob er mich begleitet. Dann richten wir im Frachtraum einen Abtritt mit einem sauberen Holzkübel ein, da bleibt die Etikette gewahrt und außerdem wollte ich Auguste Wollenberg fragen, ob sie mich und die Franzosen nicht begleiten will.«

Noch am Abend machte sich Clemens auf, nach Finkenwerder überzusetzen. Er nahm die kleine Jolle, die beim Maiboom'schen Speicher an der Holländischen Reihe festgemacht lag, und segelte mit ablaufendem Wasser.

Unter den Fischern am Hafen herrschte gedrückte Stimmung. Die Robben- und Walfangschiffe durften nicht zu ihren traditionellen Zielen auslaufen. Selbst der Heringsfang im Herbst schien bedroht. Die Franzosen hatten alle Schiffsbewegungen außerhalb der Elbmündung verboten, damit die Briten mit ihren vor der Küste lauernden Kaperschiffen keine Schiffe beschlagnahmten und zu britischen Kriegsschiffen umrüsteten, und damit die Schmuggeleien der Küstenbewohner eingedämmt würden.

Jacob Kinau stand im Vorgarten und kontrollierte die zum Trocknen aufgehängten Plattfische. Er wedelte Fliegen weg, rieb hier und da Salz auf die Außenhaut der Fische, und da und dort zog und bohrte er mit einem Malspieker Maden aus dem Fleisch. Als Clemens ihm auf die Schulter klopfte, zuckte er zusammen. »Na, Jacob, ist das die richtige Arbeit für einen Seemann?«

»Mach dich nicht lustig über mich. Es sieht ernst aus. Wenn wir im Winter etwas zu beißen haben wollen, dann müssen wir mit dem Dörrfisch Haus halten. Die Franzmänner haben unsere großen Wal- und Robbenfangschiffe an die Kette gelegt. Gerade mal in der Elbmündung können wir noch mit Netzen fischen. Doch uns geht es noch gut im Vergleich zu den Reepschlägern, Schiffsbauern, Trankochern, Fisch- und Fleischpökelern, Gries- und Grützmüllern. Alle die, die bislang für Übersee, den katholischen Süden und die Handelsschifffahrt haltbare Lebensmittel und Lampenöl herstellten, haben fast gar keine Arbeit mehr. Die Leute verschulden sich oder müssen betteln. Verfluchter Bonaparte.«

»Trifft es euch auch so schlimm?«

»Na, du hast doch sicher ein Eisen im Feuer. Ich trau dir zu, dass du irgendwo eine einträgliche Aufgabe in Aussicht hast.«

»Komm mit, wir gehen ein paar Schritte auf dem Deich. Hier stehen mir die Schuppen zu dicht, die Wände haben Ohren.«

Auf dem Deich angekommen erzählte Jacob, dass sein Vater und noch drei andere Fischer in der Elbmündung Schmuggelgeschäfte mit Ostfriesen betrieben. Kaffee, Zucker, Tee und Tabak kamen vor Emden durch Engländer an die Küste und wurden über verschlungene Wege im Watt zwischen Inseln und Sänden bis in die Elbmündung transportiert. Die französischen Wachboote waren meist zu ängstlich, als dass sie die Engländer in Gefechte verwickelten, und die Küste sei viel zu lang und verwinkelt, als dass man sie vom Ufer aus überwachen könne. Es sei ein gefährliches Unterfangen, aber beispielsweise könne man zum Schein fischen und dabei schmuggeln. Vor vier Tagen seien sie mit Schmuggelware vor der Schwinge in der Abenddämmerung von dem Zollboot fast erwischt worden. Zwar hätten sie eine Menge Konterbande versenkt, aber es sei Jacob gelungen, mit einem Beiboot zu fliehen und gedeckt vom Fischerboot einen guten Teil der Schmuggelware an Land zu verfrachten. Die Zöllner hätten ihn im Dunkeln nicht gesehen, zumal sein Vater helles Licht in einer verspiegelten Laterne entzündet und das ankommende Zollboot somit geblendet hatte. Doch lagerte nun ein Teil der Ware in einem Schuppen an der Schwinge und sei vor Entdeckung nicht sicher. »Wenn die Zöllner das auch noch finden, dann hat uns die Schmuggelei nicht nur nichts eingebracht, sondern unsere Schulden noch erhöht, denn den Engländer und die Ostfriesen als Lieferanten haben wir schon bezahlt.«

Da ritt Clemens der Teufel und er verriet seinem Freund zwar noch nichts von dem Stahlgeschäft, aber immerhin davon, dass er einen wichtigen Franzosen und seine hübsche Tochter zu einer Ausfahrt nach Stade eingeladen habe. »Gauthier will Stade und die Zöllner dort besuchen. Damit haben wir den besten Vorwand, uns dem Schmuggelgut zu nähern. Wenn die Gelegenheit günstig ist, dann laden wir das Zeug ein. Mit Gauthier an Bord haben wir einen guten Leumund, und der Zoll wird uns bei der Abfahrt aus Stade nicht ein zweites Mal durchsuchen.«

So verabredeten die beiden Freunde, den Ausflug gemeinsam zu unternehmen. Clemens würde einen Boten aus Hamburg senden, der den genauen Abfahrtstag nannte.

Danach unterhielten sich die beiden Freunde noch über die Geschehnisse der letzten Zeit, Clemens musste erläutern, warum der Franzose denn so wichtig war, und wie hübsch denn nun die Tochter sei, während Jacob beichtete, dass seine Liebe Meta Breckwoldt hieße und sie sich heimlich verlobt hätten. »Der Vater Peter Breckwoldt ist ein wohlhabender Bauer und ein störrischer Kerl. Meta hat Angst, dass er ihr den Umgang mit mir verbietet, wenn ich um ihre Hand anhalte, denn sie soll lieber einen Bauernsohn heiraten, der Land in die Ehe bringt, und nicht einen Lotsensohn und Fischer, auch wenn die Kinaus jetzt noch Vermögen haben. Ja, die Zeiten sind wirklich schlecht für uns, die Bauern aber verkaufen munter ihre Erzeugnisse, denn auch die französischen Soldaten sind hungrig. Als im August letzten Jahres an die 20 000 spanische und französische Soldaten in Hamburg waren, da haben die Bauern gut verdient. Und am Schmuggel beteiligen sie sich auch noch. In ihren Scheunen verstecken sie so manchen Sack Kaffee. Lass dich mal sonntags bei einem Bauern einladen. Kaffee und Schnaps findest du reichlich. Ach, Clemens, wenn es mir anfangs egal war, ob Hamburger Senatoren oder französische Kommandeure das Sagen in der Stadt hatten, jetzt ist mir die Situation vollends zuwider. Und in der Winterakademie haben die Dozenten doch immer so von der Französischen Revolution geschwärmt; es hieß, dass die französischen Bürger keine Eroberungskriege führen wollten. Nur Befreiungskämpfe gegen lästige Monarchen und für das Volk kämen infrage. Jetzt gilt jedoch der alte Satz: Der Krieg ernährt den Krieg. Napoleon und seine Stellvertreter saugen uns aus. Die Finkenwerder Fischer ballen jedenfalls die Fäuste in den Taschen. Doch was können wir schon machen.«

Clemens fuhr erst mit der Morgenflut wieder nach Hamburg zurück, um weitere Vorkehrungen zu treffen.

Am Sonntagmorgen begann der Ausflug früh um halb sechs, weil Clemens zur Rückfahrt die gegen vier Uhr nachmittags einsetzende Flut ausnutzen wollte. Gauthier war es zwar nicht gewohnt, so zeitig aufzustehen, aber er war davon zu überzeugen gewesen, dass man sich an die Tide halten musste, wenn sie abends spät zurückgelangen und nicht übernachten wollten. Auguste Wollenberg war auf das Angebot ihres Cousins gern eingegangen, denn so kam etwas Abwechslung in ihr Leben. Ihr Vater, ein Bruder von Clemens' Mutter, war schwer krank. Ihn plagte die Schüttellähmung, und eine Traurigkeit der Seele hatte ihn fast verstummen lassen. Kein Kaufmann traute ihm die Führung eines Schiffes mehr zu. So führte Auguste ihm den Haushalt, denn die Mutter war schon vor ein paar Jahren an Lungenschwäche gestorben. Weitere Geschwister gab es nicht, und das war auch gut so, denn die kleine Rente, die der kranke Kapitän aus angelegtem Geld bezog, hätte kaum für mehr gereicht. Clemens mochte seine ältere Cousine, hatte sie früher sogar einmal beneidet, weil ihr Vater sie mit auf Handelsreisen bis nach Riga und Stockholm genommen hatte. Auguste war denn auch patent und burschikos. Sie konnte herzlich lachen und sehr freundlich sein.

Durch die französische Besetzung hatte sich die Lage für die Wollenbergs verschärft, weil keine Reserven vorhanden waren. Die arme Auguste musste ein wenig geizig haushalten und hinzu kam ihre Angst, als arme alte Jungfer zu enden, wenn der kranke Vater früh versterben sollte. Sie war keine gute Partie und auch nicht hübsch.

Auguste kam noch vor den Gauthiers an den Steg. Wenig später trafen Nils Banthien und Jacob Kinau ein und dann schließlich die Gauthiers. Der Franzose fasste beim Heißen der Segel mit an, und bald konnte der Ewer ablegen. Der Fischmarkt war noch in vollem Gange, sodass beim Baumwall zu dieser Zeit noch kein Gedränge abfahrender Finkenwerder Fischer oder Altenländer Obst- und Gemüsebauern herrschte. Am Niederbaum mussten sie kurz anlegen, da jedes Schiff oder Boot ab einer gewissen Länge sich an- oder abmelden musste, wenn es sich im inneren Hafen aufhielt. Ein französischer Zöllner zusammen mit einem Hamburger kamen an den Steg und ließen sich den Zweck der Reise erklären. Wie Clemens gehofft hatte, sprach Gauthier auf Französisch mit dem Zöllner und erklärte ihm, dass es sich nicht um eine Frachtfahrt, sondern um einen Ausflug auf die Elbe und eine Inspektionsreise von ihm nach Stade handelte. Der Franzose notierte den Namen des Pfahlewers, grüßte freundlich und verzichtete darauf, den Frachtraum zu untersuchen. Durch den halb geöffneten Lukendeckel konnte man sowieso sehen, dass dort lediglich Ballaststeine lagen. Nachdem die Zöllner sich zum Gehen gewandt hatten, setzten die Reisenden ihre Fahrt nach Stade fort.

Jacob betätigte sich als Steuermann. Bei Segelmanövern packte er mit an und übergab die große Pinne an Auguste, die diese Aufgabe zum Erstaunen Clothildes seelenruhig übernahm. Die Französin ließ sich von Auguste ausführlich erzählen, woher ihre Kenntnisse von der Seefahrt rührten. So konnte Clemens sich Gauthier widmen. Er zog den Franzosen in den Windschatten des Vorschiffaufbaus und bot ihm dort eine mit Leinwand abgedeckte Taurolle als bequemen Sessel an. Dann erklärte er das an Steuerbord vorbeiziehende Panorama, den Hamburger Berg mit dem Stintfang, wo der Hamburger Rat zum Vergnügen ein paar Weinreben in die ehemaligen Wallanlagen der alten Bastion Albertus hatte pflanzen lassen. Dann zeigte er das Steilufer des Grenzgebietes zwischen Hamburg und Altona, schließlich die Ansicht von Ottensen und Neumühlen; ja man konnte sogar das Sieveking'sche Sommerhaus erkennen, das jetzt im vollen Licht der Morgensonne lag.

Allmählich begann der Franzose zu ermüden, das sanfte Wiegen in der Elbdünung trug genauso dazu bei wie das ungewöhnliche frühe Aufstehen und der frische Wind. Da riss sich Clemens zusammen und begann mutig mit seinem eigentlichen Anliegen: »Monsieur Gauthier, ich freue mich, dass ich Sie und Ihre Tochter auf unserem Schiff zu Gast habe. Und ich freue mich auch darüber, dass ich so die Gelegenheit habe, eine Bitte auszusprechen. Unser Handelshaus Maiboom soll der französischen Armee Waffenstahl liefern. Das Geschäft soll vorsichtshalber vertraulich behandelt werden, denn wie Sie sich vorstellen können, gibt es auch Gegner derartiger Verträge. Ich ziehe Sie ins Vertrauen, weil Sie den Gesandten Bourienne gut kennen. Haben Sie schon von der Lieferung erfahren?« Gauthier zögerte, nickte dann aber mit dem Kopf. Clemens führte weiter aus: »Da die Armee mit ihren Planungen genug zu tun hat, sollen wir den Stahl selbstständig nach Magdeburg bringen. Doch wir haben keinen Begleitschutz und fürchten doch, dass der Transport Ziel von Überfällen oder Sabotage werden könnte. Hinzu kommt noch, dass noch nicht sicher ist, ob wir mit den Passierscheinen tatsächlich am gesamten Verlauf der Elbe ungehindert durchkommen. Was geschieht, wenn uns ein schlecht gelaunter Zöllner oder Offizier die Papiere abnimmt? Uns wäre wohler, wenn wir wenigstens ein paar Soldaten dabei hätten. Sie sind doch auch mit Marschall Bernadotte vertraut, haben selbst einen Sergeanten als Schutzbegleiter. Der Gesandte Bourienne müsste doch unseren Argumenten folgen, nicht wahr? Könnten Sie sich für unser Anliegen stark machen?«

»Lieber Herr Maiboom, ich glaube, Sie überschätzen meinen Einfluss. Sehen Sie, ich bin lediglich ein Ideengeber, ein Spezialist für moderne Haushaltsführung und Buchführung. Ich bin von meinem Kaiser berufen worden, um bestimmte Verwaltungen im Einflussgebiet der französischen Armee zu überprüfen. Und das bedeutet mir etwas; es ist eine Pflicht und ich sehe ein Ziel: ein gerechteres, sicheres und freieres Europa für aufrechte Bürger. Ein Gesetzbuch für alle, gleiche, überschaubare Strukturen. Aber ich mache lediglich Verbesserungsvorschläge, ich habe keine Macht, keine Entscheidungsbefugnisse, und mehr noch: Manche derjenigen, die ich beraten soll, lehnen meine Tätigkeit ab, fühlen sich zu Unrecht kritisiert oder wie ein Kind beaufsichtigt. So ist die Lage. Ich kann Sie verstehen, aber wahrscheinlich kann ich Ihnen nicht helfen.«

»Ich bitte Sie inständig. Ich kenne den Sergeanten Paul Maurice, denn er ist bei uns einquartiert. Er und vielleicht noch zwei Soldaten würden doch als Begleitung schon genügen, um die Wichtigkeit des Transportes zu signalisieren. Können Sie nicht auf den Sergeanten für eine gewisse Zeit verzichten und um einen anderen bitten? Maurice spricht gut Deutsch und kennt sich mit Deutschen und dem französischen Militär aus. Er wäre sicher ein guter Mann.«

»Sie sind beharrlich. Ich deute Ihnen noch etwas an. Warum ist der Sergeant Maurice mir wohl zugeteilt? Es ist eine Position ohne Aufstieg, ohne Glanz. Es ist quasi eine Strafe. Maurice war als ganz junger Mann in Lyon, wenn Sie verstehen, was ich meine.« Gauthier machte eine Pause, und er sah den enttäuschten Clemens lange an, der zudem mit dem Hinweis auf Lyon nichts anzufangen wusste. Dann lächelte er. »Also gut. Ich verstehe Sie ja, und für die Armee wäre es wirklich wichtig, dass die Ausrüstung verbessert wird. Sie haben Recht. Ich will versuchen, ob in der Angelegenheit etwas zu machen ist. Doch jetzt sollten wir uns zu den jungen Damen begeben.«

Alle trafen sich nun im Heck des Schiffes bei der mächtigen Ruderpinne des Ewers und Auguste, Clemens und Clothilde breiteten auf dem Kompasshäuschen ihren Reiseproviant aus. Auch Nils Banthien und Jacob Kinau langten kräftig zu. Clothilde hatte Pasteten gemacht, Minna hatte Clemens Mettwurstbrote mitgegeben und Auguste Butterkuchen gebacken. Es zeigte sich, dass der aufmerksame Bergedorfer Kaufmann Pfeffer den Gauthiers ein paar Flaschen seines besonders gelagerten Rotweins zugesandt hatte. Gauthier entkorkte eine Flasche, schwärmte von dem Geschmack und amüsierte sich über das Etikett: Bergedorfer Rotspon, vin *de mon grand cru*, Importeur: H. Poivre.

»Keine schlechte Bezeichnung! Ich unterhielt mich sehr gut mit dem Mann. Wir waren beide der Ansicht, dass man eine Klassifikation der verschiedenen Weine einführen sollte, denn selbst für uns Franzosen ist ja schwer zu durchschauen, was für Weine da in den Fässern der Winzer lagert. Herr Maiboom, würden Sie mich mal nach Bergedorf fahren? Mein Sergeant kennt sich da nicht aus und meine Tochter und ich wollen uns nicht verirren!« Natürlich sagte Clemens zu.

Die Ebbe und der muntere Südwind sorgten für eine zügige Fahrt. Nach dem Mahl hatte sich Gauthier für ein Schläfchen in den Taurollensessel am Bug zurückgezogen. Clothilde genoss die Brise, ließ ihr Haar im Wind fliegen und schien sich nichts aus der Sonne zu machen, während Auguste um ihren Teint besorgt war; mit zunehmenden Alter war sie darauf bedacht, den blassen Teint einer heiratsfähigen Jungfrau zu behalten. Clothilde legte sogar ihre dünne Jacke ab und zeigte sich in einem atemberaubenden Chemisenkleid. Unter dem dünnen hellen Stoff zeichnete sich ihre Figur deutlich ab, und das Dekolleté gab den Blick auf ihre makellose Haut preis. Auguste dagegen trug eine traditionelle helle Bluse, ein dunkelblaues Trägerkleid und eine graue Schürze.

Nils Banthien fielen fast die Augen aus dem Kopf. Dieses Wesen, das jetzt den Kopf in den Nacken legte, die Augen schloss und die Strahlen der Sonne genoss, verzauberte den Jungen wie eine Nymphe den Hirten. »Nils, schieß mal die Festmacherleine am Bug in ordentlichen Buchten auf. Wenn wir später anlegen, soll es keine Vertörnungen geben.« Jacob Kinau riss den Lehrling aus seinen Träumen. Aber auch Clemens' Augen ruhten auf Clothildes Gestalt, während er erneut über ein Gesprächsthema nachgrübelte. Wenigstens wollte er seine Kraft und seine Muskeln zeigen. Er zog seine Jacke auch aus und begann die Großschot des Ewers dichtzuholen. Der Block quietschte und aus den Augenwinkeln konnte Clemens erkennen, dass Clothilde ihre Lider einen Spalt öffnete, um ihm verstohlen bei der Anstrengung zuzuschauen. Der Ewer bekam nun wegen des dichtgeholten Großsegels ein wenig mehr Schlagseite, und das Wasser am Bug plätscherte noch munterer, es schien so, als würde die Fahrt schneller. Während Jacob an der Pinne Kurs hielt, enterte Clemens backbord die Wanten ein Stück den Mast hoch, um nach irgendetwas Ausschau zu halten. Als er wieder zurück an Deck gelangte, wandte er sich an Clothilde und wies sie auf die Fahrwasserbetonnung hin. »Schauen Sie, Clothilde, Hamburg tut etwas für die Sicherheit des Schiffsverkehrs. Diese Tonnen bezeichnen die tieferen Bereiche des Elbstroms, indem sie eine Linie vor dem seichteren Ufer bilden. Immer wieder wird die Elbe ausgelotet, weil die Sandbänke wandern, und die Linie muss dann angepasst, die Verankerung der Tonnen verändert werden.« Clothilde stand auf und ließ sich die Bojen zeigen, wobei sie dicht an Clemens herantrat und über seinen ausgestreckten Arme die Linie entlangpeilte.

Eine höhere Welle ließ den Ewer stampfen und Clothilde musste sich kurz an Clemens' Brust abstützen. Sein Geruch gefiel ihr.

»Es wird frischer, ich möchte mir die Jacke wieder überziehen«, meinte die Französin, als sie sah, dass ihr Vater von seinem Schläfchen erwacht war und sich reckte. Clemens führte sie zum Heck zurück und sie zog sich ihre gehäkelte Baumwolljacke mit dem breiten Schalkragen über ihre bloßen Schultern und Arme. »Werden Sie später Ihre Frau mit auf Schiffs- und Handelsreisen nehmen, Herr Maiboom? Es muss doch sehr spannend sein, die Länder selbst in Augenschein zu nehmen.«

»In Amerika bin ich noch nicht gewesen«, antwortete der junge Kaufmann ausweichend. »Es ist auch nicht immer nötig, selbst zu reisen. Das meiste kann man vom Kontorpult aus erledigen.«

»Warum sind Sie denn nach Spanien gefahren?«

»Da ging es um die Aufnahme neuer Beziehungen. Unser Handelshaus Maiboom kannte die Partner noch nicht, und wenn man mit Silber bezahlen muss, dann will man den Gegenwert genau kontrollieren. Mein Vater hätte sicher auch einen verlässlichen Angestellten schicken können, aber ich sollte wohl auch selbst die nötigen Erfahrungen sammeln.«

»Hätten Sie denn Interesse, nach Amerika zu reisen?«

»Zwei Wochen dauert die Überfahrt, soviel ich weiß, und so ganz sicher ist die amerikanische Küste nicht. Neben den Riffen lauern dort Piraten, Soldaten, die nach dem Unabhängigkeitskampf die Waffen nicht aus der Hand gelegt haben, die nichts anderes können, als anderen zu drohen. Noch ist das Land dünn besiedelt, die Piraten haben geheime Unterschlüpfe und kennen sich aus. Die Briten neiden anderen die Geschäfte mit ihren ehemaligen Kolonien. Auch aus dieser Richtung kann es Ärger geben. Aber trotz aller Gefahren: Reizvoll und gewinnträchtig scheint der Handel mit neuen Staaten zu sein, und es wird sich so verhalten wie überall auf der Welt: Die meisten Menschen sind friedlich gestimmt und leben nach Gottes Wort, wollen nicht rauben, sondern Handel treiben. Mit einem guten Schiff, einem erfahrenen Kapitän würde ich wohl gern einmal nach Westen aufbrechen. Kapitän Sonntag, mit dem ich nach Spanien gesegelt bin, ist schon einmal in Philadelphia gewesen.«

»Nun haben Sie aber noch immer nicht darauf geantwortet, ob Sie Ihre Frau mitnehmen würden.«

»Wenn es wirklich ihr großer Wunsch wäre, mich zu begleiten, und sie das Abenteuer liebte, dann würde ich es tun. Gebe Gott, dass ich ein Weib finde, das ich so lieben kann –«

Das hohe Nordufer von Blankenese lag schon hinter ihnen und senkte sich hinab in die Wedeler und Haseldorfer Marsch. Binsenfelder wogten am Ufer, tote Elbarme, Gräben und kleine Zuflüsse wechselten sich ab, der Strom wurde breiter. »Ich schätze, in spätestens zwei Stunden sind wir am Ziel«, sagte Clemens zu Gauthier, der sich wieder beim Heck eingefunden hatte. Da kam Jacob und kündigte an: »Das Zollboot hält auf uns zu.«

Als sie sich auf Rufweite einander angenähert hatten, erklang aus seinem Schalltrichter die barsche Stimme eines Zöllners mit französischem Akzent: »Drehen Sie sofort bei. Wir wollen Sie untersuchen.« Eine Bugkanone wurde drohend ausgefahren, und französische Marinesoldaten standen mit Gewehren an der Reling. Clemens fierte die Großschot und setzte dann mit Nils zusammen die Fock back, während Jacob das nötige Rudermanöver ausführte. Dann trieb der Ewer langsam seitlich nach Lee und flussabwärts in der Elbströmung. Die mit Kupferplatten beschlagene Schaluppe kam längsseits; ein Offizier und zwei Soldaten sprangen auf den Ewer. Der Offizier hatte den Säbel blankgezogen. »Wer ist Schiffsführer«, fragte er ohne eine Begrüßung.

»Bonjour, Monsieur«, antwortete Clemens. »Mein Name ist Maiboom und ich bin der Schiffsführer. Ich befinde mich ohne Fracht auf dem Weg nach Stade zu rein persönlichen Angelegenheiten. Ich habe nichts zu verzollen und hier sind meine Ausweis- und Reisepapiere.« Die Soldaten hatten unterdessen begonnen, das Schiff zu durchsuchen, öffneten ungefragt den Picknick-Korb, hoben Persennigs an, untersuchten die Sitzgelegenheit am Kompasshäuschen, und einer stieg durch die Luke mittschiffs in den Laderaum. Kaum hatten sich seine Augen ans Dunkel gewöhnt, rief er, als habe er eine besondere Entdeckung gemacht. Triumphierend blickte der Offizier Clemens ins Gesicht und eilte dann zur Luke. Doch wie enttäuscht waren die Franzosen, als sie feststellten, dass in der großen Kiste im Frachtraum nur ein Latrineneimer mit Kalktopf, Torf und Papier standen. Inzwischen hatte Gauthier sich eingeschaltet. Er unterhielt sich mit dem Offizier auf Französisch, lobte sein Pflichtgefühl und seine Aufmerksamkeit, was dem Mann sichtlich schmeichelte, erklärte dann seine Position und zeigte seinen Pass und weitere Papiere vor. Nun salutierte der Uniformierte und wies seine Begleitung an, das Gewehr zu präsentieren. Der Offizier bot Gauthier und seiner Tochter an, sie auf der Schaluppe in die Schwingemündung zu bringen, aber Gauthier lehnte höflich ab. Da kommandierte der Soldat und Zöllner seine Schaluppe wieder heran, verzichtete auf weitere Untersuchungen und wünschte ihnen eine gute Fahrt. Man würde sie zur Schwinge eskortieren. »Sie haben viel zu tun und erledigen nur ihre Verpflichtungen«, entschuldigte Gauthier seine Landsleute.

»Nun, sie hätten allerdings höflicher sein können«, meinte dagegen Clothilde.

Nach einiger Zeit entdeckte die Schaluppe ein neues Ziel am nördlichen Ufer, ein kleines, offenes Fischerboot, und wendete dorthin, während Jacob in die Schwingemündung einfuhr. Längs des Schwinge-Deiches fanden sie einen Platz an den Anlegern. An Land drängten sich ein paar Fischerhäuschen, Werkstätten und kleine Schuppen und am Deichfuß standen sogar zwei Kutscher mit ihren Stuhlwagen bereit, um zahlende Gäste und deren Waren oder Gepäck nach Stade zu kutschieren.

Während Clemens, Auguste, Monsieur Gauthier und Clothilde einen Wagen bestiegen, um in die Stadt zu fahren, blieben Jacob und Nils zurück. Jacob hatte schließlich noch etwas zu erledigen.

In der Stadt trennten sich die Wege von Clemens und Auguste, die gerne die Gauthiers begleiten wollte. Während Clemens am Binnenhafen ausstieg, ließen sich die Gauthiers zum Kommandeur der französischen Soldaten fahren und nahmen Auguste mit. Um drei Uhr wollte man sich beim Rathaus wiedertreffen.

Es dauerte nicht lange, da hatte Clemens beim Schwedenspeicher ein paar Arbeiter gefunden, die ihm den Weg zu dem schäbigen Wirts- und Versammlungshaus der Schiffer-Bruderschaft weisen konnten. Es sollte in der Bungenstraße liegen. Clemens hatte sich schon gedacht, dass dort nach dem Kirchgang etliche Schiffer zu finden seien. Als er in den Versammlungsraum eintrat, erstarben die Gespräche. Der Wirt fragte barsch, was sein Begehren sei. »Ich heiße Clemens Maiboom, komme aus Hamburg und liege mit meinem Ewer in der Schwingemündung. Ich will ganz einfach die Stadt besuchen, mich erkundigen, ob es den Stader Schiffern unter der französischen Verwaltung genauso die Geschäfte verhagelt hat wie uns Hamburgern, und außerdem wollte ich Herrn Ole Hilken besuchen, wenn es den Schiffer noch in Stade gibt.« Nun entschuldigte sich der Wirt, dass er vielleicht abweisend gewirkt hätte: »Wissen Sie, wir haben immer wieder Besuch von merkwürdigen Kiebitzen, die hier Schmuggler vermuten und uns aushorchen wollen. Dann haben wir einen Tag später französische Soldaten oder Zöllner, die alles durchsuchen. Hier verkehren aber nur redliche Leute, die in Ruhe ein Bier trinken wollen. Gut, ich führe Sie zu Ole Hilken.«

Der Wirt führte Clemens im Nachbarraum an einen Fensterplatz, wo ein grauhaariger hagerer Mann in einer Zeitung las. »Herr Hilken, dieser junge Hamburger namens Maiboom möchte Sie sprechen.«

Hilken blickte erstaunt auf: »Maiboom? Mein Vater hatte mal mit einer Familie Maiboom zu tun. Irgendeine Tradition hatte diese Beziehung, gemeinsame Fahrten unserer Vorfahren, so erinnere ich es aus Erzählungen. Oder sind wir gar verwandt? Setzen Sie sich, junger Mann, und erzählen Sie mir, was Sie hierher treibt.«

Clemens ließ sich nieder und bestellte ein Glas Bier: »Ich habe eine alte Handschrift, eine Art Lebenserinnerung eines Ahnen unserer Familie, die ich abends häufig zu entziffern versuche. In dieser Handschrift habe ich mehrfach den Namen Ole Hilken entdeckt. Interessanterweise finde ich denselben Namen auch in den alten Geschäftsbüchern und Papieren aus mehreren Jahrzehnten, die ich derzeit aus unseren Regalen aussortiere. Wir brauchen Platz, weil die wirtschaftliche Lage uns zwingt, das Kontor zu verkleinern. Jedenfalls taucht der Name Ole Hilken immer wieder auf, und ich frage mich, wer dahintersteckt.«

»Ja, die Zeiten sind schlecht. Aber Ihnen und Ihrer Familie scheint es ja noch gut zu gehen, wenn Sie Ihr Kontor nur verkleinern müssen und dazu noch Zeit haben, aufzuräumen und in alten Büchern zu lesen, statt irgendwelche Handlangerdienste verrichten zu müssen. Ole Hilken – ja, das ist eine Tradition in unserer Familie, alle Erstgeborenen heißen bei uns Ole. Aber jetzt erzählen Sie mir bitte auch, was die Familie Maiboom so treibt und warum wir in Ihren Büchern vermerkt sind!«

»Sie haben Frachtaufträge für uns erfüllt. Die Familie Maiboom treibt in Hamburg seit Generationen Handel. Wir haben Parten an großen Handelsschiffen, haben einen eigenen Ewer und eine Jolle, besitzen eigene Speicherhäuser, wobei wir jetzt allerdings eines verkaufen mussten. Die Zeiten sind schlecht, und doch haben wir gerade einen größeren Auftrag erhalten. Wir müssen amerikanischen Stahl aus Ribe holen und nach

Magdeburg und Dresden liefern. Auch deswegen bin ich hier. Ich suche noch kleinere Binnenschiffe für die Elbefahrt nach Magdeburg und Dresden. Wir haben die Hoffnung, dass die Stader Schiffer günstigere Löhne fordern als die Hamburger. Da unsere Familie offenbar so gute Erfahrungen mit den Hilkens gemacht hat, bin ich von meinen Vater beauftragt worden, hier einmal nachzufragen.«

Hilken legte den Finger auf den Mund. »Kommen Sie mit zu mir nach Hause, Herr Maiboom. Da sprechen wir in Ruhe weiter.« Von der Bungenstraße waren es nur ein paar Schritte zu Hilkens Haus am Fischmarkt. Die Fachwerkbalken waren vermoost, der Fugenmörtel zwischen den Backsteinen war herausgewaschen. Wenn man genauer hinsah, konnte man in den verwitterten Schnitzereien der Prunkbalken über dem großen Tor den Namen Holtermann lesen. Sie betraten das Haus durch eine Tür im großen Tor. Die Tür war mit einem eisernen Specht als Türklopfer versehen.

Ole Hilken führte seinen Gast in die Küche, wo seine Frau wirtschaftete, stellte ihm seinen ältesten Sohn Ole vor, der mit Frau und Kindern auch im Hause wohnte, und nahm ihn schließlich mit in das alte Kontor, oben auf der Dielengalerie. Die Regale waren verstaubt und auch an dem Kontortisch hatte offensichtlich schon länger niemand mehr gearbeitet, denn die Tinte in dem kleinen Glasbehältnis war vollständig eingetrocknet, der lederne Tischbezug wies schimmlige Flecken auf und es roch muffig.

Hilken jammerte über die schlechten Zeiten von Stade. Kein Wunder sei es, dass es seiner Familie schlecht ginge: Im Jahre 1712 beutelten eine Belagerung, Bombardierung und Eroberung durch die Dänen sowie eine Pestepidemie die Menschen; 1715 verkauften die Dänen die Stadt an den Kurfürsten von Hannover und damit an die englische Krone. Zeitweise musste die Stadt als Hauptquartier für 3000 englische Soldaten dienen. 1776 hätte die Stadt zwar als Ausschiffungshafen für Wolfenbüttler Hilfstruppen gegen die amerikanischen Unabhängigkeitskämpfer eine gewisse Bedeutung gehabt und es sei mit den

Männern auch Sold in die Stadt und somit Geld in die Kassen der Höker gekommen. Die Stadt hätte dann aber unter ihren Aufgaben als Garnison arg gelitten. Die Sache mit den englischen Schiffen sei ja nun auch vorbei. Der Handel liege am Boden, kaum liefen noch Schiffe den Hafen an, der große Kran sei defekt, dann hätten die Preußen 1801 die Stadt an sich gerissen, seit 1806 wieder die Franzosen. Eine Spinnereiansiedelung sei gescheitert, der Walfang sei vorbei, nachdem amerikanische Kaperer das Stader Schiff vor Grönland gestohlen hätten, denn das neue Schiff »Nicolaus« dürfe nun durch die französischen Verbote nicht auslaufen. In der Schifferbruderschaft würden nur noch alte Männer zusammenkommen.

An jener Stelle hakte nun Clemens ein und fragte, ob denn nun ein Frachtabkommen zwischen den Maibooms und den Hilkens möglich sei. Da lief ein verschmitztes Grinsen über Ole Hilkens Gesicht: »Natürlich, Jammern gehört zum Handwerk. Ich habe zwei Schuten, die gut zum Schleppen mit einem Ewer geeignet wären und später, weiter elbaufwärts, getreidelt und gestakt werden könnten. Zuletzt habe ich so eine Fahrt vor vier Jahren unternommen, als wir Stader Bier nach Brandenburg gebracht und von dort Getreide geholt haben. Über geeignete Treidelstationen weiß ich Bescheid.«

Ole Hilken und Clemens setzten ein Schriftstück auf, in dem alle Eventualitäten und der Schifferlohn genannt wurden, damit Clemens' Vater Caspar Maiboom die Preise vergleichen konnte. »Ole Hilken, es sieht aus meiner Sicht gut aus, es wird voraussichtlich wieder Geschäfte zwischen unseren Familien geben. Sagen Sie mir eins, muss ich mich noch bei anderen Schiffern erkundigen, ob der Lohn für Ihre Hilfe und die Pacht Ihrer Schuten auch angemessen ist? Geben Sie mir Ihr Ehrenwort, dass Sie einen günstigen Preis machen?« Hilken schlug in die dargebotene Hand. Da ließ Clemens nicht los und fragte, wie denn der Getreidehändler hieße, für den Hilken nach Brandenburg gefahren sei. Man merkte Hilken an, dass dieses Nachfragen doch ein wenig beleidigend war, und doch gab Hilken auch hierüber Auskunft, mehr noch, er nannte die Adresse des

Stader Kaufmanns und wies darauf hin, dass Clemens dort gern Erkundigungen einholen könne.

Dann bedankte sich Clemens und versprach, bald eine Botschaft zu schicken, ob und wann der Frachtauftrag zustande käme.

Auf dem Weg zum Rathaus sprach Clemens tatsächlich noch bei dem Getreidehändler vor, der wohlklingende Referenzen für Ole Hilken erteilte. Gerade rechtzeitig gelangte der Kaufmannssohn zum vereinbarten Treffpunkt, als eine Kutsche des französischen Kommandanten von Stade vorfuhr. Gut gelaunt saß der Offizier neben Auguste und gegenüber von Clothilde. Gauthier stellte Clemens vor und der Offizier grüßte gnädig. Dann wandte sich Gauthier auf Deutsch an Clemens: »Herr Maiboom, ich möchte vorschlagen, dass wir sogleich zum Schiff zurückkehren. Wir wurden köstlich bewirtet und meine Fragen wurden fast alle beantwortet. Der Offizier war so freundlich, Ihnen und Ihrer Mannschaft etwas kaltes Huhn und Brot einpacken zu lassen. Bitte, lassen Sie uns zu Ihrem Schiff fahren.« Clemens willigte ein. Allerdings ärgerte er sich darüber, neben dem offenbar holländischen Soldaten in französischer Uniform auf dem Kutschbock sitzen zu müssen. Der Holländer hatte den Auftrag, Umwege am Zeughaus vorbei, an den Befestigungen entlang und durch die Harschenfleth-Siedlung zu fahren, wobei der Kommandant alles kommentierte, als würde ihm die Stadt persönlich gehören.

Jacob Kinau hatte in der Zwischenzeit Nils Banthien in die geplante Schmuggelei eingeweiht. Vorsichtig hatten die beiden die Konterbande aus dem verfallenen Schwinge-Schuppen geholt und in einer Karre unter Segeln verborgen an Bord geschafft. Kaffee, Tee und Gewürze waren in Ölpapier gewickelt und dann in geteertes Leinen eingenäht. Nun lagen die handlichen Päckchen in der Kiste beim Kompasshäuschen verborgen und waren zudem mit schmierigen, nach Fischtran riechenden Lappen bedeckt. Weitere Päckchen befanden sich unter der Ankerkette im Kettenkasten verborgen.

Der französische Kommandant verabschiedete sich galant

von den Damen, höflich bei Gauthier und etwas hochmütig von Clemens. Jacob Kinau und Nils Banthien schenkte er nicht die geringste Beachtung. Der kräftige Südwind gestattete eine zügige Fahrt. Sie fuhren aus dem Nebenfluss der Elbe und wendeten den Bug elbaufwärts. Über den sonnigen Himmel hatte sich ein dichter Schleier hoher Wolken gezogen, die Sonnenstrahlen hatten so keine Kraft mehr, aber der Wind war schwül warm. Endlich waren die Segel richtig getrimmt und Clemens gesellte sich zu Auguste, Clothilde und ihrem Vater, die sich bei Jacob Kinau an der Pinne aufhielten und von dem Kuchen aus dem Proviantkorb aßen. ›Wenn der Franzose wüsste, dass er auf Schmuggelware sitzt –‹, dachte Clemens. ›Ich müsste abstreiten, davon gewusst zu haben und die Sache allein Jacob in die Schuhe schieben. Sonst würde ja das Stahlgeschäft platzen. Oh Gott, nein, bringe mich nicht in solchen Zwiespalt. Gauthier und seine hübsche Tochter werden die Zöllner von ihrer eigentlichen Aufgabe ablenken, falls wir überhaupt noch einmal kontrolliert werden.‹

»Herr Maiboom, haben Sie alles erledigen können?« Clothilde wandte sich an Clemens und lächelte ihn freundlich an.

»Vielen Dank, ja. Und wie hat Ihnen die Stadt gefallen?«

»Der Kommandant hat uns einiges von Stade erzählt. Ich musste mich wundern, dass Stade einmal so bedeutungsvoll gewesen ist. Die Stadt selbst ist ja viel kleiner als Hamburg und die Schwinge erlaubt großen Schiffen nicht, direkt in den Hafen zu kommen. Aber man kann an den Bauten erkennen, dass Stades Bürger einmal gut verdient haben.«

Es reizte Clemens, darauf zu entgegnen, dass an der schlechten Lage der Kaufleute wohl zuallererst Napoleon und seine Kontinentalsperre schuld seien, aber er zügelte seine Zunge: »Es ist ein Unglück, dass der Krieg den Handel behindert. Anstatt Schiffe zu bauen, die verschiedensten nützlichen Gegenstände zu fertigen, Getreide zu säen oder Vieh zu züchten, müssen die Männer nun Soldaten sein. Ich wünschte, die Herrscher der großen Länder würden Frieden schließen und keine Soldaten in den Krieg senden. Sehen Sie, ich bin Hamburger, und meine Vaterstadt hat keine Armee, keine Kriegsflotte und hegte auch keine kriegerischen Absichten. Wir Kaufleute lieben den Wettstreit um günstige Preise, wir bringen unsere Waren in alle Welt und wir holen fremde Waren, um diejenigen zu beliefern, die Wünsche hegen. Das ist der Antrieb, der immer bessere Schiffe geliefert hat, immer genauere Seekarten, der Kaufleute dazu bringt, fremde Sprachen zu lernen, sich fremden Gewohnheiten anzupassen und neue Gegenden der Welt zu entdecken. So können die Menschen voneinander lernen.«

Clothilde lächelte spöttisch: »Dass die Hamburger derart friedlich und selbstvergessen Handel treiben, kann ich nicht recht glauben. Erheben die Hamburger keine Zölle? Ist es nicht üblich, dass elbaufwärts fahrende Schiffe Abgaben an Hamburg zu leisten haben, selbst wenn sie ihre Waren in Hamburg gar nicht ausladen wollen? Führen die Hamburger nicht auch Krieg, indem sie ihre Privilegien bei Königen und anderen Herrschern einfach kaufen und ärmere Städte auf diese Weise vom Handel und Gewinn ausschließen? Heißt Ihr Krieg nicht Handelskrieg? Ich denke, die Welt, oder besser, wenigstens Europa braucht Gleichheit vor den Gesetzen. Das will doch unser Kaiser schaffen: freie Wege für die Waren, gleiche Chancen für alle, gleiches Recht vor den Gerichten. Die Engländer sind doch unsere gemeinsamen Feinde, sie wollen nicht nur die Franzosen von den Weltmeeren ausschließen, auch Hamburger Schiffe dürfen doch nur nach Gutdünken der Engländer nach Amerika oder Afrika aufbrechen!«

»Nennen Sie den Wettstreit der Kaufleute ruhig Handelskrieg, aber Tote haben wir Kaufleute nicht auf dem Gewissen, und Monarchen setzen wir nirgendwo ein. Ihr Kaiser will mit seinen Soldaten vielleicht nur Gutes tun. Doch warum erheben sich die Spanier gegen ihn? Warum haben die Österreicher Krieg gegen Frankreich geführt? Warum setzt Kaiser Napoleon seine Verwandten überall als Gefolgsleute auf den Thron? Wer wurde König von Neapel: sein Bruder Joseph. König der einstigen batavischen Republik: sein Brüder Louis. Dann wechselt der Kaiser nach Belieben, macht er seinen Schwager Joachim Murat zum König von Neapel und den Bruder Joseph zum König von Spanien! Wer ist der König von Westfalen: sein Bruder Jerome! Wie sah es in Neapel und Spanien aus, wer regierte in Holland? Haben die Völker zugestimmt? Ist das das neue Recht?«

Nun mischte sich Clothildes Vater ein: »Herr Maiboom, Sie sind zu sehr Republikaner. Als Hamburger kennen Sie das Wahlrecht schon, aber verwechseln Sie Hamburger Verhältnisse doch nicht mit den Kleinstaaten, sei es nun am Mittelmeer oder auch am Rhein. Da saßen doch verhätschelte Aristokraten, die sich etwas auf ihre Geburtsrechte eingebildet haben und einem Absolutismus frönten, der die arme Bevölkerung aussaugte. Glauben Sie, die waren vom Volk gewählt? Und mit Spanien oder Portugal kann ich kein Mitleid empfinden: Diese Königreiche wollten die Welt unter sich aufteilen, und weder Hamburg noch Frankreich noch sonst wer sollten etwas abbekommen. Kaiser Napoleon setzt natürlich zunächst Personen seines Vertrauens ein, wenn neue moderne Staatsgebiete geschaffen werden. Doch glauben Sie mir, das ist nur eine Übergangsphase, bis der Code civil und die neue Verwaltung es den Bürgern ermöglichen, selbst zu regieren. Die Feinde einer neuen, gerechteren Ordnung sind doch zuerst diejenigen, die von der alten Ordnung profitierten, die Adligen, die Großgrundbesitzer, der alte Klerus. Unser Kaiser hat nichts gegen die Kirche, er säkularisiert nur die Kirchengüter, weil die Priester sich nicht um weltliche Güter, sondern um das Seelenheil und die christliche Moral kümmern sollen!«

»Und warum krönt er sich selbst zum Kaiser?«

»Ach, das ist nur ein Symbol der Tradition für die Alten und Rückwärtsgewandten ohne Wert für die Zukunft. Jetzt brauchen wir einen starken Mann, der Frankreich führt und Europa einigt. Wichtig sind die neue Verwaltung, wirksame Gesetze, Kontrollmechanismen, unabhängige Gerichte. Sobald die neue Verwaltung funktioniert, kann das Parlament seine Rolle einnehmen: Neue Gesetze beraten und die Regierung führt sie aus. Der Kaiser kann dann abdanken oder zugunsten eines gewählten Bürgerpräsidenten zurücktreten.«

Clemens war abgespannt, und er fürchtete, sich als Feind der Franzosen verdächtig zu machen, falls er weitere Argumente suchte. So antwortete Clemens nur noch: »Möge Ihr Kaiser tatsächlich so weise sein und möge Ihre Verwaltung wirklich zum Wohle der Völker funktionieren. Ich weiß nur eines sicher: So wie es derzeit um Hamburg steht, sollte es nicht mehr lange bleiben. Möge es bald Frieden geben!«

Das war ein gutes Schlusswort. Clemens schaute Clothilde ins Gesicht, und das erste Mal sah er ihr an, dass ihr seine Rede gefallen hatte. In diesem Moment wies Jacob Kinau auf das Zollboot hin. Die Schaluppe, die sie schon am frühen Morgen getroffen hatten, lag eine viertel Meile voraus in der Mitte des Stromes. Sie hatte einen Schuss aus ihrer Bordkanone abgegeben. Der Knall verhallte schnell, ein Pulverwölkchen wurde vom Winde verweht.

»Auf wen schießen sie?«, fragte Clothilde ängstlich. »Gibt es eine Gefahr für uns, sind Flusspiraten oder gar Engländer die Elbe heraufgekommen?«

Nils Banthien, der am Klüverbaum hoch aufgerichtet nach der Ursache des Schusses Ausschau hielt, rief dann: »Seht, sie jagen einen kleinen Ewer oder eine größere Jolle. Jetzt haben die Zöllner dem Boot den Weg in die Binnenelbe abgeschnitten. Es kommt auf uns zu.« Offenbar hatte das Boot versucht, gegenüber von Lühesand in das Gewirr von flachen und engen Altarmen der Elbe in der Haseldorfer Marsch zu gelangen. Aber die Zollschaluppe war schneller gewesen und konnte die Einfahrt der Jolle in die Seitenarme der Elbe durch Schüsse verhindern. Der Jollenführer war in den Hauptstrom zurückgekehrt und versuchte jetzt die Flucht elbabwärts und mit dem Südwind raumschots gegen die einsetzende Flut, gefolgt von der Schaluppe, die nun trotz der Tidenströmung wegen ihrer großen Segelfläche schnell aufholte. Die Jolle, ungefähr 20 Fuß lang, wurde von drei jungen Leuten gesegelt. Einer schmiss hastig Kisten und Säcke über Bord, um das offene Boot zu erleichtern und die Fahrt zu beschleunigen. Ganz offensichtlich waren es Schmuggler, die um keinen Preis den Zöllnern in die Hände fallen wollten.

Jacob legte den Kurs so, dass sie sowohl weg von den Schmugglern als auch weg von der Schaluppe kamen, die sich erneut für einen Schuss mit der kleinen Bugkanone bereit machte.

Die verzweifelten Männer auf der Jolle schossen sogar mit einer Jagdflinte in Richtung der Schaluppe, ohne jedoch die Kanoniere zu treffen. Eine Wasserfontäne stieg in der Nähe der Jolle hoch, als die nächste Kanonenkugel ihr Ziel verfehlte. Die Jolle lief immer langsamer gegen die Flut, und die Schaluppe kam näher und näher. Da legte der Rudergänger das Ruder um, die Jolle wendete und versuchte nun mit elbaufwärts gerichtetem Kurs hoch am Wind das südliche Ufer zu erreichen. Jetzt unterstützte die Flut den Kurs, aber der kräftige Südwind lag hoch an und die Jolle krängte stark. Die Jollenbesatzung hoffte wohl, dass die Schaluppe nicht so hoch am Wind laufen könne, doch der Schaluppenkapitän hatte das Manöver sofort durchschaut. Die Schaluppe wendete nicht, sondern lief ebenfalls hoch am Wind elbabwärts. Die Schiffe kamen einander immer näher. Geschossen wurde wegen der starken Krängung beider Schiffe nicht. Die Besatzungen waren mit dem Segeltrimm beschäftigt, setzen die Schoten durch. Die Bugwellen der Kontrahenten zerstieben zu Gischt, beide Schiffe stampften und nahmen Wasser über. Endlich musste der Jollenführer einsehen, dass es kein Entrinnen gab. Er fierte das Großsegel und schien aufzugeben. Die Schaluppe nahm jedoch kein Segel weg. Mit voller Fahrt lief sie auf die Jolle zu. Diese hatte nun auch die Fock fliegen lassen, sie trieb nur noch in der Flut. Der Rudergänger saß an der Pinne, und die beiden anderen waren aufgestanden und hielten die Hände hoch. Hatten die Zöllner das Zeichen zur Aufgabe nicht gesehen? Es waren kaum Männer an Bord der Schaluppe zu erkennen. Mochten sie sich seit dem Flintenschuss hinter der Reling verstecken? Es war deutlich ein Kollisionskurs, den das Zollschiff fuhr. Verunsichert nahmen die Schmuggler nun wieder die Schoten in die Hand und versuchten auszuweichen, doch die Schaluppe korrigierte den Kurs und hielt erneut genau auf die Jolle zu. Fassungslos waren Clothilde und Auguste an die Bugreling des Ewers getreten und mussten mit ansehen, wie die Jolle schließlich über den Haufen gefahren wurde. Der mit Kupfer beschlagene Bug der Schaluppe ließ das Holz des offenen Bootes splittern, die Wanten des Mastes rissen, der Mast fiel samt Segel über Bord und der Rumpf wurde völlig unter Wasser gedrückt. Die Schaluppe verlor dabei kaum an Fahrt. Das Wrack schien sich am Kiel des Zollbootes zu verfangen, denn der große Segler schwankte ein paar Mal. Dann fuhr er eine Wende und lief wieder elbaufwärts. Nun tauchten Wracktrümmer auf, Planken, Ballen, Kisten, das Großsegel, aber nirgendwo waren Köpfe von Schwimmern zu sehen.

An Bord der Schaluppe tauchten jetzt an der Heckreling zwei Männer auf, die verstohlen nach dem Wrack sahen. Das Zollboot entfernte sich unter voller Besegelung rasch von dem Unglücksort.

»Was ist mit den Männern des kleinen Bootes?«, rief Clothilde entsetzt.

Gauthier zuckte mit den Schultern: »Die schwimmen an Land. Ihr Schmugglerschiff ist zerstört, die Konterbande ruiniert. Sollen sie froh sein, dass sie nicht ins Zuchthaus kommen. Die Sonne hat sich verzogen, der Wind ist frisch. Herr Maiboom, ich hoffe, Sie haben nichts dagegen, wenn ich mich in meinen Rock hülle und noch ein wenig in dem bequemen Bugsessel ruhe.« Ohne eine Antwort abzuwarten, zog sich der Franzose zu dem Lager aus Tauwerk vom Vormittag zurück. Clothilde starrte ihren Vater fassungslos an. Doch dann wandte sie sich fordernd an Clemens: »Herr Maiboom, Sie müssen nach den vermeintlichen Schmugglern suchen. Ich kann mir gar nicht erklären, was da passiert ist. Warum kümmern sich die Männer des Zollschiffes nicht um das Leben der Schmuggler? Wie kann man nur so menschenverachtend sein? Wir müssen diesen Menschen helfen, sie sollen nicht ertrinken! Halten Sie an! Kommen Sie, Auguste, wir halten nach den Männern Ausschau.« Damit zog sie Auguste zu den Wanten an der Backbordreling, und stieg ein Stück in den Wanten nach oben, um bessere Übersicht über die wellenbewegte Wasserfläche zu bekommen.

Clemens war unschlüssig, was er tun sollte. Er konnte den Ewer nicht einfach anhalten. Die Flut, die gegen den Elbstrom anlief, die von Sandbänken verursachten Wirbel und Strömungen und der kräftige Südwind erschwerte jedes Manöver.

»Ein Gewitter zieht auf, Clemens. Wir können nicht nach den Leuten Ausschau halten«, riet Jacob seinem Freund mit leiser Stimme. »Die Franzosen beobachten uns bestimmt. Bedenke, was wir hier selbst versteckt haben. Die Kerle haben schließlich auf eigenes Risiko geschmuggelt, sollen sie die Suppe selbst auslöffeln. Entweder sind sie längst ersoffen oder sie schwimmen irgendwo ans Ufer. Geh nach mittschiffs und beruhige die Frauenzimmer.«

Während Clothildes Vater scheinbar im Windschutz der Bugaufbauten schlief, hielt Clothilde erregt und angestrengt Ausschau. Auguste versuchte sie zu beruhigen: »Es nützt doch nichts, wenn Sie noch ins Wasser stürzen. Ich glaube, es zieht ein Gewitter auf, wahrscheinlich müssen wir bald Segel reffen. Sehen sie, Wind und Strömung treiben die Teile auseinander und nirgends ist ein Mensch zu sehen, dem wir helfen könnten. Bestimmt sind die Männer schon Richtung Ufer unterwegs und wir sehen hier nur noch die treibenden Trümmer. Lassen Sie Nils Ausschau halten.« Der Junge hegte ebenfalls den herzlichen Wunsch, ein Opfer aus dem Strom zu retten. Er war an der weiblichen Schönheit vorbeigeklettert, hatte den Geruch ihres Parfüms wahrgenommen und war davon betört bis zur Saling gelangt, auf der er nun mit bloßen Füßen stand, eine Hand lässig am Tauwerk, die andere beschattete die Augen, die suchend über die graue Wasserfläche mit den weißen Gischtfahnen blickten. Er fühlte sich wunderbar und bewundert, wie er die stampfenden Bewegungen des Ewers in den Wellen ausbalancierte.

Clemens bewegte sich nach mittschiffs, immer noch unschlüssig, was zu tun sei und was er sagen sollte. Er sah Clothilde in den Wanten, ihre Fesseln und Waden, denn der Wind hatte den Saum ihres leichten Kleides gehoben. Doch dann zwang er sich zu einem Entschluss: »Nils, komm herunter, wir müssen reffen.«

»Aber Herr Maiboom, der Wind nimmt doch ab.«

»Das macht er immer, bevor ein Gewitter losbricht.«

»Ich glaub aber, da schwimmt einer. Sehen Sie doch, in nordwestlicher Richtung, in Höhe der großen Weide am Ufer.«

»Keine Widerrede, komm jetzt runter, wir müssen das Reff einbinden. Bitte kommen Sie auch herunter, Clothilde. Ein Unwetter zieht auf, wir müssen jetzt an die Sicherheit unseres eigenen Schiffes denken.«

»Können wir nicht noch schnell dem schwimmenden Mann zu Hilfe kommen?«

Clemens ärgerte sich, er wollte keine Debatte, er war der Schiffsführer. Mochte der Wind tatsächlich nachgelassen haben, die Wellen waren noch immer wegen der Flut und der Strömungen an dieser Stelle zwischen den Sandbänken kabbelig. Nils sollte ihm gehorchen. »Komm jetzt sofort herunter, Nils, das ist ein Befehl.« Clemens' Stimme überschlug sich vor Wut. War Nils abgerutscht, hatte der Junge sich erschrocken, Nils stürzte mit einem Schrei von der Saling, fiel knapp an der Reling vorbei ins Wasser – statt auf Deck aufzuschlagen – und tauchte tief in die Elbe ein. Wie durch ein Wunder schlief zu diesem Zeitpunkt der Wind fast ganz ein, doch der Ewer hatte noch so viel Fahrt, dass er sich stetig von der Unfallstelle entfernte. Wütend gab Clemens Clothilde die Schuld: »Das haben Sie nun von Ihren Rettungsversuchen, der Junge ist ja ganz kopflos. Ich weiß nicht einmal, ob er schwimmen kann.« Ohne eine Antwort zu geben, zog Clothilde ihre Jacke aus und sprang nun auch über Bord, um zu der Stelle zu schwimmen, an der Nils versunken war, ja sie tauchte sogar unter, weil Nils noch immer nicht an die Oberfläche gekommen war. Clothildes Vater war aufgesprungen und lief zur Reling. Angsterfüllt suchte er seine Tochter; da tauchte sie mit Nils zusammen wieder auf. »Behalten Sie Ihre Tochter im Auge, wir müssen jetzt ein Manöver fahren«, rief Jacob mit lauter, aber beruhigend fester

Stimme. Er legte die Pinne, dass der Ewer mit dem Bug in den schwachen Wind drehte, Auguste und Clemens warfen die Fockschot und die Großschot los, dann ging der Ewer langsam über Stag und die schlaffen Segel wurden nun erneut getrimmt. Nur wollten sie sich im einschlafenden Wind nicht so recht füllen. Trotzdem konnte Jacob langsam auf die im Wasser treibenden zusteuern. Gottlob war Clothilde bereits bei Nils angelangt und beruhigte den erschrockenen Jungen, der sich mühsam über Wasser hielt.

»Herr Gauthier, halten Sie eine Leine zum Bergen bereit. Clemens, Auguste, löst das Großfall und bindet drei Reffs ins Segel. Es wird nicht mehr lange dauern, dann bricht das Gewitter los.« Ein Grollen war bereits zu hören und am nördlichen dunklen Himmel zuckten die ersten Blitze.

Im Schneckentempo bewegte sich der Ewer auf Clothilde und Nils zu, während Clemens und Auguste hastig das Fall des Großsegels fierten, das Großsegel ordentlich am Großbaum falteten, mit dem Bindereff befestigten und die Segelfläche somit um zwei Drittel kürzten. Nur durch den Vortrieb der schlaff gefüllten Fock glitt der Ewer auf Nils und Clothilde zu. Die beiden griffen nach der Leine, die Gauthier ihnen zuwarf. Dann kam ihnen Clemens zu Hilfe; er befestigte eine Leine an zwei Belegnägeln in der Reling, knotete rasch mehrere Pahlsteks hintereinander und ließ die Strickleiter ins Wasser. Zuerst kam Nils daran hoch; die beiden Männer zogen den völlig verstörten Jungen über die Reling. Blass und kraftlos hustend sank der Junge an Deck.

Ihm folgte Clothilde, wobei diese keineswegs verstört oder geängstigt schien; im Gegenteil, sie war zu stolz, Clemens' dargebotene Hand zu ergreifen, sondern kletterte mit eigener Kraft über die Leiter an Deck und reckte sich danach in ihrem nassen Kleid, das Kinn erhoben. Wie schön sah sie aus, das dünne Kleid klebte an ihr wie eine zweite Haut, die nassen Locken ringelten sich wie Wasserschlangen um ihren Hals. Auguste forderte sie freundlich auf, mit unter Deck zu kommen. »Es wird sich sicher ein Tuch zum Abtrocknen finden. Clemens, Jacob, wo finde ich trockene Kleidung?« Clemens stieg mit den Frauen unter Deck in die winzige, niedrige Kammer, in der nur zwei schmale Kojen und ein Tisch Platz hatten und in der man nicht aufrecht stehen konnte, zog eine Kiste unter der einen Koje hervor, und darin fanden sich ein spakiges, blauweiß gestreiftes Fischerhemd aus Leinen und eine braune zerlöcherte Baumwollhose mit Teerflecken. »Es tut mir Leid, Clothilde. Ich war so aufgeregt. Sie waren sehr mutig. Ich hätte an Ihrer Stelle springen sollen. Ich bewundere Ihren Mut. Haben Sie vielen Dank für Ihre Tat, wenn Nils etwas passiert wäre ... Ich wäre verantwortlich gewesen, ich hätte seinen Eltern ... Es ist mir peinlich, Ihnen nur diese schäbigen Sachen anbieten zu können. Äh, ich muss jetzt wieder an Deck.« Während Auguste Clothilde beim Ausziehen half, ihr die faserige Decke und ein Laken von der einen Koje zum Abtrocknen reichte, turnte Clemens wieder an Deck. Nils hatte sich inzwischen gefasst und folgte den Anweisungen Jacobs, die Fock zu wechseln. Gauthier half ihm beim Bergen und Zusammenlegen und Clemens holte die Sturmfock aus der kleinen Segelkammer im Bugaufbau. Fieberhaft arbeitete er mit Nils daran, die Stagreiter aufs Vorstag zu setzen, den Kopf und Hals mit Schäkeln zu befestigen und dann die Sturmfock zu setzen. Nur war jetzt völlige Windstille bei Flut und Wellengang.

»Verdammt, wir treiben«, rief Jacob am Ruder. »Wenn nicht bald Wind aufkommt, müssen wir den Anker schmeißen, bevor wir auf die Sandbank gesetzt werden.« Sie trieben jetzt querab von Wedel und auf eine flache, grüne Insel zu, die inmitten der Elbe lag. Im Sommer lebten dort nur ein paar Schweine und Ochsen zur Mast. Südlich der Insel lag jetzt die Zollschaluppe mit stark gerefften Segeln vor Anker.

Der Ewer trieb in dem unruhigen Wasser schaukelnd quer zum Strom, das Ruder reagierte nicht, die Segel schlugen an den Mast. Gerade wollte Jacob das Kommando zum Ankerwerfen geben, da kam von Norden ein silberner Vorhang Regen auf sie zu, Windböen zerzausten die Wellen, es wurde dunkel und donnerte, dann erhellten gleißende Blitz die Flusslandschaft. »Es geht los, Clemens, an die Schoten! Auguste und Nils, schnell, macht die Luke vorne zu und lascht die Persenning fest darüber.« Jacob gab wie selbstverständlich die Kommandos, denn er war der erfahrenste Seemann. Auguste hatte in der kleinen Kajüte unter Deck einen Ölmantel gefunden und angezogen. Im prasselnden Regen kroch sie auf dem nun erneut in den Wellen tanzenden Ewer nach vorne, zog mit Nils Hilfe den Lukendeckel in Position und laschte mit Zeisingen eine Persenning darüber. Die Wellen brachen sich am Vorschiff und schlugen über das Deck.

Der Wind hatte gedreht und die heftigen Gewitterböen peitschten das Schiff trotz gerefften Großsegels und Sturmfock in schneller Fahrt elbaufwärts. Die Ufer waren in dem dichten Regen nur auszumachen, wenn die Blitze ihren Weg vom Himmel in den Grund suchten. »Halten Sie sich von Mast und Wanten fern. Wenn der Blitz bei uns einschlägt, läuft die Elektrizität über die nassen Fallen am Mast und die Wanten. Ich hab schon Männer tot umfallen sehen, die sich an den Wanten festhielten, als der Blitz einschlug«, brüllte Jacob Gauthier zu, der genau wie Clemens und Nils von Auguste mit Ölmänteln versorgt wurde. Auguste musste ihren dafür wieder ausziehen und verzog sich durch den kleinen Niedergang unter Deck zu Clothilde.

In den stärksten Böen mussten Nils und Clemens die Schoten fieren, denn der Ewer krängte so, dass in Lee das Wasser über die Reling schoss; dann hieß es danach gemeinsam die Schoten wieder dichtholen, auch Gauthier packte mit an. Trotz der Taljenübersetzung und der kleinen Sturmsegelfläche war es eine ermüdende Plackerei. »Wir könnten noch einen Mann mehr gebrauchen«, brüllte Jacob in den Sturm. Er musste die lange Pinne mit beiden Händen halten und sich mit den Füßen in die Grätings stemmen, um das Schiff noch zu steuern. Das Falkensteiner Ufer näherte sich, aber auch die gefährlichen Sände vor der Estemündung und der Süderelbe. Über den Sänden stand eine heftige Dünung. Jacob hatte gut daran getan, den Kurs so hoch wie nur irgend möglich am Wind anzulegen, denn jetzt machte sich endlich die Nähe des schützenden nördlichen Steilufers bemerkbar, die Zahl der Böen nahm ab, der Wind wehte schwächer.

Als sie Blankenese passiert hatten, war das Gewitter vorübergezogen. Am südlichen Himmel gab es noch Wetterleuchten, der Donner verhallte leise und der Regen ließ nach, bis er schließlich ganz aufhörte. Der Himmel riss auf und ein friedliches Abendrot wurde zwischen den Wolken sichtbar. Wie ein Spuk war das Gewitter über sie hereingebrochen, und ebenso plötzlich endete es auch. Clemens öffnete die Luke zum Niedergang neben dem Kompasshäuschen. »Auguste, Clothilde, das Unwetter ist vorbei. Kommt an Deck.« Auguste lächelte und half der seekranken Clothilde an Deck.

Das Unwetter war abgewehrt, doch ein Hindernis stand Clemens und Jacob noch bevor: Der Zoll am Niederbaum. Hoffentlich stand ihnen nicht jetzt noch ein Unglück bevor. Ob noch derselbe Zöllner Dienst hatte wie am Morgen? Nein, ein anderer kam aus dem Unterstand am Steg des Niederbaum und winkte sie heran. Nils und Clemens brachten die Fender aus und Jacob legte den Ewer gegen den Steg. Hatte der Zöllner Langeweile? Er ließ sich nicht die Papiere heraufreichen, sondern sprang auf das Deck. Clemens zeigte seine Papiere vor, erklärte den Grund seiner Fahrt und versicherte, keine Ware an Bord zu haben.

Gauthier erhob sich von der Backskiste neben dem Kompasshäuschen und sprach den Zöllner auf Französisch an: »Monsieur, tun Sie nur Ihre Pflicht, untersuchen Sie das Schiff. Wir sind zwar sehr abgespannt, nach dem Unwetter, aber überzeugen Sie sich, dass wir tatsächlich keine Contrebande versteckt haben. Hier zum Beispiel in dieser Kiste«, er hob den Deckel an, »hier werden alte Öllappen aufbewahrt. Ob wohl etwas darunter verborgen ist? Bedienen Sie sich.«

Jacob wurde aschfahl. Der Zöllner näherte sich. Er hatte eine Art Spazierstock dabei und wollte gerade mit diesem Stock in der Kiste stochern, als Clothilde es nicht länger aushalten konnte; ihr war die stickige Kajütenluft nicht bekommen und das Heben und Senken des Schiffes am Steg, das markerschütternde Knarren und Quietschen der Fender an den Dalben des Holzsteges, all die Aufregung der letzten Stunden. Sie stürzte zur Reling und erbrach sich. Mochte der Zöllner sich auch über den merkwürdigen Aufzug wundern, Gauthier erklärte nun süffisant: »Monsieur, darf ich Ihnen meine Tochter vorstellen? Bitte verzeihen Sie ihr.« Statt zu antworten, lüftete der Mann nur kurz seine Mütze und stieg wieder auf den Steg, winkte sie dann weiter.

Alle waren erleichtert, als sie sich am Liegeplatz des Ewers voneinander verabschiedeten. Clothilde ging es wieder besser und Gauthier bedankte sich für die Ausfahrt: »Herr Maiboom, es war eine sehr lehrreiche Fahrt. Weder meine Tochter noch ich werden in Zukunft die Elbe lediglich als einen Fluss betrachten. Die Elbe verdient so viel Achtung wie ein Meer. Möge die Zukunft glücklicher für alle Segler auf der Elbe verlaufen! Vielen Dank für die Fahrt, und besuchen Sie uns einmal zu Hause, Herr Maiboom! Ich habe Ihre Wünsche bezüglich des Stahltransportes nicht vergessen. Lassen Sie uns die Sache bei einem Glas Wein noch einmal bereden.« Gauthier hielt eine vorbeifahrende Mietdroschke an und nahm auch Auguste noch mit. Nils, Jacob und Clemens aber begaben sich in das Maiboom'sche Haus, um sich von Minna ein kräftiges Abendbrot herrichten zu lassen.

Liebe Großmama,
nun bin ich schon fast ein Jahr bei Papa in Hamburg. Ich vermisse Sie sehr, Sie und Ihre Ratschläge. Ich vermisse Robert und seine heiteren Freunde. Ich vermisse Paris, die Gerüche der Stadt im Sommer, bei Regen, auf den Märkten, an der Seine, die Volksfeste in den Straßen.
Aber ich habe meinen Schritt, nach Hamburg zu gehen, nicht bereut. Bei aller Fremdhaftigkeit ist das Leben hier sehr interessant.
Ich hatte doch auch den dringenden Wunsch, etwas Nützliches zu tun und nicht wie der Singvogel in Monsieur Garottes

Voliere gefangen zu sein. Hier kann ich Papa bei seiner Arbeit unterstützen; er schüttet mir sein Herz über die veralteten Strukturen der Hamburger Verwaltung aus, das undurchsichtige Steuerwesen, die Borniertheit der reichen Senatoren, und so lerne ich nebenbei eine Menge. Aber ich will doch auch gern selbst etwas für die französische Sache tun; darum habe ich Robert immer beneidet, dass er etwas lernt, auf das er einmal stolz sein kann und das er wird einsetzen können für Frankreich.

Frau Sieveking, eine vornehme Kaufmannswitwe, hat Papa und mich zu ihrem Sommerfest eingeladen. Dort habe ich einen jungen Mann aus einer alten Hamburger Kaufmannsfamilie kennen gelernt. Er hat mit viel Erfolg spanischen Wein auf einem Handelssegler durch den Kanal gebracht und ist den englischen Kaperfahrern immer entwischt. Er sieht gewandt und schlank aus, trug an dem Abend einen eleganten spanischen Anzug und starrte mich immer an, als wenn ich ihn sprachlos machte. So war das Gespräch mit ihm auch nicht sehr aufregend. Das Wenige, was er sagte, reizte mich zu Widerworten, aber dann hat es sich dennoch ergeben, dass er mich höflich im Garten begleitete. Das Sommerhaus der Sievekings liegt an dem mächtigen Strom der Elbe und bei diesem Anblick habe ich den Wunsch ausgesprochen, einmal eine Schiffsfahrt zu unternehmen. Da lud er Papa und mich ein, mit einem Schiff seiner Familie einen Ausflug zu der elbabwärts gelegenen befestigten Stadt Stade zu unternehmen. Papa kam diese Einladung gelegen, denn im Zuge seiner Aufgaben zur Vereinheitlichung der Verwaltung in den besetzten Gebieten wollte er sowieso schon des Längeren nach Stade fahren.

Vor einigen Tagen unternahmen wir diesen Ausflug, und es war sehr aufregend. Bedrückend empfand ich die Situation in Stade, denn die Stadt leidet anscheinend noch mehr als Hamburg unter den schlechten wirtschaftlichen Bedingungen, die durch die Handelssperre entstanden sind.

Wie sollen die Bürger der besetzten Gebiete begreifen, dass wir ihnen Freiheit und Verbesserungen bringen, dass die Englän-

der an der misslichen Lage schuld sind, wenn es ihnen keiner erklärt?
Die Fahrt auf der Elbe war wunderschön und wild. Das Meer ist noch recht weit entfernt von der Stadt Hamburg und doch saugt die Ebbe am Strom, dass alles mit hoher Geschwindigkeit flussabwärts treibt, und die Flut kehrt die Flussrichtung um, obwohl der Strom doch so viel Wasser auf dem Weg von Böhmen, Sachsen und Preußen sammelt. Ich habe mich gefragt, ob ich die Elbe schwimmend durchqueren könnte. Von einem Ufer zum anderen ist es schon eine recht lange Strecke, wohl 1 Meile breit, voll von Strömungen und Strudeln zwischen den Sandbänken. Dann hat mir auch noch die Cousine des jungen Kaufmanns Maiboom, die uns auf dem Ausflug begleitete, von mannslangen Fischen erzählt, die in der Elbe gefangen werden, Störe und Lachse und Hechte.
Auguste, die Cousine des Herrn Maiboom, war mit ihrem Vater, einem Kapitän für große Handelssegler, oft auf weiten Reisen. Nun staunen Sie, wenn ich erzähle, dass Auguste in der Lage wäre, ein Schiff selbst zu führen. Nach meinem Eindruck ist es in Hamburg weit mehr akzeptiert, wenn Frauen Geschäfte führen und bei der Haushaltung ein gewichtiges Wort mitreden, als bei uns in Paris. Ob das damit zusammenhängt, dass Hamburg tatsächlich eine lange bürgerliche Tradition hat und keine Aristokraten mit höfischen Moden und Gepränge den Frauen die Köpfe verwirrten? Wenn eine Hamburgerin erbt, dann kann sie über das Vermögen bestimmen. Das macht selbstbewusst! Die Frauen reden hier bei Gesellschaft ganz anders mit. Und trotzdem bemerke ich auch in dieser Stadt, dass die Männer sehr von sich eingenommen sind.
So eitel wie die Pariserinnen sind die Hamburgerinnen jedenfalls nicht. Ich muss gestehen, dass ich viel übrig habe für die neuen leichten Kleider nach Art griechischer Gewänder! Ja, mir macht es sogar Spaß, wenn die Herren mich betört betrachten. Ach, gern hätte ich in dieser Hinsicht Ihren Rat, Großmama. Die dürre Auguste mag eine tüchtige junge Frau sein,

deren seemännische Künste ich bewundere, als Freundin scheint sie mir jedoch nicht geeignet.
Papa kann ich in gewissen Fragen auch nicht bemühen. Er lebt ja nun schon seit Jahren mehr oder weniger von Mama getrennt, was ich auch verstehen kann. Sehr unangenehm war es mir jedoch kürzlich, als er spät nach Hause kam und ich etwas bemerken musste. Ich teile es Ihnen mit der Bitte der Geheimhaltung mit und auch nur, weil es Ihr Sohn ist; jemandem anderen würde ich es nicht verraten! Ich konnte nicht schlafen und wartete auf ihn, um ihn mit einem leichten Abendessen zu überraschen. Doch als er zur Tür hereinkam, erschien er keineswegs hungrig. Er schwankte leicht und der Atem roch nach Branntwein, mehr noch, sein weißer Kragen verströmte billiges Veilchenparfüm und war eindeutig mit Puder und Rouge verschmiert, die Knöpfe seiner Weste waren unregelmäßig zugeknöpft. Ich wusste nicht, wie ich darauf reagieren sollte und zog mich zurück, um ihn nicht zu blamieren. Am nächsten Morgen haben wir nicht davon gesprochen und auch sonst nie mehr.
Insofern bin ich sehr traurig, dass die Einsamkeit, die ich in Paris so häufig empfand, hier auch nicht verschwand. Von Papa hatte ich mir mehr Gemeinsamkeit erhofft. Außerdem bleibt mir etwas verborgen, was mir geheimnisvoll erscheint, über das ich gern mit Ihnen reden würde. Sie sagten mir, ich sollte lustvoll leben, aber mit wem sollte ich sonst über etwas wie Lust sprechen? Die Gedichtbände, die ich in Vaters kleiner Bibliothek fand, ergehen sich in Liebesschwüren und Andeutungen. Dort ist von Verlangen zu lesen, von griechischen Nymphen. Oder soll ich von den Bildern in den Galerien reicher Kaufleute lernen? Von Bildern schamloser Nacktheit? Soll ich die Höllendarstellungen auf Kirchenbildern studieren?
Großmama, seien Sie mir nicht böse, wenn ich so sprunghaft bin, doch nun drängt es mich, den Faden an der Stelle wieder aufzunehmen, an der ich ihn viele Zeilen vorher verlor: Auf der Elbe! Das französische Zollschiff, eine Schaluppe mit Kanonen bestückt, kreuzte vor uns auf der Suche nach Schmugglern.

Die Kontinentalsperre reizt die beschäftigungslosen Menschen hier und die Armut sowieso, die Konterbande bringt hohe Gewinne. Das Zollschiff hat vor unseren Augen drei sich ergebende Männer in einem armseligen Segelprahm mit Absicht über den Haufen gefahren: Der Prahm wurde zerstört, die Männer versenkt. Ich war und bin empört, doch Papa verbietet mir, davon zu sprechen. Ich hätte noch unnachgiebiger von Herrn Maiboom die Suche nach den Opfern verlangt, wenn nicht ein Gewittersturm aufgezogen wäre. Dabei stürzte ein junger Lehrling in die Elbe. Ich sprang, ohne an die schrecklichen Störe zu denken, in die Fluten, packte ihn beim Hemdkragen und hielt ihn über Wasser, bis das Ausflugsboot uns wieder auffischte. Um es sofort zu sagen, das Unwetter überstanden wir glücklich. Sie hätten mich sehen müssen, als ich in dem nassen Kleid wieder an Deck des Ewers stand – und dann, als ich geliehene Fischerkleidung trug. Trotzdem, ich glaube, ich habe dem erfolgreichen Kaufmannssohn sehr imponiert!
Er hat uns seitdem sogar schon zwei Mal besucht, mir Blumen und Konfekt mitgebracht, aber dann Geschäftliches mit Vater besprochen. Vater schickte mich dabei aus dem Zimmer. So kann ich nicht wissen, ob der junge Maiboom hauptsächlich meinetwegen kam oder wegen der Belange des Handels. Mir ist es aber gelungen, dem jungen Herrn eine Einladung zum Empfang anlässlich des Geburtstags unseres Kaisers zu verschaffen. Papa will mich dahin ausführen und mich mit französischen Offizieren bekannt machen. Er preist sie so an, dass es mir verdächtig ist. Sie wissen, Großmama, dass ich mich nicht verbandeln lassen möchte, schon gar nicht mit einem, der demnächst in den Krieg ziehen muss und mich zurücklässt.
Von Vater trennt mich seit dem Vorfall mit dem Zollschiff mehr, als ich vor meiner Reise aus Paris hierher ahnte. Er, der sich doch dem Fortschritt und der Entwicklung eines modernen Staatswesen verschrieben hat, verschloss die Augen und spielte die Ungerechtigkeit herunter. Er, der Mamas Neigungen zu Galanterie und koketten Spielereien in der Pariser Gesellschaft so schwer ertrug, scheint Gefallen an billigen Flittchen zu

finden. Und nun muss ich auch noch den Verdacht hegen, dass er mich mit französischen Offizieren zusammenbringen will, weil ein hanseatischer Kaufmannssohn mich einmal ein wenig verzehrend ansah. Oh, es ist sehr schwer, den eigenen Weg in die Zukunft zu finden.
Jetzt habe ich so viel von mir geschrieben! Liebe Großmama, hoffentlich geht es Ihnen gut!
Es grüßt Sie herzlich
Clothilde

15. August 1808

Kaiser Napoleons Geburtstag

Clemens fühlte sich sehr unwohl und unsicher. Noch am Vormittag hatte er mit seinem Vater über das Stahlgeschäft gesprochen. Der dänische Gesandte Rist hatte dem Vater geraten, einen Partner in Ribe zu suchen, der den Stahl mit einem Segler dicht an der holsteinischen Küste und dem holsteinischen Elbufer entlang bis ins dänisch regierte Glückstadt und dann ins französisch verwaltete Stade bringen würde. Diese Reiseroute sei am unauffälligsten und damit zugleich sicher. Der alte Maiboom hatte zugestimmt und erstaunlicherweise konnte Rist sogleich einen geeigneten Riber Reeder nennen.

Thomas Maiboom war in Ribe anwesend gewesen, als der Stahl verladen wurde und er hatte sich auch von der Redlichkeit des dänischen Kapitäns überzeugt. Inzwischen war das dänische Schiff längst von Ribe aus unterwegs. In zwei Tagen sollte es in der Schwingemündung eintreffen. Ole Hilken war informiert und würde alle Umladearbeiten beaufsichtigen sowie die Formalitäten mit dem Zoll erledigen. Dann sollte Clemens die weitere Verschiffung nach Magdeburg begleiten, wobei das französische Hauptquartier in Baron Voghts Haus auf Wunsch des Gesandten Bourienne und dessen Berater Gauthier verfügt hatte, dass der Sergeant Paul Maurice mit vier gemeinen Soldaten die Fahrt sichern würde. Sold und Verpflegung sollten die Maibooms tragen.

Clemens hatte dann zur Mittagszeit seinen Vater in das Kaffeehaus am Jungfernstieg begleitet. Dort herrschte Hochbetrieb, denn die Börse war wegen des Feiertags offiziell geschlossen, aber inoffiziell wurden Geschäfte nun in den Kaffeehäusern der Umgebung angebahnt. Caspar Maiboom war mit den Kaufleuten lose verabredet, die sich auf der Terrasse des Baumhauses getroffen hatten: Chapeaurouge, Justus, Parish, Lindemann, Franz und von Laffert. Auch Pfeffer war anwesend und saß mit dem Jurastudenten Karl Sieveking und dessen älterem Freund Sven Hennings zusammen.

Während sich Caspar Maiboom zu den Kaufleuten gesellte und Chapeaurouges begeisterten Reden über Geschäfte mit baltischem Lärchenholz und russischem Hanf zuhörte, winkte Karl Sieveking Clemens an seinen Tisch: »Herr Maiboom, es freut mich, Sie zu sehen. Herrn Pfeffer kennen Sie ja schon. Dies ist mein Freund und Jurist Sven Hennings. Er hat seine Studien bereits abgeschlossen, während ich bald wieder nach Göttingen muss. Herr Pfeffer hat uns empfohlen, in die Buchhandlung Perthes zu gehen, wenn wir echte republikanische Luft schnappen wollen. Uns ist es verhasst, dass wir den Geburtstag des Kaisers von eigenen Gnaden feiern sollen. Kommen Sie mit zu Perthes? Oder müssen Sie hier bei den gestandenen Kaufleuten bleiben, die mehr ans Geschäft denn an die Idee der republikanischen Freiheit denken?«

Einerseits fühlte sich Clemens geschmeichelt, andererseits brannte ihm dadurch die Einladungskarte des Gesandten Bourienne zur Geburtstagsfeier des französischen Kaisers noch heißer in der Tasche. Sven Hennings stellte sich höflich vor: »Ich wohne derzeit bei meinen Eltern vor den Toren Hamburgs. Hinter dem Dammtor nahe dem Rothenbaum haben wir ein Haus dicht an der Alster behalten, während wir den anderen

Besitz nun abstoßen mussten. Es sind schlimme Zeiten. Ich habe schon von Ihrer mutigen Fahrt durch den Ärmelkanal gehört.«

Clemens wiegelte ab: »Ich war lediglich dabei, mein Verdienst an sich ist nicht der Rede wert.«

»Na, haben Sie nicht für die günstige Abfahrt aus dem Hafen gesorgt, als die französischen Zoll- und Hafenbeamten sich vor dem Volksaufstand zurückziehen mussten?«

»Woher wissen Sie derartige Details?«

»Nun, man spricht über Sie!«

»Ich habe stets ordentliche Fracht- und Zollpapiere vorweisen können –«, wich Clemens aus.

»Ach Herr Maiboom. Reden wir von der Zukunft. Kommen Sie mit in die Buchhandlung, Herr Maiboom. Wie steht es mit Ihnen, Herr Pfeffer?«

»Gehen Sie nur, meine Herren, ich habe hier noch Verpflichtungen. Aber im Geiste bin ich bei Ihnen, und wenn es zur Sache geht, dann können Sie auf meine tatkräftige Unterstützung hoffen.«

Sie mussten klopfen, um in die Buchhandlung eingelassen zu werden. Wegen des Feiertags war auch hier eigentlich geschlossen, und trotzdem befanden sich etliche Männer in den Geschäftsräumen. »Wer sind die Männer, sind sie verlässlich?«, hörte Clemens Sven Hennings leise seinen Freund Karl Sieveking fragen, und der raunte zurück: »Hab keine Sorge, Sven, es sind redliche Männer.«

Perthes begrüßte alle drei überschwänglich: »Herr Sieveking, schön Sie zu sehen. Und das ist Ihr Freund Hennings? Habe Ihren Aufsatz zum Gesellschaftsrecht gelesen, feine Arbeit! Gut, dass Sie kommen, Maiboom, ich habe gleich mit Ihnen etwas zu besprechen.« Er geleitete sie in den hinteren Verkaufsraum, der von der Ladentür nicht einzusehen war.

Mettlerkamp trat auf die Neuankömmlinge zu und gab seinen Kommentar: »Haben Sie gesehen, was die Franzosen da in letzter Zeit für Jüngelchen in unsere Stadt getrieben haben? Ausgemergelt, dünn, krank, in zerrissenen Uniformen und

Schuhen. Die mussten wir nun aufpäppeln. Ich sprach kürzlich mit dem Syndikus Doormann und er hat mir im Vertrauen gesagt, dass wir Hamburger im vergangenen Jahr 50000 Soldatenmäntel an das Bekleidungsmagazin geliefert haben und für 313000 Francs Schuhe und Strümpfe. Er hat mir noch aufgezählt, was wir an Fourage, Artilleriematerial, Lagerhaltungskosten, Nahrungsmittel und Getränke zu zahlen hatten. Zum Schluss schwirrte mir der Kopf. Gemerkt habe ich mir die Haushaltskosten des Gouverneurs: 800000 Francs, während alle Soldaten zusammen viereinhalb Millionen gekostet haben.«

Perthes stellte Hennings den anderen Anwesenden vor und die nahmen ihn und Sieveking sogleich in ihren Debattierklub auf, um weiter über die Verteilung der Lasten zu streiten.

Perthes zog Clemens in den Flur: »Hier, mein Freund, Ihr Anteil, ich habe die von Ihnen gelieferte ›Times‹ gut verkauft. Ich habe einen Teil in Francs umgetauscht und einen Teil in Mark und Schilling belassen. Ich hoffe, so ist es Ihnen angenehm.«

Clemens war überrascht und dankbar zugleich. Denn er hatte seinen Vater noch nicht um Geld gebeten, um das abendliche Fest beim Gesandten bestreiten zu können. »Ich wollte doch einen Teil für die gemeinsame Sache spenden, für Flugblätter und Ähnliches.«

»Sehr gut. Aber behalten Sie es bei sich unter Verschluss. Wir können ja wohl kaum eine patriotische Vereinigung gegen die Franzosen gründen und ein Konto eröffnen, oder?«

Dann kehrten die beiden wieder in den anderen Raum zurück. Hier war man inzwischen bei der Frage angekommen, ob und wie nun das französische Rechtssystem in Hamburg, Bremen und Lübeck eingeführt würde. In allen drei Städten hatte man Kommissionen gebildet, die das Gesetzeswerk des Code Napoléon ins Deutsche übersetzen und an traditionelle Rechtsformen anpassen sollten. Hennings ebenbürtig und an Erfahrung etwas voraus war der Advokat Dr. Beneke, der einer Verzögerungstaktik das Wort redete, mit dem Ziel, die Umsetzung der Reform dadurch vielleicht auf den Sankt Nimmerleinstag zu verschieben. Hennings äußerte gerade: »Grundsätzlich sollte möglichst das bürgerliche Gesetzbuch erhalten bleiben, aber Änderungen im Vormundschafts-, Ehegüter- und Hypothekenrecht nach dem Vorbild des Code Napoléon halte ich für durchaus nützlich.« Mit dem Eifer des Studenten schlug Karl Sieveking vor, dass man Hennings doch möglichst in die Kommission des Senats bringen möge. Das schien dem Advokaten Beneke arg schnell zu gehen: »Bevor junge Juristen in verantwortungsvolle Positionen gelangen, sollten sie doch in den Niederungen des täglichen Geschäfts eines niedergelassenen Juristen suchen. Herr Hennings, ich biete Ihnen gerne an, sich einmal meine Kanzlei anzuschauen!«

›Schriftsteller, Ärzte, Juristen, einen Bleideckermeister und einen Buchhändler haben wir hier‹, dachte Clemens, ›das sind die Patrioten, die sich um den Fortbestand der Stadt und ihrer Traditionen sorgen. Und wo sind nun die wirklich reichen Kaufleute? Die sitzen im Kaffeehaus und planen, wie sie ihr Vermögen hier einer Steuer und weiteren Abgaben entziehen und anderswo arbeiten lassen können. Die Reichen denken doch immer an ihren Vorteil, das macht sie so reich! Clemens, sei nicht zu streng mit dir, wenn du mit der französischen Armee Geschäfte machst.‹ Er fühlte das Geld in seiner Jackentasche, das Perthes ihm gegeben hatte. ›Und schließlich hast du die Franzosen auch schon hereingelegt, die »Times« geschmuggelt und daran ganz hübsch verdient. Du brauchst das Geld, damit du einer Französin imponieren kannst. Nein, die Welt ist doch verrückt.‹ Doch dann riss ihn die Frage von Kerner, dem Arzt, aus seiner Gedankenversunkenheit: Wie er denn nun dazu stände, dass Hamburg dem Rheinbund beitrete oder ob die Stadt einen Bund der Hansestädte gründen solle, der dann den Kaiser als Schutzpatron anerkennen würde.

»Wissen Sie«, antwortete Clemens, »vor gar nicht langer Zeit fand ich es schön, dass Hamburg als Zeichen seiner Friedfertigkeit freiwillig seine Wälle schleifte. Was hat uns das gebracht? Es wäre wohl besser gewesen, wenn die Wälle und modern ausgerüstete Verteidiger einer Okkupation entgegengestanden hätten. Vielleicht sollte man jetzt lieber gar nichts tun. Warum sollten wir an dem Strick wirken, der uns erdrosseln soll? Kommen wir aus so einem Bund unbeschadet wieder heraus, wenn Napoleon das Zeitliche segnet? Bekommen wir dann unsere alte Souveränität wieder? Schließlich könnte der kleine Kaiser auch einmal zufällig von einem scheuenden Schimmel fallen und sich den Hals brechen. Eine verirrte Kugel könnte ihn treffen. Dann könnte es doch sein, dass seine Erben sich so um die Macht in Frankreich streiten, dass wir die Franzosen aus Hamburg los wären –«

Nun hob ein Durcheinanderreden an. Mettlerkamp und von Hess nahmen den Gedanken von den modern ausgerüsteten Stadtsoldaten auf, schwärmten von den in Preußen heimlich durchgeführten Bürgerwehrübungen, Beneke redete einem Bund der Hansestädte das Wort und warnte davor, nichts zu tun, Hennings wollte mit den Franzosen zusammen auf dem Verhandlungsweg die Hamburger Verfassung reformieren. Kerner, der Arzt, schwärmte von einem Aufstand der gesamten Bevölkerung nach dem Vorbild der Spanier. Der junge Sieveking gab zu bedenken, was das alles kosten würde. Clemens brummte der Schädel. Er ging zu Perthes, um sich zu verabschieden. Perthes schüttelte ihm lange die Hand: »Lieber Herr Maiboom, Ihre Zeit wird noch kommen. Seien Sie nicht ungeduldig!« Clemens wusste nichts darauf zu entgegnen. Verwirrt verließ er die Buchhandlung und lief schnurstracks nach Haus. In der Küche fand er eine von Minna bereitete Gemüsesuppe mit Wursteinlage auf dem Ofen vor. Der Topf war sorgfältig zugedeckt, denn auf dem warmen Kamin des Ofens saßen dicht gedrängt unzählige Fliegen auf dem Putz.

Clemens füllte sich einen Teller Suppe auf, da betrat Sergeant Maurice die Küche. »Guten Tag Herr Maiboom.« Dann fragte er höflich: »Darf ich mir auch einen Teller Suppe nehmen?«

»Gewiss. Wir sind doch verpflichtet, Sie zu bewirten«, antwortete Clemens mürrisch. Schweigsam aßen die beiden ihre Mahlzeit. Allmählich schwand Clemens' Unzufriedenheit. Er hatte ja längst festgestellt, dass der Franzose ein netter Kerl war. Außerdem würde er mit ihm zusammen den Stahltransport durchführen. Und er kannte die Gauthiers! Clemens lenkte ein: »Ach, nehmen Sie es mir nicht übel. Ich war vorhin schlecht gelaunt. Jetzt, nach der Suppe, geht's mir besser. Wollen wir zusammen ein kühles Bier trinken, zum Zeichen der Freundschaft zwischen einem Franzosen und einem Hamburger?« Der Soldat willigte lächelnd ein: »Ich bin ja nicht im Dienst. Erst heute Abend muss ich die Gauthiers zum Rathaus fahren, wo der Gesandte Bourienne einen Empfang gibt. Der Rat Ihrer Stadt wird vertreten sein, die beiden Weinherren des Rates werden den Keller öffnen und die Gäste werden viel Wein auf das Wohl des Kaisers trinken. Ich kenne das schon vom vergangenen Jahr.«

Clemens ging in die Speisekammer und holte eine Flasche Bier hervor.

»Die Gesellschaft ist groß und die Stimmung gut, nicht wahr?«

»So wird es in den Zeitungen stehen. Aber eine ganze Reihe der hamburgischen Gäste brechen wieder auf, sobald die offiziellen Ansprachen gehalten worden sind. Das freut die französischen Offiziere, denn dann ist für sie mehr Wein und mehr Platz auf dem Parkett da.«

»Es wird auch getanzt?«

»Wenn genug Damen anwesend sind.«

»War Mademoiselle Gauthier auch schon letztes Mal mit dabei?«

»Ja, sie war wenige Tage vorher überraschend aus Paris eingetroffen.«

»Überraschend?«

»Ja, sie ist damals ohne Erlaubnis ihrer Mutter gereist. Plötzlich traf sie in Hamburg ein, und ihr Vater brachte es nicht übers Herz, sein Kind zurückzuschicken.«

»Vielleicht sehen wir uns heute Abend, ich bin auch eingeladen.«

Der Sergeant wunderte sich, dass Clemens zu der Veranstaltung gebeten war, hütete sich aber, nach dem Grund zu fragen.

Um Konversation zu betreiben, sprach Clemens die kommende Elbefahrt an: »Es freut mich, dass wir demnächst zusammen nach Magdeburg fahren werden.«

»Es ist mir eine Ehre, den Transport zu begleiten. Man sagte mir, es seien wichtige Ausrüstungsgegenstände für die französischen Truppen in Preußen an der Grenze zu Polen und Russland.«

»Nun, es ist schlicht Stahl«, beschwichtigte Clemens. »Ob man daraus in Magdeburg Kochtöpfe oder Essbestecke oder Spaten und Pflugscharen schmieden will, interessiert mich als Kaufmann nicht.«

»Wenn der Stahl für die Armee gedacht ist, dann wird der Stahl eher zu Waffen verarbeitet«, stellte Maurice nüchtern fest und fügte dann versöhnlicher hinzu: »Hoffentlich dienen diese Waffen nur der Abschreckung. Möge das Schicksal ein Einsehen haben und verhindern, dass die Russen durch den Stahl eher angezogen als abgeschreckt werden. Ich hoffe doch sehr, dass der Zar und seine Minister feststellen, dass sich ein Angriff auf einen so gut gerüsteten Gegner nicht lohnt.«

»So hab ich das noch nie gesehen«, sagte Clemens nachdenklich, und meinte insgeheim, dass die Gefahr wahrscheinlich weniger von angriffslustigen Russen als von dem machthungrigen Napoleon ausginge. Und er fluchte auf dies Geschäft, weil es dazu beitrug, die Franzosen, die ungebetenen Besatzer Hamburgs und anderer Länder, mit Waffen zu versorgen. Er stand vom Tisch auf und verabschiedete sich höflich, um sich in sein Zimmer zurückzuziehen. Dabei grübelte er weiter über seine merkwürdige Lage. Den Gewinn aus dem Geschäft konnte die Familie gut gebrauchen. Es waren wieder Gerüchte aufgekommen, dass erneute Sondersteuern vom Rat erlassen würden, um die Kontributionsforderungen der Besatzer erfüllen zu können. Doch wie könnte er dafür sorgen, dass die Familie Maiboom Geld verdiente, und gleichzeitig vereiteln, dass der Stahl zu französischen Waffen würde. Dieser Vorgang müsste nach den Maiboom'schen Lieferungsverpflichtungen in Magdeburg erfolgen. Sobald er die Empfangsbestätigung und den

Wechsel erhielte, könnte die Stahlladung verschwinden, zerstört und unbrauchbar gemacht werden. Doch wie sollte dies gelingen?

Das Bier und die Mahlzeit hatten Clemens müde gemacht. Er legte sich auf sein Bett und dachte lieber an schönere Dinge, etwa Clothilde Gauthiers Aufmachung. Er rief sich ihr Bild in Erinnerung, wie sie in dem duftigen Sommerkleid bei den Sievekings ausgesehen hatte, und dann erregte ihn die Vorstellung an den Moment, als er ihr aus der Elbe geholfen und sie in einem dünnen, nassen Kleid vor ihm gestanden hatte.

Die Kirchturmuhr schlug fünf, als Clemens aus seinem Nachmittagsschlaf erwachte. Er stieg die Treppe hinab und betrat den Salon, der eine Tür zur Gartenterrasse hatte. Im Garten saß seine Mutter und nähte.

»Na mein Sohn, ich dachte du wärst mit Vater unterwegs.«

»Nein, mich haben diese aufgeregten Gespräche über sich bietende Geschäfte im Baltikum ermüdet. Ich bin gegangen und habe etwas geruht, um heute Abend nicht müde zu sein.«

»Was machst du heute Abend? Gehst du mit den jungen Leute zu Klopstocks Grab? Der junge Lindemann war vormittags da und fragte, ob du mitgingst? Die Schüler der Akademie und des Johanneums und etliche Ehemalige wollen einen Fackelzug veranstalten. Die Altonaer Behörden haben es erlaubt; nur in Hamburg dürfen sich keine Gruppen zusammen auf der Straße bewegen, es sei denn, sie gehören zum Festzug beim Rathaus.«

Da war es wieder erweckt, sein schlechtes Gewissen. War er nun ein Patriot, gehörte er nun zum Kreis derjenigen, die gegen die schändliche Besetzung waren? Oder drückte er sich vor diesem Bekenntnis? Hatte er nicht vor kurzem noch zu Jacob gesagt, man müsse die patriotischen Kreise stärken, die Gemeinschaft unterstützen und dürfe nicht aus privaten Gründen zurückstehen?

Die Mutter kannte ihn nur zu gut: »Junge, ich sehe dir an, dass dich dies Angebot in Zweifel stürzt. Vielleicht ist es gar nicht gut, mit diesen aufrührerischen Leuten gemeinsame Sache zu machen. Dein Vater meint, dass die Franzosen zurzeit unruhig sind und sich vor Aufständen fürchten, weil nur wenig Soldaten in der Stadt sind. Mir ist es ganz lieb, wenn du hier bleibst.«

Clemens war froh, über seine Herzensangelegenheit einmal reden zu können. So erzählte er denn seiner Mutter von der schönen, stolzen, mutigen und redegewandten Clothilde und gab zu, dass er sie sehr anziehend fände, aber gar nicht wisse, wie er mit ihr umgehen solle. Ein Zusammentreffen hätte sich auch nach der Fahrt nach Stade ergeben, weil Gauthier mit dem Frachtauftrag der Maibooms zu tun habe und er dadurch im Haus der Gauthiers verkehrte. Offenbar aber läge der jungen Dame auch etwas an ihm, sonst hätte sie ihm doch wohl kaum heimlich eine Einladung zu dem Fest zugesteckt. Ob ihr Vater davon nichts wissen dürfe? Da nickte die Mutter wissend: »Clemens, ich weiß schon von der jungen Dame.«

»Aber woher?«

»Nun, deine Cousine besuchte mich vor ein paar Tagen im Sommerhaus. Sie erzählte mir von ihren Sorgen mit meinem Bruder. Die Schüttellähmung macht ihm arg zu schaffen. Auguste tut mir Leid, denn er lässt sich gehen, und das Haushaltsgeld aus seiner schmalen Rente reicht vorn und hinten nicht. Ich gab ihr etwas Beerenobst, Salat, Kräuter, Gemüse, Blumen und ein paar Eier mit. Ganz nebenbei erzählte sie mir von dem Elbeausflug und auch von der Französin. Sie war offenbar ein wenig eifersüchtig auf deren Wirkung bei dir und deinem Freund Jacob; denn sie beschrieb sie als frivol und kapriziös und schilderte mir deine und Jacobs große Augen, als die Französin ein Sonnenbad nahm.«

Nun schimpfte Clemens auf seine Base und die Mutter nahm sie in Schutz. »Sei nicht böse auf sie. Sie hat es schwer und wünscht sich selbst so sehr einen Verehrer. Und was dich betrifft, freue ich mich, dass deine Leidenschaft entfacht wurde! Du bist schließlich seit geraumer Zeit ein ansehnlicher Mann, und Papa und ich sind stolz auf dich. Ein wenig traurig bin ich allerdings, weil diese Französin dich in die Ferne entführen könnte. Es gibt doch genug junge Damen in der hamburgischen Gesellschaft. Frau Sieveking hat mir geschrieben, dass du einen so erfreulichen Eindruck bei ihr hinterlassen hättest. Sie will sich mit mir treffen. Es hört sich ganz so an, als wüsste sie eine gute Partie für dich –«

Nun war Clemens empört und bereute, sich der Mutter anvertraut zu haben. Er beschwor sie, seinem Vater und auch sonst niemandem von dem Gespräch zu erzählen, worauf die Mutter entgegnete: »Dein Vater ist in dieser Hinsicht ganz meiner Meinung. Wenn du etwas werden willst in dieser Stadt, dann solltest du dich eher unter den Töchtern der Gesellschaft umschauen.« Doch dann lenkte sie ein: »Clemens, du bist noch jung. Eine kleine Liebelei sei dir nicht verboten. Doch lass es nicht so weit kommen, dass aus dieser Liaison ein Wechselbalg erwächst.« Nun sprang Clemens auf: »Wofür hältst du mich?«

»Für einen jungen Mann, der sich betören lässt. Dein Vater musste tief in die Tasche greifen, als dein Bruder der Dienstmagd eines Nachbarn angeblich ein Kind verschaffte. Nie haben wir es gesehen, wer weiß, ob es von ihm ist. Das Mädchen ist irgendwo aufs Land verzogen. Eigentlich wollten wir nie wieder davon sprechen, weil es schon halb vergessen war. Lass dir diese Geschichte eine Mahnung sein. Mit einer Französin aber kann es doppelt schlimm werden. Behalte einen kühlen Kopf, wenn du dich amüsierst. Und Junge, frag deinen Vater einmal. Es gibt ein Ding aus Schafsdarm, das hilfreich ist, wenn du keine Kinder zeugen möchtest.« Die Mutter schwieg, ein wenig peinlich berührt, und Clemens, dem das Gespräch unangenehm war, wollte gehen. »Mama, seien Sie unbesorgt. Ich bin nun erwachsen. Ich weiß, was ich zu tun habe.«

Der Gesandte Bourienne hatte erst abends um neun Uhr dreißig zum Galaempfang geladen. So konnte er die Ausgaben für das Jubelfest in Grenzen halten und das Geld für sich selbst ausgeben. Zudem es ihm nicht sehr gefiel, einem ehemaligen Freund und Gleichgestellten jetzt als Kaiser zu huldigen, und das, obwohl die Person Tausende Meilen entfernt war.

Die straßenseitigen Fenster aller Häuser rund um das Rathaus an der Trostbrücke waren mit Kerzen illuminiert. Von dem Turm der nahen Nikolaikirche würde um elf Uhr ein Feuerwerk abgefeuert. Das Rathaus selbst war festlich geschmückt und für den Empfang vom Rat vortrefflich vorbereitet, ein Büfett war aufgebaut, würdige Ratsbedienstete in aufwändigen Uniformen würden die Speisen verteilen und die Getränke ausschenken und die »Weinherren« genannten Mitglieder des Rates hatten für Wein aus dem gut sortierten Ratsweinkeller sowie Bier aus dem Eimbeck'schen Haus gesorgt.

Zähneknirschend hatten die Ratsherren dem Wunsch des Gesandten zugestimmt, im ehrwürdigen Rathaus zu feiern. Alle Versuche, die Vorzüge des Eimbeck'schen Hauses hervorzuheben, das ja speziell für festliche Empfänge und Feierlichkeiten erbaut worden war, hatten keinen Erfolg gezeigt. Bourienne genoss es, den Hamburger Bürgern vorzuführen, dass er die Macht besaß, die Entscheidung allein zu fällen.

Das Defilee der Gäste begann kurz vor halb zehn. Auf dem Kirchplatz vor St. Nikolai hatte man für die ärmere Bevölkerung einen Markt aufgebaut, wo der Ausschank noch erlaubt war und Garküchen billige Speisen anboten. Eine Kapelle der Stadtwache spielte. Auf diese Weise hoffte man, Ruhe vor Kindern, Armen, Pöblern und Gaffern zu haben.

Clemens war seinen Eltern aus dem Weg gegangen, um nicht weitere Ermahnungen hören zu müssen. Ärgerlich war nur, dass er in dem altmodischen, schwarzen Anzug seines Bruders zum Empfang gehen musste. Eigentlich hatte er sich die kostbar bestickte Weste seines Vaters ausleihen wollen. Doch nun hätte er sich lieber auf die Zunge gebissen, als diese Bitte zu äußern.

Clemens hielt sich schon früh am Rathaus auf und beobachtete die ankommenden Gäste. Endlich sah er die Kutsche mit dem Sergeanten Maurice näher kommen. In der Kalesche, die er heute lenkte, saßen Herr Gauthier und seine Tochter nebeneinander auf der hinteren Bank, während gegenüber der jungen Dame ein französischer Offizier in tadelloser Galauniform

Platz genommen hatte und offenbar mit ihr lebhafte Konversation betrieb.

Ein Ratsdiener öffnete die zierliche Tür, und sogleich sprang der schneidige Soldat heraus, klappte das Treppchen herunter, um dann Clothilde galant die Hand zum Aussteigen zu reichen. Sie trug wieder dasselbe Kleid, das schon bei den Sievekings die Blicke auf sich gezogen hatte; nur hatte sie heute drei dünne Seidenschals in den Farben Weiß, Rot und Blau um die Schultern gelegt und mit einer Brosche festgesteckt.

Clothilde hakte sich bei ihrem Vater unter, um die Treppe heraufzuschreiten, doch der Offizier war so frei, ihre Hand in seine Armbeuge zu legen. Clothilde ließ es geschehen. Im Vestibül lag links neben dem Eingang eine zweiflügelige Freitreppe, deren Aufgänge in den großen Saal führten. Auf dem linken mittleren Treppenabsatz wartete der Gesandte Bourienne und nahm die Glückwünsche der Gäste für seine Majestät den Kaiser so huldvoll entgegen, als sei es sein eigener Geburtstag.

Erst als der Zustrom der Gäste zögerlicher wurde, näherte Clemens sich der Freitreppe. Kurz vor ihm war die Familie Landow eingetroffen. Herr Landow führte seine Frau und die Drillingsschwestern aus. Die Familie war evangelisch-reformiert oder hugenottischer Herkunft und hatte mit der alten französischen Gemeinde zu tun. Clemens wusste dies, weil die eine der Töchter, Susanne, seine Tanzpartnerin in dem Gesellschaftsunterricht gewesen war, den er auf Wunsch seiner Mutter vor zwei Jahren absolviert hatte. Er hatte das Mädchen gern leiden gemocht, sich aber nicht getraut, ihr Avancen zu machen. Nie hatte er erfahren, ob sie sich daraufhin enttäuscht oder schlicht aus Gleichgültigkeit abgewendet hatte. Erleichtert hatte er sich damals auf dem Abschlussball im Eimbeck'schen Haus spätabends einem Serviermädchen hingegeben, das ihn erst angeschmachtet und schließlich unter einem Vorwand in einen Vorratsraum gelotst hatte.

Der ältere Nachbarssohn Pit Lindemann, mit dem er nach dem Ball Erfahrungen ausgetauscht hatte, schimpfte ihn einen Dummkopf: »Die Mädchen der guten Gesellschaft wollen, dass du den ersten Schritt tust. Was meinst du, warum sie zu dem Tanzfest gehen? Um ihren Eltern zu zeigen, wie schön sie die Tanzschritte eingeübt haben? Um mit ihren Vätern zu tanzen? Nein, sie wollen angefasst, berührt und heimlich und verstohlen geküsst werden. Wenn du nicht mitmachst, giltst du bald als Langweiler, das spricht sich herum. Mit einer Dienstmagd kann sich doch jeder einlassen. Sieh mich an, warum werde ich wohl so häufig zu Gesellschaften eingeladen? Nur weil mein Vater eine gut gehende Brauerei besitzt? Wenn ich merke, da will eine was, dann zögere ich nicht lange –«

Als er die Stufen zur Eingangshalle hinaufging, zweifelte er jedoch wieder, ob es günstig sei, einer französischen Schönheit den Hof zu machen. Der Gesandte stand noch immer auf dem linken Treppenabsatz, hatte die Landows vor ihm begrüßt und schaute nun gelangweilt in seine Richtung. In der Halle trat jetzt ein Ratsbediensteter auf Clemens zu und verlangte die Einladungskarte. Nachdem er sie gemustert hatte, führte er Clemens zu dem rechten Aufgang. Offenbar war der Karte zu entnehmen, dass der Gesandte keinen Wert auf eine förmliche Begrüßung legen würde. Der Diener geleitete Clemens die Stufen hoch und dann in eine Ecke des großen Saales. Dort war ein Tisch für die Korrespondenten und Journalisten aufgestellt. Unwillig machten ihm die Schreiber des »Moniteur«, des »Relations-Courier«, der »Hamburger Nachrichten« und des »Hamburgischen Correspondenten« Platz. Er stellte sich als Clemens Maiboom vor, aber nur seine direkten Nachbarn schenkten ihm Beachtung: Der magere Nebenmann mit Brille links stellte sich vor als Gert Eisentraut, »Altonaischer Mercurius«. Der rechte Nachbar hieß Hans-Dieter Loose und schrieb für Würzers Zeitschrift »Das historische Journal«, die bei Hammerich in Altona verlegt wurde. Die Herren waren schon gut mit Wein versorgt und kritzelten ihre Notizen auf mitgebrachte Blöcke, zählten die Namen der wichtigen Besucher, der Ratsherren und Senatoren auf: die Kaufleute Abendroth, Chateauneuf, Hudtwalker, Overbeck, Embden, Fontenay, J. C. Godeffroy, M. J. Haller, J. A. Heise, John Parish, J. M. Speckter, G. L. Peitzner, der

Schiffsmakler und Reeder Slomann, der jüdische Bankier M. A. Heckscher und sein Partner Salomon Heine, der Bankier Heinrich Hesse, die Bankiersgebrüder M. M. und G. Warburg, der Stadtarzt J. J. Rambach, erstaunlicherweise auch die Malergebrüder Suhr. Dann die Altonaer Kaufleute Baur und Donner, der Altonaer Oberpräsident von Blücher, der Altonaer Baumeister Hansen, schließlich der bekannte Buchhändler Campe, der Oberspritzenmeister und Astronom Repsold, sowie der beliebte und gerühmte Gastwirt und Hotelier Rainville. Dann waren da noch die Diplomaten, der preußische Gesandte Grote, der holländische Gesandte Reinhold, die Geschäftsträger Österreichs und Spaniens und natürlich Rist, für die Dänen.

Die meisten Schreiberlinge würden von dem gelungenen Abend berichten, von der vorzüglichen Kostprobe, die die aus Marseille stammende Schauspielerin, Balletteuse und Sängerin Brigitte Bogé von ihren Künsten geben würde, von den erlesenen Speisen und Getränken und von den festlichen Reden des Gesandten Bourienne und des Bürgermeisters, die jetzt das Fest eröffneten. Sie würden die eleganten Roben beschreiben, die Hochrufe und Gratulationsgesänge und das Gepränge. Allenfalls die beiden neben Clemens sitzenden Loose und Eisentraut würden auch andeuten, dass die Stimmung der Hamburger im Vergleich zu den Franzosen eher gedrückt wirkte und es erheblicher Mengen Weins bedurfte, ehe die Herren Kaufleute etwas gelöster in die Runde blickten; besonders, wenn sie in die Richtung des obersten Zöllners Eudel schauten, der nahe dem Gesandten Bourienne einen Tisch belegt hatte und sich mit Getreuen wie dem katzbuckelnden Rauchenberg und anderen umgab. Die beiden Korrespondenten konnten sich ein etwas unabhängigeres Urteil erlauben, da sie in dänischen Diensten standen.

Clemens musste lange suchen, bis er endlich Clothilde erspähte, denn sie saß genau auf der anderen Seite des Saales. Uniformierte Diener eilten durch die Tischreihen. Einer der Diener kam Clemens bekannt vor. Es handelte sich um einen ehemaligen Gehilfen seines Vaters, der nun im Rathaus untergekommen war. Er erkannte Clemens und der begrüßte ihn nun freundlich, steckte ihm sogar ein Trinkgeld zu. Schließlich war seine Geldbörse von Perthes gut gefüllt. Darauf beugte sich der Mann vor und flüsterte ihm zu: »Gehen Sie um elf Uhr nicht auf die Straße oder nicht an die Fenster, Herr Maiboom. Kommen sie auf den Korridor hinter dem großen Saal. Ich will da auf Sie warten und Sie dann auf das Dach führen; von dort können Sie das Feuerwerk am besten sehen.« Clemens bedankte sich und nickte dem Mann zu.

Inzwischen war es schon halb elf geworden, eine Kapelle spielte auf und die ausgelassen gestimmten Offiziere begehrten nun, mit den anwesenden Damen ein Tänzchen auf der kleinen freien Fläche in der Mitte des Saales zu wagen. Kaum hatte die Musik begonnen, zogen die munteren Soldaten die Hamburgerinnen von den Stühlen. Natürlich hatte der adrette Offizier Clothilde auch zum Tanz gedrängt, musste aber einem Vorgesetzten den Vortritt bei einer Polka lassen. Im Durcheinander des Wechsels hatte er Clothilde an einen weiteren Mann verloren und Clemens erkannte seine Chance. Er drängte sich auf die Tanzenden zu, war endlich in die Nähe Clothildes geraten. Sie winkte ihm in dem Augenblick zu, als die Musik mit einem Tusch endete und der Gesandte mit lauter Stimme bekannt gab, dass sogleich das Feuerwerk beginnen würde; man solle doch vor das Rathaus treten oder ein paar Schritte zur Trostbrücke wagen, weil man von dort sicher einen guten Blick auf das Licht- und Funkenspektakel hätte.

Während diese Worte ein allgemeines Gedränge zu dem Ausgang des Saales, zur großen Treppe und zu den Fenstern auslöste, ergriff Clemens Clothildes Hand und zog sie zum Hinterausgang des Saales. Clothilde sträubte sich nicht. »Clothilde, wie schön Sie zu sehen. Verzeihen Sie, dass ich Sie nicht früher begrüßen konnte. Jetzt führe ich Sie zum zweiten Treppenhaus. Wir können auf das Dach des Rathauses gelangen. Kommen Sie mit.« Clothilde ließ es geschehen. Clemens wurde von seinem Bekannten schon erwartet. Jedoch waren sie nicht allein auf diesem Weg. Bourienne und sein Gefolge und etliche Ratsdiener hatten sich auch für diesen Weg entschieden. Endlich hatten sie die schmale Stiege durch die oberen Stockwerke auf das flache Dach bewältigt. Das Feuerwerk hatte schon begonnen und die Menschen bestaunten die gleißenden Lichtblitze am dunklen Nachthimmel mit überraschten Rufen. Clemens hatte Clothilde zu einer Nische zwischen zwei Schornsteinen gezogen. Er sah sie an, wie sie von dem Schein roter und weißer Strahlen erleuchtet wurde, und er war sich sicher, dass er verliebt war, dass er sie begehrte. »Clothilde, ich –«, er rang nach einer Erklärung, wollte von der bevorstehenden Reise, einer längeren Trennung, seinen Gefühlen reden, doch dann folgte er einer Eingebung und sagte nur: »– ich bin von Ihnen gefangen, ich bin verliebt. Ich weiß nicht, was ich tue.« Sie blickte ihn an, ein wenig amüsiert und zugleich versonnen, und ließ sich an ihn ziehen, und dann küssten sie sich mit einer Leidenschaft, die Clemens noch nie zuvor empfunden hatte. Sie umarmte ihn, und er spürte ihren Körper an seinem. Das Feuerwerk verstummte, Turmbläser bliesen Fanfaren. Da kamen die beiden zur Besinnung, Clothilde ordnete ihre hochgesteckten Haare und sagte dann mit ruhiger Stimme: »Clemens, Sie gefallen mir sehr. Ich möchte Ihre Gefühle erwidern, doch dazu muss ich Sie besser kennen lernen. Ich weiß noch nicht, ob mein Vater das erlaubt. Doch habe ich, glaube ich, eine Verbündete gefunden. Sie kennen doch das Ehepaar Runge. Ich habe Frau Runge besucht und sie scheint mich zu mögen. Sie freut sich über Besuch, weil sie durch die Kinder sehr an den Haushalt gebunden ist. Zudem ermöglicht der Beruf ihres Mannes der Familie keine aufwendige Lebensführung. Da kommt es ihr gelegen, wenn ich ihr bei der Versorgung der Kinder helfe und mich ohne die üblichen Konventionen mit ihr unterhalte. Morgen Nachmittag bin ich wieder mit ihr verabredet. Kommen Sie doch auch dorthin.«

Die Turmbläser hatten ihr kurzes Konzert beendet und die Glocken begannen zu läuten. Für den Gesandten Bourienne und sein Gefolge war es das Zeichen, in den Festsaal zurückzukehren. Clemens wollte sich anschließen, doch nun hielt ihn

Clothilde an der Hand zurück, küsste ihn, legte seine Hand an ihr Herz, dass er ihre Aufregung spüren konnte. Clemens meinte, wie auf Wolken zu schweben. Einen Moment später löste sie sich wieder von ihm und sagte nur: »Ich muss zu meinem Vater zurück. Es ist vielleicht besser, wenn er uns nicht zusammen sieht. Ich werde ihn bitten, mich jetzt nach Hause zu bringen.«

Taktvoll hatte der frühere Angestellte an der Dachbodentür gewartet. Clemens bat ihn, Clothilde zum Festsaal zurückzugeleiten. Er selbst stieg langsam hinter ihnen die Stiege herunter.

Tage des Glücks

Clemens konnte vor Aufregung nicht einschlafen. Er war wie verzaubert. Sie hatten sich leidenschaftlich geküsst und sie hatte ihm Hoffnungen gemacht. Clemens wälzte sich lange im Bett herum, träumte schließlich von Runges Bildern und wurde von Eifersucht und Zweifeln geplagt. Endlich schlief er ein.

Am nächsten Morgen musste Clemens ein seliges Lächeln am Frühstückstisch unterdrücken.

»Du warst bei dem Empfang des Gesandten?«, fragte sein Vater ihn.

»Es war eine Verpflichtung, wegen des Stahlgeschäftes und weil wir nun Geleitschutz bekommen haben.«

»Clemens, bist du nicht hauptsächlich wegen der Französin zum Fest gegangen? Wie bist du überhaupt an die Einladungskarte gelangt?«

»Die Karte habe ich von den Gauthiers. Und es ist so, wie ich es sage. Es war für mich eine Verpflichtung, ich habe damit keineswegs Napoleon huldigen wollen. Manchmal muss man für seine Interessen Opfer bringen. Hamburg und uns Hamburger Kaufleuten wird eine offene Gegnerschaft eher Nachteile bringen, solange wir den Franzosen nicht auch militärisch trotzen können. Haben Sie nicht immer gesagt, Vater, dass man sich mit den Gegebenheiten arrangieren muss? Haben Sie nicht gesagt, dass man an seine Familie denken muss? Tue ich nicht viel für unser Handelshaus? Nun soll ich den Stahl nach Magdeburg begleiten und die kostbaren Wechsel der französischen Armee zurückbringen. Ich spreche mit den Franzosen, mit den Zöllnern und mit Franzosenknechten, aber das, was ich denke, ist mein Geheimnis.« Und Clemens fügte hinzu: »Vater, ich werde erwachsen!«

Clemens' Vater nickte stumm. Dann erwiderte er leise: »Du hast Recht, Clemens. Ich sollte größeres Vertrauen in meine Söhne haben. Ich will dich nicht belehren, aber erlaube mir doch weiterhin, dir Ratschläge zu geben. Ich meine es nur gut mit dir. Ein letztes Mal: Verliebe dich nicht in eine Französin!«

Den Vormittag verbrachte Clemens damit, seinen gewachsten Seesack zu packen. Es galt, die nötigen Reisepapiere und das Bargeld sicher zu verwahren. Jeden Augenblick konnte der Bote eintreffen, der ihn nach Stade zur Begleitung des Stahltransportes rufen würde. Dabei plagte ihn der Gedanke, sich womöglich nicht von Clothilde verabschieden zu können. Am Nachmittag wollte er zu den Runges gehen, um sie dort zu treffen.

Nachdem Clemens alles verstaut hatte, ging er in das Kontor. Eng war es geworden, seitdem die Geschäftsunterlagen aus allen Speichern dort zusammengefasst worden waren. Die vorrätige Ware war auf klägliche Reste zusammengeschrumpft. Mit dem Gewinn aus dem Stahlgeschäft bestand die Möglichkeit, neue Geschäfte einzufädeln.

Bönninghaus zählte wie immer akribisch Zahlenreihen zusammen. Ein Lehrling kopierte Briefe für die Ablage. Der Vater blätterte in alter Geschäftskorrespondenz, um über das Aufleben alter Beziehungen nachzudenken. Würden die Holländer preußisches Getreide brauchen? Brauchten die Preußen Leinwand und Baumwolle für die Soldaten? Würden sie überhaupt zahlen können, oder waren die Steuern für Händler so hoch, dass preußische Händler sowieso keine Geschäfte machen würden? Es hieß, dass die Preußen ihre Kontributionszahlungenen nicht leisten konnten. Womit ließ sich überhaupt noch handeln? Wein? Luxuswaren? Oder lieber Lebensmittel? Ob man das Wagnis eingehen sollte, Schiffe ins Mittelmeer zu senden? Kaffee aus Mokka? Glas und Spiegel aus Venedig? Olivenöl? Gewürze? Wer würde für eine so lange gefährliche Fahrt als Partner in Betracht kommen? Würden die Franzosen ein derartiges Vorhaben billigen? Wie sah es mit den Piraten vor Tunis aus? Und wer sollte die Waren begleiten? Caspar Maiboom raufte sich die Haare. Das Kapital schmolz, Kredit würde man für waghalsige Handlungsreisen kaum bekommen. Doch wenn der Handel gelänge, wäre der Gewinn umso größer.

Clemens trat auf die Straße und sah den Nachbarn Pit Lindemann, der gerade einen Hopfen-Lieferanten verabschiedete. Lindemann rief Clemens zu: »Na, dich habe ich ja gestern vermisst. Erst lass ich mich von dir mit dem patriotischen Fieber anstecken und dann seh ich dich nicht einmal, wenn die Patrioten zum deutschen Fackelzug aufrufen.«

Clemens schämte sich und versuchte mit einer Gegenfrage von sich abzulenken: »Wie war es denn?«

»Ich fand es enttäuschend. Wir waren gerade einmal hundert Mann; an Klopstocks Grab gab's dann ein paar Reden. Von Hess und Mettlerkamp waren dabei, haben sich aber öffentlich zurückgehalten, denn undurchsichtiges Gesindel hat den Zug begleitet, französische Geheimpolizisten oder andere Spione. Na, gegen das Singen von Volksliedern und gegen die Fackeln konnte ja niemand was einwenden. Ich hörte Gerüchte, man würde sich bald zu gemeinsamen Fechtübungen auf dem Dachboden eines Wirtshauses am Schulterblatt treffen. Auch das Schießen mit dem Gewehr müsse gelernt werden.«

»Dagegen habe ich nichts einzuwenden. Mit der Jagdflinte kann ich zwar umgehen, aber auf Enten schießt es sich anders als mit einem Armeegewehr. Aber militärische Schießübungen sind ja sicher nicht erlaubt. Wer plant und leitet denn diese Übungen?«

»Clemens, unter dem Siegel der Verschwiegenheit sag ich

dir's: Mettlerkamp und von Hess stecken dahinter. Wann es aber genau losgeht, weiß ich auch nicht.«

»Und woher kommen Waffen, Pulver und Munition?«

»Das ist das Problem. Sie sollen über englische Kanäle kommen. Angeblich sind ein paar Gewehre schon bei Dithmarscher Bauern versteckt. Bis die in Hamburg sind, soll halt jeder versuchen, an Jagdwaffen zu gelangen. Die Jagd ist auf dem Lande nicht verboten. Man könnte zu den Torfbauern an der Oberalster fahren. Da ist es so einsam und ruhig, da könnte man ungestört üben.«

»Das nimmt viel Zeit in Anspruch.«

»Aber es ist sicher. Zeit haben wir doch mehr, als uns lieb ist.«

»Trotzdem verlangt mein Vater, dass ich täglich ins Kontor komme, mich wenigstens im Lesen ausländischer Briefe und im Schreibstil übe. Mein Vater hofft, über die Korrespondenz unsere Lage zu verbessern, denn kürzlich fragte ein Portugiese nach, zu welchem Preis wir ihm Stockfisch liefern könnten. Es ist zwar eine lange Zeit her, dass unser Handelshaus Stockfisch versandt hat, aber vielleicht müssen wir nun wieder mit stinkendem Stockfisch handeln, um überhaupt etwas zu tun zu bekommen.«

»Mein Gott, was für Gedanken man sich machen muss! Glaub mir, Clemens, ich verfluche die verdammte Besetzung. Der Handel ist behindert und Krieg kostet immer Geld. Man munkelt, dass der Rat neue Anleihen bei den Bürgern zeichnen lassen will, um die Kontributionsforderungen der Franzosen erfüllen zu können. Was glaubst du, wer die Zinsen dafür tragen soll? Unsere Alten rühmen sich, erfolgreiche Kaufleute zu sein. Doch die Lasten der Besetzung müssen wir Jungen noch viele Jahren tragen. Das gefällt mir übrigens an den Patrioten um von Hess, Mettlerkamp, und auch der junge Sieveking scheint ein kluger Kopf zu sein, denn sie mahnen an, eine durchsichtigere Besteuerung einzuführen und eine bessere Mitsprache der erbgesessenen Bürgerschaft.«

»Ich muss zugeben, dass ich davon nicht so viel verstehe.«

»Dann wird es aber Zeit, dass du dich darum kümmerst. Dein Vater ist nicht mehr der Jüngste. Überleg mal, wie viel Besitz du bei der jährlichen Selbsteinschätzung angeben musst und ob es sich lohnt, mehr anzugeben, damit du als Mitglied der Ehrbaren Kaufmannschaft Einfluss auf die sieben Mitglieder der Commerzdeputation bekommst oder gar selbst in die Commerzdeputation gewählt werden kannst. Wir Jungen sollten uns da mal beraten, besonders, weil wir beiden im Geschäft keine direkten Konkurrenten sind.«

»Das ist ein Wort. Ich melde mich, sobald ich von meiner Reise nach Magdeburg zurück bin.«

Clothilde bei den Runges

Nachdem sein Vater zur Börse gegangen war, verließ auch Clemens das Kontor, um zu den Runges zu gehen. Clemens fühlte sich unsicher. Er hatte keine Einladung erhalten, sondern musste sich auf Clothilde verlassen, die gesagt hatte, dass er bestimmt ein gerngesehener Gast sei. Zudem dachte er erneut darüber nach, ob Clothilde auf irgendeine Weise mit dem Maler verbunden sei, ob sie sein Modell oder gar seine heimliche Geliebte sein könnte. Wie würde sie auf das Wiedersehen mit ihm reagieren. Ob sie sich zurückziehen würde? Clemens plagte die Ungewissheit, denn zum ersten Mal in seinem Leben war er wirklich richtig verliebt.

Auf sein Klopfen an der Tür öffnete die Frau des Künstlers und begrüßte den jungen Kaufmann herzlich: »Herr Maiboom, schön, Sie einmal wieder zu sehen. Fräulein Gauthier hat mir Ihr Kommen angekündigt. Treten Sie näher. Nur haben wir den Tisch noch nicht gedeckt. Bis dahin gehen Sie doch bitte zu meinem Mann hinüber. Er arbeitet noch, Sie kennen ja den Weg.«

Der kleine Otto Sigismund saß auf dem Boden und spielte mit kleinen Tierfiguren, die sein Vater ihm geschnitzt hatte. Clemens stieg vorsichtig über den Kleinen hinüber und klopfte an die Tür des Arbeitszimmers. Erst auf lauteres Klopfen rief der Maler herein und schaute von seinem Arbeitstisch auf. Er war mit einer Feder- und Tuschezeichnung beschäftigt, das

Blatt maß wohl einen Fuß Breite und fast eine Elle in der Höhe. Offenbar war der Künstler noch immer mit dem Bildnis »Der Morgen« beschäftigt, denn sofort beim ersten Blick auf die Zeichnung erkannte Clemens die Figur der Aurea.

»Ach, Herr Maiboom. Bringen Sie wieder englische Zeitungen?«

Hastig schloss Clemens die Tür und der Maler flüsterte: »Verzeihen Sie, ich vergaß, dass wir französischen Besuch haben. Dabei bin ich froh, dass Pauline so gut mit ihr auskommt und Fräulein Clothilde sich nicht zu fein ist, uns in unseren bescheidenen Verhältnissen zu besuchen. Beim ersten Mal ist ihr Vater mitgekommen. Die englische Ware hat er nicht zu Gesicht bekommen, keine Angst. Er hält mich wohl für einen harmlosen Künstler. Vielleicht gibt er ja ein Bildnis in Auftrag, ich hätte nichts dagegen, wenn die Besetzung der Stadt mir so auch einmal etwas nützt.«

Clemens lächelte höflich und setzte dann umständlich an: »Ich bringe keine Zeitungen mit, der Grund meines Besuches ist ein anderer –«

»Sie wollen mit mir über die Kunst reden?« Runge wusste allerdings längst, warum der junge Kaufmann gekommen war. Seine Frau hatte ihm schon von Clothildes Geständnis berichtet, dass sie sich in einen jungen Mann verliebt hatte. Clothilde und Pauline Runge verstanden sich nämlich ausnehmend gut. Und es hatte in Clothilde den Wunsch nach romantischer Liebe freigesetzt, dass die Frau des Malers ihr freimütig von sich und ihrer Familie erzählt hatte, dass sie aus Dresden stammte, dass ihre Vorfahren, die Bassenges, Hugenotten gewesen seien, dass ihr strenger Vater anfangs, 1801, gar nicht erfreut über das Werben des jungen, mittellosen Malers um seine erst sechzehnjährige Tochter gewesen war. Pauline hatte Clothilde so rührend von den Briefen des Kunststudenten und ihren Zusammenkünften berichtet. Die Heirat des Künstlers mit der Tochter eines Handschuhfabrikanten war nicht die von bürgerlichen Eltern eingefädelte Vernunftehe, sondern beruhte auf echten, stürmischen Gefühle.

Runge neckte seinen Besuch weiter: »Oder wollten Sie ein Märchen von mir lesen? Hier schauen Sie, es ist gerade im ›Einsiedler‹ erschienen.« Runge reichte Clemens die »Zeitung für Einsiedler«, in der in zwei Folgen am 9. und 12. Juli das Märchen »Von dem Mahandel Bohm« abgedruckt war.

Clemens schüttelte nun ungeduldig den Kopf: »Nein, Herr Runge, ich will ehrlich sein. Ich wollte die Gelegenheit nutzen, Fräulein Clothilde zu sehen. Ich muss mich für eine ganze Zeit von ihr verabschieden, denn ich begleite Waren elbaufwärts nach Magdeburg.«

Runge lachte den jungen Mann offenherzig an: »Entschuldigen Sie, Herr Maiboom, dass ich Ihnen absichtlich falsche Gründe unterstellte. Meine Frau informierte mich über Ihr Kommen. Mademoiselle Gauthier ist ihr zugeneigt und ich freue mich, dass die beiden Bekanntschaft geschlossen haben. Im Vertrauen, ich weiß aus eigener Erfahrung, wie schwierig es ist, der Dame seines Herzens nahe zu sein. Ich habe das Gefühl, dass Clothilde sich sehr über Ihr Kommen freut. Im Rahmen allen Anstands, um das Vertrauen ihres Vater nicht zu missbrauchen, will ich Ihr Zusammentreffen hier gern billigen. Daran ist nichts Unredliches, und wir sind stets dabei, damit hier niemand unter den Verdacht der Kuppelei gerät. Was die Kraft der Liebe zusammenführt, das soll kleinliches Denken nicht trennen. Kommen Sie, Maiboom, nehmen wir einen Kaffee zusammen mit den Damen, bevor ich mich wieder an die Arbeit mache.«

So geschah es, dass Clothilde und Clemens auf dem kleinen Sofa in der guten Stube des Ehepaars Runge nebeneinander sitzen konnten und sich verstohlen kurz die Hände reichten, während Pauline Runge stolz von Goethes Einladung nach Weimar berichtete und der Künstler selbst über seine Farb- und Lichttheorie sprach. Stolz demonstrierte er ein Kugelmodell über die Zusammengehörigkeit der Farben und ihrer Nuancen, welches allerdings noch nicht zur vollständigen Zufriedenheit des Künstlers ausfiel.

Clemens berichtete von einer geplanten Handlungsreise elbaufwärts mit einem Frachtkahn nach Magdeburg, bedauerte sein voraussichtlich wochenlanges Ausbleiben und nahm dann den Faden Runges auf, um einen gemeinsamen Ausflug mit einem Kahn auf der Alster in Aussicht zu stellen. »Ich hoffe, dass ich im September früh zurück bin. Dann wünschte ich mir einen schönen warmen Tag, an dem wir alle an die Oberalster fahren könnten. Ihr kleiner Sohn wird sicher auch Vergnügen daran finden.«

»Gewiss, das kann ich mir gut vorstellen«, stimmte Runge zu und fügte hinzu: »Allerdings ist meine Pauline wieder guter Hoffnung. Wir werden kurzfristig entscheiden müssen, ob sie einen Ausflug auf einem schwankenden Kahn vertragen kann.«

Clothilde genoss die vertrauliche Atmosphäre und Clemens war froh, dass Clothilde nichts über die geschäftlichen Verbindungen des Kaufmannshauses Maiboom zu der französischen Armee ausplauderte. Schließlich musste sie über ihren Vater Kenntnisse von dem Stahlgeschäft haben, auch wenn sie vielleicht nicht wusste, dass es der Waffenstahl war, den Clemens nach Magdeburg transportierte. Ob sie ahnte, dass Clemens ein derartiges Geschäft peinlich war? Ahnte sie, dass es Clemens unangenehm wäre, wenn die Geschäfte mit der französischen Armee bekannt würden?

Dann rief Frau Runge ihren Mann unter einem Vorwand in die Küche, damit die beiden Verliebten die Gelegenheit zu einem Kuss bekamen.

»Oh Clemens, ich bin sehr froh, dass Sie hierher gekommen sind. So ist es Ihnen ernst mit Ihrer Zuneigung? Es war nicht nur ein Aufflammen der Gefühle, das sich in einem Kuss entlud? Einem schönen Kuss!«

Clemens ergriff Clothildes Hand und gestand ihr mit aufgeregter Stimme: »Clothilde, ich schwöre es: Ich spüre ein aufrichtiges Gefühl in mir, das nichts mit einer leichtlebigen Schwärmerei zu tun hat. Glauben Sie mir, ich will Ihnen nicht lediglich Komplimente machen, Sie erobern, nur um einen Sieg zu erringen. Sie sind nicht nur bezaubernd anzusehen, Sie sind auch so wortgewandt und geistreich, wissen ernsthaft und interessant zu erzählen, und Ihren Mut auf der Elbe rechne ich Ihnen hoch an.

Verzeihen Sie mir, wenn ich Sie bedränge, denn es ist mir ein echtes Bedürfnis, Ihnen meine Liebe zu erklären! Endlich habe ich den Mut, so zu sprechen, wusste ich doch am Anfang gar nicht, was ich sagen sollte.« Clothilde hauchte nur: »Clemens, Sie gefallen mir so sehr«, zog ihn an sich, und die beiden küssten sich leidenschaftlich. Dann war ein Rumoren auf dem kleinen Flur unüberhörbar und zwang die beiden, sich wieder schicklich auf dem Sofa zu platzieren. Clothilde raunte ihrem Verehrer zu: »Es sind liebe Leute, nicht wahr. Sicher können wir uns hier nochmals treffen. Ich glaube, sie würden mir auch Briefe aufbewahren, falls Sie mir Nachrichten schicken wollen, die meinem Vater nicht in die Hände fallen sollen.« Clemens nickte. So würde er Runge nicht nur wegen der Schmuggelgeschäfte und der patriotischen Verbindung um Perthes verpflichtet sein, sondern nun auch wegen seiner Liebesgefühle gegenüber Clothilde.

Nachdem die beiden Verliebten noch ein wenig mit dem Ehepaar Runge beisammen gesessen hatten, schlug die Turmuhr fünf. Pünktlich kamen die von Monsieur Gauthier georderten Sänftenträger, um Clothilde abzuholen. Clemens verabschiedete sich kurz darauf von den Runges. Er wurde schon zu Haus erwartet, denn aus Stade war die Botschaft eingetroffen, dass die Fahrt nach Magdeburg losgehen könne.

21. August 1808

An Mademoiselle Gauthier
Bei Ehepaar Philipp Otto Runge, Rödingsmarkt Numero 23 zu Hamburg
Sehr verehrte Clothilde,
nun ist es erst vier Tage her, dass ich Sie sah und doch verzehre ich mich schon nach Ihnen. Ich muss meine Ungeduld, Sie endlich wieder zu sehen, bezähmen und betrachte die Wartezeit

als schicksalhafte Prüfung. Statt Sie nun immer besser kennen zu lernen, mit Ihnen Gleichklänge zu entdecken, gemeinsame Pläne zu schmieden, muss ich hier meiner Aufgabe nachgehen, damit unser Handelshaus weiterlebt, meine Familie und mich ernährt und auf diese Weise auch anderen Arbeit und Unterhalt bietet. Obwohl ich Ihnen nicht nahe sein kann, empfinde ich das tiefe Glück, einen Augenblick der Liebe erlebt zu haben. Noch nie bin ich von diesem Gefühl so heftig berührt worden. Clothilde, was ich Ihnen auf dem Dach des Rathauses gestand, ist kein jugendliches Erproben eines Liebesschwurs. Ich bin so froh, Sie getroffen zu haben. Ich freue mich schon so sehr auf das Wiedersehen. Möge ich in Magdeburg nicht unnötig aufgehalten werden.
In Ungeduld und voller Sehnsucht
Ihr Clemens Maiboom in Dömitz

Überfall auf der Elbe

Lieber Herr Vater,
vorab schicke ich Ihnen schon einen ausführlichen Bericht, den ich anhand meiner Tagebuchnotizen erstelle, damit Sie durch anderslautende Nachrichten über das Unglück nicht zu sehr beunruhigt sind. Sobald ich wieder in Hamburg eintreffe, werde ich Ihnen von einem Verdacht zu erzählen haben. Schriftlich möchte ich mich nicht äußern, denn man weiß nie, wer diesen Brief sonst noch liest. Trotz aller Vorfälle, unsere geschäftlichen Ergebnisse können uns leidlich zufrieden stimmen. Doch nun der Reihe nach.

18. August
Wie Sie sich erinnern, brach ich mit dem Sergeanten Paul Maurice und vier gemeinen Soldaten des Linienregimentes am Morgen des 18. *August auf. Ein Fischerboot setzte uns an der Schwingemündung ab und nach einem kurzen Fußweg erreichten wir die Landestelle des dänischen Schiffes, welches*

die Stahlladung gebracht hatte. Das Umladen der Ware in zwei kleinere Elbkähne war schon fast beendet. Der Schiffer Ole Hilken hatte die Verladung beaufsichtigt und auch schon den Stader Zoll und die üblichen Abgaben bezahlt. Erstaunt war ich jedoch darüber, dass es nicht Ole Hilkens Ewer und Schuten waren, sondern Lauenburger Schiffe, so genannte Kaffenkähne. Ole lachte, als hätte er mich reingelegt: ›Es ist nicht so, wie Sie denken, Herr Maiboom. Alles hat seine Richtigkeit. Sie müssen nicht befürchten, einen höheren Frachtlohn bezahlen zu müssen. Ich helfe den Maibooms aus alter Familientradition und ich helfe meinem Sohn. Der Schiffer hier, Jan-Peter, ist mein Sohn, er hat nach Lauenburg geheiratet und dort das Geschäft seines Schwiegervaters übernommen. Meine Elbewer sind viel zu schwer und alt für die Fahrt nach Magdeburg. Zudem führt die Elbe im Sommer zu wenig Wasser, meine Schiffe hätten zu viel Tiefgang. Darum hab ich die Kaffenkähne und die Lauenburger bestellt, sie kennen sich aus mit der Elbfahrt. Der alte Kerl neben meinem Sohn heißt Werner Hinsch und ist der beste Haupter im ganzen Lauenburgischen, ein Lotse, würdet ihr Hamburger sagen. Den Vertrag habt ihr Maibooms mit mir geschlossen, an mich zahlt ihr den verabredeten Lohn und die Charter der Schiffe. Und das sind eben meine Leute, die ich bezahle!‹
So fing die Fahrt mit einer Überraschung an, obgleich ich nichts dagegen einzuwenden wusste. Die Gewehrlaufrohlinge und der Bandstahl waren zu gleichen Teilen auf die beiden Kaffenkähne verladen und je sechs Mann Besatzung waren an Bord. Mit mir und den fünf Franzosen waren wir also achtzehn Personen. Zum Glück hatte Jan-Peter Hilken als erfahrener Binnenschiffer genügend Proviant gebunkert und so konnte die Fahrt mit dem nächsten auflaufenden Wasser losgehen. Ein munterer Westwind unterstützte die Fahrt und wir kamen gut voran. Die Kaffenkähne sind sehr flache und schmale Rahsegler, übertakelt, schlecht an der Kreuz, aber der Wind kam raumschots und war also günstig. Es ging die Süderelbe hoch; bei der Bunthäuser Spitze wurden wir kontrolliert, doch der

französische Zöllner akzeptierte die Papiere der Militärbehörde und wir mussten nichts zahlen. Beim Zollenspieker musste ich schon ein Trinkgeld springen lassen, denn der dreiste Zöllner gab vor, die Papiere in Hamburg erst prüfen lassen zu wollen. Seine vier Grenadiere machten einen gefährlichen Eindruck, spielten mit ihren Granatentaschen. Selbst der Sergeant Maurice wusste nicht recht, was er tun sollte. Ein paar Schillinge verbesserten unsere Situation schlagartig. So kamen wir unter Segel am ersten Tag bis Lauenburg. Die beiden Schiffe wurden mit großem Hallo begrüßt, die Kameraden, Frauen und Liebsten der Lauenburger warteten schon an der Anlegestelle vor der französischen Schiffsbrücke. Die französischen Ingenieure der Armee haben eine Reihe von Kähnen in der Elbe verankert und darüber eine Brücke geschlagen. So können sie ihre Wagen und Truppen vom Lauenburgischen schnell nach Lüneburg und umgekehrt bringen. Am Anleger wurden wir sogleich inspiziert und trotz des Passierscheins musste ich wieder einige Schillinge bezahlen, damit die Franzosen ihre schwimmende Brücke öffneten und wir unsere Kähne durchziehen konnten. Oberhalb legten wir dann an. Wir übernachteten in Lauenburg und leider kamen fünf Mannschaftsmitglieder erst mit großer Verspätung und besoffen wieder an Bord. Na ja, es sind halt Treidler, dumm wie die Zugtiere, aber kräftige Figuren. Ohne sie hätten wir nicht abfahren können, denn schon bald sollten wir sie wegen widriger Winde brauchen. Die Matrosen der Seeschiffe gefallen mir besser, sie sind gewitzter und williger.

19. August

Zunächst ging es langsam bei schwachem Wind gegen die Strömung weiter. Bei Bleckede wurden wir schon wieder aufgehalten. Der Vogt und Buhnenmeister ließ sich die Papiere zeigen und fing auch an, von Fälschungen zu reden. Außerdem wollte er nur seinen eigenen Leute das Benutzen der Treidelwege gestatten. Der Sergeant Maurice und seine vier Infanteristen hatten ihre Uniformjacken wegen der Hitze ausgezo-

gen. Jetzt mussten sie sich erst wieder fein machen und dann ließ Maurice seine Männer mit geschultertem Gewehr Aufstellung nehmen, um dem Mann Respekt vor der französischen Armee beizubringen. Damit wir Ruhe bekamen, hab ich dem Vogt ein paar Schillinge Trinkgeld gegeben und er zog ab. Leider war nun aber der Wind eingeschlafen. Ab nun musste getreidelt werden. Oh, welche Hundsarbeit! Erst wollte ich mit anfassen, aber Jan-Peter Hilken deutete mir an, dass weder er noch ich uns ins Geschirr spannen lassen sollten, denn dann würden wir unser Ansehen verlieren. Es würde noch früh genug dazu kommen, dass wir alle Autorität bräuchten, um uns gegen die müden Treidelkerle durchzusetzen. Auch die Franzosen machten keine Anstalten, beim Treideln zu helfen.

Es ist schon was anderes: Matrosen von Seeschiffen können nicht so leicht fortlaufen. Wenn man erst mal auf See ist, dann gehorchen sie auch gut. Bei den Treidelkerlen ist es anders. Ihnen muss man imponieren, damit sie gehorchen und dabei bleiben. Ach, ich bin froh, dass ich bald nichts mehr mit diesen Leuten zu tun habe. Die Binnenschifffahrt wird nicht mein Geschäft werden, das ist sicher.

Ich kann auf eine Art den Vogt von Bleckede verstehen. Er muss sich darum kümmern, dass die Treidelwege in Ordnung sind, dass die Buhnen für einen guten Fluss des Elbstromes sorgen und keine Sandbänke entstehen oder Ufer weggerissen werden. Bäume und Büsche dürfen in Ufernähe die Schleppleinen nicht behindern, ja, der Wind soll die Segel füllen können, also darf kein Wald entstehen, die Wege sollen nach Hochwasser nicht im Matsch versinken, sondern mit Knüppeln, Faschinen und Steinen befestigt, trittsicher und sauber sein. Treibholz und Binsenreste müssen nach jeder Flut beiseite geräumt werden. Und die armen Kätner und Tagelöhner des Vogtes haben nur die Möglichkeit, ein Zubrot zu verdienen, wenn sie aufwärtsfahrende Schiffe ziehen. Kein Wunder also, wenn der Vogt enttäuscht war, nachdem er unsere Papiere sah.

Die großen Rahsegel füllten sich also in den nächsten Stunden nur selten, meist musste gezogen werden. An diesem Tag sind wir nur noch bis kurz vor Hitzacker gekommen. Als es dunkel wurde, rasteten wir und machten die Kähne am Ufer fest, denn das Schleppen ist nachts zu gefährlich. Die Sandbänke sind nicht auszumachen, und wenn man so einen Kaffenkahn festsetzt, kann man ihn schlecht wieder flottmachen. Der Sergeant Maurice machte mich am Nachmittag darauf aufmerksam, dass ein Reiter uns zu beobachten schien. Ich dachte zuerst, dass es ein Beobachter des Vogtes sei, aber der hätte sich nicht zu verbergen brauchen. Dieser Mann suchte aber Deckung und wollte unauffällig bleiben.
Maurice meinte, ich sollte ruhig bleiben und unsere Beobachtung verschweigen. Dann fügte er hinzu: »Die Treidelkerle und die Schiffer an Bord sind so schlicht, sie ahnen nicht, dass sie ein gefährliches Gut befördern. Gewiss, ihnen ist klar, dass Eisen eine Ware ist, aber sie denken nicht daran, dass jemand daran Interesse hat, dass dieses Frachtgut nicht ans Ziel kommt, dass diese Ware nicht weiterverarbeitet wird. Herr Maiboom, ich bin nur ein einfacher Sergeant, ich führe Befehle aus. Mir hat man nicht gesagt, wie viel Ware ich mit meinen Soldaten beschützen soll. Aber ich habe überschlagen, dass man aus diesem Stahl gut fünftausend Gewehrläufe bohren und dreitausend Säbel oder noch mehr Seitengewehre schmieden kann. Es wird den Russen nicht schmecken, wenn diese Ware nach Osten zieht. Auch den Preußen und den Sachsen und selbst den Engländern im Westen wird es nicht gefallen. Ich habe schon begriffen, warum Sie die Ware nicht im Hamburger Hafen umgeschlagen haben. Hamburg ist ein Ort, an dem viele Gesandte und kluge Köpfe Berichte verfassen und auf geheimen Wegen weitergeben. Stade ist da weniger bedeutsam. Aber ich fürchte, da drüben hat trotzdem jemand Kenntnis von unserem Auftrag. Oder ist das dort am Ufer ein Kundschafter von normalen Flusspiraten? Die Gegend ist nicht sehr belebt hier.«
In der Tat war nicht sehr viel Verkehr auf der Elbe. Elbabwärts

waren ein paar Kähne mit Mühlsteinen und Sandsteinblöcken aus Sachsen beladen vorbeigezogen und auch zwei große Baumstammflöße von je 60 Fuß Länge und 18 Fuß Breite hatten uns passiert, Bauholz für Hamburg und Harburg, Bauholz für die französischen Garnisonen, für Befestigungen und die Lauenburgische Schiffsbrücke. Überholt aber hatte uns elbaufwärts niemand und uns folgte in Sichtweite auch kein Schiff.

Später sahen wir den verdächtigen Reiter nicht mehr. Mit Einbruch der Dunkelheit wurden die Mücken und Stechfliegenschwärme fast unerträglich. Unsere Persenning bot lediglich Schutz vor Wind, Sonne oder Regen, ließ die Plagegeister jedoch ohne Schwierigkeiten durch. Auf jedem Kaffenkahn gab es nur eine gute Koje in der winzigen Heckkajüte, und die beanspruchten Hinsch auf dem einen und Jan-Peter Hilken auf dem andern für sich. Die Mannschaft musste sich im Laderaum Platz suchen.

Hilken hatte mit Absicht seine Leute nicht mehr angetrieben, denn er wollte gar nicht zum Übernachten in Hitzacker anlegen. Er meinte, dass es ganz gut sei, wenn die Männer keine Ablenkung fänden und womöglich in der kleinen Stadt Hitzacker mit Mägden und anderen Fahrensleuten das Saufen anfingen. Ich fragte ihn nach seinen Erfahrungen mit Räubern und Flusspiraten. Er lachte nur und meinte, man müsse eben aufpassen; doch dann wollte er mich beruhigen und sagte: »Wer klaut schon Rohstahl? Wo soll man den zu Geld machen? Wie soll man den unauffällig wegschleppen? So viel kann doch kein Hufschmied oder Grobschmied auf dem Dorf gebrauchen!«

In Hitzacker hatte man dennoch Nachricht bekommen, dass zwei Kaffenkähne flussabwärts festgemacht hatten, denn zwei Brauknechte kamen am Abend und hielten Breyhahn feil, ein besonderes obergäriges Bier, das sehr erfrischend schmeckte. Die Knechte hatten das kleine Fass mit einer Schubkarre auf dem Treidelweg befördert und machten nun ein gutes Geschäft, denn wir waren alle durstig. Mit dem Einbruch der Dunkelheit kamen noch zwei Dirnen, um ihre Dienste anzubieten. Sie waren von weitem ganz hübsch anzusehen, geizten auch nicht mit verführerischen Ansichten, trugen aber recht schmutzige Kleider. Ich hielt Jan-Peter Hilken und Maurice an, den Männern den Umgang mit ihnen zu verbieten. Ich wollte weder Streit um deren Gunst oder die Reihefolge ihrer Geschäfte noch irgendwelche lästigen Läuse oder ansteckende Krankheiten an Bord haben. Die Männer murrten zwar, waren aber auch zu müde, um sich heimlich ans Ufer zu schleichen.

20. August
Früh am windstillen Morgen ging die Treidelarbeit wieder los. Als wir Hitzacker erreichten, wurden wir nur kurz von einem Stadtbediensteten inspiziert, ohne dass wir etwas zu zahlen gehabt hätten. Doch war das Städtchen gerade außer Sichtweite, als der vorausfahrende Kahn mit dem Haupter Hinsch auf eine Sandbank lief. Er hatte zwar am Bug gestanden, war nur kurz abgelenkt gewesen und hatte einen alten Baumstamm übersehen, der morsch und vollgesogen unter der Wasseroberfläche auf dem Grund lag. Die Treidelkerle hatten sich ordentlich ins Zeug gelegt, und so war der Bug mit Schwung schräg auf dem Stamm gerutscht, hatte sich dabei auch noch unglücklich in einer Astgabel verkeilt. Zwei Stunden dauerte es, bis wir den Baumstamm mit Äxten zerkleinert und mit Hebeln den Kahn wieder flottgemacht hatten.
Einer der Männer hatte inzwischen aus Trockenerbsen und Speck die übliche Suppe gekocht. Wir aßen und pausierten dann doch im Schatten. Als ich zum anderen Ufer blickte, war mir, als wenn ich dort zwischen einigen Weiden einen Reiter spähen sah, der jedoch sogleich verschwand.
Zum Glück war zu Mittag ein ordentlicher Südwind aufgekommen, dass wir das Treideln nachlassen und ein Stück segeln konnten. Der Weg wurde durch den Verlauf des Flusses vorgegeben, und so war es nötig, andauernd die Segelstellung zu ändern. Das kostet viel körperliche Kraft, und auch der Geist ist

beansprucht. Abends würden alle sehr müde sein. Die Kaffenkähne haben sehr hohe Masten, um viel Wind einzufangen, denn ohne dessen Kraft kann man kaum gegen die Strömung ankommen.
Zwei Eldekähne kamen uns am Nachmittag kurz vor Dömitz in einer Elbbiegung entgegen, und beinahe wären wir beim Ausweichen im Uferschlamm stecken geblieben. Das schlagende Segel fegte bei diesem Manöver einen Franzosen ins Wasser, der zum Glück schwimmen konnte.
Trotz des guten Windes kamen wir nur bis Dömitz. Abends gab es ein Wärmegewitter und ich war froh, dass Hinsch und Hilken sich entschieden, den Männern ein wenig Ruhe zu gönnen und erst am nächsten Mittag weiterzufahren. So konnte ich nach Dömitz hineingehen und in einem Gasthaus in einem richtigen Bett übernachten. Ich traf im Schankraum einen Feldscher der preußischen Armee, der flussabwärts reiste. Er hatte 1806 die Schlacht bei Jena und Auerstedt mitgemacht, sein Lazarett aufgeben müssen, war dann an Gelbsucht erkrankt und hatte sich in Magdeburg mit Hilfsarbeiten bei einem städtischen Barbier so geradeeben über Wasser gehalten. Nun hatte er sich erholt und verfolgte den Plan, elbabwärts bis Hamburg und von da bis nach Lübeck zu reisen. Von dort wollte er mit einem Schiff nach Königsberg gelangen, um sich den dortigen restlichen preußischen Truppen anzuschließen. Sein preußischer Pass erlaubte ihm die Reise nach Hamburg, aber ob ihm der preußische Gesandte Herr von Grothe wie erhofft einen Pass für die Wanderung durch dänisches Gebiet ausstellen würde können, hielt ich für sehr zweifelhaft. Es war sehr interessant, sich mit ihm zu unterhalten, denn er deutete an, dass sich in Preußen ein deutlicher Widerstand gegen Napoleon zu regen beginnt, wobei die preußische Regierung unter dem Staatskanzler Graf von Hardenberg eine hervorragende Rolle spielt, denn sie hilft dem Volk gegen die adligen Junker und andere Grundherren. Ich habe gar nicht gewusst, dass es letztes Jahr ein Edikt zur Bauernbefreiung in Preußen gab und in diesem Jahr eine neue Städteordnung: Jetzt können die

Bürger einen Magistrat wählen. Was in Hamburg so selbstverständlich ist, gilt nun auch in den preußischen Städten! Der Feldscher fing regelrecht an zu schwärmen und von der Bildung einer deutschen Nation zu reden. Er fragte mich auch nach Patrioten in Hamburg, aber ich konnte ihm dazu natürlich nichts sagen.

21. August
Das Wetter hatte sich nach dem Gewitter geändert. Aus Westen war über Nacht eine graue Wolkendecke aufgezogen. Windstille und dichter Landregen verhinderten nun ein Weiterreisen, denn nachdem ich von Hinsch und Hilken gehört hatte, dass durch den Regen steigende Wasserstände, größere Strömung und verschlammte Treidelwege zu erwarten waren, sah ich ein, dass diese Verhältnisse für die schwere Arbeit der Treidelknechte nicht zuträglich war. Ihre Kleidung wäre von außen durch den Regen und von innen durch den Schweiß durchnässt. Und wenn die Männer erschöpft sind, unterlaufen ihnen leichte Fehler. Falls den Treidelknechten gar das Schleppseil entgleitet, kann sich ein Kahn quer legen oder in der Strömung losreißen. Mir war auch nicht wohl bei dem Gedanken, bei diesem Wetter das Gasthaus zu verlassen. Elbab aber ging der Verkehr munter, denn die Flößer und Schiffer freuten sich, bei starker Strömung und schneller Fahrt Zeit zu gewinnen.

24. August
Endlich hatte sich das Wetter gebessert. Mir ging es allerdings gar nicht gut, denn etwas von der Wirtshauskost hatte mir den Magen verdorben. Aus der Apotheke hatte ich mir Tropfen gegen den Durchfall geholt, doch halfen sie nur wenig gegen die Übelkeit. Trotzdem, wir mussten ja weiter. Die nötigen Arbeiten wurden ja auch ohne meine Aufsicht verrichtet und so hatte ich mir ein Lager mittschiffs beim hohen Mast eingerichtet. Anfangs konnten wir einen aufgekommenen Nordwind ausnutzen, doch bei der Gorlebener Elbbiegung trieb uns der Wind zu sehr querab. Wir mussten nun am nördlichen

Ufer treideln und kamen nur langsam voran. Ab Lenzen ließ es sich wieder segeln und wir erreichten abends Schnakenburg, ankerten in der Mündung des Aaland, und bekamen beim letzten Tageslicht noch Besuch von einem großen böhmischen Floß, auf dem ein Fiddler aufspielte und ein munteres Reisevolk sang und tanzte.

25. August
Am nächsten Morgen dauerte es geraume Zeit, ehe das Floß mit den großen Bug- und Heckriemen in die Strömung gerudert war. Erst danach konnten auch wir unseren Weg fortsetzen. Es war ein scheußlicher Tag ohne günstigen Wind. Ein quer getriebenes Floß und ein darin verfangener Kahn behinderte unsere Weiterfahrt. Wir halfen bei der Bergung, damit die Stauung sich schneller auflöst. Ich bildete mir ein, wieder von einem Reiter beobachtet zu werden. Wir kamen nur bis Wittenberge. Ich gönnte mir wieder eine Übernachtung im Wirtshaus.

26. August
Ein Zolleinnehmer machte Schwierigkeiten, wollte die Papiere einziehen und überprüfen lassen. Als ich ihm Geld anbot, ließ er die Stadtwache holen und mich festnehmen. Erst der herbeigerufene französische Offizier klärte die Situation. Zum Weiterfahren war es zu spät.

27. August
Wir brachen früh auf, mussten sogleich treideln. Ein am Vormittag aufkommender starker Südostwind machte die Arbeit zu einer Plackerei. Unterwegs trafen wir einen Treidelmeister mit Pferdeknecht und sechs kräftigen Zugpferden, der elbabwärts unterwegs war und Arbeit suchte. Um voranzukommen, nahm ich ihn in die Dienste. Die Abrechnung habe ich mit Namen und Quittung separat abgeheftet. Wir kamen so noch bis zur Einmündung des Havelkanals auf der Höhe des Städtchens Havelberg. Hier war recht viel Verkehr auf der Elbe,

und wir bekamen den letzten guten Anlegeplatz. Zwielichtige Typen trieben sich bei den Schiffen herum. Soldaten und Zöllner hatten ein Auge auf die Waren. Ich wurde trotz unserer Papiere zur Kasse gebeten.

28. August
An Segeln war nicht zu denken. Ich nahm ein paar billige Tagelöhner dazu und so kamen wir langsam, aber stetig voran. Es war sehr heiß. Die Elbe führte wenig Wasser. Bei Arneburg saßen wir drei Tage fest. Endlich änderte sich das Wetter und mit dem Regen stieg der Wasserstand.

1. September
Bei Regen und starker Strömung kamen wir nur bis Tangermünde. Die Treidelwege waren so matschig, dass die Kerle teils bis zu den Knien versanken. Wir machten wieder Rast, aber diesmal vor Erschöpfung. Erneut fielen Mückenschwärme über uns her, sobald der Regen eine Pause machte. Am späten Nachmittag sah ich im Regen auf einem Hügelkamm einen Reiter, der Sergeant Maurice und mir bekannt vorkam. War es ein geheimer Kurier der französischen Armee, der uns überwachen sollte?

2. September
Das Wetter hatte sich geändert. Spät am Vormittag waren wir erst losgekommen. Der Regen war vorbei, Sonne und Wolken wechselten sich ab. Die Elbe führte viel Wasser mit entsprechender Gegenströmung, aber ein guter Nordostwind unterstützte uns beim Treideln. Die Schiffer hatten Segel gesetzt und mussten höllisch aufpassen, dass Zugleinen und Segelei zueinander passten und keine Untiefe im Weg lag. Und dann kurz vor Rogätz und der Einmündung der Ohre passierte das Unglück. Die Elbe floss durch eine schmale Stelle mit hohem Druck und die Segel der Kähne waren eingeholt. Es wurde auf dem westlichen Ufer getreidelt. Werner Hinsch saß am Bug des ersten Schiffes und spähte nach Hindernissen im trüben

Wasser, nach Strudeln und verräterischen Wellenlinien aus, wobei es schon begann, dämmerig zu werden. Wir wollten noch an der Einmündung der Ohre vorbei und dort festmachen. Bis Magdeburg waren es nun nur noch wenige Tage. Ich hatte es mir auf dem zweiten Kahn gemütlich gemacht und mich auf ein zusammengerolltes Stück Segeltuch gebettet. Da stießen Hinsch und die Treidler vor uns Warnrufe aus. Ein großes Floß trieb führerlos quer die Elbe hinab. Einzelne Stämme hatten sich gelöst. Treckt, zieht den Bug herum aufs Ufer. Los. Schnell, dann die Anker ausbringen, Festmacherleinen, Äxte und Pekhaken bereithalten, kommandierte Hinsch und jedem war klar, was passieren konnte. Das Floß könnte unsere Kähne mitreißen, die Stämme unsere Bugwand zerdrücken oder wenigstens leckschlagen und dann würden wir sinken, die Stämme würden sich über die Kähne schieben, die Ladung würde geflutet, wahrscheinlich würden die Rümpfe bersten und dann würde eine Bergung des Stahls nicht einfach sein. Das trübe Herbsthochwasser würde die Sache nicht leichter machen.

Es kam, wie es kommen musste. Die quer treibenden Balken wurden teils unter teils direkt gegen die Kähne gedrückt, zogen und zerrten an ihnen, um sie mit elbabwärts zu reißen. Das Floß kroch unaufhaltsam wie eine riesige Kellerassel durch das Flussbett. Wir konnten die Schiffe nicht an Land halten, die Festmacherleinen waren zum Zerreißen gespannt.

Wie gelähmt musste ich dem Schauspiel zusehen und blitzschnell geschah dann das erste Unglück: Eine Leine riss und das zurückschnellende Ende schlug einem der Treidelkerle direkt ins Gesicht, Blut strömte ihm aus Mund und Nase, da wurde der Kahn von den nachdrängenden Floßteilen ruckartig bewegt und der arme Kerl fiel über Bord zwischen die Stämme. Seine Kameraden wollten ihm helfen, aber sie bekamen den Körper des Verunglückten nicht zu greifen und er wurde wie von Mühlsteinen zwischen den sich drehenden Holzstämmen zermalmt. Der flussaufwärts am Ufer liegende Kahn hatte sich derweil endgültig losgerissen. Drei der Treidelkerle hörten nicht mehr auf ihren Anführer Hinsch, sie nah-

men die Pekstangen als Balancierhilfe und tanzten über die sich unaufhaltsam bewegenden Stämme an Land. Einer stürzte noch kurz vor dem Erreichen des Ufers, konnte sich aber selbst befreien und schleppte sich auf den Strand, wo er vor Schmerz schreiend zusammenbrach. Hinsch fluchte ihnen hinterher, blieb aber mit kühlem Kopf auf dem Kahn. Die unmittelbare Gewalt wirkte nun, da das Lastschiff im Verband mit den Baumstämmen flussabwärts trieb, auch nicht mehr so bedrohlich auf die Bordwand ein. Hinsch nahm die Axt, beugte sich über die Reling, trennte hier und dort die Seile, Leinen und hölzernen Verbindungen zwischen den noch zusammenhängenden Floßbaumstämmen. Er drückte hier und da ein paar Stämme auseinander. Unaufhaltsam trieben Kahn und Baumstämme elbabwärts, aber gottlob gelang es dem kämpfenden Hinsch, das Knäuel ein wenig zu lockern. Welch Glück, dass keine Untiefe, kein Fels den Schiffsboden auftrennte, denn zu steuern war dieses Treiben nicht. Endlich weitete sich das Flussbett und Hinsch gelang es mit mehr Glück als Können und Kraft, den Kahn ans Ufer zu staken und dort lief er auf den Kies.

Dieser Kahn, auf dem ich mich befand, hatte etliche Knuffe von vorbeitreibenden Stämmen abbekommen, war ein Stück am Ufer entlanggeschleift worden und in großer Angst hatte auch ich mich mit einem Satz ans Ufer gerettet, wobei mir die Pekstange half, über die treibenden Stämme zu springen. Da sah ich auf einem höhergelegenen Weg teils verdeckt durch Buschwerk die Silhouette eines Reiters gegen den Abendhimmel; er beugte sich aus dem Sattel und spähte hinter dem abgetriebenen Hinsch her.

Irgendwie hatte ich die Eingebung, dass dieser Reiter etwas mit dem Ereignis zu tun haben könnte. So rasch ich konnte, arbeitete ich mich die Böschung hinauf. Die Schreie im Hintergrund und das dumpfe Grollen und Poltern der Stämme im Wasser verhinderten wohl, dass der Reiter mich kommen hörte. Erst im letzten Moment nahm er mich wahr, wollte seinem Pferd die Sporen geben, aber ich versetzte ihm mit der Pekstange, die ich noch immer bei mir trug, einen Stoß, dass er aus dem Sattel stürzte, während das Reittier durchging und davonstob. Der Mann rappelte sich schnell auf und zog sogleich einen Dolch aus dem Gürtel. Ich versetzte ihm einen neuen Stoß gegen das Knie, dass er stöhnend zusammensackte. Laut rief ich den Sergeanten Maurice zu Hilfe und drohte erneut zuzuschlagen, worauf der Kerl sich am Boden ergab, den Dolch wegwarf und die Hände schützend über seinen Schädel hob.

Lieber Vater, ich will es kurz machen. Wir haben den Kerl gefangen genommen und mitgeführt. Es herrschte natürlich noch viel Verwirrung in der hereingebrochenen Dunkelheit, bis endlich die abgetriebenen Kähne geborgen waren und der Schaden absehbar wurde. Später sollte es sich zeigen, dass der Gefangene offenbar an einem Überfall auf die Flößer beteiligt gewesen war. Die böhmischen Flößer hatten das Floß oberhalb von Rogätz verankert, um dort zu übernachten. Nur eine Wache von zwei Männer war zurückgeblieben, während die anderen sich in Rogätz umschauen wollten. Da waren die Flößer von vier maskierten Männern überfallen worden, die die beiden halbtot geschlagen, das auf dem Floß errichtete Zelt geplündert und niedergerissen hatten. Dann brachen sie die Ketten, Leinen und grünen Schösslinge auf, die das Floß zusammenhielten, und so wurden die Floßteile und einzelnen Baumstämme von der Strömung erfasst und trieben schließlich mit Macht gegen unsere Kähne.

Im Morgengrauen hatte sich die Lage etwas beruhigt. Hinsch und Hilken erklärten den vermissten Lauenburger Treidelknecht für tot. Der Mann mit dem gebrochenen Knöchel lag mit geschientem Bein auf dem Schiff. Zusammen mit den Infanteristen hatte ich mich auf die Suche nach einem Hof gemacht, wo wir Zugpferde mieten wollten, denn die Männer waren nach dieser Nacht zu erschöpft, um bis nach Rogätz zu treideln. Endlich hatten wir ein Bauernhaus gefunden, wo ich in der dunklen Diele direkt in ein Fettnäpfchen trat, welches das aus den an den Deckenbalken hängenden geräucherten Würsten und Schinken tropfende Fett auffangen sollte.

So wird aus meinen Zeilen wohl deutlich, mit welchen Schwierigkeiten und Hindernissen wir zu kämpfen hatten, bis wir endlich Rogätz erreichten. Der Stadtvorsteher verlangte eine Klärung der Vorfälle, die böhmischen Flößer lamentierten, ein Barbier und Wundarzt verlangten für ihre Dienste beim Richten des gebrochenen Knöchels bezahlt zu werden, ein Bote wurde zu den in Burg stationierten Franzosen geschickt, weil diese die Polizeirechte in der Gegend ausübten – welch Durcheinander!
Die Treidelkerle waren bei der Befragung des Gefangenen nicht zimperlich vorgegangen und in seiner Not hatte der auch eine Beteiligung zugegeben. Angeblich hatte ein Auftraggeber aus Hamburg ihm einen kleinen Vorschuss gegeben und eine höhere Summe in Aussicht gestellt, wenn es ihm und seinen Spießgesellen gelänge, unsere Ladung in der Elbe zu versenken. Irgendwie erinnerte mich die Beschreibung des ominösen Auftraggebers an eine Person in Hamburg. Sobald ich wieder in Hamburg ankomme, müssen wir darüber sprechen.
Später im Kerker der Stadt Rogätz wurde der gefangene Kerl frech und behauptete vor dem Stadtvorsteher, ihm sei das Geständnis in den Mund gelegt und aufgezwungen worden. Die Böhmen mochten auch nicht unter Eid beschwören, dass dieser Mann bei dem Überfall dabei gewesen sei, weil die Täter maskiert gewesen waren. Allerdings fand sich in der Satteltasche des wiedereingefangenen Pferdes eine kleine Lederbörse, die einem der böhmischen Flößer gehörte, und somit war das doch ein Indiz dafür, dass der Gefangene etwas mit der Tat zu tun hatte.
Ich sorgte mich um die Ladung und drängte darauf weiterzureisen. So nahm der aus Burg endlich herangereiste französische Offizier unsere Aussagen zu Protokoll und ließ uns weiterziehen, denn er sah ein, dass die wichtige Ladung von dem Quartiersmeister der französischen Armee in Madgeburg erwartet wurde. Wie froh war ich, als ich am 10. September die Verantwortung für die Fracht in französische Hände legen konnte.

Lieber Vater, sobald ich alle Papiere und Quittungen beisammen habe, werde ich schleunigst nach Hamburg zurückkehren. Werden wir den Hinterbliebenen des ertrunkenen Treidelkerls eine Entschädigung zahlen müssen? Oder ist das die Aufgabe von den Hilkens? Ich hoffe, dass Sie dieser Brief bald erreicht.
Viele Grüße von Ihrem Sohn
Clemens

Noch bevor Clemens die Wechsel, die Quittungen und anderen Papiere für seine Rückreise beisammen hatte, waren die Lauenburger Schiffer schon wieder aufgebrochen. Durch Zufall hatten sie einen Auftrag für den Transport von Getreidesäcken nach Lüneburg und Hamburg ergattert.

Sergeant Maurice und seine Soldaten erhielten in der Festung Magdeburg den Befehl, eine spezielle Postsendung nach Dömitz und von dort eine weitere nach Hamburg zu eskortieren. So trennten sich die Wege der Treidler, Soldaten und des Kaufmanns.

Es sollte sich als unmöglich erweisen, in Magdeburg ein Pferd zu erwerben. Die französische Armee hatte schon bei der Besetzung der Stadt und der Festungsanlage die besten Pferde requiriert und als Reparationsleistung einbehalten. Endlich entschied Clemens sich, mit der Postkutsche nach Burg aufzubrechen, wobei er nur gegen einen Extrapreis einen harten Sitz neben dem Kutscher bekommen konnte. In Burg blieb die Reisegesellschaft stecken, da die weitergehende Kutsche einen Achsbruch hatte. So entschloss sich der junge Kaufmann, mit einigen anderen Reisenden zu Fuß Richtung Tangermünde zu laufen. Clemens lief sehr ausdauernd und ließ die anderen zurück. Schließlich war er allein auf der Landstraße und hatte kurz vor Tangermünde das Glück, einen rastenden fliegenden Händler mit seinem Wagen anzutreffen, der ihn gegen Bares bis Stendal mitnahm. Dort gelang es Clemens, einen alten Klepper zu erstehen. Leider fing das Tier bald an zu lahmen und zu bocken. Dann bekam Clemens eine fiebrige Durchfallerkrankung und musste eine mehrtägige

Pause in einer Herberge in Wittenberge einlegen; offenbar hatte er schlechtes Wasser zu trinken bekommen. Ausgemergelt und erschöpft zwang sich der junge Kaufmann zur Weiterreise. In Ludwiglust verkaufte er seinen lahmen Gaul an einen Rossschlachter und ging zu Fuß weiter. Erst am 20. Oktober traf er völlig erschöpft in Hamburg ein.

Mitte Oktober 1808

Hamburger Herbst

Clothilde hatte nur einen Brief von Clemens seit seiner Abreise im August erhalten. Er war am 21. August in Dömitz aufgegeben worden und schon sechs Tage später bei den Runges angekommen. Frau Runge hatte Clothilde den Brief gebracht und Clothilde hatte ihn wieder und wieder gelesen. Es war der erste ernsthafte Liebesbrief, den sie bekommen hatte. Doch seitdem hatte es keine weitere Nachricht mehr von Clemens gegeben. Hatte der junge Kaufmann sie vergessen oder auf seiner Reise womöglich eine schönere Geliebte gefunden? Die junge Französin war jedenfalls beunruhigt.

In Begleitung des Küchenmädchens, der jungen Magd Maiken, machte Clothilde sich auf, in den Hafenteil am Dovenfleeth zu gelangen, wo die Lastkähne anlegten, die von der Oberelbe durch die Oberbaum-Einfahrt kamen. Sie wollte die Fahrzeuge sehen, die nach Magdeburg und Dresden aufbrachen oder von dort kamen. Tatsächlich, da in dem Fleet lagen Schuten, Prahme und Ewer, die nicht nach hochbordigen Seeschiffen aussahen. In diesem Hafenteil landeten auch die von Ruderbooten und Prahmen gezogenen, zusammengebundenen schwimmenden Holzstämme an, die teils schon weit in Böhmen geschlagen worden und in großen Floßverbänden die Elbe heruntergekommen waren, wusste das Küchenmädchen zu berichten. Irgendwo außerhalb der bebauten Häuserfläche, weiter östlich hinter Hammerbrook, musste der Holzhafen liegen, wo die großen Flöße ankamen und ihre Holzlast zwischenlagerten. Von dort kamen die mächtigen Stämme in passenden Bündeln, die der städtische Bauhof benötigte. Maiken wies über die Wasserfläche zum weiter östlich liegenden Bauhof. Clothilde sah zu, wie die Stämme dort mit einer Winde auf das Gelände hochgezogen wurden, um zu großen Stützpfeilern, mächtigen Brückenbalken oder Duckdalben verarbeitet zu werden.

Gleich gegenüber dem Bauhof lag der Teerhof, unverkennbar der Geruch, den die Teerkocher über das Fleet verbreiteten. Natürlich, der richtige Holzhafen musste wegen einer möglichen Brandgefahr außerhalb des bebauten Stadtgebietes liegen. Teer- und Bauhof waren gefährlich genug. Nicht auszudenken, wenn die vielen Späne und Holzabfälle des Bauhofes oder die verschiedenen Teersorten Feuer fingen und die Funken über die Stadt mit den engen Gängevierteln wehten.

Das Küchenmädchen zeigte Clothilde auch das Kornhaus am Alten Wandrahm, hier kamen die Lastkähne mit preußischem und brandenburgischem Getreide an. Müllergesellen, Brauer und Fuhrleute waren an dieser Stelle mit den Säcken beschäftigt.

Clothilde war auf eine Art erleichtert, als sie sah, wie die Binnenschiffe aussahen. Das waren keine Yachten mit Kabinen, sondern unbequeme Lastkähne, zweckmäßig gestaltet für den Transport von Waren, nicht für die Beförderung von Passagieren. Insofern waren ihre Ängste, Clemens könne aufregenden Frauengestalten in der Kajüte eines Binnenschiffes begegnen, reine Hirngespinste. Noch deutlicher wurde ihr das, als ein sächsischer Lastkahn nahe beim Bauhof anlegte. Er hatte Sandsteinblöcke geladen und Passagiere an Bord, die sich jetzt mit ihrem Gepäck an Land begaben und dort mit merkwürdigem Dialekt, den Clothilde nicht kannte, nach dem Weg fragten. Diese Reisenden hatten an Deck kampiert und sahen reichlich ramponiert aus. Es waren nur Männer an Bord gewesen, keine Frau von Anstand würde so reisen können.

Clothilde fand es ungeheuer interessant und recht aufregend, die Eingeweide dieser Hafen- und Handelsstadt kennen zu lernen. Hier kam der Nachschub für die Stadt an, von hier gingen die Handelsgüter und Handwerkerwaren der Stadt weiter in die Welt. In dieser Gegend wimmelte es von Tagelöhnern und einfach gekleideten, grobschlächtigen Menschen. Clothilde war froh, für diesen Ausflug ein schlichtes Kleid und ein altes dunkles Schaltuch gewählt zu haben, unter dem sie jetzt auch ihre hochgesteckten Haare verbarg. Sie wusste, dass etliche Tagelöhner sich hier vergebens bei Kaufleuten, Speicherverwaltern und Handwerkern anboten. Die junge Magd stieß sie manchmal an, und dann wechselten sie die Straßenseite, um den Männern nicht über den Weg zu laufen. Es gab nicht genug Arbeit. Napoleons Kontinentalsperre war daran schuld, und in diesem Moment hatte Clothilde keineswegs das Bedürfnis, die am Hafen zwischen den Speichern und Landungsbrücken herumlungernden, angetrunkenen Arbeitslosen über die Notwendigkeit der französischen Maßnahmen aufzuklären.

Clothildes Vater ahnte nichts davon, dass sie im Hafenviertel Eindrücke sammelte, und Clothilde würde sich hüten, ihm davon zu erzählen. Ihrer Begleitung Maiken zahlte Clothilde dafür ein kleines Schweigegeld. Doch warum die junge Französin es überhaupt in den Binnenhafen zog, konnte sich die junge Magd Maiken auch nicht erklären.

Nach dem Ausflug in das Hafenviertel am Grasbrook war Clothilde einerseits beruhigt, denn ihre lauschigen Vorstellungen von der Reise auf der Elbe nach Magdeburg hatten sich korrigieren lassen. Es war bestimmt eine mühselige Reise, zumal die Lastkähne streckenweise getreidelt werden mussten. Andererseits hatte sie den Liebesbrief nun schon so oft gelesen, dass er seinen anfänglichen Reiz verloren hatte und bei ihr nicht mehr die Hochgefühle auslöste, die er am Anfang erzeugt hatte. Mit jedem Tag, der keinen neuen Brief brachte, wuchs eine gewisse Unzufriedenheit und ein Ärger über das Gefühl, von der Zuneigung eines anderen Menschen abhängig zu sein. Dann wieder glaubte sie, Clemens Unrecht zu tun, träumte davon, dass er verletzt in irgendeinem Krankenzimmer fiebernd nach ihr rief. Clothilde beschloss, einfach abzuwarten und sich derweil auf ihre Aufgaben zu besinnen, etwas für Frankreich zu tun. Den Armen dieser Stadt ging es durch die Kontinentalsperre schlecht, überlegte sie, vielleicht konnte sie etwas zur Linderung beitragen.

Monsieur Gauthier indes machte sich ebenfalls Gedanken, doch eher darüber, was aus seiner Tochter einmal werden solle. Er hatte sich vor einem Jahr trotz der ungeheuerlichen Umstände ihrer Reise gefreut, seine Tochter bei sich zu haben. Er war stolz auf ihren Mut und ihr Geschick, dieses Abenteuer bestanden zu haben. Er fühlte sich geschmeichelt, dass die Tochter ihn der Mutter vorzog. Klammheimlich freute er sich auch über die Blamage und den Ärger, den diese Reise seiner Frau und ihren Plänen in der Pariser Gesellschaft bereitet hatte, auch wenn er in den Briefen an seine Frau natürlich seine Missbilligung ausgesprochen hatte. Ja, er hatte seiner Gattin vorgeworfen, nicht genug auf die Tochter geachtet zu haben. Er müsse nun mit Strenge und Härte die mangelnde Erziehungsleistung ausgleichen.

Seine Tochter gab Gauthier ein Gefühl der Heimat in dieser fremden Stadt, denn einen Freund hatte er hier nicht gefunden. Im Gegenteil, der französische Gesandte Bourienne schnitt ihn, fühlte sich vielleicht beobachtet, und Unterstützung bekam er daher auch nicht von Bouriennes Untergebenen, auch wenn er schriftliche Sondergenehmigungen zur Einsichtnahme aller Unterlagen direkt vom Innenminister und vom Kaiser selbst vorlegen konnte. So hatte Gauthier sich eher an das Militär gehalten. Doch seitdem seine Tochter zu Hause auf ihn wartete, war es nicht mehr so einfach, mit den Offizieren des Gouverneurs lasterhafte, ausschweifende Abende mit käuflichen Frauenzimmern zu erleben. Nun dauerte es bereits zwei Jahre, die Grundlagen der Verwaltung dieser erfolgreichen Hansestadt zu studieren. Wie undurchsichtig, wie veraltet und auf Absprachen und rückständigen Sitten beruhend dieser hanseatische Apparat funktionierte, erschloss sich ihm erst nach und nach.

Es würde noch erheblich mehr Zeit erfordern, neue Regeln einzuführen, sie schriftlich zu fixieren und in den Köpfen dieser sturen, nordischen Kaufleute zu verankern. Gauthier kannte Napoleons Plan, die Hansestädte zu französischen Städten zu machen, zu Wirtschaftszentren eines europäischen Kontinents unter französischer Vorherrschaft. Der Kaiser hatte ihm dies anlässlich einer Audienz in Paris selbst unter vier Augen vorausgesagt: »Sie gehen nach Hamburg und Hamburg wird so französisch wie Marseille werden. Vielleicht wird die deutsche Sprache neben der französischen Amtssprache bestehen bleiben, aber sonst werden sich die guten französischen Sitten verbreiten. Schon jetzt eifern die Wohlhabenden und Gelehrten unserer französischen Lebensart nach.« Er beschwor Gauthier: »Sie werden mir dabei helfen, Gauthier. Sie sind klug, unabhängig und im Besitz analytischen Verstandes. Sie sind selbst Kaufmann, Gauthier, Sie müssen diese Hanseaten sezieren können. Sie müssen wissen, wo die Organe dieses Berufsstandes liegen. Skizzieren Sie mir, wie diese seit dem Mittelalter freien Städte es zu solchem Wohlstand gebracht haben. Die Finanzkraft dieser Städte soll mir und meinen Plänen für Frankreich dienen. Von Lübeck aus werde ich die Ostsee erobern, von Hamburg aus die Nordsee und die ganze norwegische Küste. Aber dazu müssen diese Städte nach unseren Prinzipien umgebaut werden. Hamburg ist wichtig, sehr wichtig, Gauthier. Nicht nur aus militärischen und strategischen Gründen: Hamburg sitzt wie die Spinne im Netz. Die Elbe ist die Lebensader, die die Schätze aus der Mitte Europas, aus Böhmen, heranholt. Über die Elbe werden die Güter verteilt, die über den Ozean nach Hamburg gelangen. Von Lübeck gibt es einen gut ausgebauten Landweg nach Hamburg, auf dem die Handelsgüter der Ostsee in die Stadt gelangen. Wussten Sie, dass es auch einen Kanal von Lübeck an die Elbe gibt? Wir werden Kanäle bauen, bestehende ausbauen, ein Netzwerk der Verteilung von Waren und unseren französischen Ideen schaffen. Gauthier, Sie sind mein geheimer Mann in Hamburg. Wissen Sie, Bourienne kenne ich genau, seit Jahren. Ich weiß, was ich von ihm, dem so genannten Weggeführten zu halten habe. Ein Gernegroß ist er, aber ohne Visionen. Sie brauche ich, damit ich wirklich weiß, wie der Umbau vorangeht. Ich vertraue Ihnen, Gauthier! Ich weiß, Sie interessiert nicht der persönliche Gewinn, und gerade deshalb braucht Frankreich Leute wie Sie. Sie sind der Kaufmann, der die Kaufleute kennt, ich komme vom Militär und ich bin das Militär. Wir siegen auf unseren Feldern, für Frankreich!«

Dann hatte der Imperator ihn verabschiedet, schriftliche Sondervollmachten ausgestellt und ihm in Aussicht gestellt, zu großen Ehren zu kommen, sobald das Werk vollbracht sei.

Und nun? Gauthier arbeitete verbissen, hatte auf eigene Kosten einen Schreiber eingestellt, denn seine Augen wurden schwächer und die Hand erlahmte ihm. Es gab so vieles zu beschreiben und zu bedenken, um die Verwaltung dieses Stadtstaates zu ergründen und zu verbessern. Doch hatte er nicht auch Vaterpflichten?

Das Wort allein löste Unruhe in ihm aus. Es erinnerte ihn daran, wie sein Vater sich ihm gegenüber benommen hatte, an diese Verachtung seinem Sohn gegenüber, die er noch jetzt spürte, obwohl der Alte längst verstorben war. Sein Vater hatte ihm nichts gegönnt, ihn ins Handelshaus gezogen, aber nur um ihn dort erniedrigen zu können. Immer wieder hatte er um jeden Fehler, der seinem jungen Sohn im Geschäft unterlaufen war großes Aufheben gemacht und hatte ihn faul und dumm geschimpft. Keinen Brief, den der Sohn nicht dreimal verändern musste, keine Rechnung, die nicht mehrmals nachkontrolliert und geändert wurde. Gauthier hatte sich geschworen, es mit seinen Kindern einmal anders zu machen. Jetzt fand er, dass er seinen Sohn vernachlässigte. Er müsste ihm wenigstens wieder einen Brief schreiben. Er beneidete seinen Sohn um sein Studium, den Beruf, den der Junge einmal haben würde. Doch Gauthiers Vater hatte ihn nicht studieren lassen, er hatte Kaufmann werden müssen.

Jede Abschweifung vom Thema Vaterpflichten war ihm lieb. Gauthier zwang sich, die Sachlage nüchtern zu betrachten. Er würde einen Brief an seinen Sohn schreiben, ihn nach seinen Fortschritten fragen, seine Anerkennung für das bisher Erreichte aussprechen und zum Ausdruck bringen, dass er ihn vermisste. Dann dachte Gauthier an seine Tochter. Er würde für sie sorgen müssen, damit sie eine angemessene Ehe eingehen könnte. Wer stünde dafür zur Verfügung? Gauthier nahm einen Bogen Papier und Bleistift zur Hand und malte gedankenverloren eine kleine Figur auf das leere Blatt: Clothilde, 17 Jahre im Jahr 1808.

Zwei Jahre müsste er mindestens noch in Hamburg bleiben, so schätzte er: 1810 würde Clothilde also 19 sein. Das wäre noch jung genug, um sie in Paris erneut in die Gesellschaft einzuführen. Was sollte sie bis dahin tun? Ihre Kenntnisse der deutschen Sprache waren schon jetzt sehr gut. Sie interessierte sich offenbar für Kunst, denn ihre Bekanntschaft mit den Runges gestaltete sich rege. Nun, wenn Napoleon plante, Hamburg zu einem nordischen Marseille zu machen, vielleicht käme ein wohlhabender und frankophiler Hamburger als Ehemann in Betracht? Vielleicht einer, der viel mit Frankreich handelte und auch bereit wäre, Teile des Jahres in Paris zu leben? Viele Hamburger sprachen gut Französisch. In Hamburg existierte die größte Börse des Kontinents. Insofern würde Hamburg erst recht nach den Plänen des Kaisers eine wichtige Stadt bleiben und hier würde man sicher einen bedeutenden Ehemann für Clothilde finden. Aber was hatte seine Tochter zu bieten, was würde sie, außer der Mitgift, in die Ehe einbringen? Vom Haushalten und Wirtschaften verstand seine Tochter noch nicht viel, also müsste er einen Lehrer oder eine Lehrerin, eine Art Vorbild für die Tochter finden.

Welche Fähigkeit oder Tugend würde wohl noch für einen potenziellen Ehemann wünschenswert sein? Sicher sollte Clothilde Mitgefühl mit Schwachen, Kranken und Armen haben. Gauthier seufzte. Er selbst war nicht sehr fromm und während seiner Jugend war in den Zeitungen der Revolution gegen die Kirche und die Pfaffen gewettert worden. Sein Vater hatte eher zu den Girondisten gehört und mit seinen Freunden aus dem

Club kein Interesse an der Kirche gezeigt, und auch seine Mutter war selten in die Kirche gegangen.

Aber es war nun nicht zu leugnen, dass der Kaiser die katholische Kirche wieder förderte. Vielleicht war es sogar ratsam, Clothilde mit der französischen Gemeinde bekannt zu machen, aber nicht mit den Hugenotten, sondern mit den Katholiken. Derzeit hielten sie ihre Gottesdienste in der St. Josefskirche ab, aber es hieß, dass sie den kleinen Michel als Kirche bekommen sollten.

Also notierte Gauthier als Aufgaben:

A) Deutsch verbessern, deutsche Literatur und Kunst kennen (Familie Runge, Buchhandlung Perthes)
B) Haus halten und Wirtschaften lernen (Witwe Sieveking)
C) Soziale Verantwortung übernehmen (Katholische Gemeinde; Pfarrer), Besuche im Armenhaus, im Waisenhaus und in den Hospitälern

Nun fühlte sich der Vater wohler. Morgen würde er seinem Sohn ein paar Zeilen schreiben und des Weiteren Augen und Ohren offen halten, wer für die Ausbildung seiner Tochter noch infrage käme. Aber nun war die Zeit reif für einen guten Schluck Rotwein. Dabei fiel Gauthier der Kaufmann Pfeffer wieder ein, und seine Idee, den wohlschmeckenden und gereiften Wein des Kaufmanns eventuell aufzukaufen, um ihn nach Paris zurückzubringen. In Paris gab es genügend Kriegsgewinnler, die sich Luxus leisten konnten. Es musste doch möglich sein, diesen Leuten vorzüglichen Wein zu verkaufen. Und Pfeffers Wein war vorzüglich. Gleich morgen wollte er der Köchin den Auftrag geben, beim Weinhändler ein paar Flaschen Rotspon zu kaufen, und dann wollte er sich erkundigen, wo genau in Bergedorf Pfeffer wohnte, per Boten einen Brief senden und um ein Treffen bitten. Vielleicht könnte sie ja der nette junge Kaufmann Maiboom dorthin bringen, wobei man allerdings von dem Plan eines Geschäftes lieber nichts verlauten lassen sollte. Der junge Maiboom schien gewitzt und sollte keineswegs auch auf die Idee kommen, hier im Norden gereiften französischen Wein zurück nach Paris zu verkaufen.

Es war schon spät, seine Tochter und das Personal schliefen bereits. Gauthier ging in die Küche, entkorkte eine Flache Wein und trank in langen Zügen.

Am nächsten Morgen brachte ein französischer Soldat Gauthier eine Eildepesche der Ministerialpost aus Paris mit der Nachricht, dass seine Mutter überraschend verstorben sei. Der Leichnam sei vorerst konserviert, aber spätestens am 27. Oktober müsse die Beisetzung auf Anordnung des amtlichen Leichenschauers erfolgen. Gauthier wurde von dem Familienanwalt in einem Schreiben informiert, dass das Testament eröffnet werden solle; die Mutter habe es noch kurz vor ihrem Tod geändert. Mit einer gewissen Unruhe, was die Änderung des Testamentes betraf, aber ansonsten gefasst, informierte Gauthier seine Tochter, traf danach die nötigen Vorbereitungen für eine Abreise, ließ seine persönlichen Sachen packen und vergaß auch nicht, die besorgten Rotsponflaschen verstauen zu lassen. Er unterrichtete den Gesandten Bourienne persönlich davon, dass er für voraussichtlich vier Wochen nach Paris zurückkehren müsste.

»Lassen Sie sich ruhig Zeit«, entgegnete der Gesandte spöttisch. »Wir werden hier auch ohne Sie und Ihre Aufzeichnungen zurechtkommen. Ich verstehe ohnehin nicht, woher Ihre Protektion aus den Pariser Ministerien rührt. Sie schnüffeln hier herum, aber das Militär weiß mehr als Sie. Sie müssen sich doch schrecklich nutzlos vorkommen. Womöglich hat man Sie hierher gelotst, weil man Sie in Paris nicht ertragen konnte. Das sollten Sie lieber einmal herausfinden: Wer Sie in Paris nicht haben will –« Er grinste Gauthier höhnisch an, mimte dann den Betrübten: »Der Tod Ihrer Mutter tut mir aufrichtig Leid. Ich wünsche ihr ein schönes Begräbnis. Au revoir, Monsieur Gauthier.«

Die Gauthiers nahmen noch am selben Tag die Postkutsche. Es war der 20. Oktober 1808.

Clemens kam abgemagert und erschöpft im Hause Maiboom an. Nachdem er seinem Vater die Papiere ausgehändigt hatte, die zum Einlösen der Wechsel bei den französischen Militärbehörden in Hamburg benötigt wurden, erzählte er noch hastig von seinem Verdacht, wer hinter dem Unfall mit dem Floß stecken könnte. Die Lauenburger waren nicht zimperlich mit dem Gefangenen umgegangen und hatten ihn ziemlich verprügelt, um herauszubekommen, warum er und seine Spießgesellen das Floß losgeworfen hatten. Doch der Kerl hatte nichts gesagt und war nur ohnmächtig geworden. Dann hatte der Sergeant Maurice militärische Foltermethoden angewandt, ohne nennenswerte Spuren zu hinterlassen. Er hatte dem Gefesselten etwa den Mund mit einem Keil geöffnet und dann einen kleinen spitzen Holzstab zwischen Eckzahn und ersten Backenzahn getrieben. Er ging dabei behutsam vor, denn er wollte den Zahn nicht heraushebeln, sondern nur die zunehmende Empfindlichkeit nutzen. Der Gefangene konnte nun den Mund nicht mehr schließen, ohne den Holzsplitter noch tiefer zwischen seine Zähne zu treiben. Nach drei Stunden löste bereits ein geringes Klopfen gegen den geschundenen Kiefer pochende Schmerzen aus. Zunächst hatte der Gefangene nur zugegeben, dass ein unbekannter Auftraggeber, der beim Zoll arbeitete, ihn und seine Freunde in Hamburg angeworben hatte. Als Clemens den Verdächtigen in einem unbewachten Moment gefragt hatte, ob der Mann Rauchenberg hieß, hatte der Gefolterte das auch zugegeben. Doch später, als weitere Zeugen und ein herbeigerufener französischer Offizier dabei waren, wiederholte er nunmehr, dass er den Mann nicht kennen würde. Der Mann hätte ihm Geld gegeben und einen großen Betrag versprochen, für den Fall, dass die Lastkähne sinken oder ihre Ladung verlieren würden. Welchen Nutzen der Auftraggeber davon hätte, wüsste er nicht. Womöglich sei es der Kaufmann selbst gewesen, der eine Versicherung für die Ladung abgeschlossen hätte. Nun fingen der Offizier und der Stadtvorsteher an, unangenehme Fragen an Clemens und die Lauenburger Schiffer zu stellen. Erst die Begleitpapiere und die Erklärungen des Sergeanten Maurice hatten endlich dafür gesorgt, dass der französische Offizier die Befragung für abgeschlossen erklärte. Schließlich war Clemens froh gewesen, dass sie weiterziehen konnten.

Nachdem Clemens seinen Bericht abgestattet hatte, bat er darum, dass man ihm heißes Wasser bereite, damit er baden könne. Diesen Wunsch konnte man ihm jedoch nicht erfüllen, da die hölzernen Zuleitungsröhre vor dem Haus gerade am Tage zuvor endgültig zerborsten war. Der Brunnenmeister Konrad Leonhardt hatte sich den Schaden schon angesehen und versprochen, die Sache bald zu beheben.

Nach dem Essen entschuldigte sich Clemens und ging früh zu Bett. Am nächsten Morgen erwartete ihn sein Vater bereits im Kontor.

»Schön, Clemens, dass du wieder da bist. Die Reise hat dich anscheinend mehr angestrengt als die Spanienfahrt.«

»Tatsächlich, aber heute fühle ich mich schon ein wenig kräftiger als gestern«, entgegnete Clemens.

»Ich bin dir dankbar, dass die Sache so gut ausgegangen ist. Ich habe die Wechsel eingelöst, unsere Steuerschuld und die restliche Kontributionsrate bezahlt, reichlich Feuerholz und mit deiner Mutter zusammen den Wintervorrat an Salzfleisch, Grütze und Bohnen eingekauft. Trotzdem haben wir noch ein hübsches Sümmchen übrig behalten. Dank des Spanien- und des Stahlgeschäftes müssen wir keinen weiteren Speicher verkaufen. Auch unsere Schiffsanteile, den Pfahlewer und die Jolle können wir behalten, obwohl sie derzeit fast nichts mehr wert sind, weil kaum Ware über See kommt oder verschifft werden kann. Über den Winter werden wir kommen, denn ich habe alle Speicherarbeiter entlassen. In unsere beiden Speicher sind die Quartiersleute mit ihren Familien eingezogen. Sie bewohnen die unterste Etage und bewachen die kläglichen letzten Warenreste. Die Schreiber habe ich auch entlassen. Nur Bönninghaus und den jungen Banthien habe ich behalten. Hier im Haus kann ich noch Minna, die lüttje Magd Antje und den Hausknecht beschäftigen. So sieht es Mitte Oktober aus, mein Junge.«

Dann erklärte der alte Maiboom seinem Sohn noch, dass de

Castro vorgesprochen hätte, um eine erneute Fahrt nach Spanien anzuregen. Doch wegen der unsicheren Lage in Spanien hatten die französischen Behörden keine Ausfuhrgenehmigung erteilt. Der Zuckerbäcker Bockmann hatte um neuen Rohzucker gebeten; er hatte das Gerücht vernommen, dass ein französisch-batavischer Konvoi aus Westindien bei Bordeaux erwartet wurde. Ob die Maibooms nicht ein Schiff schicken könnten, Partner in Frankreich hätten, damit so ein Teil der Ladung auch nach Hamburg gelangen könne. Doch alle alten Verbindungen nach Frankreich waren entweder unterbrochen oder die Preise waren so hoch zu kalkulieren, dass das Geschäft ohne Gewinn bleiben musste. Auch war nicht sicher zu erfahren, ob und wann dieser Konvoi tatsächlich Frankreich erreichte. Schließlich machte die britische Flotte Jagd auf derartige Schiffe.

Die Kattundrucker suchten bei den Kaufleuten händeringend nach Farbstoffen, Vitriol und Baumwollgewebe, denn alle Vorräte waren erschöpft und schon etliche Arbeiter entlassen. Aber der alte Maiboom konnte auch hier kein Geschäft anbieten, denn das letzte Indigo hatte er bereits verkauft.

Clemens lockte die Vorstellung, wieder in den Süden zu fahren. »Vielleicht könnten wir etwas finden, das wir von hier gut nach Frankreich bringen könnten und was die Franzosen brauchen. Besinnen wir uns auf alte nordische Produkte wie Salzbutter, Holsteiner Ochsenfleisch, Horn für Knöpfe und Kämme, Pelze, Fischbein, oder wenn ich daran denke, wie der Franzose Gauthier von dem Rotwein schwärmte, den der Kaufmann Pfeffer eingelagert hat, dann könnte man vielleicht schon eine Schiffsladung nach Le Havre bringen und dort verkaufen. Bis dahin müssten wir auch Ausfuhrpapiere bekommen, denn die Küstenfahrt an der holländischen Küste und Normandie entlang bis nach Le Havre ist noch einigermaßen sicher, solange man von Hafen zu Hafen segelt und dort von den Aussichtsposten und Fischern über die englischen Kaperfahrer Auskünfte einholt.«

»Gut, mein Junge. Der Süden und Frankreich wird ein lohnendes Ziel sein, aber nicht jetzt. So eine Ladung will zusammengekauft und verschifft werden. Wir sollten das für das frühe Frühjahr planen. Aber jetzt, jetzt möchte ich unsere Gedanken auf die derzeit sehr lukrative Ostsee lenken. In der Zeit, in der du auf der Fahrt nach Magdeburg warst, habe ich meine Ohren aufgesperrt. Russische Truppen haben die Schweden von der nordöstlichen Ostseeküste verdrängt. Wie es aussieht, gehört die Finnmark bald den Russen und die Schweden müssen sich geschlagen geben. Der Zar Alexander hat offenbar im Frieden von Tilsit Napoleon zugesichert, dass er tatsächlich die Kontinentalsperre gegen England stützt, aber dafür seine Macht nach Nordwesten ausdehnen kann. Gerüchte aber besagen, dass der Zar sich vor Napoleon fürchtet und rüsten will. Sein Einflussgebiet ist durch den Landgewinn im nördlichen Baltikum vergrößert, aber nun muss er das neu gewonnene Land auch halten, dort Truppen ausrüsten und stationieren. Krieg kostet immer viel Geld. Die Russen wollen jetzt ihre Waren loswerden und Geld verdienen, Holz, Hanf, Pelze, Teer, Wachs, Honig sind billig wie seit langer Zeit nicht mehr. Gleichzeitig brauchen die Russen Eisen- und Kupferwaren, Tuche und Wollwaren, Fertigwaren wie Stiefel, Gürtel, Rucksäcke, Wagenräder, Lafetten, Waffen und Pulver. Russland ist ein Bauernland, Manufakturwaren muss der Zar einführen lassen, wenn er sie schnell braucht. Du weißt, vor ein paar Wochen war ich zu einem Zusammentreffen von Kaufleuten im Baumhaus. Sie alle versuchen, Geld in diese Ostseegeschäfte zu stecken. In Göteborg stauen sich die geschmuggelten englischen Waren, werden dort mit ›amerikanischen‹ Papieren ausgerüstet, damit sie durch den dänischen Sund kommen. Die Dänen wollen Napoleon nicht reizen und kontrollieren die Schiffe, so gut sie es ohne ihre Flotte mit den wenigen bewaffneten Zollschiffen können. Die Engländer haben schließlich die dänische Kriegsflotte zerschossen und kreuzen selbst in der Ostsee. Die französisch-kommandierten Schiffe von Lübeck oder aus preußischen Häfen können nicht viel ausrichten, sondern beobachten eher den Schiffsverkehr. So, und nun kommt meine Idee.

Ich will unsere Schiffsanteile zum Schein an dänische Reeder verkaufen und nach Neustadt in die Travemünder Bucht legen. Die anderen Anteilseigner unserer Schiffe sind damit auch einverstanden. So sind wir offiziell zu einem niedrigen Preis unsere Anteile los, denn die Preise für Schiffe sind ja wirklich gefallen und keiner von den französischen Steuerbeamten in unserem Rathaus könnte so unser Vermögen wirklich ermitteln; das kann für die Zukunft noch sehr wichtig sein. Unter uns, ich habe gehört, dass die Godeffroys mittlerweile fast ihr ganzes Vermögen in Barrensilber nach Kiel geschleust haben. Hier in Hamburg haben sie nur noch Grundbesitz und zahlen dafür den üblichen Schoss, diese amtliche Gebühr, zusammen mit dem geringeren Kontributionsanteil. So machen das die Neureichen und die feinsten Herrschaften! Wir wären dumm, wenn wir redlichen, alteingesessenen Kaufleute nicht auch im Holsteinischen irgendwo einen Teil unseres Geldes anlegten, denn ich traue den Franzosen und ihren Beteuerungen, sie würden unsere Hamburger Bank unangetastet lassen, nicht. Gewiss, sie freuen sich, wenn unsere Bank und unsere Börse Geld aus ganz Europa anzieht. Aber was passiert, wenn der große Kaiser mit der kleinen Gestalt mal kein Glück mehr in den Schlachten hat?«

»Ja, Vater, ich verstehe Sie, gegen den Plan mit Neustadt habe ich zunächst einmal nichts. Bevor ich aber frage, was die Schiffe in Neustadt sollen, erklären Sie mir die Sache mit der Börse noch einmal. Wieso zieht sie Geld aus ganz Europa an?«

»Na, dann studier mal die Zeitungen. Die Rubrik *englische Waren* findest du nicht mehr, aber unter *via Amsterdam* oder *via Helsingör* kannst du dich dennoch über Preise für Baumwolle, Gewürze, Indigo, Bleche, Stahlwaren, Steinkohle informieren und sogar an der Börse entsprechende Titel handeln, ohne dass die Waren reell in die Stadt gelangen. Kein französischer Zöllner kann kontrollieren, was da von einem Hamburger zum anderen wechselt, wenn die Waren sich angeblich in Helsingör befinden und die Geldbestände die Hamburger Girobank nie verlassen, sondern nur von einem auf das andere

Konto wechseln. Natürlich musst du neben den Preisen auch weitere Hintergründe kennen, am besten die ›Times‹ lesen. In Altona kannst du leichter an englische Zeitungen kommen, aber selbst in Hamburg soll es risikobereite Kaufleute geben, die darüber verfügen und so ihr Wissen versilbern. Mir sind diese Geschäfte zu gefährlich.«

Clemens unterdrückte ein Schmunzeln, wollte seine Nebentätigkeit im Zeitungsschmuggel nicht preisgeben. Er fragte weiter: »Gut, wir werden also Schiffsraum in Neustadt haben. Doch was wollen wir kaufen, verfrachten, verkaufen?«

»Wir sollten an die Russen Lederwaren und andere militärisch wichtige Güter liefern und von dort die günstigen Waren holen, von denen ich schon sprach. Nach Trafalgar müht sich die französische Flotte um den Neuaufbau und auch die englische Marine ist hungrig. Sie beide brauchen Holz, Flachs für Leinwand, Hanf, Teer und Wachs. Kaufen wir die Waren und dann bringen wir es schon irgendwo Gewinn bringend unter. Vielleicht haben wir noch keine guten Verbindungen für dieses Geschäft, aber entgehen lassen können wir uns die Gelegenheit nicht. Vielleicht kann Thomas uns in London Papiere besorgen, und wir selbst werden uns um französische Papiere kümmern. Wenn so eine Schiffsladung dann einem englischen Kaperfahrer in die Hände fällt, dann weisen wir Lieferpapiere für London vor. Wenn die Ladung von französischen Zöllnern oder der Marine untersucht wird, dann haben wir französische Auftraggeber. Letztendlich werden wir dann an denjenigen verkaufen, der die besten Preise bietet oder das Land anlaufen, welches am besten und ungefährlichsten zu erreichen ist.«

Die beiden Maibooms besprachen noch, wie und wann die Schiffsverlegung erfolgen würde, wer die anderen Anteilseigner waren, wie der Neustädter Reeder hieß, der als Strohmann fungierte und wann die Fahrt nach Riga losgehen sollte. Caspar Maiboom verschwieg seinem Sohn allerdings, dass er für diese Geschäfte eine Hypothek auf das Haus und den Grund am Rödingsmarkt aufnehmen musste.

Vergebens hatte Clemens gleich nach seiner Rückkehr aus

Magdeburg in seinem Postfach nachgesehen, ob ein Brief oder eine andere Nachricht von Clothilde oder den Runges eingetroffen war. Widerwillig las Clemens die ausweichend formulierten Briefe von alten französischen Geschäftspartnern, die sein Vater schon seit den Tagen vor der Revolution kannte, jenen Tagen, in denen die Handelsschifffahrt nach Frankreich eine größere Rolle gespielt hatte als die Englandfahrt. Die Franzosen wünschten sich Getreide, Holz, Wachs, Trockenfisch, hatten aber selbst nur wenig zu bieten, denn selbst über die Mittelmeerhäfen kam kaum etwas nach Frankreich. Es war also in keiner Weise sicher, dass die Hamburger Kaffee, Tee, Zucker oder andere Überseewaren im Gegenzug aus Frankreich würden holen können. Allerdings erschienen die Rotweinpreise interessant, und eine Möbelmanufaktur bot günstige Polstermöbel und Schreibtische nach neuestem Pariser Stil an.

Clemens war während der letzten drei Wochen so von den täglichen Verrichtungen, dem Stahltransport und schließlich von seiner Erkrankung beansprucht, dass seine Gedanken nicht stetig um Clothilde kreisten. Er spürte die Liebe zu ihr in seinem Inneren, aber er wusste nicht mehr mit Sicherheit ihre Augenfarbe zu bestimmen.

Als der Vater gegen Mittag zur Börse aufbrach, hatte Clemens sich eigentlich zu den Runges begeben wollen, um dort nach Clothilde zu fragen, doch schon beim Aufstehen vom Schreibtisch war Clemens schwindelig geworden. So ging er in die Küche, wo seine Mutter Rita, die alte Minna und die lüttje Magd Antje mit dem Einkochen von Vorräten und Hausarbeiten beschäftigt waren. Sofort legte die Mutter besorgt ihre Näharbeit beiseite: »Ganz eingefallene Wangen und merkwürdig gelbliche Augen hast du, bleich siehst du aus, und –«, sie legte ihm die Hand auf die Stirn, »du hast ja Fieber.«

Die Durchfallerkrankung vor ein paar Tagen hatte Clemens geschwächt, doch eigentlich hatte er sie überwunden geglaubt, denn bis auf leichte Leibschmerzen auf der rechten Seite hatte er in den vergangenen fünf Tagen keine Beeinträchtigungen mehr bemerkt. Doch seit dem Aufstehen am Morgen waren nun Gelenkschmerzen und ein seltsamer Juckreiz der Haut hinzugekommen.

Minna war damit beschäftigt, dicke Rippen, Schweinekopf und Pfoten zu einer Sülze zu bereiten. »Hier, Junge, damit du zum Winter wieder etwas auf die Rippen bekommst.« Sie füllte ihm mit der Suppenkelle einen Teller mit dem säuerlich riechenden, dampfenden Gemenge aus Fleisch, Hautstücken und Fett voll, schob den Senftopf und ein Stück Weißbrot dazu. Die prallen, schwarzen Wacholderbeeren in dem dicken Sud erweckten bei Clemens den Anschein von Mistkäfern, die gelblichen Senfkörner sahen aus wie Schneckeneier. Clemens wurde übel. Als die alte Magd ihm auch noch einen Kümmel einschenkte und das Glas dicht unter die Nase hielt, konnte sich Clemens nicht länger beherrschen. Gerade schaffte er noch den Weg zum Fleet, dann erbrach er sich. Da nahm der Drehschwindel so zu, dass er kaum zurück in die Küche kam, um sich auf der Küchenbank auszustrecken. Bleich, mit kaltem Schweiß auf der Stirn, lag er da. Es klopfte. »Ja«, rief Rita Maiboom unwirsch, und der Brunnenmeister Konrad Leonhardt trat ein. Das Leben hatte aus dem sehr fromm erzogenen, aus Chemnitz stammenden Jüngling einen zum Sarkasmus neigenden Mann von ungefähr fünfzig Jahren gemacht. Seit fast zwanzig Jahren bemühte sich Leonhardt nun schon um die Wasserversorgung bei der Interessentschaft vom Rödingsmarkt und tüftelte zu Hause an Spundrohren, Wasserfiltern, Ton- und Gusseisenrohren, Absperrhähnen und Modellen der Wasserkünste, sammelte Schriften der Leib- und Badeärzte, die sich mit den Trinkwässern befassten, traf sich mit den anderen Brunnenmeistern und machte immer wieder Eingaben beim Rat, damit auch die ärmere Bevölkerung leichter an sauberes Frischwasser gelangen könne oder der Feuerwehr in den engen Gassen, die weiter entfernt von den Fleeten lagen, im Falle einer Feuersbrunst schneller Löschwasser zur Verfügung stände. Doch so sehr sich der umtriebige Mann auch gemüht hatte, penible Modelle in Miniaturformat baute und dazu erklärende Schreiben erstellte, stießen seine Vorschläge bei den sparsamen, wenn nicht geizigen

Eigentümern der Mietshäuser im Viertel und auch bei den Ratsherren oder Kirchspielkommissionen auf taube Ohren. Jetzt setzte er insgeheim seine Hoffnungen auf die Franzosen. Beim Gesandten Bourienne war er allerdings trotz eines schriftlichen Gesuches jedenfalls noch nicht vorgelassen worden.

Dieser Mann betrat nun die Küche, sah den auf dem Rücken auf der Bank liegenden Clemens und sagte erst einmal: »Der Maikäfer fliegt wohl nicht mehr.«

Die Hausherrin reagierte ungehalten: »Leonhardt, sehen Sie nicht, dass es meinem Sohn schlecht geht. Unterstehen Sie sich zu spotten. Packen Sie lieber mit an, dass wir ihn nach oben in sein Bett bekommen.« Gutmütig packte der Brunnenmeister mit an und stützte den jungen Mann bis hinauf in sein Zimmer. Der junge Maiboom duldete nur Leonhardts Hilfe beim Auskleiden, dann legte er sich stöhnend nieder und hielt sich die schmerzende, geschwollene, rechte Leibhälfte. »Darf ich mal nach der Leber tasten«, fragte der Brunnenmeister, und Clemens zuckte vor Schmerzen zusammen, als der mit den Fingern den Rippenrand entlangfuhr. »Was meinen Sie, habe ich mir einen Bandwurm eingefangen?«, wollte Clemens wissen. »Bin ich 'n Arzt?«, entgegnete Leonhardt kurz, gab dann aber den Ratschlag, einen heißen Umschlag auf den Bauch zu legen, das würde die Schmerzen dämpfen.

So geschah es, dass Minna aus Kartoffeln und Leinsamen einen Brei kochte, ihn in ein Leintuch strich und Clemens auf den Leib legte, während die lüttje Magd zu Clemens ans Bett beordert wurde, um ihn und seinen Zustand zu bewachen. Konrad Leonhardt, der eigentlich nur gekommen war, um mit den Maibooms und den Lindemanns zu besprechen, ob nicht moderne, aber teurere Gusseisenrohre als sichere und rissfeste Wasserleitung in der Straße vor den Häusern in Betracht kämen, mutmaßte über die Ursache der Erkrankung, wusste von der Notwendigkeit sauberen Trinkwassers zu erzählen, riet zu einem guten, mineralhaltigen Heilwasser für den Kranken, das der Weinhändler Andreas Knauer auf seinem Grund nahe beim Eppendorfer Baum zu schöpfen und auf Flaschen abzuziehen fähig sei und schloss dann seine Ausführungen mit einem rätselhaften: »Ich bin ja kein Arzt, aber für mich ist es die Leber.« Um dann zu den Nachbarn zu gehen, in der Hoffnung, wenigstens dort sein Anliegen vortragen zu können.

Am Abend kam dann Kerner, der Arzt, zu Besuch. Er hatte von Clemens' Zustand gehört und sofort seine Instrumententasche gegriffen, um den jungen Maiboom zu untersuchen. Der alte Maiboom hatte zunächst versucht, den Mann abzuwimmeln. »Mein Sohn hat eine Magenverstimmung, das gibt sich von allein.« Doch Kerner beharrte: »Ich kenne Ihren Sohn aus einem Kreis von Literaturliebhabern in der Buchhandlung Perthes. Ich möchte ihm nur einen Freundschaftsdienst erweisen. Bitte, lassen Sie mich doch nach ihm sehen. Fragen Sie ihn bitte, ob mein Besuch gelegen kommt.« Da hatte sich Rita Maiboom eingemischt und die Tür weit geöffnet: »Kommen Sie herein, mein Herr. Entschuldigen Sie, dass wir so wenig gastfreundlich sind, aber ich bin doch ein bisschen beunruhigt, weil mein Sohn fiebert und so apathisch daliegt. Wenn Sie miteinander bekannt sind, wird er sicher nichts dagegen haben, dass Sie ihn besuchen und selbstverständlich will ich Ihre Dienste in Anspruch nehmen, wenn Sie meinen, dass eine Therapie erforderlich sein sollte. Caspar, geleite den Mann bitte in Clemens' Kammer.«

Es dauerte eine ganze Weile, bis der Arzt wieder die Treppe herunterkam. Die Eltern baten Kerner in den Salon. Der Mediziner trug seine Anzugjacke über den Arm, die Hemdsärmel heraufgekrempelt und hatte eine metallene Nierenschale voller Blut in der Hand. Er machte ein ernstes Gesicht: »Ihr Sohn hat eine Gelbsucht, die Leber ist geschwollen und der Gallenfluss scheint gestaut. Ich musste ihn zur Ader lassen, um die schlechten Säfte aus dem Körper zu bekommen und das Fieber zu senken. Er muss jetzt viel trinken, aber weder Wein noch Bier! Bereiten Sie ihm Tee nach diesem Rezept, das Sie morgen in der Ratsapotheke einlösen können. Die Kataplasmen, die heißen Umschläge, sind gut geeignet den Gallenfluss in Gang zu halten; das haben Sie gut gemacht und sollten Sie fortsetzen. Versuchen Sie ihm fünf kleine Mahlzeiten anzubieten, kein Fett, nichts Blähendes, nichts Gebratenes und niemals Alkohol! Lassen Sie eine Hühner- oder Kalbsbrühe kochen, aber schöpfen Sie das Fett unbedingt ab. Ich komme morgen früh wieder und möchte den Morgenurin und den ersten Stuhl sehen, bewahren Sie beides auf. Seien Sie guten Mutes, Ihr Sohn hat eine kräftige Natur und seine Leber wird es schon schaffen!«

Nach drei Tagen war Clemens so gelb, wie sich Minna und Antje die Chinesen vorstellten. Es ging ihm schlecht und er weigerte sich zu essen. Kerner kam täglich vorbei, behandelte mal mit Schröpfgläsern und mal mit Blutegeln, aber eine Besserung wollte sich nicht recht einstellen. Der Arzt ermahnte Clemens, den Brei und den Tee zu sich zu nehmen, die Minna kochte, und redete von guten und erregenden Säften und Kräften, die in seiner Leber mit den krank machenden ringen würden. Er zitierte die Volksweisheit von der Laus, die über die Leber gelaufen sei, und wies darauf hin, dass aller Ärger, den ein Kranker mit sich im Geheimen herumtrage, lieber frei *von der Leber weg zu sprechen sei*. Nur wenn Clemens wieder mit sich im Reinen sei, würde seine Leber wirklich genesen können.

Clemens war unwillig, über seine Gefühle mit dem Arzt zu sprechen. Als Kerner gegangen war, ärgerte er sich über den Mediziner, der ihm so eine Mitverantwortung für die Erkrankung aufbürdete. Nein, er lehnte es ab, sich für die Krankheit schuldig zu fühlen, und suchte nun, wie in Tagen der Kindheit, einen Pakt mit dem lieben Gott zu schließen, bat, betete und fühlte sich durch das Beten gestärkt und beruhigt.

Antje, die vierzehnjährige Magd, sorgte sich rührend um den jungen Herrn, tupfte ihm den Schweiß von der Stirn, wenn er erschöpft schlief. Sobald er wach war, mochte er dies nicht dulden. Aber er lächelte sie dennoch dankbar an, wenn sie ihm erfrischende Tücher mit Minzduft reichte oder etwas zu trinken eingoss. Einmal musste sie ihn stützen, als er zum Abtritt wollte und sonst niemand ihm Haus war. Denn den Nachtstuhl für Alte wollte Clemens partout nicht benutzen. Er musste seinen Arm um Antjes Schulter legen, und sie schlang ihren Arm um ihn. Langsam und auf wackeligen Beinen, nur mit dem Nachthemd bekleidet, schwankte Clemens mit Antjes Hilfe zu dem Abtritt auf der Fleetseite des Hauses. Sie waren beide stolz, als die Tat vollbracht war und der Patient endlich wieder im Bett lag.

Clemens hatte Antje bislang nicht beachtet, obwohl sie schon mehr als zwei Jahre im Haushalt half. Ihre Familie lebte in Wedel auf einem armseligen Pachthof. Das kleine, magere Ding war sehr schüchtern gewesen, als einer ihrer Brüder sie eines Tages bei den Maibooms wie sauer Bier als lüttje Magd anbot. Nun war sie bereits eine gute Hilfe, hübsch gewachsen, hatte von Minna ein wenig rechnen und lesen gelernt und war auch nicht mehr so schüchtern. Clemens zog das Mädchen ins Vertrauen: Sie sollte einen Brief zu Mademoiselle Clothilde Gauthier in der Straße Raboisen bringen, aber nur ihr aushändigen und sonst niemand von dem Auftrag erzählen.

Antje mochte diese Aufgabe nicht gern übernehmen. Sie wandte ein, dass sie keinen Ausgang hätte und sonst noch nie in jene Gegend gegangen sei. Aber Clemens wiederholte seinen Wunsch mit Nachdruck, es sei sehr wichtig, dass die Mademoiselle den Brief erhalte. Er würde ihr, Antje, dann auch einen Wunsch erfüllen.

Am nächsten Tag machte Antje sich auf den Weg, um den Botengang zu erledigen. Es hatte etwas gedauert, bis sie die angegebene Adresse fand, aber nur die Magd hatte geöffnet. Das junge Frollein würde keine Boten empfangen, sie solle getrost den Brief da lassen, zumal das Frollein auch zurzeit nicht im Hause sei. Da hatte Antje schließlich das versiegelte Papier der Hausmagd gegeben, die versprach, dass sie den Brief wirklich nur dem Frollein und sonst keinem aushändigen würde. Clemens erzählte sie allerdings, dass sie den Brief der jungen Dame persönlich gegeben hätte, worauf Clemens freudig lächelte.

Eine Woche wartete er auf Antwort. Sein körperlicher Zustand besserte sich, das Fieber verschwand, die Gelbfärbung der Haut wich, der Appetit und seine Kräfte kamen zurück. Trotzdem wirkte er nervös, redete im Schlaf, und sowohl seine Mutter als auch Antje hörten ihn im Schlaf nach Clothilde rufen. Nach einer Woche und einem Tag beauftragte er Antje, einen

Brief zu den Runges zu bringen. Und nun bekam er sofort schriftliche Antwort:

»Lieber Herr Maiboom, wir senden Ihnen mit diesem Brief die besten Genesungswünsche. Auf Ihre Frage, ob mein Mann oder ich eine Nachricht für Sie von Mademoiselle Gauthier haben, können wir nur mitteilen, dass sowohl Monsieur Gauthier als auch seine Tochter auf unbestimmte Zeit nach Frankreich zurückgekehrt sind, ohne uns eine Nachricht hinterlassen zu haben. Offenbar war es ein familiärer Grund, der zu der beschleunigten Abreise geführt hat. Die Magd im Haus der Gauthiers meinte, dass Monsieurs Mutter verstorben sei. Da das Haus jedoch noch weiterhin gemietet sei, das Personal nicht entlassen und die persönlichen Dinge sich auch noch im Hause befänden, sei bald mit der Rückkehr zu rechnen. Nur wann dies wäre, das wüsste sie nicht.
Mein Mann und ich können nachvollziehen, mit welcher Sehnsucht Sie auf eine Nachricht hoffen. Bleiben Sie geduldig, werden Sie recht bald gesund und fügen Sie sich in das Schicksal, das Gott vorbestimmt hat.
Viele Grüße und gute Besserung, Ihre Pauline Runge«

So blieb Clemens tatsächlich nichts anderes übrig, als weiter zu warten und täglich über die ungewisse Zukunft nachzugrübeln.

Nachdem der junge Kaufmann sich besser fühlte und nicht mehr die Stunden des Tages verschlief, begann er wieder in dem alten Buch zu lesen, das er im Archiv gefunden hatte und das offenbar die Erinnerungen eines Vorfahren der Familie enthielt. Je besser sich Clemens in die Handschrift und den altertümlichen Stil eingelesen hatte, desto mehr nahm ihn die Geschichte gefangen, auch wenn er sich einige Begriffe überhaupt nicht erklären konnte. Anscheinend hatte der Verfasser aufregende Zeiten unter den legendären Seeräubern um Klaus Störtebeker in der Ost- und Nordsee verbracht, bevor er sich wieder dem ehrbaren Beruf des Kaufmannes in Hamburg widmen konnte.

Mit seinem Vater konnte Clemens über das Buch nicht reden,

denn der hielt seinen Sohn augenscheinlich noch für so krank, dass er das nacherzählte Gelesene eher für eine Fieberfantasie hielt. »Clemens, es freut mich, dass die Krankheit so weit überwunden ist und du wieder lesen kannst. Aber vielleicht solltest du lieber eine Zeitung unserer Tage lesen, anstatt in einer alten Schwarte voller Raubgeschichten. Was soll das nützen?«

Clemens zog es vor, das Thema zu wechseln. Als der Vater wieder von den Plänen zu sprechen begann, in Neustadt bei Lübeck eine Basis für weitere Geschäftsunternehmungen einzurichten, kam ihm jedoch der Gedanke, nach Spuren seines Vorfahren in der Gegend um Neustadt zu suchen. Clemens hatte nämlich gerade ein Kapitel in dem alten Lederband entdeckt, das von dem Versteck eines Seeräuberschatzes in der Nähe Neustadts handelte. Ob es sich um eine wahre Geschichte handelte? Wenn es keine Legende war, lag der Schatz noch in seinem Versteck? Ob er den Ort finden würde? Wie viel wäre der Schatz wohl wert?

»Clemens, hörst du mir eigentlich zu?« Caspar Maiboom war ärgerlich. Er sorgte sich um die Zukunft der Familie und des Maiboom'schen Handelshauses. Noch vor wenigen Jahren hatte er Pläne gehabt, den beiden Jungen die Geschäfte zu übergeben, zum Müßiggang mit seiner Gattin in das neue Seebad Travemünde zu fahren oder weiter nach Bad Pyrmont oder Baden-Baden oder gar nach Rom oder an den Golf von Neapel. Jetzt schien ein sorgenfreies Alter ungewiss. War das Leben nicht schon schwer genug, weil immer wieder Krankheit und Tod unberechenbar für die Menschen deren Pläne zunichte machte? Der alte Kaufmann seufzte. Eigentlich sollte er froh sein, dass sein Sohn wieder genesen war. »Clemens, ich will nicht ungerecht sein. Ich weiß, dass du noch von der Krankheit mitgenommen bist. Das Spanien- und das Stahlgeschäft ist durch deine Aufsicht zu einem guten Ende geführt worden. Insofern bin ich stolz auf dich und glaube an die Zukunft unseres Handelshauses. Lass dir noch so viel Zeit, wie du zur vollständigen Genesung brauchst. Aber dann musst du nach Neustadt fahren und unseren Partner vor Ort besuchen und dir ein Bild machen, das hab ich den anderen Anteilseignern unserer Schiffe versprochen. Wir, du und ich, wir übernehmen nämlich die Federführung bei dieser Unternehmung. Die anderen sind stille Geschäftspartner.«

Clemens sicherte zu, dass er bald nach Lübeck und von dort nach Neustadt reisen würde, aber er bat darum, noch an der Versammlung von patriotischen Freunden in drei Tagen teilnehmen zu dürfen, zu der ihn der Buchhändler Perthes eingeladen hatte. Sein Vater war misstrauisch, doch Clemens stellte es so hin, als handle es sich um einen Ableger der Patriotischen Gesellschaft, was seinen Vater beruhigte.

Drei Tage später ritt Clemens zum Millerntor, durch die Reste der Wallanlagen und über die große, freie Fläche des Heiligen Geist Feldes vorbei an großen Aschehaufen. Den jungen Kaufmann fröstelte, denn die frühwinterliche Sonne konnte den kühlen Dunst nicht mehr auflösen, und gleichzeitig schwitzte er vor Anstrengung, denn das Pferd war störrisch und nervös und schwer zu dirigieren. Clemens lenkte das Tier in Richtung Sternschanze bis an den Neuen Pferdemarkt, und schließlich erreichten Reiter und Pferd die Straße Schulterblatt. Ein Gasthaus am Beginn der Straße, das ein großes Walschulterblatt zum Wappen gewählt hatte, hatte dieser Straße den Namen gegeben. Clemens ritt weiter zu einer Gastwirtschaft mit großem Garten und einem Festsaal in der ehemaligen Scheune, kurz vor dem Rosenhof. In den Tagen, an denen Clemens so heftig unter seiner Lebererkrankung gelitten hatte, waren die Patrioten das erste Mal an dieser Stelle zu einer Lesung zusammengekommen, denn in der Stadt waren Zusammenkünfte von mehr als fünf Personen bei den Polizeibehörden anzumelden und Veranstaltungen mit politischen Inhalten streng verboten. Als Reaktion darauf waren schon etliche Gesangvereine entstanden, damit die Mitglieder sich unter dem Vorwand des Gesangs zu Gesprächen treffen konnten. Mochte innerhalb der Stadt alles mit Argusaugen beobachtet werden, hier in der Vorstadt wurde nicht so genau kontrolliert.

Perthes, Kerner und Mettlerkamp hatten einige Schriften verlesen, darunter aus Klopstocks »Liebe zum Vaterland«, aus Fichtes »Reden an die deutsche Nation« und auch aus Hardenbergs »Rigaer Denkschrift«. Eine Ausgabe des »Rheinischen Merkurs« von Joseph Görres ging durch die Hände und aus Schillers »Wilhelm Tell« wie aus Heinrich von Kleists »Hermannsschlacht« wurde zitiert und so die Anwesenden in Stimmung versetzt. Ein Aufsatz eines Friedrich Ludwig Jahn befasste sich mit so genannten Turnübungen, die durch Skizzen und Zeichnungen weiter erläutert wurden. All diese Zeitschriften, Aufsätze und Manuskripte hatte Perthes auf seine ihm eigene Weise und durch eigene Quellen und Boten besorgt. Er hatte die anwesenden Männer ausgewählt und zusammengeführt. Bald herrschte eine schwärmerische Vertrautheit, und die jüngeren und älteren Männer kamen überein, sich zusammenzuschließen, um zukünftig gemeinsam sowohl geistige als auch körperliche Übungen zu absolvieren. Ziel dieser Übungen sollten ein wacher Geist, eine feste Moral und eine allgemeine körperliche Ertüchtigung sein, ebenso eine Stärkung militärischer Fähigkeiten wie scharfes Reiten, Schießen mit Pistolen und Gewehren und der Umgang mit dem Säbel. Perthes übernahm die Rolle des Sekretärs dieser Verbindung, und einer nach dem anderen versprach feierlich, dass er bis auf weiteres die Treffen und die Mitgliedschaft geheim halten würde.

Als Clemens eintraf, wurde er von Perthes der Verbindung vorgestellt und sein vorheriges Fehlen wegen seiner Erkrankung entschuldigt. Clemens wusste selbst, dass er noch recht hohlwangig aussah. An den erschrockenen Gesichtern seiner Bekannten konnte er ermessen, wie kränklich er wirken musste.

Dann verlas Perthes vor den Männern eine Sammlung vertraulicher oder geheimer Nachrichten, die ihm, dem Sekretär der Verbindung von den Mitgliedern zugesandt worden waren. Mit großer Begeisterung wurde aufgenommen, dass verschiedene Reisende aus Österreich vermeldeten, der Aufbau einer Landwehr sei erfolgreich abgeschlossen und die Männer des Volkes in Stadt und Land würden sich mit den Waffen üben. Gleiches wurde aus Preußen berichtet, wobei in diesem Zusammenhang die Namen von Stein und Scharnhorst fielen. Weiter gab Perthes bekannt, dass es Gerüchte von einem erneuten bevorstehenden Waffengang Österreichs gegen die Franzosen gab. Bayern würde auf der Seite Frankreichs stehen. Nun meldeten sich verschiedene Befürworter einer »Hanseatischen Legion« zu Wort. Mettlerkamp und von Hess traten besonders dafür ein und forderten, nun endlich mit den Schieß- und Fechtübungen zu beginnen. Es müssten Waffen gekauft und für den Fall einer Erhebung der Unterdrückten deponiert werden. Daraufhin begann ein heftiges zustimmendes Gemurmel, weil jeder seinen eigenen Plan dazu kundtun wollte. Clemens kannte nicht alle Anwesenden, aber er war nicht erstaunt, dass die Herren Besser, Beneke, von Heß, Mettlerkamp, Pfeffer, Kerner und Karl Sieveking anwesend waren, freute sich, seinen Nachbarn Pit Lindemann und den Trankocher Dieter Reepen zu sehen und wunderte sich schließlich, dass auch Philipp Otto Runge dazugehörte, denn er hielt den Maler eher für einen weltabgewandten Träumer als für einen Widerständler gegen die unrechtmäßige Besetzung der Stadt.

Als der Wirt ein neues Fass Bier brachte, es anzapfte und ausschenkte, gesellte Clemens sich zu Runge und zwei Unbekannten.

»Herr Runge, es wundert mich ein wenig, Sie hier in dieser Runde zu sehen.«

»Gut Tag Herr Maiboom, es freut mich erst einmal, dass Sie wieder auf die Beine gekommen sind. Der Herrgott meint es gut mit Ihnen. Doch nun zu Ihrer Bemerkung. Warum wundern Sie sich? Glauben Sie mir, es lässt mich nicht unberührt, wenn ich das Unrecht so deutlich vor Augen geführt bekomme. Haben Sie auf dem Heiligen Geist Feld nicht die Reste der Scheiterhaufen gesehen, in deren Feuer konfiszierte, angeblich englische Ware aufgegangen sind? Mein Bruder leidet als Kaufmann unter den Bedingungen der Besetzung und der Handelssperre, ich leide als Künstler, weil das sonst für die Kunst verfügbare Geld in Kontributionen und Kriegsgerät gesteckt wird, und wenn ich mit offenen Augen durch die Stadt gehe, dann sieht man immer wieder Hausdurchsuchungen oder selbst nur die belastenden Einquartierungen fremder Truppen. Allerdings haben Sie vielleicht Recht, wenn ich angesichts der geplanten militärischen Übungen deplatziert wirke. Meine christliche Überzeugung wird mir verbieten, zu den Waffen zu greifen. Meine Waffen sind Feder und Pinsel, meine Aufgabe wird in diesen schlimmen Zeiten sein, für die Kunst einzutreten, damit das Schöne in Gottes Natur und Plan nicht vergessen wird und die reine Seele die Gerechtigkeit nicht vergisst. Darf ich Sie hier mit zwei Mitstreitern bekannt machen? Zu meiner Linken befindet sich Herr Thomas Sello. Er handelt mit Kunst, ja, er kauft mir sogar hin und wieder ein Blatt ab oder vermittelt mir einen Käufer. Er gehört zu den Rettern der Gemälde, die beim Domabbruch beinahe verloren gegangen oder zerstört worden wären. Er kämpft gegen die Missachtung der Kunst, verdient seinen Lebensunterhalt aber hauptsächlich damit, die beliebten radierten Blätter unter das Volk zu bringen, Sie wissen schon, die Berlichingen'sche Burg Jagsthausen in Franken mit Götzens darunter stehenden Worten: ›Es werden Zeiten kommen, da die Gottlosen regieren und der Gerechte wird in ihre Stricke fallen.‹ So wirkt Herr Sello erzieherisch auf breite Schichten des Volkes.

Zu meiner Rechten befindet sich Herr Rainer Müller, ein Archivar und analytischer Denker, der den Kopf voll eigener künstlerischer Ideen hat und gleichzeitig für die Kunsthandlung Graubner, Tiemann und Brock tätig ist. Die Kunsthandlung besorgt den Fürsten aller Höfe für deren Sammlungen repräsentative Gemälde und Skulpturen. Leider findet sich derzeit kein Hof, der mir einen Auftrag verschaffen will, auch wenn Herr Müller mir versichert hat, dass er meine Kunst sehr schätzt. Wir drei, mein lieber Maiboom, gehören in dieser Versammlung zu den politischen und militärischen Dilettanten. Indes, wir sind hier, bereit, für die Menschlichkeit und die Gerechtigkeit mit künstlerischer Entschlossenheit einzutreten, sobald unsere Fähigkeiten gebraucht werden!«

Thomas Sello setzte hinzu: »Vielen Dank, mein lieber Runge, für die einführenden Worte. Ich möchte hinzufügen, dass ich hoffe, mit Vernunft und Esprit für die gerechte Sache wirken zu können. Blanke Gewalt ist auch meine Sache nicht, ich persönlich setze mehr auf die Wirkung des vervielfältigten Bildes. Im Vertrauen, warten Sie nur ab, ich werde auf meine Art dazu beitragen, dass das Volk sich gegen die Tyrannei erhebt, wenn die Tyrannen kein Einsehen haben! Im Übrigen, Herr Maiboom, falls Sie oder Ihr Vater Bedarf an Wandschmuck haben, kann ich Ihnen gern mein Angebot zeigen. Ich weiß, dass es sich auch in den Geschäftsräumen eines Handelshauses gut macht, wenn der Erfolg des Kaufmanns sich in edlen Stichen widerspiegelt. Oder wie wär's mit einem Gemälde aus dem alten Dom? Nicht alles, was bei den Domherren hing, lässt ein aufgeschlossenes Lutheraner-Auge schmerzen. Besuchen Sie mich doch einmal in meiner kleinen, privaten Galerie.«

»Kommen wir vom Geschäftlichen zurück zum Wesentlichen des heutigen Zusammentreffens«, meinte Rainer Müller mit Blick auf Sello. »Ich kann die Linie meiner Vorredner nur unterstützen. Aus meiner aktuellen Erfahrung kann ich sagen, dass die Bürger in allen deutschen Landen voll Sehnsucht nach der Kunst streben, wenn sich die Wirklichkeit so öde und trist darstellt. Ich komme gerade aus Berlin, denn ich durfte für unsere Kunsthandlung ein Gemälde an die bekannte und wohlhabende Kunstkenner-Familie Varnhagen ausliefern. In den Salons der preußischen Hauptstadt werden jetzt vielfach Gemälde gezeigt, die griechische oder römische Szenen zeigen, in denen sich die Menschen gegen Unrecht wehren, aufstehen und mit der Kraft des einfachen Volkes gegen die Usurpation wehren. Aber auch Gemälde, die unsere schöne deutsche Landschaft in einer traurigen und einsamen Stimmung zeigen, scheinen sehr beliebt zu werden. Caspar David Friedrich ist mein Favorit. Seine Bilder sollten Sie sehen, da wird die Seele und das Gemüt bewegt! Herr Runge kennt ihn auch!«

Nachdem der Wirt gegangen war, ergriff Perthes wieder das Wort und verlas eine Gruppeneinteilung für gemeinsame Fecht- und Schießübungen. Die Gruppen sollten sich verabreden, und auf dem nächsten Treffen würde man von den Erfahrungen berichten. Als die Versammlung sich auflöste, war Clemens einer der Ersten, die das Lokal verließen. Ihm war ein wenig schwindlig, weil er noch immer schnell ermüdete. Beim Hinaustreten meinte er, gegenüber im Schatten der Bäume einen Mann stehen zu sehen, der ihm bekannt vorkam: Rauchenberg.

Der Rückweg kostete Clemens viel Kraft. Im Dunkeln kam er zu Hause an. In der großen Diele traf er Nils Banthien, der gerade den Kontorraum abschließen wollte, sich nun aber an den Postfächern zu schaffen machte: »Hier, Herr Maiboom, dieser Brief ist aus Paris angekommen, an Sie adressiert. Ich glaube, dass Sie auf den Brief schon warten, so wie Sie Bönninghaus in den letzten Tagen immer wieder nach Post fragten.«

Clemens dankte Nils und versuchte dabei möglichst unbeteiligt auszusehen. Innerlich aber war er sehr angespannt.

In seinem Zimmer brach er das Siegel und faltete mit zitternden Händen den Brief auseinander.

Paris, 10. November 1808
Sehr geehrter Herr Clemens Maiboom,
lange habe ich mit mir gerungen, ob ich diesen Brief schreiben soll. Ich möchte Ihnen hier kurz meine Überlegungen darlegen, damit Sie mich verstehen können. Erfüllt von inniger Freude war ich an jenem 15. August, dem Geburtstag unseres Kaisers Napoleon. Dies Gefühl trug mich auch am 16. August noch weiter. Am 28. August erhielt ich dann einen Brief, der weitere Hoffnungen nährte. Doch danach habe ich keine weiteren Nachrichten mehr erhalten, die eine junge Französin froh und stolz zugleich sein ließen.
Sie wissen, dass mir am Herzen liegt, Frankreichs Politik zu erklären und zu verteidigen, wenn man den Franzosen Vorwürfe macht. Ich selbst hasse die Ungerechtigkeit und wünsche mir nichts mehr als Eintracht unter den Menschen, die friedliche Verbindung aller Völker, die Beseitigung von Hemmnissen und Grenzen, den Fortschritt für ein besseres Leben. Gern würde ich an diesem Ziel mitwirken, soweit mir dies als junger Frau möglich ist. Die Französische Revolution hat schon viele

Grenzen stürzen lassen und den Menschen Fortschritt und Freiheit gebracht. Unser Kaiser Napoleon stabilisiert diesen Weg, indem er die Feinde der Freiheit bekämpft, einen modernen Staat schafft, allgemein gültige und transparente Gesetze für alle Bürger schafft und die Lebensumstände verbessert: Er schafft bessere Straßen und Brücken. Das hat meinem Vater und mir ermöglicht, den Weg nach Paris in nur fünf Tagen zu bewältigen. Wir mussten so schnell und überstürzt aus Hamburg abreisen, weil wir bei der Beerdigung meiner Großmutter, der Mutter meines Vaters, anwesend sein wollten. Ich hoffe, dass Ihnen diese Umstände schon bekannt gemacht wurden. Nun, ich möchte Ihnen ersparen, welche familiären Verwicklungen durch den Tod meiner Großmutter entstanden. Jedenfalls hat es sich ergeben, dass mein Vater noch länger hier aufgehalten wird. Ich hatte und habe die feste Absicht, ihn wieder zu begleiten. Nun hat sich alles verzögert. Es gilt, das Erbe zu regeln, und zudem richtet sich das Augenmerk der Hinterbliebenen anlässlich des Todes eines Verwandten auch immer auf Pläne für die Zukunft.

Schrieb ich eingangs davon, dass die Revolution neue Freiheiten für die Bürger und Menschen geschaffen hat, so muss ich mit Kummer eingestehen, dass die Hoffnungen meiner Großmutter, immerhin einer Frau, die die Barrikaden der Revolution mit eigenen Augen gesehen hat und auf ihre Weise zum Sieg beitrug, sich noch nicht erfüllt haben. Sie wünschte sich eine Gleichberechtigung von Mann und Frau. Selbst wenn sich diese per Gesetz einführen ließe, so sind alte Sitten und Bräuche doch tief in den Menschen verankert. Ich merke sie ja selbst an mir: Ist es richtig, dass ich einen Brief voll mit persönlichen Ansichten an einen jungen Mann schreibe?

Wenn ich selbst in diesen alten Handlungsweisen verhaftet bin und zweifle, darf ich es dann anderen, älteren Verwandten übel nehmen, wenn sie für mich Pläne schmieden, über mich bestimmen möchten?

Sehr geehrter Herr Maiboom, gerne hätte ich Ihre Ansicht dazu gehört und auch die der lieben Frau Runge. Zumal ich von

Frau Runge weiß, dass ihr Vater große Vorbehalte gegenüber der Verbindung mit dem jungen Maler Runge hatte. Dennoch gelang es den Liebenden, die Hindernisse zu überwinden. Ich hoffe so sehr, dass auch ich nach meiner Fasson glücklich werden darf. Ich möchte nicht in eine Ehe gedrängt werden. Die Erbschaft, die meine Großmutter mir testamentarisch für meinen einundzwanzigsten Geburtstag zuwies, versetzt mich in die Lage, niemals aus finanziellen oder anderen Gründen heiraten zu müssen. Dennoch kann ich mir vorstellen, eine Ehe zu führen und eine Familie zu gründen, aber wenn, dann aus freien Stücken, aus Liebe, Zuneigung und Achtung vor dem Lebenspartner.
Herr Maiboom, ich habe seit jenem Brief, datiert im August, keine Nachricht mehr von Ihnen oder Ihrer Familie erhalten. Ich hoffe sehr, dass es Ihnen allen gut geht. Ich weiß nicht, ob die viele Arbeit Sie daran hindert oder ob es andere Gründe sind, die Sie vom Schreiben abhalten. Sie sollen wissen, dass es mir gut geht in Paris, dass ich mich freue, meinen Bruder und die anderen Verwandten wieder zu sehen. Gewiss, aus den Pariser Moden und einigen gesellschaftlichen Veranstaltungen und Zerstreuungen, die meine Mutter so beschäftigen, mache ich mir weniger. Aber mir bereitet es besonderes Vergnügen, dass mein Bruder mich manchmal in Vorlesungen mitnimmt, wobei es nicht seine technischen Studien sind, die mich begeistern, sondern seine Möglichkeiten, auch in anderen Fakultäten zuzuhören und sich zu bilden. Sie sollten in Ihrer Stadt auch eine Universität einrichten. Stellen Sie sich vor, dass ich mich auf diesen Ausflügen in die Welt der Universität als Mann verkleiden muss, denn Frauen sind dort nicht wohlgelitten.
Begeistert hat mich kürzlich ein Preuße namens Alexander von Humboldt aus Berlin, der am Institut National mit seinen französischen Kollegen zusammenarbeitet. Er hat von seiner Reise nach dem südlichen Amerika berichtet und spricht ein ausgezeichnetes Französisch. Nach der Vorlesung hatte ich die Gelegenheit, kurz mit ihm auf Deutsch zu reden. Ach, dürfte ich doch auch studieren, aber das halten meine Eltern gemein-

sam für überflüssig, wenn sie auch sonst nicht sehr einig sind.
Jetzt habe ich mir Humboldts Buch »Ansichten der Natur« beschafft und bin sehr beeindruckt. Was sind die Menschen mit ihren Gedanken nur für komplizierte Geschöpfe!
Ich hoffe, dass wir bald einmal Gelegenheit bekommen, unsere Erlebnisse und Erfahrungen von Angesicht zu Angesicht auszutauschen. Jedoch kann es auch sein, dass wir erst im Frühjahr wieder nach Hamburg reisen werden.
Alles Gute wünscht Ihnen
Ihre Clothilde Gauthier

Der Brief war mit einer Absenderadresse versehen, aber die Tinte war auf dem Transport feucht geworden und so unglücklich verlaufen, dass lediglich noch *Clothilde Gauthier* und *Paris* zu entziffern war.

Clemens war aufgewühlt und fühlte sich wieder so unsicher wie ganz zu Beginn. Clothildes Brief klang so distanziert, war ihre Verliebtheit vergangen oder hielt sie ein Eingeständnis von Sehnsucht und Liebe für unschicklich? Was sollte die Erwähnung jenes Gelehrtennamens von Humboldt? Lange wälzte er sich unruhig in seinem Bett hin und her, bis er erschöpft von dem nachmittäglichen Ausflug einschlief.

Das Jahr 1808 ging zu Ende. Clemens machte sich auf Drängen seines Vaters tatsächlich bald nach Neustadt auf, noch bevor er die Adresse der Gauthiers herausgefunden hatte und auch bevor er sich über den Inhalt eines Antwortbriefes im Klaren war.

Der junge Kaufmann ritt über den frostigen Boden zunächst nach Lübeck, besuchte dort Brunhilde Pasternak, eine Cousine der Mutter und war erschüttert, dass es den Lübeckern in den letzten zwei Jahren weit schlechter ergangen war als den Hamburgern oder Bremern. Während die beiden anderen freien Reichsstädte im Jahre 1806 ohne militärische Gegenwehr von den Franzosen besetzt worden waren, wurde Lübeck als feindlich behandelt, weil der preußische General Blücher mit 21 000 Mann in die Stadt gezogen war, um sich dort zu verschanzen.

Die drei französischen Marschälle Soult, Murat und Bernadotte griffen die Stadt mit fast 60000 Mann an. Die Niederlage der Preußen lastete man hauptsächlich einem taktischen Fehler des kommandierenden Herzogs von Braunschweig-Oels an, der das nördlich gelegene Burgtor nicht geschickt genug verteidigte. Jedenfalls wurde die Stadt genommen, Blücher noch bis Ratekau gejagt, und dort musste er kapitulieren. Die französischen Soldaten plünderten Lübeck und taten den Bewohnern Gewalt an. Die Cousine der Mutter berichtete Clemens von schrecklichen Ereignissen und deutete an, dass ihre Tochter Opfer einer Vergewaltigung geworden war. Seitdem litt sie unter Appetitlosigkeit und saß die meiste Zeit teilnahmslos auf einem Stuhl.

Herr Pasternak war ins schwedische Stralsund aufgebrochen, um dort bei Verwandten um Hilfe zu bitten, denn sein Handelshaus hatte Konkurs gemacht: Ihm war es nicht gelungen die konfiszierte englische Ware freizukaufen. Aller Handel war zusammengebrochen, nur wer schmuggeln und bestechen konnte, hatte gut zu tun. Im Hafen verfaulten die Schiffe, nur wenige Reeder hatten ihre Segler rechtzeitig losgesendet, um sie dann unter russischer Flagge weiterfahren zu lassen.

Niedergedrückt verließ Clemens die Schwesterstadt Lübeck. Mit seinen von Rist ausgestellten Reisepapieren in der Tasche, ritt er nach Travemünde und an der Küste entlang auf dänischem Gebiet Richtung Neustadt. Er hatte sich die Textstelle, an der sein Vorfahr von dem versteckten Seeräuberschatz in der Nähe Neustadts berichtete, aus dem alten Buch herausgeschrieben. Vierhundert Jahre musste das her sein, und er glaubte ja selbst nicht daran, dass die Geschichte wahr sei.

Und trotzdem fand Clemens einen Fischerort in der Mitte der Bucht zwischen Neustadt und Travemünde, er fand den Bachlauf, der in das Meer mündete und von Seen oberhalb einer Hügelkette herabfloss und den Buchenwald. Doch es war zu dunkel, um weiterzusuchen. Also kehrte Clemens um und bat bei einem Bauern um einen Übernachtungsplatz.

Über Nacht war etwas Schnee gefallen und das Weiß erhellte den Wintertag, als Clemens morgens den Hof verließ. Die

Sonne ließ den Schnee bald schmelzen. Clemens meinte den von uralten Eichen umsäumten Steinhaufen auf einem Hügelkamm in einem Waldstück nahe einem kleinen See gefunden zu haben, in dem Störtebeker und sein Vorfahre einen Schatz versteckt hatten. Doch es war unmöglich, ohne Grabegerät etwas zu bewerkstelligen. Also beschloss Clemens, seinen Weg nach Neustadt fortzusetzen.

Dort fand er alles so vor, wie sein Vater es von Hamburg aus eingerichtet hatte. Die drei ehemals hamburgischen Schiffe waren nun eingetroffen und fuhren unter dänischer Flagge. Sie hatten schon eine Tour nach Riga unternommen und waren mit Holz und Teer zurückgekommen. Doch der früh eingesetzte Winter ließ es ratsam erscheinen, nicht wieder in den Ostteil der Ostsee zu starten. So hatten sie ihre Ladung nicht in Neustadt gelöscht, sondern warteten auf weitere Instruktionen. Die Schiffe sollten offiziell mit dem Zielhafen Kopenhagen auslaufen, aber dann Göteborg ansteuern. Die Schweden waren mit den Engländern verbündet und Dänemark war mit den Schweden in Kämpfe verwickelt, sodass dänische Schiffe keine schwedischen Häfen anlaufen sollten.

Der Neustädter Lienau, der als Strohmann für die Hamburger Kaufleute die Geschäfte führte, hatte, wie abgesprochen, ein Geschäft mit Schweden und Engländern eingefädelt. Neustädter Fischer hatten Briefe von Lübecker und Hamburger Kaufleuten an schwedische Segler weitergegeben, und auch Lienau hatte diesen Schmuggelweg genutzt. Zu einem verabredeten Zeitpunkt war Lienau mit einem Fischer weit auf die Bucht hinausgefahren und hatte sich mit Engländern und Schweden getroffen. Die Engländer waren angestellte Kaufleute aus Murphys Handelshaus in London. Über den Preis wurde man sich rasch einig, geheime Schutzbriefe wurden ausgehändigt, damit die Schiffe von englischen und schwedischen Kaperfahrern unbehelligt blieben. Die Holz- und Teerladung sollte nach Göteborg gehen und dort von den Engländern übernommen werden.

Clemens wohnte bei Lienau, ließ sich die Buchführung zeigen

und war mit seinen Erkundigungen zufrieden. Lienau war gut mit dem Neustädter Bürgermeister Peter Christian Romundt bekannt, und das verschaffte ihm Vorteile, denn von seinem Freund erfuhr er auch die Einsatzpläne der Militärs. Romundt war kein Freund der 1806 erfolgten Eingliederung Holsteins ins dänische Reich. Die Neustädter hätten lieber einem deutschen Staatenbund angehört, doch angesichts der holländischen und spanischen Truppenteile, die die Franzosen zur Verstärkung der Stadt- und Hafenwachen ins Land geschickt hatten, fügten sie sich vorerst in ihr Schicksal. Außerdem sorgte die Schmuggelei für zusätzliche Einnahmen.

Nachdem Clemens sich nun informiert und mit Lienau weitere geheime Nachrichtenwege vereinbart hatte, machte er sich nach drei Tagen morgens zeitig auf den Rückweg. In seiner Satteltasche steckte ein kleiner Spaten, mit dem er sich in dem gewissen Buchen- und Eichenhain am Fuße des Steinhaufens zu schaffen machte. Das Unterfangen kostete ihn viel Kraft und schien zu nichts zu führen.

Wütend stieß er den Spaten in die Mulde. Aber es klang metallisch. Clemens wühlte mit bloßen Händen in der schwarzen Muttererde. Ja, das waren schwärzliche, verkrustete Scheiben, das schienen Münzen, ein Becher, ein Kerzenleuchter und Lederreste zu sein. Clemens hielt inne. Er beschwor sich, ruhig zu bleiben. Dann füllte er die eine Satteltasche mit dem schmutzigen Zeug, ließ den Rest aber im Boden und verwischte die Spuren seines Tuns.

Es war schon düster, als er aufbrach. Er kam bis zu dem Fischerdorf, wo er in dem kleinen Gasthof eine kleine Kammer bekam.

Bei Kerzenlicht rieb Clemens eine Münze sauber. Es war Silber, die ganze Satteltasche mochte 20 Pfund davon enthalten. Er hatte ein kleines Vermögen bei sich, und schon fühlte er sich unsicher. Wie sollte er das durch die Zollkontrolle bringen? Ob es ihm gelingen würde, über kleine Dorfwege unkontrolliert bis zum Sommerhaus vor den Toren Hamburgs zu kommen, um das Silber dort zu verstecken?

Am nächsten Tag wählte Clemens den Weg über Ahrensbök statt über Lübeck, um den Zöllnern und dänischen Grenzsoldaten aus dem Weg zu gehen, dann folgte er von Ahrensbök dem Weg bis Segeberg, wo er in einem Gasthof übernachtete. Der Wirt beschrieb ihm, wie er an die Beste käme, um von dort aus zur Alster zu gelangen. Mittags gönnte er dem Pferd eine längere Pause bei einer Mühle, weswegen er auch die folgende Nacht in einem Gasthof verbringen musste.

Am nächsten Mittag gelangte Clemens dann tatsächlich bis zum Sommerhaus an der Eilbek. Er versteckte die schweren silbernen Becher, die Leuchter und etliche Münzen im Dachgeschoss auf den Querbalken und Stützen. Den Rest der Münzen schrubbte er in der Küche mit einer Bürste von Erdreich frei, erhitzte dann Wasser und Salz in einem Kupferkessel und kochte die Silbermünzen darin. Tatsächlich bekam ein ganzer Teil der Münzen so ein wenig Glanz zurück. Dann spülte er die Münzen in klarem Wasser ab, goss sie in ein Sieb und trocknete sie am Herdfeuer.

Bevor es dunkel sein würde, wollte er wieder zu Hause sein. So löschte er das Herdfeuer, fegte aus, verrammelte die Fenster und ritt davon. Am Steintor musste er tatsächlich schon Torgeld bezahlen, weil es so spät war. Der gelangweilte französische Zöllner machte erst Anstalten, die Satteltaschen zu durchsuchen, aber als Clemens anscheinend völlig ruhig blieb, beließ er es bei einem Blick auf die zuoberst liegende Wäsche.

Clemens kehrte unbehelligt heim und plante, seinen Vater am nächsten Morgen über das Geschäft in Neustadt zu unterrichten. Aber von dem Schatz wollte Clemens nichts erzählen. Während der folgenden Tage dachte er immer wieder darüber nach, wie er das Silber unauffällig zu Geld machen könne. Sollte er sich an das Bankhaus Mendelsohn wenden oder zu Heckscher und Salomon Heine gehen? War es überhaupt sinnvoll, das alte Silber in Geld umzuwandeln? Könnte es bedeuten, dass er selbst Kopfsteuer und Kontributionen zu zahlen hätte?

Januar 1809

Das Jahr 1809 begann, wie das alte endete: Die Wirtschaftslage wirkte durch den Winter mit seinem eingeschränkten Verkehr noch trister. Im Kontor schrieben der alte Maiboom, sein Sohn, Bönninghaus und der junge Banthien wieder Briefe, kopierten sie und legten sie ab: Angebote, Nachfragen, Bitten an alte und neue Geschäftspartner, an Makler und Reeder, an Zollstellen, an Gesandte verschiedener Staaten, an Versicherer, an Militärbehörden, an die Steuerkasse. Manche Briefe an vertraute Geschäftsfreunde, wie zum Beispiel Lienau in Neustadt, wurden postlagernd an Strohmänner mit fingierten Adressen und codierten Absendern gesandt, zwischen den Zeilen mit chiffrierten Nachrichten in unsichtbarer Geheimtinte versehen. Verschlüsselte Briefe an Thomas Maiboom in London wurden entweder direkt an Elbschiffer abgegeben, die diese nach Helgoland schmuggelten und dort der englischen Poststelle übergaben oder aber erst in Altona aufgegeben. Trotz der Feindseligkeiten zwischen Dänemark und England gab es dennoch einen von der dänischen Regierung gegenüber den Franzosen verschwiegenen Postverkehr. Die Briefe an seinen Bruder gab Clemens stets selbst auf und holte bei diesen Gelegenheiten auch manchmal Schmuggelware und konspirative Sendungen für Perthes ab. Dazu benutzte er die Gelegenheiten, die sich durch die Auftragsfahrten für den dänischen Gesandten Rist ergaben, der sich vertrauensvoll Clemens' bediente, wenn er amtliche Korrespondenz vom Stadtpräsidenten holen ließ oder dorthin expedierte. In regelmäßigen Abständen musste und wollte der Gesandte auch noch den Gouverneur Marschall Bernadotte besuchen und zog es dann vor, sich in dicke Mäntel und Decken eingehüllt von Clemens kutschieren zu lassen. Bei diesen Gelegenheiten holte Clemens kleine Pakete und Sendungen ab, die wegen des Diplomatenstatus' des dänischen Gesandten unkontrolliert blieben.

Das Aufgeben der Maiboom'schen Geschäftsbriefe bei den verschiedenen Postgesellschaften erforderte wegen all der verschiedenen Routen und Abfahrtzeiten, Abfertigungsorte und Gebühren Geduld und stete Aufmerksamkeit, zumal laut einem Vertrag, den der Gesandte Bourienne mit dem Rat der Stadt ausgehandelt hatte, fast der gesamte Postverkehr von der Bergischen Post übernommen werden sollte. Dennoch blieben die alten Poststellen aber zunächst offen, wogegen der französische Postdirektor in Hamburg mehrfach energisch protestierte.

Schnee und Eis auf Elbe und Ostsee ließen die Handelstätigkeit der großen Kaufleute vollständig ruhen. Clemens versuchte sich an zwei Briefen an Clothilde, die er jedoch wieder zerriss. Die Adresse der Gauthiers hatte er mit Hilfe des Sergeanten Maurice herausgefunden. Clemens besuchte wieder Kurse der Winterakademie, die geheimen Treffen der Patrioten, die sich nun auch im Schießen und Fechten übten, und gelegentlich besuchte er die Familie Runge und den dänischen Gesandten Rist.

Bei Runges zog ihn das Gemälde mit dem vorläufigen Titel *Der Morgen* magisch an. Der zurückhaltende Runge hatte sich an den jungen Maiboom gewöhnt, weil dieser in unregelmäßigen Abständen literarische Konterbande aus Altona für Perthes Buchhandlung brachte. Weiter machte sich Clemens beliebt, weil er Runges Kindern immer wieder einmal ein Spielzeug mitbrachte oder mit geräucherter Gänsebrust, Kalbsleberpastete oder seltenen Süßweinen auch zur Abwechslung in der Küche beitrug, ohne darüber große Worte zu verlieren. Zudem erkannte der sensible Künstler in dem zweifelnden und sich nach Clothilde sehnenden Clemens sich selbst wieder, als er einst um Pauline geworben hatte.

Wenn Clemens auch Runges Bildsprache naiv betrachtete und Motive wie die sich in den eigenen Schwanz beißende ringförmige Schlange nur staunend zur Kenntnis nahm, ohne die Zitate und Konstruktionen des Gemäldes in ihrem kunstgeschichtlichen Bezug zu erkennen, so fühlte sich Runge dennoch verstanden und unterstützt. Clemens lobte auch Runges Entwurf für ein Grabmal und bewunderte die Vorlagen für die neumodischen, doppelköpfigen Spielkarten.

Natürlich sprachen sie auch über die erbärmliche Situation des besetzten Hamburgs, und Clemens unterstützte Runges Idee, den »Fall des Vaterlandes« bildlich darzustellen, nachdem der Maler ihm erste Skizzen gezeigt hatte. »Herr Runge, diese Zeichnung müssen Sie vervollkommnen. Denken Sie an die Worte von Ihren Bekannten Herrn Thomas Sello und Herrn Rainer Müller. Das einfache Volk dürstet nach dieser Kunst. Wenn Sie die Zeichnung in Kupfer stechen ließen, könnte sie so manchen aufrechten Geist wachrütteln. Und bedenken Sie auch, wie dies Ihren Ruf und Ruhm mehren könnte.«

Als Clemens gestand, in der Aktzeichnung der Aurora Clothilde zu erkennen, lachte der Künstler, zwinkerte und schenkte dem jungen Mann das Blatt. Zum Abschied munterte er seinen jungen Besucher auf: »Seien Sie nachsichtig mit Mademoiselle Gauthier. Wer weiß, welchem Druck sie von zu Haus ausgesetzt ist, was sie in Paris alles zu tun hat. Vielleicht hat sie einfach keine Zeit, weitere Briefe zu schreiben. Ich weiß noch, wie mein guter Schwiegervater damals Pauline mit Aufgaben abzulenken suchte. Doch Paulines Zuneigung zu mir konnte davon nicht beeinflusst werden. Die junge Französin scheint mir noch weniger geneigt, sich in ihr Empfinden und Seelenheil hineinreden zu lassen.«

Trotzdem blieb Clemens unruhig und fürchtete, dass Clothilde sich in den Forscher von Humboldt verliebt haben könnte.

Um sich abzulenken, suchte Clemens immer wieder den Gesandten Rist auf, der von dem Drang beseelt war, Dänemark vor Napoleon zu beschützen, aber auch etwas für Hamburg und die deutsche Sache zu bewirken. Rist hatte Vertrauen zu Clemens und unter dem Siegel der Verschwiegenheit gab er an Clemens Nachrichten weiter, die dieser gerüchteweise auch schon in Perthes Buchhandlung vernommen hatte: In Österreich würden sich 200 000 Mann für den Kampf gegen die napoleonischen Truppen rüsten. Es war Ende Februar. Im tiefsten Winter würde ein Kampf wohl kaum beginnen. Unruhe machte sich überall und natürlich besonders in der Buchhandlung von Perthes und Besser breit, denn dort waren sich die Patrioten bewusst, dass sie im Falle einer erneuten Koalition gegen Napoleon die trägen und zögerlichen Bürger in Bewegung bringen müssten. Dabei hatten sie das Schicksal des Buchhändlers Johann Philipp Palm aus Nürnberg vor Augen, den der dort zuständige Marschall Davout wegen der Verbreitung aufrührerischer und anti-französischer Schriften, insbesondere der Flugschrift »Deutschland in seiner tiefen Erniedrigung« hatte verhaften und hinrichten lassen. Dennoch verfassten Kerner und von Hess schon Entwürfe für Flugschriften, die der Drucker Banthien in Wandsbek gegebenenfalls vervielfältigen sollte.

Anfang März verdichteten sich die Informationen, die österreichischen Truppen ständen am Inn, würden demnächst nach Bayern vordringen und den Funken der Erhebung gegen die französische Besatzung in alle deutschen Staaten tragen. Emissäre der verschiedenen deutsch-national gesinnten Kreise waren in allen deutschen Staaten unterwegs. Auch Clemens wurde von einer nationalen Erregung ergriffen, doch eine Nachricht überwältigte ihn geradezu: Clothilde war wieder in der Stadt. Der noch immer bei den Maibooms einquartierte Sergeant Maurice erwähnte fast beiläufig, dass er nun wieder Monsieur Gauthier und dessen Tochter kutschieren müsste. Dieser Hinweis stürzte Clemens in neue Zweifel: Wie sollte er Clothilde erklären, dass er auf ihren Brief noch nicht geantwortet hatte? Wie könnte er mit ihr zusammentreffen? Ohne sich bei seinem Vater im Kontor abzumelden, lief Clemens zu Pauline Runge, um ihr die Neuigkeit zu erzählen und sie zu bitten, als Mittlerin tätig zu sein. Sie sollte ihr erzählen, wie sehr sich Clemens nach Clothilde gesehnt hätte, dass die Adresse auf dem einen Brief, den Clemens erhalten hatte, unleserlich und es sehr schwierig gewesen wäre, die Adresse herauszufinden. Pauline lächelte, als Clemens seine Bitten vortrug, und sie willigte ein.

Eine Gelegenheit für ein Wiedersehen mit den Gauthiers gestaltete sich einfacher, als Clemens vermutet hatte. Als er ins Kontor zurückkam, lag ein Brief in seinem Postfach: Monsieur

Gauthier bat ihn um eine Unterredung, wenn möglich noch am gleichen Abend. Clemens war innerlich zerrissen, denn eigentlich hatte er einem geheimen Treffen der Hamburger Patrioten zugesagt. Es war ganz deutlich, dass die Truppenbewegungen, die in Hamburg sichtbar waren, im Zusammenhang mit der österreichischen Erhebung standen. In Eilmärschen kamen in Hamburg Soldaten an, die an der holsteinischen Küste zur Unterstützung der dänischen Kontinentalsperre gegen englische Waren und zur Verhinderung einer Landung von britischem Militär auf dem Kontinent stationiert waren. Sie wurden verpflegt, neu ausgerüstet und zusammengestellt, um dann nach Süden weiterzuziehen. Diese Bewegungen sollten beobachtet werden, damit die genauen Nachrichten schnell in den Süden an geeignete Stellen weitergelangten. Eine rechte Ausrede fiel Clemens nicht ein, als er seinen Nachbarn Pit Lindemann bat, ihn abends bei der Zusammenkunft zu entschuldigen. Er deutete nur an, dass er mit einem Franzosen zusammentraf, von dem er sich »wichtige Informationen« erhoffte. Lindemann war die Neugierde anzumerken, aber Clemens sagte nur vieldeutig, dass der Franzose sich Vertraulichkeit ausbedungen hätte.

Am Nachmittag, als Caspar Maiboom zu seinen üblichen Erkundungsgängen in die Kaffeehäuser rund um die Börse unterwegs war, zog Clemens sich in seine Kammer zurück, verriegelte die Tür und versuchte, mit klammen Fingern einen Brief an Clothilde zu schreiben, den er ihr, wenn möglich, am Abend zustecken wollte.

Maiken, die lüttje Magd der Gauthiers, öffnete die Tür des Hauses in der Straße Raboisen und nahm Clemens den regennassen Mantel und die verdreckten Überschuhe ab. Tauwetter hatte eingesetzt und den Straßenkot in eine übel riechende Soße verwandelt, die von vorbeifahrenden Wagen auch auf die Bürgersteige geschleudert wurde. Clemens war froh, in den von einem Kachelofen erwärmten Salon geführt zu werden. Die Köchin hatte eingelagerte Äpfel zu einem Kompott mit Gewürzen und Cognac verarbeitet, der nun im Ofenfach gewärmt einen verführerischen Duft verbreitete. Frische Waffeln sollten dazu gereicht werden.

Ein aufgeräumt wirkender Gauthier empfing seinen Gast mit einem großen Glas Cognac in der Hand; er stellte es auf den Tisch und schüttelte Clemens überschwänglich die Hand zur Begrüßung: »Ah, Herr Maiboom, ich freue mich, Sie wieder zu sehen. Ich hoffe, es geht Ihnen genauso gut wie mir. Ich habe in Paris Lob für das Stahlgeschäft eingefangen, das mit meiner bescheidenen Hilfe und Ihrer tatkräftigen Unterstützung im vergangenen Herbst durchgeführt wurde. Stellen Sie sich vor, dass die Wasserkraft in Sachsen und Thüringen seit dem Herbst unermüdlich die Bohr- und Schleifmaschinen und Schmiedehämmer angetrieben hat und noch antreibt, um unter der Aufsicht und den geschickten Händen sächsischer und thüringischer Handwerker einen Gewehrlauf nach dem anderen und viele Säbelklingen und Seitengewehre für die große Armee herzustellen. Leider wird fast der gesamte Nachschub an französischen Neuanfertigungen zurzeit auf der iberischen Halbinsel gebraucht, um die von den Briten aufgehetzte Bevölkerung und die festgesetzten eingedrungenen, englischen Truppen zu vertreiben. So sind die Generale, die die an der Grenze zu Russland stehenden Soldaten zu leiten haben, sehr froh, zügigen Waffennachschub aus Sachsen, Berlin und Thüringen zu bekommen.

Mein lieber Maiboom, unsere Völker, die Franzosen und die Rheinbündler, Westfalen, Reichstädter, Sachsen, Preußen, Österreicher, kurzum die auch Deutsche genannten Menschen, sollten sich enger verbinden. Der Rheinbund ist ein gutes Beispiel für dieses Frucht bringende Zusammenleben. In Westfalen wird der Bruder Napoleons und gute König Jerome von Westfalen von der Bevölkerung liebevoll König Lustig genannt, weil sich die gute Laune des Regierenden auf seine Untertanen überträgt. Ach Maiboom, eigentlich könnten wir doch zufrieden sein. Wenn nur diese Unruhe im Süden nicht wäre. Was ist nur wieder in die Österreicher gefahren?«

Clemens hatte diesen Monolog stumm angehört. Er hatte gewusst, dass das Stahlgeschäft dem französischen Militär diente, doch er hatte seine Mithilfe daran schon weit verdrängt. Jetzt war seine Mithilfe an der Bewaffnung der französischen Truppen wieder in sein Bewusstsein gerückt. Ob die Köchin, die sich am Ofenfach zu schaffen machte, etwas mitbekommen hatte? Clemens schämte sich. Auf die letzte Frage des Franzosen hätte er gern etwas zur Verteidigung der Österreicher erwidert. Doch er war wegen Clothilde gekommen und nicht, um Gauthier das Unrecht der Politik Napoleons vor Augen zu führen. So antwortete Clemens nur: »Monsieur Gauthier, verzeihen Sie, wenn ich ein wenig müde wirke. Sie hatten um eine Unterredung gebeten und ich bin auch gleich gekommen. Worum geht es denn?«

»Ach, mein lieber Herr Maiboom, Sie waren im Spätsommer letzten Jahres so nett gewesen, meiner Tochter und mir einen Schiffsausflug nach Stade zu ermöglichen. Wir sprachen dabei auch über einen Besuch bei dem Kaufmann Pfeffer in Bergedorf, Sie wissen, bei dem Herrn, der so kenntnisreich über die Behandlung und Lagerung von Wein zu reden verstand. Ich würde ihn gern besuchen. Wären Sie mir dabei wohl behilflich? Ich lasse Ihnen mit einem Termin ab nächster Woche freie Wahl, werde es dann schon einrichten können.«

Clemens willigte sogleich ein, und erfreut fuhr der gut gelaunte Franzose fort, von sich zu erzählen. Die Köchin hatte nun den Apfelkompott mit Waffeln und Schlagsahne aufgetischt. Der Cognac verlieh der warmen Speise zusätzliche Hitze und brachte Clemens' Blut in Wallung. ›Ich darf keinen Alkohol zu mir nehmen‹, durchfuhr es Clemens, und er hielt sich deshalb an die Waffeln und den Tee.

»Ich muss Ihnen erzählen, warum wir im letzten Herbst so überstürzt abreisen mussten. Meine Mutter war verstorben. Ein trauriger Anlass heimzukehren, aber ich war froh, dadurch meinen Sohn endlich einmal wieder zu sehen. Ich bin sehr stolz auf ihn, bald wird er mit seiner Ingenieursausbildung fertig sein. Es gab im Zusammenhang mit der Erbschaft eine Menge zu regeln, und darum musste ich so lange in Paris bleiben. Außerdem habe ich die Zeit genutzt, um in den Ministerien neue Befugnisse und Vollmachten zu bekommen, die mir meine Arbeit hier erleichtern werden.

Meine Mutter hat mir Geschäftsanteile und Geld hinterlassen, sodass ich mich, was meine ehemalige Tätigkeit als Kaufmann betrifft, zur Ruhe setzen konnte. Ich habe das aktive Geschäft meinen Brüdern überlassen und bin jetzt nur noch stiller Teilhaber. Allerdings, für die Vermittlung von Aufträgen bekomme ich Provisionen! Es hat auch ein wenig Streit um das Erbe gegeben, besonders weil meine Tochter als einzige Enkelin auf den ausdrücklichen Wunsch meiner Mutter einen erheblichen Anteil zugesprochen bekommen hat, die anderen gehen fast leer aus! Ich werde ihren Anteil bis zu ihrem einundzwanzigsten Lebensjahr verwalten, oder bis zu dem Tag, an dem sie heiratet – so hat es meine Mutter verfügt. Sie können sich vielleicht vorstellen, wie das mit Verwandten und deren Rechtsanwälten ist; doch letztlich, wir haben uns geeinigt. So, und jetzt bin ich wieder da, und der gute Bourienne wird sich noch wundern –« Gauthier lachte. »Maiboom, geben Sie als junger Kaufmann doch zu, dass die Verwaltung Hamburgs nicht mehr zeitgemäß ist. Allein die unterschiedlichen Gerichtseinrichtungen und Polizeiinstitutionen sind mir ein Graus, noch mehr aber die Behandlung der Steuerberechnungen, Gebühren und überhaupt der Haushalt der Verwaltung und des Rates. Mir erscheint das alles so planlos, auf undurchschaubaren Traditionen beruhend und unübersichtlich. Die Senatoren und Bürgermeister scheinen ihre öffentlichen Aufgaben teilweise aus eigener Tasche vorzufinanzieren. Das schafft eine unnötige Verquickung von allgemeinem und privatem Interesse! Die Wahl- und Einflussmöglichkeiten für die besitzenden Bürger sind aus meiner Sicht ebenfalls nicht mehr zufriedenstellend. Und dann diese merkwürdigen Gilden, Innungen und *Ämter.* Sie behindern die freie Entfaltung der Bürger. Oh, Maiboom, ich habe eine Menge Pläne im Gepäck. Lassen Sie uns zu gegebener Zeit einmal im Detail darüber reden. Sie sind noch jung und nicht verknöchert, sie werden sehen, ich habe Recht.« Gauthier kicherte. »Oh, was rede ich gelehrt daher. Ich gebe ja zu, Sie als Hamburger mögen es vielleicht nicht, dass ich als Fremder in Ihre Belange hineinrede, aber«, der Franzose blickte Clemens triumphierend an, »ich habe wirklich gute Ideen. Ein Beispiel: Der Rotspon, dieser aus dem Gebiet um Bordeaux stammende Rotwein, wird hier zu seiner Vollendung gelagert. Warum zum Teufel soll man ihn nicht an Weinkenner zurück nach Frankreich liefern? Meine Brüder haben mich für verrückt erklärt, als ich ihnen vorschlug, aus Bordeaux stammenden Rotwein zu kaufen, der in Hamburg lagert. Sie wollen ihn billiger direkt aus Bordeaux beziehen. Aber ich habe bereits verschiedenen einflussreichen Männern den Rotspon zum Kosten eingeschenkt. Sie waren ganz versessen darauf. Aber Clemens, Sie trinken ja gar nichts.«

»Herr Gauthier, verzeihen Sie, aber ich habe gerade eine üble Magenverstimmung überwunden. Mein Arzt hat mir für die nächste Zeit den Alkoholgenuss verboten.«

»Oh, das ist schade, dann können Sie bei dem Kaufmann Pfeffer ja gar nicht mitprobieren. Pfeffer wird uns sicher etwas anbieten.« Gauthier rülpste und entschuldigte sich erschrocken. »Pardon, ich glaube fast, es war ein wenig zu viel Kompott!«

»Herr Gauthier, ich freue mich, dass Sie wieder hier sind. Hat Ihre Tochter Sie wieder nach Hamburg begleitet?«

»Meine Tochter?« Gauthier schien angestrengt zu überlegen. »Sie wird hübscher und hübscher. Es ist eine Last mit Töchtern, Herr Maiboom, man trägt eine hohe Verantwortung mit ihnen, dabei sind sie anstrengend, voller Widerworte und weiblicher Intuition. Erst wollte ich sie in Paris lassen, aber meine Frau hat Pläne mit ihr, die ich nicht billige. Außerdem werde ich sie noch früh genug los, das ahne ich. Nein, ich muss dafür sorgen, dass sie eine gute Partie macht, und dazu muss sie noch etwas ausgebildet werden.«

Clemens sparte es sich, neugierig nachzuhaken, wo sie sich denn momentan aufhielte. Aber er wollte eine höfliche Antwort auf die letzte Frage geben und sagte: »Ich fühle mich geschmeichelt, dass Sie mir Vertrauen schenken und mir Ihre Pläne offenbaren. Ich habe doch wohl richtig verstanden, dass Sie den

Hamburgern raten, die Innungen, Gilden und Ämter abzuschaffen, um damit die so genannte Gewerbefreiheit einzuführen. Sie wollen den Code civil installieren, die Hamburger Kommissionen und Deputationen in Behörden mit Staatsbeamten umwandeln, eine neue Steuerbehörde schaffen, die mit polizeilichen Mitteln das Vermögen der Bürger erfassen kann, und Sie möchten in größeren Mengen Rotspon aufkaufen, um ihn nach Frankreich zu verfrachten? Haben Sie für den letztgenannten Punkt schon ein Schiff? Ich würde gern die Frachtfahrt übernehmen. Sie haben ja gesehen, dass das Maiboom'sche Handelshaus verschiedene Segler zur Verfügung hat. Noch gelten die alten Handelsbestimmungen, vielleicht könnten Sie die Hilfe von erfahrenen hamburgischen Kaufleuten brauchen.«

Gauthier war überrascht, wie genau der junge Kaufmann seine Pläne behalten hatte und er ärgerte sich über sich selbst, weil er seine Ideen so freimütig preisgegeben hatte. Er wollte das Treffen beenden, denn er hatte erreicht, was er wollte: Clemens würde ihn und seine Tochter nach Bergedorf kutschieren und die Zusammenkunft mit Pfeffer arrangieren. Mit Schwung versuchte Gauthier sich aus dem Sessel zu erheben, doch kaum dass er stand, wurde ihm wegen seines eifrigen Cognacgenusses schwindelig, er versuchte sich am Tisch abzustützen, bekam aber nur die Tischdecke zu fassen, riss das Tuch samt Geschirr herunter und stürzte zu Boden. Die Köchin kam angsterfüllt vom Küchenflur herbeigeeilt. Und einen Augenblick später erschien bereits Clothilde. Sie musste direkt hinter der Tür zum Treppenhaus gewesen sein. Hatte sie gelauscht?

»Helfen Sie mir, Herr Maiboom«, zischte die junge Französin Clemens zu, und zur Köchin gewandt, rief sie: »Edda, so bringen Sie doch ein kaltes, feuchtes Tuch, damit wir das Nasenbluten stillen können.«

Mit vereinten Kräften wurde der Vater in einen Sessel bugsiert. Clothilde säuberte sein Gesicht.

Dem alten Gauthier war die Situation peinlich, und weil er sich nicht als Herr der Lage fühlte, lächelte er nur blöde und übte auch keinen Widerspruch, als die Tochter entschied, ihren

Vater zusammen mit Clemens in sein Schlafzimmer zu geleiten. Er ließ sich ins Bett legen, schloss auch gleich die Augen und begann zu schnarchen.

»Kommen Sie bitte mit in den Salon, Clemens«, bat Clothilde und fügte nach einer kurzen Pause hinzu: »Ich wäre Ihnen sehr dankbar, wenn Sie den Vorfall für sich behielten.«

»Das ist doch selbstverständlich.«

Diese Absprache war Clothilde sichtlich peinlich. Sie räusperte sich und begann wieder: »Haben Sie meinen Brief aus Paris erhalten?«

»Ja, aber leider war die Absenderadresse verschmiert, sonst hätte ich längst geantwortet. Ich war beunruhigt, Sie wären womöglich in Paris geblieben. Wie schön, dass Sie wieder hier sind.«

»Nun, ich begleite meinen Vater, weil ich eine Botschafterin Frankreichs werden möchte. Es gibt so viele Vorurteile gegenüber den Franzosen und besonders gegenüber Kaiser Napoleon. Dabei hat er die elende Kleinstaaterei am Rhein beseitigt, die deutschen Fürstentümer zusammengefasst, neu geordnet und den Bürgern Freiheit und gute Gesetze gebracht. Ich habe allerdings in Paris gehört und in den Zeitungen gelesen, dass sich langsam das Bild wandelt. Ihr angesehener Dichter Goethe hat das Kreuz der Ehrenlegion von unserem Kaiser angenommen. Er soll es bei allen offiziellen Anlässen tragen. Auch der preußische Forscher und Gelehrte Alexander von Humboldt arbeitet anscheinend sehr gern mit französischen Wissenschaftlern zusammen. So hoffe ich, dass in Europa Frieden einkehrt, ja mehr noch, dass wir alle ein Volk von Europäern werden.«

Clemens empfand Clothildes Monolog als affektiert und aufgesetzt. Er war ärgerlich und versuchte, Clothilde auf die Spanier hinzuweisen, die keineswegs das Gefühl hatten, dass Napoleon und sein Bruder als spanischer König ihnen Freiheit und Gerechtigkeit gebracht hätten. Doch er zwang sich, Clothilde nicht weiter zu reizen, sondern appellierte an ihre Erinnerungen: »Clothilde, ich finde es sehr schön, wie Sie sich für den Frieden und die Verständigung einsetzen. Doch mir ist es eine

Herzensangelegenheit, unsere begonnene Freundschaft an der Stelle anzuknüpfen, an der sie im August letzten Jahres durch meine Reiseverpflichtung so unschön unterbrochen wurde. Erinnern Sie sich noch an die Nacht auf dem Rathausdach, an das Feuerwerk, das zu Ehren Ihres Kaisers gegeben wurde?«

»Aber bestimmt. Sie sprachen davon, dass Sie verwirrt seien, verliebt und nicht wüssten, was Sie täten. Hatten Sie nun in der Zwischenzeit Gelegenheit, sich Gedanken über Ihre Gefühle zu machen?«

Wieder ärgerte sich Clemens, aber er antwortete ruhig: »Nun, Sie erwiderten den Kuss, Mademoiselle, und auch bei unserem Treffen in der Wohnung der Runges hatte ich den Eindruck, dass Ihnen meine Zuneigung gefiel. Schrieb ich Ihnen nicht einen sehnsüchtigen Brief von meiner Reise?« Clemens stand auf. Er hatte sich das Wiedersehen anders vorgestellt.

»Ja. Einen kurzen Brief erhielt ich. Doch dann hörte ich monatelang nichts von Ihnen. Ich habe Ihnen auch geschrieben. Und nun wird ja wohl die Frage erlaubt sein, ob Sie sich über Ihre Gefühle im Klaren sind. Das ist eine ganz einfache Frage. Es könnte ja immerhin der Fall sein, dass Sie sich auf Ihrer Reise nach Magdeburg oder über den Winter hier in Hamburg einer anderen jungen Dame zugewandt haben?«

»Und wie steht es mit Ihnen? Haben Sie Gefallen an dem Gelehrten von Humboldt gefunden?«

Clothilde musste lächeln. Ihr war soeben klar geworden, dass Clemens eifersüchtig war. Sie stand auf, ging auf Clemens zu und nahm ihn bei den Händen. Da küsste Clemens sie, und sie umschlangen einander, bis sie die Köchin die knarrende Treppe herunterkommen hörten.

Nachdem Lotte berichtete, dass Clothildes Vater friedlich schlief, verabschiedete sich Clemens formvollendet und vereinbarte, über die Runges Kontakt zu halten. Den Brief, den er seiner Angebeteten hatte zustecken wollen, behielt er lieber.

Noch auf dem Heimweg fiel ihm ein, wie er sowohl Herrn Gauthier als auch Clothilde beeindrucken könnte: Er wollte mit Hilfe seines Silberschatzes ein schnelles Segelschiff kaufen, es an Gauthier verpachten und Rotspon sowie andere hamburgische Güter nach Frankreich bringen und von dort Waren holen. Ja, er wollte zeigen, dass auch er Pläne hätte, Pläne, die sich erfolgreich umsetzen ließen. Beim Einbiegen in den Rödingsmarkt traf Clemens den Nachbarn Pit Lindemann, der von dem Treffen der Patrioten zurückkehrte. Der fragte ihn sogleich, was die geheimnisvolle Unterredung mit dem Franzosen gebracht hätte. Clemens gab nun zu, dass er mit Gauthier zusammengetroffen wäre; leider seien aber doch keine neuen Erkenntnisse bei dem Gespräch herausgekommen. »Allerdings habe ich nicht das Gefühl, dass Gauthier oder die anderen Franzosen von der Entwicklung in Österreich tatsächlich beeindruckt sind«, gab Clemens an. »Sie glauben wirklich, dass ihr Kaiser und ihre Armee unbezwingbar sind.«

»Wenn sie sich da nur nicht täuschen. Heute Abend wurde bei Perthes bekannt gegeben, dass 150 000 Soldaten in Böhmen und im Donautal aufgezogen seien, um nach Westen zu marschieren, 35 000 stehen in Galizien, um das Herzogtum Warschau anzugreifen, 65 000 Mann sollen durch Kärnten und die Steiermark nach Italien ziehen, in Tirol wird sich ein Bauernheer erheben. In spätestens zwei Wochen soll es losgehen. Clemens, das wird einen Flächenbrand auslösen. Preußen und Sachsen werden nicht untätig bleiben können. Es gibt genug preußische Offiziere, die nur auf den Befehl warten, loszuschlagen. In Westfalen soll es einen Aufstand gegen Jerome geben. Jetzt wird es auch in Hamburg ernst. Wir haben gestern überlegt, wie wir an die Depots der Stadtwache kommen, und ob wir die Franzosen in den Magazinen überwinden können. Wenn es gelänge, alle Arbeitslosen, alle unglücklichen Seeleute, Handwerksgesellen und Tagelöhner zusammenzufassen, dann müsste es doch möglich sein, die Wachen bei den Magazinen zu überwinden. In den Quartieren tragen die Soldaten nur selten Waffen.«

»Und was sagen Ratsherren und Bürgermeister zu dieser Idee?«

»Die wissen noch nichts von unserer Zusammenkunft. Doch

in den nächsten Tagen wollen wir alle vorsichtig unsere Fühler ausstrecken, auch nach Lübeck und Bremen. Es eilt! Wir müssen die Zauderer überzeugen. Wird es an allen Ecken brennen, dann kann Napoleon nicht überall seine Männer führen.«

Clemens konnte kaum einen klaren Gedanken fassen, als er zu Bett ging. Was waren das nur für Zeiten! Er war in eine Französin verliebt, er wollte ihr und ihrem Vater beweisen, welch tatkräftiger Kaufmann er war. Er gestand sich ein, dass er mit seinem Silberschatz am liebsten selbstständig eine Unternehmung gegründet hätte. Gleichzeitig reizte ihn der Gedanke, gemeinsam mit den Patrioten die Franzosen aus Hamburg zu vertreiben. Andererseits konnte er den Reformvorschlägen von Gauthier etwas abgewinnen und ebenso der Beseitigung von Kleinstaaterei und Zollgrenzen.

Als Clemens am nächsten Morgen nach dem Frühstück ins Kontor trat, wollte er als Erstes seinen Vater über die bevorstehende Kriegsentwicklungen unterrichten. Doch Bönninghaus hatte gerade soeben die Post in Empfang genommen und überreichte ihm einen Brief aus Frankreich. »Der ist in Nantes aufgegeben. Wir kennen niemanden in Nantes. Außerdem ist er persönlich an Sie adressiert. Ist es nun Geschäftspost?«

Clemens öffnete den Umschlag und las auf Französisch:

»Sehr geehrter Herr Maiboom,

die bevorstehenden Osterfeierlichkeiten und ein Zusammentreffen von Pfarrern der Gemeinden um Nantes mit dem Bischof haben mich nun endlich einmal wieder aus meinem kleinen Dorf herausgeführt.

Ich habe den Herbst und den Winter über immer wieder einmal an Sie gedacht. Alle paar Wochen hört man davon, dass ein Kriegsschiff an unserer bretonischen Küste strandet, mal ein englisches, oder mal der unseren. Manchmal hört man von der Schmuggelei, denn die Bretonen sind arm. Zudem lieben sie es nicht, aus Paris regiert zu werden. Die Söhne der Fischer und Bauern sträuben sich häufig, Soldat zu werden. Der Bischof hat uns daher gemahnt, wir sollen mit der Osterbotschaft auch die Opferbereitschaft der Gläubigen stärken. Aus Spanien kommen immer wieder schlechte Nachrichten. Na, Ihnen wird es hoffentlich gut gehen. Ich würde mich freuen, von Ihnen auch einmal Post zu bekommen. Oder werden Sie wieder eine Fahrt mit einem Handelsschiff unternehmen? Im letzten Jahr war die Salzausbeute wegen des sonnigen Wetters besonders gut, brauchen Sie vielleicht Salz? Oder Apfelbrand? Leider werde ich wohl nie die Gelegenheit haben, Sie in Hamburg besuchen zu können.

Ich werde für Sie und die Ihren beten. Möge Frieden in ganz Europa einkehren.

Viele Grüße Ihr Pfarrer Pierre Lassère«

Clemens seufzte. Er erinnerte sich gern an den Besuch bei dem französischen Pfarrer in dem kleinen bretonischen Dorf. Ob man von dem Silberschatz einen Obsthof in der Bretagne kaufen könnte, ob Clothilde mit ihm dort glücklich werden würde?

»Na, Clemens, was gibt es Neues?« Caspar Maiboom musterte seinen Sohn und staunte nicht schlecht, als er von dem kurz bevorstehenden Feldzug der Österreicher hörte. Skeptisch war er jedoch bei der Frage, ob sich auch andere Staaten gegen Napoleon erheben würden. »Hamburg kann nur der letzte Staat sein, der sich gegen die Besetzung erhebt. Wir haben keine Armee. Wir haben keine Bundesgenossen. Die Dänen warten auf eine Gelegenheit, uns zu schlucken. Nein, ich bin gegen militärische Abenteuer. Ich verbiete dir, dich in solche einzumischen. Mein Lieber, bislang hast du Glück gehabt mit deiner Schmuggelei und deinen Fahrten. Doch wenn man dich bei Aufständischen erwischt, kannst du standrechtlich erschossen werden. Bedenke auch den merkwürdigen Zwischenfall auf der Reise nach Magdeburg, die seltsame Verstrickung des Namens Rauchenberg mit dem Attentäter, der das Floß auf die Schleppkähne losließ. Ich habe mich umgehört. Merk dir das einmal. Rauchenberg scheint von vielen Leuten Geld zu nehmen. Vielleicht hat er dem preußischen Gesandten Grote von dem Stahlgeschäft erzählt, und Grote hat von seinen preußischen Gönnern den Auftrag bekommen, die Stahllieferung zu unterbinden. Ich sage dir jedenfalls eines: Rauchenberg ist gefährlich. Wer weiß, ob er nicht längst auf deinen Spuren zu den Patrioten wandelt. Sieh dich vor, mein Sohn!«

In dieser Stimmung schien es Clemens nicht ratsam, seinem Vater von dem Silberschatz zu erzählen. Am Nachmittag suchte er stattdessen mit seinen Silbermünzen den Bankier Salomon Heine auf. Er bat Heine um Rat, was er mit den Münzen anfangen sollte. Heine war sehr erstaunt, die Geldstücke zu sehen. Er kannte auch einige Sammler, die für seltene Stücke weit mehr als den Silberwert zu zahlen bereit waren.

»Woher haben Sie die Münzen? Verzeihen Sie, wenn ich das frage: Sind sie legal erworben?«

»Das ist Ihr gutes Recht. Ich kann Ihnen versichern, dass ich sie nicht gestohlen habe. Ich habe sie bei Erdarbeiten auf unserem Grundstück vor den Toren der Stadt gefunden.«

»Junger Mann, dann gehört das Silber ja vielleicht Ihrem Vater. Weiß er von dem Fund, hat er die Münzen vielleicht dort vergraben? Oder sind Sie selbst Besitzer des Grundstücks?«

Clemens wurde rot. »Verzeihen Sie, Herr Heine. Sie haben mich mit wenigen Fragen ertappt. Ich gebe zu, ich weiß nicht, wem das Grundstück gehört. Ich habe die Münzen durch Zufall in einem einsamen Waldstück nahe bei Lübeck gefunden.«

»Gut. Nehmen wir also an, dass niemand von der Existenz des Silbers weiß, weil der Vorbesitzer längst verstorben ist. Soweit ich es erkennen kann, sind sie vor mehreren hundert Jahren geschlagen worden. Ich sichere Ihnen Verschwiegenheit zu, von mir wird niemand erfahren, woher Sie die Münzen haben. Ich bin bereit, die Münzen zu erwerben, wenn Sie mir nach Vorlage Ihres Passes unterschreiben, dass diese Münzen Ihr Eigentum sind. Sind das alle Münzen?«

»Nein, Herr Heine. Es handelt sich um mehrere Pfund, darunter auch Silbergeschirr und Tischschmuck. Vielleicht war es ein Silberschatz, der von Räubern versteckt worden ist. Mir ist so, als könnte auch Altarschmuck dabei sein. Verstehen Sie, ich will den Schatz bei Ihnen anlegen, ein Konto eröffnen. Ich möchte mich vielleicht als Kaufmann und Reeder selbstständig machen. Ich bin durchaus an einer längerfristigen vertrauensvollen Geschäftsverbindung mit Ihnen interessiert.«

»Wo lagert denn eine derartige Menge Silber?«

»Zum Teil hier, zum Teil außerhalb der Stadtmauern.«

Salomon Heine tupfte sich die Stirn trocken. So gern er mit seinem Kompagnon Heckscher zusammenarbeitete, so sehr wünschte er sich, auch sein eigener Herr zu werden, ein eigenes Bankgeschäft zu eröffnen. Der junge Mann sprach von mehreren Pfund Silber, darunter Stücke, die eventuell weit mehr als das Gewicht an Wert besaßen. Den Namen Maiboom hatte er schon vernommen. Es war nicht das erfolgreichste Handelshaus in Hamburg, aber wer weiß, was noch werden würde. Glück schien der Mann zu haben. Es war bestimmt nicht verkehrt, sich das Geschäft zu sichern, wenigstens die gesamte Stückzahl zu sortieren und den Wert abzuschätzen. Dies war kein gewöhnliches Kredit- oder Zinsgeschäft, hier waren Gewinne möglich, die nicht in den Geschäftsbüchern zu erscheinen brauchten.

»Gut, Herr Maiboom, Sie waren so ehrlich zuzugeben, dass die Herkunft des Schatzes und die Rechtmäßigkeit des Besitzes nicht ganz eindeutig zu klären sind. Ich will Ihnen nicht verschweigen, dass vielleicht Sammlerstücke unter den Münzen und unter den Gegenständen sein können, die gegebenenfalls sehr wertvoll sind. Ich schlage Ihnen vor, dass wir sehr verschwiegen vorgehen. Ich habe einen Verwandten in Altona, auf den ich mich verlassen kann. In diesen Zeiten ist es wünschenswert, Kapital zu teilen und an verschiedenen Orten anzulegen. Das erschwert den Steuereinnehmern den Zugriff und bedeutet mehr Sicherheit im Falle militärischer Unruhen, Plünderungen und Beschlagnahmungen. Bringen Sie die Münzen in unauffälligen Mengen zu mir. Ich sichte sie und sortiere interessante Stücke aus. Die Münzen ohne Sammlerwert werden gewogen und zu Beit in die Gold- und Silberscheideanstalt gebracht. Es hilft nichts, damit wird die Sache öffentlich, die Finanzdeputation kann die Bücher prüfen und kontrollieren, wem das Edelmetall gehört und welchen Wert es hat. Hier müssen Sie Farbe bekennen. Eröffnen Sie in unserer Bank ein Konto, und damit ist der Form Genüge getan.

Die potenziellen Sammlerstücke aber werden natürlich nicht eingeschmolzen. Wir sollten sie nach Altona bringen. Noch ist Altona dänisch, und es sieht derzeit nicht so aus, als wenn die Franzosen Dänemark besetzen wollten. Mein Verwandter hat ein gut bewachtes, unauffälliges Haus im Judenviertel. Dort lagern wir die Stücke, ich schätze sie und biete Ihnen einen Preis, zu dem ich sie kaufe, oder ich verkaufe sie in Ihrem Namen und bekomme eine Provision; je höher der erzielte Verkaufspreis, desto höher meine Provision. Ich werde Ihnen nichts vormachen. Wir wiegen die Stücke, und ich will Ihnen gern plausibel machen, warum ich welchen Wert biete. Sind Sie mit diesem Vorgehen einverstanden?«

Clemens schwirrte der Kopf. Er war sich bewusst, dass er sich in eine Abhängigkeit begab. Aber er hatte keine andere Wahl. Je weniger Personen in diesen Silberhandel involviert waren, desto sicherer und gewinnträchtiger würde das Geschäft verlaufen. So schlug Clemens ein.

In den folgenden Tagen hatte Clemens verschiedene Aufgaben zu erledigen. Er überredete seine Mutter, mit ihm im Sommerhaus nach dem Rechten zu sehen, und bei der Gelegenheit sammelte er unauffällig Münzen ein und versteckte sie im Stuhlwagen. Er traf den Kaufmann Pfeffer an der Börse und vereinbarte mit ihm einen Termin für den Besuch der Gauthiers. Er hielt Kontakt zu den Patrioten, und er besuchte Herrn Gauthier und Clothilde. Er holte Post aus Altona und brachte Post dorthin. Im Kontor kümmerte er sich um die chiffrierten Nachrichten des Neustädter Kaufmanns Lienau. Ferner bereitete er mit seinem Vater eine erneute Frachtfahrt nach Spanien vor, und sie überlegten, ob sich der Kauf von Meersalz aus der Bretagne lohnen würde. Der illegale Handel mit Helgoland wurde immer interessanter, nachdem der ehemals in Hamburg tätige englische Konsul Nicholas von der englischen Regierung beauftragt worden war, die Handels- und Agentenaktivitäten zum Festland von der Felseninsel aus zu koordinieren. Über Neuwerk, Husum und Glückstadt kamen nun mit vielen unauffälligen Fischerbooten englische Waren wie Kaffee, Tee, Zucker, Gewürze, Farbstoffe, Nanking-Stoffe, Baumwolle, Musseline und sogar englisches Steingut-Geschirr im Tausch gegen Hanf, Flachs, Leinen, Butter, Eier, Fleisch und Getreide. Englische Kriegsschiffe hielten die wenigen französischen Soldaten, die nicht nach Süden abgezogen waren, auf Abstand. In dieses Handeln waren Nils Banthien und Jacob Kinau nun federführend eingebunden. Die Maibooms sorgten dafür, dass die verdächtige »dänische« Ware nicht lange im Speicher blieb, sondern möglichst schnell Abnehmer fand.

Clothilde hatte Verständnis für Clemens' vielfältige Verpflichtungen. Außerdem hatte sie Angst, dass ihr Vater ihr den Umgang mit Clemens verbieten könnte. Noch hatte der nicht begriffen, dass Clemens' Besuche nicht ihm, sondern seiner Tochter galten. Außerdem ergaben sich jetzt neue Gelegenheiten, Clemens zu treffen, denn Clothilde besuchte nun auf Wunsch ihres Vaters regelmäßig den katholischen Gottesdienst in der Kapelle am Neuen Wall Nr. 86, wobei die lüttje Magd sie bis zum Eingang begleitete, um dann auf dem Gänsemarkt Einkäufe zu erledigen. Clemens mischte sich unauffällig unter die Messebesucher und traf Clothilde in der hintersten Bankreihe.

Wenn der junge Verliebte allein war, fühlte er mitunter ein heftiges körperliches Verlangen. Clothilde beobachtete indes von ihrem Fenster aus heimlich, wie Mägde und junge Kerle sich abends in den Hauseingängen oder zwischen Kutschen und Wagen gegenseitig berührten. Dann erregte sie der Gedanke, dass auch Clemens seine Hand unter ihren Rock, über ihre Beine oder in ihren Ausschnitt gleiten lassen würde. Welche Lust musste das bedeuten, wenn die jungen Frauen und Männer dies selbst bei diesen niedrigen Temperaturen taten.

Die Köchin, so hatte Clothilde herausgefunden, richtete sich das besser ein. Sie hatte lustvolle Beziehungen zu dem Holzhändler und auch hin und wieder zu dem Krämer, der mit seinem Wagen Gemüse, Eier und Geflügel in die Häuser lieferte. Beide dirigierte sie gelegentlich in die abschließbare Speisekammer. Dann hörte man rhythmische Bewegungen aus der Kammer und lustvolles Stöhnen.

April/Mai 1809

Am 6. April 1809 schlugen die österreichischen Truppen los, und nur drei Tage später kam die Nachricht in Hamburg an. Der österreichische Oberbefehlshaber Erzherzog Carl proklamierte an seine Soldaten: »Die Freiheit Europas hat sich unter eure Fahnen geflüchtet; eure Siege werden ihre Fesseln lösen! Und eure deutschen Brüder, jetzt noch in feindlichen Reihen, harren ihrer Erlösung.«

Die Männer in den patriotischen Zirkeln in Kaffee- und Wirtshäusern und die Mitglieder des speziellen Bundes in Perthes' Buchhandlung waren außer sich vor Ungeduld. Doch die Masse zauderte. Wie reagieren Russland, Preußen, Sachsen, die Rheinbundstaaten, wollten viele wissen, bevor sie bereit waren, mit der eigenen Meinung herauszurücken.

Wie beschämend lasen sich die Aufrufe, die von dem sächsischen König und seinem bayerischen Pendant an die süddeutschen Truppen überstellt worden waren: »Führt die Waffen gegen Österreich im Vertrauen auf die göttliche Vorsehung! Diese wird das Unrecht durch den Arm des unüberwindlichen, mit uns verbündeten Kaisers strafen!«

Der preußische König, der die Hauptstadt Berlin seit der Besetzung weiterer Teile Preußens verlassen hatte und sich in Königsberg in selbst gewählter Klausur befand, zögerte, wie viele

Patrioten befürchtet hatten. Die Heeresreformen griffen erst seit einem halben Jahr; Preußen war es von Napoleon verboten, ein großes stehendes Heer zu unterhalten, weshalb die Militärs nun auf Reservisten setzten. Die Anzahl der Krümper, jener neuen, nur kurz ausgebildeten Soldaten, die ein schnell zu mobilisierendes Volksheer bilden sollten, hatte bei weitem noch nicht die vorgesehene Größe erlangt. Dennoch drängten die patriotischen Kreise Preußens aus Militärs und Bürgern den König, 100 000 Mann zu mobilisieren.

Am 11. April schlugen die Tiroler Bauern unter ihrem Anführer Andreas Hofer los. Die Situation war günstig, denn die bayerischen, von Napoleon in Tirol eingesetzten Besatzer hatten nur 6000 Mann stationiert, so sicher waren sie sich gewesen. Die Tiroler waren gegen die Bayern aufgebracht, die die Tiroler landständische Verfassung geändert und Tirol in Südbayern umgetauft hatten. Am 14. April war Innsbruck, die Hauptstadt Tirols, in den Händen der Aufständischen, samt vielen Gefangenen, den bayerischen Generälen Bisson und Kinkel sowie Waffen und Kriegskassen. Tirol war befreit.

Kaum vier Tage später traf diese Nachricht in Hamburg ein. Von Andreas Hofer hatte in Hamburg bisher noch niemand etwas gehört; Thomas Sello aber hatte schon bald ein Bildnis von dem vorbildlichen Bauernführer besorgt, und ein flinker Kupferstecher sowie der Drucker Banthien bereiteten die Grundlage zur weiteren Vervielfältigung, damit dieses Bildnis verbreitet werden konnte. Damit beschleunigte sich auch die Kunde von den tapferen Bauern und ihrem Beispiel.

Hamburg aber war nicht Tirol. Und auch Preußen nicht. In Hamburg wurde nun mit Verspätung bekannt, dass der preußische Major von Katt auf eigene Faust mit seinen Leuten versucht hatte, die von Franzosen besetzte Festung Magdeburg im Handstreich einzunehmen. Er war jedoch im letzten Moment durch Verrat gescheitert.

Schon am 16. April war Napoleon aus Paris bei seinen Truppen in Bayern an der Grenze zu Österreich angelangt. Marschall Davout, den Preußen gut bekannt, hatte in Regensburg und Eckmühl verlustreich den Österreichern getrotzt. Nun, nachdem Napoleon mit neuen Truppenteilen angelangt war, wendete sich das Blatt. Vom 19. bis 23. April schlug der französische Feldherr die Österreicher. Über 50 000 Österreicher verloren ihr Leben und Erzherzog Karl trat mit 80 000 Mann den Rückzug an.

Auch der Oberst von Dörnberg, der hessische Bauern und Soldaten um sich versammelt hatte, um König Jerome von Westfalen aus Kassel zu vertreiben, scheiterte am 22. April gegen die geordneten westfälischen Truppen und musste nach Böhmen zu dem österreichischen Militär fliehen.

Obwohl der König von Preußen noch immer zögerte, hielt es die patriotischen Offiziere nur noch schwer in ihren Garnisonen. Der bekannte Major Schill, der sich im letzten Feldzug gegen Napoleon besonders um die Verteidigung des ostpreußischen Städtchens Kolberg verdient gemacht hatte, war nach der Kapitulation seines Königs erst vor kurzem nach Berlin zurückgekehrt. Natürlich hatten er und seine Freunde von dem siegreichen Tiroler Aufstand gehört. Schill hatte dann einen Boten mit verschwörerischen Briefen an den Oberst von Dörnberg geschickt. Doch Schill erhielt die Nachricht, dass der Bote von französischen Spionen abgefangen wurde. Der Husarenmajor musste nun mit Gegenmaßnahmen der Franzosen rechnen. Das bewog ihn, alles auf eine Karte zu setzen. Er führte sein Husarenregiment auf eigene Faust am 28. April aus der Berliner Kaserne, und alle Soldaten folgten ihm. Zunächst hatten sie das Ziel, die Festung Magdeburg zu befreien. Doch auf dem Weg dahin erreichten ihn die Hiobsbotschaften: Katt in Magdeburg verraten, von Dörnberg in Kassel gescheitert, die Österreicher ohne Sieg. Angreifende französische und westfälische Truppenverbände wurden zwar von den Berliner Husaren zurückgeworfen, auch stieß noch ein Infanteriebataillon aus Berlin zu Schill, aber mit diesen Soldaten kam auch die Missbilligung seines Handelns durch den König zu ihm. Schill wollte jedoch nicht klein beigeben. Nachdem ein Weiterziehen in ein befreites Kassel verwehrt war, wollte er sich nun nach Norden wenden und die Küste erreichen. Vom 13. Mai an bewegte sich Schill mit seinen Leuten Richtung Ostsee.

In Hamburg beobachteten die Patrioten die Entwicklung voller Sorge. Eilig und unter größter Geheimhaltung, hatten Mettlerkamp und von Heß seit Ende März ein Depot mit Waffen aller Art in einer Scheune in Poppenbüttel eingerichtet. Die Waffen hätten innerhalb eines Tages mit einer Schute alsterabwärts befördert werden können. Doch als man in gewohntem Kreis bei Perthes erörterte, wie und wen man bewaffnet zum Widerstand einsetzen könnte, gaben auch Mettlerkamp und von Heß zu, dass ohne Hilfe von außen eine gewaltsame Übernahme der militärischen Posten in Hamburg aussichtslos erschien. Am 16. Mai berichtete der »Hamburger Correspondent«, dass die Franzosen am 13. Mai kampflos in Wien eingerückt seien und Napoleon sein Hauptquartier im Schloss Schönbrunn eingerichtet hätte. Aus Tirol sickerten Gerüchte von Massakern der Bayern und Franzosen an der Bevölkerung nach Hamburg. Die Tiroler Bauern wurden nicht als reguläre Truppen anerkannt, sondern als »Briganten« bezeichnet. Die bayerischen und französischen Soldaten sollten laut Befehl die Kämpfer fangen und henken, die Dörfer, in denen Soldaten angegriffen wurden, sollten verbrannt werden. Die grauenvollen Botschaften trugen nicht dazu bei, den Mut von möglichen Hamburger Aufständischen zu steigern.

Während die patriotischen Kreise in Hamburg mit Erschütterung die Nachrichten aufnahmen und noch immer hofften, dass preußische Truppen eingriffen, dass dem armen Major Schill (der mittlerweile die Elbefestung Dömitz zu erobern suchte) geholfen würde, nahmen doch die meisten Hamburger die Ereignisse mit einem bedauernden Achselzucken hin. Das Jahr 1808 war ein wirtschaftlicher Tiefpunkt gewesen, doch hatte man den Eindruck, dass sich nach dem Abzug großer Teile der Besatzungstruppen auch die wirtschaftliche Situation wieder verbesserte. Helgoland mauserte sich immer mehr zu einem Umschlagplatz und Ersatz von Tönning. Es wurde mehr oder weniger offen geschmuggelt, Feinwaren und Rohwaren kamen in die Stadt, und es konnten wieder mehr Menschen beschäftigt werden. So bereiteten sich die weniger deutsch-national gesinnten Bürger auf das Pfingstfest vor, und die Stadt Hamburg atmete Normalität.

Clothilde bemerkte natürlich, dass Clemens unruhig war. Sie führte es auf die vielfältigen Aufgaben des jungen Kaufmanns zurück, denn er musste für das eigene Handelshaus arbeiten als auch für ein neues Geschäft sorgen: Inzwischen hatten sie nämlich den Kaufmann und Weinliebhaber Pfeffer in Bergedorf besucht und seine Weinkeller besichtigt. Aufwändig, mit Sachverstand und einem ausgeklügelten Belüftungssystem wurden die Fässer einem feucht-kühlen Luftstrom ausgesetzt. So blieben die Fässer dichter, verdunstete weniger.

Nachdem Gauthier Pfeffer ein interessantes Preisangebot unterbreitete und Clemens die Erfahrungen des Handelshauses Maiboom im Seetransport herausstrich, verabredeten die drei Männer ein Geschäft: Gauthier würde die Kontakte zu Kunden in Paris, Abnahmegarantien und die nötigen Papiere beschaffen; Pfeffer würde etliche Fässer seiner Bestände nach Paris verkaufen und den freien Platz mit neuem Bordeauxwein auffüllen. Gauthier würde sich schnellstmöglich über seine Brüder und seinen Freund in Bordeaux, Comte Jean Baptist Lynch, Weinproben schicken lassen, wobei Pfeffer entscheiden sollte, welche Weine für eine Einlagerung in Bergedorf geeignet wären. Gauthier und Pfeffer begannen erneut von der Notwendigkeit zu sprechen, ein Klassifizierungssystem für die Weine, Anbaugebiete, Lagen der Weinberge und Rebsorten zu entwickeln, damit der Einkauf und die Auswahl der Weine auf diese Weise erleichtert würde. Clemens sollte sich um geeignete Schiffe, Mannschaften, Versicherungen und günstige Löhne und Tarife kümmern, denn die große Seefahrt war wegen der Überlegenheit der britischen Marine fast zum Erliegen gekommen, während die Kanal-, die Watten- und Küstenfahrt an Bedeutung gewonnen hatte. Clemens schlug vor, dass der Wein aus Bordeaux von Gauthiers Brüdern nach Le Havre gebracht werden sollte und dort auf die Maiboom'schen Schiffe umgeladen würde.

Während Monsieur Gauthier sich über die Aussicht auf einen legalen Nebenerwerb freute, redete Clothilde Clemens zu, sich als gewiefter Kaufmann zu zeigen. Sie ahnte, dass ihr Vater einen zukünftigen Ehemann für sie zu suchen begann und dabei keineswegs vorrangig Clemens im Sinn hatte. Gauthier fing vielmehr an, von dem unverheirateten Pfeffer zu schwärmen. Sollte, so fragte Clothilde sich, ihr Vater an eine Verbindung mit dem über zwanzig Jahre älteren Kaufmann denken? Clothilde wollte das Thema meiden, doch ihr Vater deutete immer wieder an, dass er sich für sie eine gute Partie wünschen würde, und das in Hamburg, einer zukünftigen, echt französischen Metropole des Nordens.

Clothilde plante, Clemens auf dezente Weise dabei zu unterstützen, sich als erfolgreicher Hamburger Kaufmann darzustellen. Sie teilte ihm etwa interessante Informationen mit und bestärkte ihn, wenn sie seine Pläne zu den Weintransaktionen für erfolgversprechend hielt.

Da Clemens in Clothilde verliebt war und sein Vertrauen in sie wuchs, erzählte er ihr sogar von dem Silberschatz, sagte allerdings nichts über den Wert und verschwieg auch, dass noch ein Teil in der Erde ruhte.

Clothilde fand es sehr aufregend, dass das Silber möglicherweise von Piraten stammte, die ihr Unwesen vor 400 Jahren getrieben hatten. Clemens schämte sich ein wenig und beschwor Clothilde, niemandem von der Herkunft des Geldes zu erzählen.

Clemens' Vater war mit der Fahrt seines Sohnes nach Le Havre einverstanden, wenn er auch weiter an dem Vorhaben festhielt, seinen Sohn erneut nach Spanien zu schicken, denn auf verschlungenen Wegen waren erneut Briefe von de Castros Verwandten nach Hamburg gelangt, und der Weinhändler drängte den alten Maiboom zu einem erneuten Abenteuer. De Castros Verwandte schrieben, dass sie größere Bestände an Wein, Olivenöl, Mandeln, Kork und getrockneter Apfelsinenschale aus dem von Engländern und Franzosen umkämpften Portugal »besorgt« hätten. Offenbar blühte der geheime Handel mit von Engländern requirierten Waren. Im Gegenzug wollten die Spanier Stockfisch, Teer, Pelze und Leinen kaufen und gaben gute Gebote ab. In Castro Urdiales selbst hatte sich die Lage anscheinend beruhigt, die Franzosen hatten die Stadt erneut unter Kontrolle. Die Preise schienen dem Weinhändler de Castro und dem alten Maiboom sehr verlockend, obwohl es klar war, dass die Unternehmung nicht versichert werden könne und somit mit einem hohen Risiko behaftet war. Die Beschaffung von Reisepapieren und Genehmigungen würde zusätzliche Bestechungsgelder erfordern. Trotzdem winkte ein satter Gewinn, vorausgesetzt, die Ware hielt, was sie versprach, und die Spanier würden nicht versuchen, die gelieferte Ware bei Ankunft herunterzuhandeln. Dazu musste ein kompetenter Vertreter der Hamburger vor Ort sein: Clemens.

Weiter verlangte der Alte von seinem Sohn, dass der auch recht bald in Neustadt vor Ort den Stand der Geschäfte erkunden und in die geheimen Geschäftsbücher blicken solle, denn einen genauen Überblick konnte man aus den Briefen nicht bekommen.

Insofern hatte Clemens alle Hände voll zu tun und kaum Zeit, um mit Clothilde allein zu sein. Hinzu kam, dass Clemens bei dem Schiffsmakler Fontenay Interesse an einer schnellen Yacht oder einem besonders schnellen Handelssegler angemeldet hatte. Fontenays Partner Hesleden hatte nach der Besetzung Hamburgs fliehen müssen und sich nun auf Helgoland niedergelassen. Er kaufte vom englischen Prisengericht Schiffe, die »frisch erbeutet« von der britischen Kriegsmarine in Helgoland vor Anker lagen und auf weitere Verwendung warteten. Fontenay und Hesleden standen in stetem Kontakt miteinander. So bot Fontenay Clemens einen dänischen Marinesegler an, der den englischen Militärs zu klein und ungeeignet zum Kampf erschien, für englische Reeder aber als Handelsschiff zu wenig Ladungskapazität aufwies. Der Segler stammte aus Helsingör und lag nun schon ein halbes Jahr bei Helgoland vor

Anker. Clemens wollte sich das Schiff ansehen, und sein Freund Jacob Kinau sollte ihn begleiten. Schließlich gestand Clemens seinem Vater, dass er sich mit dem Gedanken trug, ein Schiff zu kaufen.

»Woher willst du das Geld nehmen, Junge? Du glaubst doch nicht, dass ich in derart unsicheren Zeiten von unserem Konto Werte in ein Schiff stecke. Woher nimmst du die Zuversicht, dass dieses Schiff während der nächsten Monate und Jahre regelmäßig mit Fracht beladen werden kann und somit Geld verdient? Der Krieg zwischen England und Frankreich wird, so befürchte ich, noch lange dauern, und der Ausgang ist völlig ungewiss!«

»Vater, ich muss Ihnen ein Geständnis machen. Ich weiß, Sie als ehrbarer hamburgischer Kaufmann haben immer etwas gegen Lotterien und Glücksspiel gehabt; aber trotz Ihres Widerwillens habe ich auf meinen Boten- und Postgängen nach Altona auf dänischem Grunde Lotterielose gekauft; was soll ich sagen, ich habe gut, sehr gut sogar gewonnen und das Geld auf ein Konto eingezahlt. Ich will nun diesen Gewinn anlegen und Sie haben Recht, ich bin so optimistisch, dass ich gute Chancen für die Zukunft sehe. Das Schiff, das ich im Auge habe, ist ein kleinerer, aber sehr schneller Segler, gut, um den Häschern zu entgehen, seien es nun französische Zollboote oder englische Kaperfahrer. Und in der Zukunft wird man sich mit den Dampfschiffen messen müssen, die große Bäuche haben, schwere Lasten tragen können und auch bei Flaute oder wenig Wind vorankommen. Wenn einmal der Krieg vorbei ist, dann will ich das schnelle, schlanke Schiff als Postsegler einsetzen, auf Routen, die die Kohle fressenden Ungetüme nicht bedienen.«

»Junge, wie es aus dir heraussprudelt! Hat dir diese Flausen dein Bruder aus London in den Kopf gesetzt?«

»Nein, Vater, der Plan ist bei mir langsam in den letzten Wochen gereift, doch weil das Angebot über den Makler Fontenay gar zu verlockend ist, muss ich Genaueres über den Zustand des Schiffes wissen.«

»Nun, ich werde alt. Ich werde von der Zeit und den Entwicklungen überrascht. Du redest von Dampfschiffen … du planst ein Abenteuer mit dem Kauf des Schiffes. Es ist dein Geld, doch mich deucht, dass du die Weisheit ›Wie gewonnen, so zerronnen‹ lernen wirst. Ich dagegen habe mich immer an den Spruch ›Schuster, bleib bei deinem Leisten‹ gehalten.«

Clemens fühlte sich nicht besonders wohl, denn er verstieß immer wieder gegen seine eigenen Ansprüche an Aufrichtigkeit und Wahrheit. Weil er niemanden verprellen oder neidisch machen wollte, musste er Dinge und Begebenheiten verschweigen, mit Halbwahrheiten und Schwindeleien arbeiten. Den Patrioten verschwieg er das Stahlgeschäft und seine guten Beziehungen zu Gauthier. Seinem Vater erzählte er nichts von dem Schatz, von den Plänen der Patrioten und von seiner Liebe zu der jungen Französin. Jacob ließ er in dem Glauben, dass der geplante Schiffskauf mit dem Geld des Maiboom'schen Handelshauses erfolgte. Seiner Mutter gegenüber gab er Interesse vor an den kleinen Geschichten über die jungen Damen der näheren Bekanntschaft, aber wenn es ihr doch gelang, ihn auf ein Sonntagnachmittagstreffen mitzunehmen, dann war er einsilbig und spröde, obwohl die reizenden, jungen Damen ihm zuliebe sogar über Seehandel und Schifffahrt redeten.

In Clothilde war Clemens verliebt, weil sie so überaus attraktiv und liebreizend war, aber vor ihrer scharfen Zunge hütete er sich, fühlte sich gleichzeitig angezogen und unterlegen. Zudem beschäftigte Clemens die Frage, ob Clothilde Runge heimlich Modell gestanden haben mochte. Clemens verschwieg Clothilde, dass er den Patrioten angehörte, dass er ein von englischen Seesoldaten erbeutetes Schiff mit falschen Papieren kaufen wollte und in Schmuggel-Geschäfte verwickelt war. Clothilde schwieg zu den neuen Nachrichten, die sie über die spanischen und österreichischen Kampfhandlungen im »Moniteur« oder im »Hamburgischen Correspondent« las. Sie fragte bei Gelegenheit den Sergeanten Paul Maurice nach militärischen Nachrichten; und Paul Maurice war es, der ihr von den Massakern an den Tiroler Bauern berichtete und erklärte, dass Napoleon am 22. Mai bei Aspern nahe Wien die Österreicher nicht hatte schlagen können.

Clemens erwarb tatsächlich eine Brigantine. Er bezahlte das Schiff und die gefälschten Papiere mit dem Geld aus Altona. Die Silberkelche, Leuchter, einige Münzen und der Schmuck aus dem Schatz des Störtebeker hatten Liebhaberpreise erzielt. Dann hatte er das Schiff bei den Hamburger Behörden angemeldet, und nun segelte es ganz offiziell unter Hamburger Flagge. Bald würde die Fahrt nach Le Havre beginnen.

Clothilde hatte ihren Vater gefragt, ob sie den Wein als seine Beauftragte begleiten solle, aber Gauthier hatte den Vorschlag nicht einmal ernst genommen. Ihm bereitete der österreichische Feldzug Sorge. Die Nachrichtenlage in Hamburg war diffus. Das Kampfgebiet lag eben weit entfernt. Besser war die Lage des Majors Schill und seiner 600 Mitstreiter zu beobachten. Die Elbfestung Dömitz hatte er mittlerweile eingenommen. Aber niemand konnte sich einen Reim darauf machen, was Schill nun vorhatte. Würde er es wagen, nach Hamburg zu kommen? Würde der Funke des Aufstandes auf die Bevölkerung des besetzten Hamburgs überspringen?

Clemens hatte den dänischen Gesandten zum Pfingstfest nach Wohldorf vor den Toren Hamburgs begleitet, wo ein Waldhaus des Hamburger Rates lag. Etliche Honoratioren hatten sich dahin aufgemacht, so die Familie des Ratsherren Westphalen, die Schuhmachers, die Altonaer Familie Poel und der holländische Gesandte Reinhold. Letzterer war als Gesandter gut mit Rist bekannt. Clemens mochte sich trotz des heißen Wetters nicht von der guten Laune der anderen anstecken lassen. Hier brannte kein patriotisches Feuer. Als sie Pfingstmontag endlich wieder in die Stadt kamen, waren die Straßen voller Menschen. Der holländische General Gratian hatte seine in Altona stationierten Truppen in Bewegung gesetzt, und der dänische General Ewald hatte sich ohne Rücksprache mit dem dänischen König mit seinen Soldaten zum Helfershelfer der Franzosen gemacht. Zusammen mit französischen Truppenteilen aus Hamburg und Lauenburg bildeten sie eine Streitmacht von 6000 Mann, die unter der Leitung des Generals Gratian gegen die 600 Leute von Schill zogen.

Der Major Schill zog sich nun mit seinen Mannen in die Richtung der schwedisch-pommerischen Stadt Stralsund zurück. Er eroberte die Stadt am 25. Mai. Hoffte er nun, auf schwedischem Einflussgebiet in Ruhe gelassen zu werden? Der holländische General fühlte sich Napoleon verpflichtet und wollte Schill fassen und vernichten. Am 30. Mai war die Stadt von 6000 Soldaten eingeschlossen. Am 31. Mai wurden die Tore gestürmt, und in blutigen Straßenkämpfen wurden Schill sowie 300 seiner Leute getötet. 200 konnten sich nach Rügen absetzen, der Rest kam in Gefangenschaft.

Als Clemens zwei Tage später zu einem Treffen der Patrioten in der Perthes'schen Buchhandlung stieß, erzählte man dort, dass die preußische Königin Luise um den tapferen Major geweint habe. Ein eifriger Dichter hatte bereits das Lied vom braven Schill gedichtet, und Kerner hielt eine flammende Rede, prophezeite, dass Schills Tod nicht vergebens sei, sondern dass sein Märtyrertum Jung und Alt, Arm und Reich ein Beispiel sein werde, dass die Tat an ihm den Hass auf die Besatzer schüren würde. Aber Clemens zweifelte daran. Er dachte an die heiteren, reichen Bürger auf dem Pfingstausflug; die sollten sich ein Beispiel nehmen und kämpfen? Er dachte an die Armen und Arbeitslosen und kleinen Schmuggler; waren die nicht mit dem täglichen Sattwerden so beschäftigt, dass ihnen egal war, wer sie regierte?

Juni/Juli 1809

Am nächsten Tag machte sich Clemens an die letzten Vorbereitungen für die Fahrt nach Le Havre. Der Wein war bereits verladen, Proviant und Mannschaft an Bord.

Während Clemens Hamburg verließ, ruhten die Kämpfe an der Donau. Sechs Wochen ließen die Österreicher dem französischen Kaiser Zeit, seine Truppen neu zu formieren. Nun verfügte Napoleon über 30000 Mann und 150 Geschütze mehr, als die Österreicher aufstellen konnten. Am 5. und 6. Juli kam es zur Schlacht bei Wagram. Die Österreicher schlugen sich gut, zogen sich dennoch zurück, und am 10. und 11. Juli kam es in Mähren erneut zu einer Schlacht. Der Siegeswille der Österreicher war erschöpft, am 12. Juli schloss man einen Waffenstillstand. Die Tiroler kämpften erfolgreich weiter. Noch im August befand sich Innsbruck in der Hand der Aufständischen, und der französische Kaiser war dort machtlos.

Umso härter ließ er gegen die gefangenen Offiziere Schills vorgehen. Sie wurden in der Festung Wesel demütigend des Straßenraubs angeklagt und nach eintägiger Verhandlung hingerichtet. Nicht lange danach tauchten die ersten Radierungen mit den Bildnissen der Märtyrer auf, und trotz des Verbreitungsverbotes durch die Zensurbehörden hingen sie gerahmt in vielen Salons und guten Stuben.

August 1809

Liebe Clothilde,
meine Freunde und ich haben Sommerferien! Das bedeutet eine kleine Verschnaufpause, bevor es gilt, sich auf die Prüfungen vorzubereiten. Nur noch wenige Monate, dann verlassen meine

Kommilitonen und ich die Ecole Polytechnique hoffentlich als Ingenieure. Ich habe den Entschluss gefasst, mich bei der Armee zu bewerben. Papa hat mir versprochen, sich dafür einzusetzen, dass ich nach der Grundausbildung bei den Pionieren auch nach Hamburg versetzt werde. Du hast mir ja selbst geschrieben, dass es bei euch im Norden noch viel Bedarf an Brücken, Kanälen und Straßen gibt. Ich habe mich schon informiert, eine großartige Aufgabe wäre es, die alte Kanalverbindung zwischen Lauenburg und Lübeck auszubauen. Das Gebiet ist von unseren Truppen besetzt, da wird es doch wohl möglich sein, die Bewohner des Landes von der Notwendigkeit des Ausbaus zu überzeugen? Ich habe schon viel von dem Schleswig-Holsteinischen Kanal gehört, der die Nordsee über die Eider seit 1784 mit Kiel und der Ostsee verbindet und von dem Baumeister Sonnin geplant worden ist. Über dreitausend Schiffe sollen ihn jährlich mit bis zu 100 Kommerzlasten befahren. Vielleicht kann man ihn durch bessere Schleusen und tieferes Ausgraben noch verbessern? Das würde die Schifffahrt noch sicherer machen, unsere Kauffahrer müssten nicht durch die raue See bei Skagen und könnten den englischen Piraten im Skagerrak ausweichen. Allerdings, die Gebiete sind dänisch und Dänemark ist souverän, aber immerhin haben wir Franzosen großen Einfluss. Zugegeben, das sind wagemutige Ideen! Ach, Clothilde, wäre das nicht schön, wenn ich in Vaters und deine Nähe käme? Vielleicht würde auch Mama einmal Hamburg besuchen.

Du fragtest mich in einem deiner letzten Briefe nach meinem Liebesleben. Sei nicht so neugierig! Ich habe gar keine Zeit, mich zu verlieben, ich muss lernen! Das Studentenleben ist auch viel zu turbulent. – Aber zu dir! So hübsch, wie du bist, werden sich doch sicher auch in Hamburg einige junge Herren um dich bemühen? Papa erzählte mir von einem Offizier, der euch zum feierlichen Geburtstagsfest des Kaisers im Hamburger Rathaus begleitete. Macht er dir den Hof? Oder ist es der junge Hamburger, der Kaufmann, der euch mit seinem Segelboot auf der Elbe nach Stade brachte?

Monsieur Garotte hat hier in Paris übrigens kürzlich mit viel Pomp geheiratet. Mama ist immer noch sehr betrübt, dass nicht sie die Schwiegermutter geworden ist, denn in den Gesellschaftsnachrichten der Zeitungen taucht sein Name in Zusammenhang mit großartigen Festen und Musikabenden häufig auf.
Dann traf ich vor ein paar Tagen Onkel Emile, der mir berichtete, dass Papa neuerdings auch Wein vermakelt. Es war gerade ein Hamburger Schiff mit Sondergenehmigung in Le Havre eingetroffen. Onkel Emile war recht vergnügt, denn offenbar war das Geschäft lohnend. Der Hamburger Kaufmann und Besitzer des Segelschiffes schien ein wagemutiger und umgänglicher Mann zu sein; obwohl ihn die Engländer im Kanal jagten, hat er sich nicht fassen lassen, und in Le Havre haben Onkel Emile und er anscheinend sehr vergnüglich miteinander diniert.
Ansonsten beruhigt man sich in Paris, seitdem ein Waffenstillstand mit den Österreichern geschlossen wurde. In Spanien scheint es auch wieder für unsere Truppen voranzugehen. Clothilde, du siehst, wir haben einen vortrefflichen Kaiser, der mit Verstand und Mut handelt und sich großen Respekt in ganz Europa verschafft.
Nun weißt du erst einmal alle Neuigkeiten.
Bis bald, kleine Schwester,
Dein Bruder Robert

In Hamburg

Clothilde hatte aufmerksam zugehört, als die Herren Pfeffer, Gauthier und Clemens Maiboom am letzten Abend vor Clemens' Abfahrt in den Raboisen gemeinsam zu Abend aßen und über die modernen Nachrichtenübermittlungssysteme plauderten. Gauthier begeisterte sich für die Flügel-Telegraphen, die der Franzose Claude Chappe 1794 in einer Linie zwischen Lille und Paris aufgestellt hatte: »Der Betrieb hat sich bewährt, die

Zeichensprache wurde verfeinert, die angestellten Techniker halten die Linie perfekt in Ordnung.«

»Aber was ist bei schlechtem Wetter, bei Nacht oder im Nebel?«, warf Pfeffer ein. »Dann können die Posten die Stellung der Flügel nicht erkennen, die Übermittlung bricht zusammen, oder man muss Pferde halten und berittene Boten bezahlen. Ich finde dieses System zu teuer, weil so viele Beobachter beschäftigt werden müssen. Wir Hamburger wollen doch auch wissen, welche Schiffe in der Elbmündung bei Cuxhaven eintreffen und dann in Hamburg erwartet werden. Darum haben wir unseren Postmeister Oelkers in Ritzebüttel, der alle Nachrichten per Estafette bis zur Hamburger Börse weiterleitet. Wenn also Herr Maiboom mit seiner Brigantine in Ritzebüttel nur gesichtet wird, aber wegen der Tide oder einer Flaute nicht vorankommt, dann wird selbst diese Nachricht mit der soliden Post weitergeleitet, egal, ob Nebel herrscht oder klares Wetter, denn für diese Schiffsmeldung bezahlt die Hamburger Kaufmannschaft.«

»Nun, ich gebe zu, dass die Telegraphen des Monsieur Chappe gute Sicht benötigen; aber die modernen Fernrohre helfen bei diesem Problem. Vor ein paar Tagen erst las ich davon, wie der Kaufmann von Laffert seine optischen Gläser im ›Hamburgischen Correspondenten‹ pries. Wenn gute Sicht herrscht, dann ist der Telegraph unschlagbar schnell, quasi von Augenblick zu Augenblick leitet sich die Nachricht von einem Posten zum nächsten!«

Nun schaltete sich Clemens in die Diskussion ein: »In der Buchhandlung Perthes las ich kürzlich einen kleinen Aufsatz in der Zeitschrift ›Wissenschaft und Technik‹ von einem gewissen Sömmering, der mittels eines dünnen Drahtes und elektrischer Impulse Zeichen von einem Apparat zu einem anderen übermitteln kann.«

»Dann müsste man über lange Strecken dünne Drähte spannen«, gab Pfeffer zu bedenken. »Wären die Drähte nicht sehr reparaturanfällig?«

»Und die elektrische Energie, wie soll die erzeugt werden? Was ist bei Gewitter?«, wandte Gauthier ein.

Jetzt ergriff zum Erstaunen der Herren Clothilde das Wort: »Ich kenne das Prinzip auch. Als wir im letzten Winter in Paris waren, nahm mein Bruder mich mit zu Vorlesungen, und dem Auditorium wurde demonstriert, wie elektrischer Strom durch die Leitung fließt. Es wurde ausdrücklich darauf hingewiesen, dass man diese Technik zur Übermittlung von codierten Zeichen verwenden könne. Selbst Herr von Humboldt erwähnte Herrn Sömmering, der zurzeit Mitglied der Akademie der Wissenschaften in München ist. Die wissenschaftlichen Gesellschaften arbeiten zusammen. Ist das nicht die Hoffnung der Menschen in diesen Zeiten? Ach, wenn doch die kriegerischen Auseinandersetzungen zu Ende gingen! Egal, auf welchem Weg die Nachricht von der Elbmündung nach Hamburg kommt, ich will mich freuen, wenn die glückliche Rückkehr Ihres Schiffes verkündet wird, Herr Maiboom.«

Das nahmen die Herren als gutes Schlusswort, und Clemens lächelte Clothilde dankbar zu.

Clothilde schickte die junge Magd Maiken zwei Wochen nach Clemens' Abreise fast täglich zur Börse, damit sie bei den Schiffsmeldungen aus der Elbmündung zuhören solle. Maiken sollte auf den Namen der Brigantine achten. »Kleine Brise« hatte Clemens sein Schiff genannt, denn dies war sein heimliches Kosewort für Clothilde geworden. »Du bist meine kleine Brise, flüsterst mir eine Liebesbotschaft zu, weit über das Meer«, sagte Clemens seiner Liebsten ins Ohr, wenn sie sich an einem verschwiegenem Ort verstohlen küssten, umfassten und berührten – viel zu selten, fand Clothilde. Sie träumte davon, mit Clemens ganze Tage allein zu verbringen, zu reisen, interessante Menschen zu treffen und über die Neuerungen und Entdeckungen der Welt zu reden.

Doch sie wusste, dass die Wirklichkeit anders war. Maiken brachte immer wieder Nachrichten von der Börse mit, dass die Engländer ein Schiff gekapert hätten. Endlich aber traf die Nachricht ein, dass die »Kleine Brise« zwei Tage später mit dem Abendhochwasser in Hamburg erwartet würde.

Pfeffer, Gauthier und Clothilde, Clemens' Eltern und sogar der Gesandte Rist kamen zur Begrüßung an den Kai bei den Vorsetzen. Das Schiff lag an Duckdalben und konnte nur über einen wackeligen Steg erreicht werden. Es gab ein herzliches Willkommen an Deck der »Kleinen Brise«. Kapitän Sonntag begrüßte alle Anwesenden mit einem Gläschen Portwein und berichtete kurz über die Stationen ihrer Fahrt. Er hatte Jacob Kinau als ersten Steuermann in die Küstenfahrt eingewiesen und attestierte ihm das Können, die Fahrt bis Le Havre von nun ab allein zu bewältigen. Nur um die Kaps der Bretagne herum und durch die Biskaya nach Spanien, da müsste Jacob wohl noch etwas dazulernen, meinte der Fahrensmann mit Blick auf den alten Maiboom, der ihm durch ein Kopfnicken bestätigte, dass die erneute Fahrt nach Castro Urdiales wohl bevorstand.

Clemens gab eifrig bekannt, mit welchem voraussichtlichen Ergebnis die Reise abgeschlossen werden könne, und Rist gratulierte: »Herr Maiboom, nach der Seereise möchten Sie sich vielleicht ein paar Tage in netter Gesellschaft gönnen. Mir wäre es sehr angenehm, wenn Sie mich nach Lübeck und Travemünde begleiteten. Vier oder fünf Tage soll die Fahrt dauern, übermorgen geht es los; die Einladungen kommen von der Familie Overbeck, dem Syndikus Curtius und dem Bürgermeister Rodde. Es ist eine ganz reizende Gesellschaft –«

Auch der alte Maiboom war angetan von der Idee und raunte seinem Sohn zu, dass er doch von Travemünde noch einen Abstecher nach Neustadt machen könnte.

Clothilde war die Enttäuschung über die bevorstehende Abwesenheit ihres heimlichen Freundes anzusehen. Clemens nutzte die allgemeine Heiterkeit, um Clothilde unter einem Vorwand zum Bug der Brigantine zu führen, wo sie außer Hörweite standen: »Clothilde, zürnen Sie mir nicht, dass ich schon übermorgen nach Lübeck aufbreche. Es ist eine Ehre, dass der Gesandte Rist mich als Begleitung aussucht; zudem lerne ich dann die Herren Reinhold, Westphalen und Schumacher besser kennen, alles wichtige Leute. Ferner kann ich auf diese Weise erneut in die Nähe des Schatzes gelangen und einen weiteren Teil bergen. Glauben Sie mir, nichts wäre mir lieber, als mit Ihnen zusammen zu sein. Doch ich denke dabei auch an unsere gemeinsame Zukunft. Ich möchte den Schatz bergen, bevor ihn ein anderer findet. Geld bedeutet Einfluss, Macht, Unabhängigkeit und Ansehen. Ich will selbst ein einflussreicher Kaufmann werden. Und wenn ich um die Hand meiner zukünftigen Frau anhalte, dann soll mein Schwiegervater mir Vertrauen und Respekt entgegenbringen können. Clothilde, so häufig habe ich an Sie gedacht während dieser Reise! Ich frage Sie, wie ernst ist es Ihnen mit mir? Was würden Sie sagen, wenn ich mich mit Ihnen verloben wollte?«

»Ach, Clemens, was meinen Sie, was mich dazu brachte, Sie zu küssen, Sie zärtlich zu umarmen und Ihre Nähe zu suchen. Ich glaube, dass Sie ehrlich, aufrichtig und mutig sind, zudem machen Sie eine gute Figur und sind tüchtig. Oh, Clemens, ich wünsche mir sehr, dass unsere Eltern uns keine Steine in den Weg legen.« Sie schwieg einen Moment, dann brachte sie es hervor: »Haben wir nicht das Recht, selbst zu bestimmen, mit wem wir unsere Zeit verbringen? So füge ich mich und will nicht ungeduldig sein, sondern vernünftig. Gehen Sie nur auf diese Reise nach Lübeck, pflegen Sie Ihre guten Beziehungen, dann wird es vielleicht auch uns beiden nützen. Oh, ich glaube, Ihre Frau Mutter ist auf uns aufmerksam geworden –«

Rita Maiboom näherte sich langsam den jungen Leuten und richtete das Wort an Clothilde: »Es freut mich, Sie heute kennen zu lernen, Fräulein Gauthier. Ihr Name fiel immer einmal wieder, und ich kann Ihnen versichern, dass Sie auf meinen Sohn einen charmanten Eindruck gemacht haben; denn so weit kenne ich meinen Sohn, auch wenn ich leider nur selten von seinen Plänen höre. Das wird Ihre Mutter wohl ähnlich empfinden, besonders, weil sie in Paris lebt. Wie gefällt es Ihnen als Französin denn hier in Hamburg?«

»Vielen Dank der Nachfrage, Frau Maiboom. Hamburg gefällt mir gut, zumal ich allerorten Dinge finde, die mir zeigen, dass die französische Lebensart und Kultur nicht nur in Frankreich beliebt ist. Insofern stelle ich fest, dass wir europäischen

Menschen viele Gemeinsamkeiten haben und einander nicht fremd sein sollten. So weit ist Paris von Hamburg gar nicht entfernt. Uns vereint mehr, als uns trennt. Ganz anders muss es den Europäern gehen, die aus Entdeckungslust und Forscherdrang nach Südamerika, Afrika oder Asien gehen. Sie treffen dort bestimmt ganz fremde Völker mit völlig anderen Sitten, an die ein Europäer sich nicht gewöhnen kann.«

»Sie müssen wissen, dass wir Hamburger durch unsere friedlichen Kaufmannstraditionen schon seit langer Zeit Beziehungen zu fremden Ländern unterhalten und angenehme Gewohnheiten und Waren ihren Weg in unsere Stadt gefunden haben. Wenn etwas Positives angeboten wird, findet es auch Liebhaber und Aufnahme. Unangenehm aber ist, wenn einem Hamburger etwas aufgezwungen werden soll. Ich glaube, dass sein Geist sich dagegen auflehnt, und auf lange Sicht wird Zwang nie zu beständigen Verhältnissen führen.«

»Frau Maiboom, ich verstehe Ihre Anspielung wohl. Sehen Sie, wir Franzosen wurden ja auch zu unserem Handeln gezwungen. Als wir Bürger uns von der Bourbonen-Monarchie befreiten, als die Verfassung erarbeitet und die Bürgerrechte von der gesetzgebenden Versammlung schriftlich fixiert wurden, da dauerte es nicht lange, bis ausländische Mächte gegen uns Bürger und unsere Republik mit Gewalt vorgingen. Sie als Hamburgerin, als Bürgerin einer Städterepublik, müssen dafür doch Verständnis haben, dass wir uns wehrten. Es kam sogar viel Zuspruch von den freien Geistern zahlreicher Länder, ja, die Französische Revolution wurde als beispielhaft empfunden, und ich weiß, dass sich auch hier in Hamburg revolutionäre Vereine bildeten, der Jahrestag des Sturms auf die Bastille gefeiert wurde. Unser Kaiser Napoleon ist ein geschickter Feldherr und hat die ausländischen Angreifer weit zurückgeschlagen; unter seinem Einfluss wurden die antiquierten Fürsten am Rhein abgesetzt, der moderne Rheinbund entstand; der fortschrittliche Code civil schafft Sicherheit für die Bürger, und unter gleichen Bedingungen kann der Wohlstand sich nun erst recht entwickeln. Suchen wir also nicht das Trennende, sondern die Gemeinsamkeiten, betonen wir die glücklichen Entwicklungen!«

»Sie verstehen es, geschickt zu argumentieren, Fräulein Gauthier, und haben offenbar auch die politischen Magazine studiert. In vielerlei Hinsicht mögen Sie Recht haben, denn wir Menschen sollten besser nicht streiten, sondern den friedlichen Ausgleich suchen. Manchmal denke ich, dass uns Frauen dies besser gelänge als den Männern, obwohl auch die Frauen gelegentlich dumm und uneinsichtig handeln.« Rita Maiboom sah Clothilde prüfend an. »Übrigens, ich rate Ihnen, sich hier am Hafen nicht so dünn anzuziehen. Ich habe noch ein Schaltuch dabei, das ich Ihnen leihen könnte –«

»Oh, vielen Dank –« Clothilde wollte schon sagen, dass ihr nicht kalt sei, besann sich dann aber doch, den Rat von Clemens' Mutter anzunehmen. Vielleicht sollte die Mutter ihres Geliebten ruhig meinen, sie beeinflussen zu können. Außerdem musste sie zugeben, dass sie in ihrem dünnen Chiffonkleid tatsächlich fror. Ihr tiefes Dekolletee zog offenbar schon die Blicke der Matrosen an. Die Männer steckten die Köpfe zusammen und grienten zu ihr hinüber. So hakte sie sich bei Frau Maiboom unter und ließ sich zu dem Korb führen, in dem das Schaltuch lag.

Nachdem der Imbiss verzehrt war, löste sich die Gesellschaft auf; Kapitän Sonntag teilte noch eine Wache ein, denn die Ladung sollte erst am nächsten Tag gelöscht werden. Dann begaben sie sich zu den Droschken. Artig küsste Clemens Clothilde die Hand und konnte ihr noch zuflüstern, dass er sie am nächsten Morgen bei der Frühmesse erwarten würde.

Der Ausflug nach Lübeck sollte sich für Clemens als sehr interessant erweisen. Im Hause des Bürgermeisters Rodde wurde er als ein Gefolgsmann des Gesandten Rist aufgenommen. Er lernte die Frau des Bürgermeisters, eine geborene Schlözer kennen, die mit siebzehn Jahren in Göttingen zum ersten weiblichen Doktor der Philosophie promoviert worden war. Im Hause Rodde hielt sich auch Charles de Villier auf, der die anwesende Gesellschaft wunderbar unterhielt und sich dabei als Mittler zwischen der französischen und deutschen Kultur darstellte. Clemens wünschte sich insgeheim, dass Clothilde dabei sei, damit er ihr diese geistreichen Menschen als seine neuen Bekannten vorstellen könnte. Aus seinem Elternhaus waren ihm dergleichen Debatten nicht bekannt.

Am nächsten Tag ging es zu einer Gesellschaft in ein Sommerhaus nach Travemünde. Clemens konnte glaubhaft versichern, dass er geschäftlich nach Neustadt müsse, und so gab man ihm ein ausgezeichnetes Reitpferd. Rist hatte dem jungen Kaufmann in Hamburg schon die nötigen Papiere ausgestellt.

Auf dem Rückweg lenkte Clemens sein Pferd hinter Haffkrug wieder auf die bewaldeten Anhöhen, über die er den Steinhaufen erreichte. Er grub nach weiteren Silberteilen. Und gerade, als er die zerfallenen Reste eines Lederbeutels ausgemacht hatte, hörte er im Wald das Rufen und Pfeifen von Schweinehirten. So griff er wahllos zu, lud die Teile in die Satteltasche, bedeckte eilig den Fundort und machte sich schleunigst davon. Erst in Hamburg stellte er fest, was er gegriffen hatte. Es waren sogar Golddukaten dabei. Diesmal machte er seine Geschäfte bei dem getauften Juden Dehn, einem Altonaer Bankier. Fünftausend Mark brachten die Münzen, die Löffel und die mit Perlen und Bernstein verzierten Dolchhandgriffe, deren Schneiden längst zu Rost zerfallen waren.

Viel Zeit blieb dem Liebespaar nicht, um sich heimlich zu treffen. Schon bald musste Clemens nach Castro Urdiales aufbrechen. Die Reise zog sich wegen widriger Winde und der Behinderung durch die englischen Kriegsschiffe bis zum Oktober 1809. Ein Abstecher nach Helgoland hatte Clemens zusätzliche Gewinne und ein Treffen mit seinem Bruder Thomas eingebracht. Sein Bruder war nun auch im Waffengeschäft tätig und bat Clemens, die hanseatischen Patrioten zu fragen, ob Bedarf an leichten und schweren Waffen bestünde.

Oktober 1809

Als Clemens am 17. Oktober 1809 wieder in Hamburg eintraf, hatte sich die Welt für die deutschen Patrioten erneut verändert. Graf Stadion, der die österreichische Erhebung gegen die napoleonische Vorherrschaft so tatkräftig eingeleitet hatte, war zurückgetreten. Nun war Graf Metternich leitender Minister in Wien. Am 12. Oktober hatte Napoleon eine Parade seiner Garden in Schloss Schönbrunn abgenommen, als ein gewisser Friedrich Staps einen Mordanschlag auf ihn verüben wollte. Die Tat des sich selbst als deutschen Patrioten bezeichnenden Mannes wurde vereitelt; als Napoleon ihn großmütig begnadigen wollte, lehnte der junge Mann ab und gab an, sofort einen neuen Anschlag verüben zu wollen. Daraufhin wurde er sofort durch ein Militärgericht abgeurteilt und in den frühen Morgenstunden des folgenden Tages im Park von Schönbrunn erschossen. Am 14. Oktober wurde dann der Friedensvertrag zwischen Österreich und Frankreich unterzeichnet. Österreich verlor viele Quadratmeilen seines Territoriums und mehrere Millionen Einwohner, musste Napoleons Vormachtstellung in Spanien und Italien akzeptieren und wurde im Süden von dem neu geschaffenen Königreich Illyrien vom Zugang zum Mittelmeer abgeschottet, während im Norden das Königreich Bayern neben Tirol nun auch weitere Provinzen Österreichs zugesprochen bekam.

Aus Preußen kamen nur günstige Nachrichten. In der Provinz formierte sich in einigen Garnisonsstädten im Stillen weiterer Widerstand, während man in Berlin zwar die Rückkehr des Königspaares aus Königsberg und die Eröffnung einer Universität öffentlich in den Gazetten und Zirkeln zum Thema machte, aber militärische und politische Stimmen völlig verstummt schienen.

Clemens schilderte Perthes, den er in seiner Buchhandlung aufsuchte, seine Eindrücke aus Spanien; zwar war die Bevölkerung noch immer gegen die Franzosen aufgebracht, der offene Widerstand aber war gebrochen.

»Lieber Maiboom, es sieht schlecht aus in Europa. Aber trotzdem gärt es in der Bevölkerung vieler Länder. Clemens, wenn wir alle hofften, Napoleons Macht sei schon bei Wagram gebrochen, so sahen wir uns getäuscht. Doch unsere Stunde wird kommen –« Perthes berichtete weiter, dass die Zahl der Versammlungen und Treffen patriotisch gesinnter Kreise in Hamburg rückläufig gewesen wäre.

»Oh, Herr Perthes, die Situation ist unbefriedigend. Ich selbst habe zwar gerade in diesem Jahr zwei erfolgreiche Reisen absolviert, bin gerade während der eben abgeschlossenen Reise auf Helgoland gewesen und kann Ihnen wieder über den bewährten Verwahrungsort bei den Runges etliche Ausgaben der »Times« liefern; aber unter welchen Umständen macht man heute Geschäfte! Das Schiff und die Waren lassen sich praktisch nicht versichern, da die Fahrt durch das Kriegsgebiet zwischen England und Frankreich führt. Die nötigen Papiere für die Fahrt erhält man nur durch Bestechung, muss auch für den Fall der englischen Kaperung englische Papiere kaufen. So lohnt sich die Fahrt nur, wenn man die Waren zu möglichst großen Teilen am Zoll vorbei nach Hamburg bringt und die Gewinne vorsichtshalber nicht nur auf hamburgische Konten bringt, sondern auch im Ausland anlegt. Ich mache mir Sorgen um Hamburg. Wenn die Lage so bleibt, muss man sich überlegen, ob man abwandern kann, zumindest in anderen Häfen dauerhaft Kontore einrichtet. Ich habe es noch gut, denn mein Bruder ist in London gut untergekommen. Er bietet uns übrigens Waffen an, auch Kanonen. Aber wenn ich höre, dass die Hamburger sich in das Schicksal ergeben und der Zulauf zu den patriotischen Zirkeln abnimmt, dann glaube ich kaum, dass jemand dieses gefährliche Geschäft einfädelt. Wer soll das Geld dafür besorgen? Unbemerkt aus der Staatskasse wird es sich nicht nehmen lassen, und für eine öffentliche Sammlung unter den wohlhabenden Kaufleuten ist es nicht die richtige Zeit. Selbst eine geheime Kollekte könnte verraten werden, und dann droht ja wohl die Todesstrafe –«

»Maiboom, verzagen Sie nicht. Halten Sie Ihren Bruder hin, sondieren Sie, was die Waffen kosten sollen und wie sie geliefert werden könnten. Auch wenn wir besetzt sind und die Todesstrafe droht. Es gehört großer Mut dazu und ein unbedingtes Vertrauen in die Verschwiegenheit der Patrioten. Geben Sie mir die Hand, Maiboom, wir beide haben allein durch diese Unterredung quasi den Kopf in der Schlinge!«

Feierlich drückten sich die zwei Patrioten die Hände.

Herbst 1809 in Neumühlen

Die Sievekings und die Poels wollten in ihrem gemeinsamen Landhaus das letzte Treffen der Saison im Kreise ihrer Freunde zusammen mit interessanten Gästen feiern.

Charles de Villier und Baron Reinhard, der französische Gesandte in Kassel, hatten als extraordinäre Gäste zugesagt, und Frau Sieveking hatte auch die Gauthiers wieder eingeladen, wobei sie insbesondere hoffte, dass Clothilde das kleine Abschlussfest mit einem gewagten Kleid schmücken würde. Monsieur Gauthier zog zunächst in Erwägung, der Einladung zu folgen, denn von dem Schwaben Reinhard, der in den 90er Jahren als Hofmeister in Bordeaux, dann als Girondist in Paris in vorderster revolutionärer Linie gewirkt hatte, schließlich unter Talleyrand sogar zeitweise mit einem Ministeramt versehen war, hatte er schon viel gehört. Und de Villier sollte ein brillanter Unterhalter sein. Trotzdem entschied Gauthier sich dann doch für eine interne Zusammenkunft von Marschall Bernadotte und dem Gesandten Bourienne samt ihrer Berater. Doch seiner Tochter wollte er die Unterhaltung nicht verbieten; er wähnte sie unter der Obhut der alten Sieveking, die versprochen hatte, ihr über Nacht ein kommodes Lager in einer kleinen Kammer zu reservieren. Und Clothilde hatte dafür gesorgt, dass auch Clemens wieder als Gefolgsmann des Gesandten Rist eingeladen wurde.

Der Sonnabend war neblig und windstill und die Gäste reisten bereits am Nachmittag an. Früh wurde das Abendmahl gereicht, und dann begann ein Gesellschaftsspiel, bei dem jeder Gedichte, mindestens aber einen Vierzeiler aufzusagen hatte. Das Thema wurde jeweils von dem rechten Tischnachbarn vorgegeben. Das Ganze war recht kurzweilig, und es wurde viel gelacht. Karl Sieveking war seiner Mutter zuliebe angereist und hielt später eine kurze Rede, in der unausgesprochen mitklang, dass alle Hoffnungen der Patrioten nach dem österreichisch-französischen Friedensschluss in einen Winterschlaf fallen würde. Danach meldete sich sogleich Reinhard zu Wort, der aus seinem reichen Erfahrungsschatz berichtete und durchblicken ließ, nun eher lustlos einem Napoleon im Königreich Westfalen zu dienen und dabei gleichzeitig ein Vormund für viele aufrechte Deutsche sein zu müssen. Er schien innerlich zerrissen; schwärmte erst von den bürgerlichen Freiheiten, die die Revolution errungen hätte und gab dann auch die Willkür zu, die von dem genialen Korsen ausging. Abschließend mahnte er die Hamburger als Schwabe und als französischer Beamter, sich doch um einen nordischen Bund der Hansestädte ähnlich dem Rheinbund zu bemühen. Während die meisten Herren nun diese Idee diskutierten, sich dabei erhoben und rauchend hin und her gingen, scharten sich die Damen um de Villier, der von seinem Eintreten für die lutherische Lehre und die deutsche Kultur in Frankreich sehr komisch zu erzählen wusste.

Das Essen und der gut geheizte Ofen mögen der Grund dafür gewesen sein, weshalb schon recht früh die ersten Gäste verstohlen gähnten. Gegen zehn Uhr gab Frau Sieveking das Zeichen, dass man den Herren das Herrenzimmer für ihrem Disput überlassen würde, aber die Schiebetür zur Halle geschlossen würde, weil das Personal im Damensalon die Nachtlager einrichten solle. Familie Poel und Frau Sieveking zogen sich in den ersten Stock zurück. Clothilde hatte eine sehr schmale, ungeheizte, kleine Kammer im Küchentrakt bezogen. Clothilde war dies sehr lieb; lieber schlief sie allein und in einem kalten Raum als bei den schnarchenden Damen auf den Feldbetten im Salon.

So verabschiedete sich Clothilde von Clemens, raunte ihm aber zu, dass er sie noch durch das kleine Fenster zum Garten küssen könnte, wenn er sich jetzt auch zurückziehen würde. Und so blieb Clemens nicht lange im Herrenzimmer, sondern verabschiedete sich unauffällig.

Clemens war in dem hölzernen Wagen- und Gartengerätetrakt auf der anderen Seite des Hauses ein Bett zugewiesen worden, das aus zusammengeschobenen Gartenbänken bestand. Ein Holzkohleofen heizte notdürftig den Verschlag, und der junge Kaufmann war froh, sich in seiner Kutsche ausreichend Decken mitgebracht zu haben. Die Nacht war stockfinster, als Clemens sich vorsichtig an den Büschen entlangtastete, auf dem Weg zu Clothilde. Er entdeckte eine Kerze in dem kleinen Fenster, das zu Clothildes Kammer gehören musste.

Clothilde hatte inständig auf einen Augenblick wie diesen gewartet. Endlich würde es einen Moment geben, in dem sie mit Clemens ganz allein sein würde. Die Kammertür hatte sie verriegelt, und vielleicht wollte Clemens ja durch das Fenster in ihr Zimmer steigen. Sie war bereit, sich ihm und ihrer Lust hinzugeben. Das war keineswegs ein spontaner Entschluss. Noch im letzten Winter, als sie mit ihrem Vater zum Begräbnis der Großmutter reiste, hatte sie den Aufenthalt in Paris genutzt, sich über die Vermeidung einer Schwangerschaft zu informieren. Sie hatte die alten Freundinnen besucht und ausgefragt, dabei von allerlei Spülungen vor und nach dem Geschlechtsakt gehört, von Schutzhüllen aus Schafsdarm, aber auch von Zaubersprüchen und Tränken. Schließlich hatte Clothilde sich in eine große Bibliothek begeben und stundenlang bei den medizinischen Büchern und Journalen verbracht. Dies war endlich die richtige Quelle. Sie las über Beobachtungen, dass Frauen im Durchschnitt um den 14. Tag nach Ende der Regelblutung am fruchtbarsten waren, während kurz vor dem Beginn der Blutung eine Zeugung quasi ausgeschlossen schien. Für sich beschloss sie, das Abenteuer der geschlechtlichen Liebe nur kurz vor Beginn ihrer Regelblutung zu wagen; sie begann selbst mit einem Tagebuch, um ihren Zyklus genau zu ermitteln.

Über die Art, wie der Geschlechtsakt nun vollzogen würde, hatte sich Clothilde so gut sie es vermochte informiert. Das Geheimfach im Schreibtisch ihres Vaters hatte sie längst ausspioniert, und die Zeichnungen und Kupferstiche, die er dort aufbewahrte, sprachen eine deutliche Sprache. Dass das erste Mal vielleicht schmerzhaft sein könnte, schreckte sie nur wenig. Ganz vorsichtig hatte sie sogar einmal das Einführen mit einer Kerze probiert, von der sie sich vorstellte, dass sie die Form und Größe des männlichen Gliedes haben könnte; dabei hatte sie aber sehr wenig Lust verspürt, ja, nachträglich kam ihr ihr Tun so absurd vor, dass sie die Kerze wegwarf, um nicht mehr daran erinnert zu werden.

Auf diese Art hatte Clothilde schon vor einiger Zeit beschlossen, dass Clemens der Mann sein sollte, bei dem sie ihre Jungfräulichkeit verlieren wollte. Nach ihren Berechnungen war dieses Wochenende ein äußerst günstiger Zeitpunkt, weil sie den baldigen Eintritt ihrer Regelblutung erwartete. Da sie wusste, dass beim ersten Geschlechtsakt einer Frau ein wenig Blut fließen würde, wenn der Mann in sie eindrang, hatte sie sich extra ein eigenes Laken mitgebracht. Nun galt es nur noch, den Auserwählten auch tatsächlich zu verführen. Clemens war sehr tugendhaft, noch immer zu schüchtern und ohne Initiative, wenngleich er wirklich zärtlich zu küssen verstand und seine Hände sehr fordernd nach ihrem Körper tasteten.

Obwohl es in der Kammer recht kalt war, hatte Clothilde sich ein besonders zartes Batist-Nachthemd übergezogen. Denn sie ahnte, dass Clemens sie zunächst durch das Fenster betrachten würde. Auf dem Tisch neben dem Bett hatte Clothilde einen kleinen Taschenspiegel so platziert, dass sie das Fenster im Auge behalten konnte. Nun bürstete sie ihre Haare scheinbar selbstvergessen, und als endlich Clemens' Gesicht vom Kerzenschein durch das Glas angestrahlt wurde, hielt sie inne, reckte sich, berührte sich selbst mit den Händen an den Brüsten, strich dann mit der einen Hand in ihre Haare und durchkämmte sie mit den Fingern. Als Clemens endlich klopfte, zuckte Clothilde zusammen, so angespannt war sie, denn sie wusste ja, was geschehen sollte. Clemens selbst ahnte noch nichts; er freute sich auf einen aufregenden Kuss.

Clothilde nahm die Kerze vom Fenster und stellte sie auf den Boden in die Ecke der Kammer, sodass ihr Gesicht im Schatten lag und der Raum nur noch spärlich beleuchtet war. Dann öffnete sie behutsam das Fenster. Clemens hatte ein paar höfliche Sätze über den Verlauf des Abends auf den Lippen, aber Clothilde ließ ihn nicht zu Wort kommen. Sie umschlang seinen Hals mit beiden Armen und küsste ihn leidenschaftlich. Er spürte unter seinen Händen Clothildes warmen Körper durch den dünnen Stoff, war sogleich noch viel erregter als beim Anblick dieser schönen weiblichen Figur durch das Fenster. Als sie ihm dann ins Ohr flüstere: »Komm herein«, zögerte er keinen Moment. Der Form halber riet er ihr, sie solle sich etwas anziehen, es sei zu kühl. Aber sie schlüpfte unter die Decke und zog ihn zu sich auf das schmale Bett. Sie küssten sich erneut, und Clothilde knöpfte Clemens die Jacke auf, dann das Hemd, geriet dann an das Unterzeug und stellte fest, dass Unterhemd und Unterhose miteinander verknüpft waren; aber nun brauchte sie ihm keine Anweisungen zu geben, er siezte sie endlich auch nicht mehr, sondern flüsterte: »Warte, ich bin gleich so weit.« Er stand auf, entkleidete sich und schlüpfte nackt unter die Decke. Auch sie hatte sich ihres Nachthemds entledigt. Sie küssten sich überall, streichelten sich. Und als er sie zwischen den Schenkeln berührte, traute auch sie sich, sein Glied anzufassen. Es war so fremdartig, es ängstigte sie und war zugleich ungemein aufregend; Gedankenfetzen und Traumvorstellungen wirbelten durch ihren Kopf, ließen sie vergessen, wo sie war, bis sie nicht mehr das Gefühl hatte, Herrin der Lage zu sein, ihrem Liebhaber aber dennoch vertraute. ›Er wird wissen, was richtig ist‹, dachte sie und gab sich ihm dann ganz hin.

Als sie wieder einen klaren Gedanken fassen konnte, lagen sie erschöpft und schweigsam nebeneinander. Die Kälte der rau verputzten Wand kroch ihr den Rücken hoch, und sie drängte sich näher an Clemens heran. So aufregend dieser Akt für die Sinne gewesen war, so enttäuscht war Clothilde zugleich; als

Clemens in sie eingedrungen war, hatte sie nur einen kleinen Schmerz verspürt, dann seine Bewegungen empfunden, aber nicht dieses Aufwallen der Lust dabei verspürt, von dem ihre Freundinnen in Paris gesprochen hatten. Viel aufregender waren Clemens' Küsse an ihrer Brust gewesen, seine Berührungen und sein Streicheln. Sie war unerfahren, nahm jedoch an, dass sein leises Stöhnen und das Zittern seines Körpers untrügliche Zeichen dafür waren, dass der Geliebte einen Höhepunkt der Lust erlebt hatte. Zudem stellte sie bei sich fest, dass er sich in ihre Scheide ergossen hatte. Es wurde auf dem Laken unangenehm nass und kalt und es befiel sie eine gewisse Unruhe, ob dieses Zusammensein tatsächlich folgenlos bleiben würde. »Oh, Clothilde –«, flüsterte Clemens, aber sie wollte jetzt lieber allein sein, und deshalb unterbrach sie ihn: »Wir müssen vernünftig sein. Die Kerze ist bald heruntergebrannt. Zieh dich lieber an, solange du deine Sachen noch findest, und dann kannst du die Kerze mit nach draußen nehmen. Du musst schließlich zu deiner Schlafstatt finden.« Er bewunderte ihre Abgeklärtheit und verließ die Kemenate durch das Fenster.

Als Clothilde allein war, wurde sie zunehmend unruhig. Gern hätte sie sich mit einer Vertrauten ausgetauscht. Aber die hatte sie nicht, weder in Hamburg noch in Paris. Nun wusste sie also um dieses Geheimnis der Erwachsenenwelt, zweifelte zugleich, ob ihr Erlebnis wirklich dem gleichkam, worum es bei dem Getuschel in den Cafés und auf den Pariser Bällen ging. Sie kannte diese Geschichten von der Marquise de Pompadour und einem ihrer Liebhaber namens Casanova, der vor ein paar Jahren im Böhmischen gestorben war. Wenn so viel Aufhebens um diese Liebesspiele gemacht wurden, war ihr vielleicht doch ein Teil des Geheimnisses entgangen?

Sie beruhigte sich, indem sie sich sagte, dass auch der Liebesakt etwas sei, was erlernt sein wollte. Aber warum galt dieses Lernen als so verwerflich, warum durfte man es nicht vor der Ehe probieren, warum litt der Ruf einer jungen Frau, wenn sie sich in diesem Spiel übte? Sicher war sie sich, dass Clemens sich nicht mit ihr vor seinen Freunden brüsten würde; aber war er tatsächlich der Mann, an den sie sich binden wollte, sollte sie seinem Wunsch nach einer Verlobung nachgeben?

Am nächsten Morgen nahmen die Freunde des Hauses rasch einen Kaffee und eine Wecke zu sich, und mancher Gast setzte sich nicht einmal. Dann verabschiedeten sie sich von den Gastgebern.

Clemens hatte auf Clothilde gewartet und begrüßte sie mit leuchtenden Augen. Clothilde sah ihm seine Freude an. Sie aber nickte ihm nur zu und unterhielt sich dann lebhaft mit Frau Poel und Frau Sieveking. Als der Gesandte Rist Clemens zum Aufbruch drängte, sagte Clothilde für alle hörbar zu Clemens: »Lieber Herr Maiboom, ich hoffe, dass ich Sie einmal bei der Familie Runge treffe. Der Maler und Poet soll demnächst eine kleine Kaffeetafel geben und dabei über sein System von der Mischung der Farben sprechen und auch ein neues Gemälde vorstellen, das die Öffentlichkeit noch nicht kennt. Kunstliebhaber sind eingeladen, und ich weiß, dass Sie sich besonders für eine Figur namens Aurora interessieren. Kommen Sie auch?«

»Vielen Dank für den Hinweis, Fräulein Gauthier. Ich nehme diese Anregung gerne auf. Wenn Sie dabei sind, kann es nur eine angenehme Gesellschaft werden, so wie es auch hier mit Ihnen besonders reizend war.«

In den Tagen nach dem Fest in Neumühlen kam Clothilde nicht in die Frühmesse. Auch bei den Runges hatte sie sich nicht angekündigt, und von einem Treffen der Kunstliebhaber wusste Frau Runge gar nichts. Als Clemens tagsüber bei den Gauthiers anklopfte, ließ Clothilde sich verleugnen. Endlich traf Clemens Clothilde, als sie mit der Köchin zum Einkaufen ging. Lange hatte er vor der Haustür gewartet. Jetzt durfte er sie begleiten, und während die Köchin mit den Fischweibern feilschte, gestand Clemens Clothilde seine Sehnsucht und große Liebe. Doch Clothilde wusste nicht, was sie wollte. Sie fühlte sich unter Druck gesetzt, und sie bat Clemens, mehr Zeit verstreichen zu lassen. »Bitte, Clemens, ich empfinde ja auch für dich eine tiefe Zuneigung und die Sehnsucht, mit dir zusammen zu sein.

Doch fürchte ich, dass mein Vater mich nach Paris schickt, wenn ihm klar wird, wie es zwischen uns steht. Warte ab, mach dich für ihn interessant. Er muss erst das Gefühl bekommen, dass du eine richtige Wahl sein könntest. Bitte, Clemens, wir sind noch so jung. Wir haben noch Zeit.« Und dann setzte sie vieldeutig hinzu: »Es werden sich noch weitere Gelegenheiten ergeben.«

Am letzten Oktobertag traf ein Brief von Lienau aus Neustadt im Maiboom'schen Kontor ein. Er war in Lübeck aufgegeben worden:

Sehr geehrter Herr Maiboom!
Ich erinnere hiermit an unsere oftmals sehr einvernehmliche Geschäftsbeziehung und bin erfreut, Ihnen aus den Handelsbeziehungen mit meinen russischen Partnern diverse Farbstoffe, Gewürze, Mercurius, Schellack und Arzneimittelgrundlagen anbieten zu können. Aufgrund unserer vertrauensvollen Beziehung werde ich Ihnen gerne meine Bücher offen legen, damit Sie sich von den günstigen Preisen und der knappen Kalkulation überzeugen können. Bitte schicken Sie doch zur Inaugenscheinnahme der Waren Ihren Herrn Sohn recht bald vorbei. In Anbetracht der durch die Witterung zu erwartenden Verschlechterungen auf den Chausseen möchte ich Ihnen auch einen Lastwagen nebst Kutscher und zwei Knechten anbieten, damit, falls die Ware Gefallen findet, Ihr Herr Sohn die Fracht sogleich mitnehmen kann.
Mit freundlichen und zugleich herzlichen Grüßen
Ihr C. F. Lienau

Clemens musste nun noch einmal nach Neustadt reisen, um die Ostsee-Geschäfte seines Vaters und der stillen Teilhaber zu kontrollieren. Diesmal reiste er mit der Postkutsche bis nach Lübeck und musste sich in der Hansestadt umständlich in einem der Gasthäuser am Hafen nach einem Schiff erkundigen, das nach Neustadt weiterfuhr. Seitdem die Russen Finnland besetzt hatten, war der Holzpreis gefallen und die Maibooms und andere hatten in eine russische Sägemühle investiert. Jetzt verschifften sie hochwertige Balken und Bretter aus Lärchenholz von Abo nach Göteborg, wo Engländer das Holz gerne abnahmen; dann führten sie amerikanisierte Waren aller Art von Göteborg nach Neustadt ein, von wo sie auf dem Landweg in den »Schleichhandel« an die Grenze zu den französisch besetzten Gebieten gingen. Von Neustadt verschifften die Maibooms und ihre Teilhaber wiederum dänische Gewehre, Pulver, Rum und Schnaps nach Russland. Lienaus Brief klang daher ein wenig seltsam und Clemens war neugierig, was der gerissene Neustädter mit der biederen Fassade ausgeheckt hatte.

Clemens vergewisserte sich in Neustadt anhand der Geschäftsbücher, dass Lienau die zur Verfügung gestellten Gelder gut arbeiten ließ, gab ein paar Hinweise von seinem Bruder Thomas aus London weiter, verglich die Geschäftspost mit seinen Informationen und überprüfte die Gewinne. Lienau sorgte dafür, dass der Überschuss meist gleich wieder in Waren angelegt wurde, aber einen Teil hatte er nun doch in bar und fürchtete sich, dass er doch einmal überfallen werden könne. Deswegen drängte der Holsteiner seinen Hamburger Partner, die Münzen versteckt im Wagen mitzunehmen, zumal der Wagen von zwei bewaffneten Knechten begleitet werden würde. Dann weihte Lienau Clemens ein, um welche Arzneien es sich beim Transportgut handelte. Der Neustädter hatte offiziell in Riga ein Pfund orientalisches Opium erworben, diese Menge als medizinischen Grundstoff eingeführt und beim dänischen Zollamt die nötigen Gebühren gezahlt. In Wirklichkeit hatte aber er viel mehr gekauft. Nun lagerte die kostbare Arznei bei Lienau, und der hatte mehrere Pfund des Opiums in die hohle Deichsel des Lastwagens gefüllt. »Mit diesen Einfuhrpapieren können Sie beweisen, dass Sie das Pfund ganz offiziell erworben haben, Maiboom. Dass Sie in Wirklichkeit viel mehr haben, braucht ja niemand zu wissen. Die Militärärzte und Feldscher werden ganz scharf auf das Zeug sein. Die kaufen es, ohne nach der Herkunft zu fragen, Hauptsache, der Preis stimmt. Ich werde meinen Teil nach Eutin und Kiel an die dortigen Ärzte und Apotheker verhökern. Ich wette, die Franzmänner kaufen es auch gern, besonders die Offiziere.« Clemens hatte gehört, dass man aus diesem braunen, klebrigen Zeug Laudanum herstellte, und ihm fiel der Zahnkünstler Bücking ein. »Welchen Preis kann man denn dafür berechnen?«

»Fragen Sie am besten in der Ratsapotheke in Hamburg nach. Dann wissen Sie, welch köstlichen Gewinn Sie erzielen können, denn meinen Einkaufspreis hab ich Ihnen ja genannt. Es ist klar, dass dieses Geschäft zwischen uns nicht durch meine Bücher läuft. Aber ich warne Sie, junger Freund, Laudanum macht süchtig. Es ist ein Rauschgift, das die Schmerzen vertreibt. Deshalb haben die Militärs es auch so gern. Die Offiziere und die alten Soldaten wissen, wenn sie einmal in der Schlacht verwundet werden, dann wird der Feldarzt nicht lange fackeln und mit dem Messer die Splitter oder Kugeln entfernen, die Wunden vernähen oder eben auch amputieren. Was meinen Sie, was einer für Laudanum gibt, der einer solchen Amputation schon einmal beigewohnt hat, wenn er selbst an die Reihe kommen sollte. Aber wer einmal davon probiert hat, kann sich schnell an den betäubenden Schlaf und die seligen Träume gewöhnen.« Clemens staunte nicht schlecht über den Gewinn, der in diesem unscheinbaren Zeug steckte, und versprach, mit dem Schmuggelgut vorsichtig umzugehen. Dann erfuhr er noch, wie wichtig das Quecksilber war: »Grad Soldaten und Seeleute treiben es doch gerne mit den Huren in den großen Städten. Da fangen sie sich dann leicht 'nen Tripper ein. Und das einzige Mittel, das dann vielleicht noch helfen kann, ist eine Quecksilbersalbe!«

Noch vor der Rückreise sah Clemens nach seinem Silberschatz. Er kratzte ein paar Münzen, Silberdraht und Ringe aus der Erde. Unter zwei größeren Steinen vermutete er noch weitere Teile, weil er mit seinem Messer durch die Ritzen auf metallenes Material stieß; aber ohne einen Hebel oder Flaschenzug waren die Findlinge nicht zu bewegen. Spät am Abend kam er mit gefüllten Ledertaschen wieder in Neustadt an, übernachtete bei Lienau und trat dann am nächsten Tag die Heimreise an.

Zum Glück blieben Clemens, der Kutscher und die bewaffneten Knechte vom Regen und von Räubern verschont, brachen stets frühmorgens auf und wurden weder von den Zollposten bei Ahrensbök oder Segeberg noch bei Ochsenzoll vor Hamburg ungebührlich lange aufgehalten. Dennoch dauerte die Fahrt mit dem hochbeladenen Wagen fast drei Tage. Clemens hatte wohlweislich bei dem Gesandten Rist einwandfreie Papiere für den Warentransport durch das holsteinische Gebiet erwirkt, und die Kisten, Fässer und Säcke mit den Farbstoffen und Gewürzen waren von Lienau im Neustädter Rathaus mit beglaubigten Abschriften russischer Begleitpapiere versehen worden.

Aus den Unterlagen war ersichtlich, dass die Fracht zum Teil vom Schwarzen Meer über den Dnjepr dann zur Düna und schließlich nach Riga gelangt war, wo die Lienau'schen Frachtsegler die Ladung übernommen hatten. Das war den Zöllnern recht, denn die Kontinentalsperre des Kaisers Napoleon wurde so auch vom dänischen Staat respektiert. Der Wert der Gewürze und Farbstoffe war beträchtlich, denn trotz des Schmuggels warteten viele Handwerker auf den Nachschub; die Nachfrage nach preiswerten Rohstoffen konnte durch die kleinen Mengen, die die Schmuggler über die Grenze brachten, nicht gedeckt werden.

Die Reise verlief gut bis zum Dammtor. Als der Zöllner Clemens' Pass in die Hände bekam, wurde der Wagen aus der Warteschlange genommen und zum Halten neben dem Häuschen der Bürgerwache gezwungen. Clemens musste in der Wache warten, ohne dass man ihm die Gründe für die Verzögerung genannt hätte.

Eine Stunde dauerte es, bis endlich der Zollsekretär Rauchenberg auftauchte und Clemens mit Handschlag begrüßte: »Monsieur Maiboom, ich bedaure die Unannehmlichkeiten zutiefst. Allein mein Vorgesetzter Monsieur Eudel zwingt mich zu solchem Handeln. Und es stimmt ja auch, dass der Rat die ihm auferlegten Kontributionen schleppend zahlt mit der Begründung, der Handel sei behindert, die Einkünfte der Kaufleute fehlten. Der Kaiser unterstellt manchen Hanseaten, sie seien derzeit vielleicht einfach faul und würden sich nicht beim Handeln anstrengen; anderen wirft er vor, sie würden ihre Einkünfte verschleiern und falsches Zeugnis ablegen. Sehen Sie, und nun kommen wir damit zu Ihnen. Ich ahne, dass die Information, die uns zugespielt wurde, von einem missgünstigen Konkurrenten stammt. Nur, es hilft mir nicht, ich bin gezwungen, der Sache auf den Grund zu gehen. Es heißt, Sie, der junge Maiboom, hätten ein eigenes Schiff, eine Brigantine gekauft. Von welchem Geld ist das geschehen? Sie sollen merkwürdig oft nach Holstein reisen. Was haben Sie dort zu tun?« Rauchenberg zischelte diese Sätze schnell und leise nacheinander, klopfte seinem Gegenüber jovial auf die Schulter und fuhr fort: »Regen Sie sich nicht auf, alles nur eine Formsache. Ich weiß doch, Sie sind ein Ehrenmann und machen keine Geschäfte mit Ihrem Bruder in London; Sie versorgen sogar die große Armee des französischen Kaisers mit Waffenstahl, Sie würden nie Schmuggelware annehmen. Aber nun muss ich doch Ihren Wagen einmal untersuchen, schließlich muss ich gehorchen. Wissen Sie, ich könnte ja oberflächlich gucken, und dann die Sache zu Protokoll geben. Aber gerade bei Ihnen, da kann ich doch bestimmt genau schauen, da kann ich beweisen, dass die Hamburger nicht betrügen. Nun, frisch ans Werk, kommen Sie mit hinaus, wir schauen beide in die Kisten und Säcke.«

Nun begann eine peinlich genaue Untersuchung. Jeder noch so kleine Pfeffersack wurde geöffnet. Die schweren Porzellanbehälter mit dem Quecksilber wurden geöffnet, und Rauchenberg vergoss dabei einen Teil des flüssigen Metalls: »Das tut mir aber Leid«, war sein ironischer Kommentar. »Ich verlange, dass der Verlust gemessen wird«, entgegnete Clemens erregt. Aber Rauchenberg zischte ihm zu: »Sie sind ein Nichts, Maiboom. Wo fehlt etwas, wo ist Ihr Zeuge? Hüten Sie sich davor, eine Beschwerde vorzubringen. Ich habe Mittel und Wege,

Ihnen das Leben zur Hölle zu machen. Mit Ihnen will dann keiner mehr Geschäfte machen. Teilhaber werden Sie meiden wie der Teufel das Weihwasser.«

Nun kam einer der Zöllner mit Clemens' lederner Reisetasche: »Herr Inspektor, die Frachtbriefe sind alle in Ordnung, der Zoll kann genau berechnet werden. Aber hier in dieser Tasche befindet sich altes Silber und in einer Kiste haben wir unter lauter Schellack-Täfelchen und in einer zweiten unter Kolophonium-Muscheln Bargeld in Silber gefunden.«

»Seit wann ist es verboten, Geld und Silber bei sich zu führen?«

»Das ist nicht verboten, solange es nicht geraubt ist. Es tut mit Leid, ich muss das Geld und Silber sicherstellen und überprüfen, ob es nicht geraubt wurde. Sie und Ihre Leute kommen zunächst in Arrest. Beweisen Sie, dass es Ihr Geld ist, und wir können die Sache schnell vergessen.«

Eine ganze Nacht verbrachte Clemens in einer Arrestzelle, bis er endlich freigelassen wurde. Zwei ganze Wochen dauerte es, bis die konfiszierten Waren, das Silber und die Münzen freigegeben wurden. Clemens nutzte dafür die Beziehungen zu dem Gesandten Rist wie auch die Verbindungen zu Gauthier und Pfeffer, denen er zu gleichen Teilen je ein halbes Pfund Opium als auch Quecksilber zu einem guten Preis anbot.

Rauchenberg aber grinste Clemens an, als er das Geld und Silber bei ihm abholte: »Na, Herr Maiboom, war Ihnen das eine Lehre? Ich weiß sehr viel, und auch wenn ich Ihnen nicht sehr hochrangig erscheine, so habe ich Informationen, die nicht jeder in dieser Stadt bekommt. Meine Beziehungen reichen bis nach Russland. Ich warne Sie. In Riga hat nach meinen Informationen zu der Zeit, als Ihr Zwischenhändler dort die Lackgrundlagen eingekauft haben will, kein Neustädter Schiff im Hafen gelegen. Das Zeug ist nur auf dem Papier kein Schmuggelgut. Mich können Sie nicht täuschen, Maiboom. Ich spreche sogar etwas Russisch. Also, ich empfehle mich, und viele Grüße an den Herrn Papa.«

Clemens hatte gleich nach seiner Freilassung den Hohlraum der Deichsel des Lienauer Wagens geleert und den Kutscher mit den beiden Knechten nach Neustadt zurückgeschickt. Die zwei hatten sich eine Fuhre nach Lübeck besorgt und waren nun längst auf dem Weg. Das Opium lagerte unter dem Dach im Maiboom'schen Haus am Rödingsmarkt, direkt beim Schornstein. Ein Durchsuchungskommando der Zöllner oder Soldaten würde das schwarze Zeug für wertlosen Dreck und Ruß halten. Nach und nach und unauffällig wollte Clemens das Harz verkaufen. Der Zahnkünstler Bücking und der Patriot und Arzt Kerner waren die Ersten, die ihm etwas abkauften. Sie zahlten gut und stellten keine Fragen nach der Herkunft. Kerner meldete sich jedoch schon kurze Zeit später und kaufte noch mehr. Er war ein unruhiger Geist, dabei auch den Armen der Stadt und auf dem Land gegenüber wohltätig und zudem voller Forscherdrang. Ja, es zog ihn geradezu zu den mit schweren Krankheiten Geschlagenen oder den Verunglückten, den Hoffnungslosen. Während viele seiner Zunft diese undankbaren Fälle mieden, trieb er an ihnen auch seine Studien. Den Bedauernswerten gab er wohl von dem Opium und stellte auch schmerzstillende Säfte für sie her.

Das Jahr neigte sich dem Ende zu. Clemens wurde zu den üblichen Geselligkeiten eingeladen, traf die ehemaligen Mitschüler der Winterakademie, nahm an Stammtischen der Patrioten teil und übte sich sogar im Fechten und Schießen, wobei die geheimen Schützen bei ihren Treffen mit Armbrüsten übten; denn das war billig, kostete kein Blei oder Pulver und machte keinen auffälligen Lärm.

Caspar Maiboom fragte sich, warum sein Sohn sich so danach drängte, Frachtfahrten mit dem kleinen Planwagen in der Stadt zu übernehmen, anstatt dies den Quartiersleuten und ihren Handlangern zu überlassen. Er wusste nicht, dass dieser Planwagen ein wunderbares Versteck für Clothilde und seinen Sohn bot, wenn er sie auf einem Einkaufsgang in der Stadt aufgenommen hatte und sie irgendwo abseits, nahe der alten Wallanlagen, anhielten. Clemens hatte einen Strohsack als Unterlage und eine Decke dabei, und das Liebespaar nutzte diese Laube für den Austausch von Zärtlichkeiten, solange die Witterung dies erlaubte. Bald würde es zu kalt werden.

Der Gesandte Rist war an einem schlimmen Husten erkrankt. Clemens besuchte ihn häufig, wechselte sich mit Kerner am Krankenbett ab, und beide sprachen dem Kranken gut zu, denn der glaubte schon, sein Ende könne gekommen sein. Absolute Bettruhe, Redeverbot, Abstinenz, Senfpflaster, Schröpfkuren und Aderlass waren die Methoden, die Kerner verordnete.

Der Gesandte fügte sich in sein Schicksal, und als er endlich zu genesen schien, hatte sich die Weltanschauung des dänischen Diplomaten geändert: Er hatte sich Kerners Reden von überhitztem Wein und Speisen zu Herzen genommen und schalt sich einen Dummkopf, an dieser Völlerei Anteil gehabt zu haben, wo es doch so vielen in der Stadt schlecht ging. Er lebte nun in dem Bewusstsein, dem Tod von der Schippe gesprungen zu sein.

Unter den Patrioten war den ganzen Herbst über heftigst darüber gestritten worden, ob die Verhandlungen des Rates, dem Rheinbund beizutreten, rechtens seien. Da Napoleon militärisch derzeit nicht zu schlagen war, hielten es viele für das kleinere Übel, eine Art Vasallenstaat zu werden; eine Minderheit hielt es für Verrat an der hamburgischen Tradition, sich freiwillig dem Rheinbund anzuschließen und Kaiser Napoleon als Protektor anzuerkennen. Clemens selbst war unentschlossen. Außerdem hielt er vieles, was Clothilde von ihrem Vater und seiner Arbeit erzählte, für klug. Die Verwaltung der Hansestadt war wirklich veraltet, die Vorschriften und Gesetze waren unübersichtlich; ein neues Gesetzbuch wie der Code Napoléon hatte gewiss Vorteile. So betrachtete Clemens die Franzosen nicht als die grausamen Feinde, als die sie sonst von Patrioten beschrieben wurden, mochten die Gräueltaten in Tirol und Spanien auch wahr sein.

Aber die Mehrzahl der Kaufleute schien sich um derartige Debatten nicht zu scheren. Der Krieg mit Österreich und der spanische Unruheherd, hatten Napoleon und seinen Machtapparat offenbar so abgelenkt, dass der Kolonialwarenhandel über Helgoland und die gesamte ost- und nordfriesische Küste blühte. Mehr oder weniger offen wurden die Waren nach Hamburg in die Speicher geholt und dann zu guten Preisen weiter nach Osten und Süden verkauft.

Erst im Dezember 1809 verfügte Napoleon, dass die französisch-dänische Zollgrenze auch für amerikanische Waren geschlossen werden sollte. Der dänische König ließ zeitgleich alle amerikanischen Waren auf schleswig-holsteinischem Grund beschlagnahmen. Etliche Großkaufleute wurden von dem Gesandten Bourienne und dem obersten Zöllner Eudel beschuldigt, den Schleichhandel massiv zu unterstützen und eine Schar von Schmugglern zu beschäftigen; in den meisten Fällen konnten die Zöllner den Kaufleuten nichts nachweisen. Aber die Situation war deutlich unangenehmer geworden. Die hamburgischen Patrioten bekamen wieder mehr Zulauf. Die Nachricht, dass der Tiroler Kämpfer Andreas Hofer im Februar in Mantua nach einem Prozess erschossen worden sei, erschütterte die patriotischen Kreise.

Frühjahr 1810

Schon in den ersten Monaten des Jahres 1810 stieg die Zahl der Soldaten im Norden, an der ostfriesischen Küste, in Hamburg und Lauenburg. Die Division des Generals Molitor zog im Sommer in Emden und Oldenburg ein. Die Division des Generals Morand wurde in die Hansestädte verlegt. Marschall Davout, der bei Eckmühl so hervorragend gegen die Österreicher gekämpft hatte, sollte die Nachfolge des Marschalls Bernadotte antreten, der wiederum König von Schweden werden würde. Was ging in den Schweden vor, einen französischen Marschall aus dem Süden Frankreichs zu ihrem König zu wählen? Hofften sie, dass dadurch etwas von dem Geschick des Kaisers Napoleon auch auf ihr Reich abfärbte? Wollten sie so vermeiden, dass Napoleon auch ihr Land einnehmen würde? Glaubten sie mit diesem Mann einen Feldherrn zu bekommen, der ihnen das an Russland verlorene Finnland wiederbrächte? Die Hamburger Patrioten schüttelten die Köpfe und verstanden die Schweden nicht.

Die Unruhe unter den Hamburger Kaufleuten wurde indes nicht nur durch die ausufernden Kosten für die Unterbringung und Verpflegung der Soldaten und die vermehrten Durchsuchungen von Häusern und Speichern geschürt; bald kursierten auch Gerüchte, dass der Handel mit England und Amerika demnächst wieder erlaubt sein solle, aber nur bestimmten konzessionierten Händlern vorbehalten wäre. Zudem sollten enorme Zölle gezahlt werden, aber die Waren könnten dann frei in den Rheinbund und andere französisch dominierte Gebiete geliefert werden. Jetzt brachen die Kurse für Kolonialwaren an der Börse zusammen, denn etliche Hamburger hatten geheime Lager auf holsteinischem Gebiet, würden aber diese Zölle nicht zahlen können, geschweige durch verstärkten Schmuggel an diesem neuen Handel teilnehmen können; und nur wenige würden eine der Sonder-Konzessionen ergattern.

Das Maiboom'sche Handelshaus hatte indes fortwährende Einkünfte durch den Ostseehandel. Clemens ritt regelmäßig nach Neustadt, konnte aber auch Küstenfahrten nach Frankreich unternehmen. Die Zusammenarbeit mit Gauthier und Pfeffer im Weinhandel machte sich bezahlt, und mit Clemens' Brigantine kamen nun auch französische Möbel und Seidenstoffe nach Hamburg. Zudem ermöglichte ihm diese Zusammenarbeit, Clothilde auch im Haus zu besuchen.

Clothilde schien diese Art der Beziehung zu gefallen. Ab und zu gewährte sie Clemens mehr als die leidenschaftlichen Küsse und aufreizenden Umarmungen.

Einmal, als ihr Vater mit einigen französischen Militärs nach

Lauenburg und Lüneburg reisen musste, überredete sie Clemens, mit ihr in das Gartenhaus der Maibooms bei der Kuhmühle zu fahren und dort mit ihr zu übernachten. Es war noch früh im Jahr und Clemens hatte gegenüber der Mutter erklärt, er wolle das Haus vor dem Sommerhalbjahr inspizieren.

Clothilde aber gab vor, bei der alten Frau Sieveking eingeladen zu sein, und verließ das Haus mit kleinem Gepäck, um kurz darauf Clemens beim Holzdamm zu treffen. Als sie die dichter bebauten Straßen mit dem kleinen Einspänner verlassen hatten, zog Clothilde Männerkleidung hervor und setzte einen Herrenhut auf, der ihre Lockenpracht verbarg. So hoffte das Liebespaar, dass Beobachter annehmen würden, dass Clemens mit einem Freund im Gartenhaus übernachtet hätte.

Kaum dass der Ofen das Haus erwärmte, liebten sie sich ungeniert, ohne Angst vor Entdeckung, und Clothilde genoss diese Freizügigkeit. Sie musste an Rousseaus Schriften von den unschuldigen Urmenschen denken, die nichts von den Moralaposteln gewusst hatten. Mochte die Kirche ihre Berechtigung als schützende und helfende Institution haben, mochte es auch einen Gott geben, so wollte sie doch selbst über ihr Leben bestimmen. Und Clothilde genoss es, verschiedene Stellungen, die sie als Radierung in dem kleinen, versteckt gehaltenen Büchlein ihres Vaters gesehen hatte, auszuprobieren.

Clemens war gelegentlich überrascht, weil Clothilde so zielstrebig die Initiative ergriff und immer andere Positionen einnahm. Er war aber zu scheu, um sie nach dem Grund zu fragen. Hatte sie bereits Unterricht von einem älteren Mann gehabt, von einem, der mehr Erfahrung hatte als er selbst? Auch machte er sich Sorgen, dass Clothilde schwanger werden könne, was eine einvernehmliche Beziehung zu den Schwiegereltern verhindern würde, und ihn plagte ein schlechtes Gewissen, verstießen sie doch gegen die allgemeinen Moralvorstellungen. Doch er verdrängte diesen Gedanken und verließ sich auf Clothilde, die sagte, sie wisse schon, wann sie sich ungefährdet vergnügen könnten.

Clothilde war sich darüber im Klaren, dass sie eine informierte, gewandte Gesprächspartnerin war. Aber sie beneidete Clemens um die Möglichkeit, sein eigenes Geld zu verdienen; er konnte sein Leben und Handeln stets unabhängig und selbstständig meistern. Wenn sie doch einen Beruf ergreifen könnte! Aber welchen? Wer wirklich Erfolg haben und viel Geld und Einfluss gewinnen wollte, der musste kaufmännisch tätig sein oder in die Politik gehen, fand sie. Frauen aber waren in diesen Feldern der Gesellschaft die Ausnahme.

Clothilde erwachte als Erste am nächsten Morgen. Sie betrachtete Clemens und gestand sich ein, dass sie ihn liebte. Wenn sie je Kinder haben wollte, dann wäre dieser junge Mann ein geeigneter Vater. Aber vorerst wollte sie die Welt erobern, reisen, sich bilden. Clemens war sicher auch ein guter Partner, der sie als seine Ehefrau mitnehmen würde, wenn er in die Ferne zöge: Amerika, die Karibik, der neue Kontinent Australien, Afrika und Indien, schon der Klang dieser Namen verführte zum Träumen.

Clothilde seufzte und Clemens erwachte. Gleich lächelte er sie an: »Was seufzt du? Die Welt ist doch so schön. Lass uns Pläne schmieden! Ich liebe dich und bin so gern mit dir zusammen. Warum müssen wir uns hier verstecken? Wie wollen wir es anfangen, diesem Spiel ein Ende zu bereiten? Ich habe es satt, nur einmal im Monat diese Wonnen mit dir zu genießen. Wären wir verheiratet, dann könnten wir täglich so zu Bett gehen und gemeinsam aufwachen.«

»Geliebter, du hast Recht. Es ist die Zeit gekommen, in der wir unseren Familien eingestehen sollten, dass wir uns lieben und heiraten wollen. Doch sollten wir mit Widerständen rechnen, denn schließlich ist es in begüterten Kreisen noch immer üblich, dass die Eltern eine Hochzeit anbahnen. Vielleicht ist dein 21. Geburtstag im August trotzdem ein guter Zeitpunkt, um unseren gemeinsamen Wunsch zu offenbaren. Dann wird voraussichtlich auch mein Bruder Robert in Hamburg sein, denn nach seinem Examen hat er tatsächlich eine Stelle bei den Ingenieuren der Armee gefunden. Robert wird mich gewiss unterstützen.«

Die beiden Liebenden schwelgten in Träumen von einer gemeinsamen Zukunft. Insgeheim waren sie froh, die Gespräche mit den Eltern noch ein wenig aufschieben zu können.

Doch sollte es anders kommen als geplant. Clemens war zu seinem Geburtstag gar nicht in Hamburg, denn er hatte Mitte Juni erneut eine Reise nach Castro Urdiales begonnen. Diesmal stand die Unternehmung unter einem schlechten Stern. Schon auf der Hinreise wurde die Brigantine von britischen Schiffen aufgebracht und gezwungen, in den Hafen von Dover einzulaufen. Es dauerte vier Wochen, bis Clemens' Bruder Thomas und der englische Fürsprecher Murphy die konfiszierten Waren und das Schiff gegen Zahlung einer erheblichen Summe freibekamen. Nun stand Clemens in der Schuld seines Bruders und Murphys; beide drängten auf Verwirklichung des Waffengeschäftes mit den Hamburger Patrioten. Es ging um eine erhebliche Summe, wobei dieses Geschäft nicht mit den britischen Behörden abgestimmt wäre, sondern Murphys und damit auch Thomas' und Clemens' Maibooms Interessen diente. Clemens sollte eine aktivere Rolle einnehmen als bisher und die Stimmung gegen die französische Besatzung schüren. Auch sollte er seine guten Beziehungen zu dem dänischen Gesandten Rist nutzen, um diesen in die Aktion einzubinden, denn es war klar, dass die Lieferung über dänischen Boden erfolgen musste.

Clemens wurden in diesem Zusammenhang geheime Unterlagen anvertraut, die aus den britischen Ministerien stammten und aufgrund von Spionage gewonnen waren. Murphy hatte sich Kopien angeeignet. Demnach war zum Ende des Jahres 1810 geplant, große Teile des Oldenburger Landes, das über verwandtschaftliche Beziehungen russisches Einflussgebiet gewesen war, und auch des hannoverischen Landes, welches ebenfalls aus dynastischen Gründen britischer Einflussnahme unterstand, zu direktem französischem Staatsgebiet zu erklären. Die Hansestädte Bremen, Hamburg und Lübeck sollten danach zu »Bonne Villes«, freien französischen Reichsstädten, werden, und Hamburg würde Sitz des militärischen Hauptquartiers von Marschall Davout werden. Dieser Umstand sei insbesondere für die Dänen beachtenswert, die wohl nachfolgend mit einer Besetzung zu rechnen hätten. Gleichzeitig würde dieser Akt der endgültigen Inbesitznahme auch die Beziehungen zu Russland verschlechtern, woraus ein Krieg mit Russland wahrscheinlicher würde. Krieg, ja, Krieg war für das Geschäft Murphys sehr förderlich!

Clemens war erschüttert von diesen Nachrichten. Ihm wurde nun überdeutlich vor Augen geführt, dass ihm und Hamburg schlimme Zeiten bevorstanden. Hamburg als freie französische Reichsstadt müsste dauerhaft Steuern und Abgaben an Paris weiterleiten. Die drohende Ausweitung des Krieges durch den Eintritt Russlands in den Kampf gegen Napoleon würde die Einnahmequelle des Ostseehandels verschlechtern. Eine Besetzung Dänemarks oder zumindest Holsteins würde den Schleichhandel stärker unterbinden. Clemens schwor sich insgeheim, die Mitgliedschaft bei den Hamburger Patrioten wieder ernster zu nehmen. Es musste doch möglich sein, den Widerstand gegen die Besatzung zu verstärken, Verbindungen zu Widerständlern in anderen deutschen Ländern aufzunehmen, und im Falle des Kriegseintritts der Russen die daraus resultierende Schwächung der französischen Armee für eine Befreiung zu nutzen.

Nachdem Schiff und Waren wieder freigegeben worden waren und die englischen Seesoldaten die Brigantine verlassen hatten, riet Thomas Maiboom seinem Bruder, die an Bord befindlichen Güter doch schon in England zu lassen, von den Engländern Kolonialwaren zu kaufen und gar nicht erst nach Spanien zu segeln. Er hatte ein Angebot aus Plymouth vorliegen, das sehr verlockend klang. Nachdem Clemens sich mit Kapitän Sonntag und dem als Steuermann fahrenden Jacob beraten hatte und diese für die Verschwiegenheit der Mannschaft bürgten wurden die Männer eingeweiht und bei erfolgreich abgeschlossener Reise ein Extralohn in Aussicht gestellt. Clemens war es nicht angenehm, so viele Mitwisser zu bekommen; andererseits war der kalkulierte Gewinn sehr verlockend.

Der englische Kaufmann, mit dem Thomas Maiboom in Kontakt stand, war insbesondere an Getreide, Lärchenholzbalken, Hanf, Honig und Holzteer interessiert. Auch die vierhundert Paar Holzschuhe mit Lederstulpen und die dreihundert Ellen Leinwand wollte er übernehmen, während er für die holsteinische Salzbutter, das Pökelfleisch und den Trockenfisch sowie für die russischen Rauchwaren keine guten Preise bot. Der Kaufmann in Plymouth hatte billig die Fracht eines von englischen Kriegsschiffen aufgebrachten spanischen Kolumbienfahrers aufgekauft. Der Absatz dieser Waren war nicht einfach, denn der englische Markt schien längst gesättigt. Der Weiterverkauf an Zwischenhändler, die kleine Partien an französische, holländische und friesische Schmuggler abgaben, war mühselig. Das Geschäft mit dem Hamburger Eigner der Brigantine kam ihm daher wie gerufen, und so konnte er ein verlockendes Angebot abgeben. Baumwolle in Ballen, Petroleum in Fässern, Blei in Barren, Zuckerrohrsirup, Palmöl, Zuckerrohr und Kaffee sollten nun in ein Tauschgeschäft eingehen. Somit wechselte kein Bargeld den Besitzer, keine verräterischen englischen Devisen gelangten in Clemens Hände, und der Engländer selbst hatte Spielraum in seinen Büchern, falls diese einmal von einem Steuereinnehmer untersucht werden sollten. Die nötigen Papiere für die Fahrt von Dover nach Plymouth wurden besorgt, und so segelte die Brigantine die dunstige englische Kanalküste entlang. Thomas Maiboom war als Vermittler dabei und half auch bei den Behördengängen in Plymouth. Er erhielt dafür einen englischen Wechsel.

Trotz des guten Geschäftsverlaufs wollte Clemens nicht ohne spanischen Wein und Tran aus dem Walfang bei den Azoren zurückkehren. Auch war er gegenüber der Familie de Castro im Wort, die in Castro Urdiales für ihn sowohl Rotwein, Süßweine, Branntwein und Tran bereithielten und auf die Lieferung des Pökelfleisches, der Salzbutter und des Stockfisches warteten. So verabschiedete sich Thomas herzlich von seinem Bruder und versprach, in verschlüsselten Worten einen Bericht für seinen Vater nach Altona zu senden. Doch gerade als sie mit der

Morgenebbe aus dem Hafen von Plymouth auslaufen wollten, verschlechterte sich das Wetter zu einem Sommerorkan aus Südwest. Eine Woche verging, ehe an eine Weiterfahrt zu denken war. »Zwei so schreckliche Stürme folgen nicht aufeinander«, behauptete Jacob Kinau.

Doch die Biskaya machte ihrem Ruf Ehre. Noch in der Nacht brach ein neuer Sturm aus Nordwesten los, wie ihn Clemens noch nie erlebt hatte. Alle Mann waren an Deck an den Fallen und Schoten beschäftigt oder unter Deck bei den Pumpen. Zwei Mann hielten das Ruder. Das Schiff ächzte und stöhnte.

Beim Wechsel der beschädigten Sturmfock wurde ein Matrose von einer Welle vom Klüverbaum gerissen. Er war zwar angeleint, wurde aber mehrfach gegen die Bordwand geschleudert. Als man ihn endlich wieder an Deck gezogen hatte, war er bewusstlos. Kapitän Sonntag ließ ihn in der Messe auf den Tisch legen und untersuchte ihn. »Wach auf, Klaas«, schrie Peter Sonntag, aber der Matrose reagierte nicht. »Er atmet und scheint sich nichts gebrochen zu haben«, murmelte der erfahrene Seemann. »Die Pupillen reagieren, auch der Herzschlag ist da, wenn auch der Puls an der Halsschlagader merkwürdig schnell schlägt. Der Unterkiefer ist normal beweglich, aus den Ohren kommt kein Blut, die Nase ist gerade, verflucht, warum kommt der Kerl nicht zu sich? Auch ist er so verdammt blass. Vielleicht hat er innere Verletzungen. Der Bauch scheint mir so straff gespannt. Maiboom, ziehen Sie mal den Gürtel aus seiner Hose.« Der Kapitän legte dem Matrosen den Gürtel direkt auf den Bauch und markierte die Lage des Gürtels auf der Haut. Dann wiederum setzte er einen Strich an der Stelle, wo sich Schnalle und das andere Gürtelende berührten. »So, Maiboom, in zehn Minuten wiederholen Sie die Messung. Hier, orientieren Sie sich an der Sanduhr. Wenn der Bauch anschwillt, kann es die Milz sein, die blutet. Dann gnade ihm Gott. Falls er zu sich kommt, rufen Sie mich.« Sie banden den leblosen Matrosen auf dem Tisch fest. Clemens kam sich hilflos vor. Um etwas zu tun, maß er früher als vom Kapitän angeraten den Bauchumfang. Tatsächlich hatte er um einen Zoll zugenommen. Als Clemens ihn am Bauch berührte, erwachte der Mann stöhnend. Seine Augen weiteten sich vor Schmerz, und wie von Sinnen schüttelte er nun den Kopf. »Klaas, bleiben Sie ruhig, ich hole Hilfe.«

Als Kapitän Sonntag zu Clemens trat, maßen sie erneut den Bauchumfang. Nun waren es schon drei Zoll mehr als zu Beginn der Untersuchung, und der Matrose schrie vor Schmerzen bei jeder Bewegung. »Ich gebe ihm Rum«, meinte Sonntag mit versteinerter Miene. »Hier, Klaas, trink.« Klaas vermochte kaum einen Schluck herunterzubringen. »Ich habe Laudanum dabei«, meinte Clemens. »Das hilft auch nicht mehr, ich gebe ihm noch eine halbe Stunde, dann ist er verblutet«, flüsterte ihm der Kapitän zu. Trotzdem holte Clemens die braune Flüssigkeit und tropfte sie dem Schwerverletzten in den Mund. Nach einigen Minuten wich die Spannung aus den Gliedern des Sterbenden. Seine Atmung wurde ruhiger. »Gut. Bleiben Sie bei ihm. Ich will wieder an Deck«, meinte der Schiffsführer. Clemens holte ein Stück Segeltuch aus der Segelkammer im Vorschiff, um den Matrosen zuzudecken. Als er zu dem Verletzten zurückkam, war alles Leben aus ihm gewichen. Die Augen waren starr geöffnet, die Haut erkaltete bereits. Wieder rief Clemens den Kapitän. Der hielt dem Toten wortlos noch einen Spiegel vor den Mund, an dem sich jedoch kein Atem mehr kondensierte. Sonntag stach noch mit dem Malspieker in die Fußsohle des Matrosen, aber auch dort zeigte sich kein Reflex mehr. »Gut, Maiboom. Wickeln wir ihn ein, Sie haben ja schon ein Stück Segeltuch geholt. Bringen wir den Leichnam in die Segelkammer. Zwei Männer sollen ihn einnähen, sobald der Sturm es zulässt. Und bitte, wischen Sie den Tisch noch einmal sauber.«

Zwei Tage ritt die Brigantine vor dem Sturm auf dem Ozean nach Südwesten, denn raumschots war das Schiff am ruhigsten zu halten, und außerdem wollte der Kapitän keineswegs in die Nähe der französische Küste geraten. Die genaue Position ließ sich wegen des dunklen, wolkenverhangenen Himmels nicht bestimmen, und nur nach Westen war genug Raum, um nicht auf Riffe oder ungünstige Strömungen zu stoßen. Langsam nahm die Wucht der Böen ab und die Mannschaft konnte sich ausruhen.

Als Clemens mit Jacob am Ruder stand, fluchte er auf den Krieg: »Wären wir nicht von den Engländern aufgebracht worden, hätten wir unser Ziel längst vor dem Einsetzen des Sturms erreicht. Dann könnte Klaas noch leben.« Jacob sah die Sache gleichmütiger: »Wir alle sind in Gottes Hand. Möge Gott ihm gnädig sein.«

Noch am gleichen Tag wurde Klaas Riemer endlich in Segeltuch eingenäht und mit einem Ballaststein beschwert. Zu der Seebestattung versammelte sich die gesamte Mannschaft mittschiffs. Der Kapitän würdigte Klaas Riemers Einsatz und seine Kameradschaft an Bord, erinnerte an die Witwe und die vier Kinder, die noch nichts von dem Schicksal ihres Ehemannes und Vaters wussten, sprach danach ein kurzes Gebet. Dann wurde der Leichnam den grauen Tiefen der Biskaya übergeben.

Es war Mitte Oktober geworden, als die Brigantine »Kleine Brise« endlich wieder die Elbe hochfuhr. »Hältst du nach deiner Meta Ausschau?«, fragte Clemens, als er Jakob versonnen gen Finkenwerder blicken sah. Jacob nickte. »Vielleicht hat sie ja schon Nachricht bekommen, dass wir endlich zurück sind.«

Tatsächlich winkte nun eine schlanke Frauengestalt der vorbeifahrenden Brigantine von dem Steinstack an der Hafeneinfahrt zu. »Meta!«, rief Jacob durch das blecherne Sprachrohr in Richtung Finkenwerder. »Es ist Meta, das rote Taschentuch habe ich ihr zum Abschied geschenkt«, sagte Jacob glücklich. Clemens beneidete Jacob, denn der war seinem Ziel schon näher; im nächsten Frühjahr sollte die Hochzeit sein.

»Du hast es gut, Jacob«, meinte Clemens zu seinem Freund. »Du kannst deine Verlobte schon bald in die Arme schließen. Ich weiß noch immer nicht, woran ich bin. Sehnsucht habe ich, aber ob meine und ihre Familie einer Verbindung zustimmen, steht in den Sternen –«

»Ein sehr hübsches Wesen ist deine Clothilde, und sie kommt ja wohl aus vornehmem Hause. Ich hatte nur einen kurzen Eindruck von ihr, damals auf der Fahrt nach Stade, doch ich glaube, dass in ihr Widerspruchsgeist und Eigensinn wohnen«, gab nun Jacob zu bedenken. Auf der Fahrt hatten die beiden über ihre Zukunft gesprochen, und Clemens hatte seinem Freund unter dem Siegel der Verschwiegenheit von der Beziehung erzählt. »Sie ist eben eine Französin, hat ein welsches Temperament. Ich weiß nicht, ob sie hier im Norden auf Dauer heimisch werden kann. Was machst du, wenn sie Heimweh nach Frankreich bekommt?« Jacob hatte aufgehört zu winken, denn die Brigantine musste über Stag gehen. Die kleine Gestalt am Ufer entschwand seinem Blick. Nun musste Jacob die Manöver beobachten und die Kommandos überwachen, die der Mann am Ruder gab.

Jetzt war das Segelmanöver beendet und Jacob fragte weiter: »Überhaupt, hoffst du nicht als Hamburger Patriot, dass die Franzosen auch einmal wieder abziehen müssen? Glaubst du, dass Gauthier dann hier bleiben will? Oh, Clemens, ich weiß nicht, was ich dir raten soll. Ich wünsche dir nur, dass eure Liebe nicht vergeht. Ich wünsche dir jedenfalls Glück, Kaufmann Clemens Maiboom. Um deinen finanziellen Erfolg brauchst du dir keine Sorgen zu machen; diese Reise wird deinen Ruhm mehren, denn was die Hafenarbeiter da ausladen werden, macht bald als Neuigkeit die Runde. So jung und schon in der Kaufmannsgilde bekannt, da wird aus dir vielleicht noch einmal ein Senator. Ob du mich dann noch kennst?«

Keiner an Bord ahnte, welch katastrophale Wirtschaftslage in Hamburg herrschte. Kurz nach Abfahrt der »Kleinen Brise« hatte Napoleon verfügt, dass kein Schiff die Hansestädte verlassen dürfe, welches nicht über eine spezielle französische Lizenz verfüge. Der oberste Hamburger Zöllner, Monsieur Eudel, hatte seinem Kaiser immer wieder schriftliche Berichte über die Unterwanderung der Kontinentalsperre durch die Machenschaften der Händler auf der englisch besetzten Insel Helgoland, durch die Schmuggler an der ostfriesischen Küste und auf den Flüssen zugeschickt und seine Machtlosigkeit beklagt. Daraufhin hatte der Kaiser viele kleine und flache Kanonenboote zur Unterstützung der Zöllner in das Wattenmeer, in die ostfriesischen Häfen und auf die norddeutschen Flüsse gelegt und jeglichen Verkehr mit Helgoland verboten. Schiffe, die die rotfelsige Nordseeinsel anlaufen würden, seien zu beschlagnahmen und die Schiffsführer wegen Spionage mit dem Tode zu bestrafen. Wie gut, dass das ruhige Herbstwetter den Kurs der Brigantine bestimmt hatte. Der mäßige Südwind hatte Clemens und Kapitän Sonntag bewogen, den direkten Weg durch das Wattenmeer zu nehmen. Sie hatten keinen Kontakt mit Helgoland gehabt.

Nun erreichte das Schiff das Hafengebiet vor dem Hamburger Berg. Es war Zeit, Kapitän Sonntag zu holen und beim Baumhaus auf die Signale zu achten, die einen freien Anker- oder Anlegeplatz anzeigten.

An einem Oktobermorgen – die »Kleine Brise« bewegte sich an der französischen Küste entlang Richtung Hamburg – hatte Clothilde einen erschütternden Fund gemacht. Seit Wochen war sie ohne Nachricht von Clemens, der schon längst zurückgekehrt sein wollte. Sie hatte sogar einmal persönlich im Kontorhaus der Maibooms vorgesprochen, unter dem Vorwand, dass ihr Vater wegen neuer Rotweingeschäfte mit dem jungen Kaufmann sprechen wolle. Doch sie hatte nur die Auskunft bekommen, dass man ebenfalls ohne Nachricht sei und sich sorge, weil im Ärmelkanal schwere Sommerstürme geherrscht hätten.

So hatte Clothilde, die sich selbst nicht als fromm bezeichnete, doch angefangen, ganz regelmäßig für Clemens zu beten. Sie hatte sogar die St. Josephskirche an der Großen Freiheit besucht, um dort dem Beichtvater zu gestehen, dass sie einen jungen protestantischen Hamburger liebte, der sich auf einer gefährlichen Kaufmannsreise befände. Sie sei besorgt und unglücklich. Der Pfarrer hatte ihr daraufhin geraten, diese Beziehung zu beenden und sich lieber einem Franzosen oder wenigstens einem hamburgischen Katholiken zuzuwenden. Damit sie ihr Seelenheil wiederfände und der gefährdete Kaufmann von

Gott behütet würde, solle sie sich doch der mildtätigen Arbeit in der französischen Gemeinde zuwenden; bald würde man in den kleinen Michel, jene Friedhofskapelle der Kirche St. Nikolai, ziehen. Der Pfarrer Jean de Lievreville würde den Umbau überwachen und sich rege um die Einrichtung der Gemeindearbeit bemühen. Es sei nämlich keineswegs geplant, diese Gemeinde ausschließlich den französischen Soldaten zu widmen, sondern alle Katholiken sollten dort in Hamburg eine neue Heimstatt finden.

Clothilde hatte sich daraufhin tatsächlich dem Geistlichen de Lievreville zugewandt. An besagtem Oktobermorgen hatte sie die Frühmesse in der kleinen Kapelle an den großen Bleichen besuchen wollen, um im Anschluss daran den Pfarrer und andere Gemeindemitglieder zu treffen. Es war noch recht dunkel und ziemlich kühl, als Clothilde die Haustür aufgeschlossen und das Haus hatte verlassen wollen. Auf den Stufen des Portals lag ein kleines Bündel dreckigen Stoffs, und sie stieß es mit dem Fuß beiseite, ärgerlich darüber, dass die Beseitigung von Unrat und Müll in Hamburg so wenig aufmerksam bewerkstelligt wurde. Doch kaum hatte sie es mit der Fußspitze berührt, als ein klägliches Geräusch ertönte, das nach den Lauten rolliger Katzen im Hof klang. Erschrocken wich sie zurück. War dies ein Katzennest? Vorsichtig beugte sich Clothilde über den Fund und entdeckte in den Lumpen ein zitterndes, bläuliches Wesen, das klagende Krählaute von sich gab. Hier lag ein Neugeborenes!

Vorsichtig nahm Clothilde den winzigen Säugling auf und ging in das Haus zurück. Die Köchin schlug die Hände über dem Kopf zusammen, schimpfte auf die Rabenmutter und die Verhältnisse, die zum Aussetzen des armen Wurms geführt hatten. Sie nahm Clothilde das Kind ab, wickelte es in aufgewärmte Geschirrtücher, während Clothilde nochmals vor die Haustür trat, um nach der Mutter oder anderen Verwandten zu suchen. Aber niemand hatte jemanden gesehen, der das Bündel bei den Gauthiers abgelegt hatte.

Inzwischen hatte die Köchin das greinende Kind ausgewickelt, gebadet, die Haut gereinigt, den verkrusteten Nabel verbunden und es dann in Tücher gewickelt. Dann hielt sie den kleinen Jungen im Arm an ihre linke Brust gedrückt, damit er wenigstens ein mütterlich gestimmtes Herz pochen hören konnte. Der Kleine saugte an einem zipfeligen Knoten aus Baumwolltuch, den sie in den Rest Milch vom Frühstück tunkte.

»De Lütte moet an en Busen, de recht stillt, so geiht dat niet lang«, meinte Edda nur, als Clothilde das Kind betrachtete. In dem sauberen Tuch sah der Säugling schon rosiger aus.

Zuerst überlegte Clothilde, ob sie Pauline Runge fragen sollte, den Säugling übergangsweise zu stillen. Aber der kleine Gustav Ludwig Runge war ja schon achtzehn Monate alt und brauchte kaum noch Muttermilch. Außerdem lag Paulines Mann mit Lungensucht zu Bett, konnte nicht arbeiten und bot ein Bild des Jammers. Pauline Runge hatte andere Sorgen, als sich um ein Findelkind zu kümmern.

Edda wiegte das Kind, und es schien sich zu beruhigen, schloss die Augen, zuckte aber immer wieder zusammen und saugte danach heftig an dem milchgetränkten Tuchzipfel. »Ick ga later naar de Waisenhus in de Admiralitätsstraat. Dar hebben se jümmers Ammen in Contract voor de Vondelinge.« Doch etwas sträubte sich in Clothilde, die Verantwortung für dieses kleine Wesen so einfach abzugeben. Sie wollte sich erst erkundigen, wie es um das Hamburger Waisenhaus stand, bevor sie das Kind dorthin gab.

›Seltsame Wege geht das Schicksal‹, dachte Clothilde. ›Der Kaiser wünscht sich von seiner Josephine so dringend Kinder, und hier lässt eine Mutter ihr Kind im Rinnstein liegen.‹ Als Maiken, die mit dem Abhängen von Wäsche auf dem Trockenboden beschäftigt gewesen war, das Kind sah und von den Umständen hörte, fiel ihr die Frau eines Schusters aus der Nachbarschaft ein, die als Amme infrage käme, weil sie selbst gerade ein Kind entbunden hatte. So beschloss Clothilde, dass Maiken nachfragen solle, wie viel diese Ammendienste in den nächsten Tagen kosten würden. »Edda, es ist nur für den Übergang, bis ich entschieden habe, wohin wir das Kind bringen können. Es ist ein Akt der christlichen Nächstenliebe. Maiken wird dir helfen, das Kind zu versorgen. Es ist ja noch klein, wir können es in einem Korb schlafen lassen.«

Edda schimpfte, dass doch auch Windeln zu waschen wären und wer wohl nachts aufstehen solle, um das Kind zu beruhigen, wenn die Amme nicht greifbar wäre, doch Clothilde duldete keinen Widerspruch. Stattdessen ließ sie sich den Weg zum Waisenhaus in der Neustadt beschreiben.

In den nächsten Tagen besuchte Clothilde das Waisenhaus, das Zuchthaus und die Allgemeine Armenanstalt. Alle drei Institutionen betreuten Waisenkinder. Auch bei der alten Frau Sieveking, einer geborenen Reimarius, holte sie sich Rat, denn die Familie Reimarius hatte die Allgemeine Armenanstalt maßgeblich unterstützt.

Die Allgemeine Armenanstalt teilte die Stadt in sechs Bezirke ein und diese wieder in zwölf Quartiere. In jedem Quartier waren drei Armenpfleger ehrenamtlich tätig. Die Armenpfleger sollten sich ein genaues Bild von den Hilfesuchenden verschaffen und ihnen dann auf unterschiedliche Weise helfen: mit Sachspenden, Schulgeldzahlung für die Kinder, notfalls auch mit Geldbeträgen. Frau Sieveking lobte die Armenanstalt sehr, denn durch sie wurden die Waisenkinder in Pflegefamilien vermittelt, während das Waisenhaus die Kinder gemeinsam in Gruppen pflegte, erzog und zum Arbeiten anhielt, bis sie in die Selbstständigkeit einer Anstellung entlassen wurden. »Nun, meine liebe Clothilde, das ist mehr eine Aufbewahrung als ein echter Familienersatz«, räumte Frau Sieveking ein. »Aber das so genannte Waisengrün-Fest des Waisenhauses ist immer besonders schön. Die Kinder machen einen ordentlichen Eindruck. Ich weiß auch nicht, was ich Ihnen raten soll. Der Armenanstalt geht es in diesen Tagen nicht gut. Die Spendentätigkeit ist durch die allgemeine Lage sehr zurückgegangen. Dabei gibt es ja immer mehr arbeitslose Tagelöhner und Handwerker, immer mehr Not leidende Familien. Es tut mir Leid, weil Sie ja Französin sind und persönlich nichts dafür können, aber ich muss schon Ihren Kaiser und seine Regierung kritisieren. Die neuen Verordnungen, die den Handel betreffen, haben mein schönes Hamburg in eine echte Krisis gestürzt. Im Rat streiten nun die Ratsherren auch über die Armenbetreuung. Nun frage ich Sie, Clothilde, was sollen dies für Menschen in der Zukunft sein, wenn sie des Lesens, Schreibens und Rechnens nicht fähig sind, weil keine Steuermittel mehr bereitgestellt wurden? Sie werden unzufrieden, ungebildet und sind dann leicht zum Stehlen anzustiften. Nein, es ist nicht rechtens, wenn die Wohlhabenden sich nicht um die Armen kümmern. Oh Gott, was sind dies nur für schreckliche Zeiten. Sagen Sie, kann nicht Ihr Vater ein gutes Wort bei dem französischen Gesandten und bei dem Marschall Davout einlegen, damit man den armen Menschen hilft?«

In den ersten zwei Nächten bemerkte Monsieur Gauthier nicht, dass er unter einem Dach mit einem Findelkind schlief. Doch in der dritten Nacht schrie der kleine Junge so laut, dass Edda zu einem mit Starkbier und Honig getränkten Leinenschnuller greifen musste, damit er wieder einschlief.

Am Morgen stellte ein mürrischer und unausgeschlafener Gauthier seine Tochter zur Rede: »Du solltest dafür sorgen, dass das Personal hier keine kleinen Kinder ihrer Verwandten einquartiert. Was war das für ein Säuglingsgebrüll letzte Nacht? Clothilde, hast du Edda oder Maiken erlaubt, hier ein Kind unterzubringen?« Als Clothilde erzählte, was sich zugetragen hatte, wurde Gauthier sehr wütend. »Clothilde, ich kenne deinen starken Willen, aber mit deinem eigenmächtigen Handeln bist du dieses Mal zu weit gegangen. Wir haben mit diesem Kind nichts zu tun. Bring es ins Waisenhaus. Wer weiß, ob es nicht irgendwelche Krankheiten an sich hat. Wie konntest du nur so etwas tun, ohne mich zu fragen. Lass dir außerdem nicht den Kopf von diesen Hamburger Kaufleuten verdrehen. Diese Stadt ist eine der reichsten des ganzen Kontinentes, nur dass dieser Reichtum schön versteckt wird. Ich habe von unserer geheimen Polizei abgefangene Wechsel gesehen, die über Amsterdam oder auch Kopenhagen nach London gehen sollten.

Da wird im Stillen sehr viel Geld verdient, Clothilde. Etliche redlich wirkende Bürger dieser Stadt lügen und betrügen; selbst vornehm aussehende Damen der Gesellschaft werden beim Schmuggeln von Waren erwischt. Ihre Männer aber versuchen die Einführung eines modernen Verwaltungswesens zu behindern. Der Code civil wird offiziell anerkannt, aber angeblich würde es noch dauern, ihn anzupassen, zu übersetzen und in den Amtsstuben zu verbreiten. Gerade gestern hörte ich, dass der Vorstand der ehrenwerten Patriotischen Gesellschaft getagt hat, denn der Haushalt des kommenden Jahres stand zur Entscheidung an. Leider schwinden auch bei dieser Gesellschaft die Einnahmen, und nun mussten die Mitglieder des Vorstandes wählen, ob die Gesellschaft einen Zuschuss zur Armenschule geben oder den üblichen freien Tabak und Getränke-Ausschank während der Sitzungen gewähren solle. Die reichen Bürger haben sich für den Genuss entschieden, der Schulzuschuss wurde gestrichen. Ich sage dir, diese Stadt ist selbst schuld an den prekären Verhältnissen. Hier muss einmal durchgegriffen werden. Mir reicht's. Wir Franzosen müssen keine hamburgischen Findelkinder aufziehen!«

Doch Clothilde brachte es nicht über das Herz, den kleinen Jungen wegzugeben. ›Jan Himp‹ hatten Edda und Maiken das Findelkind getauft, und es lächelte freundlich jeden an, der sich um es kümmerte. Clothilde bewunderte die winzigen Finger, die sich erstaunlich fest um ihren Zeigefinger schlossen. Gegenüber den beiden Mägden gab sie an, noch warten zu wollen, ob die Mutter vielleicht doch wieder an der Tür anklopfen würde, an der sie ihr Kind abgelegt hatte.

Als der Vater abends nach Hause kam, ging er von einer Ahnung getrieben in die Küche hinunter ins Souterrain und erwischte Clothilde dabei, wie sie und Maiken das schläfrige Kind badeten, das gerade von der Amme zurückgekommen war. Gauthier bekam einen Wutanfall: »Ich hole die Polizei, soll die sich mit der Kindesaussetzung befassen; wobei, weiß der Teufel, welche Polizei unter welchem Namen und welches Amt hier für dies Verbrechen zuständig ist. Nichts geht voran in dieser Stadt, nur die Korruption und die Schmuggelei. Auf jeden Fall will ich die Ermittlungen nicht behindert wissen, wir machen uns ja strafbar. Das Kind gehört uns nicht, hat hier nichts zu suchen, und wenn du nicht gehorsam bist und wieder Vernunft annimmst, dann muss ich dich doch wieder nach Paris schicken. Ich hab hier genug Ärger.«

Der kleine Junge weinte die ganze Nacht, selbst der Starkbier-Zucker-Schnuller nützte nichts. Am nächsten Morgen hatte seine Haut eine gelbliche Färbung angenommen. Sein kleiner Leib war geschwollen. Als die Frau des Schusters das Kind zum Stillen abholen wollte, sah sie die gelbliche Färbung der Haut und des Augenweißes, sie zögerte und wirkte unwillig. Nach einer halben Stunde brachte sie Jan Himp zurück und meinte, dass er nicht recht getrunken hätte. An ihr hätte es nicht gelegen, nur hätte sie nun zu tun und könne sich nicht länger um den Jungen kümmern.

Jan Himp wirkte schwach und apathisch. Er weinte nur ein wenig, war schreckhaft und schlief unruhig. Maiken bekam es mit der Angst: »Wenn das Kind stirbt, bekommen wir womöglich Ärger mit der Wedde.« Und Edda meinte düster, dass der Kindstod Unglück ins Haus brächte. Clothilde fühlte, dass der kleine Junge Fieber hatte. Sie wusste sich allerdings nicht zu helfen, fürchtete auch den Vater, und da kam es ihr gut zupass, dass der Sergeant Maurice einige Akten mit der Kutsche anlieferte. Sie bat ihn, dass er sie und das Kind zum Waisenhaus fahren möge, denn sie wusste, dass dort ein Armenarzt tätig war. Vielleicht konnte der dem Kind helfen.

Und so geschah es, dass Clothilde schweren Herzens das Kind der Diakonissin im Waisenhaus übergab, dem Vorsteher des Hauses die Umstände schilderte, im Beisein des Sergeanten ihre Aussage zu Protokoll gab und dieses unterschrieb. Als Clothilde sich zwei Tage später nach dem Kind erkundigte, war es tot.

Der Tod des kleinen Jan erschütterte Clothilde sehr, auch wenn Maiken und Edda meinten, dass es Gottes Wille sei. Clothilde aber fragte sich immer wieder, warum die Mutter das Kind gerade vor ihrer Tür gelegt habe. Sicher war die Mutter verzweifelt gewesen und hatte Hoffnungen in das Gauthier'sche Haus gesetzt. Ob der Armenarzt des Waisenhauses sich um das Kind gekümmert hatte? Oder war er überfordert gewesen? Oder hatte man ihn aus Kostengründen für ein so kleines Findelkind gar nicht gerufen? Vielleicht hätte sie Kerner um Hilfe bitten sollen?

Seitdem Marschall Bernadotte das Hauptquartier verlassen hatte, um König von Schweden zu werden, waren noch schlechtere Zeiten für Gauthier angebrochen. Der Nachfolger Bernadottes, Graf Morand, war noch weniger gewillt, sich in die Verwaltungsarbeit einzuarbeiten, sondern überließ dies unteren Chargen. Der französische Gesandte Bourienne schnitt Gauthier, führte höhnische Reden und bereicherte sich mehr oder weniger offen durch dubiose Geschäfte mit den Bürgern und Kaufleuten der Stadt. Der oberste Zöllner Monsieur Eudel war zwar bemüht, wirkte auch unbescholten, war aber so hölzern in seiner Art und nur mit seinen eigenen Vorschriften befasst, dass er keine Hilfe war, um Gauthiers Vorschläge und Ideen zur Verbesserung der Verwaltung durchzusetzen.

In seiner Not hatte Gauthier sich schriftlich direkt an seinen Kaiser gewandt und darüber geklagt, dass die Reformen in einer französischen Stadt längst vollzogen seien, in Hamburg aber selbst nach drei Jahren noch kein Fortschritt zu vermelden sei. In dem Brief zählte er auf, was noch ausstand:

1. Die Vereinheitlichung der Polizei unter der Führung eines obersten Behördenleiters
2. Die Trennung der Polizei von den Behörden der Justiz
3. Die Erstellung eines Stadtplanes, Zählung und Nummerierung aller Häuser, das Aufstellen von Straßenschildern
4. Eine Volkszählung
5. Die Einführung einer einheitlichen Buchführung für alle Behörden, Ämter und öffentlichen Institutionen, das Aufstellen eines Staatshaushaltes, die einheitliche Einstellung und Besoldung von Beamten
6. Die Ablösung von Ratsherren, die derzeit nach Gutdünken

und bei völlig undurchsichtigem Fluss der öffentlichen Gelder verschiedenste Staatsaufgaben wahrnahmen.
7. Die Schaffung eine Steuerbehörde, die die in Hamburg vorhandenen Werte erfassen und dann einen neuen Steuertarif erlassen könne.

Dies alles war nicht vorangekommen. Gauthier bedankte sich bei Napoleon für die Vollmachten, in allen Behörden und Ämtern Einsicht nehmen zu können, doch müsse das Ergebnis seiner Nachforschungen weiterhin lauten: Reformen werden nicht umgesetzt.

Der Kaiser selbst hatte den mit gesonderter Diplomatenpost überbrachten Brief an Gauthier unterzeichnet, der folgendermaßen lautete:

Mein lieber Gauthier,
ich schätze Ihre Ratschläge und Ihre Dienste für die französische Sache außerordentlich und habe daher neue Direktiven direkt an die betreffenden Ministerien und Behörden erlassen. In aller Schnelle skizziere ich Ihnen die Maßnahmen: Ostfriesland, Oldenburg, Hannover, Lüneburg und das Lauenburgische sowie Bremen, Hamburg und Lübeck werden zum 1. Januar 1811 französisches Staatsgebiet mit den Namen Departement Östliche Ems, Departement Oberems, Departement der Wesermündungen, Departement der Elbemündungen. Die Städte Hamburg, Bremen und Lübeck erhalten jeweils den Status einer Bonne Ville, einer Freien Reichsstadt. Das Gebiet um Hannover und Celle bis hoch an die Elbe wird dem Königreich Westfalen zugeschlagen. Je ein Präfekt wird die zivile Leitung des Departements übernehmen und einem 30-köpfigen Munizipalrat vorsitzen. Die Gemeinden erhalten einen Bürgermeister mit fünf Stellvertretern. Die alten verschiedenen Gerichtsbarkeiten und Verfolgungsbehörden werden aufgelöst, Polizei und Justiz getrennt; bei Gericht wird die mündliche Verhandlung eingeführt. Für alle Gemeinden gilt die Einführung eines Budgets mit einheitlicher Buchführung und Rechnungskontrolle durch Revisitoren.

Ich muss darauf dringen, dass Sie die Mitteilung geheim halten, um Unruhe in der Bevölkerung zu vermeiden.
Ich habe veranlasst, dass Ihnen für Ihre bisherigen Mühen erneut ein Bonus gutgeschrieben wird und versichere, dass ich Sie weiterhin an der Stelle benötige. Ich befehle Ihnen daher: Bleiben Sie auf Ihrem Posten in Hamburg; gerade der Finanz- und Handelsplatz Hamburg ist für mich von größter Bedeutung. Wie wichtig Ihre weiteren Gutachterdienste für mich sind, können Sie der Tatsache entnehmen, dass ich persönlich auf Ihren Wunsch hin verfügt habe, Ihren Sohn Robert als Ingenieur der Pioniere dem Standort Hamburg zuzuteilen. Ich habe mir die Akte Ihres Sohnes kommen lassen und mit Vergnügen festgestellt, dass der junge Mann ehrgeizige Pläne zur Verbindung der strategischen Plätze Hamburg und Harburg hat. Ich gratuliere Ihnen zu diesem Sohn. Möge er Erfolg haben und eine große Karriere machen.
Wir bleiben auf verabredete Art in Verbindung
Napoleon Bonaparte, Kaiser von Frankreich

Herbst 1810

Als die »Kleine Brise« abends einlief, waren Clemens' Eltern schon auf der Terrasse des Baumhauses und beobachteten die Manöver. Mit dem letzten Licht des Oktobertages gelangte der Segler zum Baumwall. Die Eltern vermochten ihren Sohn jedoch nicht von den anderen an Deck arbeitenden Männern zu unterscheiden.

Das Schiff hatte bis auf die große Fock alle anderen Segel gestrichen und musste an den Anlegeplatz gezogen werden. Zwei Ruderboote mit jeweils sechs Männern waren als Schlepper vor die Brigantine gespannt, um das schlanke Schiff an seinen Bestimmungsort zu ziehen.

Der Hafen bot ein trauriges Bild. Die neuen Bestimmungen der französischen Befehlshaber hatten aus dem ehemals so lebendigen Hafen endgültig einen stillen Ort gemacht.

Das Wiedersehen fiel herzlich aus, aber Clemens merkte seinen Eltern eine Anspannung an. Er war jedoch zu müde, um sofort nach dem Grund zu fragen. Ein wenig enttäuscht war Clemens, weil Clothilde ihn nicht begrüßte. Hatte sie die Ankunft der »Kleinen Brise« nicht bei der Börse nachgefragt? Oder war ihr etwas geschehen? Vorsichtig fragte er bei seiner Mutter nach, doch die gab reserviert an, dass sie seit seiner Abfahrt nichts mehr von der Französin gehört habe.

Nachdem Clemens im Haus am Rödingsmarkt eine warme Mahlzeit eingenommen und über seine Reise berichtet hatte, bat Clemens' Vater seinen Sohn noch zu einem Gespräch unter Männern ins Kontor. Er bat seinen Sohn, sich zu setzen, während er selbst unruhig auf und ab wanderte.

»Clemens, ich weiß nicht so recht, wie ich anfangen soll. Ich will mich kurz fassen, weil es schon spät ist. Ich bin auf eine Art stolz auf dich, weil du diese lange Reise offenbar erfolgreich abschließen kannst. Trotzdem behagt es mir nicht, dass unser traditionsreiches Handelshaus durch dein Geschäftsgebaren in Misskredit gebracht wird.« Der alte Kaufmann machte eine Pause, blieb stehen und blickte Clemens mit ängstlich flackerndem Blick an. War es das Licht, das ihn so alt wirken ließ?

Bevor Clemens empört nachfragen konnte, worauf das harte Urteil seines Vaters beruhte, lüftete der selbst das Geheimnis. »Rauchenberg war hier. Er drohte mit einer Hausdurchsuchung, machte mir Vorwürfe wegen deiner dubiosen Geschäfte, wegen Schmuggelei, illegalen Devisengeschäften, an Hochverrat grenzenden Umtrieben und Geheimbündelei. Er verlangte Geld, und es blieb mir nichts anderes übrig, damit er nicht unsere Geschäftsbücher und alle Korrespondenz beschlagnahmte; so habe ich eben gezahlt. Zweihundert Mark.«

Fassungslos schüttelte Clemens den Kopf, bevor er sich müde erhob und sagte: »Vater, ich glaube, Sie haben sich ins Bockshorn jagen lassen. Sprechen wir morgen weiter. Ich bin froh, dass ich wieder hier bin. Gute Nacht.«

Die Unterredung der beiden Maibooms am nächsten Vormittag führte zu dem ersten handfesten Streit zwischen Vater und Sohn. Während der Vater auf seine Erfolge pochte, wies Clemens ihn darauf hin, dass diese Erfolge schon zehn Jahre alt wären. Überhaupt hätte sein Vater das Handelshaus nur ererbt und fortgeführt, mehr nicht. Wäre er, Clemens, nicht gewesen, hätten sie wahrscheinlich längst Konkurs anmelden und das Handelshaus abmelden müssen. Clemens verstieg sich gar zu der Forderung, dass sein persönlicher Besitz, die Brigantine, vor der Gilde und der Börse nicht mehr dem Handelshaus Maiboom zugeordnet und der Gewinn der letzten Reise genauestens aufgerechnet werden solle.

Clemens deutete mit spitzem Zeigefinger wie einem Degenersatz auf seinen Vater und rief mit wütender Stimme, dass er nun sein eigenes Unternehmen gründen würde, während sein Vater brüllte, dass sein Sohn enterbt sei. Erschöpft hielten die beiden Männer inne. In diesem Moment trat Rita Maiboom in das Kontor. Bönninghaus und Nils Banthien hatten sich zu Beginn der Auseinandersetzung aus dem Kontor geschlichen. Die drei Maibooms waren allein. Ruhig und mit fester Stimme forderte die Frau die beiden Männer auf, sich nicht wie kleine Kinder zu benehmen. Die Schuld an dem Streit läge bei der Zeit, bei den Franzosen. Sie sollten sich schämen, sich von den äußeren Umständen so beeinflussen zu lassen. Einzig ein Gutes hätte der Streit, es sei an der Zeit, notariell festzulegen, wie die Rangfolge im Hause wäre. Sie schlug vor, dass auch im Sinne des abwesenden Thomas Maiboom festgestellt würde, welche Werte im Hause vorhanden seien und wer für welche Geschäftsteile zuständig wäre. Dabei ermahnte Frau Maiboom ihren Mann, sich aus dem aktiven Geschäft zurückzuziehen, vielleicht einen kleinen Bauernhof im Holsteinischen zu kaufen, wo sie zur Not ihre alten Tage als Rentiers verbringen könnten. Die Godeffroys und auch andere Familien, so sei doch derzeit zu hören, würden sich Häuser in und um Kiel herum kaufen und ihr Hab und Gut dorthin verfrachten, nur den Geschäftsrumpf in Hamburg belassen.

Es war geschickt von Rita Maiboom, mit diesem konkreten Vorschlag eine Koalition der beiden Männer heraufzubeschwören. Endlich versöhnten sich die Männer wieder; vereinbart wurde dennoch, zum Notar zu gehen und Clemens als volljährigen Miteigentümer des Handelshauses zu bestätigen, einen Teil des Vermögens als Thomas Maibooms Erbe festzulegen und einen anderen Teil als alleinigen Besitz von Caspar Maiboom und für dessen Altenteil zu erklären. Ferner wurde ein schrittweiser Rückzug von Caspar Maiboom vereinbart, erkennbar an jährlich abnehmenden Gewinnanteilen, falls es denn überhaupt noch Gewinne gäbe.

Clemens wurde schnell klar, dass durch die Unantastbarkeit mancher Vermögensteile der finanzielle Spielraum des Handelshauses gegen null tendierte. Jede weitere Handelsreise, jeder Einkauf von Waren, jedes weitere Geschäft würde zu seinen Lasten gehen, auf seinen persönlichen Kredit hinauslaufen. Doch dies erfüllte ihn auch mit Stolz. Caspar Maiboom fühlte sich auch erleichtert. Er würde weiterhin zur Börse gehen, Informationen sammeln, seinem Sohn Ratschläge erteilen; aber er wäre nicht mehr selbst verantwortlich für die Zukunft der Firma. Rauchenberg würde ihn nicht mehr erschrecken können. Und so ganz abwegig erschien ihm die Sache mit einer Übersiedelung nach Kiel auch nicht mehr. Man könnte sie ja zeitlich befristen. Außerdem konnte man von Kiel aus auch ganz vorzüglich am Ostseehandel teilhaben.

Obwohl der Gang zum Notar noch ausstand und die Details der Vereinbarung zwischen Vater und Sohn noch schriftlich fixiert werden mussten, ging Clemens am Nachmittag sichtlich beflügelt zu den Gauthiers. Hier kam ein selbstbewusster Bräutigam. Er würde schon bald um die Hand von Clothilde anhalten können, denn nun stand ja fest, dass er seinen Lebensunterhalt bestreiten konnte und trotz seiner jungen Jahre schon sein eigener Herr war.

Monsieur Gauthier war nicht zu Hause. Clothilde empfing

ihn im Salon. Die Köchin servierte Tee und Gebäck. Doch musste Clemens rasch bemerken, dass Clothilde sich zwar freute, weil er gesund und munter nach Hamburg zurückgekehrt war, jedoch ansonsten eine betrübte Stimmung im Hause Gauthier herrschte. Sie erzählte ihm von dem Tod des kleinen Jan Himp, von ihren Nachforschungen bezüglich der Lage der armen Bevölkerung und von der Auseinandersetzung mit ihrem Vater. Sie hielt die Zeit nicht für günstig, um die Erlaubnis für ihre Verlobung zu erbitten. Dann berichtete sie flüsternd von dem Brief, den ihr Vater von Napoleon erhalten hatte. Gauthier hatte ihn nicht vernichtet, sondern immer wieder gelesen und sich daran gefreut. Endlich hatte er Bestätigung erhalten, nach all den ermüdenden Versuchen, zweckmäßige Reformvorschläge zu formulieren. Gauthier hatte den Brief im Geheimfach seines Sekretärs aufbewahrt, wo Clothilde ihn gefunden hatte. Sie war zu der Auffassung gekommen, dass die Besetzung Hamburgs wohl doch nicht gerecht war. Ihre französisch-republikanische Überzeugung war durch den Tod des Findelkindes erschüttert worden. Vorsichtig hatte sie mit ihrem Vater noch einmal das Gespräch gesucht, war aber barsch zurückgewiesen worden. Sie solle sich zusammenreißen und ihn nicht mit lächerlichen Vorwürfen von der Arbeit abhalten.

Clothilde riet nun ihrem Freund, er solle sich nur bemühen, mit ihrem Vater eine gute und dauerhafte Geschäftsverbindung aufzubauen. Vielleicht könne ihm ihr Vater ja eine der begehrten Handelslizenzen verschaffen, die zukünftig so wertvoll würden. Nur so sähe sie eine Chance, dass ihr Vater Clemens als zukünftigen Ehemann seiner Tochter anerkenne. Sie selbst sei betrübt, dass im Namen der Franzosen und der französischen Bürgerrechte Unrecht geschehe und besetztes erobertes Gebiet entgegen dem Willen der ansässigen Bevölkerung dem französischen Staat einverleibt würde.

Clemens erinnerte sich an die geheimen Unterlagen, die er in Dover über seinen Bruder Thomas von dessen Geschäftspartner Murhpy erhalten hatte. Er nahm sich vor, so schnell wie möglich mit Perthes zusammenzutreffen.

Als Maiken und Edda mit dem Wegtragen des Teegeschirrs beschäftigt waren, umarmte Clemens seine Geliebte und küsste sie leidenschaftlich. Wie hatte er dies vermisst! Er hasste die Vorstellung, wieder heimliche Verabredungen zu arrangieren und im Beisein Gauthiers eine gewisse Gleichgültigkeit gegenüber der Tochter des Hauses zu heucheln. Doch fügte er sich und hoffte, dass die geschäftliche Verbindung und erneuter Erfolg ihn zu einem potenziellen Schwiegersohn machen würden.

Perthes war hocherfreut, Clemens zu sehen. »Mein lieber Maiboom, gut sehen Sie aus. Ihr Schiff ist eines der letzten, das Hamburg seit den Verschärfungen der Handelsvorschriften erreicht hat. Gratulation, die küstenfernen Städte elbaufwärts und südlich von Hamburg sind ganz gierig nach Kolonialwaren. Die Kaufleute der Stadt sind allerdings erbost, schwanken zwischen Agonie und Wut. Man müsste etwas tun – das denkt jeder, nur keiner will beginnen, und man ist ratlos. Kommen Sie doch Freitag in unsere Runde der Aufrechten hier in meinen Räumen. Der Kaufmann Stephan C. Franz ist aus Berlin zurückgekehrt und wird uns Kunde von unseren preußischen Freunden bringen. Sie können sicher aus Spanien berichten. Ich hoffe, Sie und Franz bringen gute Nachrichten.«

»Ach, Perthes, gern will ich berichten, doch die Nachrichten sind düster. Kurz gesagt: Aus verschiedenen Quellen habe ich die gleich lautende Information, nämlich, dass Hamburg und die Schwesterstädte Bremen und Lübeck zu *Bonnes Villes* werden sollen, Oldenburg, Ostfriesland, Lüneburg und Lauenburg und Teile des kürzlich erst errichteten Königreichs Westfalen sollen zu einem französischen Departement werden, das heißt zu regulärem französischen Territorium. Dann ist Schluss mit der Hinhaltetaktik unserer Ratsherren, französisches Recht wird Einzug halten. Aus englischer Sicht ist zu berichten, dass Russland wahrscheinlich die Kontinentalsperre nicht länger mittragen wird. Das könnte Krieg zwischen Russland und Frankreich bedeuten, vielleicht wird Dänemark mit hineingezogen. Die Spanier sind längst noch nicht besiegt, dort gärt ein

Kleinkrieg. Überall in Europa lauern die Widerstandsgruppen. Englische Kaufleute bieten uns Hamburgern Waffen zum Kauf an, darunter auch Kanonen! Ach Perthes, wenn ich in die Gesichter meiner Nachbarn und Bekannten schaue, dann sehe ich Ratlosigkeit, ja, Verzweiflung. Die Leute greifen nach jedem Strohhalm, auch wenn er von einem Franzosen hingehalten wird. Ich bin gespannt, wer den französischen Rock für das Bürgermeisteramt anzieht und hier den Titel eines Hamburger *Maire* annimmt.«

Am Freitagabend kamen folgende Patrioten zusammen: Perthes, von Heß, Mettlerkamp, Kerner, Pit Lindemann, Stephan C. Franz, Helmut Pfeffer, Thomas Sello und Clemens Maiboom. Als Erstes berichtete Franz, der Tuch- und Leinwandhändler, von seiner Berlin-Reise. Er war im August dort, um seine Handelsverbindungen zu beleben. Ganz Berlin hatte noch im Zeichen der Trauer gestanden, nachdem die geliebte Königin Luise am 19. Juli während eines Erholungsaufenthaltes bei ihrem Vater in Mecklenburg überraschend an einem Fieber gestorben war. Königin Luise war wegen ihres Mutes und ihrer patriotischen Einstellung sehr beliebt gewesen, beliebter als ihr spröder, vorsichtiger und konservativer Ehemann König Friedrich Wilhelm III.

Franz war selbst von Rührung und Bewunderung ganz ergriffen, fasste sich aber wieder und erklärte, dass der insbesondere bei Napoleon wegen seiner ehemals frankreichfeindlichen Politik in Ungnade gefallene Graf von Hardenberg noch auf Drängen von Königin Luise von ihrem Mann im Juli zum Staatskanzler ernannt worden war. Dem Staatskanzler unterstanden fünf Fachminister, alle Gesandten im Ausland waren verpflichtet, ihm Bericht zu erstatten. Der Staatskanzler schien wirklich der zweite Mann nach dem König geworden zu sein. Die Ziele der von Hardenberg'schen Politik seien dem Bürgertum schnell klargemacht worden: ein einheitliches Staatsgebiet sollte geschaffen und die Provinzialunterschiede beseitigt werden; alle Stände, auch die Adligen, sollten künftig Steuern zahlen; Bauern, bisher nur Pächter, dürften Land erwerben, besitzen und vererben, eine Bodenreform solle dies unterstützen; die Gewerbefreiheit solle eingeführt werden; ein jährlich beim Staatsamt zu kaufender Gewerbeschein reiche, die Innungen und Zünfte würden abgeschafft.

»Sie sehen, meine Herren, der preußische König und sein Staatskanzler tun alles, um alle Stände, insbesondere die Bürgerlichen und Bauern, für die preußische Sache zu begeistern. Es gibt natürlich immer noch ein paar Franzosenfreunde: Juden, die meinen, in Glaubensfragen würde sich bei den Franzosen mehr Freiheiten für sie ergeben, Geldwechsler und Bankiers, die mit den Franzosen Geschäfte machen. Doch meine Geschäftspartner stöhnen unter den französischen Handelsbeschränkungen. Die Rummelburger Tuchmacher verarmen, die Köpenicker Seidenfabrikanten sind quasi Bankrott.

In den Arbeiter- und Tagelöhnerquartieren stehen ganze Häuserzeilen leer, die Leute sind auf das Land geströmt und hoffen, bei den Bauern etwas Arbeit gegen Brot und Quartier zu bekommen. Wenn es irgendwann einmal gegen die Franzosen geht, dann hoffen diese Leute sicher auf bessere Zeiten. Erwähnen möchte ich noch, dass die neue Berliner Universität *Unter den Linden* jetzt ihre Vorlesungen begonnen hat. Fünfhundert Studenten sind eingeschrieben und der Philosoph Fichte gehört zu den Professoren. Er hat sich schon während der vergangenen Jahren so unerschrocken gegen die napoleonische Politik gewandt und einen gesamtdeutschen Patriotismus verlangt. Ich glaube, dass diese Universität ebenfalls zu einem deutschen Patriotismus beitragen wird. Die jungen Studenten werden diese Idee in die Lande tragen. Dann, und das wird besonders Sie interessieren, mein lieber Perthes, habe ich Ihnen einige Ausgaben einer neuen Tageszeitung mitgebracht, die »Berliner Abendblätter«. Herausgeber sind der Verleger Hitzig und der Schriftsteller Heinrich von Kleist. Es ist eine sehr gelungene Zeitung, und schon recht beliebt, eine neue Mischung aus Klatsch, Kultur, Politik und Kriminalistik. Perthes, Sie kennen doch Kleist; er muss sich wegen der Berliner Zensur sehr zurücknehmen, aber in seinen Leitartikeln kann man zwischen den Zeilen immer wieder Hiebe gegen die französischen Vorherrschaftsbestrebungen in Europa erkennen.

So, wenn Sie nun fragen, was mich denn so optimistisch stimmt, dass die französische Besatzung einmal ein Ende findet, dann sind es ebendieser Unmut allerorten und die Gerüchte, die hinter vorgehaltener Hand in Berlin von Kaufleuten erzählt werden, die mit Russland handeln. Die Russen leiden unter der Kontinentalsperre. Sie wollen nicht alle Kolonialwaren über französische Zwischenhändler beziehen. Sie wollen nicht alle Manufakturwaren aus französisch beherrschten Gebieten kaufen und damit Napoleons Steuereinnehmer unterstützen. Der Zar hat es satt, dass Napoleon halb Europa beherrschen will und dann auch noch mit dem Großherzogtum Warschau eine Art polnischen Staat aus der Taufe gehoben hat. Alle Zeichen stehen auf Krieg. Der Zar hat Finnland gewonnen, Schweden besiegt, er traut sich auch einen Krieg gegen Napoleon zu, denn das russische Gebiet ist befriedet und steht hinter ihm, aber Napoleon hat vielerorts Feinde in seinen besetzten Gebieten und neu geschaffenen Königreichen, Leute, die mit der geballten Faust in der Tasche dastehen und auf ihre Zeit nur warten. Es ist zudem auch so, dass Gneisenau und Scharnhorst offenbar die Garnison von Berlin ausbauen. Ich selbst bin an der Festung Spandau vorbeigekommen und habe dort die Arbeiter gesehen. Die französischen Spione werden dies auch bemerkt haben, doch Napoleon fühlt sich offenbar aufgrund der vielen Elb- und Oderfestungen, die er besitzt, sehr sicher. Wenn Sie aber in preußischen Landgasthöfen mal mit betont deutschem Patriotismus nachfragen, wie es um die Wehrfähigkeit der preußischen Landbevölkerung steht, wenn sie den Preußen an der Ehre kitzeln und fragen, was aus der preußischen Armee geworden ist, dann werden Sie sich wundern; es gibt in jedem Landbezirk etliche Reservesoldaten, die für eine Miliz zur Verfügung stünden.«

Es folgte Clemens' Vortrag; man war neugierig, wie es in Spanien stünde. Der junge Kaufmann verschwieg seinen Abstecher an die englische Küste, erzählte von seinen Begegnungen in Spanien, dem dort herrschenden Widerstand in der Bevölkerung und in der Kirche und widersprach damit der Propaganda von einer Beruhigung in Spanien, die französische Journalisten in den zweisprachig erscheinenden Blättern zu verbreiten suchten. Clemens schilderte die jungen Spanier, die sich in kleineren Gruppen zusammentaten und als irreguläre Miliz französische Posten, Nachschubtransporte oder Kuriere überfielen, sich dann aber wieder trennten, sodass die französischen Truppen im Land hin und her eilten, ohne Sicherheit gewährleisten zu können und ohne die feindlichen Einheiten zu finden. Eine Folge davon sei, dass die Soldaten Angst hätten, in kleineren Trupps in Dörfern oder Städten zurückzubleiben, ja, auch Rachegelüste würden die Franzosen ausleben, vergewaltigen und selbst Kinder töten. Er selbst habe zwar nur davon gehört, aber die Spanier seien vom Hass gegen die Franzosen erfüllt, und für jede aufgeriebene Miliz würden an anderer Stelle zwei neue entstehen.

Die Anwesenden fühlten sich durch Clemens' Rede in ihrer Beurteilung der Lage bestätigt. Jeder hatte schon Gerüchte darüber gehört, wie der Krieg in Spanien wütete. Als Clemens dann aber von geheimen Plänen aus Paris berichtete, die Hansestädte und weitere norddeutsche Gebiete dem französischen Staatsgebiet einzuverleiben, war die Überraschung groß und die Betroffenheit deutlich. Der Kaufmann Pfeffer machte aus seiner Haltung keinen Hehl: »Meine Herren, ich habe französische Freunde im Süden Frankreichs in und um Bordeaux, Weinbauern, Weinhändler und Bürger, die ich schätze und nicht missen möchte. Ich habe gute Geschäftspartner in Le Havre, denen ich gern mein Getreide, Flachs, Leinsamen und Leinen verkaufe, die mir bestimmt nichts Übles wünschen. Ich profitiere vom Handel mit Frankreich und gehöre nicht zu denen, die bislang unter den Umständen der Kontinentalsperre stark gelitten haben. Im Gegenteil, ich verrate ja kein Geheimnis, Herr Maiboom wird mir als Beteiligter zustimmen, mein Weinhandel, ehemals mehr eine Liebhaberei, hat seit der französischen Besetzung einen nicht geahnten Aufschwung genommen; mein Kellermeister Herr von Have hat alle Hände voll zu tun, denn der hanseatische Rotspon hat den Geschmack der französischen Besatzer getroffen, und sie wollen ihn nun wieder nach Frankreich reimportieren. Aber gerade deshalb halte ich es nun für meine Verpflichtung als Bürger meiner Heimatstadt und meines Staates Hamburg, nicht nur zu murren, sondern aktiv etwas gegen Napoleon und seine Spießgesellen zu tun. Ich nehme dabei primär alle meine französischen Freunde aus, ich glaube nicht, dass sie uns schaden wollen. Möge Napoleon für sie ein Idol sein, der Frankreich zu Größe verholfen hat, mögen sie auch stolz auf die französische Armee sein, so werden sie doch auch meine Haltung respektieren müssen. Nun ist Schluss mit meiner Toleranz. Ich stehe zu Hamburg, ich will kein Franzose werden, und schon gar nicht einer, der Napoleons Kriegszüge finanziert. Wer das nicht verstehen will, der sei mein Feind.«

»Gut gesprochen, Herr Pfeffer«, meinte Pit Lindemann. »Doch was wollen Sie konkret tun? Sie werden doch wohl kaum morgen damit beginnen, die Zöllner und französischen Soldaten als Feinde zu bezeichnen. Oder können Sie es sich leisten, auf Ihre eben angesprochenen Verbindungen zu verzichten? Wollen Sie riskieren, wegen Hochverrats verurteilt zu werden? Es verschwinden in den französisch besetzten Gebieten doch immer wieder Personen ohne Anklage, ohne Begründung hinter Gittern, allen so genannten Errungenschaften der französischen Justiz und des Code civil zum Trotz.«

»Offener und sinnloser Widerstand ist derzeit wahrscheinlich verfrüht«, räumte Pfeffer nun ein. »Aber wir alle sollten endlich über die Fecht- und Schießübungen hinauskommen.«

Nun fühlten sich von Heß und Mettlerkamp angegriffen, die mit einem gewissen Eifer exerzierten. »Wenigstens befassen wir uns überhaupt mit militärischem Widerstand. Wenn es einmal zu ernsthaften Auseinandersetzungen mit dem französischen Militär kommt, dann sind wir vorbereitet und können nicht nur mit Worten angreifen«, meinte von Heß entrüstet, und Mettlerkamp, der auf eigene Faust und mit eigenem Geld Pferde, Sättel, Zaumzeug, Piken und Säbel gekauft hatte und diese außerhalb der Stadt bei seinem Sommerhaus versteckte, sagte stolz: »Immerhin kann ich zwei Dutzend Husaren ausrüsten. Freie Bürger können sich doch nur wehren, wenn sie gerüstet sind. Wie steht es denn mit Ihnen, Herr Pfeffer?« Der entgegnete kühl: »Nun, zwei doppelläufige Pistolen und zwei Jagdgewehre kann ich ins Feld führen, wenn es sein muss, doch darauf kommt es doch jetzt noch nicht an, meine Herren. Besinnen wir uns auf jahrhundertealte Traditionen unserer Vaterstadt. In kriegerischen Zeiten ist es immer wichtig, eine wohlgefüllte Kriegskasse zu besitzen. Unsere Vorväter haben immer eine gute Ausrüstung kaufen können. Denken Sie an Simon von Utrecht und das Schiff »Die bunte Kuh« oder an Kapitän Karpfanger und die »Wappen von Hamburg«. Ich kenne Ihre Ansichten, Herr Mettlerkamp, ich unterstütze Ihre Bestrebungen, eine Waffengenossenschaft der Bürger zu bilden, und schätze Ihre militärischen Kenntnisse, Herr von Heß; Sie waren Offizier und können uns Patrioten sicher ausgezeichnet in einen Waffengang führen. Doch werden Sie mir zustimmen, dass die Kriegskasse von zentraler Bedeutung ist. Mit Geld lassen sich Verbündete gewinnen, und seien es nur Söldner, doch wenn wir gegen einen zahlenmäßig starken Feind wie die Große Armee zu Felde ziehen, dann werden wir mit der Bürgerwache eine zu kleine Truppe haben. Zudem ist die Bürgerwache mit lächerlich veraltetem Material ausgerüstet und momentan ja auch von den Franzosen in den Ruhestand versetzt. Seien wir ehrlich, der Aufzug der Bürgerwache ist in den letzten Jahren zu einem Ritual verkommen, das von den Gassenjungen mit Spott bedacht wurde, und viele ernsthafte Herren hatten sich dieser Pflicht durch gewisse Zahlungen an die Kapitäne der Kompanien entledigt. Und die Kapitäne haben das Geld versoffen. Nun gut, die Bürgerwache ist ja eh von den französischen Soldaten nach Hause geschickt worden. Wenn wir sie jetzt riefen, würden sie sich vielleicht zu Tode erschrecken … Ich schlage daher vor, und damit werde ich ganz konkret, Herr Lindemann, eine geheime Kriegskasse zu bilden, das Geld in Altona anzulegen und für die von Herrn Maiboom schon skizzierten Waffenkäufe bereitzuhalten.«

Zunächst herrschte Schweigen. Doch der Vorschlag war plausibel. Wenn die Franzosen Hamburg zur *Bonne Ville* erklärten, eine französische Verwaltung installierten und damit direkten Zugriff auf die Gelder der Stadt bekämen, vielleicht sogar die Hamburger Bank versiegelten oder – noch schlimmer – konfiszierten, dann würde vonseiten der Stadtverwaltung wohl kaum etwas für eine gute Ausrüstung der Patrioten getan werden. Darauf zu hoffen, dass im so erwünschten Ernstfall einer allgemeinen deutschen Erhebung gegen die Fremdherrschaft genügend Gelder zusammenkämen, um Waffen oder Söldner zu bezahlen, war fragwürdig. Was man würde kaufen können, konnte man nur planen, wenn man einen Überblick über das vorhandene Kapital besaß. So pflichteten nacheinander mehrere Anwesende Pfeffer bei.

Perthes wollte eine Liste von Bürgern erstellen, die man um Spenden für diesen Zweck bitten könnte. Thomas Sello war bereit, bei diesen Bürgern vorstellig zu werden; er hatte die Idee, als eine Art Gegenleistung eine patriotische Radierung des Malers Runge zu liefern. Und für den Fall, dass die französische Geheimpolizei nachfragen würde, was mit dem Geld des Bürgers geschehen sei, so könne dieser behaupten, in Kunst investiert zu haben.

Pit Lindemann brachte die Frage auf, wo in Altona das Geld deponiert werden solle. Er schlug den Bankier Norbert Kellermann vor, den er vor einiger Zeit kennen gelernt hatte. »Kellermann stammt aus Oldenburg, hat dort intensiven Kontakt mit dem Leibarzt des Hauses Oldenburg gepflegt und dessen Vermögen angelegt, verwaltet und vermehrt. Der Leibarzt war recht einflussreich, und über ihn bekam Kellermann weitere Klienten, ja, sogar bis Hannover konnte er Beziehungen knüpfen. Jedermann weiß, dass das Haus Oldenburg mit dem russischen Zaren verwandt ist, während der Kurfürst von Hannover gleichzeitig auf dem englischen Thron sitzt. Insofern bestehen finanzielle Verbindungen nach St. Petersburg und nach London; wer weiß, ob wir diese Beziehungen nicht einmal nutzen müssen. Kellermann muss und wird sicher äußerst vorsichtig und vertraulich vorgehen. Soviel ich weiß, hat dieser Bankier bereits dabei geholfen, kurz vor und während der ersten französischen Besetzungsphase Gelder, Silber, Gold und Schmuck von Oldenburg und Hannover nach Altona zu transferieren, sie von dort aus anzulegen und nach Bedarf auch wieder zu verflüssigen. Nun ist er also in Altona ansässig. Wie schon skizziert, sind seine Klienten den Franzosen keineswegs zugeneigt. Weil er noch nicht lange in Altona tätig ist, ist er vielen Altonaern oder Hamburgern noch unbekannt, für uns durchaus ein Vorteil. Wenn sie nun fragen, woher ich meine Kenntnisse habe, so bekenne ich, dass ich sie im Zusammenhang mit der Säkularisierung des alten Domes, der von Hannover aus verwaltet wurde, gewonnen habe. Ich gebe zu, auch meine Familie hat von der französischen Besetzung Vorteile gehabt. Ohne die Franzosen stünde der Dom wohl noch immer, und mein Vater wäre nicht mit dem Abriss beauftragt worden. Ein sehr interessanter Auftrag übrigens.« Thomas Sello nickte, denn er musste an die vielen Gemälde, Fresken, Skulpturen und Kunstwerke denken, die er, übrigens wiederum mit tatkräftiger Hilfe von Rainer Müller und dem Maler Runge, vor dem Abriss aus dem Dom gerettet hatte und die nun neue Liebhaber suchten oder schon gefunden hatten. Sello war Lindemann dankbar, dass er ihm dies ermöglicht hatte, und besonders dankbar war er dem Schicksal, dass Lindemann den Wert der Kunstgegenstände als eher gering erachtet hatte. ›Wenn die Kaufleute auch nicht so viel von Kunst verstehen, so haben sie doch das Geld‹, dachte Sello. ›Die Kunst braucht Geld, und die Künstler brauchen Freiheit!‹

An diesem Abend kamen die Patrioten also überein, sich von der bevorstehenden totalen Übernahme der Stadt durch die Franzosen nicht entmutigen zu lassen. Österreich fiel als potenzieller Bundesgenosse im Widerstand gegen Napoleon aus. Seit der feierlichen Inthronisierung von Marie-Luise, der Tochter des österreichischen Kaisers Franz, zur französischen Kaiserin, schien Österreich zufrieden und zugleich gelähmt. Kaiser Franz, nun Napoleons Schwiegervater, hatte im Zuge der Verhandlungen zum Ehevertrag anscheinend keinen Finger gerührt, um den tapferen Andreas Hofer vor der Erschießung in Mantua zu retten. Der Tag der Krönung Marie-Luises war der 11. März 1810; auf den Tag genau 17 Jahre vorher war eine andere österreichische Erzherzogin vom französischen Thron zur Guillotine gebracht worden: Marie-Antoinette. Doch dieses Datum schien niemandem der Beteiligten ein schlechtes Omen zu sein.

Dänemarks Angst vor Besetzung und Russlands Unmut wegen der Kontinentalsperre und der Einverleibung Oldenburger Gebietes gaben genauso wie die Entwicklung in Preußen auch Anlass zu Hoffnungen.

Die Patrioten würden eine Kriegskasse gründen, wobei Kellermann als vorgeschlagener Bankier zwar pro forma noch von allen Mitgliedern des patriotischen Zirkels geprüft werden sollte, aber im Prinzip schon als erwählt galt. Nur wusste der Mann noch nichts von dieser Ehre.

Clemens erklärte den Anwesenden, dass er Bleiplatten aus seinem letzten Spanien-Geschäft als Sachspende in die Kriegskasse einbrächte, worauf sich Mettlerkamp als Bleideckermeister bereit erklärte, aus dem Blei Munitionskugeln der gängigen Kaliber zu gießen.

Perthes beschwor den Kreis, über den Plan und die erhaltenen Informationen absolutes Stillschweigen zu bewahren. »Komme da niemand auf die Idee, unsere Treffen in seinem Tagebuch zu protokollieren. Meine Herren, wir haben uns heute nicht getroffen, nichts gehört! Die Franzosen haben mehr Nachrichtenzuträger, als wir vermuten –«

Oktober 1810

Clemens und sein Vater kamen sich in jenen letzten Tagen des Oktober 1810 wieder näher. Die Auseinandersetzung zwischen den beiden, ausgelöst durch den Zöllner Rauchenberg, hatte wie ein klärendes Gewitter gewirkt. Clemens hatte nicht mehr das dringende Gefühl, sich gegenüber seinem Vater beweisen und abgrenzen zu müssen. Caspar Maiboom war über seinen Schatten gesprungen und hatte Clemens wegen seines Engagements bei den Patrioten gelobt. »Clemens, ich gebe zu, dass ich mich zu wenig um die politischen Geschicke meiner Stadt gekümmert habe. Ich habe mich immer von den Intrigen und Eifersüchteleien der großen Kaufleute, die im Rat der Stadt wichtige Posten besetzen wollten oder gar das Bürgermeisteramt anstrebten, fern gehalten. Die Maibooms treten in dem Geschichtsbuch der Stadt Hamburg nicht hervor, haben immer unauffällig und redlich ihr Geld verdient, vierhundert Jahre lang. Offenbar ist es jetzt aber von Nöten, sich auch in die Politik einzumischen, wenn man als Kaufmann überleben will. Ich frage zwar, wie du an diese Geheiminformationen kommst, und ich halte dieses Lavieren nach wie vor für gefährlich; aber ich finde es gut, dass unser Kaufmannshaus einen Informationsvorsprung hat. Sorgen wir dafür, dass unsere Waren rechtzeitig von Holstein nach Hamburg kommen, und bemühe dich ja um eine Handelslizenz. Du kennst doch diesen Gauthier nun schon recht gut. Nach der Börse habe ich mich in den informellen Zirkeln über ihn erkundigt, und meistens zu hören bekommen, dass sein Einfluss unbedeutend sei. Doch wenn du meinst, dass er mit Kaiser Napoleon auf gutem Fuße steht, dann sollen die Hamburger ruhig bei ihrer falschen Einschätzung bleiben. Ich habe auch mit deiner Mutter gesprochen und ich soll dir sagen, dass wir auch nichts mehr gegen die Beziehung zu dieser Clothilde haben, auch wenn wir eine hamburgische Schwiegertochter lieber gehabt hätten –«

»Ach Vater, so einfach ist das alles nicht. Gerade weil ich bei den Patrioten bin, kann ich mich doch nicht den Franzosen andienen. Ich will doch nicht einerseits im Geheimen gegen die Besatzer reden, Pläne schmieden und handeln und andererseits Vorteile von meinen Feinden annehmen und gegenüber anderen Hamburgern erwirtschaften. Ich danke Ihnen und Mama, dass Sie Ihre Vorbehalte gegenüber Mademoiselle Gauthier zurücknehmen. Doch derzeit kreisen meine Gedanken, bei aller Zuneigung, die ich gegenüber Clothilde empfinde, mehr um unsere wirtschaftliche Zukunft und um die Freiheit der Hamburger Bürger. Wie soll ich an eine offizielle Verbindung, an eine Verlobung oder eine eigene Familie denken, wenn gar nicht gewiss ist, dass ich als Kaufmann erfolgreich bin? Was soll mein zukünftiger Schwiegervater von mir denken? Ich will doch nicht den Eindruck erwecken, als wünschte ich mit der Heirat wirtschaftliche Interessen zu verbinden. Wie stehe ich auch gegenüber den Patrioten da, wenn ich mich um die Tochter des Mannes bemühe, der unser altes Hamburg zu einer französischen Stadt umformen will?«

»Clemens, ich kann deine Zweifel verstehen. Doch gib nicht so viel auf das, was andere von dir denken. Manchmal muss ein Kaufmann auch bereit sein, ein Risiko einzugehen. Du weißt, die Menschen können mit der Kunst der Rhetorik die Argumente so wenden, dass es mehrere Wahrheiten gibt. Clothilde Gauthier ist eine hübsche Französin. Daran ist nichts Verwerfliches, und niemand kann etwas dagegen sagen, wenn du um sie ernsthaft wirbst. Wer dir nachsagt, du bemühtest dich um sie, um dich bei den französischen Machthabern einzuschmeicheln, müsste dir dies erst einmal beweisen. Zudem kann man auch argumentieren, dass es der Stadt und ihren Bürgern hilft, wenn du als Patriot die Stellen ergatterst, die sonst ein gewissenloser Knecht der Franzosen einnehmen würde. So sorgst du doch dafür, dass der Gewinn, der aus solchem Handeln resultiert, im Lande bleibt. Ja, du kannst diesen Gewinn schließlich für deine Vaterstadt einsetzen. Ein anderer mag, falls es einmal gelingt, die Besatzer abzuschütteln, sein gewonnenes Geld nehmen und nach Frankreich ziehen. Sieh zu, mein Sohn, dass du die wenigen Vorteile, die es überhaupt noch gibt, erringst.«

Clemens fühlte sich durch diese Gespräche beruhigt, und tatsächlich gelang es ihm, wie auch manchem anderen Patrioten des Zirkels um Perthes, sich auf die zu erwartenden Veränderungen einzustellen. Er konnte die Waren, die unbedingt noch bis Jahresende von Neustadt nach Hamburg eingeführt werden mussten, in den Hamburger Speicher bekommen, die für den zukünftigen Handel nötigen Papiere besorgen und eine der raren Reise-Lizenzen für die Küstenschifffahrt ergattern. Was das Werben um Clothilde anging, begann er jedoch zu zögern. Zwar sehnte er sich sehr gerade nach ihrer körperlichen Nähe, doch schreckte ihn dann wieder der Gedanke, er könnte schon bald die Verantwortung für eine Familie in diesen Zeiten zu tragen haben. So verschob er das offizielle Werben bei Clothildes Vater auf unbestimmte Zeit.

November/Dezember 1810

Ganz unauffällig sorgte der Kunsthändler Thomas Sello für das Anwachsen eines gewissen Kontos in Altona. Der Bankier Norbert Kellermann hatte sich, nachdem Perthes und Lindemann ihn eingeweiht hatten, entschlossen, den Hamburger Patrioten zu helfen. Sello arbeitete dabei langsam die Liste von Persönlichkeiten ab, die den Patrioten nahe standen. Die meisten waren bereit, für ein Kunstwerk des Hamburger Malers Runge eine erhebliche Summe auszugeben. Noch war es möglich, dieses Geld als Wechsel auszustellen und in Altona einzulösen. Die Ausfuhr von Bargeld in größeren Summen war bereits schwieriger geworden.

Für die Familie Runge war dieses Vorgehen der Patrioten ebenfalls ein Segen, denn wenn es auch nur wenig Geld war, das Runge pro verkaufter Radierung erhielt, so war es eine stetige Einnahmequelle in einer Zeit, in der der Künstler arbeitsunfähig ans Bett gefesselt war. Grauenhaft war es für Sello mit anzusehen, wie der Künstler immer weiter verfiel, die Schwindsucht ihn quälte und sein Atem rasselte. Runge, der am Anfang des Herbstes noch voller Zuversicht gewesen war, seine Krankheit ignoriert und Pläne für das nächste Jahr geschmiedet hatte, schien sich nun in sein Schicksal zu fügen. Er betete inbrünstig und hoffte noch immer, dass er die Geburt seines nächsten Kindes noch miterleben dürfe. Seine geliebte Pauline war hochschwanger.

Am 2. Dezember 1810 starb der Künstler im dreiunddreißigsten Lebensjahr. Tragisch war, dass darauffolgenden Tag sein dritter Sohn geboren wurde. Runge wurde in der Familiengruft von Perthes auf dem Friedhof von St. Petri beerdigt. Es herrschte tiefe Trauer im Kreise um Perthes. Clemens nahm an der Trauerfeier teil und war nicht nur wegen des Todes eines Bekannten erschüttert, sondern auch, weil ihm zum ersten Mal bewusst wurde, wie endlich das Leben ist.

Als seine Großeltern gestorben waren, hatte er es als den Lauf der Welt hingenommen. Auch den Unfall des Matrosen Klaas hatte er längst verkraftet. Jedoch im Falle des Malers Runge, eines Menschen, der so stolz und überzeugt von seinem Künstlerdasein gesprochen hatte und dabei so rätselhaft wirkte, hatte Clemens das erste Mal das Gefühl, mit diesem Menschen nicht genug gesprochen zu haben. Er hatte ihm noch Fragen stellen wollen, etwa nach den merkwürdigen Symbolen in seinen Bildern, beispielsweise jener Schlange, die wie ein Rad gebogen sich selbst in den Schwanz beißt, nach den Pflanzenmotiven und den vielen Engeln, Cherubinen und anderen sagenhaften Gestalten wie Feen und Erdgeistern. Jetzt war es zu spät. Clemens kamen die vergangenen zwei Jahre wie im Fluge vergangen vor, und als der Pastor von dem noch unvollendeten Werk des Künstlers sprach, fiel Clemens wieder ein, dass er den Verdacht gehegt hatte, Clothilde hätte, von der geheimnisvollen Ausstrahlung des Künstlers verzaubert, dem Maler Modell gestanden, ja, vielleicht sogar noch mehr, sich ihm hingegeben. Die Gedanken Clemens' lenkten ihn von der Predigt ab; er fragte sich, was wohl aus dem Gemälde »Der Morgen« werden würde. Sobald es der Takt zuließ, wollte Clemens die trauernde Witwe danach fragen. Vielleicht ließ es sich erwerben.

Clothilde war kaum zu einem klar gesprochenen Wort fähig; sie war voller Mitgefühl für Pauline und ihre Kinder, besonders das jüngste, das seinen Vater nie würde sehen und kennen lernen können. Dabei beschwerte der noch immer nicht vergessene Tod des Findelkindes Jan Himp ihr Gemüt, und in ihren nächtlichen Träumen seit der Nachricht von Runges Tod sah sie sich selbst an die Stelle einer trauernden Mutter gerückt. Wie ließ sich so ein Leid nur ertragen? Natürlich bot sie ihre Hilfe der Witwe und Mutter an, wollte die kleinen Kinder hüten, damit Pauline nicht auch noch mit den täglichen Pflichten so belastet sei. Doch die Witwe und die Verwandten nahmen die Beteuerungen des Mitgefühls wie teilnahmslos wahr, dankten und nickten mit den Köpfen, unfähig, viele Worte zu machen.

Der Gesandte Rist, der dem Maler seit dessen Zeit an der Akademie in Kopenhagen auch eng verbunden war, konnte wegen einer fiebrigen Erkrankung nicht zum Begräbnis kommen.

Am 13. Dezember 1810 wurde das von den Patrioten schon erwartete Dekret Kaiser Napoleons veröffentlicht. Zum 1. Januar würde Hamburg eine französische Stadt sein.

Am 31. Dezember 1810 wurde die Antwort des Zaren bekannt. Ab sofort durften Kolonialwaren von neutralen Staaten ohne Beschränkung nach Russland eingeführt werden. Alle Manufakturwaren unterlagen neuen bestimmten Zolltarifen. Die französischen Manufakturbesitzer protestierten heftigst, denn deren Handelsgüter verteuerten sich auf dem russischen Markt ganz besonders.

Winter 1810/1811

Während die Hamburger ein trübseliges Weihnachten verbrachten und skeptisch in das neue Jahr gingen, herrschte im Hause Gauthier eine bessere Stimmung. Robert Gauthier war am 30. November in der Stadt eingetroffen und Vater und Schwester freuten sich ungemein. Clothilde wurde so von ihrem Zwist mit dem Vater abgelenkt, ließ sich in der französischen Gemeinde entschuldigen und sah nun trotz des grauen, trüben Winterwetters nicht mehr nur Not und Armut an allen Ecken und Enden Hamburgs. Im Gegenteil: Vater, Sohn und Tochter ließen sich von dem Sergeanten Maurice in der ganzen Stadt und auch in den Landgebieten herumkutschieren. Vater und Schwester freuten sich, wie unbefangen Robert Verbesserungsvorschläge für Brücken, Straßen und Gebäude machte. Der junge Ingenieur hatte sein umfangreiches Kartenmaterial gleich nach seiner Ankunft in Perthes' Buchhandlung noch ergänzt und plante nun mit dem Finger auf der Landkarte eine schnelle Verbindung zwischen der Garnison Harburg und der Stadt Hamburg. Nach seiner Vorstellung sollte man dazu einen befestigten Damm auf die nassen Gründe der Elbinsel Wilhelmsburg bauen. Der Damm wäre dann gekrönt von einer Straße. Gräben und nicht entwässerbare Niederungen sollten überbrückt werden. Gauthier war stolz auf seinen Sohn, doch bremste er den Enthusiasmus und riet zur Geduld. So ein Vorhaben würde teuer sein, und auch wenn es aus strategischen Gründen gut sei, so wäre die Bevölkerung, die einflussreichen Bürger sicher dagegen. »Die Hamburger wollen den Harburgern sicher nicht näher rücken, wollen nicht in der Verwaltung einfacher zusammengefasst werden, und bezahlen wollen sie so ein Bauwerk gewiss auch nicht. Trag den Plan deinen Vorgesetzten vor, meine Unterstützung hast du. So eine Straße wäre schließlich auch gut, um die Handelswege zu verbessern.«

Monsieur Gauthier selbst traf sich, nachdem er noch im November an der Versiegelung der Staatskassen und Archive teilgenommen hatte, jeden Tag mit der Vorhut der neuen Verwaltung von Hamburg. Zwei Staatsräte waren schon eingetroffen, Graf Chaban und Monsieur Faure, Letzterer ein Fachmann für das Justizwesen und ehemaliger Jakobiner. Unter Vorsitz des Fürsten von Eckmühl und Auerstedt, Marschall Davout, der zum Generalgouverneur des neuen Departements ernannt worden war, sollten die beiden Staatsräte mit ihm eine Regierungskommission bilden, die alle Ministerien und Funktionen der neuen Verwaltung wahrzunehmen habe. Gauthier war begeistert, denn die beiden Staatsräte hatten großes Interesse an seinen Vorschlägen und Argumenten. Als Präfekt des Departements wurde Baron de Coninck eingesetzt, als Generaldirektor der Polizei fungierte der bisherige lauenburgische Intendant D'Aubignosc, der allerdings offen zugab, von diesem Fach nicht viel zu verstehen, sondern nur mit gesundem Menschenverstand eine Art Aufsicht zu führen gedachte. Chef der Marine wurde der vormals holländische Admiral Verhuel, der lauthals verkündete, jetzt endlich den Schmuggel unterdrücken zu wollen. Nacheinander trafen sich diese Herren mit Gauthier, luden ihn gönnerhaft zu langen Diners in Rainvilles Gasthaus am Neumühlener Elbhang ein, aßen und tranken ausgiebig mit ihm und ließen sich auf dem Rückweg von den eskortierenden Soldaten die Bordelle vor dem Millerntor zeigen. Gauthier genoss das Interesse der Herren, wurde von deren Genusssucht angesteckt und kümmerte sich weniger um seine komplizierte Tochter und die Kontakte zu den Hamburger Kaufleuten Maiboom und Pfeffer.

Clothilde genoss wiederum die Aufmerksamkeit, die der Bruder ihr schenkte, denn er gehörte zur Vorhut des Marschalls Davout und hatte noch keine reguläre Aufgabe. Davout würde erst im Februar Hamburg erreichen. Roberts Vorgänger, ältere und erfahrene Kollegen, die in Hamburg eine Bestandsaufnahme gemacht und Vermessungsarbeiten durchgeführt hatten, bereiteten sich kühl und reserviert vor, um bald aus Hamburg abzurücken und in Stettin die Garnisonsfestung zu verstärken. Den jungen Ingenieur der neuen Abteilung zu unterstützen, ihn einzuarbeiten oder auf Probleme in der Region hinzuweisen, hielt niemand für nötig.

Natürlich fragte Clothilde ihren Bruder, ob diese Verstärkungsarbeiten mit Kriegsvorbereitungen gegen Russland in Zusammenhang stünden. Robert nickte, sagte dann aber, er dürfe über sein Wissen nicht reden, und wechselte das Thema: »Sag Schwesterherz, ich habe deine Briefe aufmerksam gelesen! Wo ist denn nun dieser junge Hamburger Kaufmannssohn, dem du deine Gunst geschenkt hast und der offenbar auch von dir beeindruckt war? Oder schlägt dein Herz jetzt für einen unserer Offiziere?«

»Nein, Robert, mit den Offizieren verbindet mich nur der Stolz, zu einer Nation zu gehören, die sich selbst von einem korrupten und unfähigen König befreit hat. Doch an Soldaten will ich mein Herz nicht vergeben, sie ziehen von Befehlen getrieben fort und sind vom Tod in der Schlacht bedroht. Mein Herz habe ich in der Tat an den jungen Hamburger verschenkt, doch weiß unser Vater davon noch nichts, und ich bitte dich, nicht mit ihm über dieses Thema zu sprechen. Ich werde dir Clemens Maiboom morgen vorstellen.«

»Wie ernst ist es dir denn mit ihm? Willst du dich verloben, ihn heiraten?«

»Er sieht gut und kräftig aus, ist mutig und besonnen zugleich, geschäftlich recht erfolgreich und, das ist das Wichtigste für mich, er ist ehrlich und achtet mich, er sieht in mir nicht nur ein hübsches Spielzeug. Ich kann mir vorstellen, mit ihm zu leben.«

»Und will er auch?«

»Er wollte es schon früher als ich, er sagt, dass er mich liebe.«

»Dann hoffe ich für dich, dass er auch nach der Hochzeit so bleibt, wie du ihn beschrieben hast. Ich beneide dich, denn ich habe noch niemanden gefunden, den ich wirklich dauerhaft lieben könnte. Dafür aber habe ich einen Beruf, eine Aufgabe. Ich bin ja auch viel zu tatendurstig, um in Ruhe eine junge Dame kennen zu lernen. Aber gespannt bin ich auf den Herrn Maiboom!«

Januar 1811

Clothilde hatte Clemens zu einem nachmittäglichen Treffen bei Tee und Gebäck gebeten. Robert und er waren anfangs sehr steif und förmlich miteinander umgegangen. Doch dann stellten sie im Gespräch fest, dass sie sich für die neuen Techniken interessierten: Maschinen, Dampfschiffe, Lokomotiven, Lokomobile und die Eisenbahn. Höflich fragte Clemens nach Roberts Studium, zeigte sich interessiert an neuen Brücken, Kanälen, Schleusen, Dämmen, Straßen. Sie redeten über neue Nachrichtensysteme, die Elektrizität, den Blitzableiter, über Nutzen und Kosten eigener Pferde und Kutschen oder die Einrichtung eines öffentlichen Schienenbusses, um viele Arbeiter zu den neuen Manufakturen und Fabriken zu bringen, und dann über soziale Einrichtungen für die Arbeiter, Altenwohnungen, Krankenpflege, Schulen für die Arbeiterkinder, Badeanstalten und Waschhäuser, sauberes Trinkwasser, Abwasser-Systeme und die Müllbeseitigung. An diesem Punkt der Debatte schaltete sich Clothilde mit Eifer ein, berichtete von ihren Nachforschungen, dem Besuch der Wollzeug-, Leinen- und Segeltuchmanufaktur des Herrn Lawätz in Neumühlen und den vorbildlichen Siedlungen für die Arbeiter.

Die drei stellten mit Freude fest, dass sie die gleichen Hoffnungen für die Zukunft hegten, dass sie bereit waren, an den Fortschritt zu glauben und dass sie sich nach Gerechtigkeit für alle sehnten. Sie verabredeten sich erneut, weil der Nachmittag so angenehm und interessant verlaufen war. Die politische Lage Hamburgs hatten sie allerdings ausgeklammert.

Die Lage der Kaufleute am Anfang des Jahres 1811 war sehr unübersichtlich. Caspar Maiboom war es noch im November des vergangenen Jahres geglückt, nahe bei Kiel am östlichen Fördeufer ein Stück Land mit einem kleinen verpachteten Bauernhof zu ersteigern, in Kiel selbst ein Konto zu eröffnen und die nötigen Papiere für einen dauernden Aufenthalt zu erhalten.

Rita Maiboom war erleichtert, dass sie und ihr Mann auf diese Weise ihr Altenteil gesichert hatten. Der Pächter des Hofes sollte ihnen den Hof führen und im Frühjahr auf dem Hofgelände ein kleines Haus errichten.

Der alte Maiboom hatte seinen Sohn gebeten, sich um besonders gute Beziehungen zu dem dänischen Gesandten Rist zu bemühen. Der Gesandte würde vielleicht behilflich sein können, wenn es um den Transfer bestimmter Waren und Vermögensteile von Hamburg nach Kiel und von Neustadt nach Kiel ginge, denn offenbar war der dänische Hof durch besonders serviles Verhalten gegenüber Kaiser Napoleon bemüht, die drohende Besetzung Holsteins oder gar des gesamten dänischen Festlandes bis hinauf nach Skagen zu verhindern.

So hatten die Dänen tatsächlich drei Zolllinien im Holsteinischen errichtet, die scharf kontrolliert wurden, um den Schleichhandel nach Hamburg einzuschränken. Um durch das Land zu reisen, ja selbst um Pakete oder Briefe zu verschicken, bedurfte es aufwendiger bürokratischer Formalitäten bei den Kontrollposten oder Posteinnehmern.

Clemens fiel es nicht schwer, die freundschaftliche Beziehung zu dem Gesandten wieder aufleben zu lassen, denn Rist hatte es gern, wenn man ihn ein wenig bewunderte. Clemens war in die Rolle eines gelehrigen Schülers geschlüpft, der durch interessierte Fragen seinen Meister zu überlegten Antworten brachte.

Der Gesandte war durch die schwere Fiebererkrankung im Winter und das politisch unerfreuliche Jahr 1810 in seinem Selbstvertrauen erschüttert worden. Doch das Gesuch nach Veränderung seiner Position hatte man am dänischen Hof abschlägig behandelt; ja, man hatte ihm geschmeichelt, schriftlich bestätigt, dass der Hamburger Posten nach Paris und St. Petersburg der wichtigste sei. Dann hatte man ihn zum geheimen Legationsrat im Staatsratsrang befördert. Bei der Veränderung des Hamburger Status' in eine *Bonne Ville* des Departements des Bouches d'Elbe hieß der offizielle Titel Generalkonsul des Departements. Sein Gehalt wurde erhöht, mit Zulagen versehen, und ihm wurde am 28. 1. 1811 das Ritterkreuz des Danebrog-Ordens verliehen.

Auf die Maiboom'schen Kutschen war Rist nun nicht mehr angewiesen, er hatte sich selbst Pferde und zwei Wagen angeschafft, dazu Personal. Und doch kam es dem eitel gewordenen Gesandten zupass, dass Clemens Maiboom wieder das Gespräch suchte, ihm Hilfe bei der Orientierung in der Stadt anbot und scheinbar ohne Vorteilssuche handelte. In Rists Tagebuch fand Clemens nicht einmal Erwähnung.

Clemens mochte Rist, weil dieser ihm als Erster in bestimmte Hamburger Kreise geholfen und ihn dabei sogar mit politischen Informationen versorgt hatte. Außerdem gefiel es Clemens, dass Rist für die Hamburger Patrioten Verständnis hatte. Er versorgte seinen Gönner zum Dank für großzügige Einblicke in die Arbeit des Konsulats mit Hintergrundinformationen, die er wiederum von Perthes oder aus anderen Quellen hatte.

Von Rist erfuhr Clemens, der den Marschall Davout selbst nicht einmal aus der Ferne gesehen hatte, dass der Marschall Napoleon völlig ergeben war.

»Maiboom, am 10. Februar begab ich mich in das neu eingerichtete Hotel du Gouvernement. Stellen Sie sich vor, der Marschall, Herzog von Auerstedt, Prinz von Eckmühl, hat mir, kaum dass wir einander vorgestellt waren, erklärt, er würde auf Befehl des Kaisers sogar seinen eigenen Bruder töten. Ich muss sagen, dass mich der Mann mit seiner fast sklavischen Verehrung gegenüber Napoleon geradezu beeindruckt hat. Die meisten Franzosen, die ich bislang hier auf dem Hamburger Posten kennen lernte, haben doch ihr eigenes Wohl an erster Stelle gesehen. Davout aber scheint mit Verstand und der gebührenden Härte gegen den Schlendrian und auf Eigennutz bedachte Soldaten, Zöllner und Beamte vorgehen zu wollen. Ich glaube, Maiboom«, fügte Rist hinzu, »mit Davout wird ein anderer Wind in Hamburg wehen. Genauso, wie er seinen Kaiser verehrt, scheint er alles Englische zu hassen. Diejenigen, die in Verbindung mit englischen Waren oder Geschäften gebracht werden, können mir jetzt schon Leid tun.«

Die Ankunft Marschall Davouts bedeutete das endgültige Aus für den bis dahin immer noch geduldeten Hamburger Senat. Davout verhöhnte alle, die Einwendungen vortrugen, auch den Präfekten Coninck und seinen Staatsrat Chaban, die sich durch das Bestehenlassen von alten Verwaltungsstrukturen Arbeitserleichterungen erhofft hatten. Mit einem Federstrich war alles vorbei. Die Aufregung und Empörung unter den Ratsherren und in den Zirkeln der Kaufleute rund um die Börse war erheblich.

Davout interessierte an erster Stelle, wie er die Kontributionsgelder und Zollgebühren eintreiben könnte. Dazu wollte er die neuen Bürgermeister, *Maires* genannt, und Behörden installieren. Die beiden alten Bürgermeister von Gaffen und Amsinck erklärten sogleich, dass sie für diese Rollen nicht zur Verfügung standen. Andere reagierten anders. So sehr sich viele Ratsherren über die Auflösung der Versammlung aufgeregt hatten, so sehr fühlten sie sich auf einmal verpflichtet, die Verantwortung für das Wohl der Hamburger zu übernehmen, als Davout Einzelnen einen Sitz in der neuen Versammlung anbot. War es Ehrgeiz, Furcht oder finanzielle Not, die den Ausschlag zur Zusammenarbeit mit den französischen Herren gab?

Bourienne, der französische Gesandte, war seines Amtes enthoben worden, weil man auf originärem französischem Boden keinen Gesandten mehr brauchte. Napoleon war außerdem auf seinen ehemaligen Armeekameraden nicht gut zu sprechen, weil dieser sich zu offen und zu großzügig in Hamburg bedient hatte.

Unter den Patrioten herrschte Empörung über die Schnelligkeit, mit der mancher nach dem Mandat im Munizipalrat griff, obwohl er noch eben über die Besatzer geschimpft hatte. Pit Lindemann wetterte: »Ich kann ja verstehen, dass wir Hamburger Kaufleute uns nicht ganz verweigern können, denn dann wird man Franzosen oder Gauner an jene Stellen setzen. Aber ich finde es abscheulich, dass diese neuen Senatoren ihre alten, ehrwürdigen Mäntel zerschneiden, die Pelzverbrämungen abtrennen und rot-weiß-blaue Säume annähen lassen, um sie weiter tragen zu können. So wird symbolisch auch die Hoffnung zerstört, dass wir eines Tages unsere Freiheit und die alte Verfassung wiedererlangen. Ich kenne Herrn Advokaten Abendroth, der sich jetzt *Maire* schimpfen darf, nicht so genau und auch nicht die dreißig Männer des so genannten Munizipalrats. Sie machen sich zu Handlangern der Räuber und zu Totengräbern.«

»Ja, Sie haben Recht, Herr Lindemann«, unterstützte ihn der Kaufmann Franz. »Die Freiheit ist vorbei. Überall hat jetzt die Munizipalität ihre Finger im Spiel. Ohne Beamtenbeschauung kann kein Kind getauft und kein Toter begraben werden. Jeder Knabe bekommt eine Nummer und eine Bescheinigung, und jede Bescheinigung kostet Geld. Geld nimmt die neue Verwaltung allerorten ein, aber wenn etwas ausgegeben werden soll, ein Schlagloch in der Straße beseitigt, ein Brückenpfeiler repariert werden muss, dann kann so ein Beamter der Baubehörde kaum über dreißig Franken disponieren.«

»Und die Zahl der Zollbeamten hat sich auch noch vermehrt«, wusste Pfeffer zu berichten. Er fuhr häufig zwischen Bergedorf und der Börse hin und her und musste stets an den Stadttoren durch die Kontrollen. »Unerhört sind die Verdächtigungen. Zum Glück bin ich nicht so dick, denn alle Dicken müssen zur Leibesvisitation. Noch schlimmer ist man dran, wenn irgendein boshaft gesinnter Nachbar einen anonym anzeigt. Zwei Tage hatte ich die Grünröcke, diese unleidlichen Zollbeamten, im Haus, und sie haben eine grandiose Unordnung hinterlassen. Gottlob haben sie nichts gefunden, das mir schaden kann.«

»Da haben sie Glück gehabt. Bei anderen haben sie offenbar mehr gefunden, das sie für *englisch* halten, denn sonst würden die Feuer auf dem Grasbrook und dem Heiligen Geistfeld nicht so hell auflodern. Es ist ein Jammer, was da an Werten verloren geht. Dabei sollen wir doch für die große Ehre, nun zu Frankreich zu gehören, einhundert Millionen Franc zahlen.

Woher soll das Geld nur kommen, wenn wir keinen Handel treiben. Sogar nur der Englandfahrt verdächtigte Handelsschiffe hat man kürzlich verbrannt und voller Hohn für diese Leistung auch noch Gebühren verlangt. Grauenvoll, was da passiert!«

»Meine Herren, ich verstehe Ihren Zorn, doch Herrn Dr. Abendroth bitte ich milder zu betrachten. Er war von 1806 bis 1809 als Prätor tätig und hat mit geschickter Hand so manchen Angeklagten als unschuldig erkannt und viel geholfen. Auch als Amtmann in Ritzebüttel hat er mäßigend auf die rigorosen Zöllner an der Elbmündung gewirkt. Ich finde es gut, dass gerade er die schwere Pflicht des Bürgermeisteramtes übernommen hat. Es kann uns härter treffen, wenn jemand sich den Franzosen andient. Die neue Polizei und Gendarmerie ist nämlich auch etwas anderes als die alte Wedde. Arrogant und dreist gebärdeten sie sich hier im Laden«, empörte sich nun auch Perthes. »Sie suchten nach der ›Times‹, beschuldigten mich, doch gefunden haben sie nichts. Zum Glück bekam ich gerade Besuch von ein paar Offizieren, die sich nach Landkarten umsehen wollten. Die haben die Durchsuchung bremsen können.« Perthes war natürlich zu klug, um gefährliche Ware gerade jetzt in der Zeit des Umbruchs in seinen Geschäftsräumen zu lagern. Und er war absichtlich auch gegenüber den Offizieren und höheren Beamten besonders höflich gewesen. Diese Haltung war seine Art, sich zu versichern.

»Sind Ihnen auch schon die *rats de cave* aufgefallen?«, fragte nun Kerner. »Ich wollte für medizinische Zwecke Spiritus kaufen, da wurde ich in der Brennerei Zeuge, wie die Vorräte gemessen und geprüft wurden. Prüfungen, Gebühren, Steuern, überall werden die Bürger jetzt wie Betrüger kontrolliert und müssen dafür auch noch zahlen.«

»Nicht nur in den Brennereien, auch bei den Brauern geht man so vor«, bestätigte nun Pit Lindemann. »Bei uns zu Haus wurden Proben aus jedem Fass gezogen, und dann wurde uns vorgerechnet, welche Werte wir lagerten. Man hat uns gleich prophezeit, dass wir Steuern nachzuzahlen hätten.«

»Der Schmuggel von Altona in die Neustadt hat noch weiter zugenommen«, hatte der Kaufmann Franz beobachtet. »Manchmal stürmen ganze Kinderhorden mit Schmuggelgut über die Grenze. Die Zöllner können dann nur drei oder vier fassen, der Rest kommt durch. Hier hat die neue Munizipalität noch kein Mittel gefunden, den Schmuggel zu verhindern. Schließlich kann die Grenze nicht geschlossen werden, denn täglich wechseln Tausende von Altona nach Hamburg und zurück. Doch während man bei den Kindern ein Auge zudrückt, scheint man mit dem Prevotalhof ein gefährlicheres Instrument gefunden zu haben. Ich habe mich umgehört: Der Grand Prévot, halb Zöllner, halb Richter, soll den gleichen Rang haben wie der Präfekt und der Präsident des Obersten Gerichtshofes. Er kann die Todesstrafe beschließen! Ich glaube, ein jeder von uns Kaufleuten hat doch in den letzten Jahren die Zollgesetze zu seinen Gunsten ausgelegt, mal etwas vergessen anzugeben oder versehentlich falsch deklariert. Dies könnte jetzt sehr gefährlich werden!«

Nun meldete sich von Heß zu Wort: »Man beginnt übrigens, jetzt, da Hamburg zu französischem Boden erklärt wurde, mit dem Ausheben von Napoleons Kanonenfutter. Dafür laufen die Beamten durch die Stadt und zählen alle, stellen die Ausweise aus. Sie wollen wissen, wo die jungen Männer wohnen. 4000 bis 6000 Mark soll es kosten, sich vom Dienst in der Großen Armee freizukaufen. Herr Maiboom, kümmern Sie sich nur um eine Bescheinigung, sonst sind Sie schneller in einem Ausbildungslager, als Ihnen lieb ist. So junge kräftige Männer braucht Napoleon, wenn er gegen die Russen ziehen will.«

»Vielen Dank für den Hinweis, Herr von Heß«, antwortete Clemens und wies dann auf eine weitere Veränderung in der Stadt hin. »Haben Sie übrigens schon bemerkt, dass die französischen Beamten und die hohen Herren Präfekt und Gouverneur bei allem Geldhunger offenbar keine Kosten scheuen, überall unser Hamburger Wappen durch das kaiserliche Adlersymbol mit dem doppelten Rachen zu ersetzen? Die Gassenjungen necken die Soldaten, die die Schilder aufstellen oder annageln, indem sie den Vogel Aasgeier rufen. Doch trotzdem fliegt der Vogel leider nicht davon.«

»Wir werden es wohl ertragen müssen«, meinte Perthes seufzend. »Doch je deutlicher die Gewaltherrschaft sich zeigt, desto mehr werden sich die Hamburger nach Besserung sehnen. Und auch unsere dänischen Nachbarn, die Holsteiner und Altonaer. Haben Sie schon mitbekommen, dass man kein Buch, keine Zeitung mehr ohne französischen Stempelaufdruck der Zensurbehörde ausführen darf? Der »Altonaer Merkur« ist übrigens ganz verboten. Wenn Sie die Zeitung lesen wollen, sollten Sie dies in einem Altonaer Gasthaus tun, dann können Sie das Bier auch in dem Gefühl trinken, durch die Steuer nicht auch noch Napoleons Kriegskasse zu füllen.«

»Sie haben gut reden, Perthes«, wandte nun Franz ein. »Ich habe mir noch im alten Jahr ein Grundstück auf Altonaer Gebiet gekauft, in der Großen Gärtnerstraße. Ich wollte dort ein Haus und Lager errichten, und mein Bruder wollte dort ein Bureau für seine Grundstücksgeschäfte unterbringen. Doch wie ich jetzt an jener Stelle bauen soll, ist mir völlig schleierhaft, denn jegliche Ausfuhr von Geld aus dem französischen Reichsgebiet ist ja verboten. Das führt so weit, dass die Bauern aus dem Umland, die ihre Kälber, Schweine, Gänse, ihren Kohl oder ihr Gemüse auf dem Markt verkauft haben, das eingenommene Geld nicht durch das Tor bringen dürfen.«

»Was für ein Wahnsinn. Wie soll dann unsere Bevölkerung ernährt werden, wenn die Holsteiner Bauern nicht mehr kommen. Was sollen die Bauern tun, sie können doch nicht alles selber essen? Soll nun alles von südlich der Elbe gelegenen Landen kommen?«

»Auf der Elbe ist derzeit jeglicher Schiffsverkehr zum Erliegen gekommen«, berichtete nun Clemens Maiboom. »Ich bin mit der Lotsenfamilie Kinau freundschaftlich verbunden. Der dänische König hat, wohl aus Angst, den Franzosen anderenfalls den Vorwand für ein Einmarschieren zu bieten, sämtlichen Verkehr mit dem südlichen Elbufer verboten. Im ganzen Elbmündungsgebiet wimmelt es von Zöllnern, Seesoldaten und von Piraten, wobei man nicht sagen kann, ob es englische, französische oder dänische sind. Mein Freund Kinau hat mir dringend abgeraten, meine Brigantine derzeit in Bewegung zu setzen. Ich weiß wirklich nicht, wie ich nun damit Geld verdienen kann. Ich weiß auch nicht mehr, ob unsere Sammlung für patriotische Zwecke noch erfolgreich sein kann. Denn selbst wenn es gelänge, eine genügend große Summe für den Kauf von Waffen zusammenzubringen, wie sollten wir diese Waffen überhaupt in die Nähe Hamburgs bringen?«

»Die Unzufriedenheit wird rasend zunehmen und die Lage wird sich für den Gouverneur nicht halten lassen, sonst gibt es bald einen Hungeraufstand auf beiden Seiten dieser neuen Grenze«, schätzte Kerner die Situation ein. »Ich sehe jetzt schon das Elend wachsen, wenn ich zu meinen Patienten gerufen werde. Die durch den Mangel bedingten Krankheiten nehmen zu.«

Von Heß malte die Farben des Unheils noch dunkler: »Ich denke, dass sich auf dänischer Seite, zumindest bei den Holsteiner Landherren und Altonaer Großkaufleuten, die Stimmen mehren, die für eine freiwillige Unterwerfung unter das napoleonische Joch plädieren. Wenn mich nicht alles täuscht, braucht man diesen Herren nur den Erhalt ihres Besitzes anzubieten, dann nähmen sie auch einen französischen Pass in Kauf. Mit einem Schlag würde sich dann das Grenz- und Zollproblem lösen, der Handel könnte wieder florieren. Und Napoleon könnte sogar von den karibischen Niederlassungen der ehemaligen Dänen profitieren.«

Die anwesenden Herren sahen sich bestürzt an. Nun ergriff Pfeffer das Wort: »Aufgrund der Lage meines Bergedorfer Hauses und meiner kaufmännischen Beziehungen Richtung Mecklenburg kann ich die Lage dort fast ähnlich malen. Die Franzosen drohen Mecklenburg nun noch deutlicher als vor einigen Wochen und werfen den Kaufleuten und den Regierenden insbesondere den Handel mit England vor. Und dennoch! Meine Herren, fassen wir Mut. Hatten wir uns nicht entschlossen, alle Kraft für die entschlossene Tat zu sammeln, Ideen zu finden und an allen Fronten zu kämpfen? Ich will gern alles tun, um die diplomatischen Wege an der mecklenburgischen Grenze zu ebnen, auch patriotische Signale des Mutes aus Hamburg in diese Richtung tragen und so Hoffnung und Widerstand säen. Herr Franz, tun Sie desgleichen in Berlin und hier im Kontakt mit dem preußischen Gesandten. Sie, Herr Maiboom, haben doch eine gute Verbindung zu dem dänischen Gesandten Rist. Der Graf Schimmelmann, der dänischer Finanzminister ist und dessen Familie Grundherren in Wandsbek sind, kann unmöglich die von Herrn von Heß beschriebenen Bestrebungen zum Überlaufen haben. Herr Maiboom, informieren Sie Rist über unsere Einschätzung der Lage, versuchen Sie über Rist herauszubekommen, wen wir in Wandsbek einbeziehen können, ob Schimmelmann vielleicht sogar sein Schloss besucht und wir ganz informell mit ihm über die Hamburger Patrioten sprechen können. Es darf nicht zu einem kampflosen Umfallen der Holsteiner und Mecklenburger kommen; wir müssen zumindest Mut machen und Zeit gewinnen! Denn die Zeit arbeitet für uns. Wenn Napoleon tatsächlich gegen Russland zieht, dann hat er nicht die Kraft, auch noch Hamburg und seine Nachbarn dauerhaft zu unterjochen!«

Dank Pfeffer schloss die Sitzung doch noch mit einer gewissen Zuversicht.

Frühjahr 1811

Geschäftlich wollte sich für Clemens kein Erfolg einstellen. Zwar konnte er doch mit Hilfe von Pfeffer und Gauthier eine Genehmigung zum Transport von Waren nach Le Havre erreichen; doch musste die jetzt als französisch geltende Brigantine »Kleine Brise« mit französischem Geleitschutz und wechselndem Konvoi von Hafen zu Hafen an der Küste fahren. Dadurch war die Fahrt allein schon unrentabler. Die Jahressteuer, die Kontributionsabgabe und die Ablösezahlung, damit er selbst nicht zum Militärdienst gezogen würde, bescherten Clemens sogar ein Minus in der Kasse, das nur durch den Verkauf letzter eingelagerter Waren ausgeglichen werden konnte.

Clemens' Eltern waren im Juni nach Kiel umgezogen, um den Hausbau auf ihrem kleinen Hof zu überwachen. Sie waren zunächst in ein Zimmer des alten Bauernhauses gezogen, der Pächter hatte es gegen Geld und gute Worte und in der Hoffnung auf eine wohlwollende Haltung in der Zukunft geräumt. Caspar Maiboom war es schwer gefallen, sich von seinen Freunden und Bekannten und den guten Gewohnheiten zu trennen. Andererseits hatte er aber auch den Stillstand, die stumme Verzweiflung und die scheinbare Ausweglosigkeit an der Börse nicht mehr ertragen.

Rita Maiboom hatte es sehr Leid getan, als sie tatsächlich Hamburg verlassen sollte. Das Einzige, was sie davon abhielt, in eine trostlose Müdigkeit zu verfallen, waren der Hausbau und die lose Freundschaft, die sich durch Zufall mit der Familie Godeffroy in Kiel ergeben hatte. Auch sie hatte das Schicksal und der brachliegende Handel aus Hamburg fliehen lassen. Haus und Geschäft ließen sie verwalten, doch Silberbarren und Bargeld hatten sie rechtzeitig nach Kiel gerettet.

Juni 1811

Clemens hatte auch den letzten Speicher aufgeben müssen. Jetzt besaß das Handelshaus Maiboom nur noch das seit Generationen im Besitz der Familie befindliche Kernhaus mit Kontor, Wohnräumen und kleinem Speicher am Rödingsmarkt, den Ewer, der vor dem Haus im Fleet vertäut lag, eine kleine Jolle, die Brigantine, die an Duckdalben bei den Vorsetzen in der Elbe dümpelte, und ein Lieferwagen-Gespann mit Pferden, die von einem Mietstall betreut wurden.

Mitte des Jahres 1811 war es dem Bürgermeister *Maire* Abendroth und den Herren des Munizipalrates gelungen, Davout von einigen Ausnahmen bei den strengen Grenzgeschäften zu überzeugen. Bauholz und Hopfen konnten beispielsweise nun wieder ohne große Formalitäten aus dem Umland in die Stadt gelangen. In seiner Not kaufte Clemens nun selbst Holz und Hopfen, holte beides auch mit eigenem Gespann in die Stadt, wobei er sich eine hohle Deichsel anfertigen ließ, die einen kleinen Nebenerwerb ermöglichte … Die Franzosen begannen in den Hamburger Forsten mächtig zu roden und das Holz als Kontribution zu betrachten. Zum Teil wurde es auch für den Ausbau von Landstraßen und Brücken verwendet, die der französische Kaiser für seine schnellen Kuriere und Postkutschen brauchte.

Clemens aber kaufte Holz und Hopfen, um sie den Lindemanns zu liefern, deren Brau- und Baugeschäft im Sommer wieder gute Konjunktur hatte.

Im Maiboom'schen Kontor waren noch der alte Bönninghaus und Nils Banthien angestellt, im Haus die alte Minna und die heranwachsende lüttje Magd Antje. Um Ewer, Brigantine und Jolle kümmerte sich ein alter Schiffszimmermann. Vorräte, Brennholz, Kohle, Haushaltsgeld und Löhne für die Angestellten würden noch bis in das nächste Jahr reichen. Das Konto bei der Hamburger Bank wies nur die nötigste Mindesteinlage auf.

War Clemens nun – unter diesen Bedingungen – ein erfolgreicher Kaufmann? Er hatte dem Vater versprechen müssen, das Haus und Grundstück am Rödingsmarkt nicht zu beleihen. In Altona besaß er Geld, das er jedoch nicht nach Hamburg transferieren wollte. In Hamburg hatte der Name Maiboom noch Ansehen, aber würde er damit einen Kredit für weitere Geschäfte bekommen?

Trotz dieser wackeligen Position war Clemens zuversichtlich und froh. Er traute sich nicht, bei Clothildes Vater um die Hand der Tochter anzuhalten. Doch er verstand sich gut mit Clothilde und ihrem Bruder Robert, und so hoffte er, über Robert seine Position zu verbessern.

Clemens hatte neben den kleinen Holz- und Hopfengeschäften viel zu tun. Er schrieb Briefe an die früheren Geschäftspartner, fertigte verschlüsselte Botschaften an seinen Bruder Thomas, die er von Altona aus losschickte; sein Bruder drängte auf das schon anvisierte Geschäft, doch Clemens musste ihn vertrösten. Er gab Gebote an der Börse ab, als hätte er Geld zum Spekulieren, doch ließ er sich von anderen die Geschäfte wegschnappen. Er sprach mit de Castro, trieb sich in den Kaffeehäusern herum. Aber in geschäftlicher Hinsicht wollte sich nichts tun.

Ob sich in Neustadt wieder Geschäfte anbahnen ließen? Clemens las in dem alten Pergament seines Vorfahren und studierte die alten Karten. Er holte auch dazu Informationen ein, lieh bei Perthes neuere Karten aus und notierte sich mögliche Fundorte alter Verstecke. Er plante, mit schwerem Handwerkszeug in den Wald bei Haffkrug nahe Neustadt aufzubrechen, um dort den Rest des Schatzes auszugraben. Doch auf wessen Grund lag der Schatz, wenn es überhaupt noch Reste gab? Und wie sollte er ihn unbemerkt heben?

Clemens traf sich mit den Patrioten und musste sich auch unbequeme Fragen zu seinem Kontakt mit den Gauthiers anhören? Ob er auch nicht im Angesicht eines schönen Frauenzimmers in Versuchung käme, Geheimnisse auszuplaudern?

Dadurch, dass Clemens nun allein der Hausherr am Rödingsmarkt war und Clothilde sich die Freiheit herausnehmen konnte, allein ihre Wege für die französische Gemeinde zu beschreiten, konnten die beiden Liebenden immer wieder Treffpunkte vereinbaren, an denen sie ungestört blieben. Clothilde vertröstete Clemens, und der gab sich in sein Schicksal, mit einer Hochzeit noch warten zu müssen.

Der Sommer war wirklich schön und warm und lenkte von dem Elend der Bettler auf den Straßen und in den Armenvierteln ab.

Aber offenbar verjubelten andere ihre letzten Gelder und sogar den Notgroschen. Der Munizipalrat verhängte ab elf Uhr abends eine Ausschanksperre in den Gasthäusern, Lokalen und Spelunken, um so die Trunksucht einzudämmen.

Noch toller trieben es die Franzosen. Obwohl die einfachen Soldaten sich einer strengen Zucht durch ihre Offiziere unterziehen mussten, feierten die höheren Chargen umso wilder.

Die Offiziere und besonders der Marschall selbst, gaben große Tafeln, Maskenbälle, Gesellschaften, auf denen derbe Gesellschaftsspiele üblich waren oder bei denen Vaudeville-Dichter mit Schauspielern die neuesten Possen aufführten; wie immer wurden dazu besonders die reichen und angesehenen Bürger genötigt, die hübsche Töchter hatten, denn jene sollten den amüsierwilligen Offizieren Gesellschaft leisten.

Des Kaisers Marschall und Gouverneur, seine Generäle bis hin zum kleinsten Beamten fühlten sich auf der Höhe ihres Erfolges. Frankreich schien erblüht, mächtig und geachtet, wenn nicht gefürchtet. Der Marschall Davout drängte den Gesandten Rist, ihm das Mieten des Schimmelmann'schen Schlosses in Wandsbek zu ermöglichen. Rist legte sich ins Zeug, und die dänische Regierung hoffte so, gute Stimmung zu machen. Davout zog mit seiner Familie und 100 Grenadieren als Wache in das Schloss ein. Von nun an mussten die vielen Bittsteller und Diplomaten den weiten Weg vor das Tor nach Wandsbek machen, wenn sie den Gouverneur sprechen wollen.

Überraschend erschien in jenen Tagen ein Komet am Himmel, was für die Franzosen ein gutes Zeichen, für die Hamburger Patrioten aber eine unheilvolle Ahnung war; dabei stritten sich diejenigen, die das Unheil auf Napoleon und seine Armee münzten, mit denen, die das sich anbahnende Unglück bei den Patrioten vermuteten.

Die konspirative Kasse der Patrioten wuchs nur langsam. Caspar Maiboom hatte 100 Mark aus Kiel eingezahlt, denn die heimlichen Geschäfte des Ruheständlers liefen gar nicht schlecht, zumal er zunächst keine Steuern zahlen musste. Johan Cesar Godeffroy, der neue Bekannte Caspar Maibooms, zahlte sogar 150 Mark ein und stellte in Aussicht, dass er seine Neffen Peter und Jacques Godeffroy auf eigene Kosten als Kavalleristen der Patrioten ausrüsten würde, sobald sich die Lage dementsprechend entwickeln sollte. Clemens nahm diese verschlüsselte Nachricht bei seinem Postfach in Altona in Empfang und ermutigte so seine Mitstreiter. Trotzdem füllte sich die Kriegskasse nur langsam.

1812

Das Jahr 1811 war verstrichen und im Winter wurde den Patrioten klar, dass sich die Zeichen für eine gewaltsame Ausdehnung des napoleonischen Machtgebietes nach Osten mehrten. Die Hamburger Rekruten, deren Familien ihre Söhne nicht hatten freikaufen können, waren zum 127. Linienregiment zusammengestellt worden.

Bei August Campe war ein »Rathgeber für Conscribierte und deren Familien« erschienen; darin gab es Hinweise auf die Praxis der französischen Militärwerber, Diagnosen, die verlässlich zu einer Ausmusterung führten, Ausnahmeregelungen und Auszahlungsbestimmungen. Clemens hatte dieses Buch seinem Freund Jacob geschenkt, und der drängte daraufhin seinen zukünftigen Schwiegervater Peter Breckwoldt, ihm seine Tochter sofort zur Frau zu geben. Nur drei Wochen später kam tatsächlich der Militärwerber mit einer Liste auf das Pfarramt von Finkenwerder und suchte alle infrage kommenden jungen Männer aus dem Taufbuch. Jacob war durch seine Heirat zunächst vom Militärdienst verschont. In dem Ratgeber war aber auch davon die Rede, dass es für Seeleute andere Bestimmungen gab und die Marine in besonderen Fällen verheiratete Männer einziehen konnte.

Die ersten Teile des Hamburger Regimentes mussten im

März Richtung Stettin marschieren. Und auch Marschall Davout verschwand für viele Hamburger überraschend Richtung Osten.

Die Bevölkerung Hamburgs sollte unterdessen mit den neuen Verhältnissen als französisches Departement ausgesöhnt werden. Kaum eine Gelegenheit zum öffentlichen Feiern wurde ausgelassen: Kaiser Napoleons Namenstag, sein Krönungstag, sein Geburtstag. Die Stadt wurde illuminiert, indem jeder Bürger eine brennende Kerze in ein zur Straße gewandtes Fenster stellen musste. Lotterien waren nun erlaubt. Vogelschießen, Volksbelustigungen auf den Märkten, Zirkus, Theater und Tanzveranstaltungen wurden gefördert, damit die Bevölkerung von dem eigenen Elend abgelenkt würde. Die Geburt des lang ersehnten Sohnes Napoleons wurde mit einhundert Böllerschüssen begrüßt, festliche Dankgottesdienste wurden abgehalten, und der Pöbel feierte tatsächlich, wobei fraglich war, ob die Betrunkenen am Abend noch wussten, weshalb es Freibier von der Stadt gegeben hatte.

Die Patrioten um Perthes mussten feststellen, dass trotz der allgemeinen Empörung unter den Kaufleuten die Kriegskasse bei 50000 Mark stagnierte. Der Bankier Kellermann mühte sich, das Geld wenigstens so anzulegen, dass es zu keiner Geldentwertung kam, aber Perthes und Pfeffer, die mit der Aufsicht betraut waren, gaben nur ein Viertel der Summe für Spekulationen frei. Es gab immer neue Nachrichten, die lange und kontrovers diskutiert wurden. So hatte etwa Perthes im Spätherbst 1811 voller Trauer bekannt gegeben, dass sich Heinrich von Kleist vor den Toren Berlins erschossen hatte. Erschüttert verlas Perthes Kleists Gedicht »Das letzte Lied«, in dem von der Lust, für das Vaterland zu streiten, die Rede war.

Ende Dezember wurde ein Schreiben des Freiherrn von Stein vorgetragen, das er in Prag, seinem Verbannungsort, niedergeschrieben hatte. Es war ein Glaubensbekenntnis für ein vereintes Deutschland, bestehend aus den Rheinbundstaaten, Westfalen, Mecklenburg, Sachsen, Preußen und Österreich. Sosehr die Patrioten sich auch Bundesgenossen gegen die Franzosen wünschten, so gab es doch Stimmen, die Hamburg in einem geeinten Deutschland nur selbstständig und als freie Stadt sehen wollten.

Clemens gab zu bedenken, dass zwar etliche tausend Soldaten aus Hamburgs Garnison abgezogen waren, dass jedoch ein fast waffenloser Aufstand gegen die zurückgebliebene Besatzung und die Gendarmerie zu einem Blutbad führen könne, wenn die Aufständischen beschossen würden. Darauf setzte wieder die Debatte ein, dass ein Aufstand nur konzertiert mit anderen stattfinden dürfe. In diesem Zusammenhang konnte von Heß nun wieder Hoffnungen wecken: »Meine Herren, mir ist über meine alten Verbindungen nach Schweden zu Ohren gekommen, dass der vor zwei Jahren zum Kronprinzen Karl Johann ernannte ehemalige Franzose Bernadotte seine Fühler nach England ausstreckt und zum Ausgleich für das an Russland verlorene Terrain in Finnland nun norwegische Gebiete fordert. Zugleich scheinen sich Schweden und Russland bei der Beurteilung des Ostseehandels anzugleichen und wollen nun gemeinsam gegen Frankreich Front machen. Wenn man nun noch hinzuzählt, dass in Spanien nach wie vor verbissen um Unabhängigkeit gekämpft wird, kann man doch sicher sein, dass ein Angriff auf Russland der Anfang vom Ende Napoleons sein muss. Napoleon schwächt sich selbst, und dann kommen wir ins Spiel. Wenn Sie wollen, lasse ich meine Verbindungen nach Schweden spielen, und über Mecklenburg kommen uns sicher die Schweden zu Hilfe, wenn wir erst beginnen –« Gleich darauf meldete sich Perthes zu Wort: »Die Bevölkerung ist auf unserer Seite. Es bedarf nur eines Fanals, um einen Sturm zu entfachen. Schauen Sie, mir sind die Zahlen der Abonnenten des ›Hamburgischen Correspondenten‹ bekannt. Im Januar 1811 waren es noch über siebzehntausend. Ein Jahr später sind es gerade noch fünftausend. Das zeigt, dass die Bürger die von Franzosen dominierte und zensierte Zeitung als Symbol der Unterdrückung und Lüge ablehnen. Wenn es auch die Machthaber hofften, die Hamburger fühlen sich nicht zu Frankreich gehörig, sie wollen sich wieder selbst regieren.«

Jetzt warf Pit Lindemann ein: »Entschuldigen Sie, wenn ich etwas Wasser in Ihren Wein gieße, aber ich habe gerade mit einem Sandsteinhändler aus Dresden gesprochen. Der hat nun wieder gute Verbindungen nach Österreich. Von dort ist zu hören, dass Napoleon mit den Habsburgern einen Geheimvertrag geschlossen hat, eine Art Allianz gegen Russland. Österreichische Soldaten werden nach Osten verlegt, genau wie unsere Männer, das Hamburger Linienregiment, ja schon in Stettin und weiter ostwärts stehen. Österreich ist bei einem Erfolg das Königreich Illyrien versprochen worden. So munkelt man. Ich kann mich an dem Prager Glaubensbekenntnis des Herrn vom Stein auch begeistern, die Adligen in Wien aber sehen sich nicht als Deutsche. Sie denken an den Machtgewinn Österreichs. Und nun ist es nicht Napoleon allein, der Russland besiegen will, sondern es ziehen auch Österreicher mit ins Feld, denen etwas versprochen wurde.«

Stephan C. Franz sprang Lindemann bei und berichtete von Briefen seiner Berliner Bekannten, denen zufolge auch der preußische König den Franzosen einen Pakt angeboten hatte. Im Falle eines Krieges würden wohl auch preußische Soldaten gen Russland marschieren.

Da meinte Kerner, der Arzt: »Jetzt können uns nur die aufrechten patriotischen Offiziere retten, wenn sie sich ihrem König verweigern. Möge ihnen Major Schill ein Beispiel sein, und möge ihnen dabei mehr Hilfe zuteil werden als jenem armen Helden.« Kerner war durch diese Nachrichten zutiefst beunruhigt. Mit wirrem Blick sprang er auf und rannte grußlos aus der Versammlung. Nur vier Wochen später packte ihn ein Nervenfieber und richtete ihn zugrunde. Wie Runge wurde er auf dem St. Petrifriedhof begraben, und viele Menschen, Juden wie Christen, Reiche und Arme, alle Patrioten des Kreises um Perthes und auch der Gesandte Rist, gaben ihm die letzte Ehre.

April 1812

Gauthier hatte dafür gesorgt, dass die Division der Pioniere, der sein Sohn Robert zugeteilt war, ohne ihn abrückte und er im Hamburger Quartier bleiben musste. Als Robert davon durch hämische Bemerkungen seiner Vorgesetzten erfuhr, stellte er seinen Vater auf der häuslichen Diele zur Rede: »Papa, warum blamieren Sie mich vor meinen Kameraden?«

»Robert, einige Pioniere mussten ohnehin in Hamburg bleiben. Hamburg ist Sitz der Präfektur des Departements. Nun kannst du dich viel besser entfalten, denn die meisten Konkurrenten und ehrgeizigen Vorgesetzten sind nun fort. Jetzt wirst du deine Pläne für die Hochstraße über die Elbinsel noch besser vorbereiten und die ersten Arbeiten einleiten können.«

»Darum geht es nicht. Ich fühle mich durch Ihr Eingreifen wie ein unmündiges Kind behandelt. Selbst wenn Ihre Argumente nicht ganz von der Hand zu weisen sind, meine Kameraden im Regiment haben getuschelt und mir quasi unterstellt, mich vor dem Krieg drücken zu wollen. Wenn es in Russland losgeht, dann werden mutige Pioniere gebraucht. Ich habe gehört, dass das Hamburger Regiment auf Smolensk zumarschieren könnte, und meine Pionierdivision wird wohl dabei sein. Brücken werden zu bauen sein. Festungswälle können häufig nur mit Hilfsbauten und Leitern der Pioniere erstürmt und erobert werden. Viel hängt doch für Frankreich davon ab, dass unsere große Armee an der Front erfolgreich ist. Was nützt es mir, wenn ich Straßen im Hinterland baue und andere an der Front Ruhmestaten vollbringen? Papa, Ihr Sohn werde ich immer bleiben, aber vergessen Sie nicht, dass ich jetzt erwachsen bin und einen Beruf habe, für mich selbst entscheiden kann und muss.«

»Mein lieber Robert, der Krieg mag sich aus weiter Ferne märchenhaft aufregend anhören, und diejenigen, die überleben, können viel erzählen. Gewiss, unsere Armee muss sieghaft sein, doch wird nicht jeder Sieg mit Toten bezahlt? Ich will nicht, dass mein einziger Sohn von einer russischen Kanonenkugel zerrissen wird. Ich will, dass er Städte verbindet und Straßen baut. Und ich gestehe, dass ich dich in meiner Nähe haben möchte. Die ewige Streiterei mit deiner Mutter in Paris hat mir mein Familienleben vergällt, sodass ich froh war, nicht zu Haus zu sein. Meine einzige Tochter hat den Weg zu mir gefunden, und nun bist du endlich auch bei deinem Vater. Glaubst du, ich würde dich so einfach ziehen lassen, jetzt, wo ich endlich Einfluss in dieser Stadt gewonnen hab? Das Recht hat Einzug in die Stadt gehalten, die Verwaltung beginnt nach meinen Vorschlägen zu arbeiten, die Finanzpläne nehmen fortschrittliche Formen an. Bedenke, wenn du dir außerordentliche Kenntnisse über diese Region verschaffst, dann in eine Baubehörde wechselst und Straßen, Abwasserkanäle, Trinkwasserversorgung, öffentliche Bauten plantest, könnte ich dich dabei unterstützen. Wir könnten uns eine Stadt nach unserem Bild erschaffen! Uns ein Denkmal setzen. Hamburg ist eine reiche Stadt, doch es fehlt ihr die Kultur. Wir werden hier gebraucht! Napoleon wird in die Geschichte als neuer Karl der Große eingehen, der deutsche und französische Geschwister zu einer Familie formt. Ich mag das deutsche Wesen, die Verlässlichkeit, den Fleiß, die Sprache auch. Mich reizt mehr noch die Aufgabe; lass uns Hamburg als Aufgabe sehen. Und deine Schwester Clothilde kann sich um die sozialen Angelegenheiten kümmern, Hospitäler, Waisenhäuser gründen, die du zweckmäßig und modern entworfen hast.« Gauthier hatte sich durch sein Reden an sich selbst berauscht. Gierig schluckte er den Rotwein aus seinem vollen Glas und schenkte sich mit zitternder Hand nach.

Doch Robert betrachtete seinen Vater kühl und distanziert. »Papa, Sie ereifern sich. Sie verkennen zudem die Lage. Ich bin seit über einem Jahr hier in Hamburg, und ich sehe, was man hier verbessern könnte. Die Stadt gefällt mir, doch sie wird nur eine Station in meinem Leben sein. Ich will mir hier kein Denkmal setzen, noch weniger ein Stadtplaner sein. Papa, Sie können hier überall die französischen Staatswappen aufhängen, zweisprachige Zeitungen und Gesetzesbücher drucken, und trotzdem wird es noch Generationen dauern, bis diese Stadt französisch wird. Wenn Sie sich einmal die Mühe machten, mit feinen Ohren auf die Zwischentöne im Gespräch mit Hamburgern zu horchen, dann würden Sie feststellen, dass die Franzosen als ungeliebte Besatzer gelten. Ich bin überall höflich behandelt worden, aber ich bin nicht dumm. Ich habe gemerkt, wie das Thema gewechselt wurde, wenn ich mich auf Gesellschaften von einer Gruppe zur nächsten bewegte. Sprechen Sie doch auch einmal mit dem jungen Maiboom, der mit Ihrer Hilfe schon gute Geschäfte gemacht hat. Glauben Sie, dass er Ihnen für Ihre Hilfe dankt? Er ist sicher so ehrlich und wird Ihnen gestehen, dass er es keineswegs begrüßt, nun als Franzose zu gelten, und auf Ihre Hilfe verzichten würde, wenn er nur wieder ein selbstständiges Hamburg als Heimat hätte. Papa, Sie träumen und haben Ihren Plan gemacht, ohne mich zu fragen. Ich finde es ja auch schön, Sie einmal näher zu erleben; als ich klein war, mussten Sie häufig verreisen, hatten Ihre geschäftlichen Verpflichtungen und wenig Zeit für Ihre Familie. Aber ich bin jetzt keine Figur in Ihrem Schauspiel, und Hamburg ist keine Kulisse für ein Theaterstück. Und meine Schwester ist genauso wenig wie ich ein Lebewesen, dem Sie vorschreiben können, wie es zu leben, zu denken und zu fühlen hat. Statt Pläne über ihren Kopf hinweg zu machen, sollten Sie einmal auf ihre Wünsche und Gedanken hören.« Robert hielt für einen Moment inne, dann sagte er mit fester Stimme: »So, das musste ich einmal sagen. Ich will keinen Streit. Doch meine weitere Laufbahn und meinen Lebensweg möchte ich selbst bestimmen.«

Gauthier sah seinen Sohn erstaunt und fassungslos an. Er setzte sich in den Lehnstuhl. Und plötzlich überkam ihn eine unendliche Müdigkeit und Leere. Hatte er Fehler gemacht? Er wollte, wenn nicht von seiner Frau, doch wenigstens von seinen Kindern geachtet und geliebt werden. Sie sollten stolz auf ihn sein. Robert verließ das Haus und ließ seinen Vater ohne ein weiteres Wort zurück. Er kam auch in der Nacht nicht nach Hause, und am nächsten Tag brachte ein Soldat die schriftliche

Botschaft, dass Robert aus dienstlichen Gründen nach Harburg aufgebrochen sei. Er habe dort einige Tage zu tun.

Die Abreise des Marschalls Davout hatte indirekt auch Auswirkungen auf die Arbeit Gauthiers. Gauthier hatte von Kaiser Napoleon den neuen Befehl bekommen, eine Art Revision durchzuführen. Dabei konnte er überraschend mit Sondervollmachten Einsicht in alle Behördenpapiere nehmen, und die Beamten waren verpflichtet, ihm unverzüglich Auskunft zu erteilen.

Doch schon bald musste Gauthier feststellen, dass er zwar den Gesandten Bourienne als Gegenspieler verloren hatte und die neuen Verwaltungschefs durchaus willig waren, seine Vorstellungen von Verwaltung zu übernehmen; allein die Ministerien in Paris konnten offenbar nicht begreifen, dass Hamburg eben nicht irgendeine beliebige französische Stadt war, sondern dass hier mehr Personal und mehr Geld erforderlich war. Sie bedrohten Gauthiers Vorstellungen von einem modernen und französischen Hamburg. Der Chef der Hamburger Polizei, d'Aubignosc, klagte Gauthier sein Leid: »Gauthier, seit Generalgouverneur Davout abgerückt ist, geht es mir noch schlechter. Man überweist mir keine Gelder für die Spitzel und die Hilfskräfte in der Zensurbehörde, weil sie sich in Paris nicht vorstellen können, wie es in dieser eigenwilligen Grenzstadt zugeht. Ich setzte nun schon mein eigenes Vermögen hinzu, um die Aufgaben zu bewältigen. So kann es nicht weitergehen. Der Schleichhandel und die Schmuggelei beginnen sich wieder auszuweiten. Das wird man mir anlasten. Helfen Sie mir, Gauthier.«

Gauthier stellte fest, dass nach der Abreise des allseits gefürchteten Davout der Schlendrian einsetzte. Der Abzug der Soldaten führte außerdem dazu, dass die Zöllner ängstlicher wurden, da Hausdurchsuchungen und selbst die Kontrollen von Lastwagen und Lastkähnen nun manchmal zu bedrohlichen Situationen führten. Es rotteten sich etwa Menschengruppen gegen sie zusammen.

Ein gewisser Rauchenberg, ein Untergebener Eudels, schien

Gauthier als Lieblingsansprechpartner zu sehen, obwohl er doch auch keinen Einfluss auf die Geldgeber in Paris hatte. Rauchenberg bat immer wieder um Gesprächstermine, warnte vor angeblich hochverräterischen Kreisen, die man mit mehr Personal unter Druck setzten könne, und lobte dabei immer mit blumigen Worten Gauthiers Vorschläge. Einmal fragte Rauchenberg ganz direkt, wann Eudels Amtszeit sich wohl dem Ende zuneigen würde und wer dann als Nachfolger infrage käme. Es müsse doch wohl ein Mann sein, der sich mit den Verhältnissen vor Ort gut auskenne. Nur so seien eine Steigerung der Einnahmen durch Zölle und ein Unterbinden des Schleichhandels zu erwarten. Rauchenberg drang darauf, dass die Zöllner bei ihren Operationen stärker von der Gendarmerie unterstützt wurden. Doch so weit reichte Gauthiers Einfluss nicht, dass er die Einsatzpläne der Gendarmen beeinflussen konnte.

Die Gendarmerie in Hamburg umfasste 200 Mann und war dem Polizei-, dem Kriegs- und dem Justizministerium in Paris unterstellt; auch der Präfekt des Departements konnte die Gendarmen in Marsch setzen, und die lokalen Polizeibehörden konnten Hilfe anfordern. Doch war die Truppe neu und noch nicht sehr eingespielt. Mochten zweihundert Mann in einem französischen Regierungsbezirk ausreichen, in einem fremden Land erschien die Anzahl doch zu gering. Hamburg war aber nur auf dem Papier französisch, dies wurde Gauthier nun auch durch den Streit mit seinem Sohn schmerzlich bewusst.

Clothilde fühlte sich ausgesprochen wohl. Ihr Vater, der sich sonst bei jeder gemeinsamen Mahlzeit nach ihrem Befinden, ihrem Umgang und ihren Beschäftigungen erkundigt hatte, kümmerte sich weit weniger um sie, seit ihr Bruder Robert in die Stadt gekommen war.

Clothilde war dann gefordert, wenn Gauthier Einladungen zu gesellschaftlichen Veranstaltungen annahm. Dann ließ ihr Vater sich gern von seiner hübschen Tochter begleiten. Noch immer vertrat sie in Gesprächen die Ideale der Französischen

Revolution und plädierte für Gerechtigkeit, doch hielt sie sich zurück, wenn sich das Gespräch um die Auswirkungen der Handelssperre gegen England drehte. Ihr Wunsch, als eine Art Gesandte mit weiblichem Charme für Frankreich zu werben und die Herzen einzunehmen, schien in Erfüllung zu gehen. Gewiss dachte Gauthier daran, eine gute Partie für seine Tochter zu suchen; doch verdrängte er diese Aufgabe auch gern. Sie war ja noch so jung. Es würde sich bestimmt ein akzeptabler Mann finden, sobald seine Tochter selbst für eine Ehe bereit war. Gauthier beschloss, ein weiteres Jahr abzuwarten – und wenn es ihm geraten erschien, konnte er seine Tochter auch wieder zu den Verwandten nach Paris schicken.

Mai 1812

Clothilde bot ihrem Vater mit voller Absicht das Bild einer zufriedenen, pflegeleichten Tochter, damit sie umso einfacher und unauffälliger ihren Freiraum ausnutzen konnte. Sie bekam das Haushaltsgeld und sorgte dafür, dass der Hausherr sich um keine lästigen Dinge zu kümmern brauchte. So hatte Clothilde ihren Vater im letzten Sommer sogar so weit bekommen, ein kleines Sommerhaus vor den Toren der Stadt zu mieten. Es lag auf dem Weg nach Wandsbek hinaus, und wenn Gauthier zu dem Sommersitz des Prinzen von Eckmühl, wie Davout gern angesprochen wurde, ins Schimmelmann'sche Schloss musste, ließ sich ein Besuch in dem schlichten Haus mit dem hübschen Garten an der Kuhmühle gut mit dieser Mission verbinden.

Clothilde hatte das Häuschen von dem jungen Maiboom vermittelt bekommen, das wusste Gauthier, aber es war ihm egal, solange sein Sohn Robert und seine Tochter sich dort wohl fühlten und auch er der stickigen Stadt im Sommer entfliehen konnte.

Clothilde freute sich über das Sommerhaus. Sie plante ihre Lust mit erotischer Phantasie, denn dort vor den Toren der Stadt gab es abgelegene Schuppen, Viehunterstände und Lauben, in denen sie sich ungestört mit Clemens treffen konnte. Sie wiegte sich zudem in Sicherheit, denn bislang hatte ihre genaue Buchführung über fruchtbare Tage ja eine Schwangerschaft verhütet. Dennoch verspürte sie das Bedürfnis, genauer über die Möglichkeiten der Schwangerschaftsverhütung Bescheid zu wissen. Die Gefahr, nach oder während einer Schwangerschaft zu sterben, verstärkte Clothildes Wunsch, genau über die Vorgänge Bescheid zu wissen. Ganz unbewusst unterstützte diese Angst ihre Abneigung, schon bald zu heiraten, denn dann würde sie vielleicht nicht mehr so genau und allein über die Tage, an denen sie sich der Lust hingab, bestimmen können.

Angst, dass Clemens sich einer anderen zuwenden könnte, hatte sie nicht. Dazu war das Zusammensein mit Clemens zu vertraut und harmonisch. Clemens vertraute ihr überdies, hatte sogar zugegeben, dass seine Geschäfte schlecht liefen. Er war froh, dass er im Zuge des großen Getreidehandels vom Handelshaus Parish Transportaufträge und von den Behörden Patente bekam und dann im Konvoi mit anderen Schiffen durch das Wattenmeer bis zum Ärmelkanal fahren konnte; wobei er das Konvoifahren hasste, denn es hieß, häufig auf Nachzügler zu warten, häufig kleine Häfen anzulaufen und sich von den Marineoffizieren auf den begleitenden Kanonenbooten herumkommandieren zu lassen. Sein Traum vom Dasein als Fernhandelskaufmann, von Fahrten und Verbindungen zu Kaufleuten in Amerika oder Asien erfüllte sich so nicht. Mit Clothilde zusammen schwärmte er von einer besseren Zukunft und von neuen Handelsmöglichkeiten. Immer stärker begann auch Clothilde, sich über die Restriktionen des Handels zu ärgern.

Ein weiterer Vorfall machte Clothilde sehr zu schaffen. Sie war mit der Magd zum Einkaufen gewesen und trug eine Tasche mit drei Weißbroten, als ihr ein vielleicht elf Jahre alter Junge die Tasche an der Ecke Raboisen und Alstertor entriss und in Richtung Pferdemarkt weglief. Clothilde war natürlich empört und überrascht, rief hinter dem Jungen her und schrie schließlich: »Haltet den Dieb!« Wie das Schicksal es wollte, lief der kleine Kerl zwei Polizisten in die Arme. So erlangte Clothilde ihre Tasche mit dem Brot und ihrer Geldbörse zurück. Die Polizisten, zwei Hamburger, die Clothilde nach kurzer Befragung als Französin mit Hamburger Dauerwohnsitz erkannten, bestanden darauf, dass sie das Geld nachzählen sollte. Es fehlte nichts und Clothildes Wut gegenüber dem ärmlich gekleideten, mageren und schmutzigen Kind war bereits verflogen.

Vielleicht hätten die beiden Hamburger Polizisten in einem anderen Fall den Dieb nun laufen gelassen, denn der Junge beteuerte, dass er nicht auf die Geldbörse, sondern aus Hunger auf das Brot aus gewesen sei. Doch konnten diese Ausflüchte ja auch dreiste Lügen sein, schließlich war Clothilde eine Französin. Clothilde, Maiken und der Junge mussten nun mit auf die Wache kommen.

Der Dienst habende Polizeioberinspektor kannte den Namen Gauthier. Um sich keines Versäumnisses schuldig zu machen, beschloss der Mann, dass hier der Staat verpflichtet sei, einzugreifen. Es wurde ein genaues Protokoll des Tathergangs angefertigt, der Junge, der sich als dreizehnjährig und recht klein für sein Alter herausstellte, wurde arrestiert, und dann konnten Clothilde und Maiken gehen.

Zehn Tage später mussten Maiken und Clothilde als Zeugen vor Gericht erscheinen. Der Staatsanwalt stammte aus dem Elsass und war ein kühler und versierter Mann. Der dem Jungen zugeordnete Pflichtanwalt fühlte sich in seiner Rolle weniger wohl, denn er hatte noch nie nach der neuen Prozessordnung mündlich vor Gericht für einen Mandanten plädieren müssen, und die Rolle des Staatsanwaltes, den es ja früher nicht gegeben hatte, konnte er nicht einschätzen, obwohl er sich bereits theoretisch mit den neuen Gegebenheiten auseinander gesetzt hatte. Er führte dann auch ein paar mildernde Umstände an, denn der Junge stammte aus einer Familie mit neun Geschwistern, und weder die Mutter noch der Vater hatte eine regelmäßige Beschäftigung, sodass die Familie unter erbärmlichen Verhältnissen in einem Kellerraum am Schweinemarkt wohnte; doch letztendlich erschien auch dem Anwalt die Sachlage als aussichtslos. Es war nun einmal ein Diebstahl, und der Anwalt war in der freien Rede wenig geschickt, verhaspelte sich, stotterte und musste deswegen schon den Spott der im Gerichtssaal herumlungernden Meute ertragen.

Der vorsitzende Richter in diesem Prozess hatte nach den Plädoyers von Staatsanwalt und Anwalt kaum eine andere Wahl: Er sprach den Jungen schuldig und setzte eine zweijährige Zuchthausstrafe fest.

Clothilde tat die ganze Sache sehr Leid, und sie machte sich Vorwürfe, denn sie glaubte dem Jungen, dass er nur aus Hunger gehandelt hatte. So nutzte sie die Gelegenheit, als sie mit ihrem Vater eingeladen war, und fragte bei Tisch Herrn Peemöller, ob sie im Zuge ihrer Arbeit in der Kirchenkommission von St. Ansgar einmal das Zuchthaus besuchen dürfe. Peemöller war zwar mit dem Einquartierungswesen und den Zöllen betraut, aber er versprach, sie mit den Mitgliedern der Kommission bekannt zu machen, die sich aufgrund einer Verfügung des Gouverneurs Davout mit den Zuständen in den Haftanstalten befassten.

Peemöller setzte sogar gleich ein kurzes Empfehlungsschreiben an Herrn Dr. Hasse, Mitglied der Kommission, auf. Der stellvertretende Bürgermeister wusste natürlich, wie es um die Einrichtungen bestellt war, aber er wusste auch, dass die französischen Behörden den Staatshaushalt so eng gefasst hatten, dass für Verbesserungen kaum Spielraum sein würde. »Ich hoffe im Sinne der armen Insassen, dass die Gemeindearbeit Ihrer Kirche vielleicht ein wenig die Not lindern kann und dass man Ihnen, Mademoiselle Gauthier, als geborener Französin mehr Gehör schenken wird als unsereins. Besuchen Sie nur mit Herrn Dr. Hasse die Einrichtungen, vielleicht sogar die so genannte Roggenkiste am Winser Baum, die wirklich ein übles Loch ist. Setzen Sie ruhig ein Schriftstück auf, einen Bericht von Ihren Eindrücken. Vielleicht gelingt es Ihnen ja, gegenüber den Geldgebern in Paris die richtigen Worte zu finden.«

Clothilde hatte Glück. Dr. Hasse nahm sie zwei Tage später auf einen Kontrollgang in das direkt an der Binnenalster liegende Zuchthaus mit. Clothilde war von den Zuständen genauso erschüttert wie Herr Dr. Hasse. Es gab weder ausreichend Bekleidung noch Decken für die Nacht, noch genügend Raum und Beleuchtung. Besonders diejenigen Gefangenen, die schon seit über zehn Jahren einsaßen, besaßen kaum noch ein intaktes Kleidungsstück. Männer, Frauen und Kinder waren aus Platzmangel zum Teil gemeinsam in Räumen untergebracht, und das, obwohl im Frühjahr schon über hundert Gefangene in ein Gefängnis von Antwerpen transportiert worden waren. Die Wärter waren mürrisch und ungehalten, denn ihre Löhne standen seit Wochen aus, und der Dienst wurde immer gefährlicher; mehrmals hatte es schon Aufruhr und Tätlichkeiten gegeben. Die Wärter und der Oberaufseher beschworen ihre Besucher, doch wenigsten für mehr Nahrung zu sorgen, damit die Gefangenen ruhiger würden.

Auf Clothildes Frage, was diese vielen Gefangenen angestellt hätten, erfuhr sie, dass die meisten neuen Strafen durch das Zoll- und das Prevotalgericht im Haus des Apollon in der Straße An der Drehbahn verhängt worden waren. Es waren etliche so genannte Kaffee- und Zuckerträger darunter, die mit jeweils zwei Pfund Schmuggelgut erwischt worden waren.

Ein Gefangener wurde ihnen vorgestellt, der fünfzig Paar Damenhandschuhe nicht verzollt hatte. Den kleinen Brotdieb sah Clothilde nicht, doch sie traute sich auch nicht, nach ihm zu fragen. Eine Gegenüberstellung hätte sie nur schwer ertragen. Trotzdem wollte sie in den nächsten Tagen Maiken mit etwas Nahrung ins Gefängnis schicken.

Bedrückt und mit dem Gestank noch in der Nase, verließ Clothilde das Zuchthaus und versprach Herrn Dr. Hasse, ihrer Gemeinde einen ausgiebigen Bericht zu erstatten. Vielleicht könnte der französische Pfarrer dann ein Bittgesuch an die zuständigen Stellen leiten und aus der Gemeindearbeit Spenden übermitteln.

Gern hätte sie sich auch mit ihrem Bruder besprochen, doch

der war nun schon seit drei Wochen nicht mehr im Haus erschienen und widmete sich wohl noch immer seinen Aufgaben in Harburg.

Sie war froh, dass ihr Vater seinen Einfluss geltend gemacht hatte, um Robert vor dem Einsatz an einer Kriegsfront zu schützen. Auch hoffte sie, dass es nicht zum Krieg gegen Russland kommen würde.

Dann kam Robert Ende Juni aufgeregt nach Hause: »Clothilde, es ist so weit. Unsere Truppen haben vor ein paar Tagen aus Ostpreußen und dem Großherzogtum Warschau kommend den Njemen überschritten. Ich habe die Nachricht von den Offizieren, doch bald werden die Bulletins sicher auch im ›Hamburgischen Correspondenten‹ veröffentlicht. Wir marschieren auf Moskau zu und haben bislang keine Gegenwehr. Ach, könnte ich doch dabei sein! Stattdessen muss ich Vermessungsarbeiten durchführen und einem Festungsbauer in Harburg bei der Arbeit helfen.«

Clothilde aber erschreckte die Nachricht zutiefst. Zum ersten Mal fühlte sie sich selbst vom Krieg betroffen. Sie machte sich Sorgen um Robert, aber auch um Clemens. Dessen Freund Jacob hatte sich vor einer Einberufung zur Armee zunächst durch seine Hochzeit geschützt. Doch war er wegen seines Steuermann-Patentes, das er ganz offiziell beantragt und bekommen hatte, ja aktenkundig, und man hatte ihm von der Marineverwaltung bereits mitgeteilt, dass man ihn eventuell für den Dienst auf einem Kanonenboot in der Elbmündung vorsehen müsste. Clemens hatte sich gegen eine hohe Geldzahlung von der Verpflichtung seines Jahrgangs freigekauft. Doch was würde passieren, wenn weitere Jahrgänge eingezogen würden, weil Kaiser Napoleon mehr Soldaten benötigte? Russland war doch ein großes Reich. Ob sie Clemens doch bald heiraten sollte?

Clemens überraschte die Nachricht vom Kriegsbeginn nicht. Die Patrioten hatten über ihre Quellen in Berlin und Potsdam bereits erfahren, dass der Krieg wohl im Juni beginnen würde. Der preußische König hatte tatsächlich die Kriegspläne Napoleons mit einem Pakt besiegelt. Daraufhin hatten so bekannte Offiziere wie von Clausewitz, Dohna, Lützow und andere um ihren Abschied gebeten und waren danach in die Dienste des Zaren Alexander getreten. Auch Herr vom Stein war schon als Berater des Zaren tätig, und als der Pakt zwischen Napoleon und dem preußischen König unterschrieben war, trat auch Scharnhorst aus den preußischen Diensten und zog sich auf seine Liegenschaften in Schlesien zurück. Als die napoleonischen Truppen im Verbund mit den Preußen und den Österreichern die Grenze überschritten, verbreitete sich diese Nachricht unter den preußischen Patrioten in Windeseile und gelangte so schließlich auch nach Hamburg.

Clemens hatte Clothilde mit dem Wagen vom kleinen Michel abgeholt. Für ihn war die französische Kirche immer noch der kleine Michel und nicht St. Ansgarius. Er war dann mit ihr einen Umweg gefahren, Richtung Millerntor, dann in die Straße Bei den Hütten, um bei den ehemaligen Wallanlagen zwischen den Bäumen anzuhalten. An dieser Stelle war nicht viel Verkehr, und sie konnten sich ungestört küssen und umarmen.

Clothilde brachte nach einer Weile eine ernste Frage auf: »Clemens, wir müssen über die Zukunft sprechen. Was passiert, wenn unser Kaiser mehr Soldaten für seinen Feldzug braucht, als er geplant hat? So weit weg liegt Hamburg nicht vom Kriegsgeschehen entfernt! Glaubst du, dass du der Einberufung weiterhin entgehen kannst? Wie oft kann man sich vom Militärdienst freikaufen? Hast du noch genug Geld? Kannst du als Leiter des Kaufmannshauses eine Ausnahme geltend machen? Wie wird es mit den Steuern und Kriegsabgaben werden?«

»Darüber mach dir keine Sorgen«, beruhigte Clemens sie. »Notfalls kann ich sicher Geld von meinem Vater leihen. Außerdem will ich noch einmal zu meinem versteckten Schatz. Und diesmal will ich ordentliches Gerät mitnehmen. Jetzt im Juni sind die Nächte hell, da kann ich lange arbeiten. Mal sehen, was der Steinhügel noch birgt. Und vielleicht wirkt sich mein Liebesglück auch bei der Schatzsuche aus? Letztlich ist es doch egal, wodurch ich so reich werde und wodurch ich deinen Vater beeindrucken kann, die Hauptsache ist, wir können heiraten.«

»Meinst du, dass du dann vor dem Militärdienst besser geschützt bist?«

»Nein, das ist nicht mein erster Gedanke. Ich will ganz ehrlich sein und ich glaube, du ahnst es bereits: Die Lage könnte für Franzosen eines Tages nicht ganz ungefährlich werden. Ich sprach vor einiger Zeit mit deinem Bruder und deinem Vater, und die beiden waren sehr zufrieden damit, dass sich die jungen Hamburger Männer bereitwillig zum Militärdienst einziehen ließen. Es gab nur wenige, die sich als widerspenstig erwiesen und gewaltsam zum Rekrutendrill geschafft werden mussten. Ich glaube allerdings, dass die Bereitwilligkeit mit der hohen Arbeitslosigkeit zu tun hat. Die jungen Kerle waren froh, dass sie eine Beschäftigung bekamen, und sie erwarteten Sold. Doch nun hat sich gezeigt, dass der Sold nicht pünktlich gezahlt wird und der Dienst hart ist. Wenn die Ersten im Krieg gegen Russland fallen, wird es schwieriger werden, weitere Soldaten zu ziehen. Der Unmut gegen die Franzosen schwelt im Verborgenen. Die harten Urteile des Zollgerichts haben Empörung ausgelöst. Der Prevotalgerichtshof beabsichtigte sogar, zwei Männer zum Tode zu verurteilen, die englische Briefe aus Altona nach Hamburg schmuggeln wollten. Das hat viel böses Blut geschaffen, und die armen Leute, die kein Französisch sprechen, die keine französischen Freunde und Bekannten haben, beginnen sich über die Franzosen zu empören. Ich weiß, Clothilde, du nimmst den Kaiser Napoleon in Schutz, und bisher hat er sich als großer Feldherr erwiesen. Aber die Spanier hat er nicht wirklich besiegt. Im letzten Krieg gegen Österreich gab es auch Schlachten, die er verloren geben musste, und es heißt, dass es eher die Fehler der Österreicher waren als die Macht und das Geschick des Feldherren Napoleon, die zum Friedensschluss in Wien führten. Wenn jetzt der Krieg gegen Russland nicht glücklich läuft, kann es sein, dass auch in Preußen und hier in Hamburg, Lübeck und im Hannoverischen Widerstand erwächst, dass sich aufgebrachte und verarmte Männer erheben, um gegen die Franzosen zu kämpfen. Wenn es zum unkontrollierbaren Aufstand kommt, dann sind die Franzosen, die dem napoleonischen Staate dienen, gefährdet. Wer weiß, vielleicht wird deinem Vater dann von dem Präfekten geraten, sich aus Hamburg wieder nach Paris zu begeben. Ich will dich aber hier behalten. Wenn wir verheiratet sind, dann kann er dir nichts mehr befehlen, und du bist auch durch meinen Namen geschützt, kannst dich auch vor dem Mob als Hamburger Bürgerin ausweisen.«

Erstaunt hatte Clothilde Clemens zugehört. Sie musste zugeben, dass es schwieriger war, Französin in Hamburg zu sein, als es die französischfreundlichen Redakteure der Zeitungen darstellten. Mit eigenen Augen konnte sie sehen, wie die Hamburger unter den Verhältnissen litten. Doch war sie auch stolz auf viele Errungenschaften der neuen Regierung, auf das gegliederte Gerichtswesen und die neuen Gesetzesbücher, auf die für Oktober geplanten freien Wahlen und auf die neue Verwaltung, denn sie hatte ihrem Vater gut zugehört und auch den Zuspruch von Hamburgern zu vielen Neuerungen vernommen. Zudem ärgerte sie sich über Clemens' Formulierung, dass ihr Vater ihr befehlen könnte, mit ihm aus Hamburg abzureisen. Nein, befehlen lassen wollte sie sich nichts und auf den Schutz des Namen Maiboom wollte sie auch nicht angewiesen sein. So reizte es sie zu widersprechen: »Mein lieber Clemens, ich gebe zu, dass mancher ungebildete Hamburger die Verbesserungen, die das neue Staatswesen mit sich bringt, noch nicht erkannt hat. Die Lage ist ohne Zweifel für viele hart, aber das, und da wiederhole ich mich, haben auch die machthungrigen und kriegslüsternen Engländer mit zu verantworten. So sind wir gebürtigen Franzosen sicher nicht gut gelitten unter den Hamburgern, die inzwischen auch Franzosen geworden sind. Die Wahlen zum Munizipalrat stehen bevor. Sobald hier gewählt wurde und somit eine rechtmäßige Vertretung der Bürger existiert, können sie ja auch die Interessen dieser Stadt in Paris gut vertreten. Jedoch, was du über den Krieg erzählst, da liegst du mit deinen

Vermutungen falsch. Gewiss gibt es Schwärmer, die meinen, dass der Feldherr Napoleon verlieren könne und dann ihre große Stunde schlüge. Aber ich glaube, Kaiser Napoleon ist noch lange nicht fertig mit seinen Plänen. Bedenke, der Grieche Alexander ist bis nach Indien gezogen. Da wird es doch unserem modernen Heer, mit Ingenieuren vom Schlage meines Bruders, möglich sein, dies rückständige Bauernland zu erobern und Moskau einzunehmen. Nein, die große Armee wird siegreich sein, Aufstände wird es nicht geben, und um mich brauchst du dich nicht zu sorgen. Ich aber sorge mich um dich, denn auch wenn ich an den Sieg der französischen Truppen glaube, so wird er mit Opfern erkauft. Das Opfer, dass du eingezogen wirst, will ich nicht erleben. Lass uns nur hoffen, dass alles glücklich ausgeht. Ich will mich nicht mit dir streiten, sondern lieber von einer guten Zukunft träumen. Ich sehe uns schon mit einem Schiff bis in die Südsee reisen. Oh, Clemens, das wäre schön. Der Krieg gegen Russland hat erst begonnen. Lass uns noch weiter abwarten. Mein Bruder meint, dass zu Weihnachten schon Frieden ist, denn dann ist Moskau bestimmt schon eingenommen. Vielleicht gibt England dann endlich klein bei, und dann wird der Handel endlich wieder weltweit möglich sein.«

Juli 1812

Die Patrioten um Perthes trafen sich nun öfter. Der Jurist Beneke und der Kaufmann Franz verfügten über gute Kontakte zu den preußischen Patrioten. So empfingen die Hamburger kurze Botschaften und längere Berichte aus dem Osten. Ende Juli stand Napoleon 60 deutsche Meilen tief in Russland bei Witebsk und hatte noch keine Schlacht geschlagen. Die Russen wichen zurück. Trotzdem waren von der Hauptarmee von

225 000 Mann nur noch 150 000 einsatzfähig. Die anderen waren entkräftet und krank, etliche gestorben, und alle waren unterernährt.

August 1812

Ende August hörten die Patrioten von der Schlacht bei Smolensk, bei der sich die Hamburger im 127. Linienregiment tapfer hervorgetan hatten. Zur Belohnung durfte das Regiment den kaiserlichen Adler in das Regimentswappen aufnehmen. In den Zeitungen wurde von einem großen Sieg berichtet. Aus Preußen aber sickerten andere Informationen durch: Die große Armee hatte 20 000 Tote und Verwundete zu beklagen, die Schlacht war unentschieden geblieben, die Stadt zerstört und kein Ort, in dem Napoleon einen Sieg feiern wollte. Die Russen hatten sich erneut zurückgezogen und wichen einer Entscheidungsschlacht aus.

September 1812

Die Patrioten hatten seit September wieder mehr Zulauf bei ihren Treffen. Clemens sah so zurückhaltende Leute wie den Brunnenmeister Konrad Leonhardt, der lange Zeit auf die Modernisierung der Wasserversorgung durch die Franzosen gehofft hatte, oder den Mecklenburger von Laffert, der auch mit den Franzosen gute Geschäfte gemacht hatte, unter den Anwesenden. Der innere Kreis von Perthes, Beneke, Sieveking, Mettlerkamp und von Heß aber agierte vorsichtig, denn die französischen Behördenspitzen hatten wahrscheinlich auch genauere und weniger ruhmvolle Schlachtenberichte bekommen, als in den Zeitungen veröffentlicht wurden. Man wollte nicht ausschließen, dass unter den Zuhörern bei patriotischen Versammlungen auch Spitzel wären. Clemens meinte sogar, Rauchenberg mit einem falschen Bart gesehen zu haben.

Beneke, Mettlerkamp und von Heß drängten Clemens nun, mit seinem Bruder Thomas das Waffengeschäft durchzuführen. Zwar waren nur knapp siebzigtausend Mark in der Kriegskasse, aber die drei Herren waren sich einig, dass insbesondere Artillerie beschafft werden müsse. »Mein lieber Maiboom, bringen Sie bitte in Erfahrung, was leichte und schwere Kanonen kosten, und ob wir auch auf Kredit kaufen könnten. Immer wieder flammen jetzt in der Stadt kleine Tumulte auf. Die Gendarmerie, die Polizei und die wenigen verbliebenen Soldaten reagieren nervös. Falls die Franzosen Hamburg verlassen sollten, um sich zum Beispiel in Harburg zu verschanzen und dort auf neue herannahende Truppen zu warten, müssen wir Hamburg abriegeln und verteidigen können, bis uns andere helfen. Das wird uns mit Vogelflinten und selbst mit Armeegewehren nicht gelingen. Um die Franzosen auf Abstand zu halten, brauchen wir Artillerie.«

»Herr von Heß, das leuchtet mir zwar ein, aber die Anschaffung wird sehr schwierig sein. Mein Bruder mahnte mich schon vor Wochen, ja vor Monaten, das Geschäft einzuleiten. Derzeit ist es sehr ungünstig, aus England Waffen kaufen zu wollen. Die Russen haben viel Bedarf. Und wo sollen die Kanonen angelandet werden? Meine Brigantine kann ich nicht zur Verfügung stellen. Sie wissen, dass eine Ausfahrt nur unter bestimmten Bedingungen möglich ist, vielleicht im Konvoi. Es sind erst kürzlich Fischer erschossen worden, die man nur verdächtigt hat, sie seien auf Helgoland gewesen, um englische Post zu holen. Man hat noch nicht einmal Beweise gefunden, weil sie die Säcke rechtzeitig versenkten. Wie soll ich nun die Kanonen beschaffen? Kanonen kann man schlecht im Schiff verstecken. In der Elbmündung und im Wattenmeer wimmelt es von französischen Marinebooten. Wo soll ich Kanonen übernehmen? Auf

Kredit wollen Sie kaufen? Darauf wird sich ein englischer Händler wohl kaum einlassen!«

»Die Engländer müssen nach Holstein direkt liefern. Man hört doch, dass die dänische Regierung, jetzt wo die französische Truppenpräsenz an der Grenze zu Dänemark nicht mehr so stark ist, die Einfuhrbestimmungen gelockert hat. Sagen Sie Ihrem Bruder, dass wir eine Art Übergangsregierung bilden werden, sobald der richtige Zeitpunkt gekommen ist. Dann können wir über einen Staatskredit verfügen und schnell Bargeld liefern. Nur muss die Ware dann auch greifbar sein, Kanonen, Pulver und Geschosse. Sie haben doch sonst auch immer gute Einfälle, Maiboom. Hecken Sie mit Ihrem Bruder etwas aus. Und holen Sie aktuelle Angebote ein.«

Oktober 1812

In der Tat nahmen die Tumulte im Herbst noch zu. Die Zöllner und Torwachen besonders am Millertor fühlten sich immer unsicherer. Pfeffer gab auf einer Versammlung bei Perthes zu bedenken, dass die öffentliche Ordnung durch diese Zusammenrottungen gefährdet sei. »In unserer Stadtgeschichte gab es die Rezesse, denen teils blutige Unruhen vorausgegangen waren. Wir müssen vorsichtig sein, damit der Unmut gegen die Franzosen nicht von Aufrührern ausgenutzt wird, die ganz anderes im Schilde führen. Es gilt das private Eigentum zu schützen und Debatten über eine Verteilung des Reichtums in dieser Stadt zu vermeiden. Wir wollen unsere alte Regierung zurück und unsere Traditionen. Wohin ein Jakobinertum führen kann, hat uns Robespierre gezeigt. Wehret den Anfängen, sage ich.«

»Die Tumulte liefern uns den Vorwand, eine neue Bürgerwehr einzurichten«, meinte von Heß. »Ich werde mich gleich morgen an den Munizipalrat und den Präfekten wenden. Es geht nicht an, dass der Pöbel auf der Straße regiert. Wir müssen lenken, meine Herren, sonst geht die Fahrt in eine gefährliche Richtung. Wenn die Zeit reif ist, wenn unsere preußischen Freunde sich entschließen, die Reste der Franzosen von ihrem Gebiet zu vertreiben, können wir die Bürgerwehr für unsere Zwecke benutzen.«

»Ja, von Heß, wenn Sie wollen, begleite ich Sie«, meinte Beneke. »Die Gesichter der Franzosen sind trotz aller kecken offiziellen Verlautbarungen die besten Dolmetscher ihrer Besorgnisse. Ein paar Invaliden sind sogar schon aus Russland hierher zurückgekehrt. Das feierliche Tedeum zum Anlass der Eroberung Moskaus täuscht über die wahre Lage, und vielleicht geht man auf unser Angebot ein, wenn wir es nur geschickt präsentieren.«

Doch noch wollte der Präfekt eine Bürgerwehr neben der Polizei und den Gendarmen nicht dulden.

Dezember 1812

Das 29. Bulletin der Franzosen am 3. Dezember erklärte schonungslos die Niederlage und den Rückzug – wobei der Schlusssatz lautete: »Das Wohlbefinden Seiner Majestät des Kaisers ist nie besser gewesen.« Dies nahm man jedoch nicht als ernste Drohung auf. In den Bürgerhäusern feierte man, hörte man gern die Geschichten von der einsamen Flucht des Kaisers mit einem Schlitten. Bei der Überquerung der vereisten Beresina am 26. November 1812 sollten nur noch 10 000 waffenfähige Soldaten übrig gewesen sein. Beim Einmarsch der Reste dieser Armee in Wilna waren noch knapp viertausend Mann dabei.

Während Napoleon am 18. Dezember bereits in Paris vor seinen Ministern von neuen Truppenaushebungen sprach, schleppten sich noch immer zerlumpte und hungernde, kranke und verstümmelte Soldaten über die Grenze nach Preußen. Die Preußen hegten keine Rachegefühle gegen diese Trauergestalten, es regte sich eher Mitleid, und so manchem wurde auf seinem Heimweg geholfen. Doch wohin bewegten sich diese Reste einer Armee? Noch gab es französische Garnisonen auf preußischem Gebiet. Noch gab es ein Departement des Bouches d'Elbe.

Jahreswechsel 1812/1813

Das Weihnachtsfest und der Jahreswechsel wurden von den Hamburgern in dem Bewusstsein gefeiert, dass Napoleon durch ein Gottesgericht gestraft worden sei. Unruhig warteten jedoch alle auf die Dinge, die da kommen sollten. Noch war die französische Administration im Amt. Der Kreis um Perthes drängte Clemens, bei dem Gesandten Rist auszuloten, wie Dänemark auf einen Aufstand der Patrioten in Hamburg reagieren würde. Würde man helfen, es erlauben, Waffen über Tönning nach Hamburg kommen zu lassen? Oder würde der dänische König mit seiner Regierung sich noch an das napoleonische Frankreich gebunden fühlen? Clemens bemühte sich, bei Rist das Gespräch auf dieses Thema zu leiten; doch wie das Schicksal so spielt, war der Diplomat nicht recht ansprechbar, schwebte wie auf Wolken, denn – vielleicht von der positiven Allgemeinentwicklung angeschoben – er hatte sich endlich durchgerungen, der jungen Emmy Hanbury seine tiefe Liebe zu gestehen, und sie gebeten, seine Frau zu werden. Vor Monaten hatte er sie bei Poels kennen gelernt und immer wieder ihre Nähe gesucht. Als er sich ihr offenbarte, stimmte sie freudig zu. Die Familie hatte sogleich eine Verlobung ausgerichtet. Clemens und die Patrioten mussten erkennen, dass Rist für politische Probleme nicht recht ansprechbar war. Umso gespannter richteten sich die Blicke nach Preußen.

Gerüchte wurden schnell als wahr bestätigt. Der preußische Generalleutnant Hans David Ludwig von York hatte in Napoleons Feldzug die Nordfront zu leiten gehabt und in Kurland gestanden. Die Russen hatten seine Truppen in kleinere Scharmützel verwickelt und in einer Belagerung Rigas aufgehalten. Die russische Hauptmacht war gegen den französischen Kaiser und seine Truppen bei Moskau geworfen worden, nachdem dieser den Rückzug befehlen musste.

Die zwanzigtausend Preußen in Kurland bildeten anders als die bei dem Fluss Beresina geschlagene große Armee also einen fast unversehrten Truppenverband. Der dreiundfünfzigjährige York hatte sich der Erneuerung der preußischen Armee im Sinne Scharnhorsts verpflichtet, die moderne Jägerausbildung geleitet und neue Gefechtsformen mit seinen Männern geübt. Napoleon erkannte nun, dass York eine entscheidende Rolle bei der weiteren Entwicklung spielen könnte, hatte ihm von Paris aus sogar das Amt des Marschalls angeboten. Doch auch der Zar, beraten von dem Freiherrn vom Stein, umwarb York; die in russischen Diensten stehenden, ehemals preußischen Offiziere sendeten ihrem ehemaligen Kameraden Botschaften, er möge sich gegen Napoleon stellen, zumindest aber einen separaten Waffenstillstand abschließen.

In jenen letzten Tagen des Dezembers 1812 war York mit seinen Truppen schon fast von den Russen eingeschlossen, eine Verbindung nach Berlin und zu seinem König hatte er nicht. Bedrängt von seinen ehemaligen Offizierskameraden Clausewitz und Dohna, jetzigen russischen Gegnern, entschied York nur seinem Gewissen gehorchend in dem Städtchen Tauroggen, dass seine Truppen neutral wären und nicht gegen die Russen kämpfen würden.

Am 31. Dezember wurde das Abkommen unterschrieben, und Russen und Preußen feierten Neujahr gemeinsam. Im Auftrag des Zaren stellten dann Freiherr vom Stein und York in der Nachfolge mit den ostpreußischen Landständen Landwehreinheiten und Freikorps auf.

All diese Nachrichten waren mit Verzögerung und auf verschlungenen Wegen nach Hamburg gelangt. Denn noch am 4. Januar hatte der französische Oberbefehlshaber über die Truppen zwischen Elbe und Oder, Marschall Augereau, in Berlin einen pomphaften Empfang gegeben, bei dem Staatskanzler von Hardenberg und der preußische König anwesend waren, um die Vertragstreue der Preußen zu demonstrieren. Die Niederlage in Russland wurde als verlorene Schlacht gehandelt, nicht als verlorener Krieg. Schon hieß es, dass man in Sachsen ein neues Heer sammeln wollte, in Frankreich und im Rheinbund die jungen Männer zu den Waffen strömten. Doch durch Yorks eigenmächtiges Handeln waren die Würfel gefallen, mochte der Preußenkönig an jenem Abend in Berlin auch beteuern, er würde York verhaften lassen. Die französischen Soldaten zogen sich darauf in ihre Festungen auf preußischem Boden zurück, und Napoleon versuchte, aus Frankreich, Sachsen, Westfalen, dem Rheinbund und den Departements des Bouches d'Elbe et des Bouches d'Weser neue Truppen zu mobilisieren. Dabei hatte Österreich seine Truppen bereits zurückgezogen, und Metternich verweigerte die Gefolgschaft.

Doch was geschah derweil in Hamburg? Wie war die Lage im Hause Gauthier? Monsieur Gauthier wirkte still und niedergeschlagen. Seit der Auseinandersetzung mit seinem Sohn hatte er sich zurückgezogen, neidlos anderen die Ehre und Ämter überlassen, allenfalls hatte er sich an dem Vertrauen seines Kaisers und dieser geheimen Beziehung fast berauscht.

Ihn reizte es schlicht, eine der reichsten Städte Europas und seine spröden Bürger umzuformen, für Frankreich und seinen Kaiser. Er hatte sich so gewünscht, dass er diese Aufgabe zusammen mit seinem Sohn, dem Ingenieur, fortsetzen würde, denn dieser Stadt fehlte ja auch ein besseres Straßensystem, eine Abwasserkanalisation, eine Trinkwasserversorgung, außerdem Dampfmühlen. Bald würde die Versorgung der Bevölkerung mit Mehl gefährdet sein. Der Hafen würde Dampfschiffe anziehen und bot das Potenzial, das für die Umformung dieser Stadt nötige Geld zu verdienen. Ach, es wäre so schön gewesen – doch nun drohte dieses noch so junge Werk zu zerbrechen.

Clothilde hatte ihm die Augen geöffnet. Seitdem sein Sohn Robert klar gesagt hatte, dass es ihn nicht reizte, Hamburg umzubauen, und fast verbissen an den militärischen Befestigungen in Harburg arbeitete, um das norddeutsche Land militärisch beherrschbar zu machen, hatte der alte Gauthier wieder mehr mit seiner Tochter gesprochen. Sie hatte es ihm bewiesen, dass es der Bevölkerung schlecht ging. Er wiegelte ab, hielt ihr vor, dass dies die Schuld der Engländer sei und derjenigen Hamburger, die den Schleichhandel nicht lassen konnten. Doch Clothilde hatte sich einige Argumente von Clemens zu Eigen gemacht, wies nach, dass etliche Zollgesetze widersinnig seien. In diesen abendlichen Disputen begann Clothilde sogar, die zentrale Stellung der Pariser Behörden als hinderlich für eine Entwicklung der Stadt zu bezeichnen.

Das strenge System, nach dem der Leiter einer Hamburger Behörde kaum über 100 Francs verfügen konnte, ohne seine Vorgesetzten in der Hauptstadt zu befragen, war wirklich hinderlich und mühselig. Die Versorgung der Armen, Alten und der Kranken, selbst der kranken Soldaten, die jetzt nach und nach als Versehrte und Invalide des Russlandfeldzugs in der Stadt eintrafen, war gefährdet, weil einfach kein Geld für diese Zwecke von Paris aus bewilligt wurde. Tumulte, Pöbeleien und die Bettelei auf den Straßen hatten weiter zugenommen, das bemerkte Gauthier auch, selbst wenn er sich in letzter Zeit fast immer von dem Sergeanten Maurice im geschlossenen Wagen kutschieren ließ.

Februar 1813

Anfang Februar 1813 waren zusammen mit den Polizisten, Gendarmen, Zöllnern und den Soldaten nur noch knapp 500 wehrfähige Männer in Hamburg, die auf das Kommando des Präfekten und des seit Ende Januar in Hamburg tätigen Generals Lauriston hörten. Lauriston vertrat den noch immer abwesenden Marschall Davout, inspizierte die Truppe und organisierte die militärischen Angelegenheiten, schickte die besten elbaufwärts. In Magdeburg zentralisierte sich nämlich die französische Streitmacht, die Napoleon für seinen nächsten Feldzug im Osten einsetzen wollte.

Gauthier war besorgt. Er glaubte zwar noch an die Kriegskunst seines Kaisers, doch hatte er in Gesprächen mit zurückgekehrten Offizieren von den enormen Verlusten an Menschen und Material gehört. Die Offiziere in der Stadt sprachen außerdem von dem zu den Russen übergelaufenen Preußenoffizier York, dem Napoleon immerhin den Marschallsstab angeboten hatte. Es musste also ein fähiger Mann sein. Die Preußen waren trotz des Bündnisses, das ihr König mit Frankreich geschlossen hatte, nicht verlässlich. Wie würden sich die Sachsen, Westfalen und die Rheinbündler verhalten, wenn das Kriegsglück den Kaiser und seine große Armee verließ?

Gauthier grübelte, was er selbst tun sollte, falls Hamburg von den Franzosen aufgegeben werden müsste. Wenn er dann auch wegginge, wäre die ganze Arbeit vergebens gewesen. Oder würden die Hamburger die neue Verwaltung behalten und ihn als Berater dazu? ›Kaiser Napoleon hat mir in Hamburg die Aufgabe zugewiesen, ich kann nicht schon an Flucht denken, solange es noch Hoffnung gibt‹, dachte Gauthier. ›Aber wenn es tatsächlich dazu kommt, dass die Hamburger sich gegen die französische Vorherrschaft auflehnen, uns hier vertreiben und wieder die vorherige Verfassung und den alten Rat einsetzen, dann gebe ich auf. Dann ziehe ich mich nach Frankreich zurück und baue mir einen Weinkeller, wie ich ihn bei dem Bergedorfer

Kaufmann Pfeffer gesehen habe. Und meine schöne Tochter nehme ich mit, verheirate sie gut und wiege die Enkel auf meinen Schoß.‹

Bei dem Gedanken an den guten Rotwein erinnerte sich der Hausherr daran, dass Pfeffer ihm einige Flaschen Rotspon geschenkt hatte. Er ließ sich eine Flasche aus dem Keller holen und entkorken. Die Vorstellung, dass die alten Behördenkonstruktionen und der alte Rat wieder eingesetzt werden würden, wirkte so niederdrückend und lähmend. Der Wein würde ihm Ruhe verschaffen. Wenn der Name Gauthier nicht mit dem Aufstreben der französischen Hafenstadt Hambourg verbunden sein würde, gelänge ihm womöglich wenigstens die Klassifizierung der guten Weine um Bordeaux und an der Gironde. Ob Robert ihm bei der Konstruktion eines Weinkellers und der nötigen Belüftungsanlage helfen würde? Der Wein stieg ihm in den Kopf, er erinnerte sich an Feste, an Musik und Tanz und schöne Mädchen. Ja, die Idee mit der Weinkellerei hatte ihren Reiz, das Leben würde ruhiger verlaufen und er hätte vielleicht sogar Zeit für eine ordentliche Mätresse, ein Weib vom Lande, vielleicht eine junge Offizierswitwe. Auf jeden Fall wäre es schöner, als eine dieser Hamburger Stundenhuren aufzusuchen.

Gauthier ließ sich eine zweite Flasche holen und begann dann plötzlich sich selbst zu beschimpfen. Nein, es war falsch, nicht an den Sieg des Kaisers zu glauben. Napoleon war ein Genie.

22. Februar 1813

Die Patrioten um Perthes hatten sich am 22. Februar wieder in dem Wirtshaus am Schulterblatt versammelt. Clemens schilderte gerade, wie er mit dem Ewer von Tönning ein Kanonenrohr geholt hatte. Das Rohr der Kanone war außen unter dem

Kiel befestigt, und die Zöllner und Marineboote in der Elbmündung hatten das Schiff in den Laderäumen peinlichst genau untersucht, aber nur die einklarierten Fässer mit gepökeltem Ochsenfleisch gefunden, für die Clemens ja auch den Frachtauftrag vorweisen konnte. Da erschien der Kaufmann Stephan C. Franz etwas verspätet zu dem Treffen und platzte auch geradewegs mit der neuesten Nachricht heraus: Die Russen seien in Berlin eingerückt.

»Das ist ein Zeichen«, rief Pit Lindemann. »Wir sollten etwas tun, das unsere Gesinnung zeigt, damit die Russen auch zu uns kommen. So weit liegt Berlin doch gar nicht entfernt.«

»Ja, schön wäre es, wenn wir die wenigen französischen Militärs ganz aus Hamburg herauswerfen könnten. Aber mit einem neuen Kanonenrohr und den drei oder vier alten Geschützen, die wir in unserem Bürgerwachendepot haben, werden wir uns kaum verteidigen können, wenn aus Magdeburg eine Strafexpedition kommt.«

»Ach, man muss auch einmal etwas wagen! Ich kenne genug Leute, denen es in den Fingern juckt, endlich einmal etwas zu tun. Jahrelang ertragen wir nun schon ohnmächtig, dass man uns aussaugt, unsere Lebensgrundlage, den Handel, zerstört. Jetzt wäre doch die Gelegenheit da, zu zeigen, dass unsere Geduld am Ende ist. Wenn wir uns nicht wehren, dann glauben die Franzosen in Magdeburg, Hamburg sei sicher für sie. Nein, wenn es auch gefährlich sein mag, hauen wir auf die Franzosen ein; sie sollen Angst haben, nach Hamburg zurückzukommen. Zeigen wir den Russen, dass sie gern hierher kommen können, dass sie uns willkommen und wir ihre Bundesgenossen sind.«

Nun meldete sich der Kaufmann Franz wieder zu Wort: »Herr Lindemann, ich kann Ihre Begeisterung verstehen. Doch sollten wir noch ein paar Tage mit dem offenen Widerstand warten. Meine Geschäftsfreunde in Berlin erwarten nämlich, dass der preußische König den Krieg gegen Frankreich erklären wird. Dann ist die Sache offiziell, dann können wir mitmachen. Dabei sollten wir außerdem sehr vorsichtig vorgehen, denn wenn wir das einfache Volk einspannen, könnte es sein, dass uns ein solcher Aufstand aus den Händen gleitet. Wir brauchen eine Bürgerwehr, die imstande ist, nach dem Abzug der französischen Militärs und Gendarmen für Ordnung zu sorgen. Wenn das Straßengesindel nämlich beim Plündern von Zöllnerstuben und beim Abreißen der französischen Staatswappen auf den Geschmack gekommen ist, dann könnte es sich im Zuge der allgemeinen Unordnung an redlich erworbenem Besitztum vergreifen.«

Schließlich vertagte man die Entscheidung.

Pit Lindemann sagte auf dem Heimweg enttäuscht zu Clemens Maiboom: »Es mag ja sehr diplomatisch sein, wenn man sich an den Preußen orientieren will. Ich kenne aber meine Leute, die Brauergesellen, die sind eben jetzt genau in der richtigen Stimmung, die haben auch Angst, dass sie bald mit Gewalt als Rekruten nach Magdeburg gebracht werden, wenn Napoleon seine Werber und Häscher in die Stadt schickt. Die neue Verwaltung hat nicht umsonst Listen und Pläne angelegt; die wissen, wo jeder wohnt. Ich sag dir, Clemens, wir sollten nicht zaudern. Besser, wir Patrioten mit Beziehungen und einem Plan, wie es in der Zukunft weitergehen soll, setzen uns an die Spitze einer Bewegung, die sowieso losgeht, als dass wir die Sache dem Zufall überlassen. Wenn du noch ein paar Leute im Hafen kennst, Stauer und Träger, Quartiersleute, die früher für euch gearbeitet haben, dann gib ihnen mal einen Tipp. Es könnte gut sein, dass es in zwei Tagen nötig ist, ein paar frechen Zöllnern und Gendarmen morgens einen Streich am Baumhaus und am Millerntor zu spielen.«

Clemens fragte noch nach, was es mit dieser Andeutung auf sich hätte, aber Pit Lindemann zuckte nur mit den Achseln: »Ich weiß auch nichts Genaues, aber wie gesagt, meine Brauer wollen sich da frühmorgens am Baumhaus treffen. Die scheinen etwas zu wissen. Frag doch mal den Franzosen Gauthier, den du so gut kennst, was die Franzosen verschiffen wollen. Der soll doch seine Hände auch überall im Spiel haben. Der Ort Baumhaus weist doch darauf hin, dass irgendetwas verladen und weggebracht werden soll.« Die beiden Nachbarn trennten sich und versprachen, sich über weitere Nachrichten schnell zu verständigen.

Nachdenklich ging Clemens schlafen. Er würde Gauthier fragen und er musste noch einmal mit Clothilde klären, wie sie sich verhalten würde, falls es zu einem Aufstand gegen die französischen Herren in Verwaltung, Regierung und Militär käme.

24. Februar 1813

Am Morgen des 24. Februar hatte man einige Geldfässer und auch eine ganze Reihe junger Hamburger, die in der Präfekturgarde dienten, per Schiff nach Harburg schicken wollen. Die Gardisten aber weigerten sich, dem Befehl Folge zu leisten, denn sie waren in die Präfekturgarde eingetreten, gerade um nur in Hamburg Dienst zu tun. Sie hatten wohl die berechtigte Angst, dass man sie von Harburg aus weiter nach Magdeburg und dann auf die Schlachtfelder Napoleons schicken würde. Umstehende Tagelöhner und Arbeitslose mischten sich ein, beschimpften die Unteroffiziere und Offiziere, die die jungen Gardisten partout auf das Schiff bringen wollten. Schließlich hatte man die Offiziere bedrängt und weggestoßen, und diese hatten wegen der Übermacht nicht einmal den Mut gehabt, ihre Degen zu ziehen. Steine flogen, und so entschieden sich die Befehlsgeber für die Flucht. Nun fühlten sich die Aufrührer bestärkt, fingen am Baumhaus einige Douaniers, zogen ihnen unter großem Gelächter die grünen Röcke aus und warfen einige ins Herrengrabenfleet, andere wurden mit Gerten traktiert, bis ein paar aufrechte Hamburger einschritten und mahnten, man solle lieber die Symbole der Macht vernichten, Wappen, Proklamationen, französische Schilder.

Zur gleichen Zeit war es am Millerntor bereits zu schlimmeren Ausschreitungen gekommen, weil ein junger Chirurg sich nicht leibesvisitieren lassen wollte und ein französischer Zöllner daraufhin sein Seitengewehr gezückt hatte. Das daraufhin einsetzende Gedränge endete mit zwei toten Zöllnern und zwei schwer verletzten Gendarmen.

Clemens war auch auf der Straße. Neugierig und fasziniert folgte er der Menge, und er sah auch andere, die sonst besonnen redeten und handelten, etwa Kaufleute oder den Erfinder Hartleb und den Fernrohr- und Linsen-Spezialisten, Herrn von Laffert. Beide fuhren auf diesen neumodischen zweirädrigen Gestellen, einer Art Laufmaschine mit Sitz, eilten damit durch die Stadt. Gehörten sie vielleicht zu den Anstiftern?

Unter Triumphgeschrei rissen die Aufrührer die kaiserlichen Wappen mit den Adlern von den Wänden. Schilder wurden mit Steinen und Kot beworfen, andere Insignien wurden verbrannt. Es dauerte nicht lange, da pflanzte sich dieser Volksaufstand durch die Straßen der Stadt fort zum Millerntor, wo sich beide Gruppen vereinigten. Von dort aus vertrieb man die verängstigten Zöllner an allen Posten in der Stadt, demolierte und demontierte ganz systematisch die Wachthäuser. Alles Holz wanderte auf den Rücken der Armen in die Wohnungen zu den Öfen, denn es war ein kalter Februar, und Feuerung war teuer geworden. Den ganzen Tag ging das so.

Die Gendarmen und bewaffneten Zöllner hatten sich in eine Kaserne zu den wenigen Soldaten geflüchtet und dort verschanzt. Eine Abteilung der Soldaten rückte aus, um am Hafen die Einschiffung französischer Familien nach Harburg zu sichern, und sie verjagten auch einige Aufrührer. Doch als sie auf dem Rückmarsch in die Kaserne einen jungen Mann erschossen, der gerade einen Wappenadler mit einem Beil von einer Lotterieannahmestelle schlagen wollte, wurden sie in den engen Straßen von Steinewerfern wütend bedrängt, bis sie sich hastig in die Kaserne retten mussten.

Als der Maire Abendroth, eigentlich ein beliebter Mann, sich mit seiner Tricoloren-Schärpe gegen den Strom zu stemmen wagte, wurde er verhöhnt und ebenfalls mit Steinen beworfen, sodass er in ein Haus flüchten musste. Der Hamburger J. A.

Nohr, der als strenger Polizeikommissar bekannt geworden war, wurde von der Meute gefasst und schwer misshandelt. So schlossen sich viele Franzosen und Franzosenfreunde in ihren Häusern und Wohnungen ein und fürchteten sich, weil niemand dem Treiben Einhalt bot.

Etliche wohlhabende Bürger waren nicht minder beunruhigt, wenn sich vor deren Häusern Gruppen der Aufständischen grölend durch die Straßen wälzten. Besser, Perthes' Kompagnon, und von Heß entschlossen sich, Flugblätter an alle Erbgesessenen und Vollbürger zu verteilen, um zum Widerstand gegen den Pöbel aufzurufen. Eine Bürgergarde müsse sofort gebildet werden.

Das Treiben der Aufständischen ging vereinzelt bis spät in die Nacht weiter. Der Winter war sehr kühl und bremste die Zerstörungslust des Volkes. Am späten Abend schickte der Dienst habende General St. Cyr einen Boten nach Altona und erbat von dem dänischen Kommandanten eine Eskadron Husaren.

25. Februar 1813

Als die Eskadron am nächsten Tag durch das Millerntor nach Hamburg einrückte und auf den Straßen patrouillierte, wurde sie von Teilen der Bevölkerung mit Jubel begrüßt. Zwei Tage biwakierten sie auf Plätzen und an Straßenecken, und es ging in den meisten Vierteln ruhig her. Dann zogen aus dem Lauenburgischen, Geesthacht, Stade und Lübeck alle möglichen Vertreter der französischen Staatsmacht ein und lösten die dänischen Husaren wieder ab. Die Präfektur hatte sie aufgeboten, ließ an vielen Stellen der Stadt das Kriegsgesetz plakatieren, und es wurde mit aller Macht durchgegriffen. Ohne Warnung wurde auf Menschen gefeuert, die auf der Straße zusammenstanden, andere wurden eingefangen und mit üblen Methoden verhört.

Zur Demonstration der Macht wurden sieben Unglückselige, die man irgendwo bei angeblichen Zusammenrottungen gefasst hatte, auf dem Heiligen Geistfeld standrechtlich erschossen. Dies wiederum löste eine tiefe Empörung in der Bevölkerung aus, selbst bei den Wohlhabenden.

Der Aufstand von Hamburg wirkte wie ein Fanal in den besetzten Gebieten um Hamburg herum. In Lübeck erhoben sich schon am 25. Februar etliche Bürger so bedrohlich gegen die Franzosen in der Stadt, dass der Generaladjutant noch in der Nacht den Befehl ausgab, dass alle Militärs, Polizisten, Gendarmen und Beamten französischen Ursprungs sich nach Hamburg zu begeben hätten.

Auch in Lüneburg gab es erhebliche Ausschreitungen, Plünderungen und Zerstörungen an Einrichtungen mit französischen Wappen. Jedoch sorgten ankommende und auf Magdeburg zumarschierende Kontingente von Gendarmen, Zollbeamten und Militärs nach drei Tagen für eine Beruhigung der Bevölkerung; die Nervosität der Franzosen wurde durch die Nachrichten über bald ankommende Kosaken allerdings gesteigert. In Stade und im Gebiet der Unterelbe und Unterweser jedoch beruhigte sich die Lage keineswegs. Es gab massive Ausschreitungen und Racheakte der Bevölkerung an den lokalen Vertretern der französischen Zoll- und Regierungsbehörden und Militäreinrichtungen. Im ganzen Gebiet gab es Tote und Verletzte auf beiden Seiten.

Der Präfekt und der in Hamburg Dienst habende Divisionsgeneral St. Cyr waren sehr nervös, was daran abzulesen war, dass etliche französische Amts- und Würdenträger auf Anordnung abends Hamburg verließen und in Altonaer Herbergen nächtigten. Dann suchte man durch Ausrufer, Plakate und Zeitungsnotizen die Hamburger zu erschrecken und gab bekannt, dass Napoleon selbst auf dem Weg nach Hamburg sei. Gleichzeitig sei der General Morand mit 4000 Mann von Rostock aus unterwegs. Doch wurden diese Gerüchte von niemandem, der nach Hamburg hereinkam, bestätigt. Vielmehr gebe es auf dem Land ähnliche Tumulte und Übergriffe auf französische Einrichtungen. Zugleich erschreckte die Nachricht Franzosen und Hamburger, dass der Preußenkönig Napoleon ganz offiziell den Krieg erklärt hätte und russische Truppen im Anmarsch auf Hamburg seien. Die Franzosen hatten Angst, Hamburg nicht halten zu können. Die Hamburger wiederum hatten Angst, dass die Franzosen Hamburg beim Verlassen an allen vier Ecken anzünden würden. Dann verstärkte die Nachricht, dass England und Schweden sich verbündet hätten und Bernadotte, der Kronprinz Schwedens, bald auch nach Hamburg käme, die allgemeine Unsicherheit. Da wünschten viele Hamburger sogar, dass dänische Truppen Hamburg besetzen sollten. Jedoch hatte der General St. Cyr nun doch der Bildung einer Bürgergarde und Bürgerkavallerie zugestimmt, die von Heß und Mettlerkamp erneut angeboten hatten. Die Militärdepots wurden geöffnet, und die Bürgergarde und Bürgerkavallerie wurde mit Säbeln und leichten Gewehren ausgerüstet.

Clemens war hin- und hergerissen, wie er sich gegenüber Clothildes Vater und Bruder verhalten sollte. Wenn sie ihn fragten, auf welcher Seite er stünde, wie sollte er antworten? Würden Vater und Bruder Clothilde in der Stadt lassen? Käme in dieser Zeit eine Liebeserklärung und die Bitte um die Hand der Tochter und Schwester recht?

Clemens klopfte am Lieferanteneingang, und als die Köchin Edda aufmachte, bat er sie, Clothilde einen kurzen Brief zu überreichen. Clemens wollte Clothilde hinter dem Haus auf dem Hof treffen, wo ein Holzschuppen ein heimliches Treffen ermöglichte. Es war schon später Nachmittag, und im Halbdunkel traf sich das Liebespaar. Sie warfen einander in die Arme und hielten sich minutenlang stumm fest. Dann brach Clemens das Schweigen.

»Clothilde, es wird jetzt Zeit, Farbe zu bekennen. Hast du den Mut, bei mir zu bleiben, auch gegen den Willen deines Vaters und deines Bruders? Du riskierst, enterbt zu werden. Ich kann dir noch nicht einmal eine gute Zukunft versprechen, denn die Lage ist ungewiss. Es heißt, die Russen seien im Anmarsch auf Hamburg!« Clemens holte tief Luft: »Clothilde, so antworte doch.«

Clothilde war von Zweifeln geplagt: »Ach Clemens, ich liebe dich, ich möchte bei dir bleiben. Ich glaube ganz fest an unsere gemeinsame Zukunft, und ich habe gerade gestern Nacht davon geträumt, mit dir zusammen über das Meer zu anderen Kontinenten aufzubrechen. Ich glaube aber nicht, dass heute ein guter Tag wäre, um meinen Vater darauf anzusprechen. Ich will lieber in den nächsten Tagen versuchen, das Gespräch auf meine Zukunft zu lenken, auszuloten, was mein Vater und mein Bruder dazu sagen würden, wenn wir beide heirateten. Doch ich habe bereits einen kleinen Koffer gepackt, den ich noch heute hier im Holzschuppen deponieren will. Ich werde mich nicht mitschleifen lassen, wenn mein Vater die Stadt verlassen will. Doch ich weiß auch nicht, wo ich bleiben soll. Ich brauche einen Unterschlupf, den mein Vater und mein Bruder nicht vermuten. Clemens, wohin soll ich mich wenden?«

»Ich werde mit meiner Cousine Auguste sprechen. Du erinnerst dich an die junge Frau, die damals mit nach Stade fuhr? Sie pflegt noch immer ihren kranken Vater. Ich muss zugeben, dass ich ein schlechtes Gewissen habe, weil ich mich so wenig um sie kümmere, ihr nur ab und zu im Namen meiner Mutter Geld zukommen lasse. Doch gehört sie zur Familie, und sie wird Verständnis haben. Hier, nimm die Adresse, falls die Ereignisse sich überstürzen.«

12. März 1813

Und die Ereignisse überstürzten sich tatsächlich. Noch in der Nacht kam ein Bote zu den Gauthiers und brachte die Meldung, dass die Beamten und das Militär samt wichtiger Einrichtungen und Unterlagen zwingend und sämtliche Zivilpersonen freiwillig und nur mit Notgepäck nach Harburg oder Lüneburg verbracht werden sollten, weil jene Städte besser zu verteidigen seien und dort bereits Vorkehrungen getroffen wären, die eine weitere sichere Evakuierung ermöglichten. Man sei guten Mutes, dass bald Truppen aus dem Süden kämen, die die Sicherheit erneut herstellen würden. Jedoch würden auf der rechten Elbseite die Russen anrücken und derzeit sei Hamburg nicht zu verteidigen; erst wenn genügend Soldaten auf der südlichen Elbseite bei Harburg und im Alten Land angelangt wären, könnte man wieder nach Hamburg einziehen und notfalls die Russen oder andere fremde Mächte vertreiben.

Als Clothildes Vater ihr befohlen hatte, persönliche Habseligkeiten zusammenzupacken, hatte Clothilde stattdessen einen Brief geschrieben, auf ihr Bett gelegt und dann heimlich das Haus verlassen:

Mein lieber Vater,
seien Sie nicht betrübt, dass ich mich Ihren Anordnungen widersetze. Aber ich habe es ja von Ihnen gelernt, mich meinen Überzeugungen zu verschreiben. Und wenn ich ein Mann wäre, würden Sie mich und mein Handeln vielleicht leichter akzeptieren.
Ich möchte nicht aus Hamburg fliehen; ich habe auch keine Angst, dass man mir als Französin etwas antut. Ihnen gegenüber habe ich mehrfach ausgedrückt, dass ich eine Botschafterin Frankreichs sein und auf meine Art für die Ideale des französischen Staates eintreten wollte. Ich habe meine Aufgabe in der Kirchengemeinde gefunden und möchte mich gerade jetzt in dieser unglückseligen Zeit um die Bedürftigen, Kranken und Alten kümmern. Ich werde bei einer Freundin unterkommen, die mir helfen wird. Dort werde ich als Französin gar nicht auffallen und unbehelligt bleiben.
Dass Sie die Stadt mit den anderen Repräsentanten verlassen wollen, ist gewiss das Beste, um die herrschende Aufregung zu bekämpfen. Denn mit Waffen gegen diese Stimmung zu kämpfen, hieße Blut zu vergießen, und damit können wir die Herzen der Hamburger nicht gewinnen.

Seien Sie unbesorgt, wenn die Lage sich wieder wendet und die Beamten, Militärs und Sie bald nach Hamburg zurückkommen, werde ich Sie wieder sehen. Falls das Schicksal sich aber gegen Frankreich wendet, so habe ich genug Reisegeld, um nach Paris zu kommen.
Grüßen Sie Robert und grüßen Sie auch Mama. Ich wünsche Ihnen alles Gute,
Ihre Tochter Clothilde

Gauthier setzte noch alle Hebel in Bewegung, um seine Tochter zu finden. Robert bekam in seiner Dienststelle frei, um mit zwei Gendarmen nach seiner Schwester zu suchen. Dabei drangen sie auch bei Clemens Maiboom ins Haus vor und stellten ihn barsch zur Rede. Ja, sie nahmen ihn sogar fest, weil er zu stolz war, Unwissenheit zu heucheln; aber den Aufenthaltsort Clothildes verriet er nicht.

Clemens wurde in die Hauptwache gebracht, wo er im Keller in eine Zelle gesteckt wurde. Die Dienst habenden Wachleute, gebürtige Hamburger, wurden angewiesen, den Gefangenen gut zu bewachen, denn solange nicht geklärt sei, wo Clothilde Gauthier verblieben sei, gelte er als Entführer. Die französischen Gesetze würden im Übrigen ihre Gültigkeit nicht durch einen Abzug verlieren, und bald werde sich ein Staatsanwalt um die Häftlinge kümmern.

Auf dem Schweinemarkt sammelten sich Soldaten, Beamte und französische Zivilisten. Zusammen bildeten sie einen von Gendarmen und der Bürgerwehr flankierten Zug, der sich durch das Steintor langsam zur Elbüberquerung an der Fähre Zollenspieker in Bewegung setzte. Dort hatte die Armee Stellung bezogen, und die Marine hatte zwei bewaffnete Boote entsandt und gewährleistete so einen gefahrlosen Übergang.

Voller Freude sahen viele Hamburger dem Auszug zu. Als der Polizeichef D'Aubignosc durch das Steintor ritt, rief er: »Auf Wiedersehen in zwei Monaten!«

Bei Perthes in der Buchhandlung hatte sich nun ein reges Zentrum gebildet. Von Hess, Parish und Mettlerkamp kamen im wilden Galopp heran, brachten Nachrichten, teils schon von den nahenden russischen Truppen und deren Anführer Oberst Tettenborn, der – in Baden geboren – dem Zaren diente, und preschten dann zum nächsten Ort, um weitere Patrioten zu informieren. Die Männer der neuen Bürgerwache und vor allem die der Bürgerkavallerie waren die Einzigen, die der Bevölkerung zeigten, dass die Stadt nicht der Anarchie anheimfallen würde. Die Befehlshaber der Garde und Kavallerie waren sich einig, dass ein Aufstand unterer Volksschichten verhindert werden müsse. In Flugblättern, die in den Clubs, Kaffeehäusern und Treffpunkten der Kaufleute verteilt wurden, hieß es, dass man sich in die Listen der Garde und Kavallerie eintragen lassen solle. Denn eine echte Regierung war ja nicht erkennbar; nur wenige deutsche Beamte und von den Franzosen eingesetzte Amtspersonen waren auf ihren Posten geblieben, allerdings in ihren Amtsstuben verborgen, etwa der Maire Abendroth. Trotzdem kam es zu keinem Aufstand, sondern alle Bürger und Städter warteten auf den Fortgang der Dinge.

Die Hoffnung der Bürger und Kaufleute war es jetzt, dass der Handel wieder Aufschwung bekäme. Im Hafen wurden eilig Schiffe instand gesetzt. Aus dem Holsteinischen wurden, nur durch den dänischen Zoll kontrolliert, Waren in die Stadt gebracht, die man demnächst wieder in alle Welt zu verkaufen gedachte, während andere Waren, deren Ausfuhr in der letzten Zeit verboten war, nun auf dänisches Gebiet strömten. Auch an der Börse schwankten die Kurse stark. Durch die plötzliche Warenflut hatten viele Kleinschmuggler ihre bescheidene Einkommensquelle verloren, und dadurch herrschten wieder mehr Hunger, Elend und Überfälle in der Stadt.

13. März 1813

Von Heß hatte schon vor dem Abmarsch der Franzosen eine geheime Botschaft des Oberst Tettenborn aus Berlin empfangen, in der dieser ankündigte, mit 7000 Mann nach Hamburg zu marschieren, um dort die alte Ordnung wieder herzustellen. Jetzt, da die Ordnungsmacht abgezogen war, begann eine hitzige Debatte, wie die Zukunft der Stadt Hamburg aussehen könnte. Der dänische Gesandte Rist, der mit vielen Patrioten und wohlhabenden Kaufleuten gut bekannt war, bot seine Vermittlerdienste an, meinte, bevor man den Russen, Schweden und Preußen zu viel Platz einräume und hernach Dank schulde, könne man sich auch an die dänische Regierung wenden. In Altona und Pinneberg stünden dänische Soldaten bereit, die einer neuen hamburgischen Regierung gerne Schutz und Dienste zur Verfügung stellen würden; er würde zudem raten, über seine Regierung auch Engländer einzubeziehen, damit eine große, gemeinsame Allianz entstünde, die in der Lage wäre, den Franzosen einen Wiedereinzug in die Stadt zu verwehren.

Die ehemaligen Angehörigen der alten aufgelösten Ratsversammlung pochten darauf, dass sie unter Androhung von Gewalt aus dem Amt gejagt worden seien. Nun wäre es nur rechtmäßig, die alte Verfassung und die alten Organe dieser Verfassung wieder in Kraft treten zu lassen. Die Mitglieder des neuen Munizipalrates und besonders der Maire Abendroth warnten vor einer Brüskierung der Franzosen. Die Franzosen seien nur vorübergehend nicht in der Stadt, bis der große Feldherr und Kaiser Napoleon neue Erfolge vorzuweisen habe. Es würde sehr schädlich sein, wenn die Hamburger von sich aus den alten Rat wieder einsetzten, denn dann könnte Napoleon aus Rache erneut hohe Kontributionsforderungen an Hamburg stellen. Viel diplomatischer wäre es doch, zu warten, bis die Russen in die Stadt einmarschiert seien. Dann könne man gegebenenfalls Napoleon gegenüber später angeben, dass die Russen an der Absetzung des Maire und des Munizipalrates schuld seien.

Unterstützt wurde diese Fraktion auch von leidenschaftlichen Patrioten, die sich zwar keineswegs vor Napoleons Rückkehr fürchteten, aber etliche Neuerungen in der Verwaltung belassen und nicht wieder in die Hände des alten Rates legen wollten.

Oberst Tettenborn wiederum ließ durch Boten den Hamburgern mitteilen, er würde nur dann friedlich in die Stadt einziehen können, wenn die französische Stadtregierung samt ihrer Behörden von der Bevölkerung abgesetzt und der alte Rat wieder eingesetzt sei; der Rat könne dann ein Hilfegesuch an ihn richten. Ansonsten würde er Hamburg als feindlich betrachten und die Stadt für den Zaren in Besitz nehmen. Diese Nachricht – oder war es ein geschickt gestreutes Gerücht – erhöhte noch die Konfusion unter denjenigen Bürgern Hamburgs, die bereit waren, das Wohl der Stadt durch energisches Auftreten zu unterstützen.

Clemens hätte sicher auch dafür gestimmt, Teile der französischen Gesetze und Verfassung in eine neue republikanische Verfassung aufzunehmen. Wenn er gekonnt hätte, wäre er für eine Art verfassungsgebende Versammlung eingetreten, die eine provisorische Regierung errichten und ein neues Regelwerk ausarbeiten solle.

Doch während draußen auf den Plätzen und Straßen davon geredet wurde, dass schwedische Truppen in Rostock-Warnemünde und Wismar gelandet seien, dass in Brandenburg Kosaken alle Wege und Landstraßen kontrollierten, der Oberst Tettenborn in Perleberg angekommen sei und weiter auf Hamburg zureite, saß der junge Kaufmann in einer Kellerzelle der Hauptwache. Man hatte ihn schlicht vergessen, und der Wächter zuckte nur mit den Achseln, wenn Clemens verlangte, angehört zu werden, und seine Unschuld beteuerte.

16. März 1813

Als Clemens endlich mit auf dem Rücken gefesselten Händen in einen Verhör-Raum gebracht wurde, staunte er nicht schlecht. Er erkannte den Mann, der ihm da gegenüber saß. »Guten Tag, Herr Maiboom. Ja, da wundern Sie sich, dass Sie mir hier begegnen, nicht wahr? Ich muss Amtshilfe leisten, zumal meine Dienststelle beim Zoll derzeit beschäftigungslos ist; nun, da mache ich mich hier nützlich. Um die Gesetzlosen kümmern wir uns immer noch sehr gründlich. Herr Maiboom, Herr Maiboom, was haben Sie da nur wieder angerichtet. Nicht nur, dass Sie schmuggeln, nicht nur, dass Sie gegen Postgesetze verstoßen haben, mit Ihrem Bruder in England korrespondieren, einem Geheimbund angehören; alles Dinge, die ich Ihnen verzeihen kann, weil ich im Grunde ja auch ein Patriot bin. Ob die Russen nun wohl wissen wollen, wer da damals an die französische Armee Waffenstahl geliefert und sich bereichert hat? Nun, ich habe nicht vor, alte Geschichten hervorzuholen. Aber ich hielt es für meine hanseatische Pflicht, den Russen zu zeigen, dass es auch Hamburger gibt, die in schweren Zeiten zu ihnen halten. Nur aus diesem Grund habe ich den Russen angezeigt, dass Waffenstahl auf der Elbe nach Osten verschifft wurde. Sorgen Sie sich nicht, dass ich Sie verrate.

Und nun wieder dies, Herr Maiboom, Frauenraub. Ich hoffe nur, dass der jungen Dame noch nichts zugestoßen ist. Überlegen Sie mal, wenn man eine Leiche fände. Noch gibt es ja die neue Fallbeilmaschine, und die Bevölkerung ist ganz erpicht darauf, bei dieser humanen französischen Art der Urteilsvollstreckung zuzusehen. Aber ich will keineswegs eine Vorverurteilung vornehmen. Der Herr de Chapeaurouge hat mir erlaubt, im Zweifel für den Häftling zu entscheiden. Also, Maiboom, erzählen Sie mal der Reihe nach!«

Es kostete Clemens große Überwindung, überhaupt mit Rauchenberg zu sprechen. Schließlich trug er die Schuld am tödlichen Ausgang der Floßfahrt. Nun war Clemens von diesem

Mann abhängig. Und er hatte keinerlei Informationen darüber, wo Clothilde war, ob es ihr gelungen war, bei Auguste sicheren Unterschlupf zu finden. Schon während der letzen zwei Tage hatte er sich um sie gesorgt. Er wusste ja nicht, ob es draußen Ausschreitungen gegen Franzosen gab.

So zwang Clemens sich zur Ruhe, berichtete davon, dass Clothilde ihrem Bruder und ihrem Vater nicht folgen wollte, sondern ihm – Clemens Maiboom – zugeneigt, bei seiner Cousine achtbar unterzukommen hoffte. Jovial neigte sich Rauchenberg Clemens zu und flüsterte: »Mein lieber Maiboom, ich muss natürlich den Sachverhalt überprüfen. Nur ist es derzeit schwierig, Polizisten zu finden. Eine kleine Zahlung würde die Aufgabe erleichtern. Natürlich haben Sie hier kein Bargeld. Ich habe darum einen Schuldschein vorbereitet, den Sie nur zu unterschreiben brauchen. Bedenken Sie, wie dringend Sie draußen in Ihrem Handelshaus gebraucht werden. Die Konkurrenz schläft nicht!«

Voller Wut unterschrieb Clemens den Schuldschein und später ein Protokoll, in dem er auch noch bezeugte: »Der Untersuchungshäftling legt von sich aus Wert darauf festzustellen, dass der Inspektor Rauchenberg mit großer Genauigkeit und Höflichkeit gehandelt hat.«

17. März 1813

Am 17. März wurde Clemens endlich entlassen, und es freute ihn, dass Nils Banthien ihn schon erwartete. »Man hat mich nicht zu Ihnen vorgelassen. Ich habe aber auch schon heute Morgen Herrn Perthes und Herrn Rist informiert. Die Herren wollten bei Herrn de Chapeaurouge intervenieren.«

Clemens nahm dankbar das frische Hemd und einen neuen Gehrock in Empfang und zog sich sofort in der Wache um, da er sich sofort auf den Weg zu Auguste Wollenberg machen wollte. Unterwegs begegneten ihnen die ersten von 1500 Kosaken, Kalmücken, Baschkiren und Freikorps-Soldaten des Oberst Tettenborn, der selbst noch in Bergedorf verharrte. Die russischen Krieger wurden umjubelt, wo immer sie des Weges kamen. Frauen in Festtagsgewändern und Männer in Ausgehtrachten brachen in Hochrufe aus. Die fremdländischen Soldaten biwakierten am Jungfernstieg und auf den Plätzen, aßen und tranken und stimmten schließlich ihre traditionell melancholischen Gesänge an.

»Oh, Clemens, endlich kommst du!«, rief Clothilde ihrem Geliebten entgegen. »Ich hatte solche Angst um dich und auch Furcht um mich selbst. Hamburg schien mir bislang immer so duldsam und ihre Bewohner zurückhaltend zu sein. Das Schießen, die Plünderer, das Gebrüll und die Wut der Menge, all das hätte ich nicht für möglich gehalten!«

»Bereust du es, nicht mit deinem Vater gegangen zu sein?«

»Nein, jetzt, wo du bei mir bist, bin ich wieder voller Zuversicht. Die Zukunft wird friedvoller und glücklich werden. Doch habe ich noch ein wenig Angst, dass man mir etwas antun könnte. Hast du gehört, dass man noch am 15. März einen Kurländer als russischen Spion verhaftet und erschossen hat? Dabei konnte man ihm angeblich nichts nachweisen! Ob man mich jetzt vielleicht auch als Spionin ansehen könnte? Ob die Verwandten derjenigen, die auf dem Heiligen Geistfeld erschossen wurden, wohl an mir als Französin Rache nehmen würden?«

»Fürchte dich nicht, Clothilde. Ich will dich beschützen. Außerdem sprichst du sehr gut Deutsch. Bedenke auch, dass sich der Zorn der armen Leute bisher mehr gegen Amtspersonen richtete. Hinzu kommt, dass die gebildeten Bürger Frankreich schon immer als ein überaus kultiviertes Land und als Vorbild betrachtet haben. Und an den Namen vieler Hamburger Ratsherren kann man noch heute ihre französischen Wurzeln erkennen. Nein, Clothilde, hab keine Angst. Die Lage wird sich auch wieder beruhigen. Die Wut auf die Zöllner des Kaisers Napoleon und auf die Machtgelüste eures Kaisers wird sich nicht dauerhaft gegen die Franzosen richten. Napoleon hat sich geirrt mit seiner Idee von einem napoleonischen Europa. Er konnte sich nicht vorstellen, dass sich hier auch ein Patriotismus bilden könnte. Vielleicht hat er gemeint, weil wir seit dem dreißigjährigen Krieg in viele kleine und größere Fürstentümer und Reichsstädte aufgeteilt sind, gäbe es keinen Zusammenhalt zwischen Preußen, Württembergern, Sachsen, Westfalen, Mecklenburgern, Hamburgern und anderen Deutschen und er könne uns einfach zu französischen Bürgern machen. Es ist schon eine Ironie des Schicksals, dass gerade euer Napoleon es geschafft hat, die aufgeschlossenen und gelehrten Männer in den verschiedenen deutschen Landen zu Patrioten zu machen. Jetzt wird der Gedanke Verbreitung finden, dass es – genauso wie es ein Frankreich gibt – auch ein geeintes Deutschland mit verschiedenen Regionen wird geben müssen. Frankreich ist da, wo man von alters her als Muttersprache Französisch spricht. Deutschland ist da, wo man die deutsche Sprache spricht. Und Spanisch spricht man in Spanien. Lass uns nur hoffen, dass euer Kaiser dies bald begreift, dann kann es endlich Frieden geben in Europa.«

»Dann habe ich mich auch geirrt?«

»Ach Clothilde, ich weiß, du wolltest uns Hamburger immer von den Idealen der Französischen Revolution und der neuen Staatsführung überzeugen. Ich glaube auch, dass du mit vielem Recht hast. Doch nun müssen wir erst einmal überlegen, was in den nächsten Tagen passieren soll. Wo ist Auguste?«

Auguste freute sich über die Abwechslung in ihrem Leben, denn die Betreuung des kranken und verwirrten Vaters hatte sie in eine anstrengende Tretmühle gezwungen.

»Wenn alle feiern, dass die Franzosen weg und die Russen hier sind, dann wollen wir auch feiern, und zwar Verlobung«, schlug Auguste vor. »Aus Gründen des Anstands bleibt Clothilde natürlich bei mir, aber wenn ihr euch liebt, solltet ihr, sobald es irgend möglich ist, heiraten. Ihr seid ein schönes Paar. Ich werde vor Gott und der Welt bezeugen, dass ihr zueinander gehört!«

Clothilde war bereit, sich ganz förmlich zu Clemens zu bekennen. Sie lächelte Clemens an und umschlang ihn innig. Der rief glücklich: »Ich laufe schnell nach Hause und hole eine Flasche Wein und einen Verlobungsring. Die offizielle Verlobungsfeier und die Hochzeit richten wir aus, sobald es möglich ist.«

Bald kam Clemens mit einem Ring, Wein, Brot und Wurst und in Begleitung von Nils Banthien zurück. Clemens hatte den jungen Mann in besorgter Stimmung im Maiboom'schen Haus angetroffen. Nils hatte seit ein paar Wochen nichts mehr von seinen Eltern gehört. Hatte es in Wandsbek auch Auseinandersetzungen zwischen Franzosen und Aufständischen gegeben? Hatten die Franzosen womöglich beim Drucker Banthien Hinweise auf den Druck patriotischer Aufrufe gefunden? Clemens hatte ihn aufgefordert, als Verlobungszeuge mitzukommen, damit er auf andere Gedanken käme.

Während die beiden Liebenden einander Treue gelobten, Clothilde einen Ring aus dem Seeräuberschatz des Vorfahrens der Maibooms an den Finger gesteckt bekam und die vier jungen Leute mit Wein anstießen, wurde draußen gefeiert und darüber debattiert, wie man die Stadt illuminieren müsse, wenn der Oberst mit all seinen Soldaten aus Bergedorf einmarschieren würde.

Den Patrioten aller Fraktionen war unwohl, als sie aus Bergedorf die Botschaft erhielten, Hamburg würde als eroberte französische Stadt behandelt und müsse Kontributionen an Oberst Tettenborn leisten, wenn nicht unverzüglich die schriftliche Erklärung in der Kommandantur einträfe, dass die Bürgerschaft den französischen Magistrat abgesetzt und den alten Rat wieder eingesetzt hätte.

Man einigte sich noch in der Nacht in einer Sitzung des Munizipalrates zusammen mit ehemaligen Ratsmitgliedern auf die Formulierung in der schriftlichen Proklamation »... sei der alte Rat, soweit dies personell möglich sei, *auf Verlangen des russischen Kommandierenden* wieder in seine Ämter gesetzt«. Damit wollten sich die Ängstlichen eine Hintertür offen halten, für den Fall, dass die Franzosen doch zurückkämen. Doch als Tettenborn am 18. März die Proklamation von zwei Ratsmitgliedern überreicht bekam, wurden sie barsch abgekanzelt, wie es unter den napoleonischen Offizieren nicht schlimmer gewesen war. Da Herr von Heß schon einen Tag länger in Bergedorf die Auffassung der Patrioten aus dem Kreis um Herrn Perthes vertreten hatte, vermuteten die beiden Ratsabgesandten, dass von Heß gegen den alten Rat gehetzt habe. Dieser Umstand trug nicht gerade zur Einigkeit im Lager der Bürgervertreter Hamburgs bei. Auf jeden Fall nahmen die beiden offiziellen Abgesandten die Anregungen des Herrn Oberst entgegen, wie mit Glockengeläute und Böllerschüssen der würdevolle Einmarsch in die Stadt gestaltet werden könne. Außerdem war sich der Oberst nicht zu fein, darauf hinzuweisen, dass ihm ein Ehrenbürger-Brief der Stadt Hamburg nebst 5000 Louisdor als Geschenk angemessen erschiene.

18. März 1813

So ritten die Truppen unter der Führung des Oberst Tettenborn am 18. März um ein Uhr mittags feierlich durch das Steintor und Tausende säumten die Straßen. Der Oberst begab sich direkt zum Gouvernementshotel »Auf den großen Bleichen«, während die Offiziere an einer langen, gedeckten Tafel auf dem Jungfernstieg Platz nahmen. Mit Staunen zogen die Hamburger an den stolzen, wilden, bärtigen Kosaken vorbei, wunderten sich über die asiatisch aussehenden Kalmücken und Baschkiren mit ihren kleinen Pferden und ihrer Ausrüstung an Krummsäbeln und Lanzen.

19. März 1813

Unter den Patrioten in Perthes' Sortimentsbuchhandlung breitete sich Ernüchterung aus. Wo blieben die angekündigten 7000 Mann Fußvolk russischer und preußischer Soldaten? Was sollte die Franzosen hindern, die 1500 Kosaken mit ihren Pferden, Piken und Lanzen wieder zu vertreiben? Musste ein Oberst Tettenborn sich nicht darum kümmern, dass den auf dem südlichen Elbufer stehenden Franzosen Kanonenrohre entgegengestreckt wurden? Wo blieb die Verbindung zu der Allianz mit den Schweden aus Mecklenburg?

Je länger die Patrioten die Fahnenträger des Herrn Oberst betrachteten und kennen lernten, desto mehr mussten sie den Eindruck gewinnen, dass da Hasardeure und Glücksritter ein lustiges Leben lebten. Die Kosaken lagerten stur auf den Straßen, nahmen die Geschenke der Bevölkerung entgegen und scherzten mit den Kindern. Doch an einer längerfristigen Sicherung der Stadt schienen sie nicht interessiert zu sein. Die Pferde würden sie bei Gefahr auch wieder schnell aus der Stadt tragen.

Immerhin hatte Oberst Tettenborn in russischem Namen die Elbe für frei erklärt, nachdem bekannt geworden war, dass die Franzosen ihre Kriegsschiffe in der Elbmündung versenkt hatten und die Marinesoldaten zu Fuß aufgebrochen waren, um sich irgendwo im Landesinneren mit anderen Truppen zu vereinigen. Zwar waren noch keine englischen Handelssegler die Elbe heraufgekommen, wohl auch, weil die Engländer noch immer mit den Dänen im Kriegszustand lagen, aber englische Marinetransportboote waren schon mit zivilen Beratern, Soldaten und Waffen nach Stade und anderen Elbhäfen unterwegs. Bald wurde vom Dänenkönig ein sechswöchiger Waffenstillstand gegenüber England erklärt, was die Lage zusätzlich erleichterte.

Die neue alte Bürgerschaft war zum ersten Mal zusammengetreten und hatte den Senat aufgefordert, eine hanseatische Legion und Bürgergarde von etwa 10 000 Mann zu bilden. Das Geld dazu war bewilligt worden. Sogleich begann das Werben, und mancher vermögende Kaufmann oder Handwerker steckte eine Menge Geld in die Ausrüstung.

Graf Joseph Westphalen wurde von Tettenborn beauftragt, die hamburgische Kavallerie zu organisieren. Sie mussten auf den russischen Zaren schwören und trugen russische Feldzeichen, was manchen Patrioten nicht sehr erbaute. Wenigstens durften die Männer hamburgische Fahnen tragen, die in aller Eile bestickt worden waren.

In Hamburg sammelte sich nun allerlei Kriegsvolk, hannoverische Offiziere bildeten auf eigene Faust Corps, Mecklenburger Jäger rückten an, eine Abteilung der englischen Legion besuchte die Stadt, Deserteure aus der großen Armee, keine Franzosen, aber Rheinländer und Westfalen, schrieben sich in die Hamburger Listen ein; selbst dänische Abenteurer wollten von Hamburg aus in den Krieg ziehen, begehrten Ausrüstung und Verpflegung. Der Hamburger Rat wurde dabei nicht gefragt, sondern alle wendeten sich an Oberst Tettenborn, der kurz darauf von seinem Dienstherrn, dem Zaren, zum General ernannt worden war.

Um nun alle Begehren recht schnell erfüllen zu können, ließ Tettenborn einen Spendenaufruf veröffentlichen. Viele kamen diesem Wunsch nach, selbst Kinder opferten ihre Spardosen, Knechte und Mägde brachten Erspartes, Witwen die silbernen Hemdknöpfe der verblichenen Gatten, und Tettenborn ließ die Verzeichnisse der Spenden in den Zeitungen erscheinen. Leider waren dies die einzigen Orte, an denen die Wertsachen je wieder erschienen. Wer und wo sie wofür benutzt hat, war später nicht mehr zu ermitteln. Genauso wenig ist bekannt, was mit den Wertsachen und Geldern geschah, die Tettenborns Militärpolizei von noch in Hamburg verbliebenen französischen Zivilisten konfiszierten oder was sie mit den französischen Einrichtungen tat. Selbst verlassene Privatwohnungen blieben nicht verschont.

Edda, die Köchin der Gauthiers, war resolut genug, die Einrichtungsgegenstände kurzerhand für hamburgisch zu erklären.

Das Haus samt Inhalt gehöre den Kaufleuten Maiboom. So zogen die Plünderer weiter.

Zwei Tage später erschien Clemens' Bruder Thomas überraschend im Kontor. »Clemens, wie schön dich zu sehen. Hamburg ist befreit, da wird es endlich wieder bergauf gehen.«

»Ach, Thomas, betrachte die Lage nicht zu optimistisch. Hamburg ist noch längst nicht sicher, denn hier sind nur ein paar hundert Kosaken und hinzu kommen an die tausend unerfahrene Männer in der Hamburger Legion.«

»Aber deswegen bin ich doch hier. Ich will zur Sicherheit beitragen. Mein Partner Murphy will euch Hamburgern Kanonen verschaffen. Der englische König denkt natürlich zunächst mal an Hannover und seine eigenen Interessen. Aber ich kann dir sagen, Murphy, der alte Ire, ist ein gerissener Kerl. Durch seine Beziehungen zweigt er bestimmt Kanonen für Hamburg ab. Das ist alles eine Frage des Preises. Clemens, wenn du mir hilfst, will ich mich nicht lumpen lassen. Ich hab ja schon gehört, dass du so etwas Riskantes wie eine Kanone zu schmuggeln selbst erledigt hast. Das wäre nicht meine Sache. Mut hast du ja. Aber ehrlich, eine einzelne Kanone nützt nichts! Ihr braucht hundert Geschütze, dazu Munition. Bei so einem Auftrag fällt dann natürlich schon mehr Gewinn ab. Deswegen bin ich hier. Sag mir, an wen ich mich wenden kann. Wer hat Kredit? Komm, unterstütze mich, das bist du mir schuldig, nachdem du Vater aus dem Geschäft gedrängt hast und hier allein den großen Kaufmann spielst.«

»Sag mal, Thomas, du kommst her und fängst an, mich unter Druck zu setzen, und verhöhnst mich zugleich. Ich habe hier den Kopf hingehalten, damit du eine Heimat behältst, falls dein Ire dich aus seiner Londoner Firma wirft. Du denkst nur an das Geld. Denk auch mal an deine Heimatstadt, an die armen Leute hier. Wir müssen mit den Franzosen leben, falls sie zurückkommen, nicht du. Wir müssen deine Kanonen bezahlen, denn nur der Rat hat den Überblick, welche Schuldverschreibungen noch möglich sind. Millionen Mark haben wir schon an die Franzosen zahlen müssen. Ich fürchte, es ist nicht mehr viel Spielraum für Waffenkäufe vorhanden. Ich will dir was sagen, kümmere du dich selbst um deine Kanonengeschäfte. Mir passt es auch nicht, wie du mit den Ausdrücken ›ihr müsst‹ und ›ich rate euch‹ betonst, dass du offensichtlich nicht zu uns Hamburgern gehörst. Und, um das ganz klarzustellen, du bist aus freien Stücken nach London gegangen. Jetzt kannst du mir nicht vorwerfen, dass ich Vater verdrängt hätte. Es gab hier einfach nichts mehr zu handeln. Vater war der schwierigen Situation nicht mehr gewachsen. Er hatte Herzbeschwerden, und in Kiel geht es ihm besser. Dabei hat er dort sogar schon wieder mit dem Geschäftemachen begonnen. Also, Bruder, keine Vorwürfe mehr. Ich freue mich, dass es dir so gut geht. Lass uns bitte friedlich sein. Falls es dir gelingt, deine Kanonen zu verkaufen, dann stelle ich gern Frachtraum zur Verfügung. Meine Brigantine und der Pfahlewer warten auf Arbeit. Doch verzeih mir, dass ich insgesamt eher schwarz sehe. Hier zagen und zaudern alle. Aus dem Geschäft wird eher nichts werden.«

Thomas lenkte ein und fragte dann, wo er den Chef der Hamburger Legion, den Herrn von Heß treffen könne.

10. April 1813

Das Leben in Hamburg war in jenen Tagen von aufgeregter Geschäftigkeit gekennzeichnet. Am 10. April traf Clemens seinen väterlichen Freund, den Gesandten Rist, in einem kleinen Kaffeehaus.

»Clemens, Sie haben doch einen guten Draht zu Perthes und dem patriotischen Kreis. Ich kann Ihnen hiermit die Gerüchte bestätigen, dass Marschall Davout auf dem Weg nach Lüneburg sei, um von dort aus das gesamte linke Elbufer wieder kontrollieren zu können. Weiter habe ich aus Kopenhagen zu berichten, dass der russische Gesandte Dolgorucki die dänische Regierung bat, dänische Soldaten mögen in die Hansestädte Lübeck und Hamburg einrücken, damit die dortigen russischen und patriotischen Kräfte gegen die Franzosen ziehen könnten. Mein König zaudert, und als ich die Sache mit General von Tettenborn besprechen wollte, war dieser entrüstet. Ich fürchte, dass er nicht sehr geneigt ist, den bequemen Standort Hamburg mit dem Feld zu vertauschen. Ich rate Ihnen und Ihren patriotischen Freunden, unterstützen Sie die dänische Initiative, verlassen Sie sich nicht auf von Tettenborn. Die Dänen wollen wirklich ihren Hamburger Nachbarn helfen und, nebenbei bemerkt, natürlich auch nicht irgendwelche schwedischen Stellungen stärken. Sie wissen doch, der schwedische Kronprinz hieß früher Bernadotte. Glauben Sie wirklich, dass dem an Hamburgs Wohl liegt?«

Clemens versprach, vertraulich mit Perthes über Rists Einschätzungen zu reden. Perthes hatte allerdings gewisse Allüren entwickelt. So trug er eine reich bestickte Stabsuniform und einen langen Säbel und fungierte als Chef des Generalstabes der Bürgergarde, die auf 8000 Mann angewachsen war, leider aber nur wenig Waffen besaß. Perthes Freund und Partner Besser sollte sich um die Artillerie kümmern.

Von Heß, der für diese militärischen Aufgaben wegen seiner Ausbildung in der schwedischen Armee besser geeignet erschien, war aber wegen seiner persönlichen Art weniger beliebt. Auch seine enge Anbindung an von Tettenborn sorgte dafür, dass von Heß nun weniger zu sagen hatte.

Als Clemens Perthes vorschlug, mit den Dänen über Hilfe zu verhandeln, versprach Perthes unkonzentriert, die Idee weiter zu verfolgen, während er einen neuen Dreispitz vor dem Spiegel aufprobierte. Clemens fühlte sich beinahe an Napoleon erinnert, doch dann riss er sich los, denn er wollte zu Clothilde.

Clemens sorgte sich nun vermehrt um Clothilde. Die Ausschreitungen gegen die französischen Amtssymbole und Einrichtungen hatten sie tiefer beunruhigt, als sie zugab. Die Konfiszierung französischen Privateigentums durch die Soldaten des Generals Tettenborn empörte sie und noch mehr die Tatsache, dass sogar katholisches Kirchensilber der spanischen Kapelle von Tettenborns Abgesandten requiriert und verkauft worden war.

Clothilde war äußerst erregt: »Clemens, was soll ich nur tun? Einerseits habe ich Angst, Angst, dass man mir etwas antun will, Angst, dass unser Eigentum gestohlen wird, Angst auch, dass, falls dir etwas passiert, ich hier ganz allein und fast mittellos bin. Und dann schimpfe ich mich selbst feige, weil ich mich bei deiner Cousine Auguste verstecke. Habe ich mir etwas vorzuwerfen? Bin ich eine Spionin? Nein, ich wollte eine Botschafterin Frankreichs sein, die Ideale von Freiheit, Gleichheit und Brüderlichkeit vertreten, für einen modernen Staat eintreten, für eine durchsichtige Justiz, den Code Napoléon vorstellen; ich wollte zeigen, dass die Franzosen warmherzige Menschen sind. Der Begriff der Brüderlichkeit ist mir wichtig, wobei ich meiner Großmutter folgen möchte und von Geschwisterlichkeit sprechen sollte. Ich gebe zu, ihr seid keine Franzosen, und meinetwegen sollt ihr Hamburger, Preußen, Rheinbündler und alle anderen mit deutscher Muttersprache euch auch Deutsche nennen; aber dann sollten wir uns vertragen, wie Geschwister. Sollte ich nicht dafür eintreten? Dieser verdammte Krieg und die Kontinentalsperre und die Kontributionen und das Hin und Her der Eroberungen, all das schafft nur Leid. Clemens, glaubst du, dass die Menschen je vernünftig werden? Hast du nicht selbst zugegeben, dass so manche Neuerung der französischen Verwaltung nützlich und gerechter ist? Bist du nicht auch ein Republikaner, der seine bürgerliche Vertretung wählen will, und sollten diese Rechte nicht überall in Europa gelten? Sollten nicht auch überall ähnliche Steuern, Abgaben und Zölle gezahlt werden, damit Handwerker, Manufakturen und Kaufleute besser miteinander in Wettstreit treten könnten? Glaubst du, dass die Spendenaufrufe zum Waffenkauf, die man jetzt überall lesen kann, den Armen und den Arbeitslosen nützen? Clemens, sag doch etwas.«

Clemens seufzte: »Clothilde, mich regt es ja auch auf, dass die Patrioten hauptsächlich an das Rüsten denken. Ich gebe zu, dass jetzt die Herren die Oberhand haben, die Macht und Gewalt auszuüben willig sind, wobei ich Perthes unterstelle, dass er noch Ideale hat und moralisch einwandfrei handeln will, während Tettenborn seiner Eitelkeit frönt, sich in seiner Machtposition sonnt, ohne wirklich an Hamburgs Zukunft zu denken. Doch wenn du so mutig sein willst, öffentlich für Frieden und Verständigung zu werben, so hast du die Rechnung ohne das Publikum aufgemacht. Weder dein Kaiser noch sein treuer Marschall Davout und sein General Vandamme, noch der Zar samt seinen preußischen, schwedischen und englischen Verbündeten wollen doch nachgeben und verhandeln. Sie alle glauben, dass die Macht der Waffen die Entscheidung bringen wird, und dass sie siegen werden. Clothilde, in diesem bangen Moment will dich niemand hören. Beruhige dich, schreib deine klugen Gedanken auf und spare sie für einen besonneneren Moment auf. Ich bitte dich, geh lieber nicht allein in euer Haus, sondern bleib bei Auguste. Eine Botschafterin mit Worten kannst du nur werden, wenn du in Zeiten des Krieges nicht durch eine verirrte Kugel stirbst. Clothilde, ich werde für unsere gemeinsame Zukunft sorgen. Dazu gehört, dass ich mich informiere, wie wir bald auch ohne die Einwilligung deiner Familie heiraten können. Denn wenn du meine Frau bist, bist du zugleich eine Bürgerin der Stadt mit allen Rechten. Selbst wenn mir dann etwas zustieße, könntest du das Erbe antreten.« Clemens dachte einen Moment nach: »Hör mal, ich habe Jacob Kinau zufällig getroffen. Weil die Schifffahrt brach lag, hat er die arbeitslose Zeit genutzt und die Hamburger Navigationsschule. Kapitän Sonntag hat sein Wissen über die Amerika-Fahrt weitergegeben, Johann Georg Repsold, der Optiker, Hauptspritzenmeister und Erfinder, hat einen Kursus über Astronomie gegeben und Perthes hat die Seekarten geliefert. Jacob ist jetzt in der Lage, nach Amerika zu segeln. Was denkst du, vielleicht kann ich meine Brigantine flottmachen und ein Geschäft einfädeln, das uns mit Jacob als Kapitän nach Amerika führt, und dann kommen wir mit gutem Gewinn in eine Stadt zurück, die wieder friedlicher ist –«

Das war in der Tat ein schönes Traumbild und Clothilde lächelte. Sie ließ sich darauf ein, dass Clemens sie abzulenken versuchte. Doch als er gegangen war, drängte sie es, auch etwas zu tun. Sie zog sich das Hamburger Schürzenkleid an und machte sich auf, um beim kleinen Michel nach der französischen Kirchengemeinde zu sehen. Die Kirchengebäude waren verwaist, die Wohnung des Pfarrers de Lievreville im Gemeindehaus war geplündert; doch Clothilde fragte sich zu der Wohnung des Kaplans Philipp Köster durch.

Tettenborns Militärpolizisten hatten den armen Kaplan verprügelt, um herauszubekommen, wo der französische Pfarrer sich aufhielt, aber Köster hatte ihn nicht verraten. Nun saß sie vor dem grün und blau geschlagenen Mann, der sie erschrocken fragte: »Mademoiselle Gauthier, Sie sind noch hier?« Da fasste Clothilde sich ein Herz und sprach ganz offen von ihren Ängsten, Sorgen und Hoffnungen, fragte den Kaplan auch, was er dazu sagte, dass sie sich heimlich mit einem Lutheraner verlobt hatte. Der Mann sprach ihr gut zu, bat sie, Kraft im Gebet zu suchen, und mahnte nur, dass die Hochzeit nach katholischem Ritus vollzogen werden müsse und etwaige Kinder unbedingt katholisch erzogen werden müssten. Der Kirchenmann sagte noch, er hoffe auf Clothildes tatkräftige Hilfe, weil er eine Armenküche einrichten würde. Clothilde sagte ihm ihre Unterstützung zu und ging gestärkt und mutiger ihrer Wege.

April/Mai 1813

Clemens mühte sich redlich, seine Brigantine für eine Fahrt nach Amerika auszurüsten, musste aber feststellen, dass Geldgeber und Geschäftspartner sich nicht festlegen wollten. Zu widersprüchlich waren die Nachrichten über die Bedrohungen, denen Hamburg ausgesetzt sein könnte. Die Bemühungen, die vor Jahren geschleiften Wallanlagen wieder zur Verteidigung aufzurüsten zeigten, dass man die Stärke der napoleonischen Truppen fürchtete. Der Zar hatte den General Graf von Wallmoden-Grimborn als Oberbefehlshaber gen Hamburg geschickt, doch dieser hatte nach einer kurzen Besichtigung der Stadt keine Anstalten gemacht, das Hauptquartier in Hamburg aufzuschlagen. Vielmehr richtete er sich in Lauenburg ein und wollte dort auf die Armee des schwedischen Kronprinzen warten. Die alliierten russisch-preußischen Truppen rückten aber nur langsam auf Hamburg vor, in Pommern und Mecklenburg standen die Schweden quasi bewegungslos. Aus Österreich kamen auch nur hinhaltende Parolen; österreichische Soldaten gingen nicht gegen französische Truppen im Süden vor, von dort war Napoleon noch nicht in Bedrängnis.

Clemens war gerade im Hauptquartier bei Perthes eingetroffen, um eine Lageeinschätzung zu erbitten, als berittene Boten die Nachricht brachten, dass alle alliierten Streifkorps und Jägereinheiten sich wieder auf das rechtseitige Elbufer zurückgezogen und auch Harburg geräumt hätten, denn Marschall Davout sei mit über 17 000 Mann und dem General Vandamme im Anmarsch.

Perthes und viele Schaulustige brachen zum Elbufer beim Stintfang und zum Hamburger Michel auf, um von diesem erhöhten Aussichtspunkt tatsächlich mit bloßem Auge mit ansehen zu müssen, wie die französischen Truppen am südlichen Ufer entlangstrichen.

Wie sollte Hamburg wirkungsvoll verteidigt werden, wenn jeder eine andere Strategie vortrug und so wenig geübte Soldaten zur Verfügung standen? Was nützte die feierliche zweistündige Fahnenweihe von Pastor Rambach im Michel, wenn über zweitausend Legionäre noch immer ohne Gewehr dastanden? Zwar trafen schubweise Gewehre aus England ein, doch die Verteilung funktionierte nicht reibungslos.

8. Mai 1813

Als Clemens abends am 8. Mai auf dem Weg zu Clothilde Pit Lindemann traf, war dieser reichlich in Rage. »Es ist nicht zu fassen, worüber man sich in der einberufenen Bürgerschaft streitet, während die Franzosen drüben auf der Harburger Seite Flöße bauen. Von Heß sollte als Oberst und Befehlshaber der Hamburger Garde auf den Senat einen Eid schwören und weigert sich, die vorgeschriebene Formel zu sprechen, weil der eigentliche Kommandierende im Diensten des Zaren stünde. Währenddessen sind die ersten Toten auf der Wilhelmsburg zu beklagen, denn dort landen immer wieder Franzosen. Clemens, die Eitelkeiten der Herren Patrioten kotzen mich an. Die stümperhafte Verteidigung wird uns noch viel Geld kosten, nämlich dann, wenn die Franzosen wieder einrücken. Deine eine Kanone, Clemens, die du unter großer Gefahr besorgt hast, steht nun in der Batterie bei Wilhelmsburg, aber uns geht bald die Munition aus und die Artilleristen schießen allzu ungenau. Es rächt sich, dass wir in den letzten fünfzehn Jahren nichts für die Ausbildung eigener Soldaten ausgegeben haben.« Und dann fragte Lindemann: »He, wo hast du dich eigentlich eingereiht? An welchem Abschnitt bist du eingeteilt, Clemens?«

Clemens wollte gerade erklären, dass er noch keiner Einheit zugeteilt sei, weil er als einziger rechtmäßiger Vertreter des Hauses Maiboom im Geschäft unabkömmlich sei, als eine Droschke vorfuhr und Thomas Maiboom sehr eilig ausstieg. »Ah, Pit Lindemann und Clemens, ich komme nur, um meinen Koffer zu holen und Lebewohl zu sagen. Gern hätte ich euch Hamburgern Kanonen beschafft, aber hier weiß ja niemand, wer wirklich zu entscheiden hat. Alle laufen wichtig herum, aber über eine geeignete Summe Geldes will niemand verfügen. Na, wenigstens habe ich euch ein paar tausend englische Gewehre verschafft; ich will mich nicht beklagen, für mich hat es sich gelohnt, und Hamburg ist damit geholfen. Doch nun fürchte ich, man könnte mich für einen englischen Spion halten.

Ich muss schleunigst nach Glückstadt und dort mein Schiff erreichen. Clemens, wir bleiben in Verbindung. Grüße unsere Eltern, ich komme bald wieder.« Thomas ließ die beiden stehen und holte sein Gepäck aus dem Haus.

Clemens und Pit verabschiedeten sich auch voneinander. Clemens machte sich auf, um mit Auguste und Clothilde zu Abend zu essen. Auf dem Weg durch die Stadt begegnete ihm Rauchenberg, der sogleich loslegte: »Guten Abend Herr Maiboom. Na, wie fühlen Sie sich so auf freiem Fuße? Sie vergessen hoffentlich nicht, wem Sie das zu verdanken haben. In gewissen Maßen lassen sich alle Vorschriften auslegen, doch je strenger die Vorgesetzten kontrollieren, desto genauer muss man sich an die Befehle halten. Nehmen Sie es mir nicht persönlich, Maiboom, falls ich Sie dann doch nochmals verhaften muss. Schönen Abend wünsche ich –« Clemens erwiderte den Gruß nicht, sondern setzte seinen Weg einfach fort. Musste dieser massige Mensch ihm immer wieder begegnen? Konnte man nicht etwas dagegen tun, dass eine derartige Person als Staatsdiener bei Zoll und Polizei arbeitete? Wahrscheinlich war es schwer, ihm Bestechlichkeit und Amtsvergehen zu beweisen, aber es musste doch noch mehr Opfer geben.

Clemens bemerkte nicht, dass ihm im Dämmerlicht eine trotz Leibesfülle recht behände Gestalt folgte.

Auguste und Clothilde erwarteten Clemens bereits ungeduldig. Es gab Maischolle und zwei Flaschen aus dem Maiboom'schen Weinvorräten. Der Wein versetzte sogar Auguste, die sehr in Sorge um ihren kranken Vater war, in ausgelassene Stimmung. Die drei scherzten sogar über die militärischen Aktionen und verglichen sowohl die französischen Soldaten als auch die Freiwilligen in ihren fantasievollen Bekleidungskombinationen mit den Zinnsoldaten, die sie dereinst im Sandkasten hin und her bewegt hatten. Trotz aller Heiterkeit vermieden sie, daran zu rühren, dass Clemens auch genötigt sein könnte, mit der Waffe in der Hand den Franzosen entgegenzuziehen.

Nicht nur in dieser kleinen Runde wurde gefeiert, als wäre es der letzte fröhliche Tag. Auch die Lauenburger Jäger hinter dem Deich der Wilhelmsburger Inselspitze wurden durch die schwüle Mainacht dazu verführt, zu sehr dem Branntwein und dem Bier zuzusprechen, die ihr Oberst spendiert hatte. In jener Nacht setzten die Franzosen vom Harburger Ufer still mit Flößen über die Elbe und überrumpelten in den Morgenstunden das Lauenburger Corps. Die mangelnde Sorgfalt bei der nächtlichen Wache führte dazu, dass die Jäger vollständig aufgerieben wurden.

9. Mai 1813

Das nahe stehende hanseatische Bataillon musste sich überstürzt zurückziehen und sogar die Kanone, den 24-Pfünder, notdürftig vernagelt zurücklassen. Die Sturmglocken der Hamburger Kirchen verkündeten morgens früh um fünf Uhr die Niederlage und riefen die Freiwilligen zu den Waffen.

Clemens, der auf der Küchenbank übernachtet hatte, verabschiedete sich ernst von Auguste und Clothilde.

»Was soll nur werden, Clemens? Du musst doch nicht gehen, es gibt doch genügend andere Freiwillige. So bleib doch lieber hier, bis man Genaueres weiß.«

»Nein, Clothilde, ich kann hier nicht ruhigen Gewissens abwarten. Ich muss wissen, was los ist. Ich könnte meinen Freunden und Bekannten nicht mehr in die Augen sehen, wenn ich nicht da helfe, wo geholfen werden muss.«

»Du sprichst von helfen und meinst töten. Was passiert, wenn du meinem Bruder begegnest?«

»Ich begebe mich in Gottes Hand. Möge es nicht mein Schicksal sein, dass ich überhaupt auf einen Menschen schießen muss. Ich schwöre dir, Clothilde, wenn ich erkennen würde, dass dein Bruder mir gegenüber steht, ich könnte nicht auf ihn schießen. Ich nehme ihm nicht einmal übel, dass er mich ins Gefängnis werfen ließ. Doch lass uns nicht von so schlimmen Dingen reden. Vielleicht ist es einfach nötig, dass nicht nur die Heißsporne an der Front stehen, sondern auch besonnenere Menschen, die auf andere beruhigend wirken können. Lass mich nur gehen, vertrau mir, ich komme bald zurück.«

Clothilde und Clemens umarmten und küssten sich, Auguste weinte. Es stand schlimm um die Stadt und ihre Bevölkerung.

Wieder gab es ein Durcheinander auf der Wilhelmsburger Insel. Zweihundert Mecklenburger Jäger unterstützten die hanseatischen Freiwilligen, die die Franzosen angriffen und tatsächlich auch wieder ein wenig zurückdrängen konnten. Jedoch befand sich schon französische Artillerie an der Landungsstelle auf Wilhelmsburger Gebiet. Geschützt durch die Geschosse konnten die napoleonischen Soldaten dort ihre Stellung verfestigen. Zur gleichen Zeit waren weitere feindliche Einheiten nach Ochsenwerder, auf das rechte Elbufer vorgedrungen. Über Rothenburgsort rückten nun zweihundert Mann der Hanseatischen Legion zu den Stellungen am Eichbaum vor. Doch ahnten sie, dass all ihre Entschlossenheit gegen Feldgeschütze nichts bewirken würde. Wann käme nur Hilfe? Erkannten die Befehlshaber der alliierten Schweden, Preußen und Russen denn nicht, dass Hamburg eine kriegsentscheidende Festung sein könnte, die dem gefürchteten Sieger von Eckmühl und Auerstedt, Marschall Davout, nicht in die Hände fallen durfte? Warum rief Tettenborn nicht wenigstens dänische Soldaten aus Altona zu Hilfe? Wollte der dänische König vorsichtshalber seine Treue zu Napoleon wieder stärker betonen? Waren die englisch-dänischen Verhandlungen um einen Frieden gescheitert?

11. Mai 1813

Am 11. Mai gab Tettenborn die Wilhelmsburger Insel auf und ließ die Einheiten auf der Veddeler Schanze Stellung beziehen. Etliche Patrioten kritisierten diesen Befehl. Denn nun konnte die große Armee des Marschall Davout, insgesamt 17 000 Mann, noch näher an Hamburg heranrücken, und ihre Geschütze und Haubitzen würden das Feuer in die Häuser der Stadt tragen. Clemens war seit dem Morgen des 9. Mai nicht zu Hause gewesen und hatte auch nicht Auguste und Clothilde besucht. Er war zwischen dem Hauptquartier von Perthes am Domplatz und Tettenborn hin und her geschickt worden, hatte Botschaften überbracht und die Lage besprochen. Es herrschte ein großes Durcheinander. Dann fielen die Verteidiger der Stadt auch noch auf einen Scheinangriff des Generals van Damme auf die halb fertige Veddeler Schanze herein. Van Damme lockte ein paar hundert Legionäre aus ihren Stellungen und in einen Hinterhalt. Ganz ähnlich ging es auf Ochsenwerder zu. Nur beim Zollenspieker konnten die Franzosen noch keinen Boden gewinnen.

14. Mai 1813

Die Veddeler Schanze befand sich nun in den Händen der Franzosen, und sie hatten ihre Artillerie alsbald auf die Stadt gerichtet. Der Turm der Roggenkiste, die seit einigen Tagen als Kaserne diente und in der sich an die 1000 Reservisten bereithielten, bot eine gute Orientierung für das einsetzende Bombardement. Mit Müh und Not gelang es, Pech- und Teervorräte aus den Magazinen zu holen und auf dem Bauhof zusammen mit mehreren Dutzend Fässern voller Gewehrpatronen so abzudecken, dass sie nicht in Brand geschossen werden konnten. Doch etliche Gebäude am Sandtor und am Brooktor wurden durch die Geschosse zerstört. Dann sickerte die Nachricht durch, dass der Marschall Davout nun persönlich in Harburg angekommen war, um den Angriff auf Hamburg zu leiten.

Schlechte Nachrichten kamen auch aus Berlin. Anstatt nach Südwesten vorzudringen, hatten die Alliierten ihre Armeen nach Schlesien zurückziehen müssen. Napoleon hatte angeblich Dresden erobert.

In der Nacht zum 22. Mai gelang es den Franzosen, die vor dem Hamburger Berg auf der Elbe liegende, bewaffnete Yacht der Admiralität zu überfallen und das Schiff zu entführen. Heftiges Geschützfeuer vernichtete in den Morgenstunden zwar etliche französische Boote, aber die auf einer Sandbank festsitzende Yacht war dadurch auch nicht wiedergewonnen, obwohl die gefangenen Hanseaten sich befreien konnten. Einige Altonaer und Holsteiner, die auf Hamburger Seite gekämpft hatten, wurden nun nach Altona zurückbefohlen, denn offenbar hatte der dänische König tatsächlich seinen Bund mit Napoleon erneuert.

Tettenborn und Perthes konferierten mit allen wichtigen Männern der Legion und des Senates, mit Parish, Beneke, Godeffroy, Mettlerkamp und von Heß. Dann mussten sie allen Offizieren verkünden, dass im Süden und teils im Osten die feindlichen Franzosen, im Norden und Westen nun die auch nicht freundlichen Dänen stünden. Schwedische Einheiten, die Hamburg erreicht hatten, wurden von Bernadotte nach Mecklenburg beordert und verließen die Stadt, denn russische und schwedische Truppen sollten sich nach Gadebusch zurückziehen und dort wieder sammeln. Es breitete sich eine allgemeine Niedergeschlagenheit in der Stadt aus. Hamburger Freiwillige zerschlugen ihre Gewehre, andere schlossen sich den abziehenden Truppen an, um nach Mecklenburg zu gehen.

29. Mai 1813

Als General Tettenborn am 29. Mai mit seinen Kosaken, Baschkiren, Kalmücken und anderen Steppenreitern und mit immerhin 94 Wagen voller Güter, die Tettenborns Truppen beim Einzug nach Hamburg noch nicht besessen hatten, aus der Stadt verschwand, fühlten sich die Einwohner verraten.

Perthes schickte seine Familie nach Holstein und führte die Freiwilligen, die sich dem Oberbefehlshaber der Alliierten, Graf Wallmoden, in Mecklenburg unterstellen wollten.

Am Rödingsmarkt zeigte Pit Lindemann Clemens den schriftlichen Tagesbefehl, den er auf seinem Posten am Steintor erhalten hatte: »... Ich darf Sie dazu auffordern, den Hass gegen die Unterdrückung, die unserer verödeten Stadt droht, in sich lebhaft zu unterhalten, und sich in zweckmäßigere Gegenden zu verfügen, damit der Augenblick, der das Blendwerk der Tyrannei vernichtet, die Bürger von Hamburg wach und des wieder geborenen Vaterlandes würdig, antreffen möge. Hamburg im Mai 1813, J. L. von Heß.«

»Blumige Formulierung«, meinte Pit Lindemann spöttisch. »Leider lassen es meine Verhältnisse nicht zu, dass ich mich in zweckmäßigere Gegenden verfüge. Wer seinen Besitz verlässt, gibt ihn den Franzosen preis!«

Clemens nickte. »Pit, was hältst du von dieser Formulierung, *den Hass in sich lebhaft unterhalten*. Ich finde es auch schrecklich, dass Davout und Vandamme bei uns einziehen, aber hassen kann ich sie dafür noch nicht.«

»Warte ab, mein Freund. Ich hege die Befürchtung, dass die bisherige Besetzung ein Zuckerlecken gegen das war, was uns jetzt blüht. Napoleon sieht sich jetzt einer kräftigeren Koalition gegenüber. Mag er Dresden gewonnen haben und mag ihm Magdeburg gehören, sein ehemaliger Kumpan Bernadotte kämpft jetzt auf unserer Seite. Jetzt geht es hart auf hart, und der große Name Napoleon ist angeschlagen, seitdem er in Russland scheiterte. Gut, wir wollen uns gegenseitig helfen, Nachbar. Mögen die anderen aus Hamburg fortgehen, wir müssen hier bleiben. Schlaf dich aus, wer weiß, was schon morgen auf uns zukommt!«

Am Morgen des 30. Mai besetzten dänische Husaren aus Altona im Auftrag der Franzosen die beängstigend ruhige Stadt und übergaben sie abends den anrückenden Truppen Davouts. Dieser hatte tagsüber verbreiten lassen, dass die Hamburger die Stadt zu seinem Einzug illuminieren müssten. Wer kein Licht im Fenster hatte, dem wurden die Scheiben zerschlagen.

30. Mai 1813

Marschall Davout hatte von Napoleon persönlich die Order bekommen, Hamburg zu einer Festung auszubauen und dadurch das Kaiserreich an seiner nördlichen Grenze zu sichern. Um die Arbeiten schleunigst voranzutreiben, wurde die Verfassung in den Departements der Elbe, Weser und Ostfriesland außer Kraft gesetzt. Marschall Davout hatte überdies den Maire und den Munizipalrat der Stadt aufgefordert, die Verpflegung der 14 000 einziehenden Soldaten bereitzuhalten. Alle Ausländer mussten eine Aufenthaltserlaubnis beantragen, alle Bürger alle Waffen abgeben, und der Stadt wurde eine Strafzahlung von 48 Millionen Francs auferlegt, neben neuen Steuern und Abgaben für Bürger und Handwerker. Weiter wurden die Bürger Chapeaurouge, Peter Godeffroy, Oppenheimer, Heckscher, Schröder, Faber, Anderson und Rentzel dazu bestimmt, in einer Kommission zu arbeiten, die die Zahlung überwachen sollte. Natürlich war es in so kurzer Frist nicht möglich, das Geld aufzutreiben, worauf per Dekret am 8. Juni nach einer Liste angesehene Bürger der Stadt als Geiseln genommen und in Harburg eingesperrt wurden.

8. Juni 1813

Am achten Tag der erneuten Besetzung klopften morgens mit lautem Getöse Polizisten an die Tür des Maiboom'schen Hauses. Minna öffnete ängstlich die Tür, und sofort drängten vier Polizisten und deren Offizier auf die Diele. »Wo ist Herr Clemens Maiboom?«

»Der schläft noch.«

»Ich hab nicht gefragt, was er tut, ich will wissen, wo er ist.«

»Warten Sie hier, ich hole ihn.«

»Aber sofort! Los, los.«

Minna schleppte sich absichtlich langsam die Treppe hinauf. Die genagelten Stiefel der Truppe hinter ihr polterten auf den Treppenstufen. Vor der Kammer stieß der Offizier Minna beiseite und riss die Tür auf. Er schritt zu dem verlassenen Bett und prüfte die Bettwärme.

»Er war eben noch da. Los, Haus durchsuchen«, kommandierte er seine Gefolgsleute, die nun alle Kammertüren aufrissen. Dann trat der Wachtmeister an das geöffnete Fenster und beugte sich hinaus. Auf der Straße stand nur der zurückgelassene Wachmann Jansen. Der war bei der Polizei, seit die alte Wedde am Gänsemarkt aufgelöst worden war. »He, Jansen, aufgepasst. Der Vogel will ausfliegen. Nicht, dass er sich mit dem alten Seilzug vom Hauskran abseilt.«

Jansen blickte hoch und grüßte militärisch zu seinem Vorgesetzten. Dabei überlegte er, ob er wohl den Mann melden müsse, der an der Fassade des alten Speicherhauses zu dem linken Nachbarhaus gelangen wollte. Er hatte keine Ahnung, weshalb dieser Maiboom gesucht wurde. Der Mann hatte jetzt den Treppengiebel erreicht. Nun löste sich leider ein Dachziegel und fiel in den schmalen Traufgang. Wachtmeister Binath tauchte nun wieder am Fenster auf. »Alarm«, rief Jansen aufgeregt und zeigte nach oben.

»Jansen, so sag doch, wo isser denn.«

»Da drüben, zum Nachbarhaus will er rüber.«

»Behalt ihn im Auge, wir kommen.«

Durch die offen stehende Dielentür hörte man die Polizisten die Treppe herunterpoltern, einen gellenden Schrei und danach wüstes Schimpfen. Binath war gestürzt, brüllte wütend, man hätte ihn gestoßen, und verwünschte seine Untergebenen; kurz darauf kommandierte er sein Gefolge zum Nachbarhaus, wo er die Türglocke bediente.

Es dauerte mehrere Minuten, ehe die Polizisten eingelassen wurden und Pit Lindemann geholt war.

Binath stellte sich barsch und knapp vor, verlangte, durch das Haus geführt zu werden, und erklärte, der flüchtige Clemens Maiboom sei gesehen worden, als er durch eine Dachluke einzudringen versuchte.

Pit Lindemann betonte, dass er selbstverständlich die Arbeit der Polizei zu unterstützen gedächte. Inzwischen hatte sich Binath umgesehen und wusste nicht recht, wohin er sich wenden sollte, denn das Haus war unübersichtlich gebaut. Pit Lindemann kannte diese Verwirrung bei den Besuchern des Hauses und erläuterte mit einem spöttischen Grinsen: »Herr Wachtmeister, Sie müssen wissen, dass dies Gebäude ein so genanntes Brauerben ist, ein vollständig bebautes Hamburger Grundstück. Zuerst gab es das Vorderhaus, in dem wir jetzt stehen, doch unsere Altvorderen, bekannte und erfolgreiche Bierbrauer, brauchten für das Malzen und die vielen Fässer, Kupferkessel und Bottiche zum Maischen und Gären recht bald mehr Platz. Also wurde die Lagerfläche hinter dem Haus und der Garten bis zu dem kleinen Fleet mit einem zweiten Haus bebaut, das andere Geschosshöhen aufweist: flache Böden, auf denen das Getreide keimt, Böden, auf denen nur Fässer stehen und so weiter. Daher brauchten wir ein zweites Treppenhaus neben dem ersten und auch ein zusätzliches Aufzugs- und Flaschenzugsystem, welches bis in den zusätzlichen neuen Keller reicht. Das erste Haus ist vierhundert, das zweite dreihundert Jahre alt, und beide zusammen bilden ein Labyrinth, denn es gibt auch noch einige Querverbindungen über Balkone. In guten Jahren haben hier sechs Dutzend Brauergesellen und Lehrlinge zu tun gehabt, da hätte Ihnen sicher einer sagen können, wo der flüchtende Herr Maiboom längsgelaufen ist. Jetzt arbeiten hier nur noch ein paar Mann ... Wo wollen wir also mit der Suche beginnen?«

Binath sah ein, dass Hektik bei der Suche nicht angebracht war. »Lambrecht, geh mal nach hinten durch, dass der Mann nicht über das hintere Fleet entkommt. Vorne am Rödingsmarktfleet steht ja Jansen und beobachtet die Häuserfront. Am besten schicke ich noch Brinckmann in die Traufgasse zwischen den Häusern, denn da gibt es doch sicher auch noch eine Möglichkeit herauszukommen, oder?« Lindemann nickte fröhlich.

»Gut, Herr Lindemann, dann fangen wir auf dem Dachboden dieses Hauses an und arbeiten uns bis in den Keller hinunter und schließlich in dem zweiten Hinterhaus wieder nach oben. Und wenn ich dann keinen gefunden habe, holen wir Verstärkung.«

Obwohl sie zügig durch alle Räume schritten und nur die größeren Kisten und Schränke öffneten, dauerte es zwanzig Minuten, ehe sie wieder in der Diele angekommen waren. »Na, ist hier jemand herausgekommen, Schneider?« Der Polizist nickte und antwortete: »Jawohl, Herr Wachtmeister, zwei Brauergesellen haben hier vier Fässer Bier herausgerollt und draußen auf eine Karre verladen. Beide trugen Brauertracht und haben andere Namen genannt. Auch sahen sie mir nicht nach dem Gesuchten aus, und die Fässer waren frisch versiegelt.«

»Wie lange ist das Ganze her?«

»Vielleicht vier Minuten.«

»Los, raus auf die Straße, sofort überprüfen.«

Die Polizisten folgten ihrem Anführer, und der rief Jansen zu: »Wohin sind die Brauer mit den Fässern?«

»Linker Hand, da hinten sieht man sie noch, gerade biegen sie in die Grüntwiete.«

Alle liefen los, auch die Brauer beschleunigten das Tempo, so gut das mit der Karre ging, und bogen auf den Hopfenmarkt ein, wo sie außer Sicht waren. Auf dem Hopfenmarkt waren schon eine Menge Bauern eingetroffen und hielten ihre Waren feil.

Trotz des Menschengewirrs hatten die Polizisten nach kurzer Jagd die Brauer eingeholt. »Wo ist das vierte Fass?«, herrschte Binath die Brauer an, die angaben, eines an der Ecke Kleiner Burstah abgestellt zu haben. »Das war für die Eckkneipe bestimmt.« Das Fass stand tatsächlich aufgebrochen an der Ecke und war leer und trocken. Der Wachtmeister instruierte die Polizisten, nach einem Mann in blauer Hose und Unterhemd zu suchen. Die Polizisten schwärmten aus, fragten herum. Bohnenstraße, Neue Burg, Mühlenbrücke, Rathausstraße, Börse, nirgendwo war der gesuchte Mann zu finden. Er blieb verschwunden, und Binath brach die Suche ab. Nun, er würde einen Bericht schreiben. Der Mann war weg. So wichtig war der nun wohl nicht, auch wenn ein Wichtigtuer aus der Stadtverwaltung unbedingt mit ihm sprechen wollte. Vierhundert Häuser standen angeblich verlassen herum, und die wichtigen Flüchtigen wie Perthes, Sieveking, Beneke, Mettlerkamp, von Heß und wie die alle zum Tode Verurteilten hießen, bildeten ohnehin schon eine lange Fahndungsliste. Zum Glück fanden sich schon die ersten Zuträger von Geheimnissen in der Hauptwache am neuen Wall ein und versprachen sich Vergünstigungen oder Bares von einem Hinweis. Trotzdem ärgerte sich Binath, dass ihm der Mann so knapp entkommen war.

Während Clemens bei der Familie de Castro in der Reichenstraße um ein kurzes Asyl bat, gab es bei den Wollenbergs in der Springeltwiete ein ganz anderes Auftreten. Hier waren insgesamt sechs Mann angelangt: drei französische Militärpolizisten, ein im Offiziersrang stehender Ingenieur namens Robert Gauthier, ein korpulenter Mann in Zivil, der mit Herr Rauchenberg angesprochen wurde, und ein Sergeant der Infanterie, der auf dem Bock der Kutsche saß. In der Kutsche saß eine bleiche Frauengestalt, die die Lippen zusammenpresste.

»Herr Rauchenberg, ich danke sehr für Ihre Informationen. Wenn Sie für Ihre Vorgesetzten eine schriftliche Note benötigen, die meinen vorzüglichen Dank ausdrückt, so sagen Sie es nur gleich heraus. Sie haben ja meine Schwester vernommen, sie besteht darauf, dass Frau Wollenberg sich nichts zuschulden kommen ließ. Ich glaube meiner Schwester. Insofern können Sie und die französische Militärpolizei diese Ermittlung wohl abschließen. Doch weil Sie so ein vielseitiger Mann zu sein scheinen, werde ich mich vielleicht noch einmal an Sie wenden, denn ich habe eine große Aufgabe übernommen. Wissen Sie, mein Vorgesetzter, der Oberingenieur Jousselin hat meine Zeichnungen und Planungen für eine Brückenstraße über die Inseln Veddel und Wilhelmsburg gebilligt, angeblich noch verbessert, und mich nun mit der Durchführung der Arbeit beauftragt. Soll er nur meinen, dass er Lob und Orden dafür verdient, beizeiten werde ich mich schon ins rechte Licht setzen. Nun, das nur nebenbei. Ich soll täglich viertausend Arbeiter für dieses Bauwerk beschaffen. Vielleicht können Sie mir da behilflich sein? Ich habe nämlich gehört, dass weitere zehntausend Mann täglich benötigt werden, um die Festungswälle wieder aufzuschütten und die Wallgräben auszuheben und die Bastionen erneut einzurichten, die die Hamburger vor etlichen Jahren geschleift haben.«

»Nun, Monsieur Gauthier, ich bin ja Zollbeamter, und insofern kann ich kaum direkt behilflich sein. Aber ich könnte vielleicht billige Arbeitskräfte beschaffen, denn es gibt eine Reihe kleiner Schmuggler, die nicht die Stadt verlassen konnten. Ich hab da eine recht lange Liste zur Verfügung. Doch Sie verstehen hoffentlich, ich muss Sie dafür auch um eine Gefälligkeit bitten. Ich habe mir in der Abwesenheit der französischen Beamten und des Militärs nichts zuschulden kommen lassen. Trotzdem werden jetzt Gerüchte verbreitet, ich hätte mit den russischen Banditen zusammengearbeitet. Vielleicht könnten Sie und der Herr Vater ein gutes Wort einlegen. Ich fühle mich sowohl beim Zoll, der Polizei oder meinetwegen auch bei den Vereinigten Abgaben sehr gut aufgehoben und meine, auch zum finanziellen Gelingen aller Kontributionszahlungen beitragen zu können –«

»Ach, das ist ja wirklich interessant. Kommen Sie doch bitte morgen früh um acht Uhr zum Frühstück in unser Haus in der Straße Raboisen. Um zehn muss ich aber bei Oberingenieur

Jousselin sein, bis dahin können wir doch hoffentlich so manches genauer geklärt haben.«

Die Männer trennten sich, und die Gauthiers fuhren zu ihrem Haus. Clothilde war in einer schrecklichen Verfassung. Ihren Geliebten und heimlichen Verlobten Clemens hatte sie seit sechs Tagen nicht mehr gesehen. Das Geschützfeuer und die nahen Einschläge hatten ihr zugesetzt, und sie war froh gewesen, als Auguste sich auf den Weg gemacht hatte, um im Maiboom'schen Haus nachzufragen. Bönninghaus hatte ihr bestätigt, dass Clemens noch am Leben sei. Jedoch habe er alle Hände voll zu tun, um Post in Altona aufzugeben, seinen Vater zu informieren, seine Konten abzugleichen und eine Flucht vorzubereiten. Nur einmal war er kurz in der Springeltwiete gewesen, um von seinen Plänen zu berichten. Von Rist hatte Clemens Papiere bekommen, die ihm und Clothilde die Flucht nach Kiel ermöglichen würden. Doch wollte er dies und die Zukunft des Handelshauses Maiboom mit seinem Vater besprechen; zumindest ein Maiboom müsste im Hause verbleiben, um die Beschlagnahmung des Besitzes zu verhindern. Clothilde hatte sich noch nicht ins Haus Raboisen gewagt, und Clemens hatte sie gebeten, zunächst bei Auguste abzuwarten. Vielleicht würde sich ja alles regeln lassen. Clemens wollte sich an Clothildes Vater direkt wenden, sobald er wieder in Hamburg einträfe. All dies wusste Clothilde, aber wie es gerade jetzt um Clemens stand, das wusste sie nicht.

Doch das war nicht alles, was Clothilde bedrückte. Ihre Monatsblutung war ausgeblieben. Nur einmal hatte sie sich Clemens hingegeben, als Auguste ein paar Stunden außer Haus beschäftigt gewesen war. Doch das war nun schon sechs Wochen her.

Der Kontakt zu ihrem Bruder war getrübt. Denn Robert war gegen Clemens Maiboom eingestellt, dem zuliebe seine Schwester in der Stadt geblieben war.

Robert hatte mit den Hamburgern abgeschlossen. Für ihn waren sie undankbar, der Ehre, französische Bürger zu sein, nicht würdig. Umso wichtiger nahm er nun seine Aufgabe, als Ingenieur zur Rettung des französischen Staatsgebietes beizutragen. Sobald der Feldzug gewonnen war, wollte er allerdings nach Paris zurück. Robert hatte auch seinen Vater darin bestärkt, Clothilde so bald wie möglich nach Paris zurückzuschicken. Monsieur Gauthier war am 6. Juni aus Magdeburg kommend in Hamburg eingetroffen und hatte sogleich die Suche nach seiner Tochter bei Wachtmeister Binath angemahnt.

Monsieur Gauthier selbst war nach seinem Aufenthalt in Magdeburg desillusioniert. Er hatte sich durch Briefe, die ihm ein persönlicher Botschafter des Kaisers überbrachte, breitschlagen lassen, erneut in die Hansestadt zu ziehen, und beriet Marschall Davout und dessen Adjutanten, erklärte ihnen, dass die Stadt Hamburg zuletzt nur etwa fünf Millionen Francs jährlich erwirtschaftet habe und somit unmöglich die 48 Millionen Francs Strafgeld aufbringen könnte. Doch wäre dies ja gerade ein guter Grund, um an die Hamburger Bank direkt heranzugehen. Dort müsse noch genug Geld, Gold und Silber als Einlage vorhanden sein. Das Kriegsrecht könne diesen Zugriff wunderbar ermöglichen, und falls der Krieg gewonnen würde, und dessen sei er gewiss, würden die Hamburger sich auch von diesem Schlag erholen, weil die Stadt aufgrund der geographischen Lage zwangsläufig als Handelsplatz Gewinne erwirtschafte, erst recht, wenn Frieden einkehre.

Gauthier plante nur noch, seinem Kaiser bei der Ausbeutung der Stadt zu helfen, vielleicht selbst ein kleines Geschäft einzufädeln und nach Jahresfrist seinen Abschied zu nehmen. Seine Tochter würde er schon vorab nach Paris zurückschicken. Seiner Frau hatte er schon schriftliche Instruktionen übermittelt, in welchen Erziehungsinstitutionen mit klösterlicher Abgeschiedenheit sie sich nach Unterbringungsmöglichkeiten erkundigen sollte. Einige Zeit der Kontemplation würde Clothilde gut tun und reif für eine standesgemäße Ehe machen.

In dieser Situation trafen Vater und Tochter aufeinander.

Ohne Gruß und kalt eröffnete der Vater das Gespräch: »Clothilde, nach dem Code civil bist du zwar jetzt volljährig, aber du bist eine Frau. Solange eine Frau nicht verheiratet ist, hat sie ihrem männlichen Familienoberhaupt zu gehorchen, und das bin ich. Ich hatte dir Instruktionen erteilt, damit du mit mir aus Hamburg abreist. Du aber bist ungehorsam und eingebildet. Das kann weder ein Vater noch ein Ehemann billigen. Ich habe dir in letzter Zeit zu viel Freiraum gelassen. Damit du dich zu beherrschen lernst, wirst du eine spezielle Schule in Frankreich besuchen. Du wolltest doch studieren; dort wird dir Haushaltsführung und gutes Betragen beigebracht, damit du danach auf eine standesgemäße Ehe vorbereitet bist.«

Clothilde war während der Ansprache ihres Vaters noch blasser geworden. Sie schloss die Augen, wodurch sich der Schwindel verstärkte, sie schwankte. Die Knie versagten den Dienst, und dann glitt sie zu Boden. Clothildes Kopf schlug auf das Parkett. Wie durch einen Schleier nahm sie wahr, wie bestürzt ihr Vater reagierte. Er sprang hinzu, rief zunächst laut und besorgt ihren Namen, dann Robert um Hilfe, schüttelte sie, klopfte mit den Fingern auf ihre Wangen, rieb ihre Hände.

Als Robert hinzukam, trugen die beiden Männer Clothilde in ihr Zimmer und legten sie auf das Bett, befahlen Edda, Riechsalz zu besorgen, und Robert holte ein nasses Handtuch, um seiner Schwester die Stirn zu kühlen. »Dünn sieht sie aus, sie wird doch nicht krank sein?«, meinte Monsieur Gauthier. Alles hatte er als Reaktion auf seine Rede erwartet: Schreie, Wut und eine Flut von Argumenten. Doch anstatt im Triumph seinen Willen durchzusetzen, war er jetzt wieder der Diener seiner Tochter. Als Robert schließlich loslief, um einen Arzt zu holen, erwachte Clothilde langsam; »Vater«, hauchte Clothilde, »tut mir das nicht an. Sperrt mich nicht ein. Ihr wisst, dass mich das Leben einer nur zur Dekoration dienlichen Ehefrau zu Tode langweilen würde. Ihr könnt mich doch nicht gegen meinen Willen in eine Schule sperren und dann wie ein Stück Vieh an einen Ehemann verkaufen. Ich will Ihnen doch zur Seite stehen, Vater, von Ihnen und Ihrem großen Wissen lernen, wie die Welt regiert wird.«

»Ach, Clothilde«, seufzte ihr Vater jetzt versöhnlicher. »Mit meinem Wissen ist es offenbar nicht weit her. Meine Arbeit war vergebens und meine Idee von einem französischen Hamburg ein Hirngespinst. Ich bin nur noch kurze Zeit hier, um für unseren Kaiser die Stadt Hamburg auszunehmen wie eine Weihnachtsgans, denn er braucht Geld, viel Geld für seine Feldzüge und für das große Frankreich. Und noch haben die Hamburger irgendwo ihr Geld versteckt oder glauben es sicher in der Hamburger Bank. Dieses Geld werde ich finden. Marschall Davout hat den Auftrag, die Stadt zu einer Festung auszubauen. Bald werden hohe Wälle und tiefe Gräben die Stadt umgeben. Die Vorstädte in Hamm Borgfelde, Billwerder, Eppendorf, Eimsbüttel und St. Pauli am Hamburger Berg werden niedergebrannt und platt gewalzt, die Alleebäume und Knicks abgeholzt, denn die Kanoniere und Artilleristen brauchen freies Schussfeld. Das hat mir auch Robert bestätigt. Er arbeitet an der Hochstraße, die die Festungen Hamburg und Harburg verbinden soll. Nein, ich bin jetzt müde. Ich will nicht mehr den geheimen Stadtbaumeister spielen. Ich will zurück nach Frankreich und mir ein Weingut anschaffen. Ich will in südlicher Sonne meine Enkel auf den Knien wiegen. Clothilde, du bist meine Hoffnung, sei nicht so widerspenstig. Füge dich, nur für ein paar Monate. Sobald ich meine Aufgabe hier beendet habe, verspreche ich, dass ich dich aus der Schule nehme und du mir meinen neuen Haushalt führst. Ich werde nicht in Paris leben, sondern bei Bordeaux. Mama wird in Paris bleiben. In Bordeaux werden wir Gesellschaften geben, und du wirst dir einen Mann nach deinem Geschmack aussuchen.«

»Aber Papa, einen Mann nach meinem Geschmack habe ich doch bereits gefunden. Erinnerst du dich an den jungen Kaufmann Clemens Maiboom, Sohn einer alten hanseatischen Familie. Er hat unseren Ausflug nach Stade ermöglicht, er hat die Weingeschäfte mit dem Kaufmann Pfeffer und dir durch seine guten Transporte und sein Organisationstalent ermöglicht und damit einen lohnenden Abschluss erreicht.«

»Ich weiß, von wem du sprichst. Robert hat mir schon erzählt, dass er dir den Kopf verdreht hat mit seinen Erzählungen von Fahrten nach Übersee. Nein, er ist ein Hamburger, der ist hier verwurzelt. Die Hamburger werden noch jahrelang an den Kontributionszahlungen zu knabbern haben. Das ist vergebliche Liebesmüh. Dein Ehemann soll dich doch auf Händen tragen können, dir ein sorgenfreies Leben ermöglichen. Hamburger, die sind zu stolz, die haben etwas gegen uns Franzosen. Sie werden uns noch mehr hassen, wenn ihnen erst klar wird, was wir hier alles anrichten. Wusstest du, dass die Hauptkirchen als Ställe für die Militärpferde vorgesehen sind? Meinst du, das können diese Lutheraner verzeihen? Und außerdem will ich dich doch in meiner Nähe haben. Nein, schlag dir den jungen Maiboom aus dem Kopf. Mag er auch sympathisch sein, höflich und talentiert. Er ist ein Hamburger, womöglich insgeheim vom patriotischen Fieber befallen. Nein, ich sage nein und bleibe dabei.« Clothilde spielte ihren letzten Trumpf aus: »Papa, Sie wollten doch Enkel auf Ihren Knien schaukeln. Ich kann Ihnen versichern, dass Clemens Maiboom Ihnen Enkel verschaffen kann. Ich will Ihnen nicht länger den Grund meiner Ohnmacht verschweigen. Ich bin schwanger. Wir haben uns während Ihrer Abwesenheit verlobt. Der junge Maiboom will dieses Missgeschick durch eine schnelle Heirat legalisieren. Bitte, Sie haben den jungen Kaufmann doch eben selbst als talentiert bezeichnet. Ersparen Sie mir doch die Schande der unehelichen Geburt. Ich möchte Clemens Maiboom so bald wie möglich heiraten. Es gibt doch hier in dieser Stadt eine lange Tradition, dass Ausländer und Hiesige großartige Verbindungen eingingen. Senator Chapeaurouges Familie ist ein gutes Beispiel –«

Clothilde kam nicht weiter. Ihr Vater war außer sich, er schrie: »Das ist ja ungeheuerlich!«, lief zur Zimmertür, zog den Schlüssel heraus, knallte die Tür zu und schloss Clothilde ein.

Monsieur Gauthier erreichte, dass Sergeant Paul Maurice für eine Spezialaufgabe von seinen sonstigen Aufgaben entbunden wurde. Er sollte den Transport des Hamburger Kontributionsgeldes begleiten und dabei Clothilde Gauthier in seine Obhut nehmen. Ihm waren vom Vater dafür schriftliche Vollmachten erteilt, Clothilde notfalls in Handschellen zu führen. Mademoiselle Gauthier sollte nahe Paris in ein spezielles Heim für Töchter gut gestellter Bürger eingeliefert werden. Das Kind sollte sofort nach der Geburt zur Adoption freigegeben oder von den Nonnen versorgt werden.

Caspar Maiboom war schweren Herzens nach Hamburg gekommen, um wieder die Geschäfte zu führen. Clemens hatte ihn heimlich in Altona getroffen und ihm die Gründe für seine Flucht erklärt.

Bönninghaus und Minna hatten den alten Hausherrn empfangen. Minna beklagte, dass die schönen Zeiten, in denen das Haus voll von Waren und Menschen gewesen sei, vorbei waren: »Das Haus hat gelebt. Jetzt ist es eher unheimlich. Glücklicherweise haben wir nicht mehr Einquartierungen bekommen. Die Franzosen haben seit dem Aufstand im Februar wohl Angst, einzeln oder in nur kleinen Gruppen zu wohnen. Jetzt haben sie ganze Häuser von Leuten, die im Holsteinischen Zuflucht suchen, beschlagnahmt. Der Sergeant Paul Maurice ist aber wieder da, und ich weiß auch eine, die das besonders freut. Ich glaube, unsere Antje hat sich in den Franzosen verguckt. Mach bloß keine Fisimatenten, hab ich ihr gesagt, das verdirbt deinen Ruf!« Auch Bönninghaus klagte über den Mangel an Geschäften. Der Einmarsch der Franzosen habe alles zunichte gemacht.

Caspar Maiboom stellte zusammen mit Minna und Bönninghaus einen Plan auf, was an Heizmaterial, Lampenöl, Bohnen, Mehl, Pökelfleisch, Stockfisch und anderen Nahrungsmitteln gekauft werden könne, um es sicher einzulagern. »Noch herrscht Waffenstillstand zwischen den Franzosen und den Alliierten. Doch bald beginnt der Feldzug erneut. Wenn Hamburg von den Russen und Preußen angegriffen wird, dann werden die Nahrungsmittel knapp. Also heißt es jetzt, Vorräte anzulegen, die sich später verkaufen lassen. Hunger müssen die Leute am schnellsten stillen, frieren wollen sie auch nicht. Kaufen wir also von unserem letzten Geld auf der Bank Wolle, Tuche und

Nahrungsmittel, dann haben wir wenigstens die Vorräte sicher. Das Geld lässt sich am leichtesten rauben.«

»Ja, Sie haben Recht, Herr Maiboom, aber man muss vorsichtig sein, nicht gegen all die neuen Verordnungen und Befehle zu verstoßen. Ob man den Rauchenberg mal um Rat fragen sollte, womit man handeln darf?«

»Leider, Bönninghaus, ist der Gedanke an den verdammten Zöllner gar nicht so verkehrt. Für Geld tut der alles. Vielleicht kann ich auf diese Weise Clemens von Verfolgungen befreien ... Ich werde mich mal auf die Suche nach dem feisten Kerl machen.«

Auf seinem Weg durch die Stadt sah Caspar Maiboom kleine Trupps von Soldaten, die Unfreiwillige mit vorgehaltener Waffe zum Schanzen in die Wallanlagen trieben. Darunter waren Pastoren im Hamburger Ornat und Börsenkaufleute im besten Anzug. Alle trugen Schaufeln und Spaten. Wenn er diese Trupps kommen sah, drängte er sich in Hauseingänge oder um Ecken. Niemand konnte der Willkür entgehen, wenn die Soldaten es auf einen abgesehen hatten.

Tatsächlich war Rauchenberg, der wieder beim Zoll untergekommen war und bereits bei dem neuen Chef Monsieur Pyronnier im Bureau ein und aus ging, bereit, gegen Geld für Clemens einzutreten. Schon einen Tag später beruhigte er Clemens' Vater, dass die aktive Suche eingestellt worden sei und der Vorwurf auf Entführung einer jungen Frau zurückgezogen worden war. Allerdings blieb da eine Anklage wegen Widerstands gegen die Polizeigewalt, doch die ließe sich sicher als Missverständnis aufklären. Ein Wachtmeister Binath könnte gegen eine kleine Gefälligkeit einen Bericht verschwinden lassen und ihn von der Fahndungsliste streichen ...

Caspar Maiboom schmierte auch Binath. Wo Clemens sich aufhielt, wusste Caspar Maiboom allerdings nicht.

Am Abend verabschiedete sich der Sergeant Paul Maurice von dem alten Maiboom, Bönninghaus, Minna und Antje. »Lieber

Herr Maiboom, Sie haben mich immer höflich und fair behandelt. Ich soll einen Transport nach Paris begleiten, und es steht in den Sternen, ob ich jemals wieder nach Hamburg komme oder ob ich auf ein Schlachtfeld geschickt werde. Ich habe mich bei Ihnen wohl gefühlt, und dieses Haus ist mir fast ein Zuhause geworden. Grüßen Sie Ihren Sohn. Ich habe einen Brief für ihn, den Sie bitte an ihn weiterreichen. Glauben Sie mir, was jetzt im Namen Frankreichs geschieht, das billige ich nicht. Ich hoffe, dass wir alle recht bald den Frieden erleben. Dann schreibe ich Ihnen.« Minna drückte den Franzosen an ihr Herz. So manches Mal hatte er mit ihr in der Küche über Rezepte und Gewürze gefachsimpelt. Antje aber weinte herzzerreißend und wollte sich gar nicht beruhigen.

Eines Morgens fing Clemens Robert Gauthier ab. Kühl und verächtlich fertigte ihn Robert ab: »Du hast meine Schwester entehrt, sie ist abgereist. Du wirst sie nie wieder sehen. Verschwinde, belästige uns nie wieder. Du hast das Vertrauen meines Vaters missbraucht. Wenn ich dich noch einmal in der Nähe unseres Hauses sehe, lass ich dich so lange zum Schanzen bringen, bis du vor Schwäche tot umfällst.« Robert verschwieg, dass Clothilde schwanger war.

Edda bestätigte Clemens, dass Clothilde abgereist wäre. Hatte sie keinen Abschiedsbrief geschrieben? Clemens war allerdings sicher, dass sie nicht freiwillig gegangen war. Ob der Vater sie zu ihrer Mutter geschickt hatte? Ob er sie in Paris suchen sollte? Doch wie sollte er an all die dafür nötigen Papiere kommen? Woher sollte er das Geld nehmen? Ob das Schatzversteck im Wald noch so viel Silber barg? Oder ob er ein anderes Versteck aus dem seltsamen Vermächtnis seines Vorfahren aufsuchen sollte?

Bei allem Liebeskummer, den Clemens empfand, empörte ihn der Zustand der Stadt mehr als je zuvor. Als er sich in dem Maiboom'schen Sommerhaus an der Eilbek verstecken wollte, musste er feststellen, dass die französischen Soldaten, die am Lübschen Baum lagerten, bereits ganze Arbeit geleistet hatten.

In der gesamten Umgebung, vom Hammer Baum bis zur Außenalster, waren alle Katen und Häuser, die Angreifern hätten Zuflucht bieten können, niedergebrannt und die Reste auseinander gerissen. Auch das Maiboom'sche Sommerhaus lag in Schutt und Asche. Zudem waren die Bäume und Büsche gefällt und zur Verstärkung der Verteidigungswälle am Lübschen Baum geschleppt worden. Beim Kuhmühlenbauern waren Soldaten einquartiert und Clemens zog es vor, ihnen nicht zu nahe zu kommen. Es gingen noch immer Häscher der Armee umher, die junge Kerle einfingen und zu Soldaten pressten. Auch auf sein Pferd wollte Clemens nicht verzichten, leicht konnte es unter Vorwänden requiriert werden. Pferde waren Mangelware geworden. Alle Kutschpferde waren damit beschäftigt, Erd- und Sandladungen zu bewegen oder Holz für die schnurgerade Verbindungsstraße zwischen Harburg und Hamburg zu transportieren. Die Franzosen holzten auch mächtig im Staatsforst Sachsenwald ab, und Pferde mussten die mächtigen alten Baumstämme zu den Sägewerken ziehen. Viele Bäume gingen in die Befestigungswerke. Nur besonders gute Hölzer sollten demnächst bis nach Frankreich geschickt werden.

In Hamburg selbst waren nun alle größeren Kirchen und öffentlichen Gebäude zu Ställen, militärischen Depots und Hospitälern geworden. Unter den 17 000 Soldaten waren auch viele Verletzte und Erschöpfte aus den Kämpfen gegen Russen und Preußen. Selbst aus dem Russlandfeldzug stammende Invaliden waren nun wieder in der Stadt. Man munkelte, dass das Hospitalfieber umginge. Dabei wurden die Kranken tagelang von sehr hohem Fieber befallen, dann kamen rosa Flecken auf der Bauchhaut dazu und die Milz schwoll an. Nur die kräftigsten würden dieses Fieber überleben.

Clemens hatte überall nach Clothilde gesucht. Auf etwas anderes konnte er sich ohnehin nicht konzentrieren. In der Arbeit zu Hause im Maiboom'schen Kontor sah er keinen Sinn mehr. In seiner Verzweiflung drängte es ihn zu den Waffen. Er suchte nun die Patrioten, die auf der Fahndungsliste der Franzosen standen, allen voran Perthes und von Mettlerkamp. In Güstrow traf er schließlich auf die angriffsbereiten Männer.

Zuvor wurden die hanseatischen Freiwilligen am 20. Juli bei Teterow durch die englischen Generäle Kielmannsegge und Lyon inspiziert. General Wallmoden hatte nämlich mit den Engländern konferiert und darauf gedrungen, dass die Engländer, die schon die geflohenen Hannoveraner ausgerüstet und unter Eid genommen hatten, nun auch die hanseatischen Kämpfer in Sold nehmen sollten, bis die Hansestädte befreit seien.

15. August 1813

Clemens nahm staunend zur Kenntnis, dass die Patrioten Lübecks und Hamburgs bereits begonnen hatten, eine Art Verwaltungsstruktur außerhalb der Hansestädte zu bilden, eine Exilregierung, die die Interessen der Hanseaten gegenüber den Befehlshabern der Alliierten vertreten sollten. Sie nannten sich »Interimistisches Direktorium der hanseatischen Angelegenheiten«. Der Syndicus des Lübecker Rates, Curtius, der Syndicus des Hamburger Rates, Gries, sowie die Streiter Mettlerkamp, Perthes und Sieveking gehörten diesem Gremium an. Mettlerkamp trug inzwischen den Titel Oberstleutnant und Chef der hanseatischen Bürgergarde und hatte Dr. Ferdinand Beneke zum Generaladjutanten und Major vom Stabe ernannt. Beneke sollte im Hauptquartier des Generals Graf von Bennigsen als Verbindungsmann dienen. Benningsen war vom kaiserlich-russischen Feldmarschall Wallmoden mit der Aufgabe betraut worden, Hamburg zu befreien.

Doch wie schon in den vergangenen Jahren, herrschte trotz dieser Strukturen nach Clemens' Einschätzung eher ein Durcheinander und zufälliges Zusammenwirken als ein geplantes

Miteinander. Die Bürgergarde und die hanseatische Legion war in viele Untergruppen zerfallen und unterschiedlichen Truppenteilen der Russen und Preußen zugeteilt worden. Sie operierten erfolgreich im Lauenburgischen und in Mecklenburg, wo auch Tettenborn noch stand. Doch wollte sich für Hamburg noch immer keine Angriffsarmee formieren. Schwedische Truppen waren angekündigt, doch kamen sie nicht. Zudem war die Versorgung der Soldaten mühselig. Die Bauern und Bürger der kleinen Städte hatten es satt, die Kosaken, Kalmücken und Baschkiren auszuhalten. Diesen Unwillen bekamen nun auch die Soldaten der Hansestädte zu spüren, denn die Geldmittel waren knapp, und Schuldscheine der Soldatenführer wurden nicht gern entgegengenommen.

30. August 1813

Mit Jubel nahm man im Lager der Hanseaten zur Kenntnis, dass General Vandamme in Kulm von den Preußen mit 10 000 Mann und drei weiteren Generälen gefangen genommen worden war.

16. September 1813

Von noch größerer Bedeutung aber war die Niederlage der Franzosen in der Görde, denn nun war Hamburg ein fast isolierter Posten. Die französischen Truppen zogen sich in die zu Festungen ausgebauten Städte der linksseitigen Elbe zurück und trauten sich offenbar nicht ins Land. Ein Belagerungsring konnte so um die Stadt Hamburg gelegt werden. General Tettenborn erhielt von General Wallmoden den Auftrag, mit 400 Kosaken, 440 Lützower Reitern und 300 Mann Lützower Infanterie sowie der hanseatischen Reiterei-Einheit von Bleckede nach Bremen zu ziehen.

13. Oktober 1813

Am 13. Oktober stand Tettenborn mit seinen Männern vor Bremen und überraschte damit die 1200 Schweizer Soldaten unter dem Befehl des französischen Oberst Thullier. Der Kampf an den Schanzen und Brustwehren wurde maßgeblich durch einen Scharfschützen beeinflusst, der den Oberst durch einen Schuss in den Unterleib tödlich verletzte. Der Oberst hatte am 15. Oktober die Schanzen inspizieren wollen. Wenige Stunden nach dem Schuss starb er. Die Franzosen kapitulierten und sollten ohne Waffen freien Abzug haben. 14 Kanonen und etliche andere Waffen fielen den Männern um Tettenborn in die Hände.

27. Oktober 1813

Von Hamburg aus versuchten die Streiftrupps des Marschalls Davout den Belagerungsring um die Stadt durchlässig zu machen. Oberstleutnant von Mettlerkamp versuchte, aus den zahlreichen Freiwilligen und Ehemaligen der Bürgerwache eine hanseatische Legion zu formen, die im Raum Mölln operierte und den Franzosen erheblich zusetzte. Am 27. Oktober kam die Nachricht, dass die napoleonischen Truppen bei Leipzig entscheidend geschlagen worden waren. Daraufhin schlossen sich noch mehr Männer Mettlerkamp an, insgesamt 1300 Mann. General Benningsen führte jetzt die alliierten Truppen immer dichter an Hamburg heran, und bald sollte Bergedorf eingenommen werden.

4. Dezember 1813

Nachdem die Legion sich am 14. November bei Mölln ein heftiges aber unentschiedenes Gefecht mit den Franzosen geliefert hatte, trennte sich ein Teil der Kämpfer von der hanseatischen Legion, um mit russischen Truppen am 4. Dezember Bergedorf einzunehmen und damit Hamburg näher zu sein. Die Truppenführung erhoffte sich von dieser freiwilligen Aufspaltung der hanseatischen Legion, dass die aus Hamburg stammenden Soldaten mit guten Ortskenntnissen und starkem Willen an der Befreiung der Stadt teilhaben würden. Von Bergedorf aus konnten weitere Soldaten über die Elbe gehen und die Gegend um Harburg und das elbabwärts liegende Ufer bis hin nach Ritzebüttel besetzen. Die Schlinge um Hamburg zog sich langsam zu.

Clemens trieb es nun wieder nach Hamburg. Er hatte die Scharmützel und das Ausspähen satt. Er wünschte sich so sehr, dass Hamburg befreit werden könnte. Clemens hatte Heimweh und sehnte sich nach einer Entscheidungsschlacht. Er wollte inzwischen lieber die Hamburger Wälle stürmen, als noch länger zwischen laublosen Knicks, winterlich lehmigen Äckern und nassen Wiesen zu schleichen, ein Gewehr auf die Franzosen-Spähtrupps abzufeuern und dann eilig mit dem erneuten Laden des Gewehrs zu beginnen; immer in der Angst, der Gegner könnte mit Säbel und Dolch ein blutiges Gemetzel anfangen. Gelegentlich stellte Clemens sich dann vor, plötzlich Robert

Gauthier oder Paul Maurice vor sich zu haben, wie sie sich mit angstverzerrten Gesichtern, Gebrüll und gestrecktem Bajonett auf ihn stürzten.

Nie, nie, nie wollte Clemens wirklich einen Menschen töten müssen. Und doch schoss er auf die schemenhaften Uniformen dort drüben auf der anderen Seite des Feldes, glücklich darüber, dass er den Menschen darin nicht erkannte.

Nach dem Appell der Hamburger Soldaten auf dem Bergedorfer Marktplatz traf Clemens den Zuckersieder Bockmann. Bockmann hatte große Sehnsucht nach seiner Familie, die er in Klein Flottbek auf einem Hof untergebracht hatte. »Ich hatte gerade Mut geschöpft«, berichtete Bockmann, »weil ich mich mit anderen Zuckersiedern zusammengetan habe. Wir haben einen Kredit aufgenommen, auf der Uhlenhorst ein Grundstück und Gebäude gepachtet und mit dem Zuckersieden aus Rübenhäcksel begonnen. Aber nun haben die Franzosen alle Rüben beschlagnahmt und die Gebäude auf der Uhlenhorst eingeäschert, um freies Schussfeld gegen die Alliierten zu bekommen. Wie soll ich jemals auf einen grünen Zweig kommen? Die Franzosen haben mich ruiniert. Deshalb habe ich mich zum Kampf entschlossen. Meine einzige Chance, dass meine Familie und ich dem Armenhaus entgehen, ist doch, die Franzosen so schnell wie möglich aus der Stadt zu vertreiben. Ich weiß, dass mir meine Rezepte und mein Wissen ein Auskommen ermöglichen. Doch muss ich auch arbeiten können! Ich werde älter, mein Leben ist endlich, die Kraft im Alter wird schwinden. Oh, Maiboom, es ist der Mut der Verzweiflung, der mich zu den Waffen greifen lässt! Ich habe keine Zeit mehr, um jahrelang auf eine Besserung der napoleonischen Wirtschaft zu hoffen.«

Weiter traf Clemens auf dem Platz Dieter Reepen, den Trankocher. Der war ein Spötter, der seine Anwesenheit auf dem Platze folgendermaßen erklärte: »Mir war die Schufterei auf den Wallanlagen lästig. Ein Franc am Tag wollten mir die Ausbeuter nur zahlen. Nicht, dass ich etwas gegen harte Arbeit habe. Aber ich nehme es den Franzosen krumm, dass sie unsereins wie Viehzeug treiben wollen, das Gewerbe zerstören und ganz beliebig ihre Gesetze erlassen! Hat uns Trankocher jemand angehört? Napoleon, der kleine Wichtigtuer, meint zu wissen, wie man ganz Europa regieren soll. Von Neapel bis nach Kopenhagen, von Brest bis nach Moskau bohrt er seine korsische Nase in jeden Winkel und meint, er wüsste alles besser. Seine ehrfürchtigen Helfer halten jeden Befehl für Gottes Wort, seine Neider aber füllen sich klammheimlich in ganz Europa die Taschen, um ihr Diebesgut nach Frankreich zu schaffen. Na, wenn ich mir für einen Franc am Tag den Rücken krumm schuften soll, dann nehme ich lieber englischen Sold und ein englisches Gewehr, um den Franzosen eins auf den Arsch zu brennen.« Lässig setzte er hinzu: »Nur verdammt kalt ist es jetzt. Ich wünschte mich an die brodelnden Kocher am Hamburger Berg zurück. Doch da ist ja nichts mehr. Sechstausend Menschen sollen es sein, denen jetzt das Obdach fehlt … ach, wenn es nur endlich nach Hamburg gegen den Feind ginge!«

Clemens, der als einfacher, berittener Jäger in einer kleinen Kate neben dem Bergedorfer Schloss mit fünf anderen eine mit Stroh ausgestreute Kammer teilen sollte, bat seinen vorgesetzten preußischen Reiteroffizier darum, bei einem Bekannten übernachten zu dürfen. Der etwas arrogant wirkende Preuße bemerkte ironisch: »Maiboom, ich weiß, dass Sie als Kaufmannssohn in weichen Betten zu schlafen gewohnt sind. Sie sehnen sich danach, dass Ihr Wohlleben wieder beginnt. Gewinne scheffeln, das ist doch Ihre Devise, nicht wahr? Das Brot und Ihr Hamburger Bier brauchen unseren preußischen Weizen, der auch auf dem Gut meiner Familie wächst. Sie kaufen unseren Weizen und verschachern ihn, weil wir Preußen dazu offenbar von Gott nicht bestimmt worden sind. Sehen Sie, darum sind wir Waffenbrüder. Wir beide wollen Napoleons Knechte bald aus der Festung Hamburg vertreiben und in unsere gewohnten Lebensweisen zurückkehren. Drill wird Ihre Lebensweise nicht geprägt haben, das ist wohl auch kaum etwas für Kaufmannssöhne. Nun denn, nach meinen Kenntnissen ist es unwahrscheinlich, dass heute Nacht die Kriegstrommel zu den Waffen ruft. Gehen Sie also ruhig zu Ihresgleichen hier in Bergedorf. Morgen früh um sieben erwarte ich Sie zum Appell.«

Clemens ließ sein Pferd und sein Gepäck in der zugewiesenen Unterkunft zurück, informierte seine Kameraden und machte sich auf den kurzen Fußweg zum Pfeffer'schen Haus. Der Kaufmann empfing ihn in ziviler Kleidung und recht aufgeräumt: »Maiboom, welche Freude, Sie zu sehen! Ich habe lange nichts von Ihnen gehört. Aber Ihren Vater habe ich noch vor einer Woche getroffen. Es scheint ihm gut zu gehen, er ist ein schlauer Fuchs. Kurz nachdem Sie aus der Stadt verschwunden sind, hat er damit begonnen, alle möglichen Nahrungsmittel zu den teuersten Preisen aufzukaufen. Das Maiboom'sche Depot in der Hamburger Bank war leer geräumt bis auf ein paar Schillinge. Doch wer, außer Ihrem Vater, ahnte auch, dass die Franzosen gegen ihren eigenen Code civil verstoßen und ausgerüstet mit der Kraft der Bajonette sich des Eigentums der Bürger und Kaufleute Hamburgs gleich auf der Bank bemächtigen. Sie haben sicher schon das Unerhörte vernommen: Am 11. November hat Graf Chaban als Intendant der Finanzen, gedeckt durch den Generalgouverneur Davout, sich als Bankräuber betätigt und den Silberschatz und alle Barschaft geraubt, siebeneinhalb Millionen Mark Banco! Insofern hat Ihr Vater also recht getan: Bevor die Franzosen sein Silber zu Münzen schlagen, hat er sich dafür Waren besorgt. Wenn er sie verkauft, bevor die Franzosen das Zeug requirieren, wird er einen fetten Gewinn machen. Ach, Maiboom, hoffentlich können wir die Franzosen bald für ihre Sünden büßen lassen. Doch nun kommen Sie bitte hinein in die gute Stube, ich habe Besuch, den ich Ihnen vorstellen möchte.«

Pfeffer führt Clemens in den von Kerzenleuchtern erhellten Salon. Ein großer Kachelofen sorgte für behagliche Wärme, und in den Fauteuils saßen die anderen Gäste bei französischem Rotwein. Pfeffer stellte vor: Konstantin von Laffert, den Glas- und Linsenhändler in mecklenburgischer Jägeruniform, und einen hageren Mann im schwarzen schlichten Anzug, Andreas Hartleb, den Konstrukteur, Erfinder und Freund des Freiherrn von Drais.

Von Laffert diente als Verbindungsoffizier des Schweriner Hofes im Bergedorfer Quartier des russischen Generals Bennigsen, versorgte nebenbei durch seine Firma die alliierten Truppen vor Hamburg mit Fernrohren, Laternen und Blinkzeichen-Lampen. Er war gerade dabei, mit erhitzten, roten Wangen darüber zu berichten, dass die Franzosen auch sein Depot bei der Hamburger Bank ausgeräumt hatten, obwohl er dort als Mecklenburger registriert war und keinen Hamburger Bürgerbrief besaß. Dies hätte er durch geheime Botschaften aus Hamburg erfahren.

Die Männer begrüßten sich, und bald kamen sie darauf zu sprechen, wann und durch welche Strategie die Hansestadt zu befreien wäre. Da alle Bekannte und Freunde in der eingeschlossenen Stadt hatten, hofften sie sehr, dass die alliierten Truppen möglichst bald zum Angriff auf die allerdings schon weit gediehenen Befestigungswerke übergehen würden. »Eine reine Belagerung würde Hunger, Kälte und die Ausbreitung von Seuchen begünstigen«, gab Pfeffer zu bedenken. »40 000 französische Soldaten sollen in unserer Stadt sein. Ich hoffe nur, dass Bernadotte als schwedischer Kronprinz und Heeresführer Lübeck recht bald einnimmt. Es ist schon eine Ironie des Schicksals, dass unsere Schwesterstadt, nachdem sie Bernadotte als französischer Marschall blutig eroberte, nun hoffen muss, von diesem Mann befreit zu werden. Und wir wiederum beten, dass der Schwede uns dann seine Truppen zur Verstärkung sendet. Nur dann haben wir eine Chance.«

»Wir hätten auf eine ganz andere Art eine Chance«, wandte Hartleb energisch ein. »Wir Hamburger könnten uns selbst befreien, wenn wir nur moderne Technik nutzen würden. Ich kann mich an eine Zusammenkunft im Juli 1808 auf der Baumhaus-Terrasse erinnern. Ich hatte große Hoffnung in diese Versammlung gesetzt, sogar ein erstes, noch nicht ganz ausgereiftes Modell eines neuen Gewehrschlosses mit knickbarem Scharnierlauf zur hinterwärtigen Beladung mitgebracht. Ihr Herr Vater, Herr Maiboom, war, soweit ich erinnere, auch zugegen. Doch zu meiner großen Enttäuschung hat man mir kaum zugehört und nicht an die neue Technik geglaubt. Hätten wir damals irgendwo in Holstein doch eine Manufaktur für moderne Gewehre errichtet! Meine Herren, ich sage Ihnen, wenn wir Hinterlader hätten, doppelläufige Gewehre, wir würden mit einem Bruchteil der jetzt nötigen Soldaten die 40 000 Verteidiger in die Flucht schlagen. Hier, ich trage die Erfindung bei mir, sehen Sie selbst –« Hartleb holte einen kleinen Holzkoffer hervor und öffnete die Klappe, um die anderen auf das Instrument, einem aufwendigen Tresorschloss ähnlich, sehen zu lassen. Er erklärte das Prinzip. Pfeffer fragte skeptisch: »Und die Gewalt der Pulverexplosion stört nicht die Funktionsfähigkeit, ermüdet nicht die Federn, das Scharnier und das Material? Gibt es dazu schon eine Untersuchung?«

Hartleb schwor, dass das Werkzeug ohne Fehl und Tadel und schon erprobt sei. Es war geradezu tragisch, dass dieser Tüftler bei den hanseatischen Kaufleuten auf solche Skepsis gestoßen war. Man hatte ihm keinen Glauben geschenkt und schlicht nicht die militärische Bedeutung dieser neuen Waffe erkannt.

»Wie schnell könnte man denn diese Waffe in größerer Stückzahl bauen?«, fragte Clemens hoffnungsvoll. Die Vorstellung, technisch überlegen zu sein, könnte auch Verhandlungen mit dem Napoleon-treuen Davout erleichtern. Vielleicht würde der Franzose dann einsehen, dass Widerstand zwecklos war. Doch als Hartleb ausführte, was für eine Waffenmanufaktur nötig wäre, wurde schnell klar, dass es zu spät war, diesen Weg zu beschreiten. Diese Waffe würde den eingeschlossenen Hamburgern nicht mehr helfen.

5. Dezember 1813

Am 5. Dezember traf in Bergedorf die Nachricht ein, dass Lübeck kampflos den Schweden übergeben war. Nun hoffte man auf das baldige Anrücken der schwedischen Verstärkung. Überall schöpften die hanseatischen Soldaten frohe Hoffnung; die ortsfremden Preußen, Russen, Hannoveraner, Engländer waren weniger enthusiastisch. Die Festungswerke starrten nur so von Palisaden, Vorwerken, Gräben und Kanonen. War es nicht viel einfacher, mit weniger Belagerern die 40 000 Soldaten am Verlassen dieses Gefängnisses zu hindern und stattdessen mit weiteren Soldaten direkt an der Jagd auf den kleinen Kaiser teilzunehmen? Warum sollten die Generäle Blücher und Schwarzenberg diesen Ruhm alleine ernten? Sie standen schon am Rhein! Bald würde es auf Paris zugehen! Sollte man nicht lieber diesen hinterherziehen, um sich für die Friedenskonferenz eine gute Position bei der Mitsprache zu sichern?

In Hamburg löste der Fall Lübecks und das Zuziehen der Schlinge um Hamburg und Harburg trotzige Entschlossenheit aus. Schon im November hatten schriftliche Bekanntmachungen für den Fall einer Belagerung der Stadt detailliert dargelegt, welche Vorräte jede Familie nachweisen müsse, um nicht ausgewiesen zu werden. Der Vorrat müsse bis einschließlich Mai 1814 reichen. Natürlich hatte man diese Anordnungen nicht ernst genommen. Und die Teuerung hatte sowieso dazu geführt, dass die Armen Hunger litten, dass Hunde, Katzen, Alsterschwäne, Tauben und selbst Mäuse und Ratten in die Kochtöpfe wanderten. Selbst die gemeinen französischen Soldaten durchsuchten nun hohlwangig die Abfälle der reicheren Bürger und höheren Militärs.

21. Dezember 1813

Der russische General Bennigsen erreichte nun Bergedorf und errichtete sein Hauptquartier im Bergedorfer Amtshaus. Schnee fiel. Die ersten schwedischen Truppenteile verstärkten den Belagerungsring und Bennigsen hoffte auf den Oberbefehl. Es kam zu ersten Gefechten an der Schanze Wilhelmsburg und an den Elbinseln. Noch beherrschten die Franzosen die Szenerie. Für den Marschall und seine Offiziere war nun der Zeitpunkt gekommen, die Stadt für die ernste Phase der Belagerung zu rüsten. Es wurde eine nächtliche Ausgangssperre verhängt. Am Abend vor Heiligabend begannen die Trupps von Militär, Zoll und Polizei systematisch mit den Hausdurchsuchungen: Alle Familien, die nicht genügend Proviant vorweisen konnten, wurden kurzerhand auf die Straße getrieben, zur Petrikirche geleitet und eingesperrt. Bei Tagesanbruch wurden dann all die Bedauernswerten, die nicht einmal ihre Winterkleidung hatten zusammenraffen dürfen, bei Frost vor die Tore der Stadt getrieben. 20000 Bewohner hatten so ihre Bleibe verloren. Die Tore der Stadt blieben für sie verschlossen.

24. Dezember 1813

Schneetreiben setzte ein. Weder in Wandsbek noch in dem bereits bei Gefechten beschossenen Eppendorf, und auch nicht in Altona oder Bergedorf war man auf diesen Exodus vorbereitet. Zwar gelang es, viele derjenigen aufzunehmen, die aus eigener Kraft die Nachbarorte durch die kahlrasierten Vorfelder der Bastionen erreichten. Ihnen wurde geholfen. Doch wer zu schwach zum Laufen war, blieb im Schnee stecken. In den Weihnachtstagen fand man über 1300 Tote im Umfeld der Stadt. Rasch ließen die Behörden Massengräber ausheben, denn man fürchtete sich vor Seuchen.

Januar 1814

Clemens war mutlos. Keiner konnte in die belagerte Stadt hinein. Wie mochte es seinem Vater gehen? Wie stand es um die Bevölkerung? Bernadotte und seine Schweden waren nach Süden abgezogen. Der schwedische Kronprinz wollte offenbar unbedingt zu den Siegern in Paris gehören, die Hansestadt Hamburg interessierte ihn nicht.

Ein Angriff des Generals Stroganow und seiner Soldaten war durch Davouts Truppen zurückgeschlagen worden. General Bennigsen hatte sein Hauptquartier nach Pinneberg verlegt und durch Kuriere den Generalgouverneur von Hannover, den Herzog von Cambridge, flehentlich um Artillerieunterstützung gebeten. Doch vergeblich.

Stetige kleine Angriffe von verschiedenen Seiten aus, hielten die Belagerten in kräftezehrender Bewegung, doch weder Harburg noch Wilhelmsburg, noch Hamburg boten eine Durchbruchstelle. Hinzu kam, dass die Witterung geplante Angriffe nicht unterstützte. Plötzlich einsetzendes Tauwetter zwang zum Abbruch der anfangs so Erfolg versprechenden Eroberung der Insel Wilhelmsburg.

Februar 1814

Weder die Engländer noch die bereits befreiten Holländer sandten General Bennigsen die versprochenen Kanonenboote. Das Schicksal Hamburgs schien niemanden zu rühren. Marschall Davout verlegte über die von Robert Gauthier so trefflich gebaute Hochstraßenbrücke Soldaten nach Harburg und konnte durch einen Ausfall sogar außerhalb Harburgs liegende Dörfer erobern. Kurzfristig schien es, dass Davout plane, sich mit den bei Magdeburg eingeschlossenen Franzosen zu vereinen, um dann nach Frankreich durchzubrechen. Clemens wurde nun mit seinen Kameraden südlich der Elbe eingesetzt, um diesen Plan zu vereiteln. Dort trafen auch endlich Geschütze aus Ratzeburg und Lübeck ein.

26. März 1814

Die ersten Frühlingswinde wehten einen fauligen Geruch aus der Stadt. Die Zahl der Seuchentoten, die das Lazarettfieber verursachte, stieg täglich an. Auch Graf Chaban, den Bankräuber, ereilte dieses Schicksal, und er wurde mit großen Gepränge beerdigt, denn trotz seiner räuberischen Tat war er einer derjenigen gewesen, die sich um die Zustände in den Hospitälern und Lazaretten sorgten. Etliche Male hatte er Kranke besucht und sich dabei wohl angesteckt.

31. März 1814

Die alliierten Truppen trafen in Paris ein. Eine provisorische Regierung unter Talleyrand erklärte Napoleon für abgesetzt. Nur drei Tage später erreichte diese freudige Botschaft die Belagerungstruppen. Parlamentäre überbrachten diese Nachricht den eingeschlossenen Franzosen. Doch der störrische Marschall hielt diese Kunde für eine Kriegslist. Er verlangte, dass französische Kuriere ihm neue Befehle aus Paris überbringen sollten.

28. April 1814

Der französische Staatsrat Davout, ein Onkel des Marschalls, gelangte in Hamburg an und bestätigte die Abdankung Napoleons, die schon am 6. April in Fontainebleau von Offizieren des Kaisers erzwungen worden war. Nun ließ Marschall Davout die weiße Lilienfahne des Königs Louis XVIII. auf den Wällen Hamburgs flattern. Von vielen wurde diese Fahne jedoch missdeutet, denn es waren keine Friedenszeichen. Marschall Davout beharrte darauf, dass Hamburg französisches Staatsgebiet sei und er dem französischen König dieses Gebiet erhalte. General Bennigsen fehlte noch immer die militärische Macht, um die Wälle zu überrennen. Zudem wollte niemand mehr, dass Blut vergossen würde, nachdem doch Napoleon nicht mehr Kaiser war. Französische Soldaten begannen zu desertieren. Die Autorität der Franzosen in der Stadt schmolz dahin, zumal etliche tausend Soldaten an Hunger, Erschöpfung und Krankheiten gestorben waren. Parlamentäre der Dänen, der Alliierten und der Franzosen wurden nun zwischen Altona, Pinneberg und Hamburg hin und her geschickt, um den Abzug der französischen Armee auszuhandeln.

21. Mai 1814

Am 21. Mai löste symbolisch ein Kommando der hamburgischen Nachtwächter die Franzosen in der Hauptwache am Großneumarkt ab. Die Verwaltung der Stadt wurde wieder in die Hände des alten Senats gelegt. Patrioten kehrten mit ihren Familien zurück.

Nach und nach verließen größere Kontingente der französischen Armee die Stadt, auch der Marschall, der die Abwicklung des Abzugs in die Hände seines Generals Gerard legte. Im Gegenzug besetzten zuerst englische Marinesoldaten das Arsenal, danach kamen Gruppen von russischen Offizieren, um die Stadt zu inspizieren. Auf Schiffen wurden die Beamten nach Frankreich gebracht. Auch Monsieur Gauthier verließ auf diesem Weg die Stadt.

Vom 28. bis zum 31. Mai zogen 25 632 Soldaten mit über fünftausend Pferden und 90 Kanonen aus Hamburg hinaus mit dem Ziel Lille oder Valencienne. Über 4600 Soldaten waren in den Gefechten um Hamburg gefallen, in den Lazaretten waren bis zum 31. Mai 7799 französische Soldaten gestorben. 400 Soldaten waren desertiert, und ein trauriger Rest blieb nun als nicht transportfähig in den Lazaretten zurück.

31. Mai 1814

Morgens um fünf waren die letzten Franzosen aus der Stadt marschiert. Mit dem Mittagsläuten der Kirchenglocken marschierten die russischen und hanseatischen Soldaten unter Salutschüssen durch das Millerntor in die Stadt ein. An der Spitze des Zuges ritt der General Bennigsen mit seinem Stab, gefolgt von Mettlerkamp mit seinen Offizieren der Bürgergarde und Legion.

Schon beim Millerntor hatte eine Delegation des Senats die Soldaten begrüßt, weiß gekleidete Jungfrauen bekränzten die Offiziere und Soldaten, und auf dem weiteren Zug zum Domplatz wehten aus vielen Fenstern Tücher und Fahnen.

Auf dem Domplatz wurden Ansprachen gehalten. Frau Hagen, eine Schwester des Patrioten Hanfft begann, dann folgten Innungsmeister, Senatoren, ehemalige Bürgermeister, Gesandte der Alliierten. Von nun an konnte tatsächlich damit gerechnet werden, dass der Handel und das Handwerk wieder Arbeit, Lohn und Gewinn für viele bringen würden.

Trotzdem war die Stimmung längst nicht so euphorisch wie an jenem 18. März 1813, als die Kosaken mit Jubel begrüßt worden waren. Seitdem waren über tausend Häuser zerstört, Tausende Menschen gestorben, die Wallanlagen in eine waffenstarrende, abschreckende Zone verwandelt, und vieles von Wert war geraubt und für immer verloren. Hatte es vor der französischen Besetzung 1806 noch 120 000 Einwohner gegeben, sollte die bald nach der Befreiung erfolgte Zählung nur noch 95 000 Einwohner ergeben.

Clemens stand neben Pit Lindemann, ebenfalls in englischer Uniform, und beide hörten sich die Jubelansprachen der Festredner an. »Da sprechen wieder welche von Heldenkampf und Opfertod, die weit entfernt von jedem Patrouillengang gern mit dem Säbel gerasselt haben«, raunte Lindemann Clemens zu. »Sieh dir an, wer da neben Karl Sieveking steht. Ist das nicht der Zöllner Rauchenberg? Schau dir die Orden und Abzeichen an, die die Offiziere der Bürgergarde da tragen. Ich frage dich, wann die wohl Zeit hatten, um diesen Plunder herzustellen und ihn zu verteilen? Bist du eigentlich hinterher zum Empfang eingeladen?« Clemens schüttelte den Kopf: »Ich bin nicht eingeladen, aber ich habe mich während der letzten Tage auch nicht an Perthes, Mettlerkamp und Beneke herangedrängt. Ich staune nur, wie viele Patrioten es offenbar gegeben hat, die sich jetzt neue Posten erhoffen.«

Statt an die Tafel zu General Bennigsen und danach in das Theater zur Aufführung des Stückes »Tag der Erlösung«, geschrieben von Theaterdirektor Schmidt, zog es Clemens nun endlich nach Hause. Er hatte es seit dem 21. Mai, an dem die Franzosen eigentlich ihre Stellung aufgegeben hatten, noch nicht geschafft, in die Stadt zu gelangen. Nun endlich konnte er in sein Elternhaus gehen. Und wie sehnte er sich nach Clothilde. Doch war ihm klar, dass er für die Suche nach ihr Zeit und Geld benötigen würde. So galt es, zunächst einmal den Handel zu beleben und nach der Brigantine zu sehen.

»Clemens, endlich kommst du.« Clemens' Vater lag bleich in seinem Bett. Ein erneuter Schwächeanfall hatte ihn niedergezwungen. Minna hatte Clemens mit verweinten Augen berichtet, dass sein Vater in den letzten Wochen mit Brustschmerzen zusammengebrochen war. Schmerzen im linken Arm waren geblieben. Minna machte sich große Sorgen.

»Clemens, gut siehst du aus. Die Franzosen sind weg, nicht wahr? Jetzt kann das Kaufmannshaus Maiboom wieder mit dem Handel beginnen. Aber Clemens, ich fürchte, du wirst dich allein darum kümmern müssen. Tu dich mit deinem Bruder in London zusammen, denn die Engländer beherrschen die See. Ich sage dir, die Zukunft liegt im Überseehandel.« Der Kaufmann stöhnte und rang nach Atem. »Eure Mutter muss bald eintreffen. Ich habe ihr einen Brief geschrieben, dass sie kommen kann. Soviel ich gehört habe, ist die Zahl der Fieberkranken stark zurückgegangen, die Seuche scheint gebannt. Und du siehst, mich hat sie auch nicht geholt.« Er lachte mit rasselnder Lunge: »Ich habe ein gutes Stück Geld verdient, auch wenn man mich jetzt einen Wucherer schimpft. Gelacht haben die anderen Kaufleute, die noch in Hamburg waren, als ich ihnen für viel Geld Bohnen, Trockenerbsen, Sago, Salzhering und Rauchfleisch aus Altona und Holstein vor der Nase weggekauft hatte. Kaum zwei Monate später haben sie mich angebettelt, bei mir kaufen zu dürfen. Kann sein, dass das Sympathien gekostet hat, mein Junge. Der Name Maiboom mag bei manchen nicht mehr sehr beliebt sein. Doch was sollte ich tun? Die Franzosen haben mir auch noch mit Gewalt manchen Teil des Vorrats weggenommen. Papiergeld und Schuldscheine hab ich dafür bekommen. Sieh nur zu, dass du in Paris dafür etwas bekommst … denn unser Konto bei der Hamburger Bank … ist leer –«

»Beruhigen Sie sich, Vater. Die Zeiten werden besser. Wir leben noch. Ich werde sehen, was unternommen werden kann. Dann schreibe ich Thomas. Wahrscheinlich hat er längst gehört, dass Hamburg nun wieder frei ist und will uns helfen. Wenn unsere Mutter dann auch wieder hier ist, ist die Familie komplett.«

»Ach Clemens, mir geht es schlecht. Ob ich es nun wohl noch erlebe, dass Enkelkinder auf meinen Schoß krabbeln wollen? Wie steht es um die Französin, um die du dich bemühtest? Ist sie noch in der Stadt oder mit ihrem Vater nach Paris zurückgekehrt?«

»Ich habe sie seit fast einem Jahr nicht gesehen und keine Nachricht von ihr bekommen. Was ich weiß, ist, dass sie schon im Juni letzten Jahres nach Paris aufgebrochen ist.«

»Mein Sohn, jetzt, nachdem du mir sagtest, dass du keine Nachricht von deiner Französin hättest, fällt mir ein, dass ich einen Brief des Sergeanten Maurice für dich habe. Er hat ihn schon im Juni letzten Jahres abgegeben. Danach wurdest du von der Polizei gesucht, und in dieser Aufregung habe ich vergessen, ihn dir zu geben. Dann legte ich die Post in dein Zimmer. Dort muss er noch immer liegen.«

In dem Moment kam Rita Maiboom voller Sorge um ihren Mann die Treppe hinauf.

Als sie ihn in die Arme schloss, zog sich Clemens zurück, um nach dem Brief zu sehen, den der Sergeant abgegeben hatte. Auf dem Umschlag war kein Absender vermerkt, doch als Clemens das Papier auseinander faltete, erkannte er sofort Clothildes Schrift. Eilig schilderte sie, dass ihr Vater sie in eine Klosterschule in der Nähe von Paris sperren wollte. Mit ungelenken Worten deutete sie an, dass sie schwanger sein könnte und man ihr das Kind wegnehmen würde, sobald es geboren sei. Danach würde sie mit einem Mann zwangsverheiratet, den ihr Vater aussuchen wollte. Verzweifelt schrieb Clothilde, dass sie auf dem Weg dahin alles daran setzen würde, zu fliehen. Doch falls es ihr nicht gelänge, so bat sie Clemens, sie zu suchen und zu befreien. Verwischte Schrift zeugte von Tränen, als sie nun zugab, dass eine heimliche Hochzeit in der Abwesenheit des Vaters das Beste gewesen wäre. Den Segen von Pater Livreville hätte sie schon bekommen. Doch nun sei dies zu spät. Jetzt müsse sie für ihr Zaudern büßen. Clothilde schloss ihren Brief mit dem Schwur, Clemens aufrichtig zu lieben. Ihre letzte Hoffnung sei, den Sergeanten Paul Maurice davon zu überzeugen, sie freizulassen. Sie habe erfahren, dass er dafür ausgewählt sei, sie an den schrecklichen vorbestimmten Ort zu bringen. Ihn müsse Clemens finden, um den Aufenthaltsort herauszubekommen.

Clemens war erschüttert. Der Brief war vor elf Monaten geschrieben. Vielleicht war er längst Vater. Wenn es tatsächlich zur Adoption freigegeben worden war, hatte das Kind bereits neue Eltern. Grauenvoll war der Gedanke, dass Clothilde voller Hoffnung auf ihn gewartet hatte. Sie konnte ja nicht ahnen, dass er den Brief gar nicht erhalten hatte. Clemens stellte sich vor, wie sie alle Hoffnung verloren hatte. Was spielte das Schicksal ihnen übel mit! Die Maibooms besaßen nur noch das Haus, die Brigantine, den Ewer und ein kleines Konto bei einem Kieler und einem Altonaer Privatbankier. Nun war Caspar Maiboom schwer erkrankt. Würde Clemens seine Mutter mit dem schwer kranken Vater allein lassen können, um nach Clothilde zu suchen? Würde der alte Bönninghaus sich zutrauen, das Kontor allein zu führen, neue Aufträge hereinholen und Verträge erfüllen können?

Da hörte er Antje, die junge Magd, einen Schrei ausstoßen. Hatte sein Vater nun einen Herzschlag erlitten?

Als Clemens in die Diele trat, lag Antje einem Mann in den Armen. War ihr Bruder zu Besuch gekommen? Clemens erkannte ihn nicht sogleich. Es war Paul Maurice. Er war vornehm gekleidet und ging stolz und aufrecht auf Clemens zu, nachdem er sich aus Antjes Umarmung befreit hatte.

»Clemens Maiboom, ich trete Ihnen als freier Mann entgegen. Das, was ich möchte, ist, diese junge Frau aus Ihren Diensten zu nehmen und zu heiraten, wenn sie mich tatsächlich noch will. Ich hatte lange Zeit, darüber nachzudenken, ob es richtig sei, ihre Zuneigung zu erwidern. Doch bevor ich nun weiter mit Ihnen über mein Begehren verhandele, möchte ich Ihnen noch jemanden zeigen.« Er zog Clemens an der Hand zur offenen Dielentür. In der späten Abendsonne stand auf der Straße des Rödingsmarktes eine kleine Kutsche. In dieser Kutsche saß mit bangem Herzen Clothilde Gauthier. Sie wusste nicht, ob Clemens noch lebte. Sie wusste nicht, ob er sie vielleicht viele Meilen entfernt suchte. Sie wusste nicht, ob er in den langen Monaten nicht eine andere Frau lieben gelernt hatte. Wenn sie auch sonst vor nichts Angst hatte, so hatte sie vor diesem Moment Angst.

Clemens selbst war wie vom Donner gerührt. Hatte er eben noch den Kopf voller trüber Gedanken gehabt, so dauerte es jetzt ein paar Sekunden, bis sich ein Freudenschrei löste und der junge Kaufmann in die Kutsche sprang, dass die wartenden Pferde von dem Geschaukel ganz unruhig wurden. Die beiden Liebenden herzten und küssten sich, fassungslos vor Glück.

Nachtrag

Ihr Vater hatte Paul Maurice angewiesen, Clothilde mit Handschellen in der Kutsche an den Sitz zu fesseln. Während der langen Konvoifahrt hatte Clothilde Zeit, um mit Paul Maurice sehr vertrauliche Gespräche zu führen.

Clothilde hatte schon immer geahnt, dass dieser Sergeant kein Soldat aus Berufung war, nicht mit Leib und Seele dem Militär gehörte, sondern dass ein Schicksalsschlag ihn bewogen hatte, sich zum Dienst in der Armee zu melden, dort aber ohne Ehrgeiz einen ruhigen Posten auszufüllen. Dann gestand Paul Maurice Clothilde, dass er die junge Magd Antje lieb gewonnen habe, dass er jedoch keine Zukunft für eine Liebe sah und zudem meinte, viel zu alt für eine so junge Frau zu sein.

In einem Waldstück vor Osnabrück wurde der Konvoi von einem Freikorps Hannoveraner Jäger angegriffen, die nicht ahnten, dass dieser französische Zug ein schwer bewaffneter Geldtransport in geheimer Mission war. Da in der leichten Kutsche, die der Sergeant steuerte, nur zwei kleinere Münzfässer, Briefe, Pakete und eben eine junge Dame als Passagier waren, hatte man diesen Wagen nicht mit Soldaten besetzt und auch nicht mit schweren Karabinern bewaffnet. Als der Angriff erfolgte, gingen die Pferde durch und preschten an einer Weggabelung tief in den Wald hinein, während die anderen schweren Wagen, beladen mit Silberbarren und vielen Münzfässern zusammenrückten und heftig verteidigt wurden.

Das Freikorps erkannte schnell, dass diese Wagen etwas Kostbares beherbergen mussten. So ließ der Anführer die Verfolger der leichten Kutsche mit Hilfe eines Signalhorns zurückrufen.

Zwei Tage versteckten sich Clothilde und der Sergeant voller

Angst im Wald. Als gerade in diesen Stunden der Angst ihre Regeblutung einsetzte, fürchtete Paul Maurice zunächst, der Fleck auf dem hellen Kleid sei von einem Schuss verursacht. Aber Clothilde begann, wie befreit zu lachen. Er begriff nicht, warum sie so lachte, aber ihre Heiterkeit steckte Maurice an, als er die Harmlosigkeit dieses Fleckes erkannte. Und in diesem Augenblick spielten beide mit dem Gedanken, sich des Geldes zu bemächtigen und ihrem Leben eine neue Wendung zu geben. Die Verlockung wurde als Scherz geäußert – bis Paul Maurice ein Fass aufbrach. Es hätte auch bei der rasenden Flucht aufspringen können …

Hamburgische Portugaleser, Dukaten und Louisdor fanden sich darin. Das größere Fass enthielt Schillinge, Taler und Markstücke. Ein Vermögen. Der Sergeant wusste, was einem Deserteur blühen konnte. Aber er wusste auch, dass ihm so ein Schatz nie wieder in die Hände geraten würde. So beschlossen Clothilde und er als Ehepaar aufzutreten und die Reise in eine andere Richtung fortzusetzen. Das Geld vernagelte Maurice mit Hilfe des mitgeführten Werkzeugs unter dem Kutschbock in einem doppelten Boden der Kutsche. Von einem fahrenden, jüdischen Krämer kaufte der Sergeant zivile Kleider. In einer kleinen Stadt besorgten sich die zwei Reisenden Papier, Feder und Tinte, Schere und Leim, und dann ging Clothilde daran, sich aus der Post, die noch im Wagen lagerte, geeignete Schriftstücke auszuwählen, um mit ausgeschnittenen Siegeln und Stempeln einen Satz Reisepapiere herzustellen, der sie durch französische Kontrollen führen konnte, und einen zweiten, der sie als dänische Staatsbürger auf dem Rückweg von einer Kur in Aachen zu ihrem Haus zurück in Glückstadt auswies.

Das Geld ermöglichte ihnen angenehme Aufenthalte in vornehmen Gasthäusern. Sie hatten es ja nicht eilig, voranzukommen, planten, bei Stade über die Elbe zu setzen und nach Kiel zu gelangen, wo Clothilde sich Hilfe von Clemens' Eltern erhoffte. Von den Reisenden in den Gasthäusern vernahmen sie den Verlauf der Ereignisse, hörten von Aufständen, der Görde-Schlacht und schließlich sogar der Befreiung Bremens. Nach Bremen machten sie sich schließlich auf und warteten in jener Stadt auch die Befreiung Hamburgs ab. Das Geld war ihnen sehr dabei behilflich, neue Papiere und Aufenthaltsgenehmigungen zu bekommen.

Clemens war noch jahrelang eifersüchtig, wenn das Gespräch auf diese Reise von Maurice und Clothilde kam. Clothilde schwor, dass Paul Maurice sich als Ehrenmann aufgeführt habe. Paul Maurice wurde ein enger Freund der Familie Maiboom. Mit seiner Frau Antje zog er nach Lübeck, wo die beiden ein Gasthaus mit französischer Küche eröffneten.

Namenregister

(in der Reihenfolge des Erscheinens)

Clothilde Gauthier	
Robert Gauthier	
Monsieur Gauthier	*Vater von Clothilde und Robert*
Madame Gauthier	*Mutter von Clothilde und Robert*
Großmutter Gauthier	*Mutter von Monsieur Gauthier*
Monsieur Garotte	
Jacob Kinau	*Finkenwerder Fischer, Seemann*
Heinrich Kinau	*Vater des Jacob K., Finkenwerder Lotse, Seemann*
Clemens Maiboom	*Hamburger Kaufmann*
Caspar Maiboom	*Vater von Clemens*
Rita Maiboom	*Mutter von Clemens*
Thomas Maiboom	*Bruder von Clemens*
Peter Breckwoldt	*Vater von Meta B.*
Meta Breckwoldt	*Freundin von Jacob Kinau*
Pastor Ehlenbröker	*Mentor von Jacob Kinau*
Rektor Gurlitt	*bekannter Pädagoge*
Nils Banthien	*Angestellter im Hause Maiboom*
Jesko Banthien	*jüngerer Bruder des Nils B.*
Georg Bockmann	*Zuckersieder*
Ulrike Bockmann, geborene van der Veen	*Ehefrau des G. Bockmann*
Familie Sprengel	*Angestellte erst bei Beckmann, später bei Lawätz*
Lawätz	*Altonaer Manufakturbesitzer, sozial engagiert*
Carl und Dieter Reepen	*Hamburger Trankocher*
Ratsherr Sieveking	*Hamburger Kaufmann*
Kai Schmetzer	*Kaufmann in Tönning*

Bönninghaus	*rechte Hand von Caspar Maiboom, Kontorangestellter*
Paul Maurice	*französischer Sergeant*
de Castro	*Hamburger Kaufmann mit spanischen Vorfahren*
Thomas Murphy	*Londoner Kaufmann irischer Abstammung*
Caspar Voght	*Hamburger Kaufmann, Großgrundbesitzer, zum Baron ernannt*
Rauchenberg	*Hamburger Zöllner*
Bourienne	*französischer Gesandter*
Männe Lau	*Milchhändler*
Helmut Pfeffer	*Hamburger Kaufmann mit Bergedorfer Besitz*
Minna	*Köchin und Großmagd bei Maibooms*
Geo Poulson	*Besitzer einer Zahnmanufaktur, Elfenbeinschnitzer*
Böger	*Elfenbeinschnitzer*
Greve	*Bauunternehmer*
Pit Lindemann	*Sohn Hamburger Brauer- und Bauunternehmerfamilie; Freund von Clemens M.*
Matthison	*Hamburger Schriftsteller*
Matthias Claudius	*Schriftsteller*
Klopstock	*Schriftsteller*
Runge, Philipp Otto	*Maler, Schriftsteller*
Runge, Daniel	*Bruder von P. O. Runge*
Pauline Runge, geb. Bassenge	*Ehefrau des P. O. Runge*
Perthes, Friedrich Christoph	*Hamburger Buchhändler und Patriot*
Bücking	*Zahnmediziner*
Pfaff	*Lehrer von Bücking*
Winfrid Zink	*Kaufmann, im Beirat der Hamburger Girobank*
Wortmann/Poppe/Severin/Pehmöller/Proop	*Handelsgesellschaft*
Johanna Margaretha Sieveking	*Ehefrau von G. H. Sieveking*

Georg Heinrich Sieveking	*Kaufmann, Freund von Voght, Aufklärer*
Karl Sieveking	*Jurist, Patriot*
Beneke, Ferdinand, Dr.	*Jurist, Patriot*
Mettlerkamp, David Christopher	*Bleideckermeister, Patriot*
Hornblower	*Romanfigur von C. S. Forester; engl. Seeheld gegen Napoleon*
Peter Sonntag	*Kapitän*
Rist, Johann Georg	*dänischer Gesandter in Hamburg*
Konrad Leonhardt	*Brunnenmeister; Trinkwasserversorgung*
Bernadotte, Jean Baptiste	*Prinz von Ponte Corvo, napoleon. Marschall, später Schwedischer König: Karl Johann XIV.*
Eudel	*oberster napoleon. Zöllner in Hamburg*
Rainville, César L. C.	*franz. Gastronom/Hotelier in Altona; Ausflugslokalität*
Baur, Georg Friedrich	*Kaufmann, Bauherr in Altona; Palmaille*
Doormann	*Hamburger Syndikus*
Besser, Johann Heinrich	*Hamburger Buchhändler, Patriot, Kompagnon von Perthes*
Schimmelmann	*dänischer Schatzmeister; Familie S. hatte großen Grundbesitz in Wandsbek bei Hamburg*
Chapeaurouge, Jean de	*Kaufmann aus bekannter Hamburger Familie*
Parish, John	*erfolgreicher Kaufmann englisch-amerikanischer Abstammung*
Franz, Stephan C.	*Textilkaufmann*
Laffert, Konstantin von	*Kaufmann aus Mecklenburg*
Hartleb, Andreas	*Erfinder, Ingenieur*
Stein, Freiherr vom	*preußischer Politiker*
Harenberg, von	*preußischer Politiker*
Reinhold	*holländischer Gesandter in Hamburg*
Grothe	*preußischer Gesandter; später geadelt: von Grothe*
Curtius	*Syndikus in Lübeck*
Hansen	*dänischer Architekt in Altona und Hamburg tätig*
Godeffroy	*Hamburger Kaufmannsfamilie*

Fontenay	*Schiffsmakler*
Schröder/Ackermann/ Eckhof	*Hamburger Theaterdirektoren*
Bertram	*Kaufmann aus Karlsruhe, angestellt beim französischen Militär*
Hilken, Ole	*Schiffer aus Stade*
Wollenberg, Auguste	*Cousine von Clemens Maiboom*
Hennings, Sven	*Rechtsanwalt in Hamburg*
Landow	*Hamburger Familie*
Eisentraut, Gerd	*Journalist*
Loose, Hans-Dieter	*Journalist*
Abendroth, Hudtwalker, Overbeck, Embden, Speckter, Pleitzner, Heckscher, Hesse, Warburg, Rambach	*= bekannte Hamburger Kaufleute und Senatoren bzw. Bürgermeister*
Heine, Salomon	*Hamburger Bankier*
Suhr, Gebrüder	*Maler, Künstler, die zeitgenössische Szenen und Städtebilder dokumentierten*
Campe, Franz August Gottlieb	*Verleger, Buchhändler*
Repsold	*Astronom, Ingenieur; führte Blitzableiter in Deutschland ein*
Bogé, Brigitte	*französische Tänzerin, Schauspielerin und Sängerin*
Hinsch, Werner	*Lauenburger Haupter, Anführer der Binnenschiffer*
Maiken	*junge Magd bei den Gauthiers*
Antje	*junge Magd bei den Maibooms*
Knauer, Andreas	*Wein- und Heilwasser-Händler; Andreasbrunnen*
Fichte	*Philosoph, Professor in Berlin*
Jahn	*Patriot, Gelehrter, Turnvater*
Scharnhorst	*preußischer Minister*
Sello, Thomas	*Kunsthändler*
Müller, Rainer	*Kunsthändler*
Humbold, Alexander von	*Gelehrter in Paris und Deutschland*
Pasternak, Brunhilde	*Lübecker Verwandte d. Maibooms*

Soult, Murat, Bernadotte	*Generäle, die Lübeck einnahmen*
Linau	*Neustädter Kaufmann und Maibooms Strohmann*
Romundt, Peter Christian	*Neustädter Bürgermeister*
Blücher	*Stadtpräsident von Altona*
Gonse	*Postdirektor in Hamburg*
Palm, Johann Philipp	*Nürnberger Buchhändler, hingerichtet von den Franzosen*
Mendelsohn, Abraham	*Bankier*
Nicholas	*englischer Konsul auf Helgoland*
Hofer, Andreas	*Patriot in Tirol*
Dornber, von	*Oberst und Patriot*
Schill, von	*Major und Patriot*
Lynch, Comte Jean Baptiste	*Weinhändler in Bordeaux, Freund Gauthiers*
Hasleden	*Kaufmann, Kompagnon von Fontenay*
Westphalen, Schuhmacher, Poel	*Hamburger Kaufleute und Senatoren*
Gratian	*napoleonischer General aus Holland*
Ewald	*dänischer General in Altona*
Hufeland, Prof.	*Chefarzt der Charité, Leibarzt der preußischen Königsfamilie*
Königin Luise	*preußische Königin*
König Friedrich Wilhelm III.	*preußischer König*
Gneisenau	*preußischer Militärbeamter*
Scharnhorst	*preußischer Militärbeamter*
Have, von	*Hamburger Weinkellermeister bei Kaufmann Pfeffer*
Utrecht, Simon von	*Ratsherr und Bürgermeister von Hamburg im Mittelalter*
Karpfanger	*Kapitän der Hamburger Admiralität, Kriegsmarine im 17. Jahrhundert*
Kellermann, Stephan	*Bankier in Altona*
Marie-Luise von Österreich	*Tochter des Kaisers Franz von Österreich; spätere Frau Napoleons*
Chaban, Graf	*französischer Staatsrat; später*

	verantwortlich für die Plünderung der Hamburger Girobank
Faure	*französischer Staatsrat*
Coninck, Baron de	*Präfekt des Departements der Elbmündungen*
Aubignosc, de	*Generaldirektor der Polizei*
Verhuel	*französischer Admiral*
Savary	*französischer Polizeiminister in Paris*
Peemöller	*stellvertr. Bürgermeister von Hamburg*
Hasse, Dr.	*Mitglied der Kommission für das Gerichtswesen und die Haftanstalten*
Clausewitz	*preußischer Offizier, später in russischen Diensten*
Dohna	*preußischer Offizier, später in russischen Diensten*
Lützow	*preußischer Offizier, später in russischen Diensten*
Hanbury, Emmy	*spätere Frau von G. F. Rist, dän. Gesandter*
York, Hans David Ludwig von	*preußischer Offizier*
Metternich	*österreichischer Staatskanzler*
Lauriston	*französischer General*
Cyr, St.	*französischer General*
Morand	*französischer General*
Tettenborn, von	*Oberst in russischer Armee*
Dörnberg	*General in der russischen Armee*
Benekendorf	*General in der russischen Armee*
Hanfft	*Hamburger Schlachterfamilie, Patrioten*
Dolgurucki	*russischer Diplomat, auch in Kopenhagen*
Vandamme	*französischer General*
Köster, Philipp	*kathol. Kaplan in Hamburg*
Wallmoden-Grimborn, Graf von	*Feldmarschall, Befehlshaber der russischen Truppen im Norden Deutschlands*
Tschernitschews	*russischer Offizier*
Lievreville, de	*französischer Pfarrer in der kath. Gemeinde in Hamburg*
Rambach, Johann Jacob	*Hauptpastor im Hamburger Michel*

Schröder / Faber / Anderson / Rentzel / Oppenheimer	*Hamburger in der Kommission zum Eintreiben der französischen Kontribution*
Binath	*aus Baden stammender französischer Polizeikommissar*
Lambrecht / Jansen / Brinckmann / Schneider	*Polizisten, Untergebene von Binath*
Jousselin	*franz. Oberingenieur zur Befestigung Hamburgs und Bau der Hochstraße nach Harburg*
Pyronnier	*Nachfolger von Eudel, franz. Chef des Zolls*
Bennigsen, Graf von	*Offizier in russischen Diensten, Befehlshaber der Belagerung von Hamburg*
Thullier	*franz. Offizier und Befehlshaber in Bremen*
Körner, Theodor	*preußischer Schriftsteller, Dichter, Soldat, Patriot*
Drais, Freiherr von	*Erfinder u. a. der Draisine, eines Vorläufermodells des Fahrrades*
Blücher	*preußischer Feldmarschall*
Schwarzenberg	*preußischer General*
Tolstoi	*General der russischen Armee*
Stroganoff	*General der russischen Armee*
Cambridge, Herzog von	*englischer General*
Talleyrand	*franz. Staatsmann, Gegner Napoleons*
Gerard	*franz. General, der den Abzug der franz. Truppen aus Hamburg regelt*

Thomas Einfeldt

Störtebekers Gold

Ein Roman aus der Hanse-Zeit. 461 Seiten. Serie Piper

Abenteuerlust und eine Intrige treiben den jungen Lübecker Kaufmannssohn Martin Damme in die verschworene Gemeinschaft der »Vitalienbrüder«: Er wird Schreiber und Vertrauter des gefürchteten Seeräubers Klaus Störtebeker. Angesichts der rohen Gewalt der Piraten wendet er sich aber wieder von ihnen ab und nutzt das Gewirr einer brutalen Seeschlacht zur Flucht durch das Abflußrohr der Kapitänskajüte. Als Hannes Maiboom führt er nun das Leben eines ehrbaren Schiffers und Kaufmanns. Doch die unermeßlichen Reichtümer der Seeräuber lassen ihn nicht ruhen: Auf seinen Kaufmannsfahrten nutzt er sein Wissen und hebt die versteckten Schätze mit Hilfe der schönen und mutigen Kaufmannstochter Kristine, die seine große Liebe wird.

05/1384/01/L

Stefan Gläser

Frauen um Napoleon

261 Seiten und 16 Seiten Bildtafeln. Serie Piper

Elf Frauen, die in Napoleons Leben eine besondere Rolle spielten, die seinen glanzvollen Aufstieg und seinen jähen Sturz erlebten, die ihn liebten, bewunderten oder auch verachteten: von der Mutter Letizia und den drei Schwestern über die Ehefrauen Joséphine und Marie Louise und die beiden Adoptivtöchter bis hin zur Geliebten Marie Walewska und den Gegnerinnen Königin Luise und Madame de Staël – sie alle hat Stefan Gläser historisch fundiert und mitreißend porträtiert.

»Eine flüssig zu lesende und zugleich neue Einsichten eröffnende Ergänzung zu den unzähligen politischen Napoleon-Biographien.«
Geschichte

05/1602/01/R

Judith Lennox

Am Strand von Deauville

Roman. Aus dem Englischen von Mechtild Sandberg. 655 Seiten. Serie Piper

Aufregend und rastlos ist das Leben der Mulgraves, die mit ihren drei Kindern die schönsten Gegenden Europas bereisen – bis der Ausbruch des Zweiten Weltkriegs die Familie zwingt, in England seßhaft zu werden. Klug und selbständig nimmt die achtzehnjährige Faith ihr Schicksal in die Hand. In den Kriegsjahren bewährt sie sich als Ambulanzfahrerin und kümmert sich selbstlos um die Verwundeten. Doch dann trifft sie Guy wieder, den sie liebt, solange sie denken kann …

Ein großartiger und berührender Roman, der die bewegte erste Hälfte des 20. Jahrhunderts umspannt.

05/1575/01/L

Angela Huth

Meeresleuchten

Roman. Aus dem Englischen von Regina Keller und Angelika Felenda. 378 Seiten. Serie Piper

Sie sind beste Freundinnen, seit sie als kleine Mädchen in ihrem Heimatdorf an der schottischen Küste miteinander spielten – Annie Mcleoud und Myrtle Duns, zwei Mädchen, wie sie unterschiedlicher nicht sein könnten, denn Annie ist ebenso schön wie flatterhaft, Myrtle dagegen tugendhaft und verläßlich. Aus den Mädchen werden Ehefrauen, die sich der Lebensmitte nähern, Annie ist Mutter einer Tochter, Myrtle bleibt kinderlos. Ein mysteriöser Unfall wird zum Wendepunkt ihrer scheinbar unerschütterlichen Freundschaft. Jahrelange Eifersucht, geheimer Kummer und gegenseitige Vertrauensbrüche werden enthüllt, und die Frauen müssen feststellen, daß sie das kostbarste Gut, ihre Freundschaft, verloren haben.

»Meeresleuchten« ist eine bewegende Geschichte von Liebe und Verlust.

05/1027/01/R

John Galsworthy

Die Forsyte-Saga

Roman. Aus dem Englischen von Jutta Schlösser. Mit einem Nachwort und Anmerkungen von Anselm Schlösser. 1112 Seiten. Serie Piper

1886 versammelt sich die Familie Forsyte, um die Verlobung von June und Philip zu feiern. Doch was sich so glücklich anläßt, entpuppt sich als der Beginn eines zähen Ringens: Der Kampf um die Tradition der Familie wird zum Angelpunkt der dramatischen Geschehnisse ... Vier Generationen bis 1922 umfaßt dieser Roman, in dem John Galsworthy mit Humor und Ironie eine Viktiorianische Familie und ihre typischen wie faszinierenden Charaktere in ihrer Widersprüchlichkeit entstehen läßt.

Eine monumentale Familien-Saga aus der Feder des englischen Nobelpreisträgers.

05/1542/01/L

Amanda Foreman

Die Herzogin von Devonshire

Das Leben einer leidenschaftlichen Frau. Aus dem Englischen von Susanne Friederike Levin und Martina M. Oepping. 512 Seiten mit 57 Abbildungen. Serie Piper

Leidenschaftlich, verwegen, sensibel: Georgiana, die Herzogin von Devonshire (1757–1806), war der alles überstrahlende Stern am Himmel der englischen Gesellschaft ihrer Zeit. Geliebt für ihren Charme, gerühmt für ihre extravaganten Mode-Ideen und geachtet als Politikerin, wurde sie von der damaligen Presse zu einem Star gemacht. Doch ihr Leben hatte durchaus Schattenseiten: Georgiana floh aus ihrer unglücklichen Ehe in Affären und an den Spieltisch, wo sie ein Vermögen verlor. Packend und einfühlsam erzählt Amanda Foreman die Lebensgeschichte dieser außergewöhnlichen Frau.

»Ein lebendiges Porträt, das über die aufregende Herzogin Georgiana ebenso viel erzählt wie über die ganze Epoche.«
Freundin

05/1485/02/R

SERIE PIPER

Gustave Flaubert

Madame Bovary

Sitten in der Provinz. Roman. Aus dem Französischen neu übersetzt und mit Anmerkungen von Caroline Vollmann. 511 Seiten. Serie Piper

Fast fünf Jahre lang, von 1851 bis 1856, arbeitete Gustave Flaubert mit unendlicher Mühe und Geduld an dem Roman »Madame Bovary« – die Geschichte von Emma Bovary, die schon in den ersten Wochen ihrer Ehe ein unerklärliches Mißbehagen verspürt. Die Monotonie des Alltags bedrückt sie um so mehr, als ihr Ehemann Charles seinen Dienst als Landarzt mit dumpfer Betriebsamkeit versieht. Die Einladung des Marquis d'Andervilliers zu einem festlichen Diner, die das Einerlei der Tage unterbricht, markiert einen dramatischen Wendepunkt. Von nun an steuert Emma Bovary auf ihren Untergang zu. Der bekannteste und bedeutendste Roman von Gustave Flaubert, ein Meilenstein in der europäischen Literatur, in der kongenialen Neuübersetzung von Caroline Vollmann.

05/1486/01/L

Gustave Flaubert

Salambo

Roman. Aus dem Französischen von Petra-Susanne Räbel. 413 Seiten. Serie Piper

241 vor Christus, zur Zeit des Ersten Punischen Krieges: Salambo, die Tochter des karthagischen Königs Hamilkar, verfällt dem Anführer eines Söldneraufstandes gegen Karthago. Die fatale Liebe ist jedoch gegen alle herrschenden Regeln: Es entflammt ein jahrelanger Krieg zwischen Karthago und seinem um den Sold geprellten Söldnerheer, zwischen dem Vater Salambos und Matho, dem Anführer der Söldner. Salambo, die geheimnisvolle orientalische Schönheit, gibt in ihrer Liebe zu Matho alles, was sie hat … Der berühmte historische Roman von Gustave Flaubert in der langerwarteten Neuübersetzung.

»Was Flaubert hier gemacht hat, hätte kein anderer vermocht.«
Charles Baudelaire

05/1167/01/R

Koos van Zomeren

Lord Byron war auch hier

Roman. Aus dem Niederländischen von Thomas Hauth. 156 Seiten. Serie Piper

Pieter, erfolgreicher Biologe mit dem Fachgebiet Schlangen, und der Schriftsteller Bruno machen Urlaub in den Schweizer Bergen. Die beiden Brüder verbindet zeitlebens eine Haßliebe, und schon bald sind sie wieder da, die alten und unvermeidlichen Verhaltensmuster aus der Kindheit. Doch dann gesteht Bruno seinem Bruder den Mord an einem jungen Mädchen ... Lakonisch und witzig erzählt Koos van Zomeren einen spannenden Roman mit einer völlig unerwarteten Wendung.

»Van Zomeren spielt mit den Elementen des Krimis und des psychologischen Romans und demontiert beide; das macht ihn spannend zu lesen bis zur letzten Zeile.«
Neue Westfälische

05/1437/01/L

Koos van Zomeren

Eine Tür im Oktober

Roman. Aus dem Niederländischen von Thomas Hauth. 341 Seiten. Serie Piper

Das Leben des renommierten Galeristen Walter in Den Haag ist rundum angenehm, aber vielleicht ein bißchen langweilig. Doch das ändert sich eines Tages gewaltig: Eine bildhübsche Frau betritt die Galerie und läßt sich von Walter die »Geheimgalerie« im Keller zeigen. Und wenig später taucht der genialische, aber notorisch geldgierige junge Maler Eddy Paas auf, um wieder einmal einen Vorschuß zu verlangen. Leider verliert Walter für einen kurzen Moment die Kontrolle, und auf einmal hat er ein großes Problem ...

»Ein zauberhaft leichter Roman über lange im Dunkeln vergrabene und durch die Liebe ans Tageslicht gezerrte Leidenschaften, ein Genrebild von leiser, fast intimer Meisterschaft. Eine wahre Entdeckung also, und ein literarischer Höhepunkt aus unserem platten Nachbarland.«
Süddeutsche Zeitung

05/1435/01/R

SERIE PIPER

Elsi Rydsjö

Der Flug der Schwäne

Roman. Aus dem Schwedischen von Angelika Kutsch. 286 Seiten. Serie Piper

Südschweden, 1871: Ein kleines, stilles Dorf, von Wäldern gesäumt. Hier verbringt Susanna Lindman, gottesfürchtige Pfarrerstochter, eine glückliche Jugend. Und jetzt, wo sie Einar Stjernström heiraten wird, scheint der Segen perfekt. Aber es kommt ganz anders: Einar verguckt sich in die reiche Amalia und nimmt sie zur Frau. Susanna ist am Boden zerstört. Als sei der Schmerz nicht genug, kommt auch noch das Gerede der Dorfbewohner hinzu. Für Susanna gibt es nur eine Lösung: fortgehen. Sie verläßt ihre Eltern, um auf einem Landgut als Gouvernante zu arbeiten. Doch das Leben ist nicht leicht, die Besitzer sind kühl und habsüchtig. Nur ein Mensch scheint sich für ihr Leben zu interessieren: der reiche Adrian Henderson. Elsi Rydsjö, eine der beliebtesten Autorinnen Schwedens, löste in ihrer Heimat mit diesem stimmungsreichen Roman über die Irrungen der Liebe große Begeisterung bei Kritik und Publikum aus.

05/1529/01/L

Elsi Rydsjö

Holunderblüten

Roman. Aus dem Schwedischen von Dagmar Mißfeldt. 277 Seiten. Serie Piper

Die Geschichte einer außergewöhnlichen jungen Frau im Schweden des 19. Jahrhunderts: Als Susanna Henderson den alten südschwedischen Gutshof zum erstenmal sieht, weiß sie, daß sie sich hier ihren Traum erfüllen wird – ein Mädcheninternat zu gründen, in dem junge Frauen eine gute Ausbildung erhalten und so finanziell unabhängig werden können. Der Hof gehört der Familie Hennickes, die auf dem benachbarten Anwesen lebt. Doch das Leben des jungen Gutsherrn ist von der Vergangenheit überschattet: Auf tragische Weise hat er Frau und Tochter verloren. Was Verlust bedeutet, das weiß Susanna nur allzu gut. Doch sie weiß auch, daß die Liebe wiederkehrt.

»Die Anfänge der Emanzipation: ein hochspannendes Thema. Gute Unterhaltung und Einblick in gesellschaftliche Entwicklungen.«
Lausitzer Rundschau

05/1648/01/R

SERIE PIPER

SERIE PIPER

Valerio M. Manfredi

Die Jagd nach dem Wüstengrab

Roman. Aus dem Italienischen von Claudia Schmitt. 415 Seiten. Serie Piper

Mitten in der israelischen Wüste liegt das verschollene Pharaonengrab, das der Mumienforscher William Blake erforschen soll. Auf der Jagd nach dem verlorenen Schatz verliebt sich William nicht nur in die charmante Sarah, sondern löst auch eine Kettenreaktion internationaler Intrigen aus. Gerade noch entkommt er einem Mordversuch, gerät in einen gefährlichen Sandsturm und muß es mit arabischen Extremisten aufnehmen. Der Archäologie-Thriller des italienischen Bestsellerautors sorgt für atemberaubende Spannung.

»Mit der Jagd nach dem Wüstengrab hat Manfredi sein bestes und vollkommenstes Buch geschrieben.«
Il Mattino

05/1412/01/L

Valerio M. Manfredi

Alexander Der Herrscher der Welt

Roman. Aus dem Italienischen von Claudia Schmitt. 479 Seiten. Serie Piper

Alexander der Große, Sohn der Götter, krönt sein Lebenswerk: Von Ägypten setzt er seinen Triumphzug fort und besiegt bei Gaugamela den persischen Großkönig Dareios. Stadt um Stadt erobert er das Perserreich. Schließlich vermählt sich Alexander mit der betörend schönen Prinzessin Roxane und dringt bis nach Indien vor. Doch als sein Reich am gewaltigsten ist, beginnen seine Vertrauten, die ihm mehr als zehn Jahre treu gefolgt sind, sich von ihm abzuwenden. Und auf dem Gipfel seiner Macht befällt Alexander plötzlich ein geheimnisvolles Fieber ...
In einer raffinierten Mischung aus historischen Fakten und mitreißender Erzählung hat der italienische Erfolgsautor Manfredi ein großartiges Epos über das Leben einer der herausragendsten Herrscher der Weltgeschichte geschrieben.

05/1164/01/R